EMILY CARMICHAEL

LIEBE IN GEFAHR

Roman

Deutsche Erstausgabe

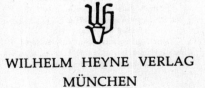

WILHELM HEYNE VERLAG
MÜNCHEN

HEYNE ROMANE FÜR »SIE«
Nr. 04/98

Titel der Originalausgabe
VISIONS OF THE HEART
Aus dem Amerikanischen übersetzt
von Angela Meermann

Copyright © 1990 by Emily Krokosz
Copyright © der deutschen Ausgabe 1993
by Wilhelm Heyne Verlag GmbH & Co. KG, München
Printed in Germany 1993
Umschlagillustration: John Ennis/Schlück
Umschlaggestaltung: Atelier Ingrid Schütz, München
Gesamtherstellung: Elsnerdruck, Berlin

ISBN: 3-453-06006-7

1

Männer schmolzen dahin, wenn sie in Miriam Sutcliffes dunkelblaue Augen blicken durften. Einer ihrer Verehrer hatte zwar einmal unwirsch behauptet, ihre Augen strahlten keine Wärme aus, aber selbst dieser vergrätzte Gentleman mußte zugeben, daß sie allein schon einen Mann entzücken konnten, auch wenn das gefühllose Herz dieser Schönen jegliche Hoffnung dämpfte. Der junge Mann, der an jenem Märztag 1813 in Miriam Sutcliffes Londoner Salon saß, konnte gleichfalls in ihren vielgerühmten blauen Augen kein Mitgefühl entdecken.

»Wenn das ein Witz sein soll, Hamilton Greer, dann zeugt er von schlechtem Geschmack«, sagte die Schöne.

»Ich wünschte, es wäre einer«, erwiderte der junge Mann bedrückt.

»Wie kannst du dich drei Wochen vor unserer Hochzeit nach Amerika absetzen? Sämtliche Einladungen sind schon verschickt, die Musiker engagiert. Heißt das, daß wir unsere Hochzeit verschieben müssen?«

»Nein, geliebte Miriam. Das möchte ich damit nicht ausdrücken.« Hamilton Greer stützte den Kopf auf die Hände und rieb sich mit den Fingerspitzen erschöpft die Stirn. »Wie ich dir angedeutet habe, stecke ich in gräßlichen Schwierigkeiten. Ich muß einfach abreisen. Aber ich kann dir nicht sagen, für wie lange.«

»Du steckst in Schwierigkeiten, Vetter? Wie konnte es nur dazu kommen? Ausgerechnet jetzt!«

Miriam Sutcliffe erhob sich verärgert und musterte empört ihren Verlobten. Man konnte ihm ansehen, daß er sich in Schwierigkeiten befand. Er, der sonst wie ein Dandy untadelig gekleidet war, wirkte ungepflegt. Die hochschäftigen Reitstiefel waren ungeputzt und mit Dreck bespritzt. Die hautengen Reithosen aus feinstem Rehleder wiesen an einem Knie Grasflecken auf. Die Jacke war zerknittert, und das sonst so stilvoll geschlungene Halstuch saß schief. Der modische, hochstehende Kragen, der fast bis zu den Ohrläppchen reichte, war keineswegs frisch gestärkt. »Um was für Schwierigkeiten handelt es sich diesmal, Hamilton? Um Spielschulden? Schon wieder?«

»Nein, nein«, antwortete Hamilton aufseufzend. »Du würdest es nicht verstehen, Liebling. Es tut mir leid. Es tut mir wirklich leid.«

»Ich würde es nicht verstehen? Das ist doch lächerlich. Wir kennen uns, seitdem wir als Kinder durch dieses Haus tobten. Bald werde ich deine Frau sein. Keiner versteht dich so gut wie ich, Hamilton.«

Hamilton wiegte den Kopf und betrachtete nachdenklich Miriams feingeschnittenes Gesicht, ihr eigenwilliges Kinn und ihr kastanienrotes, lockiges Haar. »Ich bewundere dich, Miri. Ich zweifle nicht daran, daß du aus mir einen gesitteten Ehemann machen würdest. In unserem Salon dürften die Herren weder um Geld Karten spielen noch fluchen noch Zigarren rauchen.« Er seufzte auf. »Ja, das hättest du durchgesetzt. Hätten wir vor einem Jahr geheiratet, als ich um deine Hand anhielt, wäre es zu diesen Schwierigkeiten nie gekommen.«

Miriam setzte sich wieder. »Hamilton«, sagte sie mit einer Stimme, der man anmerkte, wie sehr sie um Fassung rang. »Ich bestehe darauf, daß du mir verrätst, worum es sich handelt. Ich denke, ich hab das Recht, es zu erfahren. Ist dir klar, daß du im Begriff bist, mir vor der Trauung davonzulaufen? Denk doch an meinen guten Ruf! Er ist dann für immer dahin. Mrs. Pelham, diese schreckliche Klatschbase, wird hocherfreut sein, all ihren Bekannten von einem neuen Skandal in der Familie Sutcliffe zu berichten.«

»Es tut mir leid, Miri. Wirklich.« Je ärgerlicher ihr Tonfall wurde, desto weniger besorgt wirkte Hamiltons Miene, was er jedoch zu verbergen versuchte. »Ich schwöre dir, daß kein Mann sich mehr auf seine Hochzeit gefreut hat als ich. Doch wenn ich drei Wochen länger in London bleibe, bin ich tot und nicht verheiratet. Ich muß unverzüglich abreisen.«

Miriam musterte ihn mißtrauisch. »Aber du willst mir nicht sagen, warum?«

»Glaube mir, es ist besser, wenn du es nicht weißt.«

»Dann müssen wir eben bekanntgeben, daß wir die Hochzeit verschieben.«

»Das bringt uns leider nicht weiter, Liebling. Ich habe keine Ahnung, wann ich zurückkehre.«

»Dann verschieben wir sie auf unbestimmte Zeit.«

Hamilton strich mit dem Finger über seine Augenbraue. »Tut mir leid, Miriam. Ich möchte dich nicht in diese Sache verwickeln. Ich gebe dich frei, selbst wenn es mir das Herz bricht. Du kannst allen sagen, daß ich mich als Schuft herausgestellt habe und du mir deswegen den Laufpaß gegeben hast. Ich versichere dir, daß dir das viel Sympathie einbringen wird.«

Miriam blickte ihren Vetter versonnen an. Er befand sich offensichtlich in einer schrecklichen Lage. Selbstverständlich hatte sie zur Empörung allen Grund. Welche Frau wäre nicht empört, wenn sie ihr Verlobter sitzenließ? Aber vielleicht steckte Hamilton diesmal tatsächlich in einer Klemme. Und dann war es ihre Pflicht, ihm nach Kräften zu helfen. Schließlich war er nicht nur ihr Verlobter, sondern auch ein Verwandter.

»Wenn du dich wirklich in Gefahr befindest, Hamilton, bleibt mir nichts anderes übrig, als dir alles Gute zu wünschen und für deine Handlungen Verständnis aufzubringen.«

Hamilton lächelte bekümmert. »Das ist sehr nett von dir, Miri.«

Er sah tatsächlich so aus, als sei der Teufel hinter ihm her. Seine Spielsucht hatte ihn schon früher in Schwierigkeiten gebracht. Sie hatte sich öfter gefragt, wie seine Position im *Foreign Office*, mochte sie auch noch so prestigeträchtig sein, ihm die Mittel verschaffen könne, dieser Leidenschaft zu frönen. All das hatte sie selbstverständlich abstellen wollen, wenn sie erst einmal verheiratet waren und sie ihn unter ihre Fittiche bekam. Im Gegensatz zu ihren sonstigen Verehrern strebte auch Hamilton ein wohlgeordnetes, manierliches Leben an. Diese bedauerliche Schwäche hatte er schon immer bekämpfen wollen.

Ihr Blick wurde sanfter, als sie sein erschöpftes Gesicht betrachtete. Sein sonst wohlfrisiertes, lockiges Haar war zerzaust, seine Augen hatten einen müden Ausdruck. »Du mußt mir sagen, ob ich dir irgendwie helfen kann, Hamilton.«

»Du kannst mir nicht helfen, Liebling.« Er lächelte gequält. »Es tut mir leid, Miri, daß ich dir das zumuten muß. Für dich bin ich schon immer eine Zumutung gewesen.«

»Zumindest könntest du mir sagen, wohin zu fährst.«

Als würde er sich seiner Schuld bewußt, wandte er den Blick ab. »Ich reise nach Amerika, wie ich dir schon sagte. Vielleicht kann mir dort dein Vater Unterschlupf gewähren, bis alles vorbei ist.«

»Mein Vater?« fragte Miriam mit schriller Stimme.

»Ich weiß, ich habe ihn seit seiner Abreise, seitdem wir Kinder waren, nicht mehr gesehen. Doch er ist der einzige, der mir helfen könnte. Und in Amerika, stelle ich mir vor, kann man gut untertauchen. Kein Land ist weiter entfernt von England.«

»Das schon«, erwiderte Miriam und trommelte ungehalten mit den Fingern auf der Bibel, die auf einem Beistelltisch lag. »Da hast du wohl recht. Aber vorher solltest du die Nacht hier im Hause verbringen und dich ausruhen, damit du wieder zu Kräften kommst.«

»Unmöglich, Miri. Ich habe mich ohnehin schon viel zu lange aufgehalten. Aber du könntest Tante Eliza Bescheid sagen, damit ich mich von ihr verabschieden kann. Die Zeit läuft mir davon.«

Miriam preßte die Lippen zusammen und erhob sich, um ihm diesen Wunsch zu erfüllen. Als sie seine Abschiedsworte hörte, blieb sie an der Tür stehen.

»Ich liebe dich, Miriam«, sagte er. »Gott sei mein Zeuge. Und ... und mir tut das alles furchtbar leid.«

»Ich glaube dir, Hamilton. Möge Gott dich schützen!«

Eine Viertelstunde später schritt Miriam in ihrem Zimmer auf und ab und blieb dann stehen, um aus dem Fenster in die neblige Nacht zu schauen. »Kannst du dir so etwas vorstellen?« fragte sie die zierliche alte Dame, die auf der Sofa-kante saß. »Hättest du gedacht, daß Hamilton mir das antun würde?«

»Aber ja, meine Liebe«, erwiderte Eliza Edwards mit heller Stimme. Die alte Dame hatte, hin und wieder mit dem Kopf nickend, dem Bericht ihrer Nichte über Hamiltons schnödes Verhalten wortlos gelauscht. »Weißt du, so sind nun mal die hübschen Herren. Ich habe schon immer vermutet, daß Hamilton seiner Mutter nachschlägt. Daß er flatterhaft wie sie ist, keinen Familiensinn besitzt, daß ihm Loyalität nichts gilt. Weißt du nicht, daß Cousine Charlotte weder deine Mutter noch mich nach dieser dummen Geschichte mit deinem Vater jemals zu sich eingeladen hat?«

»Doch, Tantchen, ich weiß es. Du hast es mir erzählt.« Viele Male sogar, dachte sie.

»Er kommt ganz seiner Mutter nach, dieser Stutzer – ein hübsches Gesicht, aber nicht ein Quentchen Rückgrat.«

Miriam ließ sich neben ihre Tante auf das Sofa fallen. »Das gibt einen Skandal«, sagte sie aufseufzend. »Das hat unserer Familie noch gefehlt! Wieder ein Skandal! Alle werden mit dem Finger auf uns zeigen und sich hämische Bemerkungen zuflüstern. O Tante Eliza!«

»Beruhige dich, Liebes!« Die zierliche, alte Dame legte die Hand auf Miriams Schulter und gab ihr ein spitzenbesetztes Taschentuch, damit sie sich die Tränen vom Gesicht wische. »Daß Verlobungen gelöst werden, kommt jeden Tag vor. Zumindest sehr häufig. So eine Katastrophe ist es auch wieder nicht. Und für einen so stumpfsinnigen Burschen wie Hamilton warst du ohnehin nicht die Richtige.«

»Das ist nicht wahr«, erwiderte Miriam trotzig. »Hamilton wäre der ideale Mann für mich gewesen – wohlerzogen, kultiviert, sanftmütig. Und ich mag ihn auch, ohne daß ich ihm jemals verfallen wäre.«

»Ihm verfallen!« wiederholte Tante Eliza tadelnd. »Das will ich auch nicht hoffen. Nicht diesem Stutzer. Du verdienst einen interessanteren Mann.«

Miriam betupfte die tränenfeuchten Augen. »Einen interessanteren Mann! Wie meinen Vater, meinst du wohl.«

»Dein Vater hatte seine Reize«, sagte Tante Eliza und lächelte verstohlen.

»Seine Reize«, wiederholte Miriam und begann wieder im Zimmer auf und ab zu gehen. »Mein Vater war in der Tat reizvoll. Er war so reizvoll, daß er meiner Mutter das Herz brach und wegen seines mangelnden Verantwortungsgefühls ihren guten Ruf ruinierte. Da wäre mir Hamilton lieber.«

»Aber, aber! So darfst du nicht reden. Dein Vater hat deine Mutter überaus geliebt. Das mußt du mir einfach glauben. Aber er paßte nun einmal nicht in unsere stickigen Londoner Salons; er wollte sich unseren lächerlichen gesellschaftlichen Konventionen nicht beugen. Er liebte nun mal die riesigen Wälder und Seen oder was immer es da drüben in den amerikanischen Kolonien gibt. Du solltest für menschliche Schwächen mehr Verständnis aufbringen, meine Liebe. Denn irgendeine Schwäche haben wir ja alle.«

»Ach was! Wie man in einem Atemzug Hamilton verurteilen und meinen Vater verteidigen kann, ist mir unbegreiflich.« Miriam musterte argwöhnisch ihre Tante. Sie hatte schon immer vermutet, daß Tante Eliza in den Mann ihrer Schwester verliebt gewesen war. Deswegen hatte sie ihm auch so leicht vergeben können. Man mußte schon blind vor Liebe sein, um das Verhalten eines Mannes zu verzeihen, der seine liebevolle Frau und seine siebenjährige Tochter im Stich gelassen hatte, weil es ihn zu den verdammten amerikanischen Urwäldern zog. Wenn er schon so eine Sehnsucht nach Bäumen gehabt hatte, hätte er sie ja auch in der Umgebung Londons finden können.

»Ich möchte nicht an meinen Vater denken. Ich möchte nicht über ihn reden«, sagte Miriam verstimmt. Wie konnte sie den Kummer ihrer Mutter, all ihre Demütigungen vergessen, ihren melancholischen Gesichtsausdruck, als der Tod sie zu sich nahm? Tante Eliza hatte unrecht. Eine Frau konnte dem Himmel danken, wenn sie einen Langweiler wie Hamilton Greer zum Gatten bekam und nicht einen Mann vom Schlage ihres Vaters.

»Außerdem haben wir jetzt andere Sorgen«, sprach sie weiter. »Großer Gott, was soll ich nur machen?«

Die zierliche, alte Dame erhob sich gelenkig und verbarg mit der Hand ein Gähnen. »Dir wird schon etwas einfallen, Schätzchen. Dir ist schon immer was eingefallen.« Sie tätschelte tröstend Miriams Arm. »Schließlich liegt ja der Skandal – wann war das gleich? – schon 16 Jahre zurück. Wer wird sich noch daran erinnern? Überdies könntest du ja den alten Klatschbasen weismachen, du hättest Hamilton den Laufpaß gegeben. Dann kann niemand über dich herziehen, Schätzchen.«

»Ja. Mir wird schon was einfallen. Gute Nacht, Tante Eliza.«

Mir muß etwas einfallen, schwor sich Miriam, als sie in ein elegantes Negligé schlüpfte und sich hinunter in den Salon begab. Sie setzte sich in ihren Lieblingssessel und überlegte, welchen Wortlaut ihre Anzeige in der *Times* haben müßte. Als ihr Hamilton einfiel, wünschte sie sich, daß die Person, der er Geld schuldete oder die er beleidigt hatte, ihm eine Abreibung verpassen würde. Das hatte er für sein kindisches Verhalten verdient. Gleich darauf machte sie sich wegen ihres mangelnden Mitgefühls Vorwürfe. Was immer ihren Vetter nach Amerika flüchten ließ, ausgerechnet zu ihrem Vater, mußte wirklich beängstigend sein.

Die Uhr auf dem Kaminsims schlug Mitternacht. Müde lehnte Miriam den Kopf gegen die Lehne. Sie müßte schon längst im Bett liegen. Aber wie konnte sie nach all diesen Aufregungen Schlaf finden?

Captain Gerald Michaels nahm Haltung an und bedeutete dem Sergeanten, daß er an die Haustür klopfen solle. Er warf einen Blick auf den gepflegten Garten, die sorgsam beschnittenen Bäume, den frisch geharkten Weg, den niedrige Hecken säumten. Ein hübsches kleines Stadthaus, dachte er, obendrein in einem Viertel, das sich nur vermögende Leute leisten konnten. Man mußte schon über ein beachtliches Einkommen verfügen, wenn man hier lebte. Aber warum gaben sich dann solche Menschen nie mit dem zufrieden, was sie bereits hatten? Warum mußten sie ihr behagliches Leben gefährden, um ein größeres Vermögen, größeres Ansehen, größere Macht zu erringen?

Eine schlaftrunkene Haushälterin, die sich eilends ange-kleidet haben mußte, öffnete ihnen die Tür. Das Häubchen saß schief, und ihr Jäckchen war nicht ganz zugeknöpft. Um diese frühe Tageszeit konnte man selbst von einer Haushäl-terin nicht verlangen, daß sie auf solche Vorkommnisse vor-bereitet war. Captain Michaels weidete sich an ihrer Befan-genheit. Solche Aufgaben wie heute erledigte er so früh wie möglich. Er hatte festgestellt, daß die meisten Menschen, einschließlich Gauner, Diebe und Landesverräter, in den frü-hen Morgenstunden nicht so rasch denken konnten.

»Ist dies das Haus von Miss Eliza Edwards und Miss Mi-riam Sutcliffe?« fragte der Sergeant barsch.

Die Haushälterin musterte ihn mißtrauisch. »Wer möchte das wissen?«

Der Sergeant runzelte die Stirn und wollte schon ausfal-lend werden, als Captain Michaels ihm mit einer Handbe-wegung das Wort abschnitt.

»Ich bin Captain Gerald Michaels, Madam«, sagte er. »Ich habe mit Miss Sutcliffe und ihrer Tante etwas zu bespre-chen. Darf ich erfahren, wer Sie sind?«

»Mrs. Simmons. Ich bin die Haushälterin. – Ist es für einen Besuch nicht etwas früh am Tag, Gentlemen?«

»Ich will den beiden Damen nicht meine Aufwartung ma-chen, Mrs. Simmons«, erwiderte Captain Michaels höflich und ging an der Haushälterin vorbei durch die Tür. Der Ser-geant und die beiden Soldaten folgten ihm.

»Paß er doch auf!« schalt Mrs. Simmons, als sich der eine Soldat an ihr vorbeidrückte und ihr dabei das Jäckchen ver-schob. »Die Damen sind überdies noch nicht auf. Wenn Sie Ihre Visitenkarten hinterlassen, werde ich sie ihnen brin-gen.«

»Das ist nicht nötig«, erwiderte Captain Michaels. »Wür-den Sie so freundlich sein, die beiden Damen zu wecken? Was mich herführt, ist überaus dringend.«

Mrs. Simmons schien sich zunächst nicht einschüchtern zu lassen, aber ein Blick des Offiziers brachte sie zum Verstum-men. Sie setzte eine mürrische Miene auf und stapfte die Treppe zu den Schlafzimmern hoch.

Zwanzig Minuten später kam Miriam herunter. Sie nickte Captain Michaels, als dieser sich vorstellte, kühl zu und bedeutete ihm mit einer Handbewegung, daß er ihr mit seinen Soldaten in den kleinen vorderen Salon folgen solle. Dann beauftragte sie Mrs. Simmons, ihnen Tee zu machen.

»Welcher dringende Auftrag führt Sie um diese Tageszeit in mein Haus, Captain?«

Captain Michaels lächelte undurchdringlich. »Ich denke, Sie wissen den Grund ebensogut wie ich, Miss Sutcliffe.«

»Ich habe keine Ahnung.«

»Sie wirken zwar sehr überzeugend, wenn Sie die empörte Unschuldige spielen, aber ich versichere Ihnen, daß diese Mühe vergeblich ist. Ich weiß alles.«

Einen Augenblick war Miriam verwirrt. Dann zog sie irritiert die Augenbrauen hoch. »Eine ungewöhnliche Feststellung. Sie wissen also alles. Dessen kann ich mich nicht rühmen, zumal in diesem Moment. Würden Sie sich bitte etwas genauer äußern!«

Captain Michaels hätte am liebsten aufgelacht. Sie ist eine durchtriebene Person, diese Miriam Sutcliffe, keineswegs das überkandidelte Jüngferlein, das er erwartet hatte. Er mußte Hamilton Greer, was Frauen anbetraf, guten Geschmack zubilligen. Es war schon bedauerlich, daß sich diese hübsche Person von so einem erbärmlichen Schuft hatte einspannen lassen.

»Dann werde ich mich eben ausführlicher äußern, Miss Sutcliffe, wenn Sie das wünschen. Ich bin wegen des Dokumentes gekommen, das Mr. Greer gestern abend bei Ihnen hinterlegt hat. Sie machen es sich leichter, wenn Sie es mir ohne jedes Ableugnen aushändigen.«

»Ein Dokument? Ich habe nicht die geringste Ahnung, wovon Sie reden, Captain Michaels. Mr. Greer hat mir gestern abend einen Besuch abgestattet. Das streite ich nicht ab. Doch er hat nichts von einem Dokument gesagt, noch hat er mir eines übergeben.«

Das Biest will mir Schwierigkeiten machen, dachte Captain Michaels bedauernd. Schade. Sie ist ein hübsches junges Ding und wirkt sogar noch reizvoller, wenn man ihre blauen, vor

13

Zorn sprühenden Augen sieht. Eine leichte Röte überzog ihr Gesicht. Selbst ihr Haar schien zu funkeln und schimmerte im Licht der Morgensonne wie blankes Kupfer. Captain Michaels war fast gerührt. Für solche Halunken wie diesen Greer waren unverheiratete Frauen eine leichte Beute.

»Miss Sutcliffe, für lange Erläuterungen habe ich keine Zeit. Ich kann es Ihnen nachfühlen. Ich kann gut verstehen, wieso sich eine unverheiratete Dame wie Sie von so einem Menschen ausnutzen läßt.«

»Ich lasse mich von niemand ausnutzen, Captain, das kann ich Ihnen versichern. Ich lasse mich auch nicht einschüchtern.« Miriam schob ihr Kinn etwas vor.

Captain Michael atmete hörbar aus. »Einer meiner Leute ist Hamilton Greer gestern abend bis zu diesem Haus gefolgt.«

»Ich streite nicht ab, daß er hier war.«

»Lassen Sie mich ausreden, Miss Sutcliffe! Ich weiß, daß er ein bestimmtes Dokument bei sich hatte, als er ankam. Als er das Haus verließ, hatte er es nicht mehr.«

Mrs. Simmons zwängte sich durch die Tür zum Salon. Sie trug ein Tablett, auf dem sich eine Kanne mit heißem Tee, Tassen und Gebäck befanden. Sie warf den uniformierten Eindringlingen einen bösen Blick zu und setzte das Tablett auf dem Beistelltisch neben Miriams Sessel ab.

»Eine Tasse Tee, Captain?« fragte Miriam mit beherrschter Stimme.

»Danke, nein. Wie ich schon sagte, wurde Mr. Greer, nachdem er Ihr Haus verlassen hatte, verhaftet.« Captain Michaels bemerkte mit Befriedigung, daß seine Worte sie überraschten. »Er hatte das Dokument nicht mehr bei sich.«

»Dann sollten Sie Mr. Greer befragen, was er damit getan hat, statt eine unschuldige Frau zu belästigen.«

»Er ist uns entkommen«, gestand Captain Michaels und warf dem Sergeanten einen mißbilligenden Blick zu. »Die Schlußfolgerung liegt auf der Hand, daß er das Dokument bei Ihnen gelassen hat.«

»Dann sollten sie sich um eine minder offensichtliche Schlußfolgerung bemühen, Captain. Mr. Greer hat mir gestern nichts ausgehändigt. Könnten Sie mir überdies erklären, um welches kostbare Dokument es sich da handelt?«

Captain Michaels seufzte ungehalten auf. Als ob diese kleine Hexe das nicht wüßte! Was für ein Spielchen spielte sie da? Sie sitzt in ihrem eleganten Salon, trinkt ihren Morgentee, als sei sie nicht in einen schlimmen Fall von Verrat verwickelt und dabei erwischt worden. Das kann noch ein verdammt langer Vormittag werden.

»Falls Sie bei diesem Spielchen bleiben, Miss Sutcliffe, will ich es Ihnen erklären. Mr. Greer hat seine Position im *Foreign Office* dazu genutzt, um an höchst wichtige Informationen heranzukommen. Er hat beispielsweise eine Liste von englisch gesonnenen Informanten in der Amerikanischen Regierung und Armee zusammengestellt. Sein Plan, diese Kenntnisse den Amerikanern zu verkaufen, wurde zunichte gemacht, als ich seine Kontaktperson verhaftete. Als Mr. Greer von der Verhaftung dieses Amerikaners erfuhr, floh er. Und da er weiß, daß wir ihn ohne konkrete Beweise nicht vor Gericht stellen können, hat er diese Dokumente, davon bin ich überzeugt, in Sicherheit gebracht.«

Miriams Gesicht wurde fahl. »Das ist ja unfaßbar. Aber wenn das, was Sie sagen, wahr ist, hätte er doch diese verflixte Liste in die Themse werfen können.«

»Ihr Verlobter ist ein geldgieriger Mensch, Miss Sutcliffe. Er würde sich doch die Chance nicht entgehen lassen, ein kleines Vermögen zu verdienen.« Er warf ihr einen verständnisvollen Blick zu. »Wo könnte man solche Dokumente besser verstecken als bei einer vertrauensseligen Verlobten, die über jeden Verdacht erhaben ist?«

Miriam setzte mit einer hastigen Handbewegung, was sonst nicht ihre Art war, die Teetasse auf dem Tablett ab, so daß sie klirrte. Sie erhob sich, machte ein paar Schritte und wandte sich dann Captain Michaels zu. »Vielleicht ist das wahr, was Sie von Hamilton behaupten, obgleich ich mir nicht vorstellen kann, daß er zu so einer Handlungsweise fähig ist. Möglicherweise handelt es sich nur um ein schlichtes Mißverständnis. Hat der besagte Amerikaner Ihnen Hamiltons Namen genannt?«

»Nein. Er verweigert jegliche Aussage. Aber wir haben noch weitere Beweise, Miss Sutcliffe. Es ist kein Mißverständnis.«

Miriam musterte Captain Michaels mit ihren auffallend blauen Augen. Er hielt ihrem Blick stand. »Vielleicht ist es so«, sagte sie stockend. »Hamilton war ... ist ... zuweilen geldgierig, leichtfertig. Aber er weiß, daß ich mich niemals auf so ein Verhalten einlassen würde. Wonach Sie suchen, habe ich nicht, Captain Michaels.«

»Was hast du nicht, mein Kind?« Tante Eliza trippelte mit zerzaustem grauem Haar und schlaftrunkenen Augen in den Salon. Ihr folgte Mrs. Simmons mit bekümmerter Miene. »Was wollen diese unerfreulichen Besucher, Miriam? Obendrein noch um diese Tageszeit?«

»Du hättest nicht herunterkommen sollen, Tante Eliza!«

»Nicht herunterkommen? Wie soll man bei diesem lauten Gerede Schlaf finden?« Sie schaute Captain Michaels ungehalten an. »Wer sind die Herren?«

»Captain Gerald Michaels, Madam.« Captain Michaels deutete eine Verbeugung in Tante Elizas Richtung an. »Ich bin ...«

»Captain Michaels ist auf der Suche nach Vetter Hamilton, Tantchen. Er glaubt, daß Hamilton Informationen an sich gebracht hat, über die er nicht verfügen durfte, und nun auf der Flucht ist.«

»Nein, sowas! Mit diesem Jungen hat man nur Ärger. Ganz seine Mutter. Aber das ist noch lange kein Grund, zwei gottesfürchtige, anständige Frauen zu dieser frühen Stunde aus dem Schlaf zu schrecken. Ich habe immer gedacht, die Offiziere unseres Königs seien Gentlemen. Kein Gentleman würde ...«

»Weißt du, Tantchen«, unterbrach sie Miriam, »Captain Michaels meint, daß Hamilton ein bestimmtes Dokument bei uns hinterlegt hat. Weißt du etwas davon?«

»Woher denn! Wir haben uns doch nur ganz kurz verabschiedet. Und hätte ich gewußt, was er dir angetan hat, hätte ich mich von ihm ganz gewiß nicht zum Abschied küssen lassen.«

Captain Michaels Argwohn war geweckt. »Was hat er Ihnen angetan, Miss Sutcliffe?«

»Wenn Sie schon so neugierig sind, Captain Michaels«, erwiderte Miriam zögernd, »... mein Vetter kam gestern abend, um unsere Verlobung zu lösen. Und er sagte, er befände sich in Schwierigkeiten und müsse deswegen abreisen. Worin diese Schwierigkeiten bestanden, wollte er nicht verraten, auch nicht, wohin er sich begeben wollte.«

Captain Michaels entging nicht die verräterische Röte, die Miriams Gesicht überzog. Etwas an dieser Geschichte stimmte nicht, vielleicht stimmte die ganze Geschichte nicht.

»Und er hat Ihnen nichts zur Verwahrung gegeben?«

»Nichts.«

»Dann haben Sie auch sicherlich nichts dagegen, wenn meine Männer Ihr Haus durchsuchen?«

»Selbstverständlich habe ich etwas dagegen!« protestierte Tante Eliza. »Das wäre unhöflich. Außerdem dulde ich es nicht. Miriam, weise diese ungezogenen Herren aus dem Haus!«

Miriam versuchte ihre Tante zu beruhigen.

»Suchen Sie, Captain Michaels! Nur zu! Warum sollte ich etwas dagegen haben?«

Miriam Sutcliffe mußte zugeben, daß Captain Michaels Männer überaus gründlich vorgingen. Sie durchwühlten Schränke und Schubladen, inspizierten Wäschekammern, durchwühlten die Betten, drehten sogar die Matratzen um. Im ganzen Haus wurde das Unterste zu oberst gekehrt. Die Köchin kreischte, als die Männer sogar in ihre Küche eindrangen. Mrs. Simmons Gesicht wurde immer röter, als die Unordnung zunahm. Miriams Zofe Lucy brach in Tränen aus, als sie sah, wie unachtsam die Soldaten mit der kostbaren Leibwäsche ihrer Herrin umgingen. Miriam selbst kümmerte sich nicht weiter um die Verwüstung. Sie blieb mit ihrer schluchzenden Tante im Salon sitzen, behielt ihre Fassung, trank Tee, knabberte an dem Gebäck und bemühte sich, ihren Zorn nicht zu zeigen.

Dieser verdammte Hamilton! Sie hoffte nur, daß man ihn schnappen und in seinem eigenen Saft schmoren lassen würde. Das waren also seine Schwierigkeiten. Es wunderte sie nicht, daß er vor ihnen in die Wildnis Amerikas entfliehen wollte. Er hätte sie zumindest warnen müssen. Und sollte er das geringste Beweisstück in ihrem Haus verborgen haben, das sie oder Tante Eliza in diesen Fall verwickeln könnte, dann wünschte sie, Indianer würden ihn demnächst über einem lodernden Feuer rösten und zum Tee verschlingen.

»Es scheint, daß Sie Mr. Greers Liste selbst versteckt haben, Miss Sutcliffe.« Captain Michaels stand breitbeinig neben der Tür zum Salon. Seine Miene war streng. Seine aufrechte Haltung, so, als habe er einen Ladestock verschluckt, ließ ihn noch größer erscheinen.

»Ich habe überhaupt nichts versteckt, Captain Michaels.« Miriam bemühte sich um eine möglichst unbefangene Miene, sah aber, daß Captain Michaels ihr nicht traute.

»Ich bedaure, Miss Sutcliffe, daß ich Ihren Worten keinen Glauben schenken kann. Es ist mir peinlich, eine Dame in Verlegenheit zu bringen, aber ich muß darauf bestehen, daß sie mir Mr. Greers Liste binnen 24 Stunden aushändigen. Andernfalls wäre ich gezwungen, Sie des Hochverrats anzuklagen.«

»Des Hochverrats!« stieß Miriam empört aus. »Das werden Sie nicht wagen! Dafür haben Sie nicht den geringsten Anlaß. Sie haben ja selbst gesagt, daß Sie einen hieb- und stichfesten Beweis bräuchten.«

»Ich bin sicher, daß wir den noch finden werden, Miss Sutcliffe. Und ich glaube nicht, daß Ihnen die Wartezeit im Gefängnis gefallen wird. Seien Sie bitte vernünftig!«

Er musterte sie durchdringend. Aus seinem Blick las sie eine unverrückbare Entschlossenheit und die unerschütterliche Überzeugung heraus, daß er auf der richtigen Spur war. So ein Mensch ließ sich weder durch charmantes Bitten noch durch empörte Einwendungen erweichen.

»24 Stunden also. Ich werde morgen früh zu Ihnen kommen, um Ihnen die Unannehmlichkeit, daß Sie mich aufsuchen, zu ersparen.«

Er deutete eine Verbeugung an und verließ das Haus.

Miriam und Tante Eliza durchsuchten mit Hilfe des Personals das ganze Haus. Zunächst hatte Miriam eingewendet, daß sich die vermaledeite Liste nicht im Haus befinden könnte. Hamilton hatte sich nur im hinteren Salon aufgehalten. Zudem war er während seines Besuchs ja nie allein gewesen. Doch dann fiel ihr ein, daß sie ihn einen Augenblick sich selbst überlassen hatte, um Tante Eliza zu holen, von der er sich hatte verabschieden wollen. Es hatte einige Minuten gedauert, bevor Tante Eliza die Treppe herunter in den Salon gekommen war. Hamilton hätte also reichlich Zeit gehabt, einen der vielen Winkel aufzusuchen, in denen sie sich vor so vielen Jahren als Kinder versteckt hatten.

Während Miriam sich von einem möglichen Versteck zum anderen begab, überkamen sie Erinnerungen an ihre Kindheit, als sie und Hamilton miteinander gespielt hatten. In ihrer Kindheit hatte sie mit ihren Eltern einen Großteil des Jahres in einem Landhaus in Kent verbracht. Wenn Hamilton mit seinen Eltern zu Besuch kam, hatten sie zu Pferd die Gegend erkundet. Wenn er sie im Londoner Stadthaus ihrer Eltern besuchte, hatten sie die Parkanlagen durchstreift oder im Hause mit all seinen Zimmern, Kammern und Geheimgängen Verstecken gespielt. Da das Haus aus der Zeit Cromwells stammte, gab es verschwiegene Winkel zuhauf. Hamilton kannte sie alle.

Die stundenlange Suche blieb jedoch ergebnislos. Während die Bediensteten mürrisch wieder Ordnung schufen, zogen sich Miriam und Tante Eliza in den Salon zurück.

»Es ist hoffnungslos«, sagte Miriam niedergeschlagen. »Sollte Hamilton die Liste hier versteckt haben, werden wir sie nie finden. Wir haben sämtliche Winkel durchsucht, die ich kenne. Großer Gott, was soll ich nur machen? Dieser ekelhafte Mensch wird morgen in aller Frühe kommen, um mich ins Gefängnis zu karren.«

Auch Tante Eliza schaute nachdenklich drein. »Wir könnten uns an Vetter Harold wenden. Schließlich ist er ja das Oberhaupt der Familie und dazu noch ein Earl. Er müßte doch die Sache beeinflussen können, auch wenn er mich bei meinem letzten Besuch recht ruppig behandelt hat.«

»Vetter Harold ist bestimmt nichts daran gelegen, seine gesellschaftliche Stellung durch einen weiteren Skandal in unserer Familie zu gefährden«, wendete Miriam bedrückt ein. »Außerdem kann ich mir nicht vorstellen, daß ein sturer Mensch wie Captain Michaels sich durch einen unbedeutenden Earl beeinflussen läßt.«

»Na ja«, sagte Tante Eliza aufseufzend. »In einem Gefängnis ist es vielleicht gar nicht so schlimm. Wenn man bereit ist, etwas Geld auszugeben, läßt es sich da auch ganz gut leben. Und ich könnte dir frisches Obst zukommen lassen und frisches Brot ...« Sie verstummte, als sie den erstaunten Blick ihrer Nichte auffing. »Tja, Schätzchen, es ist schon, wie du gesagt hast, wir können da nichts machen. Es sei denn, du fragst Hamilton, wo er diese Liste versteckt hat.«

Miriam traute dem unschuldigen Lächeln ihrer Tante nicht. »Was soll das heißen, ich könnte Hamilton fragen? Wie ich meinen teuren Vetter kenne, ist er bereits mit einem illegalen Blockadenbrecher unterwegs nach Amerika. Wenn er vor etwas fliehen muß, verschwendet er keine Zeit.«

»Das schon, Schätzchen. Aber es fahren noch andere Segelschiffe nach Amerika. Du könntest ihm ja nachfolgen.«

Tante Eliza muß den Verstand verloren haben, dachte Miriam. Nach Amerika fahren! Was für ein lächerlicher Gedanke! Was für ein erschreckender Gedanke!

»Wir befinden uns doch im Krieg mit Amerika«, wandte sie ein.

»Na, na. Diese kleinen Scharmützel! Ein Sturm im Wasserglas ist das. Außerdem könntest du ja nach Kanada fahren. Ja, das ist eine gute Idee. Mit den Kanadiern führen wir keinen Krieg.«

»Unmöglich. Tante Eliza, du weißt nicht, wovon du da sprichst. Das kann man nicht von mir verlangen.«

Der Vorschlag war unmöglich. Amerika war ein unzivilisiertes Land. Ihre Mutter hatte sie zu einer sittsamen jungen Dame erzogen. Sollte sie jetzt die Wildnis da drüben auf der Suche nach ihrem Tunichtgut von Vetter durchstreifen? Außerdem hatte sie ihrer Mutter versprochen, daß sie nie mehr mit ihrem Vater reden oder ihm schreiben würde.

Aber Hamilton wollte ja zu ihm. Wenn sie Hamilton aufspüren wollte, mußte sie zuerst mit ihrem Vater zusammenkommen. Das war unmöglich. »Nein«, wiederholte Miriam entschlossen. »Daran möchte ich nicht mal denken.«

Tante Elizas kleine, runde Augen bekamen einen verschmitzten Ausdruck. »Selbstverständlich brauchst du so etwas nicht in Erwägung zu ziehen, Schätzchen. Es war gedankenlos von mir, dir so etwas vorzuschlagen. Ein Aufenthalt im Gefängnis ist da vorzuziehen, obgleich mich ein kalter Schauer überläuft, wenn ich überlege, wie wir deinen guten Ruf bewahren können, sollte bekannt werden, daß man dich ins Gefängnis Newgate geschafft hat.«

»Wenn ich allein nach Amerika reise, schadet das meinem Ruf ebenso.«

»Das schon. Da hast du recht. Aber deine Zofe, die kleine Lucy, könnte ja als Begleiterin mit dir fahren. Und wir könnten ja bekanntgeben, daß du lediglich deinen Vater besuchst. Die Gesellschaft wird dir das eher nachsehen als ein Zusammenleben mit weiß Gott was für Leuten im Gefängnis.«

Miriam sah ihre Tante forschend an. Die alte Dame hatte eine Schwäche für ihren Vater. Sie hatte schon immer gemeint, daß Miriam sich mit »interessanteren« Männern abgeben sollte als mit den »weibischen Gecken« in London. Wollte ihre Tante sie aufgrund der schrecklichen Situation zu einem Abenteuer verleiten, nach dem sie sich gewiß nicht sehnte, für das sie keineswegs gerüstet war? Nein, sie würde sich nicht darauf einlassen. Sie hatte keine Angst vor einer weiten Reise. Überhaupt nicht. Sie verabscheute schlichtweg Amerika. Und sie verabscheute Schiffe. Das Problem mußte doch anders zu lösen sein. Sie würde ... Tja, was sollte sie tun? An wen sollte sie sich wenden? Wer könnte ihr helfen?

Tante Eliza betrachtete lächelnd das Gesicht ihrer Nichte, das eine Vielfalt von Stimmungen ausdrückte. »Reg dich nicht auf, Schätzchen! Ich bin sicher, daß Vetter Harold dich nach ein paar Monaten aus dem Gefängnis holen wird. Und ich werde dir jede Woche frisches Obst schicken.«

Miriam erblaßte. Die Wildnis in Amerika oder ein Gefängnis in London – das war also die Wahl. Sie seufzte schicksalsergeben auf. In der amerikanischen Wildnis würde sie sich zumindest nicht Mrs. Pelhams Gerede über ihre aufgelöste Verlobung anhören müssen. »Das mit dem frischen Obst kannst du sein lassen, Tantchen. Ich folge Hamilton nach Amerika.«

Die restlichen Abendstunden verbrachten sie mit Reisevorbereitungen. Lucy war verstört, als sie erfuhr, daß sie ihre Herrin begleiten sollte, und lamentierte über die blutrünstigen Indianer und die Wildnis, während sie Kleider, Unterröcke, Handschuhe, Pantöffelchen und warme Leibwäsche einpackte.

»Pack nicht zu viele Sachen ein!« mahnte Miriam. »Schließlich müssen wir alles durch den Geheimgang und dann ins Wäldchen tragen. Captain Michaels hat sicherlich den abscheulichen Sergeanten als Beobachter vorm Haus plaziert.«

»O Miss!« stieß Lucy schluchzend aus. »Müssen wir wirklich dorthin? Der Mann meiner Schwester war mal in Amerika. Er erzählte, dort gibt es Wilde, die den Leuten das Haar samt der Haut vom Kopf schneiden.«

»Hör auf zu jammern, Lucy! Wir werden schon keine Wilden treffen. Mein Vater lebt in einem Pelzhandelszentrum, in durchaus gesitteten Verhältnissen, denke ich. Wir spüren meinen Vetter auf und kehren sogleich nach England zurück. Bevor der Sommer vergangen ist, sind wir wieder daheim.«

Gegen Mitternacht waren sie mit dem Packen fertig. Miriams Reisetruhe und Lucys Reisetasche wurden in die Küche gebracht, wo sich ein Regal drehen ließ und den Zugang zu einem alten Tunnel freigab, durch den sich einst die Royalisten in Sicherheit gebracht hatten. Dieser Geheimgang führte zu einem Lagerschuppen, der am Rand des Gartens nahe einem Wäldchen lag. Henry, der Sohn des Gärtners, wollte sie von dem Wäldchen aus zu einem Hotel bringen, wo sie bis zur Abfahrt nach Amerika bleiben würden. Henry war es sogar gelungen, einen Kutscher zu dingen. Das war zwar nicht die Art, wie Miriam sonst zu reisten pflegte, aber unter diesen Umständen mußte sie sich damit abfinden. Während

Tante Eliza und die schluchzende Lucy sich bereithielten, ging Miriam noch einmal zurück. Sie stellte sich ans Fenster und schaute auf den sternenhellen Garten. Diesen vertrauten Anblick würde sie viele lange Monate entbehren müssen. Doch sie tröstete sich mit dem Gedanken, daß bei ihrer Rückkehr die winterlichen Braun- und Grautöne den kräftigen des Spätsommers gewichen sein würden. Captain Michaels würde ihr nichts mehr anhaben können. Das Leben würde wieder sein wie früher.

Was lag vor ihr? Amerika – das Land, wo es nur wilde Indianer und unzivilisierte Rüpel gab. Ihr wurde beklommen zumute, als sie in die kalte Nacht hinausschaute. Wodurch hatte sie dieses Schicksal verdient?

2

Es fröstelte Miriam, und sie zog das Umschlagtuch enger um sich. Für Anfang Juni war es recht kühl. Eine steife Brise kräuselte den nördlichen Huronsee. Noch einen Tag, tröstete sie sich, höchstens zwei, und diese schreckliche Reise war zu Ende.

In dem Kanu aus Birkenrinde, mit dem Miriam reiste, saßen acht Männer. *Voyageure* wurden solche Ruderer hierzulande genannt, die alle möglichen Waren von Montreal zu den Handelsniederlassungen im Westen transportierten und mit Bündeln von Biber-, Otter- und Bisamfellen zurückkehrten, die dann an Kürschner in England und Europa verkauft wurden. Es war eine höchst unbequeme Art zu reisen. Aber so kam man am schnellsten von der Ostküste Amerikas zum Anwesen ihres Vaters auf der Insel Michilimackinac. Sie hatte vor ihrer Abreise aus London sämtliche früheren Briefe ihres Vaters noch einmal sorgsam gelesen. Er gab darin an, daß die Route über den Ottawa-Fluß am kürzesten sei. Und daran war Miriam mehr gelegen als an jeglichem Komfort. Je rascher dieses gräßliche Abenteuer vorbei war, desto eher konnte sie zu ihrem behaglichen Leben in London heimkehren.

Miriam schreckte aus ihren Gedanken hoch und sah Lucy, die ihr vom anderen Kanu aus fröhlich zuwinkte. Sie konnte nicht begreifen, wieso ihre Zofe, die bei dem Gedanken an eine Reise nach Amerika lauthals gejammert hatte, binnen kurzem Gefallen an der schrecklichen Wildnis ringsum fand. Die Wildnis war noch schlimmer, als Miriam es sich vorgestellt hatte. Zwar hatte sie Lucy zugesichert, daß sie keineswegs mit wilden Indianern zusammenkommen würden, aber nun trafen sie sie überall an – Irokesen und Algonkin bei Beginn ihrer Bootsreise und weiter im Landesinneren Maskegons, Missisakies und Chippewa.

Lucy, die in London so furchtsam gewesen war, schien die

24

Bootsreise zu genießen, als sei sie ein Kind, das unerwartet in ein Märchenland versetzt worden war. Wann immer sich ihr die Gelegenheit bot, sprach sie mit den Wilden. Wenn diese Englisch nicht verstanden, versuchte sie es mit Zeichen und Gebärden. Lucy ertrug klaglos Hitze und Kälte, die Fahrt durch Stromschnellen, die langen Portagen, ja selbst die gräßlichen Stechmücken und schwarzen Fliegen. Die *Voyageure* in Lucys Kanu scherzten und unterhielten sich angeregt mit ihrem weiblichen Passagier, während sie das Gefühl hatte, daß ihre Ruderer sie mit ihrem modischen Kleid, ihren eleganten Schuhen aus feinstem Leder und ihrem spitzengesäumten Sonnenschirm nur als nutzlose Last empfanden.

Vor einem Monat waren die vier Handelskanus von Lachine, dem kleinen Hafen am St.-Lorenz-Strom unweit von Montreal, losgefahren. Ein paar Tage darauf hatten sie den St.-Lorenz-Strom verlassen und waren den Ottawa flußaufwärts gerudert. Hin und wieder hatten sie anhalten müssen, um Lecke in den Birkenrindenkanus abzudichten oder die Boote samt Waren an unüberwindbaren Stromschnellen vorbeizutragen. Schließlich erreichten sie die Mündung des Matawan-Flusses und ruderten ihn hinauf zum Nippissingsee. Von da aus stiegen sie zum French River ab und erreichten auf ihm den Huronsee, auf dem sie sich nun befanden. Von ihrem Ziel waren sie nur noch eine Tagesreise weit entfernt.

Fort Michilimackinac, das hatte Miriam den Briefen ihres Vaters entnommen, lag auf einer kleinen Insel in der Straße von Mackinac, die den Huronsee mit dem Michigansee verband. Die Insel war nach dem Ende des Unabhängigkeitskrieges den Vereinigten Staaten zugefallen, aber im Juli 1812 hatte ein britisches Truppenkontingent unter dem Kommando von Captain Roberts sie zurückerobert. Miriam fand es tröstlich, daß in Fort Michilimackinac ihre Landsleute das Sagen hatten. Die Engländer waren zumindest ein zivilisiertes Volk. Was die Amerikaner anging, hatte sie so ihre Zweifel.

Einer der *Voyageure* im Bug des Kanus stieß aufgeregt ein paar französische Worte aus. Der Großteil der Männer, die

25

mit ihren Kanus die Flüsse befuhren, war französisch-kanadischer Abstammung. Miriam hatte zu ihrem Leidwesen erfahren müssen, daß sie, obwohl sie ein passables Französisch sprach, die *Voyageure* nur selten verstand, wenn diese sich nicht die Mühe gaben, ihr etwas begreiflich zu machen. Sie argwöhnte sogar, daß man sich deswegen häufig über sie lustig machte.

Doch diesmal klang das Gerede nicht so, als würden die *Voyageure* scherzen. Der Ruderer im Bug des Kanus rief den Männer in den anderen Booten etwas zu. Diese winkten, während Miriams Kanu vom Kurs abwich und das Ufer ansteuerte.

»Was ist denn los?« fragte Miriam verängstigt.

»Wir haben ein Leck, Mademoiselle. Wir bleiben heute nacht hier, um es abzudichten. Die anderen Boote fahren weiter. Wir sind nicht weit von Fort Michilimackinac entfernt. Können Sie mich verstehen?«

Miriam runzelte die Stirn. »Ich dachte, die Kanus blieben aus Sicherheitsgründen immer zusammen.«

Der *Voyageur* lächelte. »*Qui*, Mademoiselle. So wird's gemacht. Aber jetzt besteht keine Gefahr mehr. Die Schwierigkeiten sind vorbei. Wir verspäten uns nur um einen Tag.«

»Ich verstehe«, sagte Miriam. Die anderen Kanus und Lucy mit ihnen entfernten sich immer mehr. Nach einer Weile waren sie nur noch dunkle Punkte am Horizont. Es behagte ihr keineswegs, die Nacht mit diesen acht rauhbeinigen Männern verbringen zu müssen. Diese rüpelhaften Frankokanadier kamen ihr zuweilen angsteinflößender als die Indianer vor, die sie auf dieser Reise getroffen hatte. Warum mußte das Kanu ausgerechnet jetzt ein Leck bekommen!

Bald erreichten sie das felsige Flußufer. Miriam mußte es sich gefallen lassen, daß ein riesiger *Voyageur* sie hochhob und an Land trug, ein Ritual, das sie jedesmal ertragen mußte, wenn das Kanu Grundberührung hatte. Ein vollbeladenes Kanu durfte wegen der Haut aus dünner Birkenrinde nie an Land gezogen werden. Schon am ersten Tag ihrer Bootsreise war Miriam zu der Erkenntnis gekommen, daß es

26

ratsamer war, an Land getragen zu werden, als durch das Wasser zu stapfen, wobei ihre Unterröcke, ihre Beinkleider, ihre Strümpfe und Schuhe triefend naß und obendrein noch schmutzig wurden.

Das Kanu hatte mehr als nur ein Leck. Während Miriam sich auf einen trockenen, angeschwemmten Baumstamm setzte und ungeduldig zusah, standen die Männer bis zur Hüfte im eiskalten Wasser und entluden das Boot. Es waren insgesamt sechzig hundert Pfund schwere Kisten, die alle beschriftet waren. Sie enthielten Wolldecken, Mäntel, Kattun- und Leinenballen, Hemden, Hosen, Posamenterien, Glasperlen, Schießpulver, Gewehrschlösser, Branntwein, Rum, Messer, Kessel, Flinten, Kämme, Spiegel, Tabak, Bleikugeln und Schrot, lauter Waren, die sich bei den Indianern für Pelze eintauschen ließen.

Es dauerte zwei Stunden, bis das Kanu entladen war und an Land gezogen werden konnte, wo es später abgedichtet werden sollte. Daraufhin wandten sich die Männer anderen Beschäftigungen zu. Die Sonne versank schon am Horizont, als das Lager aufgeschlagen wurde. Zwei *Voyageure* brachten frischgeschossenes Wild für die abendliche Mahlzeit, während die anderen in der Zwischenzeit Birkenrinde einweichten und Kiefernharz erhitzten, um das Kanu abzudichten.

Miriam sah gelangweilt zu, wie die Männer das Lager herrichteten, das Wildbret zerlegten und in einem Kessel übers lodernde Feuer hängten. Zu Beginn ihrer Reise hatte sie den Männern vorgeschlagen, für sie zu kochen, aber nachdem ihre Begleiter ihre Kochkünste einmal genossen hatten, wurde ihr erneut die Rolle einer Zuschauerin zugewiesen. Tatenlos und sich nutzlos fühlend verbrachte sie den Abend und sehnte sich nach Lucy. Die Männer hockten um das Feuer und unterhielten sich gelassen in ihrem unverständlichen französischen Kauderwelsch. Miriam legte sich auf die Kiefernzweige und Decken, die ihre Lagerstatt bildeten. Keiner der Männer schien ihre Abwesenheit zu bemerken.

Der nächste Morgen war der kälteste seit ihrem Aufbruch in Montreal. Die Luft war feucht, und die Sonne verbarg sich hinter den Wolken. Man hätte denken können, es sei noch Winter und nicht Frühling. Die Männer waren freudig gestimmt, da sie nur noch eine Tagesreise von Michilimackinac-Island entfernt waren, wo sie Rum, Frauen und ein warmes Bett erwarteten.

Im Verlauf des Vormittags zogen die Wolken immer tiefer dahin. Fast schien es, als würden sie die graue Wasserfläche streifen. Miriams Musselinkleid und ihr seidenes Umschlagtuch waren in London der letzte Modeschrei gewesen, boten hier aber wenig Wärme und Schutz vor der Witterung. Sie sehnte sich nach dem dicken Mantel, den sie mitgenommen hatte, aber ihre Truhe war unter den Kisten mit Handelswaren begraben. Zudem ruderten sie nicht mehr entlang des Ufers, sondern paddelten quer über den See. Die großen Inseln, deren Umrisse man am frühen Morgen noch gesehen hatte, waren im Nebel und hinter den herabhängenden Wolken verschwunden. Für Miriam war der See so angsteinflößend wie der Atlantik. Der Gedanke, daß sie alle nur eine Bootshaut aus dünner Birkenrinde davor bewahrte, in dieser grauen Wassermasse unterzugehen, ließ sie erschauern.

Nirgendwo war Land zu sehen. Die anrollenden Wellen, auf denen das Kanu tanzte, wurden immer höher und kamen in kürzeren Abständen. Sie erschienen ihr gefährlicher als die Dünung des Atlantiks, oder vielleicht lag es daran, daß das Kanu in der grauen Unendlichkeit so klein wirkte. Miriam hüllte sich enger in ihr Umschlagtuch und hoffte inbrünstig, daß Michilimackinac-Island bald am Horizont auftauchen würde.

Während die Stunden verstrichen, wurde der Wind immer stärker. Miriam merkte es dem Mienenspiel der *Voyageure* an, daß auch sie beunruhigt waren. Vor einer Stunde hatten sie die Insel schattenhaft gesichtet, aber jetzt war sie im dichter werdenden Nebel verschwunden. Zudem begann es zu regnen. Die vom Wind gepeitschten Wellen schwappten hin und wieder über den Bootsrand. Zwei der Männer hörten auf zu paddeln, um das Wasser auszuschöpfen. Miriam konnte sich der Erkenntnis, daß sie sich in großer Gefahr befanden, nicht länger verschließen. Die Männer redeten und scherzten schon seit Stunden nicht mehr miteinander. Sie sah es ihren zusammengepreßten Lippen und ihrem Muskelspiel unter den klatschnassen Hemden an, in welcher Lage sie sich befanden. Sie zog das Umschlagtuch noch enger um sich und suchte die kleine Bibel, die Tante Eliza ihr beim Abschied in die Hand gedrückt hatte. Während der ganzen Reise hatte sie sie bei sich getragen und aus ihrer schieren Nähe Trost gezogen. Doch jetzt schien sie ihr keine Sicherheit mehr zu bieten. Sie konnte nur daran denken, daß es sie fröstelte, daß die Wellen immer höher schlugen und daß nur ein winziges Kanu ihr und den Männern Schutz bot.

Das Boot tanzte und schwankte auf den daherrollenden Wogen. Zwei weitere Männer schöpften das Wasser aus dem Kanu, so daß nur vier *Voyageure* den Kurs halten konnten. Als eine noch höhere Woge auf sie zurauschte, hob sich der Bug und glitt dann schwankend ins Wellental. Gleich darauf glitt sie nicht mehr unter dem Kanu hinweg, sondern begrub es in seinen Wassermassen. Einer der Männer stieß ein paar französische Worte aus, die Miriam als ein Gebet erkannte. Er bekreuzigte sich und versuchte noch zu paddeln. Es war vergebens.

Ein kleines Kanu tanzte auf der Dünung unweit Michilimackinac-Island. Zwei Brüder vom Stamme der Chippewa, der eine von gedrungener Gestalt, der andere hochgewachsen und schlank, saßen darin und fischten.

»Der Tag hat gut begonnen«, sagte der Hochgewachsene. Er meinte ihre Ausbeute an Fischen und nicht das Wetter, das sich zusehends verschlechterte. Der Wind wurde stärker, und selbst so nah am Strand wurde die Dünung kabbeliger.

»Für dich war es ein guter Tag«, sagte der gedrungene Indianer. »Ich war dir ein guter Lehrer, Geisterauge. Zuerst hast du dich schwergetan, aber dann hast du schnell gelernt. Ich habe nicht gedacht, daß einst der Tag kommen würde, da du ein besserer Fischer bist als ich.«

Geisterauge lächelte, was sein hageres, an einen Raubvogel gemahnendes Gesicht sanfter erscheinen ließ. Die meisten Fische, die auf dem Boden des Kanus lagen, hatte er mit seinem langen Speer und nicht mit einer Angelschnur gefangen. Das Speeren von Fischen erforderte ein scharfes Auge und große Geschicklichkeit. Er war darin ein Meister.

»Mein Bruder Wellenreiter sollte daran denken, daß ein guter Schüler seinem Lehrer zur Ehre gereicht«, sagte er in gespielter Demut und lächelte spöttisch.

Wellenreiter wiegte den Kopf. »Der Schüler sucht seinen Lehrer auszustechen. Wenn Seetänzerin all die Fische, die du gefangen hast, räuchern will, braucht sie eine ganze Woche dazu. Und wenn sie ihr nicht reichen, könnte ich ja leicht die doppelte Menge bringen.«

»Das kannst du deiner Schwester doch nicht antun«, entgegnete Geisterauge. »Außerdem schlägt das Wetter um. Die Fische verbergen sich am Grund des Sees, um dem Sturm zu entkommen.«

»Du hast recht«, sagte Wellenreiter. Er schaute zu den niedrigen Wolken empor und wischte sich die ersten kalten Regentropfen von der Stirn. »Der Winter scheint für kurze Zeit wiederzukehren, mein Bruder. Die Wellen tragen schon weiße Schaumkronen. Wenn mich meine alten Knochen nicht trügen, wird der Regen sich bald in Schnee verwandeln.«

»Einen echten Chippewa schreckt ein Schneesturm nicht«, erwiderte Geisterauge mit spöttischem Ernst.

Wellenreiter ergriff sein Paddel und steuerte das Kanu dem Ufer entgegen. »Ein kluger Chippewa sitzt in seinem Zelt und wärmt sich die Hände am Feuer, wenn der kalte Wind im Walde tost«, sagte er.

Die beiden Indianer brachten ihren Fang ans Land. Es regnete immer heftiger. Da erblickte Geisterauge ein Handelskanu, das gegen den Wind und die Wellen ankämpfte. Er stieß seinen Blutsbruder an und deutete auf den See hinaus.

»Die törichten Bleichgesichter werden es nicht schaffen«, meinte Wellenreiter. »Selbst ein Kind würde sich nicht so weit auf den See hinauswagen, wenn der Wind so heftig weht.«

»Wahrscheinlich kommt es vom Nordufer her. Gestern

sind drei Boote mit *Voyageuren* angekommen. Ein Kanu haben sie einen Tag zuvor zurücklassen müssen. Sie hätten dort bleiben sollen, bis sich das Wetter bessert.«

Wellenreiter nickte. Beide beobachteten ausdruckslos, wie das Handelskanu auf den Wogen auf und nieder tanzte. Es schien immer tiefer im Wasser zu liegen. Dann geschah das Unvermeidliche. Das Boot senkte sich langsam nach einer Seite, so daß seine Ladung in den See glitt. Die *Voyageure* schrien einander etwas zu. Ihre Rufe trug der heulende Wind den Indianern am Strand zu. Sie hörten noch einen angstvollen Schrei, den nur eine Frau ausgestoßen haben konnte. Ohne ein Wort zu sagen, lief Wellenreiter den Strand entlang, um Hilfe zu holen, während sich Geisterauge in das aufgewühlte Wasser stürzte.

Es war vergebens. Mochten sich die *Voyageure* noch so anstrengen, es war vergebens. Im Kanu hatte sich zuviel Wasser angesammelt. Die Wellentäler waren zu schmal, so daß sich das Boot vor der nächsten Woge nicht mehr aufrichtete. Eiskaltes Wasser schoß über sie hinweg und füllte das Boot vom Bug bis zum Heck. Langsam neigte es sich nach einer Seite. Die Männer fluchten und riefen einander Anweisungen zu. Miriam stieß einen gellenden Schrei aus.

Dann schlugen die Wellen über ihr zusammen, und sie wurde in die Tiefe gerissen. Einen kurzen Augenblick nur verspürte sie die Kälte. Dann fühlte sie nichts mehr und sank immer tiefer. Um sie herum glitten schaukelnd die Kisten zum Seeboden hinab.

Miriam bedauerte zutiefst, daß sie das Schwimmen nie erlernt hatte. Sie hatte es unnötig gefunden. Da ihr Wasser stets unheimlich gewesen war, hatte sie sich nie wie andere Kinder zu Teichen und Flüssen hingezogen gefühlt. Jetzt trieb sie hilflos dem Seeboden entgegen, wo irgendwo da unten in der dunklen, kalten Tiefe der Tod auf sie lauerte.

Es war, als schwebten Schleier vor ihren Augen. Ihre Lunge drohte zu bersten. Ihre Arme und Beine schienen ihr nicht mehr zu gehorchen. Trotzdem wollte sie sich der immer näher kommenden Dunkelheit nicht ausliefern. Sie begann mit den Armen zu rudern und mit den Beinen zu strampeln, wie sie es einst bei Hamilton im Teich hinter dem Landhaus ihrer Eltern gesehen hatte. Immer wieder versuchte sie es, bis sie spürte, daß sie allmählich nach oben glitt.

Es dauerte eine Ewigkeit, bis sie endlich den Kopf aus dem Wasser strecken und nach Luft schnappen konnte. Doch gleich darauf schluckte sie Wasser, als eine Welle sie unter sich begrub. Sie begann wieder zu strampeln, doch diesmal verfingen sich ihre Beine in ihren langen Unterröcken. Sie versuchte sich freizustrampeln, merkte aber, daß ihre Kräfte schwanden, und fügte sich ins Unvermeidliche.

Sie nahm kaum wahr, daß eine Hand sie am Arm packte und nach oben zog. Als sie wieder das Tageslicht sah, begriff sie nicht gleich, daß sie noch lebte, daß sich jemand bemühte, ihren Kopf über Wasser zu halten. Als sie wieder Wasser schluckte, geriet sie in Panik. Sie schlug mit den Armen um sich, um an ihrem Retter Halt zu finden. Sie wollte nur noch atmen. Weder der Sturm noch die schaumgekrönten Wellen des Huronsees würden sie noch einmal der Tiefe ausliefern. Miriam spürte, wie sich ihre Finger um einen muskulösen Arm schlossen, der von ihr wegzucken wollte. Sie umklammerte ihn noch fester, worauf sie und ihr Retter abermals im Wasser versanken.

Doch dann tauchten sie beide mit einem Ruck wieder auf. Miriam konnte gerade noch tief Luft holen, als ihr jemand mit der Faust einen Schlag gegen ihr Kinn versetzte. Farbige Blitze leuchteten vor ihren Augen auf, und sie lockerte ihren Griff. Bevor sie wieder zu sich kam, wurde sie herumgedreht und gegen einen muskulösen Männerkörper gedrückt. Ein kräftiger Arm umfaßte sie unterhalb der Schulter über ihrem Busen. Regungslos ließ sie sich treiben, während ihr Retter gegen die Wellen und die Strömung ankämpfte, um sie und sich in Sicherheit zu bringen.

Nach einer Weile spürte sie, wie ihre Beine felsigen Boden streiften. Doch der Kampf war noch nicht zu Ende. Wie Treibholz hatte eine Woge sie auf das felsige Ufer gespült und war über ihnen zusammengebrochen. Jetzt zog sie das abfließende Wasser wieder zurück, bevor ihre Füße einen festen Halt finden konnten. Sie kämpften gegen den Sog an, doch da kam schon die nächste Welle. Während all dies geschah, hielt sie der muskulöse Arm noch immer umklammert. Ihr Retter gab sie nicht frei. Selbst in ihrer Benommenheit war Miriam klar, daß nur dieser eisenharte Griff sie davor bewahrte, in die Tiefe gezogen zu werden.

Als das Tosen endlich leiser wurde, war Miriam zu erschöpft, um wahrzunehmen, daß sie sich in Sicherheit befand. Das Atmen fiel ihr noch immer schwer. Sie hatte das Gefühl, als müßte sie in dem peitschenden, mit Schneeflocken vermischten Regen ersticken.

»Umdrehen! Umdrehen, verdammt nochmal.« Die barsche Stimme brachte sie nicht zu sich. Sie spürte nur, wie jemand ihren erschlafften Körper aufrichtete, den Strand aufwärts schleifte und sie dann bäuchlings liegenließ. Jetzt bin ich tot, dachte Miriam. In ihrer Benommenheit nahm sie kaum wahr, daß ein halbnackter Wilder sich rittlings auf sie setzte und mit brutaler Kraft ihren erschlafften Körper zu kneten begann. Es interessierte sie nicht, was der Kerl da tat. Sie war nur dankbar, daß sie nicht mehr in ihrem Körper steckte.

»Atmen Sie, verdammt nochmal! Atmen Sie!«

Diesmal hörte Miriam die Worte aus kürzerer Entfernung, so, als würde sie sich ihres Weiterlebens allmählich bewußt. Ein Brechreiz würgte sie. Dann schnappte sie keuchend nach Luft. Sie spürte Sand in ihrem Mund und abermals einen Brechreiz. Ihre Lunge schien zu brennen, und die Flammen strichen über ihren zuckenden Körper.

»So ist's richtig! Atme, Frau!«

Sie rang nach Atem. Ihr Körper krümmte sich. Ihren Mund umfloß ein säuerlich schmeckender Wasserstrahl. Sie begann regelmäßig zu atmen. Ihre Atemzüge paßten sich den rhythmischen Bewegungen des Mannes an, der schwer auf ihrem Rücken hockte.

»Hören Sie auf!« keuchte sie und versuchte das niederdrückende Gewicht auf ihrem Rücken abzuschütteln. »Bitte!«

Der Indianer meinte offenbar, daß er genügend Seewasser

aus ihrer Lunge gepumpt hatte, denn er wälzte sich von ihr und blieb, Arme und Beine von sich gestreckt, neben ihr liegen. Er atmete schwer und achtete nicht auf den peitschenden Regen, der noch immer mit Schneeflocken durchmischt war. Nach einer Weile stützte er den Kopf auf die angewinkelte Hand und betrachtete die triefendnasse, verdreckte Frau, die er an Land geschleift hatte.

Allmählich begann Miriam wieder ihren Körper zu spüren. Als die wohltuende Benommenheit wich, merkte sie, wie sehr sie fror. Ihre Muskeln schienen vor Kälte erstarrt zu sein. Sie konnte sich nicht von der Stelle fortbewegen, wo ihr Retter sie liegengelassen hatte. Sie duckte sich frierend und fühlte sich elend. Und doch war sie froh, noch am Leben zu sein.

»Stehen Sie auf!« sagte der Indianer, der sich erhoben hatte. Als sie sich nicht bewegte, packte er ihren Arm und zog sie zu sich empor. »Ziehen Sie die nassen Sachen aus, bevor Sie sich erkälten.«

»Was?« Miriam klapperte mit den Zähnen und zitterte vor Kälte. Sie richtete sich auf, doch ihre Beine schienen sie nicht tragen zu wollen, so daß sie stolpernd dem Indianer in die Arme fiel.

Dieser murmelte etwas, hob sie hoch und trug sie weiter den Strand hinauf. Dort, wo ein paar Bäume standen, war ein umgedrehtes, kleines Kanu. Er setzte sie an einer Stelle ab, wo dichte Zweige ihr Schutz vor dem Wind und dem peitschenden Regen boten.

»Können Sie stehen?«

»Selbstverständlich«, sagte Miriam stammelnd. »Wenn Sie mir nur ...«

»Ziehen Sie Ihre nassen Kleider aus!« Der Indianer ging in die Hocke und blickte unter das Kanu. »Die Decke hier müßte noch trocken sein.«

Miriam schaute ihn verständnislos an.

»Machen Sie schon! Ziehen Sie sich aus!«

Meint dieser Rüpel im Ernst, daß ich mich hier entkleide, schoß es ihr durch den Kopf. Hier? Im Freien, während es stürmt und regnet? Und vor seinen Augen? Wofür hält er mich?

»Wenn Sie mich nur zur nächsten Siedlung führen würden, Sir, wäre ich …«

»Herrgott! Seien Sie doch nicht so töricht und stur! Wollen Sie sich erkälten? An einer Lungenentzündung sterben?«

»Bringen Sie mich nur dorthin, wo ich mich aufwärmen kann, Mr. …«

»Mein Name ist Geisterauge«, sagte er. Seine hochgewachsene Gestalt schüchterte sie ein. Sie reichte ihm gerade bis zur Schulter.

»Mr. … Geisterauge«, wiederholte sie. Geisterauge? Sie konnte sich nicht vorstellen, wie er mit all seiner beeindruckenden Männlichkeit zu diesem Namen gekommen war.

Miriam wich zurück und strich ihr nasses, mit Sand durchsetztes Haar in den Nacken. Das Zittern wurde so schlimm, daß sie kein Wort hervorbrachte. Ihr Kleid schien sie wie ein Eismantel zu umklammern und ihr die letzte Körperwärme zu entziehen. Dennoch würde sie es unter keinen Umständen ablegen. Schließlich war sie eine anständige Frau. Wenn sie, um ihre Sittsamkeit zu bewahren, sich zu Tode frieren mußte, würde sie das eben erdulden.

Der Indianer machte einen Schritt auf sie zu, worauf Miriam weiter zurückwich. Im Dämmerlicht erinnerte er sie an eine jener angsteinflößenden, hünenhaften Gestalten, die sie einst in ihren kindlichen Alpträumen verfolgt hatten.

»Ich habe Sie nicht aus dem See gezogen, damit Sie sich hier den Tod holen«, sagte er. »Ziehen Sie die nassen Sachen aus und wickeln Sie sich in die Decke, die unter dem Kanu liegt. Dann bringe ich Sie zu Leuten, die für Sie weiter sorgen werden.«

»Ich möchte lieber …«

»Es ist mir gleich, was Sie möchten!«

Bevor sie ihn abwehren konnte, stand er vor ihr. Eine Hand packte ihren Arm, als sei dieser in einen Schraubstock geraten, während die andere an ihrer Schärpe riß, die um ihre Taille geschlungen war. Als seine Finger über ihr Seidenmieder glitten, erschauerte sie, aber nicht vor Kälte.

»Fassen sie mich nicht an, Sie Flegel!« schrie sie empört.

»Was bilden Sie sich ... Nein!«

Er riß ihr ungerührt das Seidenmieder vom Leib und schleuderte es fort. Dann spürte sie, wie sich seine Hände an ihrem Leibchen zu schaffen machten und es entzweirissen.

Sie schrie so laut, daß man es trotz des heulenden Windes weithin hören mußte. Rauhe, schwielige Männerhände berührten ihren Körper, was sie noch nie einem Mann gestattet hatte. Sie wurde entkleidet wie ein Kind, mochte sie sich auch noch so winden, sich wehren, kratzen und mit den Füßen treten. Nichts schien ihn abzuschrecken. Sie kreischte, als er ihr die eiskalten Beinkleider herabzog. Ihre nackten Beine – sie wollte nicht daran denken, was sonst noch alles – waren plötzlich der eisigen Luft ausgesetzt, den Augen dieses widerlichen Menschen, der sie nur demütigen wollte. Und dann fiel auch noch ihr Unterhemd. Sie war splitterfasernackt.

»Stellen Sie sich nicht so an, Sie dumme Gans!« sagte er. »Sie werden es mir noch einmal danken ...«

Er verstummte, als Miriam ihn mit dem Knie dort traf, wo es einem Mann besonders weh tut. Augenblicklich ließ er sie los. Verblüfft darüber, daß er sie nicht länger bedrängte, schaute sie unentschlossen um sich und griff dann nach der Decke unter dem Kanu. Sie hüllte sich darin ein, rannte auf die Bäume zu und achtete nicht auf das, was er ihr nachrief.

»Kommen Sie zurück! Sie kennen sich hier nicht aus!«

Sie blieb unschlüssig stehen. In dem düsteren Wald vor ihr konnten Indianer lauern, die vielleicht noch tückischer waren. Ihre Wut schwand. Ihre Beine wollten sie nicht länger tragen, und der Wald schien sich um sie herum zu drehen.

»Sie kleine Wildkatze! Sie hätten mich fast entmannt!« sagte der Indianer, der ihr nachgerannt war, sie an der Schulter packte und herumwirbelte. Ihr Herz pochte bis zum Hals.

»Wenn Sie mich nochmal anfassen, werde ich ...«

»Werden Sie was? Dümmer können Sie sich nicht mehr verhalten.«

Der mit Schnee durchsetzte Regen hörte allmählich auf.

Die Wolken zogen nicht mehr so tief übers Land. Wässriges Sonnenlicht drang hie und da zwischen ihnen hindurch. Miriam besah sich den Indianer zum erstenmal genauer. Und was sie sah, verwirrte sie. Er bot einen Anblick, wie ihn eine anständige Dame sonst nie zu sehen bekam. Als empfindsame Frau war sie diese primitive Ursprünglichkeit nicht gewöhnt. Geisterauge – hochgewachsen, breitschulterig, mit eisenharten Muskeln, die sich unter der kupferfarbenen Haut deutlich abzeichneten – war das Inbild von ungezähmter Männlichkeit. Obwohl ihr Herz immer schneller zu schlagen begann, konnte sie ihre Augen nicht von ihm abwenden. Er war nur unzulänglich mit einem Lendenschurz aus Leder bekleidet. Sie verstand nun auch, wie er zu seinem Namen gekommen war. Die Augen, die sie musterten, waren von einer geisterhaft silbergrauen Farbe. Die dichten Brauen und die hohen, sich klar abzeichnenden Wangenknochen verliehen seinem Gesicht ein raubvogelartiges Aussehen, das jedoch durch den feingeschwungenen, sinnlichen Mund gemildert wurde.

Seine einschüchternde Männlichkeit verwirrte sie zutiefst. Aber da war noch etwas, das sie weitaus mehr bestürzte. Der Kopf des Indianers war bis auf die Skalplocke glatt geschoren, eine Haartracht, die Miriam mittlerweile schon an vielen Indianern aufgefallen war. Aber dieser Kopf war anders. Dieser Wilde da hatte eine Skalplocke, die – sie konnte es nicht fassen – in einem kräftigen Weizenblond schimmerte.

Zum erstenmal in ihrem Leben verlor Miriam die Fassung und fiel in eine damenhafte Ohnmacht.

3

Federbetten, dachte Miriam schlaftrunken, waren doch die großartigste Erfindung, die die Menschen hatten machen können. Sie hatte das Gefühl, sie würde dahinschweben, umgeben von weichen, warmen Wolken, die ihren erschöpften Körper umschmiegten und sie dazu verlockten, noch länger zu schlummern. Wie lange war es her, daß sie so gut geschlafen hatte, daß ihr die luxuriöse Behaglichkeit eines Federbettes gewährt wurde?

Sie öffnete die Augen und schloß sie gleich wieder, da sie nicht glauben mochte, was sie in dem kurzen Augenblick gesehen hatte. Waren es wirklich weiß getünchte Wände und Fenstervorhänge aus buntbedrucktem Kattun gewesen? Sie öffnete abermals die Augen und schaute blinzelnd in das helle Sonnenlicht, das durch das Fenster strömte. Wochenlang war feuchtes Erdreich ihre Lagerstatt gewesen und abgewetzte Wolldecken ihr einziger Schutz gegen die nächtliche Kälte. Wie war es dazu gekommen, daß sie jetzt inmitten von weichen Kissen, Federbetten und Steppdecken lag? Den kleinen Tisch neben dem Bett schmückte ein spitzengesäumtes Zierdeckchen. Auf der geschnitzten Eichenkommode standen ein bemalter Waschkrug aus Porzellan und ein Waschbecken. Neben dem Krug lag zusammengefaltet ein makellos weißes Leinenhandtuch. War sie etwa tot und jetzt im Himmel?

»Wo bin ich?« krächzte sie. Im Himmel bestimmt nicht, schoß es ihr durch den Kopf. Nur in der Welt der Sterblichen gab es solche Mißlichkeiten: ihre Stimme war heiser, und ihr Hals brannte. Und bei jeder Bewegung taten ihr sämtliche Muskeln weh, als sei sie gefoltert worden. Mit dem Schmerz kamen die Erinnerungen – an den Sturm auf dem See, die riesigen Wellen, ihre Errettung.

»Großer Gott!« entfuhr es ihr. Die unverhoffte Erinnerung an den halbnackten Wilden, der sie aus dem Wasser gezogen hatte, schreckte sie auf, so daß sie sich aufsetzte. Sie stöhnte vor Schmerzen. Ein Hustenanfall würgte sie. Es war, als würden glühende Messer ihren Brustkorb zerschneiden. Sie hörte, daß eine Tür geöffnet und dann geschlossen wurde, konnte aber nicht den Kopf drehen, um nachzusehen, wer hereingekommen war.

»Ist schon gut, ist schon gut. Nur sachte, Miss.« Eine fleischige Frauenhand klopfte ihr auf den Rücken, während eine andere ihren Nacken stützte. Als der Hustenreiz langsam aufhörte, sank sie erschöpft in die Kissen zurück. »So ist es fein. Trinken Sie jetzt etwas und entspannen Sie sich.«

Eine Tasse mit Wasser tauchte vor ihren Augen auf. Miriam trank mit kleinen Schlucken und schaute dann auf, um ihre Wohltäterin genauer zu sehen. Eine rundliche Frau mittleren Alters stand neben ihr und betrachtete sie freundlich. »Sie armes Ding. Sie müssen Schreckliches erduldet haben.«

Miriam nickte und war froh, nicht sprechen zu müssen.

»Hier sind Sie sicher und geborgen, meine Liebe. Sie brauchen sich nicht zu ängstigen. Ich bin die Witwe Peavy, und Sie sind in meinem Farmhaus auf Michilimackinac-Island. Jordan Scott hat Sie gestern abend zu mir gebracht. Leblos wie eine Stoffpuppe. Seitdem haben Sie geschlafen.«

»Jordan ... wer?« fragte Miriam heiser.

»Ich kann mir schon denken, daß er sich wieder mal nicht richtig vorgestellt hat. Dieser Mann hat Manieren wie ein Maulesel und ist ebenso stur.«

»Der ... Indianer mit dem gelben Haar?«

»Ja, den meine ich.« Die Witwe lächelte, was ihr rundliches, hübsches Gesicht noch anziehender machte. »Ich kann mir vorstellen, daß Ihnen jetzt alle möglichen Fragen auf der Seele brennen. Es war auch eine schlimme Ankunft auf unserer kleinen Insel. Aber jetzt sollten Sie sich noch ein wenig Ruhe gönnen.« Sie schüttelte die Kissen auf und glättete die Daunendecke. »Der Sturm hat Ihnen übel mitgespielt. Außerdem haben Sie sich erkältet. Bleiben Sie ruhig liegen, während ich Ihnen einen Teller kräftige Suppe hole. Wenn Sie sich wohler fühlen, haben wir reichlich Zeit, miteinander zu plaudern.«

So geborgen hatte sich Miriam schon seit Wochen nicht mehr gefühlt. Sie kuschelte sich in die Daunendecke und schloß die Augen, während Witwe Peavy mit raschelnden Unterröcken aus dem Zimmer eilte.

Es war schwer zu glauben, aber sie war am Leben und sie war geborgen. Allerdings hatte ihre Kleidung gelitten. Aber was sie am meisten erstaunte, war, daß sie ihr Ziel erreicht hatte. Jetzt mußte sie nur noch ihren Vater und Hamilton finden, von ihrem Vetter das Versteck dieser verflixten Liste erfahren, und dann konnte sie getrost nach London zurückkehren. Dort würde sie diese abscheuliche Reise – die angsteinflößenden Stromschnellen, die beschwerlichen Portagen, das quälende Ungeziefer und die ungeschlachten Ruderer – vergessen. Sie würde vergessen, daß es Amerika überhaupt gab. Ach ja, das auch. Den brutalen, ungehobelten Wilden, der sich Geisterauge nannte und der in Wirklichkeit Jordan noch etwas hieß, den würde sie gleichfalls vergessen.

»Da bin ich wieder«, verkündete Witwe Peavy und rauschte in das Zimmer mit einer Terrine, die einen verführerischen Duft verbreitete. Sie lächelte Miriam mütterlich an. »Rollgerstensuppe mit Rindfleisch«, sagte sie. »Wenn Sie die mal in Ihrem Magen haben, Miss Sutcliffe, werden Sie sich wie neu geboren fühlen.«

Miriam blickte ihre Gastgeberin fragend an. »Ach so, meine Liebe«, sagte Witwe Peavy und breitete eine Serviette auf Miriams Schoß aus, auf die sie die Terrine stellte. »Hier wußten doch alle, daß Sie kommen würden. Ihre kleine Lucy ist mit der Kanuflottille am Tag vor dem Sturm angekommen. Wissen Sie, Nachrichten verbreiten sich auf unserer kleinen Insel sehr schnell. Wir alle haben Ihre Ankunft erwartet.«

Alle, dachte Miriam. Warum war dann ihr Vater nicht hier? Oder vielleicht war er da. Vielleicht wartete er im Zimmer nebenan, bis sie sich so weit erholt hatte, daß sie ihn empfangen konnte. Aber dann hätte Witwe Peavy ihn doch sicherlich erwähnt.

Miriam schloß die Augen und versuchte, nicht weiter daran zu denken. Es war wohl so, daß David Sutcliffe seine Tochter, die er vor sechzehn Jahren verlassen hatte, nicht sehen wollte, mochte er ihr noch so viele Briefe geschrieben haben.

»Sie möchten sicherlich auch wissen, wie es Ihrer kleinen Zofe geht«, sagte Witwe Peavy mit aufmunternder Stimme. »Lucy ist hier und wohlauf. Ich muß schon sagen, für ein Mädchen aus der Stadt hat sie die Fahrt tadellos durchgestanden.«

Miriam kostete von der Rindfleischbrühe. Sie schmeckte köstlich. Die Wärme in ihrem Magen durchzog ihren erschöpften Körper. Nur das Schlucken fiel ihr schwer.

»Und die Männer in meinem Boot?« fragte sie heiser.

»Die werden wohl auf dem Grund des Sees liegen und mit ihnen Ihr Gepäck. Sie haben Glück gehabt, daß Jordan noch sah, wie Ihr Boot umschlug, und Sie an Land ziehen konnte.« Witwe Peavy schüttelte den Kopf. »Es ist ein Wunder, daß Sie in dem schrecklichen Sturm nicht ertrunken sind.«

Miriam schwieg. Sie wunderte sich, daß ihr das Schicksal der grobschlächtigen Männer, die in den letzten Wochen ihre Begleiter gewesen waren, so naheging. Nach einer Weile fand sie den Mut, die Frage zu stellen, vor deren Beantwortung es ihr graute.

»Hat man ... meinen Vater von meiner Ankunft benachrichtigt?« Witwe Peavy setzte eine Miene auf, die ihre schlimmsten Befürchtungen zu bestätigen schien. Er wollte sie nicht sehen.

»Ihr Vater ...«, begann Witwe Peavy zögerlich und schaute sie so mitfühlend an, daß sich Miriams Herz vor Angst verkrampfte. »Es fällt mir schwer, die richtigen Worte zu finden, Kindchen. Ihr guter Vater, der uns allen lieb und teuer war, ist im vergangenen Winter einer Lungenentzündung erlegen. Pfarrer Carroll hat Ihnen davon geschrieben. Der Brief ist sicherlich unterwegs verlorengegangen.«

»Mein Vater ... ist tot?« Ihr war nie der Gedanke gekommen, daß ihr Vater eines Tages sterben könnte. Weil sie ihn haßte, war er unsterblich gewesen. Und jetzt war er tot. Es gab ihn nicht mehr. Sie konnte es nicht fassen.

»Er war so ein guter Mensch, Miss Sutcliffe. Wir alle teilen Ihre Trauer.«

Ein guter Mensch? Nein, das nicht. Ihre Augen füllten sich mit Tränen. »Ich habe ihn zum letztenmal gesehen, als ich sieben war«, sagte sie.

Witwe Peavy streichelte unbeholfen ihre Hand. »Das weiß ich, Kindchen. Ihr Vater hatte all seinen Freunden erzählt, welch hübsche, kleine Tochter er in England hat. Es hätte ihn so gefreut, wenn er hätte sehen können, was für eine feine Dame aus ihr geworden ist. Gottes Wille ist zuweilen schwer zu verstehen.«

Tränen rannen Miriams Wangen herab. Sie merkte es nicht.

»Ich kann mir denken, daß Sie jetzt allein sein möchten, Kindchen. In der Schublade da«, Witwe Peavy deutete auf das Nachtkästchen, »ist eine Bibel, falls Sie Trost suchen. Und wenn Sie eine Schulter zum Ausweinen brauchen – ich bin da.«

Witwe Peavy schloß leise die Tür. Miriam schluchzte. Warum weinte sie überhaupt? Ihr Vater war ein Schuft gewesen, ein gefühlloser Patron. Er hat es nicht verdient, so lange zu leben. Er hatte ihrer Mutter das Herz gebrochen, sein einziges Kind im Stich gelassen, ihre Familie zum Gespött der Londoner Gesellschaft gemacht. Die Hölle war noch viel zu gut für David Sutcliffe.

Miriam wischte die Tränen von ihrem Gesicht. Die gebündelten Briefe ihres Vaters, die sie mitgenommen hatte, fielen ihr ein. Sie hatte zwar niemals auf sie geantwortet, aber sie hatte sie wiederholt gelesen und sorgsam in einer kleinen Schatulle aufbewahrt. Jetzt lagen sie auf dem Grund des Huronsees mit ihren sonstigen Habseligkeiten und Tante Elizas Bibel.

Sie versuchte sich ihren Vater vorzustellen. Dem siebenjährigen Mädchen war er damals wie eine Hüne vorgekommen, ein Hüne mit großen, kräftigen Händen, einem Schnurrbart, mit einer sonoren Stimme und einem herzhaften Lachen, das, wo immer er war, Aufmerksamkeit erregte. Am Tage, als er England verließ, hatte er Hosen aus Hirschleder getragen. Miriam entsann sich genau, wie lächerlich er darin ausgesehen hatte. Alle hatten ihn spöttisch gemustert, was ihm jedoch nichts ausgemacht hatte.

Er hatte damals zugleich glücklich und traurig ausgesehen. Er hatte zu erklären versucht, warum er England verließ, aber die siebenjährige Miriam hatte seine Worte nicht verstanden. Und jetzt, im Alter von dreiundzwanzig Jahren, verstand sie noch immer, weshalb ihr Vater alles aufgegeben hatte – seine Familie, ein behagliches Haus, ein gesittetes Leben –, um in ein Land zurückzukehren, wo es nur Wilde und elende Blockhäuser gab. Ihre Mutter hatte es gleichfalls nicht verstanden. Tante Eliza hatte sie bei der Hand gehalten, als ihr Vater die Laufplanke hinaufschritt. Ihre Mutter war nicht dabei gewesen. Zwei Jahre später wurde die Ehe geschieden.

Miriam tupfte die letzten Tränen ab. Jetzt waren ihre Eltern tot. Ob sie sich wohl im Jenseits begegnen und da ihre Probleme lösen würden, die sie im Leben einander entfremdet hatten? Wahrscheinlich auch da nicht, dachte Miriam verbittert. Wahrscheinlich würde ihrem Vater der Himmel ebensowenig zusagen wie London. Sein Geist würde sicherlich die abscheuliche Wildnis mit ihren Seen und Flüssen und widerlichen, schwarzen Fliegen aufsuchen.

Eine wohltuende Mattigkeit überkam sie, und sie entschlummerte. Als sie aufwachte, fielen noch immer die Sonnenstrahlen durch das Fenster. Aber das Licht hatte jetzt einen rosigen Schimmer, als sei es früh am Morgen und nicht mehr Nachmittag. Sie mußte den Rest des Tages und die ganze Nacht geschlafen haben.

»Hallo«, sagte eine Stimme.

Miriam wandte sich ihr zu. Sie sah drei Mädchen, die der Größe nach neben ihrem Bett standen.

»Ich bin Margaret Peavy«, sagte das größte Mädchen mit einem Anflug von damenhafter Ernsthaftigkeit. »Und das ...«

»Das mach ich selbst, Margaret«, unterbrach sie das Mädchen in der Mitte und versetzte ihrer Schwester einen Schubs. »Ich bin Mary Beth. Und Sie da ist Martha.« Sie stieß ihre kleine Schwester an. »Sie stammen aus England, nicht wahr? Wie die Rotkittel im Fort. Das hat uns Mom gesagt.«

»Aber Mary Beth!« unterbrach sie Margaret entrüstet. »Sei nicht unhöflich! Mutter hat die Soldaten nie Rotkittel genannt. Außerdem ist Miss Sutcliffe unser Gast.«

»So ist es«, mischte sich Witwe Peavy ein, die gleichfalls das Zimmer betreten hatte. »Habe ich euch dreien nicht gesagt, daß ihr Miss Sutcliffe nicht stören dürft? Was wollt ihr hier?«

»Ist schon gut«, sagte Miriam leise. Ihr Hals schmerzte nicht länger, aber ihre Stimme klang noch immer rauh. »Ich war schon wach.«

»Das ist schön«, sagte Witwe Peavy und scheuchte ihre Töchter vom Bett fort. »Fühlen Sie sich heute besser, Kindchen? Meinen Sie, daß Sie etwas essen können?«

Als Miriam das hörte, begann ihr Magen zu knurren. »Ja, ich könnte einen Happen vertragen.« Was heißt Happen, dachte sie, ich habe einen Bärenhunger.

»Außerdem würde Ihnen auch ein heißes Bad guttun. Miss Lucy hat das Badewasser die ganze Zeit über warmgehalten. Vor dem Frühstück wäre dazu noch Zeit.«

Meine brave Lucy, dachte Miriam. Sie hatte das Gefühl, als sei sie überall mit Schlamm und Sand vom Huronsee überkrustet. »Tausend Dank, Mrs. Peavy.«

»Sagen Sie doch Grace zu mir, Kindchen. So förmlich sind wir hier nicht. Und jetzt lasse ich meine Mädchen den Badezuber holen.«

Lucy brach in Tränen aus, als sie ihre Herrin in diesem Zustand erblickte. Vor lauter Rührung hätte sie beinahe den Kessel mit heißem Wasser fallengelassen. Hastig setzte sie den Kessel ab und eilte ans Bett, wo sie Miriams Hände ergriff.

»O Miss Sutcliffe! Ich hatte solche Angst, daß Sie ertrunken wären, als ich hörte, daß Ihr Kanu gekentert war. Ich habe nur noch geweint, bis dann dieser Indianer den Weg heraufkam und Sie wie ein Bündel auf der Schulter trug.«

»Wie ein Bündel auf der Schulter?« fragte Miriam heiser.

»Ja, und so blaß waren Sie. Ich dachte schon, Sie seien tot, Miss. Das hab' ich wirklich gedacht. Sie brauchen sich nur anzuschauen!« Lucy begann abermals zu schluchzen, woraus Miriam schloß, daß ihr Aussehen gelitten haben mußte.

»Mir wird es gleich viel besser gehen, Lucy, wenn ich ein heißes Bad und etwas zu mir genommen habe. Würdest du …«

»Bin schon unterwegs, Miss!«

Witwe Peavy kam mit einem Bündel Kleider unter dem Arm zur Tür herein. »Warten Sie, ich helfe Ihnen. Stützen Sie sich auf mich!«

Mit zittrigen Beinen stakte Miriam zu dem Badezuber. Dabei warf sie einen Blick in den Spiegel über der Kommode. Zuerst wollte sie es nicht glauben, daß dieses Wesen mit dem verquollenen Gesicht, mit den schwärzlichen und bläulichen Flecken sie selbst war.

Witwe Peavy schaute sie begütigend an. »Machen Sie sich nichts daraus, Miriam! Es stört Sie doch nicht, wenn ich Sie Miriam nenne? In ein paar Wochen sind Sie wieder hübsch wie ein Frühlingstag.«

Als sich Miriam ächzend in den Zuber hockte, bemerkte sie, daß sie am ganzen Körper blaue Flecken hatte. Aber Witwe Peavy hatte ihr versichert, daß sie sich nichts gebrochen hatte. Sie hatte sich nur, als die Kisten mit ihr ins Wasser fielen, etliche Abschürfungen zugezogen. Und die rötliche Schwellung in ihrem Gesicht stammte vom Fausthieb jenes abscheulichen Mannes. An vieles erinnerte sie sich nur undeutlich, aber das hatte sich ihrem Gedächtnis eingeprägt.

Nach einer Weile half Witwe Peavy ihr aus dem Zuber und hüllte sie in ein großes Badetuch. Nachdenklich strählte sie mit ihren rundlichen Fingern das tropfnasse, kastanienrote Haar, das Miriam fast bis zur Taille reichte. »Ich fürchte«, sagte sie, »da läßt sich nichts mehr machen. Wir müssen es stutzen.«

Nicht das auch noch, schrie Miriam innerlich auf. Sie hatte sich nie für eitel gehalten, aber daß sie jetzt noch ihr langes Haar einbüßen sollte, nachdem ihr Aussehen ohnehin schon gelitten hatte, war schlichtweg zuviel. Kurzgeschnittenes Haar war zwar in London en vogue gewesen, aber Miriam hatte beharrlich an ihrer seidigen Lockenpracht festgehalten.

»Nein, das nicht« rief sie aus. »Ich werde sie auskämmen. Lucy wird mir helfen.«

Lucy schaute zweifelnd drein, während Witwe Peavy den

Kopf schüttelte. »Diese Knoten kann man nicht auskämmen, Kindchen. Außerdem kann niemand von Ihnen verwarten, daß Sie wie eine Königin aussehen, nachdem Sie mit Ihrem Gesicht über den Boden des Huronsees geschrammt sind. Das gelingt nicht mal einer Lady, wie Sie es sind.«

Miriam schluchzte, als man ihr die Locken kürzte. Sie hätte es nicht geglaubt, daß ihr die Eitelkeit so zu schaffen machte. Während sich die kastanienroten Locken auf dem Boden häuften, versuchte Lucy sie zu trösten. Aber Miriam wagte es nicht, sich im Spiegel zu betrachten. Ihr fiel ein, daß Lucy in London erzählt hatte, die Indianer hier würden Menschen skalpieren. Wenn sie demnächst so einem Wilden begegnete, würde er sein Messer einstecken und sich ausschütten vor Lachen.

»Es sieht recht hübsch aus«, meinte Witwe Peavy und trat einen Schritt zurück, um ihr Werk genauer zu betrachten. »Und wenn ich das sage, ist es wirklich so.«

Als hübsch hätte sich Miriam nicht bezeichnet. Ein kastanienrotes Gekräusel umgab ihr Gesicht. Ich sehe aus wie eine Vogelscheuche, dachte Miriam düster. Wie eine verquollene, mit bläulichen Flecken übersäte Gestalt aus einem Alptraum.

»Das sieht hübsch aus«, bestätigte Lucy.

Miriam murmelte etwas Unverständliches.

»Und hier ist etwas Unterwäsche und ein Kleid von Margaret«, redete Witwe Peavy weiter. »Sie beide haben etwa die gleiche Größe. Wenn Sie sich erholt haben, nähen wir für Sie schönere Kleider. Der Laden im Ort führt die hübschesten Stoffe aus Kattun oder Wolle, die man sich nur wünschen kann.«

Miriam versuchte zu lächeln, auch wenn es ihr weh tat. Sie ließ sich frisieren und ankleiden und sodann zum Frühstückstisch geleiten. Sollte sie Hamilton Greer samt seiner dämlichen Liste jemals finden, würde sie diesen Schuft, das schwor sie sich, mit seinem eigenen Halstuch erwürgen.

Die nächsten drei Tage schlief Miriam ausgiebig, ließ sich von Witwe Peavy verwöhnen, die ihr immer üppigere Mahlzeiten vorsetzte, und erduldete Lucys Breiumschläge, die ihre Schmerzen lindern und die Schwellungen im Gesicht vertreiben sollten.

Erst am vierten Tag begann sich ihr Gewissen zu regen. Sie war zwar an das Bedientwerden gewöhnt, aber hier befand sie sich in einem schlichten Farmhaus, wo das Bemuttern nicht zum Tagesablauf gehörte. Sie konnte Witwe Peavys Gastfreundschaft nicht länger beanspruchen, nur weil sie ein Indianer mit silbriggrauen Augen hergebracht hatte. Sie wollte der Witwe, deren Mittel zweifellos beschränkt waren, nicht länger zur Last fallen. Sie mußte ihren Vetter aufspüren, ihm die Informationen entlocken, die sie brauchte, sich – sollte sich die Gelegenheit ergeben – an ihm rächen und sodann in die geordnete, zivilisierte Welt heimkehren. Aber solange sie Witwe Peavys Gastfreundschaft genoß, wollte sie ihren Teil zu ihrem Unterhalt beitragen.

»Lucy«, sagte sie, »du arbeitest im Haushalt mit. Ich möchte mich auch nützlich machen. Da ich sicher bin, daß Witwe Peavy von uns kein Geld annimmt, sehe ich keine andere Möglichkeit, wie ich mich erkenntlich zeigen kann.«

»Aber Miss!« rief Lucy aus. »Ich bin die Arbeit auf einer Farm gewohnt. Wissen Sie, ich bin auf einer Farm – in Cornwall war es – aufgewachsen. Das Land hier ist karg. Viel karger als daheim. Bauernarbeit ist mir nicht fremd. Es ist, als wäre ich zu Hause. Unserer Farm habe ich immer nachgetrauert.«

Merkwürdig, dachte Miriam. Ich habe nicht gewußt, daß Lucy vom Lande stammt. Das kam wohl daher, daß sie Lucy wie den übrigen Bediensteten in ihrem Londoner Haus kein Eigenleben zugebilligt hatte. »So lange wird es ja nicht dauern, Lucy. Außerdem könntest du mir auch mal etwas zutrauen. Wenn ich mir etwas in den Kopf gesetzt habe, schaffe ich es auch.«

Witwe Peavy wiegte lächelnd den Kopf, als Miriam ihr unterbreitete, sie möchte sich gleichfalls nützlich machen. Als Miriam hartnäckig blieb, wies Witwe Peavy ihre Tochter Mary Beth an, Miriam zunächst einmal die Farm zu zeigen. Miriam kam aus dem Staunen nicht heraus, als sie erfuhr, was für Arbeiten Witwe Peavy und ihre drei Töchter verrichten mußten.

»So schlimm ist es auch wieder nicht«, versicherte ihr Mary Beth mit der Selbstzufriedenheit einer Elfjährigen. »Wir bauen alles an, was wir brauchen – Mais, Zwiebeln, Tomaten, Weiße Rüben.« Beim letzten Wort verzog sie das Gesicht. »Unser Viehbestand ist nicht groß. Wir haben nur Schweine und Hühner und die vier Ziegen.«

»Keine Kühe?« fragte Miriam verdutzt.

»Nein. Nur Ziegen. Drei Geißen und einen Bock. Kommen Sie, ich zeig' Sie Ihnen. Es ist ohnehin Zeit, sie zu melken. Sie nehmen es mir sonst übel, wenn ich's nicht rechtzeitig tue.«

Miriam war nicht gerade erfreut, als sie hörte, daß all die Milch und Butter, die sie in den letzten Tagen genußvoll zu sich genommen hatte, Ziegen zu verdanken war. Als sie nun diese Tiere vor sich sah, wurde ihr Unbehagen noch größer. Witwe Peavy hatte gemeint, daß sie beim Melken mithelfen könnte. Wenn früher vom Melken die Rede gewesen war, hatte sich Miriam stets rotbäckige Melkerinnen und rundbäuchige, zutrauliche Kühe vorgestellt. Aber diese Kreaturen waren weder rundbäuchig noch sahen sie wie Kühe aus. Und ihre Augen hatten einen tückischen Ausdruck.

»Ich zeig's Ihnen, wie's gemacht wird«, erklärte Mary Beth schmunzelnd.

Wenn sie vor Lucy den Mund nicht so voll genommen hätte, hätte sie am liebsten einen Schwächeanfall vorgeschützt. Ein wenig bänglich befolgte sie Mary Beths Anweisungen. Sie legte der ersten Ziege einen Strick um den Hals und band sie fest.

»Das ist Petunia«, sagte Mary Beth beiläufig. »Sie ist eine gute Milchziege, scheut aber vor fremden Menschen.«

Als sich Miriam vorsichtig auf den Melkschemel setzte, blickte sie Petunia mit ihren bernsteingelben Augen von der Seite an. Scheu ist die Ziege nicht, dachte Miriam, eher bösartig.

»Sie hat ein großes Euter mit handlichen Zitzen«, sagte Mary Beth und störte sich nicht an der Röte, die Miriams Gesicht überzog.

»Man packt sie so mit zwei Fingern und dann ...«. Sie machte vor, wie eine Ziege gemolken wurde.

Miriams Augenlider begannen zu flattern. Wollte diese kleine Göre ihr das wirklich zumuten? Gab es da nichts anderes? Konnte sie nicht die Möbel abstauben oder Vögel aus dem Garten scheuchen?

Sie war zum Melken nicht geschaffen. Ihre Finger weigerten sich störrisch, Mary Beths Anweisungen zu befolgen. Zudem hatte Petunia die niederträchtige Unart, daß sie, wenn man sie nicht hinderte, abwechselnd ein Hinterbein in den Milchkübel stellte. Nach einer Weile schüttelte Mary Beth verdrießlich den Kopf und nahm sich der Sache selbst an. Verblüfft sah Miriam, wieviel Milch diese Göre der Ziege entlocken konnte, die zudem noch genau in den Milcheimer spritzte.

»Haben Sie Jordan gesehen, als er heute morgen im Hause war?« fragte Mary Beth plötzlich. Sie verzog die Lippen zu einem listigen Lächeln.

»Mr. Scott war im Haus?«

»Ja, heute früh. Da haben Sie noch geschlafen.«

Das gab Miriam widerstrebend und ein wenig schuldbewußt zu. Mochte dieser Mann sie noch so brutal und rüde behandelt haben, er hatte sein eigenes Leben aufs Spiel gesetzt, um ihres zu retten. Sie hätte ihm dafür schon längst danken sollen.

»Wollte er mich besuchen?« erkundigte sie sich.

»Aber nein! Er kommt öfter. Er war mit meinem Vater befreundet. Und seit seinem Tod kommt Jordan immer vorbei, um nachzusehen, ob wir genug zu essen haben.«

Daran hätte sie nie gedacht. Und jetzt mußte Witwe Peavy noch sie und Lucy durchfüttern. Miriams Unbehagen wuchs. »Ich habe nicht geahnt, daß Lebensmittel so knapp sind.«

Das Mädchen zuckte mit den Schultern. »Nur im Winter. Dann friert der See zu, und im hohen Schnee können die Männer nicht auf die Jagd gehen. Aber wir kommen schon zurecht. Jordan hat Mutter beigebracht, Fische zu räuchern, wie es die Chippewa-Indianerinnen tun. Er sorgt dafür, daß wir durch den Winter kommen.« Sie zog angewidert die Lippen hoch. »Im März kann ich geräucherte Fische nicht mehr sehen.« Petunia zuckte wegen einer Fliege mit dem

Bein und stieß beinahe den Milcheimer um. »Sei nicht so zickig! Ich bin gleich fertig«, sagte Mary Beth besänftigend.

Nachdem die Ziegen gemolken waren, mußten die Schweine gefüttert und die Eier aus dem Hühnerstall geholt werden. Einer Henne die Eier wegzunehmen, ohne ein paar Schnabelhiebe abzubekommen, sei eine Kunst, erläuterte Mary Beth. Aber das würde Miriam gewiß in ein paar Tagen erlernen, wie auch, daß sie niemals einer störrischen Ziege den Rücken zuwenden oder sich an suhlende Schweine allzu nahe heranwagen durfte. Als der Tag zu Ende ging, hatte Miriam das Gefühl, all die Viecher hätten sie dermaßen mit ihren Schnäbeln traktiert, zerkratzt, mit Dreck bespritzt, daß es ihr als Lebenserfahrung vollauf genügte. Wenn sie sich je nach dem einfachen Leben auf einer Farm gesehnt haben sollte, waren ihr solche Wünsche für immer vergangen.

Auch beim Abendessen erwähnte Mary Beth Jordan Scott. Die Göre schien den Eindruck gewonnen zu haben, sie hätte Miriams schwache Stelle entdeckt. Und diese wollte sie jetzt weidlich nützen.

»Sie sollten Seetänzerin kennenlernen«, schlug Mary Beth vor.

»Ja«, schloß sich ihr die kleine Martha an. »Seetänzerin ist wunderschön.« Die Worte klangen so anzüglich, daß Witwe Peavy ihre Töchter mißbilligend anblickte.

»Wer ist Seetänzerin?« fragte Miriam.

»Seetänzerin ist eine Chippewa-Indianerin. Sie hat Jordan aus den Stromschnellen von Sault Ste. Marie herausgezogen«, antwortete Witwe Peavy und lächelte versonnen, als würde ihr etwas Spaßhaftes einfallen. »Man kann es kaum glauben, wenn man ihn heute so sieht. Aber als Jordan hierher kam – das war vor etwa zehn Jahren –, waren er und sein Partner gänzlich unerfahrene Grünschnäbel. Jordan kam von der Ostküste, von irgendeiner noblen Schule in Boston. Sein Freund war angeblich mal als Kapitän zur See gefahren. Sie versuchten, die Stromschnellen zu überwinden, als der Wasserstand viel zu hoch war. Sie mußten für ihren Leichtsinn büßen. Ihr Boot schlug um. Obwohl Seetänzerin damals noch ein Mädchen war, gelang es ihr, Jordan ans

Ufer zu ziehen. Der andere Mann ertrank. Seitdem lebt Jordan mit dieser Chippewa-Indianerin zusammen.«

»Seetänzerin ist seine Frau«, erklärte Mary Beth herausfordernd.

Miriam hob erstaunt die Brauen. »Mr. Scott hat eine Indianerin geheiratet?«

»Ja«, bestätigte Witwe Peavy. »Die Chippewa nehmen allerdings solche Zeremonien nicht allzu ernst. Wenn ein Indianer eine Indianerin mag, zieht er einfach in ihren Wigwam. Wenn sie ihre Verbindung lösen wollen, zieht einer von ihnen aus. Es ist kein heiliger Bund wie die Ehe bei uns zivilisierten Menschen. Und wenn man sich trennt, wird man nicht geächtet wie ...« Sie verstummte, als sie die aufsteigende Röte in Miriams Gesicht sah. »Es tut mir leid, Miriam. Es war gedankenlos von mir, das zu erwähnen.«

»Ist schon gut«, erwiderte Miriam gepreßt. Selbstverständlich hatten diese Leute von dem Skandal erfahren, da sie ja ihren Vater gut gekannt hatten.

»Ja, so ist es«, redete Witwe Peavy weiter. »Jordan lebt schon eine ganze Weile mit Seetänzerin zusammen. Er scheint von ihr – auf seine Art – sehr angetan zu sein.«

»Wohnen sie hier auf der Insel?«

»Nein«, antwortete Witwe Peavy. »Das Sommerlager liegt jenseits der Wasserstraße. Und im Winter sucht jede Familie die eigenen Jagdgründe auf.«

»Seetänzerin hat mir beigebracht, wie man Glasperlen auf Mokassins näht«, berichtete Martha stolz. »Jordan hat gesagt, das wären die schönsten Mokassins weit und breit.«

Witwe Peavy lächelte verlegen. »Ich fürchte, die Mädchen sehen in Jordan einen Ersatzvater. Wenn man ihnen die Gelegenheit dazu gibt, können sie stundenlang von ihm schwätzen.«

»Das macht doch nichts«, sagte Miriam. »Auch ich finde Mr. Scott ... höchst interessant. Außerdem schulde ich ihm Dank. Ich bedaure, daß ich ihm nicht danken konnte, als er heute früh im Hause war.«

»Sie können ihn ja im Indianerlager besuchen«, schlug Mary Beth vor. »Ich könnte Sie hinführen!«

»Nichts da, Mary Beth!« schalt Witwe Peavy. »Laß Miriam in Ruhe. Was hat sie mit den Wilden zu schaffen? Und Jordan bildet sich gewiß nicht ein, daß er etwas Ungewöhnliches vollbracht hat.«

Miriam war unbehaglich zumute. Die Höflichkeit erforderte es, daß sie ihrem Erretter dankte, selbst wenn er ein ungeschlachter Mensch war. Selbst wenn er mittlerweile vergessen hatte, wie man sich in der guten Gesellschaft benimmt, mußte sie es ihm nicht gleichtun. Du lieber Himmel! Wie konnte nur ein Weißer, dem die Segnungen des Christentums und der Zivilisation zuteil geworden waren, der, wie Witwe Peavy sagte, sogar eine gute Schule besucht hatte, so weit herabsinken, daß er unter primitiven Wilden lebte?

»Wenn Sie wollen, können Sie das Indianerlager selbstverständlich besuchen, Miriam«, meinte Witwe Peavy. »Bei gutem Wetter kann man die Wasserstraße mit dem Kanu ohne große Mühe überqueren. Ich bin sicher, Margaret würde Sie liebend gern begleiten.« Als Mary Beth etwas dagegen einwenden wollte, brachte sie Witwe Peavy mit einem strafenden Blick zum Schweigen. »Margaret ist nun mal älter als du, Mary Beth. Wo bleiben deine guten Manieren, junge Dame? Außerdem könnte Margaret dann die Schneehasenfelle mitbringen, die Kleiner Hund mir versprochen hat.«

Miriam seufzte auf und lächelte tapfer. Ihr schlechtes Gewissen und die Zuvorkommenheit ihrer Gastgeberin hatten sie in eine Lage gebracht, der sie nicht entkommen konnte.

Am nächsten Morgen fuhren Miriam und Margaret über die Wasserstraße. Eine frische Brise blähte das Segel, so daß sie nicht zu paddeln brauchten.

Das Sommerlager der Chippewa war so abscheulich, wie sie es befürchtet hatte. Magere, räudig aussehende Köter bellten sie heiser von allen Seiten an. Halbnackte Indianerkinder rannten ungestüm hin und her und schnatterten miteinander. Wie kleine, braune Affen kamen sie ihr vor. Die beiden Indianerkrieger, die ihr Kanu auf den Strand zogen, verhielten sich kaum höflicher. Sie begrüßten Margaret kurzangebunden und beiläufig, und Margaret schien sich überhaupt nicht daran zu stoßen.

Miriam tröstete sich mit dem Gedanken, daß sie sich eben in der Wildnis befand. Da war das Leben nicht so wie in der guten Gesellschaft Londons. Damit mußte sie sich abfinden. Als einer der Indianerkrieger ihre Hand packte, um ihr aus dem Boot zu helfen, dankte sie ihm höflich und versuchte, den Blick von seinem nackten Oberkörper abzuwenden. Sie geriet dermaßen in Verwirrung, daß sie stolperte und beinahe gestürzt wäre, wenn der Indianer sie nicht in seinen Armen aufgefangen hätte. Als sie seine Brustwarzen sah, wurde sie puterrot und löste sich mit einem Ruck aus dieser Umarmung. Der Indianer schaute sie spöttisch an. Er sagte mit gutturaler Stimme ein paar Worte und strich mit den Fingern über ihr kastanienrotes Haar.

»Was hat er gesagt?« fragte Miriam, als sie mit der lächelnden Margaret vom Strand auf das Indianerdorf zuging.

»Er hat gesagt, Ihr Gesicht hätte die gleiche feurigrote Farbe wie Ihr Haar.« Das Mädchen kicherte leise. »Selbst Ihre Abschürfungen sind rot geworden, Miriam.«

Miriam überlief es heiß. Oh, wenn doch dieser Aufenthalt endlich vorüber wäre! Wenn sie endlich nach London zurückkehren könnte, wo die Leute anständig gekleidet waren und die Feinfühligkeit einer Frau bewundert und nicht verspottet wurde!

»Das da ist Jordans Wigwam«, sagte Margaret und deutete auf ein aus Stangen und Webmatten bestehendes Gebilde. Die übrigen gut zwanzig Behausungen, die über eine Lichtung verstreut waren, sahen alle ähnlich aus. »Ich gehe zu Kleiner Hund. Sein Wigwam liegt da drüben.« Sie zeigte in die entgegengesetzte Richtung. »Rufen Sie mich, wenn Sie aufbrechen möchten.«

»Soll ich ... ganz allein hingehen?« fragte Miriam bestürzt.

Margaret lächelte herablassend. Miriam bildete es sich zumindest ein. »Sie kennen einander doch, nicht wahr?« Sie winkte Miriam zu und ging davon.

Miriam faßte all ihren Mut zusammen und näherte sich dem Wigwam, den Margaret ihr gezeigt hatte. Statt einer Tür hing da eine Decke. Wie klopft man an einer Decke an?

53

Nein, das war kein guter Einfall gewesen, dachte sie. Zum Teufel mit den guten Manieren!

»Wollen Sie zur mir?«

Miriam schrie auf und wirbelte herum. »Ach Sie sind's, Mr. Scott! Haben Sie mich erschreckt!«

Er schaute sie schweigend mit undurchdringlicher Miene an. Falls es ihn überraschte, daß sie vor seinem Wigwam stand und dem Opfer einer Wirtshausschlägerei glich, ließ er sich nichts anmerken. Schließlich nickte er ihr zu und sagte: »Hallo, Miss Sutcliffe.«

Er war noch größer, als Miriam ihn in Erinnerung behalten hatte, und ebenso spärlich bekleidet wie die übrigen Indianer. Unter seiner bronzefarbenen Haut spielten Muskeln, wo ein kultivierter Mann eigentlich keine haben durfte. Der Blick seiner silbriggrauen Augen verwirrte sie. Ein paar der häßlichen Abschürfungen, die sie im Gesicht hatte, ließen sich auf sein brutales Verhalten zurückführen.

»Ich wollte nur ... das heißt ...«

»Ja?«

Miriam war so befangen, daß sie keinen zusammenhängenden Satz hervorbrachte, so sehr hatte sich die Begegnung mit diesem Mann ihrem Gedächtnis eingeprägt. Sie konnte nachgerade spüren, wie sich seine regenkalte Haut damals angefühlt hatte, als er ihr die nassen Kleider vom Leibe riß, wie er sie mit seinen muskulösen Oberschenkeln festgehalten hatte, um ihr das Wasser aus dem Magen zu pumpen. All das schoß ihr durch den Kopf und verhinderte jeden klaren Gedanken. Sie stand nur reglos da und schaute ihn an. Ihr Herz pochte so laut, daß er es sicherlich hören mußte.

»Ich bin gekommen ... ich wollte ... Sie besuchen, um Ihnen zu danken, Mr. Scott.« Als sie den ironischen Ausdruck seiner Augen sah, wich ihre Verwirrung. Dieser Kerl wagte es noch, sich über ihre Verlegenheit lustig zu machen! Über ihr entstelltes Gesicht, über ihr gestutztes Haar, über das schlechtsitzende, geborgte Kleid. »Ich verdanke Ihnen mein Leben.«

»Was war das schon, Miss Sutcliffe!«

»Mein Leben gilt mir viel, Mr. Scott«, erwiderte Miriam empört.

Er schloß die Augen und riß sie gleich wieder auf. Miriam bemerkte in ihnen ein amüsiertes Glitzern. Jordan Scott packte den Rand der Decke und schlug sie zurück. Unwillkürlich bewunderte Miriam, wie geschmeidig sich seine Muskeln bewegten.

»Wollen Sie eintreten?« fragte er

»Wenn es gestattet ist.«

Miriam preßte entschlossen die Lippen zusammen, duckte sich und schlüpfte hinein. Was sie in dem rauchigen Inneren erblickte, bestätigte ihre Vorahnung, daß die Bootsfahrt kein guter Einfall gewesen war.

4

Es dauerte eine Weile, bis sich ihre Augen auf das Zwielicht im Wigwam einstellten. Dann sah sie umrißhaft eine Indianerin, die ihr gegenüber mit untergeschlagenen Beinen auf dem Boden saß. Im ersten Augenblick wollte sie in ihrer Befangenheit das Zelt wieder verlassen. Doch Jordan Scott versperrte ihr mit seinen breiten Schultern den Weg.

»Seetänzerin«, sagte Jordan, »das ist die Frau, die ich aus dem See gezogen habe.«

Die Chippewa-Indianerin lächelte sie freundlich an und erhob sich mühevoll, um sie zu begrüßen. »Willkommen in meinem Wigwam«, sagte sie. Ihr Zustand war ihr offensichtlich nicht peinlich.

»Das ist Seetänzerin, Miss Sutcliffe«, sagte Jordan, der ganz nahe hinter ihr stand. Sie störte der herablassende Unterton seiner Stimme. Dieser gefühllose Mensch weidete sich an ihrer Befangenheit. Für ihn boten die Gefühle einer Frau nur Anlaß für derbe Späße. Am liebsten hätte sie ihm ins Gesicht geschlagen. Vielleicht hätte er auch das spaßig gefunden.

»Ich habe schon gehört, daß Sie mit Seetänzerin verheiratet sind«, sagte Miriam und wandte sich an Jordan Scott.

Dieser grinste sie nur unverschämt an. Miriam fühlte, wie ihr das Blut ins Gesicht schoß. Für sie war es eine Zumutung – neben ihr der halbnackte Mann mit seinem anzüglichen Lächeln und da drüben eine Indianerin, die so sinnlich, so fraulich wirkte, wie es eine Schwangere nur sein kann.

»Wollen Sie sich nicht setzen?« fragte Seetänzerin in tadellosem Englisch.

Miriam hockte sich ungelenk nieder, die Lippen zu einem erstarrten Lächeln verzogen. Jordan Scott ging zu Seetänzerin hinüber und half ihr behutsam, sich wieder zu setzen. Die Indianerin schaute ihn bewundernd an. Das Schweigen war beinahe unerträglich.

»Ich möchte nicht stören«, begann Miriam gepreßt. Großer Gott, was konnte sie in dieser Situation nur sagen? Keine anständige Frau würde in dieser Verfassung Besuch empfangen. Der Kittel, den die Indianerin trug, verbarg nicht ihren Zustand, sondern hob ihn noch unübersehbar hervor. Statt verlegen dreinzublicken, strahlte ihr Gesicht vor Stolz. Um den Anstand zu wahren, beschloß Miriam, so höflich wie möglich zu sein. »Ich bin gekommen, um Mr. Scott meinen Dank dafür auszudrücken, daß er mir das Leben gerettet hat. Ich stehe tief in seiner Schuld.«

Seetänzerin lächelte sie freundlich an und warf ihrem Mann abermals einen bewundernden Blick zu. »Sie sind niemandem etwas schuldig. Die Starken müssen den Schwachen helfen.«

»Das schon … ich bin ihm trotzdem dankbar.« Sie und schwach! Sie war vielleicht nicht so kräftig wie dieser Jordan Scott, aber sie lebte zumindest moralischer. Da hockte dieser Kerl in seiner kümmerlichen Behausung, führte ihr diese arme Indianerin vor, und war offensichtlich noch stolz darauf, daß er sie in diesen Zustand versetzt hatte. Wie konnte ein zivilisierter, gebildeter Mensch nur so tief sinken? War er wegen eines Verbrechens in die Wildnis geflohen? Oder trieb ihn seine Geilheit dazu, das primitive Leben eines Wilden zu führen?

»Kann ich Ihnen Tee anbieten?« fragte Seetänzerin. Ohne die Antwort abzuwarten, nahm sie eine Holzschale von einem ungefügen Regal und füllte sie mit einer aromatisch duftenden Flüssigkeit aus dem Kessel, der über dem Feuer hing. Sie reichte Miriam die Holzschale.

Miriam nahm prüfend einen Schluck und rümpfte die Nase. Gleich darauf bereute sie diese gedankenlose Grimasse, als sie die betrübte Miene der Indianerin sah. »Schmeckt gut«, brachte sie hervor. »Sehr gut sogar.«

»Der Tee wird aus Wildkirschenzweigen bereitet«, erklärte Jordan Scott.

Von seiner niederträchtigen Miene herausgefordert, nippte Miriam abermals von dem Gebräu. Der Teufel sollte sie holen, wenn sie wegen eines solchen Menschen die Fassung verlöre! Nach ein paar weiteren Schlucken gewöhnte sie sich an den befremdlichen Geschmack.

Da das Schweigen anhielt, überlegte Miriam krampfhaft, wie sie ein Gespräch zustande bringen könnte. »Sie sprechen ein bewundernswertes Englisch«, sagte sie schließlich und schaute die Indianerin an, ohne sich weiter um Jordan Scott zu kümmern.

Seetänzerin strahlte sie an. Ihr Lächeln war so zutraulich, daß man ihm nicht widerstehen konnte. »Bei uns im Lager radebrechen alle Englisch. Die englischen Pelzhändler haben uns ein paar Brocken ihrer Sprache beigebracht. Aber erst Jordan hat mich gelehrt, wie man sie richtig anwendet.«

»Sie sprechen tadellos«, lobte Miriam und richtete sich auf. »Es tut mir leid, aber ich denke, ich muß jetzt gehen. Ich bin nur gekommen, um mich zu bedanken. Bleiben Sie doch sitzen!« sagte sie zu Seetänzerin, die sich gleichfalls aufrichten wollte. »Ich finde schon allein hinaus. Es hat mich gefreut, Sie kennengelernt zu haben ..., Mrs. Scott. Und vielen Dank für den Tee.«

Jordan Scott ging Miriam nach und blieb neben ihr stehen, als sie Margaret zu sich heranwinkte. Margaret, die mit einem indianischen Ehepaar vor einem Wigwam hockte, winkte zurück und nickte mit dem Kopf. Aber sie machte keinerlei Anstalten aufzubrechen.

»Wollen Sie sich unser Sommerlager ansehen?« erkundigte sich Jordan Scott.

»Nein, bemühen Sie sich nicht«, antwortete Miriam. »Ich habe genug gesehen. Außerdem müssen Miss Peavy und ich nach Hause.« Sie schritt auf das Kanu zu, was eine Horde neugieriger Kinder und Indianerhunde anlockte. Jordan Scott blieb an ihrer Seite.

»Ich habe den Eindruck, daß Ihnen das, was Sie hier gesehen haben, mißfallen hat«, sagte er.

»Ist das von Bedeutung?«

»Das nicht, aber wenn Sie noch eine Weile hierbleiben wollen, Miss Sutcliffe, wäre es besser, wenn Sie Ihr Mißfallen nicht so offen zeigen würden. Die Indianer rings um die Großen Seen sind stolze Menschen. Sie mögen Weiße nicht, die auf sie herabblicken. Deswegen ist es in der Vergangenheit zu etlichen unangenehmen Zwischenfällen gekommen.«

»Ich kann mich nicht erinnern, mein Mißfallen ausgedrückt zu haben, Mr. Scott.«

»Nein? Vorhin im Wigwam war Ihre Verachtung geradezu greifbar. Seetänzerin war bekümmert darüber. Ich möchte nicht, daß sie sich aufregt.«

Miriam schaute ihn abweisend an. »Ich denke nicht daran, Ihre Frau in Verlegenheit zu bringen, Mr. Scott. Ich finde sie bezaubernd.«

»Wirklich?« Seine Lippen umspielte ein Lächeln, das seine harten Gesichtszüge jedoch keineswegs milderte. »Dann muß ich annehmen, daß die Verachtung mir galt.«

»Und wenn's so war – kümmert es Sie?«

»Nicht im geringsten.«

»Das denke ich mir«, erwiderte Miriam mit gespielter Gleichgültigkeit. Aber als sie seine ausdruckslosen Augen sah, wandte sie den Blick ab.

Als sie beim Kanu angelangt waren, stoben die Indianerkinder, die etwas am Strand entdeckt hatten, samt den mageren Kötern davon.

Miriam räusperte sich und drehte sich um.

»Seetänzerin ist eine liebenswerte Frau«, sagte sie.

»Das ist sie«, erwiderte Jordan Scott und straffte sich.

»Seit wann sind Sie verheiratet?«

Jordan Scott musterte sie abschätzig. »Wir leben seit acht Jahren zusammen. Bei den Chippewa ist es nicht Sitte, um so etwas viel Aufhebens zu machen.«

»Witwe Peavy hat aber gesagt, daß Seetänzerin Ihre Frau sei. Dann müssen Sie sie doch ...« Sie riß die Augen auf, als ihr jäh klar wurde, daß es auch anders sein könnte. »Sie haben sie doch geehelicht, wie es die christliche Lehre vorschreibt?«

»Wie ich schon sagte, machen sich die Chippewa nichts aus solchen Zeremonien«, erwiderte er ungerührt.

»Aber Sie sind doch ein Weißer. Möchten Sie nicht, daß Ihr Kind einen christlichen Namen bekommt? Das geht mich zwar nichts an, aber ...«

59

»Es geht Sie auch wirklich nichts an«, entgegnete Jordan
Scott mit scharfer Stimme. »Vor Gott und den Chippewa ist
Seetänzerin meine Frau. Das genügt mir und ihr.«

Seine Zurechtweisung bestärkte sie in ihrer Halsstarrig-
keit. »Was wird Ihr Kind sagen, wenn es alt genug ist, darüber nachzudenken?«

»Es wird feststellen, daß es ihm nicht geschadet hat. Obwohl auch ich ein Bastard bin, ist aus mir ein Mann geworden.«

Miriam war sprachlos.

»Schockiert Sie das, Miss Sutcliffe?« fragte Jordan Scott
und zog eine Augenbraue hoch. »Hat Grace Ihnen nicht gesagt, daß Scott der Familienname meiner Mutter ist? Wie
mein Vater hieß, weiß nur Gott oder der Teufel.«

Sie musterte ihn fassungslos. Tante Eliza hatte stets behauptet, daß man einem Menschen ansehen könne, wes Gei-
stes Kind er sei. Er war dafür ein gutes Beispiel.

»Können wir losfahren?« fragte Margaret, die mittlerweile
herangekommen war.

»Ja«, sagte Miriam mit gepreßter Stimme. »Fahren wir!«
Sie drehte Jordan Scott abrupt den Rücken zu, half Margaret, das Kanu ins Wasser zu schieben, und schwang sich mit
einem Ruck in das Boot, so daß sich ihre Unterröcke bausch-
ten.

Jordan sah dem Kanu nach, das immer kleiner wurde. Seetänzerin, die sich leise genähert hatte, hielt sich an seinem
Arm fest. Überrascht schaute er auf sie hinab.

»Sie ist sehr hübsch«, sagte die Indianerin in der vertrauten Chippawa-Sprache.

»Hübsch?« entgegnete Jordan Scott mit verächtlichem Unterton. »Sie sieht aus wie ein Flittchen, das in einer Kneipe
verprügelt worden ist. Ich finde sie nicht hübsch.«

»Mein Mann, du bist unfreundlich. Ihre Schönheit ist
durch die Abschürfungen entstellt. Sie ist zimperlich, aber
sie ist auch mutig und feinfühlig. Das wirst du eines Tages
schon einsehen, wenn du sie besser kennst.«

»Hast du sie so genau durchschaut?« fragte Jordan Scott
und streichelte versonnen die Hand seiner Frau. Er hatte je-

denfalls nicht die Absicht, diese affektierte Miss Sutcliffe näher kennenzulernen. Er hatte sie durchschaut. Für ihn war sie ein Gespenst aus seiner Vergangenheit. Sie weckte Erinnerungen, die er längst verdrängt hatte. Wenn er nur ein Fünkchen Verstand gehabt hätte, als er ihr Gesicht erstmals sah, hätte er sie sogleich zurück ins Wasser werfen müssen.

In den nächsten Tagen, die sie auf der Farm von Witwe Peavy verbrachte, besserte sich Miriams Laune. Sie stellte fest, daß auch sie eine Ziege melken konnte, wenn sie sich Mühe gab, auch wenn sie zweimal so lange brauchte wie Mary Beth. Außerdem bildeten sich die Schwellungen im Gesicht zurück, und die blauen Flecken rings um die Schürfwunden verschwanden allmählich. Witwe Peavy schnipselte noch ein wenig an ihrem Haar herum, so daß schließlich selbst Miriam ihre Frisur attraktiv fand. Obendrein besaß sie noch zwei leidlich modische Musselin-Kleider, die sie zusammen mit Lucy genäht hatte.

Miriam hatte das Gefühl, sie sei wieder wie früher, und damit wuchs auch ihre Entschlossenheit, ihren Vetter aufzuspüren, um endlich ihr gewohntes Leben aufnehmen zu können.

»Wunderschön!« rief Witwe Peavy aus. »Sie sind jeder Zoll eine feine Dame!«

Miriam drehte eine Pirouette, damit sie Witwe Peavy von allen Seiten bewundern konnte. Das Kleid hatte ihr viel Mühe bereitet und sie zerstochene Finger gekostet, aber das Ergebnis konnte sich sehen lassen. Der Stoff umschmeichelte ihre Hüften und Beine. Die hochangesetzte Taille und das gefältelte Mieder ließen sie damenhaft erscheinen, während der rechteckige Ausschnitt ihren Busenansatz zeigte, ohne daß er aufreizend wirkte.

»Jede Frau auf unserer Insel wird Sie beneiden. Wenn ich so eine Figur hätte ... Tja, ich weiß nicht, was ich dann täte.«

Miriam war es einerlei, ob sie den Neid der Frauen auf der Insel erregen könnte oder nicht. Ihr kam es allein darauf an, daß sie achtbar aussah. Denn nur wenn sie respektabel wirkte, würde sie der Kommandant im Fort Michilimackinac empfangen. Sie wußte nicht, an wen sie sich sonst noch wenden könnte, um den möglichen Aufenthalt von Hamilton zu erfahren. Niemand schien von einem jungen Mann gehört zu haben, der sich vor etlichen Wochen nach ihrem Vater erkundigt haben mußte.

»Meinen Sie, daß der Kommandant mich empfängt?« fragte sie unsicher und besah sich im einzigen Spiegel, den es im Haus der Witwe Peavy gab.

»Er wäre ein Dummkopf, wenn er's nicht täte«, antwortete Witwe Peavy und musterte sie zufrieden. »Wer hätte gedacht, daß das triefendnasse, mitgenommene Wesen, das Jordan aus dem See herauszog, sich als so eine Schönheit entpuppen würde?«

»Nicht doch!« wehrte Miriam errötend ab. »Ich bin nicht schön. Nicht mit meiner Stupsnase und meinen Apfelbäckchen. Und nicht mit diesem Haar!« Sie schüttelte verärgert den Kopf, so daß ihre kastanienroten Locken auf- und abwogten. »Aber vielleicht reicht es aus, um Captain – wie hieß er doch gleich? Ach ja, Captain Roberts – um Captain Roberts so weit zu betören, daß er mir die benötigten Informationen verschafft.«

»Schätzchen, wenn irgendeiner etwas von Ihrem Vetter weiß, ist es der englische Kommandant des Forts. Diesem Mann entgeht nichts. Sollte Ihr Vetter tatsächlich auf unserer Insel geweilt haben, weiß er davon. Dessen bin ich sicher.«

Wie Witwe Peavy vorausgesagt hatte, waren die englischen Soldaten im Fort von Miriams Aussehen und ihrem englischen Akzent so beeindruckt, daß sie sie ohne weiteres durch das schwerbewachte Tor einließen und sie zum Stellvertreter des Kommandanten, einem Lieutenant Renquist, führten. Dieser suchte unverzüglich den Kommandanten auf, um sich für sie zu verwenden.

»Captain Roberts wird Sie sogleich empfangen«, sagte der Lieutenant, als er das Amtszimmer des Kommandanten verließ. »Wollen Sie sich nicht setzen?«

Miriam schenkte ihm ihr betörendstes Lächeln und setzte sich auf den grob geschnitzten Stuhl, der außer einem großen Schreibtisch das einzige Möbelstück in dem Raum war.

Fort Michilimackinac schien nicht so eingerichtet zu sein, wie sie es auf einem englischen Truppenstützpunkt an der Indianergrenze erwartet hatte. Dabei hatte sie angenommen, daß so ein Außenposten der Zivilisation den wilden Indianern und den ungehobelten Amerikanern ein nachahmenswertes Anschauungsbeispiel bieten müßte.

Das Fort bestand aus einer umzäunten Ansammlung von ungefügen Blockhütten. Und in ihnen hausten englische Soldaten, die ebenso verwahrlost wirkten wie die Amerikaner, die in der Umgebung lebten.

Imposant war lediglich, daß das Fort auf einem felsigen Steilhang über der Siedlung lag. Und der einzige Mensch, der offensichtlich auf ein gepflegtes Äußeres achtete, war Lieutenant Renquist, der sie mit höflicher, aber unaufdringlicher Neugier betrachtete. Die Messingknöpfe an seiner scharlachroten Uniformjacke waren blank geputzt. Seine schwarzen Stiefel waren fleckenlos und schimmerten. Sein Halstuch und die Reithose waren blendend weiß. Sein braunes Haar war – mit Ausnahme der Stellen, wo sich der Hutrand abgedrückt hatte – modisch zerzaust. Für sie war er der erste kultivierte Gentleman, den sie seit ihrer Abreise aus London getroffen hatte.

»Verzeihen Sie mir bitte, daß ich Sie so unhöflich anstarre, Miss Sutcliffe«, sagte Lieutenant Renquist. »Aber Sie sind die erste Dame, die ich seit meiner Ankunft in dieser Wildnis sehe. Ihr Anblick ruft mir ins Gedächtnis zurück, daß es Schönheit und Anmut doch noch gibt.«

Miriam errötete. »Sie schmeicheln mir, Lieutenant. In Wirklichkeit habe ich auf Ihrer Insel zwei unerfreuliche Wochen ertragen müssen.«

»Ich habe von dem allzu frühen Tod Ihres Vaters gehört«, entgegnete Lieutenant Renquist. »Und von Ihrem schrecklichen Unfall. Lassen Sie mich Ihnen in meiner Selbstsüchtigkeit trotzdem versichern, daß ich über Ihr Erscheinen, Miss Sutcliffe, überaus erfreut bin. Ihr Anblick muntert ein trübsinniges Männerherz auf. Darf ich zu hoffen wagen, daß Sie länger unter uns weilen werden?«

»Ich bleibe nur so lange, bis ich meinen Vetter aufgespürt

habe, der vor meiner Ankunft wahrscheinlich meinen Vater besucht hat. Ich hoffe, daß ich mich, sollte Captain Roberts mir helfen, bald auf den Heimweg nach England machen kann.«

Lieutenant Renquist lächelte versonnen. »Ich kann Ihre Eile gut verstehen. Die undurchdringlichen Wälder ringsum, die ungebärdigen Indianer und die Amerikaner«, er rümpfte die Nase, »all das mag uns, die wir die Vorteile eines kultivierten Lebens zu schätzen wissen, abstoßen. Dennoch wird Ihre Abreise für mich ein großer Verlust sein.«

Miriam begann gerade Gefallen an den Komplimenten von Lieutenant Renquist zu finden, als Captain Roberts die Tür zu seinem Arbeitszimmer öffnete und ihr mit einer Handbewegung bedeutete, daß sie eintreten könne. Sie lächelte ihren Bewunderer verständnisheischend an und betrat das Arbeitszimmer des Kommandanten, das ebenso kärglich eingerichtet war wie der Vorraum.

Wie das Fort entsprach auch Captain Roberts nicht ihren Erwartungen. Er war kein junger Mann mehr. Seine keuchenden Atemzüge und sein aschfahles Gesicht deuteten auf eine angegriffene Gesundheit hin. Man konnte es sich nur schwer vorstellen, daß er es gewesen war, der die Amerikaner von Michilimackinac-Island vertrieben hatte, ohne daß dabei ein Schuß fiel. Aber sein Verstand hatte im Lauf der Jahre nicht gelitten. Aufmerksam hörte er Miriam zu, die ihm Hamilton beschrieb und eine harmlos klingende, jedoch völlig unwahre Geschichte erzählte, warum sie unbedingt ihren Vetter aufspüren mußte. Sie war darin bereits geübt, denn das gleiche hatte sie Witwe Peavy und deren Töchtern weisgemacht.

Captain Roberts schwieg danach eine Weile, musterte sie nachdenklich und trommelte mit den Fingern auf der Schreibtischplatte. Einen Augenblick lang durchzuckte Miriam die Angst, daß sich Hamiltons Verrat auch schon in Amerika rumgesprochen hatte. Doch Captain Roberts lächelte sie an.

»Miss Sutcliffe«, sagte er, »ich erinnere mich an einen Engländer, auf den Ihre Beschreibung paßt. Aber sein Name war

64

nicht Hamilton Greer, sondern Kenneth Shelby. Er war hochgewachsen und hatte schwarzes Haar, wie Sie geschildert haben, und er hat sich nach Ihrem Vater erkundigt.« Er blickte sie durchdringend an. »Gibt es einen Grund, warum sich Ihr Vetter anders nennen könnte?«

»Ich … kann mir keinen denken. Ich habe Hamilton schon seit Jahren nicht gesehen.« Eine weitere Lüge! Wo sollte das enden?

»Und dieser Kenneth Shelby war betroffen, als er vom Tod Ihres Vaters erfuhr. Aber er ließ sich dadurch von seinem Plan nicht abbringen. Soviel ich weiß, kaufte er eine Kanu-Ladung Waren und brach mit seinem Führer namens Gage Delacroix nach Westen auf.«

»Wissen Sie, wohin die beiden wollten?«

Captain Roberts lächelte verständnisvoll. »Ich glaube nicht, daß der junge Mann wußte, wohin es ihn zog, Miss Sutcliffe. Er war ziemlich unerfahren, was die Unwirtlichkeit des Landes betrifft. Trotzdem schien er in Eile zu sein. Ich würde mir seinetwegen keine Gedanken machen, sollte es Ihr Vetter sein. Gage Delacroix ist ein verläßlicher Führer. Er ist zur Hälfte irokesischer Abstammung und kennt das Land besser als die meisten Indianer.«

Miriam versuchte ihre Enttäuschung zu verbergen. »Ich danke Ihnen, Captain Roberts. Sie haben mir sehr geholfen.«

»Nicht der Rede wert«, erwiderte der Captain. »Wissen Sie, es ist meine Pflicht, mich darüber zu informieren, was in diesem Landstrich vorgeht. Insbesondere, wenn es um meine Landsleute geht.«

»Es war überaus freundlich von Ihnen, mich zu empfangen.«

»Es war mir ein Vergnügen, Miss Sutcliffe. Ihr Anblick tut den Augen eines alten Mannes gut«, sagte er und holte tief Luft. »Nach einer gewissen Zeit hat man es satt, immer nur mit Indianern, Pelzhändlern und Amerikanern zu reden. Es ist bedauerlich, daß Ihr Vetter nicht auf unserer Insel weilt. Dann hätte ich Sie beide vielleicht zu einem längeren Aufenthalt überreden können. Und Sie hätten uns dann mit den letzten Neuigkeiten aus London vertraut gemacht. Aber so werden Sie wohl bald die Rückreise antreten, kann ich mir denken.«

»Ich ... weiß noch nicht, was ich tun werde.«

Captain Roberts erhob sich. Man merkte ihm an, daß er sich bereits mit anderen Dingen beschäftigte. »Wenden Sie sich getrost an mich oder Lieutenant Renquist, sollten Sie Hilfe brauchen, Miss Sutcliffe.«

»Ich nehme Ihr Angebot an«, erwiderte Miriam und lächelte geschmeichelt, als Captain Roberts einen Handkuß andeutete.

Es stimmte nicht, daß sich Miriam noch nicht klar darüber war, was sie tun sollte. Sie hatte erfahren, daß Hamilton hiergewesen war. Deswegen konnte sie ihre Suche nicht aufgeben. Und sie wußte schon, wer ihren flüchtigen Vetter aufstöbern konnte. Zumindest bildete sie es sich ein.

Am nächsten Morgen stand sie bei Sonnenaufgang auf und fragte Witwe Peavy, ob sie das Kanu benützen dürfe. Als Mary Beth das hörte, wollte sie unbedingt mitfahren. Sie würde auch die ganze Zeit paddeln. Aber Miriam lehnte es ab.

»Wer würde dann die Ziegen melken?« sagte sie noch, als Mary Beth einen Schmollmund zog.

»Das könnte Margaret machen. Sie sitzt nur herum, näht irgendwelche Sachen und hilft Mutter beim Kochen. Es ist an der Zeit, daß sie mal wirklich arbeitet.«

»Ich weiß nicht, wie lange ich ausbleibe, Mary Beth. Deine Mutter kann nicht den ganzen Tag auf dich verzichten.«

»Sie brauchen Sie nur darum zu bitten. Ich weiß, Sie wollen Jordan Scott und Seetänzerin besuchen. Wenn Sie Jordan darum bitten, zeigt er Ihnen auch seine Skalps. Mir will er sie nicht zeigen. Aber wenn Sie ihn darum bitten, bekommen wir sie beide zu sehen.«

Miriam rümpfte die Nase. »Mach dich nicht lächerlich! Mr. Scott hat keine Skalps.«

Mary Beth riß empört die Augen auf und lächelte spitzbübisch. »Doch, er hat welche. Margaret hat es mir gesagt. Alle Krieger im Indianerdorf haben Skalps. Sie haben sie erbeutet, als sie mit den Sioux kämpften. Aber Jordan hat die meisten. Er war damals der Anführer.«

»Erzähl keinen Unsinn, Mary Beth! Wenn du meinst, du kannst mir Angst einjagen, weil ich dich nicht mitnehme, täuschst du dich. Ich muß mit Mr. Scott etwas besprechen, und das möchte ich gerne ohne Zeugen tun.«

»Na ja«, sagte das Mädchen und zuckte schicksalsergeben mit den Schultern. »Reizen Sie ihn bloß nicht! Oder einen anderen der Krieger!« Sie musterte verstohlen Miriams Gesicht, um festzustellen, ob ihre Warnung Wirkung zeigte. Dann lächelte sie zufrieden. »Margaret hat noch gesagt, daß die Indianerkrieger von Ihrem Haar beeindruckt waren, von seiner Farbe, wenn sich das Sonnenlicht darin verfängt. An Ihrer Stelle wäre ich vorsichtig.«

»Ach, hör auf damit!« rief Miriam aus, nahm den Milchkübel von seiner Halterung an der Wand und hielt ihn Mary Beth unter die Nase. »Hier, tu deine Arbeit und erzähl keine Gespenstergeschichten. Skalps!«

Mary Beth war ein kleines, verlogenes Biest, das kein Erwachsener ernstnehmen kann, redete sich Miriam ein. Aber diese Ansicht konnte nicht verhindern, daß ihr während der Fahrt über den See alle möglichen Gedanken durch den Kopf gingen. Witwe Peavy hatte ihr von dem Massaker 1763 erzählt, als die Chippewa die Engländer im alten Fort am Seeufer im Süden hinschlachteten, ihren Opfern die Herzen herausrissen und sich in deren Blut badeten. Die Chippewa und die Sioux kämpften schon seit vielen Generationen gegeneinander. Konnte stimmen, was die kleine Göre gesagt hatte? Konnte Jordan Scott – ein Weißer mit guter Erziehung und Bildung – sich zu solchen Untaten herabgelassen haben?

Entschlossen verdrängte sie solche Gedanken. Jordan Scott war der einzige Mann, der möglicherweise ihren Vetter aufspüren konnte.

Die Sonne stand hoch am Himmel, als Miriam das Indianerlager erreichte. Das Paddeln war anstrengender, als sie gemeint hatte. Ihre Arme und Schultermuskeln schmerzten. Ihr schweißfeuchtes Kattunkleid fühlte sich unangenehm auf der Haut an. In diesem Zustand hatte sie eigentlich Jordan Scott und seine Squaw nicht besuchen wollen. Doch das ließ sich jetzt nicht ändern.

Indianerkinder, Hunde und halbnackte Krieger bemerkten ihre Ankunft. Man lächelte sie freundlich an und rief ihr etwas Unverständliches zu. Sie lächelte zurück und nickte. Als ein Krieger ihr in gebrochenem Englisch anbot, sie zum Wigwam von Seetänzerin zu begleiten, willigte sie ein, um ihn nicht zu kränken.

Die Decke vor der Zeltöffnung war zurückgeschlagen. Miriam rief zögernd ihren Namen in das düstere Innere. Gleich darauf erschien Seetänzerin mit einem überraschten Lächeln auf dem Gesicht.

»Miss Sutcliffe! Es ist mir eine Ehre, daß Sie uns besuchen. Kommen Sie herein und setzen Sie sich. Ich mache sogleich Tee.«

Miriam zwängte sich durch die Öffnung und blieb unschlüssig im Wigwam stehen, während sich Seetänzerin am offenen Feuer zu schaffen machte. »Ich wollte Mr. Scott sprechen«, sagte sie. »Ist er da?«

Seetänzerin nickte mit dem Kopf. »Mein Mann muß bald da sein. Er hilft einem Freund beim Ausbessern eines Kanus. Setzen Sie sich doch! Hier ist Ihr Tee!«

Miriam ließ sich nieder und ergriff die Holzschale. Der Tee aus Wildkirschenzweigen schmeckte diesmal weniger bitter. Oder sie hatte sich inzwischen an das Gebräu gewöhnt. Seetänzerin schenkte sich gleichfalls Tee ein und ließ sich schwerfällig am rotglühenden Feuer nieder.

»Ich habe gehört, daß Sie Ihren Mann suchen?« sagte die Indianerin.

Miriam verschluckte sich beinahe. »Wie bitte?«

»Ihren ... – wie heißt das richtige Wort? – Verlobten. Einer unserer Krieger hat es von einem weißen Mann in der Siedlung erfahren.«

Auch hier verbreiten sich Nachrichten schnell, dachte Miriam. Sie hatte sich nach Hamilton bei Captain Roberts, dem katholischen und dem anglikanischen Pfarrer und bei etlichen Pelzhändlern erkundigt. Und das hatte sich selbst bis zu den Chippewa herumgesprochen.

»Ja«, erwiderte Miriam. »Ich bin auf der Suche nach meinem Vetter. Das ist der Grund, warum ich hierhergekommen bin.«

Seetänzerin machte ein verblüfftes Gesicht. »Sie wollen Ihren Vetter heiraten? Das verstehe ich nicht. Wir Chippewa dürfen niemand aus unserem Clan heiraten. Geisterauge gehört dem Wolfs-Clan an, obwohl er von meiner Familie adoptiert wurde. Ich gehöre dem Katzenfisch-Clan an.«

»Hamilton ist nur ein entfernter Verwandter«, erklärte Miriam. »Er gehört nicht ... zu meinem Clan. Außerdem bin ich mir nicht sicher, ob ich ihn noch heiraten möchte. Mittlerweile denke ich, daß das Leben ohne Männer angenehmer ist.«

»Dann ist es gut, wenn Sie warten«, sagte Seetänzerin nachdenklich. »Aber es ist nicht gut, wenn eine Frau allein lebt. Sie sind schön und mutig und freundlich. Ein Mann wäre glücklich, Sie zur Frau zu haben.«

Ihre Stimme klang begütigend, sogar liebevoll. Aber ihre Augen schauten traurig drein. Miriam hatte das Gefühl, sie sei auf etwas gestoßen, das sie noch nicht verstand.

»Ihre Komplimente schmeicheln mir, Mrs. Scott. Aber Sie kennen mich nicht.«

Die Indianerin lächelte. »Ich kann in Ihrem Gesicht lesen. Und ich kenne Ihre wahre Natur. Eines Tages werde ich Ihnen sagen, wo wir uns schon einmal gesehen haben. Halten Sie mich bis dahin für Ihre Freundin, Ihre Schwester. Besuchen Sie mich möglichst oft und erzählen Sie mir vom Volk meines Mannes. Und ich werde Ihnen die Lebensweise von uns Chippewa erklären. Wir werden beide voneinander lernen, bis dann die Götter uns trennen.«

Miriam hätte gern erfahren, was diese Worte bedeuteten, aber in diesem Augenblick kehrte Jordan Scott zurück. Seetänzerin begrüßte ihn kurz, erhob sich und verließ wortlos den Wigwam. Miriam sah noch bestürzt, daß die Wangen der Indianerin feucht schimmerten, als sie hinaus ins Sonnenlicht trat.

Jordan Scott blickte Miriam zornig an. »Ich habe Ihnen doch gesagt, daß ich es nicht mag, wenn sich meine Frau aufregt. Was haben Sie ihr erzählt?«

»Ich habe nichts erzählt, was Ihre Frau kränken könnte, Mr. Scott. Sie hat ein paar sonderbare Bemerkungen gemacht. Fühlt sie sich nicht wohl?«

»Es geht ihr gut.« Mit gerunzelter Stirn schaute er seiner Frau nach. »Indianerinnen sind nicht wie weiße Frauen, wenn sie ein Kind erwarten. Sie verhalten sich vernünftig. Was hat sie überhaupt gesagt?«

Es fiel Miriam schwer, Seetänzerins Worte zu erklären oder die Gefühle, die sie in ihr ausgelöst hatten. »Es ist nicht so wichtig«, sagte sie abwehrend. »Außerdem bin ich gekommen, um mit Ihnen zu sprechen. Nicht mit Ihrer Frau.«

Sie setzte die Teeschale ab und stand mit einem Ruck auf. »Können wir nicht draußen reden, mir ist es hier zu stickig.«

Als draußen eine frische Brise vom See her über ihr Gesicht fächelte, fand sie den Mut, Jordan Scott ihr Angebot zu unterbreiten. Doch Jordan Scott lachte nur.

»Warum sollte ich Ihren Vetter für Sie aufspüren? Weder Sie noch Ihr Mann interessieren mich.«

»Er ist nicht mein Mann«, entgegnete Miriam schroff. »Und Sie würden selbstverständlich dafür entlohnt werden. Ich habe zwar kein Geld bei mir – meine Börse liegt auf dem Grund des Sees –, aber ich kann mir welches über meine Bank in London schicken lassen. Ich versichere Ihnen, daß ich Ihre Mühe reichlich entlohnen werde.«

Jordan Scott schaute sie spöttisch an. »Daß Sie mich reichlich entlohnen können, bezweifle ich nicht, Miss Sutcliffe, aber mich interessieren weder Ihr Geld noch Ihr Vorschlag. Außerdem könnte ich jetzt, da meine Frau in ein paar Wochen entbinden wird, ohnehin nicht weg.«

Miriam hatte nicht erwartet, daß er darauf Rücksicht nehmen würde. Die meisten Gentlemen in ihrem Bekanntenkreis würden mit Freude eine Schwangerschaft oder Entbindung als Grund für eine Abreise nützen. »Ich finde es löblich, daß Sie so um das Wohlergehen Ihrer Frau besorgt sind, Mr. Scott, aber ...«

»Kein Aber. Mich interessiert es nicht.«

»Sie sind der einzige, der ihn aufstöbern könnte.«

»Sie sind eine störrische Frau, Miss Sutcliffe. Sie sollten sich daran halten, wenn Ihnen ein Mann etwas abschlägt.«

»Sie sind störrisch!« erwiderte Miriam und warf den Kopf in den Nacken. »Hamilton ist vor zwei Wochen aufgebro-

chen. Mit etwas Glück könnten Sie ihn aufspüren und vor
Seetänzerins Entbindung wieder zurück sein.«

»Ich sagte nein.«

»Ich zahle Ihnen ...«

Das kalte Glitzern seiner silbergrauen Augen ließ es Miriam geraten erscheinen, die Worte, die sie sagen wollte, zu
verschlucken. Dieser Mensch war ebenso gefühllos wie ein
Felsblock.

»Na schön«, sagte sie und schob ihr Kinn vor. »Ich schaffe
es auch ohne Ihre Hilfe. Ich bin sicher, es gibt Männer, die
mir in dieser Hinsicht helfen werden.«

»Sie werden bald feststellen, daß Sie in diesem Land hier
mit all Ihrem Geld und Ihrem damenhaften Gehabe Ihren
Kopf nicht immer durchsetzen können, Miss Sutcliffe.«

Miriam warf Jordan Scott einen abschätzigen Blick zu.
»Ich bin überzeugt, daß in diesem Land nicht alle Männer so
unhöflich sind, Mr. Scott. Gewiß gibt es einen Mann, der einer Dame aus einer Schwierigkeit heraushelfen möchte.«

Jordan Scott sagte nichts darauf, sondern verzog nur verächtlich die Mundwinkel.

»Guten Tag, Sir«, sagte Miriam frostig, drehte sich um
und ging entschlossen zu ihrem Kanu, wo sie Seetänzerin
traf.

Die Indianerin schaute sie betrübt an, als sie Miriams Gesichtsausdruck bemerkte. »Hat Sie mein Mann verärgert?«

Miriams Miene hellte sich auf. Seetänzerin hatte nichts getan, was ihren Zorn erregen könnte. »Ihr Mann ist ein son-
derbarer Mensch«, sagte sie.

»Werden Sie mich trotzdem wieder einmal besuchen?«

Miriam zögerte mit der Antwort. Die Indianerin schien
Wert auf ihre Gesellschaft zu legen. Konnte sie da guten Ge-
wissens die Gelegenheit, einer armen unschuldigen Seele die
Vorteile der zivilisierten Welt beizubringen, verstreichen las-
sen? »Ich werde Sie wieder besuchen, Seetänzerin, wenn es
Ihr Mann gestattet.«

»Er wird es gestatten«, erwiderte die Indianerin mit glück-
lichem Unterton und deutete auf Jordan Scott, der die beiden mit verkniffenem Gesicht beobachtete. »Er paddelt Sie

auch hinüber zur Insel. Sie müssen doch müde sein, nicht? Sie sind solche Anstrengungen nicht gewöhnt.«

»Ich möchte mich Ihnen nicht aufdrängen«, erwiderte Miriam abwehrend.

»Sie drängen sich mir nicht auf«, versicherte die Indianerin. Als Jordan Scott sich ihnen näherte, sagte sie noch: »Du könntest Miss Sutcliffe zur Insel fahren und mir aus dem Kramladen einen neuen Wasserkessel mitbringen.«

»Wie du willst«, entgegnete Jordan Scott und warf seiner Frau einen mißbilligenden Blick zu. Miriam beachtete er nicht.

Sie fuhren – Miriams Kanu im Schlepptau – in Jordan Scotts Boot über den See. Beide schwiegen. Miriam schaute vor sich hin. Den Mann, der ihr gegenübersaß, wollte sie nicht sehen. Aber irgend etwas trieb sie dazu, ihn verstohlen zu mustern. Als sie ihn anschaute, begegneten sich ihre Blicke. Sogleich wandte er sein Gesicht ab. Er schien tatsächlich so wild und verwegen zu sein, wie ihn Mary Beth geschildert hatte. Sie traute ihm zu, daß er die Skalps seiner Feinde am Gürtel trug und sogar noch stolz darauf war. Vielleicht überlegte er sich in diesem Augenblick, ob er nicht einen Skalp mit lockigem, kastanienrotem Haar seiner Sammlung hinzufügen könnte.

Was hatte sie nur getan oder gesagt, das diese Feindschaft ausgelöst hatte? Sie hatte ihm doch versichert, daß sie in seiner Schuld stehe, weil er ihr das Leben gerettet hatte. Sie hatte sich trotz seiner sonderbaren Lebensumstände höflich verhalten. Dennoch hatte sie damit nur seinen Spott und seine Mißachtung geweckt.

Arme Seetänzerin! Wie konnte nur diese liebenswürdige Frau diesen Mann ertragen, sich seinem Jähzorn, seinen Gemeinheiten, seiner Geilheit ausliefern? Sie warf ihm abermals einen verstohlenen Blick zu, bemerkte das Spiel seiner durchtrainierten Muskeln unter der gebräunten Haut, versuchte die harten männlichen Gesichtszüge zu ergründen. Was sein kantiges Gesicht milderte, war sein feingeschwungener Mund, der auffiel, mochte Jordan Scott noch so dräuend dreinblicken. Widerstrebend stellte sie sich vor, wie es wäre, wenn sie die Umarmung dieses furchteinflößenden Mannes erduldete. Als sie sich ausmalte, wie Jordan Scott mit brutalem Ungestüm seiner Frau Gewalt antat, erschauerte sie. Erschreckt unterdrückte sie solche Vorstellungen und versuchte sich einzureden, daß ihr Schamgefühl und nichts anderes dieses Zittern hervorgerufen hatte.

»Ist Ihnen kalt?«

Miriam hob den Kopf und blickte in seine silbergrauen Augen. Sie schienen tief in ihr Inneres zu blicken, selbst ihre lasziven Vorstellungen nachvollziehen zu können. Es kam ihr so vor, als sei Jordan Scott einer der berüchtigten Medizinmänner unter den Chippewa, die im Bund mit außerirdischen Mächten standen. Abermals durchlief sie ein Schauer. Sie senkte den Blick. »Nein, mir ist nicht kalt«, sagte sie.

Großer Gott, sie war im Begriff, so zügellos und abergläubisch wie diese primitiven Wilden zu werden! Sie mußte so bald wie möglich – mit oder ohne Hamiltons Liste – in die zivilisierte Welt zurückkehren.

5

»Es ist wirklich hübsch geworden!« rief Margaret aus und betrachtete das Kleid, das Miriam genäht hatte und nun vorführte.

»Das kann man sagen!« stimmte Witwe Peavy zu. »Meine Liebe, du bist eine richtig gute Schneiderin geworden. Und dabei konntest du vor drei Wochen nicht mal eine Nadel einfädeln. Die Puffärmel sehen elegant aus. Wie bist du auf diesen Einfall gekommen?«

»Die Damen in Montreal tragen alle solche Kleider«, erklärte Miriam. Sie verkniff sich die Äußerung, daß sie solche selbstangefertigten Kreationen in London nie tragen würde, mochte ihr Talent noch so beeindruckend wirken.

»Petunia wird von dem Spitzensaum begeistert sein«, sagte Mary Beth und lächelte verschmitzt. »Zeig ihr das Kleid bloß nicht!«

Margaret warf ihrer um zwei Jahre jüngeren Schwester einen verächtlichen Blick zu. »Mit so einem schicken Kleid melkt man keine Ziegen, Mary Beth. Das müßtest selbst du wissen.«

»Woher soll ich wissen, was man beim Ziegenmelken anzieht oder nicht?« entgegnete Mary Beth schnippisch. »Du läßt dich ja im Stall kaum blicken. Du machst dir ja nicht die Hände schmutzig. Miriam hilft mir, die Ziegen, die Hühner und die Schweine zu versorgen.«

Margaret rümpfte die Nase. »Ich habe auch ohne unsere Ziegen, Hühner und Schweine genug zu tun. Ich staube ab, ich schrubbe den Boden, ich fege die Zimmer, ich mache die Betten, ich nähe, ich koche. Und was machst du? Wenn du groß bist, wird es dir leidtun, daß du dich um solche Frauenarbeit nie gekümmert hast.«

Mary Beth sprang auf und wollte über ihre Schwester herfallen, als Witwe Peavy mit schroffer Stimme dazwischenfuhr. »Hört auf damit, ihr beiden! Wenn ihr euch nicht wie

Damen benehmen könnt, dann geht zu den Wilden. Dort gehört ihr dann hin. Keine von euch ist überarbeitet. Statt zu klagen, solltet ihr euch an der kleinen Lucy ein Beispiel nehmen. Das ist ein Mädchen, das hart arbeiten kann und trotzdem damenhaft wirkt. Miriam ist da nicht anders«, fügte sie hinzu. »Oder habt ihr die beiden mal streiten sehen wie futterneidische Katzen?«

Witwe Peavys Worte versetzten Miriam einen Stich. Noch nie war sie mit einer Bediensteten wie Lucy auf die gleiche Stufe gestellt worden. Sie hatte allerdings beobachtet, daß in dieser primitiven Welt die Unterschiede zwischen den einzelnen Klassen verwischt waren. Zudem hatte sie in den vergangenen Wochen ebenso schwer gearbeitet wie Lucy, vielleicht noch schwerer, da sie sich Fertigkeiten aneignen mußte, die Lucy längst besaß. Außerdem mußte sie sich eingestehen, daß sie mit sich höchst zufrieden war, wenn sie die ihr aufgetragene Arbeit verrichten konnte. Ihren Freundinnen in London würde sie nichts davon erzählen. Trotzdem schmeichelte ihr das Gefühl, daß sie etwas leisten konnte.

Mary Beth rümpfte die Nase. »Ich möchte Lucys Gesicht sehen, wenn uns Jordan im Herbst wieder eine Ladung Fische bringt und wir sie ausnehmen und räuchern müssen. Und auch Miriams Gesicht. Damen!« Sie schnaufte verächtlich. »Sie werden wie Margaret reagieren. Auch sie geht den Fischen aus dem Weg.«

Miriam lächelte spöttisch. »Diese Arbeit bleibt allein dir überlassen, Mary Beth. Bis es soweit ist, sind Lucy und ich schon auf dem Rückweg nach London. Wir warten nur darauf, daß Mr. Delacroix mit einer Nachricht von meinem Vetter zurückkehrt.«

Mary Beth gab sich nicht geschlagen. »Jordan sagt, daß Gage Delacroix sich glücklich preisen kann, wenn er überhaupt seinen …«

»Jetzt ist Schluß, Mary Beth!« tadelte Witwe Peavy. »Hör nicht auf diesen Fratz, Miriam! Jordan und Gage streiten sich schon seit Jahren. Manchmal ist ihnen nicht bewußt, daß ihre Ansprüche nicht für die Ohren von kleinen Mädchen geeignet sind.«

»Ich bin kein kleines Mädchen!« entgegnete Mary Beth. »Und wenn Miriam ihren Vetter wirklich aufspüren wollte, würde sie sich an Jordan wenden. Er findet jeden.«

Miriam schwieg. Sie hatte den Peavys nicht gesagt, daß sie sich darum bemüht und daß Jordan sie unverblümt abgewiesen hatte. Die Peavys nahmen an, daß sie – wie bei früheren Besuchen – Seetänzerin aufgesucht hatte.

Da ihr mittlerweile klargeworden war, daß Witwe Peavy und ihre Töchter an Jordan einen Narren gefressen hatten, ertrug sie das Gerede der Mädchen über diesen Strolch gleichmütig und weigerte sich, etwas zu dieser fehlgeleiteten Heldenverehrung beizutragen. Selbst Witwe Peavy schien sonderbarerweise von diesem Kerl angetan zu sein. In den vergangenen Wochen hatte sie Miriam eine Menge Geschichten über Jordans Ausflüge mit ihrem mittlerweile verstorbenen Mann erzählt. Witwe Peavy hatte für diesen Rüpel nur lobende Worte. Offensichtlich kannte sie seinen wahren Charakter nicht. Witwe Peavys mangelnde Menschenkenntnis ließ sich wohl mit ihrem Leben in der Wildnis, fernab jeglicher Zivilisation erklären.

Witwe Peavy hatte sogar Verständnis für sein Verhalten, weil er von der guten Gesellschaft in Boston so schnöde behandelt worden war. Seine Mutter war Jane Scott gewesen, hatte sie Miriam erzählt, eine Tochter aus gutem Hause, die das Unglück gehabt hatte, unverheiratet schwanger zu werden und deswegen von ihrer Familie verstoßen wurde. Sie hatte es später als Mätresse reicher Männer zu beträchtlichem Wohlstand gebracht und nach ihrem Tod Jordan ein ausreichendes Vermögen hinterlassen. Auf Grund dieser Tatsache hatte er als Sohn einer stadtbekannten Lebedame an der Universität von Harvard studieren dürfen, was ihm aber keineswegs gesellschaftliche Achtung verschafft hatte. Eine romantische Affäre, so erzählte Witwe Peavy weiter, hatte dazu geführt, daß Jordan Scott Hals über Kopf Boston verließ und schließlich in der Wildnis im Nordwesten Kanadas landete. Mehr hatte ihr Mann seinerzeit über Jordan nicht verraten wollen.

Miriam hatte Witwe Peavys Bericht mit einer Mischung

aus Mitgefühl und Ablehnung belauscht. Daraus ließ sich zwar manches an Jordans Verhalten erklären, aber nicht entschuldigen. Ein Mensch sollte sich über solche Schicksalsschläge hinwegsetzen können. Jordan Scott aber ließ sich nur gehen. Witwe Peavy räumte ein, daß viele weiße Siedler in dieser Gegend Jordan mit Mißtrauen begegneten, was aber allerdings, so meinte sie, nur mit deren Unwissenheit und deren Vorurteilen gegen die Indianer zu tun hatte. Denn so schlimm seien die Wilden nicht, sagte sie. Es stimme zwar, daß sie vor fünfzig Jahren eine Anzahl Briten auf grausame Weise massakriert hatten – sie schaute dabei Miriam verständnisheischend an –, aber vermutlich hatten die Briten das auch verdient. Und die ständigen blutigen Auseinandersetzungen mit den Sioux, bei denen sich Jordan ausgezeichnet hatte, auch wenn er gewiß nicht nach Skalps trachtete, waren nicht ärger als die Schlägereien der Weißen.

Miriam hatte hin und wieder verständnisvoll mit dem Kopf genickt, als ihre Gastgeberin ihr all das erzählte. Aber insgeheim hatte sie gedacht, daß Jordan Scott die Geringschätzung, die ihm seitens der weißen Siedler entgegenschlug, auch verdiente.

Seetänzerin hingegen war liebenswert, auch wenn man aufgrund ihrer Primitivität etliche Abstriche machen mußte. Ursprünglich hatte Miriam, um ihr Versprechen zu halten, das Indianer-Lager nur ein einziges Mal besuchen wollen. Aber nach ihrem ersten Besuch hatte sich zwischen ihr und Seetänzerin eine Art Freundschaft entwickelt, die sie zu häufigeren Besuchen veranlaßt hatte. Die Indianerin benahm sich längst nicht mehr so sonderbar wie beim erstenmal. Sie sprach nie mehr davon, daß sie Miriam schon einmal getroffen hätte. Ihre Unbefangenheit und Freundlichkeit bezauberten Miriam so sehr, daß sie ihre Nähe suchte. Sie sprachen dann von den großen Städten im Osten, von London, oder Miriam las ihr Gedichte aus einem Buch vor, das, wie die Indianerin sagte, Jordan Scott gehörte. Jordan wollte ihr weder aus diesem Buch des weißen Mannes vorlesen noch ihr von seinem Leben erzählen, das er geführt hatte, bevor er sich bei ihrem Stamm niederließ.

Seetänzerin wiederum berichtete Miriam von ihrem Volk, das eigentlich den Namen »Anishanabe« trug, was »die ersten Menschen« hieß. Nur die übrigen indianischen Stämme nannten sie Ojibwa. Seetänzerin erzählte von Gitchimanido, dem großen Geist ihres Stammes, und von anderen Schutzgeistern, die Kenntnisse und Macht verleihen konnten. Sie berichtete von blutigen Kämpfen, von mächtigen Medizinmännern, von Seuchen, von hingebungsvoller Liebe und kühnem Mut.

Miriam war von diesen Erzählungen so gebannt, daß sie zuweilen mehrere Stunden im Indianer-Lager blieb. Trotz all der Unterschiede entwickelte sich zwischen den beiden Frauen eine eigentümliche Freundschaft. Miriam stellte fest, daß sie Seetänzerin all das anvertrauen konnte, was sie Tante Eliza verschwiegen hatte. Sie erzählte von ihren Eltern, ihrer Kindheit und ihren Lebensvorstellungen, ohne Angst zu haben, daß sie verlacht werden könnte. Andererseits konnte auch sie verständnisvoll zuhören, wenn Seetänzerin davon sprach, daß sie sich sehnsüchtig ein Kind wünschte, seit acht Jahren schon. Die sonderbare Traurigkeit, die Miriam bei ihrem ersten Zusammentreffen an Seetänzerin bemerkt hatte, war verschwunden. Diese Veränderung führte Miriam auf ihre Besuche zurück.

Es war ein warmer Nachmittag im Juli, als Miriam nach einem Besuch im Indianer-Lager durch die Siedlung ging. Sie bemerkte nicht, wie schön der Tag war oder daß ihr die Leute grüßend zunickten. Ihre Gedanken kreisten um Seetänzerin. Die Indianerin hatte heute einen merkwürdigen, ja sogar melancholischen Eindruck gemacht. Miriam hatte länger bleiben wollen, um sich zu überzeugen, daß ihre Freundin nicht krank sei, aber dann war Jordan Scott unverhofft heimgekommen, und sie hatte sich verabschiedet.

Die Schatten wurden schon länger, als Miriam auf der Hauptstraße der kleinen Ortschaft zur Anglikanischen Kirche ging. Witwe Peavy hatte sie gebeten, das Pfarrhaus – eine schlichte Blockhütte mit einem Rindendach, umgeben von einem hohen Staketenzaun – aufzusuchen, um Pfarrer Carroll zum sonntäglichen Dinner einzuladen. Der Arme hatte nur wenige Freunde auf der Insel, da die meisten Pelz-händler und englischen Soldaten auf Michilimackinac-Island lieber in die Kneipe als in die Kirche gingen. Und die Franko-Kanadier zogen die katholische Kirche, ein großes Steinhaus am anderen Ende der Ortschaft, vor.

Miriam war so in ihre Gedanken versunken, daß sie die Schritte hinter sich nicht hörte.

»Ich wünsche Ihnen einen schönen Nachmittag, Miss Sutcliffe«, sagte jemand. Die Worte klangen ein wenig undeutlich, aber die Stimme war unüberhörbar die eines gebildeten, kultivierten Mannes.

»Wie bitte?« fragte sie und schreckte hoch. »Ja, es ist wirklich ein schöner Tag.« Sie blieb stehen, während Lieutenant Renquist auf sie zuging. Gleich darauf bedauerte sie es, weil ihr der unverkennbare Geruch von Brandy in die Nase drang. Da sie sich in solchen Situationen nicht zierte, stellte sie sogleich die Dinge klar. »Lieutenant, haben Sie etwa getrunken?«

»Madam«, erwiderte er und lächelte, als sei er ertappt worden, »das habe ich. Wer würde sich nicht einen kräftigen Schluck gönnen, wenn man erfährt, daß man ein weiteres Jahr auf dieser Drecksinsel zubringen muß? Auch wenn einem der billige Fusel, der in diesem Kaff als Brandy verkauft wird, den Magen verätzt.«

Einen kurzen Augenblick empfand Miriam so etwas wie Mitgefühl. Sie konnte seinen Wunsch, dieser Wildnis zu entkommen und wieder die Annehmlichkeiten der Zivilisation zu genießen, gut verstehen. Hatte sie nicht manchmal die gleiche Regung verspürt? Trotzdem war dieses Mißgeschick keine Entschuldigung für sein Benehmen.

»Lieutenant Renquist«, erwiderte sie kühl, »Brandy macht Ihren Aufenthalt nicht leichter.«

Er lachte freudlos auf. »Sie haben vermutlich recht, meine Liebe. Aber die Gesellschaft einer so schönen Frau, wie Sie es sind, wird mir mein Los erleichtern. Darf ich Sie begleiten? Der Anblick Ihres Gesichts und der Klang Ihrer Stimme sind«, er verstummte und rülpste dann, »Balsam für meine ... gekränkte Seele.«

Miriam rümpfte die Nase und trat einen Schritt zurück. »Besser nicht, Lieutenant Renquist. Außerdem habe ich nur eine Nachricht zu übermitteln. Vor Sonnenuntergang möchte ich wieder zu Hause sein.«

»Aber warum denn?« erwiderte er lallend. »Verwandeln Sie sich denn, wenn es Nacht wird, in einen Bauerntrampel?« Er lachte auf. »In einen Bauerntrampel, wie es die übrigen Frauen auf dieser Insel sind? Könnte doch sein.«

Miriam reichte es. Lieutenant Renquist hatte auf sie den Eindruck eines Gentlemans gemacht. Verwandelte denn dieses schaurige Land alle Männer in bösartige Rüpel? Sie wandte sich ab, um weiterzugehen, doch Lieutenant Renquist hielt sie fest.

»Warum wenden Sie sich ab, meine Schöne? Sie sind das erste Glanzlicht, das ich ... lang ist's schon her! Über ein Jahr ... gesehen habe.«

»Lassen Sie mich los, Lieutenant!«

»Ich würde meinen rechten Arm für ein freundliches Wort von Ihnen geben.« Er versuchte mit seinen feuchten Lippen ihre Hand zu küssen, berührte aber ihren Unterarm. »Für einen Kuß von Ihnen würde ich sterben.«

Miriam versuchte vergeblich, sich aus seinem Griff zu lösen. »Lieutenant Renquist! Was soll das!«

»Ja, was soll das, Lieutenant Renquist?« Von der sonoren Stimme aufgeschreckt, drehten sich beide um und starrten auf die hochgewachsene, unzulänglich gekleidete Gestalt, die hinter ihnen stand. Der Mann hatte die Arme über der breiten Brust verschränkt und stand breitbeinig da. »Sie werden die Dame schon heiraten müssen, um einen Kuß zu bekommen. Ich bezweifle, daß es das wert ist. Deswegen sollten Sie sie freigeben und verschwinden.«

Lieutenant Renquist straffte sich. Ihm war nicht klar, wer jetzt beleidigt worden war – er oder Miriam. »Miss Sutcliffe geht Sie nichts an«, erwiderte er dann mit herausforderndem Tonfall.

»Sie aber auch nicht«, entgegnete Jordan Scott gleichmütig. »Warum verschwinden Sie nicht, um irgendwo Ihren Rausch auszuschlafen?« Jordan Scotts Augen verengten sich zu schmalen Schlitzen, als Lieutenant Renquist nach der Pistole an seinem Gürtel tastete. »Das würde ich nicht tun«, sagte Jordan Scott warnend. »Es sei denn, Sie möchten Ihren Aufenthalt auf dieser Insel zu Ihrem Leidwesen abkürzen.«

Lieutenant Renquist preßte die Lippen zusammen. Seine Finger zuckten, als wollten sie von sich aus die Pistole ergreifen. Dann rülpste er wieder und ließ die Hand sinken. »Dreckiger Indianer!« stieß er aus und spuckte Jordan Scott vor die Füße. Dann drehte er sich schwankend um und ging torkelnd Richtung Fort davon.

Miriam atmete erleichtert auf und blickte Jordan Scott abwartend an. »Ich denke, ich habe Ihnen abermals zu danken, Mr. Scott. Sie scheinen stets da zu sein, wenn ich Hilfe brauche.«

Er verzog die Lippen zu einem amüsierten Lächeln. »Verhält sich so ein gesitteter Gentleman, Miss Sutcliffe? Vielleicht sollte ich bei Lieutenant Renquist ein paar Nachhilfestunden nehmen.«

»Der Lieutenant war doch nicht zurechnungsfähig. Trotzdem – er hat sich ungehörig verhalten, und ich schulde Ihnen …«

»Nicht jetzt, Miss Sutcliffe! Sie können mir erzählen, wie dankbar Sie mir sind, während wir zur Farm von Witwe Peavy gehen. Ich muß sie nämlich dringend sprechen.«

»Ist was geschehen?« Eine düstere Vorahnung überkam Miriam. »Ich bin doch erst vor kurzem im Sommerlager gewesen. Ist …«

»Bei Seetänzerin haben die Wehen eingesetzt. Ich bin gekommen, um den Arzt im Fort zu holen, aber er will sich mit einer Indianerin nicht abgeben. Da muß wohl Grace die Hebamme spielen.«

»Aber … aber …«, stammelte Miriam und versuchte mit ihm schrittzuhalten. Daß sie Pfarrer Carroll Witwe Peavys Einladung überbringen sollte, hatte sie vergessen. »Läuft alles gut?«

»Ich weiß es nicht. Die Chippewa-Frauen entbinden zumeist problemlos. Aber Seetänzerin bemüht sich schon seit Jahren, ein Kind zu bekommen. Deswegen halte ich es für besser, wenn ihr nicht nur Indianerinnen beistehen.«

Miriam hörte aus seinen Worten echte Besorgnis heraus. Einen Augenblick lang fand sie ihn liebenswert. Doch dann fiel ihr ein, daß es seine Schuld war, wenn sich die arme Seetänzerin – obendrein noch ohne den Segen einer christlichen Eheschließung – in diesem bedenklichen Zustand befand.

Nachdem Witwe Peavy die Nachricht vernommen hatte, packte sie ein scharfes Messer, eine ungefüge, abschreckend wirkende Zange, ein Seil, saubere Leinentücher und ein Umschlagtuch in einen Beutel. Kurz angebunden sagte sie Miriam und Jordan Scott, daß sie ihr folgen sollten, und verließ eilends das Haus. »Schau nicht so bekümmert drein!« sagte sie noch zu Jordan Scott. »Es ist schließlich nicht das erste Kind, das das Licht der Welt erblickt. Seetänzerin wird es bald wieder gutgehen.«

Seetänzerin ging es nicht gut. Man hatte sie in einen kleinen Wigwam gebracht, den die Indianerinnen für die Entbindung hergerichtet hatten. Die Lagerstatt bestand aus einer Schicht von Thujenzweigen, die mit Binsenmatten und gegerbten Fellen bedeckt war. Darauf lag kraftlos und bleich Seetänzerin und umklammerte, wenn wieder eine Wehe einsetzte, die Hände zweier Indianerinnen, die sich um sie bemühten.

»Damit ist jetzt Schluß!« erklärte Witwe Peavy nach einem prüfenden Blick. »Du, Lächelt-bei-Sonnenaufgang«, sagte sie zu einer der Indianerinnen, »schaffst mir die dreckigen Felle heraus. Die Binsenmatten sind auch nicht allzu sauber. Bring sie ebenfalls weg. Mir ist es gleich, was eure indianische Tradition in so einem Fall verlangt.«

Nachdem die Sachen entfernt worden waren, schickte Witwe Peavy die Indianerinnen um saubere Felle für die Lagerstatt. Über diese breitete sie dann die Leinentücher, die sie mitgenommen hatte.

»Du, Miriam«, ordnete Witwe Peavy an, »hilfst Seetänzerin aufzustehen. So ist's recht. Geh langsam mit ihr hin und her. Das lindert die Schmerzen. Und ihr beiden«, sie nickte den Indianerinnen zu, die sie verblüfft und ein wenig argwöhnisch betrachteten, »ihr bringt über dem Feuer draußen Wasser zum Kochen. Mindestens einen Kessel voll. Macht schon!«

Die Indianerinnen huschten hinaus und murmelten einander ein paar Worte in ihrer Sprache zu. Miriam redete Seetänzerin beruhigend zu, während sie langsam in dem Wigwam auf und ab schritten und hin und wieder stehenblieben, wenn sich die Indianerin vor Schmerzen krümmte.

Seetänzerin ließ Miriam und Witwe Peavy gewähren. Sie tat, was man ihr sagte, aber äußerte kein Wort. Nur ab und zu stöhnte sie auf.

Nach zwei Stunden zwängte sich ein untersetzter Indianer in den Wigwam. Miriam blickte ihn erschrocken an und deckte hastig Seetänzerin zu, die sich hingelegt hatte.

»Ist schon gut«, sagte Witwe Peavy. »Das ist der Bruder von Seetänzerin. Wellenreiter, das ist Miriam Sutcliffe.«

Wellenreiter nickte. Mit ernstem Gesicht gab er Witwe Peavy einen Holzbecher. Witwe Peavy verzog die Lippen. »Ich bin sicher, Lächelt-bei-Sonnenaufgang schickt dich her, weil ich sie verscheucht habe. Sie scheint ja von eurem indianischen Hokuspokus noch immer eine Menge zu halten.«

Sie gab den Becher an Miriam weiter, die neben der Lagerstatt auf dem Boden hockte. »Laß sie davon trinken!« sagte Witwe Peavy.

Miriam beäugte die rötliche Flüssigkeit in dem Becher. »Was ist das?«

»Schlangenblut vermengt mit Wasser. Die Indianer meinen, es würde bei einer schwierigen Geburt helfen.«

Miriam wurde es übel. Sie schaute Witwe Peavy ungläubig an.

»Gib's ihr ruhig! Es schadet ihr nicht. Außerdem wird Wellenreiter nicht gehen, solange sie nicht den Becher geleert hat.«

Die Chippewa-Medizin half Seetänzerin nicht. Um Mitternacht war von dem Kind noch nichts zu sehen. Seetänzerins Schmerzensschreie konnte man weithin hören. Jordan Scott stürzte mit fahlem Gesicht und wild funkelnden Augen in das Zelt und fragte aufgebracht, warum denn niemand seiner Frau helfen würde. Aber es konnte ihr niemand helfen. Zwei kräftige Indianer mußten ihn aus dem Wigwam zerren. Sein Anblick hatte Seetänzerin aus ihrer schmerzvollen Versunkenheit gerissen.

Als die Sonne aufging, gebar Seetänzerin eine Tochter. Es war eine Steißgeburt. Es dauerte zwei Minuten, bis das blauangelaufene, kraftlos wirkende Wesen nach Luft rang. Es atmete lautlos und zögernd ein, als sei es sich nicht sicher, daß sich der Aufwand lohne. Zum Schreien war es zu schwach.

Für Miriam war das Kind das häßlichste Lebewesen, das sie je gesehen hatte. Die langwierige Geburt hatte sie abgestoßen. Nur Witwe Peavys strenge Blicke hatten sie davon abgehalten, in der letzten Phase der Entbindung aus dem Wigwam zu fliehen. Was sie die Geschehnisse allmählich vergessen ließ, war der Gesichtsausdruck von Seetänzerin, als man ihr das schwächliche, kleine Wesen in den Arm legte. Es rührte sie, wie Seetänzerin ihre neugeborene Tochter anblickte. Dabei wirkte Seetänzerin ebenso mitgenommen wie ihr Kind. Ihre Augen waren große, dunkle Höhlen in einem aschfahlen Gesicht. Nur ihr Lächeln ließ ihre einstige Schönheit erahnen.

Witwe Peavy bedeutete Miriam, daß sie mit ihr den Wigwam verlassen sollte. Draußen stießen sie auf Jordan Scott, dem man die Anspannung der letzten Stunden anmerkte.

»Ich will mich um die Wahrheit nicht drücken, Jordan«, sagte Witwe Peavy und schaute Jordan Scott eindringlich an. »Deine Frau und deine Tochter leben, aber lange werden sie es auf unserer Welt nicht aushalten. Es war eine schwere Geburt, und Seetänzerin war dafür nicht geschaffen. Irgend etwas muß in ihr passiert sein, Jordan. Ich kann die Blutung nicht stillen. Und das Kind ist so schwach, daß mich sein Lebenswillen überrascht.«

Miriam erstarrte. Sie hatte nicht bemerkt, daß es um Seetänzerin so schlecht stand. Sie sah, daß Jordans Gesichtsmuskeln zuckten. Seine breiten Schultern krümmten sich, als hätte man ihm ein erdrückendes Gewicht aufgebürdet.

»Geh jetzt hinein und verabschiede dich von deiner Frau«, gebot ihm Witwe Peavy. »Verhalte dich so, daß sie glücklich aus dieser Welt scheidet, hörst du! Seetänzerin ist die tapferste, liebenswerteste Frau, die ich kennengelernt habe.«

Jordan starrte sie an. Sein Gesicht war wie aus Stein gemeißelt. Zorn und Trauer prägten den Ausdruck seiner Augen. Miriam fragte sich, ob der Zorn dem grausamen Geschick galt, oder den beiden Frauen, die Seetänzerin nicht helfen konnten. Wortlos zwängte er sich in den Wigwam.

Miriam setzte sich schwerfällig auf einen Baumstamm und verbarg das Gesicht in den Händen. Sie zitterte vor Erschöpfung. Was sie empfand, waren Grauen und Trauer. Die arme Seetänzerin, die so freundlich, so zutraulich, so hübsch gewesen war! Es war ungerecht, daß sie so sterben mußte und einem Schuft wie Jordan Scott ein uneheliches Kind geboren hatte. Tränen traten ihr in die Augen und rannen ihr über die Wangen.

Nach kurzer Zeit verließ Jordan Scott das Zelt. Seine Miene wirkte noch verbissener. Er ging auf Miriam zu und starrte sie so abweisend an, daß sie am liebsten geflüchtet wäre.

»Seetänzerin möchte Sie sprechen!«

Das stehe ich nicht durch, hätte Miriam ihm gern ins Gesicht geschrien. Sie wollte nur weglaufen, sich irgendwo verstecken, diese Nacht vergessen. Aber Jordan Scotts Blick zwang sie, sich zu erheben und seiner Aufforderung zu gehorchen. Seine silbergrauen Augen hatten ihren Glanz verloren.

Im Wigwam war es still. Es gellten keine Schreie mehr, die das Indianer-Lager in Aufregung versetzten. All das war verebbt. Seetänzerin war zu Tode erschöpft. Witwe Peavy bewegte sich möglichst lautlos, sammelte die blutbefleckten Leinentücher ein und räumte auf. Als Miriam eintrat, verzog sie das Gesicht zu einem traurigen Lächeln und tätschelte aufmunternd ihre Schulter. »Bist ein braves Mädchen«, wisperte sie. »Mach nicht so ein Gesicht! Lächle Seetänzerin zuliebe.«

Seetänzerin lag reglos auf ihrer Lagerstatt. Sie hielt das Kind fest in den Armen. Vor Erschöpfung fielen ihr immer wieder die Augen zu. Als sie Miriams Stimme hörte, belebte sich ihr Gesicht.

»Seetänzerin«, flüsterte Miriam und hockte sich neben sie. Was sollte sie ihrer Freundin sagen, die sich an der Schwelle zum Tod befand?

»Du, Miriam?« erwiderte Seetänzerin. Ihre kalten Finger tasteten nach Miriams Hand. Langsam wandte sie Miriam den Kopf zu und schaute ihr in die Augen. Ich bin so glücklich, daß du bei mir bist.«

»Ich bleibe bei dir, Seetänzerin. Aber ... willst du nicht deinen Mann um dich haben?«

»Jordan ... hat sich schon von mir verabschiedet.« Sie lächelte versonnen. »Er war mir ein guter Mann. Sein Herz hat mir nur zur Hälfte gehört, aber das hat mir genügt.« Ihre Augen musterten Miriams Gesicht. »Ich bin ... so froh, daß du hübsch bist. Und freundlich.« Sie verstummte, als sie ein Schauder durchlief. »Ich sehe schon den Seegeist. Mein Schutzgeist ist gekommen, um mich heimzuholen.«

»Seetänzerin, soll ich nicht Jordan rufen?« fragte Miriam gepreßt.

»Nein. Ich möchte dir noch etwas erzählen«, erwiderte Seetänzerin und lächelte nachdenklich. »Vor einigen Monaten hatte ich einen Traum. Mein Schutzgeist erschien mir und zeigte mir, was vor Ablauf dieses Jahres geschehen würde. Er beschwor dich herauf und sagte, daß du die Mutter meines Kindes und die Frau meines Mannes werden würdest. Deswegen sollte ich mir um die beiden keine Sorgen machen. Dann sagte er noch, daß ich mit ihm gehen müsse. Dorthin, wo die Toten mit den Schutzgeistern tanzen.«

»Sag so etwas nicht, Seetänzerin!«

Seetänzerin umklammerte Miriams Hand noch fester. »Meinst du, ich weiß nicht, daß ich sterben werde? Das weiß ich schon seit Monaten. Träume lügen nicht.« Sie schaute Miriam eindringlich an. »Du hast Tränen in den Augen, Miriam. Weine nicht um mich. Ich füge mich in mein Schicksal. Und ich weiß, daß du für meine Tochter sorgen und meinen Mann glücklich machen wirst, wie es mir im Traum gesagt wurde.«

Miriam schwieg. Tränen liefen ihr übers Gesicht.

»Wirst du das tun?«

»Ich sorge für deine Tochter.«

Seetänzerin lächelte und schloß die Augen. Ihr Körper entspannte sich. »Ich habe meine Tochter Lichter Geist genannt. Sie wird dir ebensoviel Freude machen wie mir.«

Die Indianerin hörte auf zu atmen. Obwohl ihr Tränen in den Augen standen, sah Miriam, daß Seetänzerins Gesicht einen friedlichen Eindruck annahm. Behutsam löste sie das winzige Mädchen aus den Armen seiner Mutter.

Die Mittagssonne leuchtete über dem schimmernden Huronsee und wärmte Sandstrand, Felsen, Bäume und Grashorste. Es war ein Sommertag, wie er nicht schöner sein konnte. Vögel sangen am strahlend blauen Himmel. Laubbäume und Hemlockstannen schwankten in der leichten Brise.

Nur ein Gedanke beherrschte Jordan Scott – es war ungerecht, daß Seetänzerin an so einem Tag hatte sterben müssen. Jetzt konnte sie nicht mehr den Gesang der Vögel hören oder die Sonnenwärme auf ihrem Gesicht verspüren. Solche Freuden waren ihr nicht mehr vergönnt. Sie lag kalt und starr da. Eine Decke aus Birkenrinde verbarg sie vor den Augen jener Menschen, die sie geliebt hatten.

Die kleine Gruppe von Chippewa-Indianern – Seetänzerins Eltern, Verwandte und Freunde – sang leise, während Wellenreiter mit feierlichem Ernst um das frisch ausgehobene Grab tanzte. Jordan Scott stimmte in den Singsang nicht mit ein. Wie eine Statue stand er ausdruckslos und schweigsam da und erinnerte sich der glücklichen Jahre, die ihm Seetänzerin gewährt hatte. Sie hatte ihm einst das Leben gerettet, als er noch jung und in seiner Waghalsigkeit töricht gewesen war, als er sich eingebildet hatte, daß er stärker sei als die Natur. Ihr Bruder war auch sein Bruder geworden, und ihr Vater und ihre Mutter hatten ihn liebevoll aufgenommen wie leibliche Eltern. So etwas hatte er in seiner Kindheit nicht erlebt. Deswegen war es für ihn selbstverständlich gewesen, sein Leben an das von Seetänzerin zu binden. Seetänzerin war ihm auch eine einfühlsame, selbstlose Frau geworden. Sie hatte ihm alles gegeben. Und wie hatte er es ihr vergolten?

Er war ein Mann gewesen, der sie nicht so geliebt hatte, wie sie es verdient hätte. Er hatte ihr Tage voller Einsamkeit zugemutet, wenn er sie unbekümmert wochenlang allein ließ, um zu jagen oder zu kämpfen. Er hatte ihre Liebe mit einer beiläufigen Zuneigung erwidert, die kaum mehr gewesen war als Gleichgültigkeit. Und dann hatte er noch mit ihr ein Kind gezeugt, das ihren Tod herbeiführte. Und jetzt gab es sie nicht mehr – seine allzeit freundliche Seetänzerin, die seine trüben Stunden mit Lachen verscheucht hatte, seine Verbitterung mildern konnte und ihn lehrte, daß Liebe mehr war als Leidenschaft, mehr war, als er je einem anderen Menschen entgegenbringen konnte. Ihr Lächeln und ihre Fröhlichkeit hatten ihm den Eindruck vermittelt, daß sie mit dem zufrieden sei, was er ihr gab. Doch jetzt war sie tot, und die Erinnerung an ihre Fröhlichkeit beruhigte nicht seine Schuldgefühle. Er hätte ihr mehr von sich gewähren sollen.

Wellenreiter hörte auf zu tanzen. Die Indianer scharten sich stumm um das Grab.

»Deine Füße betreten nun den Weg aller Seelen, meine Schwester«, sagte Wellenreiter. »Du weiltest nur kurze Zeit unter uns. Du wirst uns, die wir dich geliebt haben, fehlen. Du warst eine tugendhafte Frau, ein treues Weib, eine liebevolle Tochter und eine Schwester, an der mein Herz hing.«

Jordan Scott blickte zu Miriam hinüber, die unter den Trauernden stand. Wellenreiters Grabrede wurde zu einem dumpfen Gemurmel. Die kleine Engländerin da drüben schien das einzige Wesen auf der Welt zu sein, das er wahrnahm. Sein Gewissen ließ ihm keine Ruhe. Seitdem er Miriam vor einem Monat aus dem See gezogen hatte, hatte er kaum mit ihr gesprochen. Und er war ihr nie nahegekommen. Weshalb bedrückte ihn dann das Gefühl, daß er seine treue Seetänzerin mit diesem kalten, affektierten Frauenzimmer betrogen hätte? Ihr Gesicht war ihm im Traum erschienen. Sie hatte ihm auch tagsüber keine Ruhe gelassen. Warum nur? Es war kein hübsches Gesicht. Sie war nicht Elizabeth, die damals in Boston als schönste Frau weit und breit gegolten hatte. Miriam hatte eine Stupsnase. Ihr ausgeprägtes Kinn ließ auf Eigenwilligkeit schließen. Ihre Augen waren zu groß, ihre Wangen zu rundlich. Sie war eine manierierte Heuchlerin wie damals Elizabeth. Überzeugt davon, daß ihre prüde Art und ihre scheinheilige Moral sie Gott samt seinen Heiligen näherbrachten.

Trotzdem blickte er immer wieder zu ihr hinüber. Sein Herz schlug schneller. Ein wollüstiger Schauer durchlief ihn, den er zu unterdrücken versuchte. Denn er fühlte sich noch immer schuldig. Er hatte es zugelassen, daß diese Miriam Sutcliffe mit ihren großen, blauen Augen und ihrem widerspenstigen kastanienroten Haar sich in sein Unterbewußtsein einnistete. So einen Mann, wie er es war, hatte Seetänzerin nicht verdient.

Die Grabrede war verklungen. Zwei Indianer traten auf die Leiche zu. Sie war in Birkenrindenstreifen eingehüllt und mit Baststrängen festgezurrt. Behutsam senkten die beiden Indianer sie in das flache Grab. Die Füße zeigten nach Westen. Das war die Richtung, die ihre Seele auf ihrer Reise zum Jenseits einschlagen würde. Am Kopfende legte man die Lieblingspacktasche von Seetänzerin nieder, einen kleinen Kessel, ein Messer und einen Löffel. Dieser Dinge konnte sie sich auf ihrer viertägigen Reise im Land der Geister bedienen. Dann traten die Trauernden einer nach dem anderen ans Grab, um sich zu verabschieden. Da sie überzeugt waren, daß Seetänzerins Seele sich noch in der Nähe ihres Leichnams aufhielt, flüsterten sie Ratschläge.

Als die Indianer am Grab vorbeischritten, bemerkte Jordan Scott, daß Miriam ein kleines Bündel in den Armen hielt. Ein klagendes Wimmern bedeutete ihm, daß sich darin seine neugeborene Tochter befand. Er empfand nichts für das Kind. Nachdem Seetänzerin gestorben war, hatte er nicht einmal an das Kind gedacht. Er konnte nicht verwinden, daß es den Tod seiner Frau herbeigeführt hatte. Zudem erinnerte es ihn an seine Schuld. Witwe Peavy hatte ihm gesagt, daß das Kind sterben würde. Und er war damit einverstanden. Warum mengte sich nun diese Engländerin in etwas ein, das sie nichts anging?

Nach einer Weile füllten die Indianer das Grab auf und glätteten das Erdreich. Jordan Scott schaute reglos zu und hob dann den Kopf. Seetänzerin war verschwunden. Sonnenwarme Erde bedeckte sie, in der sie verwesen würde. Es gab sie nicht mehr.

Als würde ihn eine unsichtbare Macht zwingen, blickte er zu der Stelle hinüber, wo vorhin die Engländerin mit seiner Tochter im Arm gestanden war. Auch sie war nicht mehr da.

6

»Miriam, Liebes, du mußt dir auch mal Ruhe gönnen! Was mache ich nur mit dir, wenn du krank wirst«, sagte Witwe Peavy und strich Miriam liebevoll die wirren Locken aus dem Gesicht. »Schau dich bloß mal an, Kindchen! Wie ein Gespenst siehst du aus. Du schläfst nicht und ißt so wenig, daß damit kaum ein Vogel am Leben bleiben würde. Ich kümmere mich schon um das Kind, wenn du dich für eine Weile hinlegst.«

Miriam hob müde den Kopf und besah sich im großen Spiegel in der Wohnstube. Ihre tief eingesunkenen Augen hoben sich übergroß von der fahlen Haut ab. Die einst rundlichen, rosigen Wangen spannten sich wie eine dünne Haut über den Backenknochen. In den letzten zwei Tagen hatte sie kaum den Schaukelstuhl verlassen, der zwischen der Küche und der Wohnstube stand.

»Das Kind muß endlich etwas zu sich nehmen, Grace. Oder es stirbt, das arme Wesen.«

Witwe Peavy setzte sich schwerfällig auf einen Stuhl am Küchentisch, wo Mary Beth und die kleine Martha zu Mittag aßen. Mit einem traurigen Gesichtsausdruck betrachtete sie das wimmernde Bündel in Miriams Armen. »Hat es schon etwas getrunken?«

»Nichts«, antwortete Miriam, »weder Milch noch Wasser. Ich weiß nicht mehr weiter, Grace.«

Seitdem Miriam das Kind aus den Armen seiner Mutter genommen hatte, war das dünne, mitleiderregende Greinen nicht verstummt. Lichter Geist strampelte nicht mit den Beinchen, bewegte nicht die Ärmchen wie ein normaler, kräftiger Säugling. Sie lag nur reglos in Miriams Armen, das kleine, bläulich angelaufene Gesichtchen verzogen, und wimmerte. Selbst diese Laute hörten sich kränklich an. Es war ein langgezogenes, hilfloses Klagen, das die Menschen im Hause verstörte. Miriam hatte schon alles mögliche versucht. Witwe Peavy und Margaret hatten aus dem Fingerling eines Handschuhs einen Schnuller angefertigt. Aber das Kind weigerte sich, daraus die warme Ziegenmilch zu trinken. Und Wasser lehnte es gleichfalls ab.

»Könnte nicht ich sie füttern?« fragte Mary Beth. »Kleine Zicklein hab' ich auch immer gefüttert.«

»Jetzt nicht«, antwortete Witwe Peavy und lächelte milde. »Später vielleicht, wenn sie größer ist.«

Die kleine Martha betrachtete eindringlich das Kind und biß ein Stück von ihrem Käsebrot ab. »Es ist häßlich«, sagte sie dann. »Die Haut ist so bläulich. Und dann noch all die Falten.«

»Das Kind ist nur krank und hungrig«, erwiderte Miriam abwehrend.

Martha steckte nachdenklich einen Finger in den Mund und kaute darauf herum. Dann schob sie ihre Tasse mit Milch Miriam zu. »Sie kann meine trinken.«

Miriam unterdrückte ein Schluchzen. Eine Träne lief ihr die Nase entlang.

»Habt ihr beiden nichts zu tun?« fragte Witwe Peavy vorwurfsvoll ihre Töchter.

Mary Beth verzog das Gesicht und packte ihre jüngere Schwester am Arm. »Komm, Martha! Mutter möchte reden, aber wir dürfen nicht zuhören. Du kannst mir helfen, den Hühnerstall auszumisten.«

Sobald die beiden Mädchen gegangen waren, schaute Witwe Peavy Miriam mit ernster Miene an. »Du legst dich jetzt hin, junge Dame. Ich kümmere mich um das Baby. Wenn nicht ich, dann Lucy.«

»Sie wird sterben«, sagte Miriam schluchzend. Sie war so erschöpft, daß sie sich nicht mehr in der Gewalt hatte. Seitdem Lichter Geist im Hause war, hatte sie niemand an das Kind herangelassen.

»Vielleicht ist es am besten, wenn es stirbt, Miriam. Es schläft nicht, und es nimmt nichts zu sich. Es liegt nur da und wimmert. Vielleicht ist es besser, wenn es seiner Mutter nachfolgt.«

»Nein«, flüsterte Miriam gedrückt. »Ich habe Seetänzerin versprochen, für ihre Tochter zu sorgen.«

Witwe Peavy erhob sich mühsam und betrachtete das Kind. »Das Kind ist nicht gesund, Miriam. Die Geburt hat zu lange gedauert. Nicht nur Seetänzerin hat darunter gelitten. Welchen Sinn hat es, um das Leben des Kindes zu kämpfen, wenn sein Leben nur aus ein paar qualvollen Monaten bestehen wird? Jeder, der sich das Kind genau anschaut, wird sagen, daß es das erste Jahr nicht überleben wird. Und wenn doch, dann wird es nie ein normales, gesundes Kind werden.«

»Damit kann ich mich nicht abfinden. Wenn es nur etwas zu sich nehmen würde! Ich weiß es – wenn es uns gelingt, daß es etwas Milch trinkt, wird alles gut werden.«

Witwe Peavy seufzte und verschränkte die Arme. »Das wird dir nicht gelingen, wenn du an fiebriger Erschöpfung zusammenbrichst. Du legst es darauf an, krank zu werden. Gib mir das Baby! Ich verspreche dir, ich werde dich wekken, wenn sich sein Zustand verändert.«

Widerstrebend erhob sich Miriam aus dem Schaukelstuhl und legte das Bündel in Witwe Peavys Arme.

»Leg dich ruhig hin, Liebes! Ich wecke dich schon. Das versprech ich dir«, sagte Witwe Peavy.

Obwohl Miriam sich nur kurz hinlegen wollte, schlief sie volle zehn Stunden. Selbst danach fiel ihr das Aufwachen schwer. Aber Margaret schüttelte sie so heftig, daß sie schließlich die Augen öffnete.

»Jordan ist hier«, platzte Margaret heraus.

Miriam blinzelte schlaftrunken. Jordan? Warum war er hier? Ach ja, das Kind. Panikartige Angst vertrieb ihre Schläfrigkeit.

»Wie geht's dem Kind?«

»Es hat sich nichts geändert«, antwortete Margaret. »Es wimmert vor sich hin. Auch Mutter konnte ihm nichts einflößen. Das kleine Mädchen sieht erbärmlich aus. Auch Jordan erschrak, als er es sah. Doch er hat nichts gesagt. Er stand nur da und schaute es an, als wäre es eine abschrekkende Kröte oder sonst ein Monster.«

»Ihr habt zugelassen, daß Jordan das Baby sieht!« rief Miriam aus.

Margaret hob die Schultern. »Er ist doch der Vater.«

»Ja. Ja, das schon.« Miriam wälzte sich schwerfällig aus dem Bett und zog sich an. Dann glättete sie mit ihren Fingern ihr wirres Haar und rannte aus dem Zimmer.

Jordan musterte sie durchdringend, als sie die Küche betrat. Er verdient seinen Namen »Geisterauge« zurecht, dachte sie. Solche silbergrauen Augen konnte nur ein böser Geist haben. Sein Gesicht war noch hagerer geworden.

Mit einem Ruck wandte sich Miriam von ihm ab und schaute Witwe Peavy an, die im Schaukelstuhl saß und dem Kind mit dem Fingerling Milch einzuflößen versuchte.

»Hat es getrunken?«

»Nicht einen Tropfen. Armes Geschöpf.«

Miriam nahm ihr das Kind ab und wiegte es, als es wieder kläglich zu wimmern begann. »Vielleicht sollten wir es nochmal mit dem kleineren Fingerling versuchen.«

»Warum geben Sie sich soviel Mühe?« sagte Jordan heiser. »Es ist zum Leben nicht geschaffen.«

Miriam wirbelte herum. Ihre Augen funkelten vor Zorn. »Lichter Geist ist kein ›Es‹. Sie ist Ihre Tochter. Wie können Sie nur sagen, daß sie zum Leben nicht geschaffen ist!« Zuerst hatte sie befürchtet, daß Jordan Scott gekommen war, um ihr das Kind wegzunehmen. Doch jetzt hatte sie erkannt, daß dieser Unmensch für das Kind überhaupt nichts empfand. Mit zu Schlitzen verzogenen Augen und steinerner Miene blickte er auf das Kind hinab, als wäre es ein Stück Holz. Miriam war zutiefst empört. »Warum sind Sie hergekommen? Nach drei Tagen besinnen Sie sich, daß Sie eine kleine Tochter haben! Haben Sie vergessen, daß Seetänzerin ihr Leben hingab, um dieses Kind zur Welt zu bringen? Oder sind Sie nur gekommen, um sich zu überzeugen, daß Ihre Tochter stirbt und Ihnen im Leben nie mehr zur Last fallen wird?«

»Aber Miriam!« rief Witwe Peavy mit warnendem Unterton aus. Sie kannte Jordan Scott so gut, daß ihr das bösartige Glitzern in seinen Augen nicht entging.

»Geben Sie mir das Kind!« herrschte Jordan Scott Miriam an.

Miriam trat einen Schritt zurück und drückte das Kind fester an sich.

93

»Das Recht ist auf seiner Seite, Miriam«, sagte Witwe Peavy. »Er ist der Vater.«

»Aber ich habe Seetänzerin versprochen, mich um das Kind zu kümmern.«

Als Jordan Scott fordernd die Arme ausstreckte, übergab ihm Miriam widerwillig das kleine Bündel. Das Kind stieß einen leisen Wimmerton aus. Einen kurzen Augenblick kam Leben in die silbergrauen Augen. Gleich darauf wurden sie wieder starr. Als er Miriam anschaute, war sein Gesicht eine steinerne Maske. »Warum quälen Sie diese Kreatur so? Es kann nicht weiterleben.«

Miriam ballte die Hände zu Fäusten. Am liebsten hätte sie so lange auf dieses maskenhafte Gesicht eingeschlagen, bis sie darin einen Funken Mitgefühl entdeckte. Das Kind war seine Tochter. Wie konnte er so gefühllos sein? Wie konnte er das Kind in seinen Armen halten und nicht fühlen, daß es hilflos war, um sein Leben kämpfen mußte? »Es ist nicht eine Kreatur. Es ist Ihre Tochter. Und sie wird leben!« Sie streckte die Arme aus. »Geben Sie mir das Kind!«

»Nein. Ich bringe es ins Indianer-Lager.«

»Das können Sie nicht tun. Dort gibt es keine Ziegen. Lichter Geist braucht Ziegenmilch, Wärme und …«

»Das Kind ist zu schwach. Selbst ein neugeborenes Kind sollte das Recht haben, mit Würde und in Frieden zu sterben, ohne daß rührselige Weiber es zu etwas zwingen, was es nicht leisten kann.«

Er drehte sich, das Kind in der Armbeuge, um und wollte gehen.

»Nein«, schrie Miriam und legte ihm die Hand auf die nackte Schulter, worauf beide zurückzuckten. Miriam errötete, weil sie sich zu dieser Geste hatte hinreißen lassen, gab aber nicht auf. »Das können Sie nicht tun, Mr. Scott. Das Kind wird leben. Das verspreche ich Ihnen. Überlassen Sie es mir nur noch einen Tag! Bitte!«

Jordan Scott musterte sie feindselig. »Sie sind hartnäckig, Miss Sutcliffe. Aber das Kind ist meine Tochter. Das haben Sie selbst gesagt.«

»Ja, es ist Ihre Tochter«, erwiderte Miriam tonlos. Dann

schob sie entschlossen das Kinn vor. »Sie haben das Recht, sie mitzunehmen. Aber Seetänzerin hat ausdrücklich mich gebeten, für das Kind zu sorgen. Man kann es jetzt noch nicht aufgeben. Ich will es nur noch einen Tag länger versuchen.«

Die gespannte Stille wurde durch das klagende Greinen des Kindes unterbrochen. Miriam hielt die Luft an. Jordan Scott musterte sie drohend. Witwe Peavy beobachtete die beiden nachdenklich. Als Miriam seinem Blick nicht länger widerstehen konnte, sagte Jordan Scott: »Ich lasse Ihnen noch einen Tag Zeit.«

Ohne seine Tochter anzuschauen, legte er sie Miriam in den Arm und ging wortlos davon.

»Nur noch einen Tag«, wiederholte Miriam aufseufzend, schaute auf das bläulich angelaufene Gesichtchen hinab und lächelte.

Witwe Peavy tätschelte mitfühlend ihre Schulter. »Du mutest dir zuviel zu, Mädchen. Ich sag's nicht gern, aber Jordan hat recht. Du hättest ihm seinen Willen lassen sollen, bevor du dich noch weiter darin verstrickst.«

Miriam achtete kaum auf ihre Worte. »Lichter Geist wird trinken«, sagte sie mit fester Stimme. »Das weiß ich.«

Der Nachmittag verging. Die Nacht brach herein. Lichter Geist hatte weder Milch noch Wasser getrunken. Miriam legte den Fingerling beiseite und versuchte, Milch tropfenweise auf die Zunge des Kindes zu träufeln. Aber Lichter Geist schien nicht schlucken zu können. Die Milch tröpfelte wieder aus dem Mundwinkel heraus. In den Morgenstunden verstummte das Greinen. Selbst dazu war Lichter Geist zu schwach.

Stumm verrichteten die Menschen im Haus ihre morgendliche Arbeit, während Miriam in der kleinen Wohnstube neben der Küche saß. Das kleine Bündel lag reglos auf ihrem Schoß. Miriam hatte keine Hoffnung mehr. Jordan Scott hatte recht gehabt. Sie hatte mit ihrer Behauptung, daß Lichter Geist weiterleben würde, nur den Todeskampf verlängert. Außerdem konnte sie sich nicht erklären, warum ihr das Leben eines Mischlingskindes so wichtig war. Vielleicht lag es daran, daß es Seetänzerin gelungen war, die Kluft zwischen ihnen beiden zu überbrücken. Oder das Kind selbst hatte es ausgelöst. Es war hilflos, schwach, hatte keine Mutter, die es vor den Härten des Daseins beschützen konnte. Es war ihr so ans Herz gewachsen, daß Verstand und Vernunft nicht zählten. Doch was immer der Grund gewesen war, daß sie um das Kind so kämpfte, sie hatte versagt, sie hatte versagt wie Seetänzerin. Sie hatte dem kleinen Mädchen nicht helfen können.

Als Witwe Peavy Jordan Scott in die Wohnstube führte, kam es Miriam so vor, als würde das Kind nicht mehr atmen. Jordan Scott kniete sich neben den Schaukelstuhl und berührte das Kindergesicht mit dem Finger. Miriam hätte gern gewußt, was er in diesem Augenblick empfand. Sein Gesicht war ausdruckslos.

»Lebt es noch?«

Es war nicht Jordan Scott, der das fragte. Miriam schaute auf und sah, daß ein Chippewa-Indianer mit Jordan Scott die Wohnstube betreten hatte. Es war Wellenreiter, der Bruder von Seetänzerin.

»Es lebt kaum noch«, antwortete Jordan Scott und stand schwerfällig auf.

»Dann müssen wir es versuchen«, sagte Wellenreiter. »Ich werde es meinem Vater berichten.«

»Was … was haben Sie vor?« fragte sie Jordan Scott, während der Indianer hinauseilte.

»Sie bekommt einen Namen«, antwortete Jordan Scott.

»Sie hat doch einen Namen. Seetänzerin hat ihr den Namen Lichter Geist gegeben.«

»Es ist nur ein Kosename. Er hat keine Bedeutung. Wellenreiter hat seinen Vater mitgebracht, damit er ihr einen glückbringenden Namen verleiht. Rauchbändiger ist ein angesehener Midewiwin-Schamane.«

»Ein was?«

»Die Midewiwin sind die geheime Bruderschaft der Medizinmänner. Die Zeremonie wird üblicherweise erst dann durchgeführt, wenn das Kind älter ist und die Bedeutung der Umbenennung begreift. Aber meine Tochter braucht jetzt alles, was ihr nützen könnte.«

Miriam stand auf und drückte das Kind mit einer beschützerischen Geste an die Brust. »Wollen Sie dieses arme Wesen, dessen Seele bald zu ihrem Schöpfer zurückkehren wird, diesem heidnischen Hokuspokus aussetzen? Und Sie werfen mir vor, ich würde Ihre Tochter quälen!«

»Durch diese Zeremonie werden die Kranken oft geheilt. Mit dem Namen erhält das Kind auch einen Schutzgeist, der es vor Unglück bewahrt.«

Jordan richtete sich auf. In der halbdunklen Wohnstube wirkte er noch hünenhafter und bedrohlicher, als Miriam ihn in Erinnerung hatte. Doch sie ließ sich nicht einschüchtern.

»Das ist doch Unsinn! Wie können Sie, ein Weißer, an diesen heidnischen Schwindel glauben! Sie sollten Pfarrer Carroll kommen lassen, damit er das arme Ding tauft und ihm einen christlichen Namen gibt.«

Jordan Scott seufzte auf. Daraus schloß Miriam, daß er besorgter war, als man seinem Gesicht anmerken konnte. »Ich gebe nicht viel auf diese christlichen Zeremonien, Miss Sutcliffe, und Gott auch nicht, denke ich. Ehrlich gesagt, ich glaube nicht, daß irgend etwas noch helfen wird. Aber Wellenreiter meint, man solle es versuchen. Das Kind ist schließlich die Tochter seiner Schwester. Deswegen respektiere ich seinen Wunsch.«

»Wenn Sie damit einverstanden sind, dann sollten Sie dem Kind auch einen christlichen Namen zukommen lassen. Es gehört beiden Welten an. Deswegen sollte es einen indianischen und einen christlichen Namen haben.«

Jordan Scott wandte den Blick von Miriam ab und betrachtete das Kind. Sein ausdrucksloser Blick konnte ebensogut Haß wie auch tiefe Zuneigung verbergen. »Na gut. Ich werde ihr den Namen Jane geben. Jane Scott.« Er verzog den Mund zu einem traurigen Lächeln. »Jane Scott«, wiederholte er leise. »Mögest du mehr Glück haben als die Frau, die diesen Namen trug.«

Jane Scott? Ach ja, Witwe Peavy hatte ihr erzählt, daß Jordans Mutter, die angeblich eine leichtlebige Frau gewesen war, Jane Scott geheißen hatte. Ein feiner Name für ein unschuldiges Kind! Aber was konnte man schon von einem Mann erwarten, der sich über Moral und Konvention hinwegsetzte?

Gleich darauf kam Wellenreiter mit einem hochgewachsenen Indianer an seiner Seite in die Wohnstube. Der Indianer war ebenso groß wie Jordan Scott und überragte seinen Sohn um einen halben Kopf. Das Alter hatte sein Haar silbrig gefärbt und sein Gesicht geprägt. Aber er hielt sich gerade wie ein junger Mann. Und seine dunklen Augen hatten einen klugen, wissenden Ausdruck. Miriam hatte ihn schon öfter im Indianer-Lager gesehen, aber nicht gewußt, daß er Seetänzerins Vater war.

Der hochgewachsene Indianer ging geradewegs auf Miriam zu. Er blieb vor ihr stehen, musterte sie prüfend und lächelte. Dann sprach er sie in fehlerlosem Englisch an.

»Sie sind also die weiße Frau, die mit meiner Tochter befreundet war und sich um meine Enkelin kümmert. Ich danke Ihnen für all das, was Sie getan haben.«

Miriam deutete mit einer hilflosen Geste auf das Kind in Jordan Scotts Armen. »Ich habe nichts erreicht«, sagte sie leise.

Rauchbändiger wandte sich Jordan Scott zu und schaute auf Lichter Geist hinab.

»Willst du, daß dieses Kind weiterlebt, Geisterauge, Mann meiner Tochter?« fragte er.

Jordan Scott zögerte. Miriam konnte den Ausdruck seiner Augen nicht deuten. Haßte er das Kind, weil seine Geburt zum Tod von Seetänzerin geführt hatte? Verachtete er es wegen seiner Lebensschwäche?

Jordan Scott blickte Rauchbändiger an. »Ich möchte, daß es weiterlebt, mein Vater.«

»Dann laßt uns beginnen.«

Das Kind wurde auf eine Decke in die Zimmermitte gelegt. Während Witwe Peavy, ihre drei Töchter, Jordan Scott, Wellenreiter und Miriam einen Kreis bildeten, begann Rauchbändiger Worte in der Chippewa-Sprache zu murmeln.

»Was sagt er da?« flüsterte Miriam Margaret zu.

»Er erzählt etwas von einem Traum. Wie er auf den Namen Lichter Geist gekommen war. Dieser Name verleiht ihr die Macht, einen Schutzgeist anzurufen.«

»Unfug«, flüsterte Miriam. »Du glaubst doch nicht an diesen Blödsinn, oder?«

Margaret zuckte mit den Schultern und bedeutete ihr, daß sie schweigen solle. Rauchbändiger ergriff Lichter Geist und murmelte leise vor sich hin. Dann blickte er nach oben, sang ein paar Worte und brach jäh ab. Eine tiefe Stille breitete sich in dem Haus aus.

Rauchbändiger übergab das Kind Jordan Scott und sagte feierlich ein paar Worte in Chippewa.

Margaret übersetzte leise die Worte für Miriam. »Er hat ihr den Namen Zaunkönig gegeben. Er sagt, daß der Zaunkönig ein schlichter, kleiner Vogel ist und nur kurze Zeit unter uns lebt. Wenn der Sommer vorbei ist, fliegt er fort nach … Ich habe das Wort nicht verstanden. Und er erfreut alle mit seinem Gesang.«

Wenn das ein glückbringender Name ist, dachte Miriam. Das arme Mädchen. Da lebt es erst seit drei Tagen und hat schon drei Namen – den eines unscheinbaren, kleinen Vogels, den eines leichtlebigen Frauenzimmers in Boston und dann noch den Namen, den ihr eine sterbende Mutter gab. Das war zuviel für so ein kleines Wesen.

Aber es war augenscheinlich nicht zuviel für die kleine Jane. Als Rauchbändiger den glückverheißenden Namen aussprach, hörte das klägliche Greinen auf. Und als die Zeremonie zu Ende war, schlief sie fest in den Armen ihres Vaters.

»Wollen Sie das Kind behalten, bis es kräftiger geworden ist?« fragte Rauchbändiger Miriam.

Sie blickte Jordan Scott an. Dieser sagte nichts und überließ offensichtlich ihr die Entscheidung. »Ja, ich behalte sie.« Bis zu ihrem Tod, dachte sie.

Rauchbändiger lächelte. »Sie empfangen damit mehr, als sie meinen.«

Wortlos übergab Jordan Scott ihr das Kind und verließ das Zimmer. Rauchbändiger und Wellenreiter nickten Witwe Peavy und ihren Töchtern feierlich zu und gingen gleichfalls hinaus.

Die kleine Jane schlief den ganzen Tag hindurch. Als es Nacht wurde, schlief sie immer noch. Sie wachte auch nicht auf, als Miriam sie behutsam in die Wiege legte, die Witwe Peavy vom Dachboden geholt und neben Miriams Bett gestellt hatte. Miriam versuchte nicht länger, Jane Milch oder

99

Wasser einzuflößen. Das Kind war dem Tode geweiht. Miriam hatte den Kampf aufgegeben.

Es graute bereits, als Miriam von einem langgezogenen Schreien geweckt wurde. Sie hatte nicht einschlafen wollen, aber irgendwann in der Nacht war sie vor Erschöpfung eingenickt. Jetzt öffnete sie die Augen. Das Schreien war anders als das dünne Wimmern, das sie in den letzten drei Tagen so sehr gepeinigt hatte. Es war das empörte Schreien eines hungrigen Kindes.

Obwohl sie wußte, daß es unsinnig war, schöpfte sie neue Hoffnung. Sie eilte in die Küche und machte mit zitternden Händen im Herd ein Feuer, um die Milch zu erwärmen. Die Minuten kamen ihr wie Stunden vor. Janes Schreien hatte auch Witwe Peavy und Mary Beth geweckt, die schlaftrunken in die Küche polterten. Wortlos folgten sie Miriam in das Zimmer und sahen zu, wie Miriam das schreiende Kind in die Armbeuge legte und den Fingerling in das weit geöffnete Mäulchen steckte. Sofort begann das Kind zu saugen. Als die Hälfte der Milch verschwunden war, hörte die kleine Jane auf zu saugen, spie den Fingerling aus und schlief ein.

»Häßlich ist es noch immer«, sagte Mary Beth.

»Alle Neugeborenen sind häßlich«, erwiderte Witwe Peavy lächelnd und strich zärtlich mit der Hand über den dunklen Flaum auf dem kleinen Köpfchen. »Vielleicht bringen wir sie durch.«

Die nächsten Wochen waren für Miriam eine prägende Erfahrung. Die kleine Jane trank Milch und nahm auch an Gewicht zu. Ihre Haut jedoch behielt die leicht bläuliche Färbung, und ihre Augen strahlten nicht die zunehmende Neugier eines kleinen Kindes aus. Miriam mußte öfters an Witwe Peavys warnende Worte denken, daß Jane, sollte sie am Leben bleiben, sich nie zu einem normalen, gesunden Kind entwickeln würde. Doch darüber machte sie sich nicht allzu viele Gedanken.

Jordan Scott besuchte häufig die Farm der Peavys. Und jedesmal bereitete sich Miriam auf das Schlimmste vor. Aber er erwähnte nie, daß er seine Tochter mitnehmen würde.

Aber nicht nur Jordan Scott bereitete ihr Unbehagen. Eine Woche nach der anderen verstrich, und sie war dem Ziel ihrer Reise, die sie in diese Wildnis geführt hatte, keinen Schritt nähergekommen. Gage Delacroix müßte schon längst zurücksein, selbst wenn er Hamilton wer weiß wohin gefolgt war. Sie machte sich Sorgen um Tante Eliza, der vielleicht Captain Michaels das Leben schwermachte. Und dann war da noch die Angst, daß die Kunde von Hamiltons Verrat – und Miriams vermeintlicher Mithilfe – von London aus zu den englischen Militärkommandanten in Amerika gedrungen war, die diese Information sicherlich an Captain Roberts in Fort Michilimackinac weiterleiten würden.

Wenn Miriam nachts schlaflos unter ihrem Federbett lag, schloß sie die Augen und versuchte sich London vorzustellen, wie es vor ihrer Abreise ausgesehen hatte. Die Blumen im Garten hatten hie und da das Erdreich durchbrochen. Jetzt war der Garten sicherlich ein duftendes Blumenmeer, und Tante Eliza schnitt Sträuße für den Tisch und die verschiedenen Zimmer.

Aber obwohl es angenehme Erinnerungen waren, weckten sie in ihr nicht die Sehnsucht nach England, wo sie zu Hause war. Und das beunruhigte Miriam. Ohne allzu großes Widerstreben teilte sie mittlerweile das Leben der Menschen in diesem unzivilisierten Teil der Welt. Witwe Peavy und ihre Töchter – die altkluge Margaret, die schnippische Mary Beth und die scheue kleine Martha – boten ihr die familiäre Geborgenheit, die sie nie kennengelernt hatte. Der Abschied von ihnen würde ihr schwerfallen. Und würde sie es ertragen, die kleine Jane zu verlassen? Sie hatte sich dagegen zu wappnen versucht, hatte sich gesagt, daß die kleine Jane nicht ihr gehörte, daß Jordan Scott jeden Tag kommen könnte, um seine Tochter mitzunehmen. Und sollte das nicht eintreten, würde sie das Kind der Fürsorge von Witwe Peavy überlassen müssen, wenn sie sich auf die Suche nach Hamilton machte. Aber all diese trüben Gedanken konnten nichts an ihrem Gefühl ändern. Die kleine Jane zurücklassen zu müssen, würde ihr das Herz brechen.

Als der August verstrich, als Anfang September die ersten

kühlen Windstöße über den Huronsee fegten, wollte Miriam nicht länger geduldig abwarten. Die kleine Jane und die täglichen Arbeiten auf der Farm hatten ihr so wenig Zeit gelassen, daß sie schon seit Wochen nicht mehr in der Siedlung gewesen war. Captain Roberts hatte vermutlich längst vergessen, daß er ihr versprochen hatte, ihr Nachricht zu geben, sobald er von der Rückkehr Delacroix' hörte. Sie hatte sich auch nicht mehr bei den Händlern in der Siedlung erkundigt. Delacroix war vielleicht schon längst zurück. Vielleicht trieb er sich schon wieder in den Kneipen herum oder feilschte mit den Pelzhändlern. Sie setzte ihren Kapotthut auf, hüllte sich in ihr Umschlagtuch und machte sich auf den Weg zur Siedlung.

Fort Michilimackinac dräute auf dem Felshang über der Stadt. Miriam kam es so vor, als würden die Soldaten, die oben die Brustwehr entlangschritten oder das Tor bewachten, schäbiger aussehen als damals im Juni.

Sie erkundigte sich bei mehreren Händlern in der Siedlung nach dem Scout und erfuhr nur, daß die Vorräte für die englische Truppe von Fort Michilimackinac allmählich zur Neige gingen. Der Kommandant verhandelte bereits mit den Händlern um die Lieferung von Proviant für seine Soldaten und die mit den Briten verbündeten Indianer, die aus den Gebieten im Westen heranzogen. Man munkelte in der Siedlung, daß die Briten sich wegen der dahingeschmolzenen Vorräte in den bitterkalten Wintermonaten nicht würden halten können. Miriam hoffte, daß es dazu nicht kommen würde. Großbritannien hatte schließlich die beste Armee auf der Welt. Es wäre eine Demütigung, wenn englische Soldaten so ein gottverlassenes Fort aufgeben müßten.

Im Vorzimmer traf Miriam auf Lieutenant Renquist. Sie hatte gehofft, daß man den Offizier, wie er es sich gewünscht hatte, inzwischen zurück nach England beordert hatte. Sie hatte vergebens gehofft. Da stand er nun, und sein Gesichtsausdruck verriet ihr, daß er ihre letzte Begegnung keineswegs vergessen hatte.

»Womit kann ich Ihnen dienen, Miss Sutcliffe?« fragte er und lächelte abweisend.

Miriam seufzte auf. Gentlemen benahmen sich häufig daneben, wenn sie angetrunken waren, aber sie verziehen es einer Dame nie, sollte sie mal Zeuge dieses Verhaltens geworden sein. Es war nicht so, daß sie die Bewunderung dieses Mannes anstrebte. Er entsprach keineswegs ihrem Ideal. Aber sie wollte ihn auch nicht zum Feind haben.

»Ich bin gekommen, um Captain Roberts zu sprechen. Ich weiß, daß er sehr beschäftigt ist. Deswegen will ich auch nur möglichst wenig von seiner Zeit beanspruchen.«

Lieutenant Renquist verzog die Lippen. »Mit Captain Roberts würde ich auch gern sprechen. Er ist auf dem Weg nach England, wohin es mich gleichfalls zieht.«

»Wie bitte?«

»Captain Roberts ist vor einer Woche abgereist. Er wurde aus gesundheitlichen Gründen abgelöst.«

»Ich verstehe«, erwiderte Miriam stirnrunzelnd. »Könnte ich dann mit dem neuen Kommandanten sprechen? Captain Roberts hat mir nämlich gesagt, daß ich ... Tja, ich will Sie nicht weiter belästigen, Lieutenant. Könnte ich den Kommandanten sprechen?«

»Da müssen Sie sich ein wenig gedulden. Er hat vor einer Weile den Paradeplatz aufgesucht, um unsere«, er lachte höhnisch auf, »um unsere Elitesoldaten zu drillen. Er legt großen Wert auf eine tadellose soldatische Haltung.«

»Könnten Sie ihn mir zeigen?«

»Wie Sie wünschen.« Er ging mit ihr zum einzigen Fenster. »Das ist er!« Er deutete auf einen Offizier, der, gerade wie ein Ladestock, zehn Meter vom Fenster entfernt stand. »So wie ich ihn kenne, wird er die armen Kerle da draußen ein paar Stunden schleifen. Deswegen bezweifle ich, daß ihm eine Unterbrechung – und sei sie auch so verführerisch wie Sie – willkommen wäre. Aber Sie können es ja versuchen.«

Miriam ging auf Lieutenant Renquists anzügliche Bemerkung nicht ein. Ein kalter Schauer überlief sie. Es war keine Täuschung. Er war es. Der Offizier, den Lieutenant Renquist ihr gezeigt hatte, war kein anderer als Captain Gerald Michaels.

7

»Der Ausschnitt ist viel zu tief für ein Mädchen in deinem Alter. Bevor du das Kleid tragen darfst, säumst du den Ausschnitt mit einem Spitzenband.«

»Aber Mutter!« rief Margaret aus, wandte sich vom Spiegel ab und schaute empört Witwe Peavy an, die in der Küche Brotteig knetete. »Das ist nicht fair, Ma! Hast du nicht das Kleid gesehen, das sich Miriam genäht hat? Das ist die neueste Mode.«

»Miriam ist erwachsen«, erwiderte Witwe Peavy bestimmt. »Sie ist keine dreizehnjährige Gans, die noch die Schulbank drückt.«

»Ich bin kein Kind mehr! Caroline Frasers Mutter war mit dreizehn Jahren schon verheiratet, und Seetänzerin hat mir mal gesagt, daß ein Mädchen erwachsen ist, wenn es die Periode bekommt.«

»Wie redest du mit mir, Miss! So alt bist du noch nicht, daß ich dich nicht übers Knie legen und … Wer kommt denn da?«

Die Haustür wurde mit einem Ruck aufgerissen. Miriam stürmte mit hochrotem Gesicht herein, ließ die Tür zufallen, lehnte sich dagegen und schloß schwer atmend die Augen.

»Aber Miriam! Was um Himmels willen …?« rief Witwe Peavy aus, ließ den Brotteig sein und eilte zu ihr. »Bist du krank? Bist du verletzt?«

Miriam ließ sich von Witwe Peavy zu einem Sessel führen. »Mir geht's gut«, sagte sie schwer atmend. »Mir fehlt nichts. Ich bin den ganzen Weg von der Siedlung bis hierher gerannt. Ich hätte nicht geglaubt, daß ich dessen fähig bin.«

»Was ist denn geschehen, Kindchen? Du siehst aus, als sei der Teufel hinter dir her.«

»So kann man es auch ausdrücken«, erwiderte Miriam und strich sich die schweißfeuchten Locken aus dem Gesicht. »Wer hätte gedacht, daß es dazu kommen würde!«

»Wozu, Miriam?« Margaret zog einen Stuhl heran und setzte sich. Ihre Augen funkelten vor Neugier. »Hast du im Fort etwas gehört? Greifen uns die Amerikaner an? Ist es das?«

»Sei still, Margaret!« sagte Witwe Peavy. »Stell nicht so dumme Fragen! Hol lieber ein Glas Wasser für Miriam! Und nun, Kindchen, sagst du mir, was geschehen ist, bevor Margaret und ich vor Schreck einen Herzanfall erleiden.«

Miriam holte tief Luft und versuchte, das Zittern ihrer Hände zu unterdrücken, als sie nach der Tasse griff, die Margaret ihr entgegenhielt. »Ich habe nicht erwartet, daß das geschehen könnte. Jetzt muß ich euch alles erzählen. Ich kann nur hoffen, daß ihr mich versteht. Ich habe euch gesagt, daß ich wegen eines Familienproblems auf der Suche nach meinem Vetter Hamilton bin. Das stimmt, aber … Wie soll ich es sagen?«

Dann erzählte sie stockend von Hamilton, der ominösen Liste, von Captain Michaels und von ihrer Hoffnung, daß sie Hamilton aufspüren und die Sache in Ordnung bringen könnte. »Jetzt wißt ihr es«, sagte sie abschließend. »Das war der Grund, warum ich hierher kam. Wenn ich die Liste nicht finde, wartet in London auf mich eine Gefängniszelle. Wenn Captain Michaels mich hier sieht, läßt er mich nach England transportieren.«

»O wie furchtbar!« rief Margaret verstört aus. »Er ist dir den ganzen weiten Weg bis hierher gefolgt!«

Miriam stand auf und ging in dem Zimmer hin und her. Ihr Gesicht nahm allmählich die gewohnte Farbe an. »Captain Michaels wird mir nicht hierher gefolgt sein. Das ist nur ein unglücklicher Zufall. Schließlich gibt es Krieg zwischen Großbritannien und den Vereinigten Staaten. Da ist es verständlich, daß man ihn hierher beordert hat.«

»Das mag schon richtig sein, Miriam«, erwiderte Witwe Peavy und runzelte besorgt die Stirn. »Aber dieser Mensch wird sicherlich herausfinden, daß du dich auf unserer Insel aufhältst. All die Kaufleute und Händler kennen dich doch. Auch die Soldaten. Schlichtweg alle. Und jedermann weiß, daß du bei uns wohnst.«

»Vielleicht ist er schon auf dem Weg hierher«, meinte Miriam. »Lieutenant Renquist hat sicherlich von mir gesprochen. Ich war so bestürzt, als mir Lieutenant Renquist den neuen Kommandanten zeigte, daß ich in Panik geriet. Ich rannte wie verfolgt aus dem Zimmer. Lieutenant Renquist blickte mich an, als hätte ich den Verstand verloren. Großer Gott! Vielleicht hat mich sogar Captain Michaels gesehen, als ich das Fort verließ. O Grace, ich weiß nicht, was ich tun soll!«

»Beruhige dich, Miriam! Und setz dich wieder! Uns wird schon was einfallen. Du gehörst schließlich zur Familie. Wenn irgend so ein englischer Zinnsoldat meint, er könnte dich vor meiner Nase abführen, wird er was erleben. Das verspreche ich dir.«

»O Miriam!« rief Margaret entgeistert aus. »Wird man dich hängen?«

Miriam schaute Margaret verblüfft an. Daran hatte sie nicht gedacht. Wegen Landesverrat wurde man tatsächlich gehängt.

»Jetzt ist aber Schluß, dumme Gans!« schalt Witwe Peavy ihre Tochter. »Du gehst jetzt ins Schlafzimmer und kümmerst dich um die kleine Jane. Miriam und ich brauchen Zeit zum Nachdenken.«

»Nein«, sagte Miriam und winkte Margaret zurück. »Ich kümmere mich um Jane. Wahrscheinlich habe ich sie mit meinem Jammern geweckt.« Sie eilte ins Schlafzimmer und kam wenige Augenblicke später mit dem verdrießlich dreinblickenden Kind in den Armen zurück. »Hab' ich dich geweckt, Schätzchen?« sagte sie und berührte mit den Wangen den dunklen Flaum auf dem Köpfchen. »Du bist ein braves Mädchen, nicht wahr? Hat sie nicht strahlende Augen?«

Witwe Peavy schaute zu, wie Miriam das Kind an ihren Busen schmiegte. Niemand, der bei Verstand war, würde Janes stumpf dreinblickende Augen strahlend nennen. Miriam schien wie eine Mutter gegen die Gebrechen des Kindes blind zu sein. Selbst jetzt, wo ihr vermutlich die ganze englische Armee nachstellte, zog sie sich, wenn sie das schwächliche, mutterlose Kind in den Armen hielt, in eine unzugängliche Welt zurück.

Witwe Peavy runzelte die Stirn und dachte nach. Nach einer Weile fiel ihr etwas ein, das nicht nur die Lösung dieses Problems sein könnte. Sie winkte Margaret heran, flüsterte ihr eine Anweisung zu und lächelte zufrieden, während ihre Tochter hinauseilte.

Je länger Witwe Peavy nachdachte, desto besser fand sie ihren Einfall. Jordan würde sich wohl dagegen wehren wie ein Wolf, der sich in einer Falle verfangen hatte, und Miriam würde sich bestimmt zieren. Doch wenn beide die Dinge nüchtern betrachteten, würde ihnen klarwerden, daß es keinen anderen Ausweg gab. Dafür würde sie schon sorgen.

Die Haustür wurde aufgerissen, und ein finster dreinblickender Jordan Scott trat ein, dem Margaret und Mary Beth folgten. »Was ist denn los?« fragte er und ließ den Blick durchs Zimmer schweifen. »Margaret hat gesagt, daß mit Jane etwas geschehen sei. Was fehlt ihr?«

Miriam blieb abrupt stehen und schaute ihn erstaunt an. »Jane fehlt gar nichts. Was wollen Sie denn hier?«

»Das würde ich auch gern wissen. Margaret ...«

Margaret wich vor seinem durchbohrenden Blick einen Schritt zurück. »Es war nicht mein Einfall. Mutter hat mir gesagt, daß ich Sie holen soll.«

»Setz dich, Jordan!« ordnete Witwe Peavy an. »Ich habe Margaret geschickt. Der kleinen Jane fehlt nichts. Aber Miriam hat ein Problem.«

Witwe Peavys Worte veranlaßten Jordan Scott, Miriam anzublicken. Abermals verspürte er, wie ihn ein eigenartiger Schauer durchlief. Er konnte es einfach nicht begreifen, daß in diesem wohlgeformten Körper sich eine derartig zimperliche, altjüngferliche Seele verbarg.

»Was immer die Schwierigkeiten von Miss Sutcliffe sind, ich werde da nicht viel helfen können, Grace. In ein paar Tagen ziehen wir ins Winterlager.«

Witwe Peavy lächelte zufrieden. »Darüber möchte ich mit dir sprechen.«

Als sie ihm ihren Vorschlag unterbreitete, kam es Jordan Scott so vor, als befände er sich zwischen den spitzzahnigen Bügeln einer Wolfsfalle. Er musterte Miriam und sah, daß sie ebenso überrascht war wie er.

»Ihr seht also«, redete Witwe Peavy weiter, »daß ihr dann beide das habt, was ihr braucht. Du, Jordan, hast eine Frau um dich, die deine kleine Tochter versorgt. Und du, Miriam, hast einen Mann, der dich beschützen wird und dir ein sicheres Versteck bietet. Bei den Chippewa werden dich die Briten nie suchen. Und sollten sie's tun – nicht einmal ich weiß, wo sich die Indianer im Winter auf der Jagd herumtreiben. Im Frühjahr ist dieser Captain Michaels vielleicht längst abkommandiert. Oder man hat deinen Vetter aufgespürt.«

Die Stille wurde von Mary Beth unterbrochen, die zu kichern begann. Ihre ältere Schwester brachte sie mit einem strengen Blick zum Schweigen. Dann begannen Miriam und Jordan Scott gleichzeitig zu reden. Miriam wurde rot vor Zorn, als sich Jordan Scott mit seiner sonoren Stimme durchsetzte.

»Sie scheinen den Verstand verloren zu haben, Grace!«, sagte er erregt. Am liebsten hätte er noch einen Fluch hinzugefügt, unterdrückte ihn aber, als ihn Witwe Peavy warnend anblinzelte. Sein Blick streifte Mary Beth, die ihn erwartungsvoll musterte und die Ohren spitzte. »Hast du nichts zu tun?« fuhr er sie an. »Verschwinde! Und nimm deine Schwester mit!«

»Aber Jordan!« rief Mary Beth vorwurfsvoll aus. »Dabei wollte ich dich nur fluchen hören!«

»Ihr macht, was er gesagt hat!« befahl Witwe Peavy und gab Mary Beth einen Klaps auf den Hintern. »Wenn Onkel Jordan im Begriff ist, sich wie ein Esel aufzuführen, müßt ihr nicht zusehen.«

Jordan Scott wartete, bis sich die Mädchen entfernt hatten und musterte dann Witwe Peavy mit grimmiger Entschlossenheit. »Sie müssen verrückt sein, wenn Sie meinen, ich würde diese verwöhnte, verzärtelte Göre aus England mit ins Winterlager nehmen. Ihr beide müßt den Verstand verloren haben!« Er funkelte Miriam, die unsicher dreinblickte, wütend an. »Sie würde nicht eine einzige Woche überleben. Nicht einen einzigen Tag. Sie ist ebenso hilflos wie das Kind da, würde aber noch größere Scherereien machen.«

Witwe Peavy bedeutete Miriam, daß sie nichts darauf erwidern sollte, und zuckte mit den Schultern. »Sie wird sich schon durchkämpfen, Jordan. Schließlich ist sie David Sutcliffes Tochter. Und der war ein Draufgänger, wie es sie nur selten gibt.«

»Auch wenn sie Daniel Boones Tochter wäre, würde ich nichts anderes sagen. Schau sie doch an! Üppiges Fleisch, aber keine Muskeln. Sie hat in ihrem Leben nicht einen einzigen Tag gearbeitet. Sie wird jammern wie ein verwöhntes Balg, wenn die Winterkälte einsetzt, oder wenn sie nicht mehr in einem warmen Federbett schlafen kann. Sie wird mir nur das Leben vergällen.« Jordan Scott sträubte sich gegen die Vorstellung, den Winter in einem kleinen Zelt mit Miriam Sutcliffe verbringen zu müssen. Wenn es dazu käme, würde er ihr entweder das Genick brechen oder seinen Frust an ihrem aufreizenden Körper austoben. Das konnte er selbstverständlich Grace nicht anvertrauen. Frauen fehlte das Verständnis dafür, daß ein Mann zuweilen von seiner Sinnlichkeit und nicht von seinem Verstand beherrscht wird.

»Das reicht jetzt!« mengte sich Miriam ein. Sie hatte zu diesen Kränkungen lange genug geschwiegen. »Ich versichere Ihnen, ich kann durchaus für mich selbst sorgen. Wenn ich es mir in den Kopf setze, kann ich mit den Chippewa-Indianerinnen mithalten. Aber ich habe nicht die Absicht, den Winter irgendwo in der Wildnis mit diesem ... diesem Menschen zu verbringen.«

»Miriam, bitte!« sagte Witwe Peavy leise.

»Behandeln Sie mich nicht wie ein kleines Kind!« entgegnete Miriam und preßte die Lippen zusammen. »Ich bin Ihnen dankbar, daß Sie mir zu helfen versuchen, aber Sie sehen doch sicherlich ein, daß ich nicht Monate in der Gesellschaft eines ... eines bindungslosen Menschen verbringen kann. Selbst die unzivilisierten Wilden achten auf Sitte und Anstand. Nein, sowas gehört sich nicht.« Miriam versuchte sich vorzustellen, wie Mrs. Pelham und die übrigen Damen der Londoner Gesellschaft auf so ein Ansinnen reagieren würden. Das Aufhebens um die Scheidung ihrer Eltern war nichts verglichen damit.

»Ja, sowas gehört sich nicht«, äffte Jordan Scott sie nach.

»Was wissen Sie schon davon!« erwiderte Miriam schnippisch.

»Ich weiß nur, daß es sich nicht gehört, mir ein verzogenes Weib aufzubürden, das nicht mal soviel Verstand hat wie ein Huhn. Ja glauben Sie denn, daß Sie unter den Chippewa im Winterlager bestehen könnten? Denken Sie nur einmal nach! Da kommen Tage, wo es so kalt ist, daß die Zunge an den Zähnen festfriert. Es gibt keine Kachelöfen oder offene Kamine, an denen man sich wärmen kann, kein heißes Wasser zum Waschen. Die Schlafstatt ist der blanke Boden. In einem Gefängnis hätten Sie's besser.«

»Da stimme ich Ihnen zu, Mr. Scott. Ich würde es vorziehen, die Wintermonate im Gefängnis zuzubringen und nicht in Ihrer Gesellschaft.«

Witwe Peavy wollte nicht so schnell aufgeben. Sie wußte, daß beide, auch wenn sie sich noch so feindselig anblickten, einander guttun würden wie eine bittere Medizin. Niemand schluckte sie gern, aber wenn sie einmal unten war, half sie in den meisten Fällen.

Jordan Scott gehörte zu den wenigen Menschen, die Witwe Peavy mochte. Die weißen Händler und Farmer in der Gegend verachteten ihn wegen seiner Lebensweise und fürchteten ihn wegen seines jähen Temperaments. Witwe Peavy wußte, daß sich hinter dieser abweisenden Ungebärdigkeit ein feinfühliger Mensch verbarg. Eine widerspenstige Frau wie Miriam Sutcliffe konnte diese Seite seines Charakters hervorholen. Und Miriam, dieses zarte Wesen, das sich dem Leben mit all seinen Facetten nicht stellen wollte, brauchte einen Mann, der ihr beibrachte, daß es im Leben mehr gab als abgestandene Konventionen. Einen Mann, der selbstbewußt genug war, ihre Abwehrmauer niederzureißen, ihre Leidenschaftlichkeit zu wecken, aber auch spürte, wann Zärtlichkeit angebrachter war als ungestüme Stärke. Eben einen Mann wie Jordan.

»Und was machst du mit deiner kleinen Tochter, Jordan?« fragte Witwe Peavy. »Wer wird sich um sie kümmern, wenn man Miriam zurück nach England schafft? Ich habe drei Töchter, um die ich mich kümmern muß. Und dann muß ich noch eine Farm bewirtschaften. Dein Kind ist ein kränkliches, hilfebedürftiges Wesen. Es braucht Fürsorge rund um die Uhr. Und von Wellenreiter und seiner Familie kannst du im Winterlager keine Hilfe erwarten.«

Jordan Scott schaute Witwe Peavy finster an, sagte aber nichts.

»Und jetzt zu dir, Miriam. Du überraschst mich. Da hast du den Atlantik und den halben amerikanischen Kontinent überquert, um deine Angelegenheiten und die deiner Tante in Ordnung zu bringen, und kneifst vor einem kleinen Problem. Ich habe dich für mutiger gehalten.« Als Miriam den Blick senkte, nützte Witwe Peavy diese Regung. »Wenn du mit Jordan gehst, spürst du deinen Vetter vielleicht im nächsten Frühjahr auf und kannst dann deine Dinge erledigen. Gage Delacroix kann jeden Tag eintreffen. Ich frage ihn dann, wo sich dein Vetter herumtreibt. Bisher ist er noch in jedem Winter zu uns gekommen, weil ihm mein Heidelbeerkuchen so schmeckt.«

Weil Miriam noch immer halsstarrig wirkte, spielte Witwe Peavy ihre Trumpfkarte aus. »Willst du dich wirklich von der kleinen Jane trennen, Miriam?«

Jordan Scott erkannte, als er Miriams betroffenes Gesicht sah, daß ihm die Felle fortschwammen. Zum Teufel mit Grace und ihren klugen Vorschlägen! Sie hatte ihn und Miriam schließlich doch noch geködert, auch wenn sie wußte, daß sie damit die Lunte ans Pulverfaß gelegt hatte. George Peavy hatte mehr als einmal geklagt, daß seine Frau die schlimmste Besserwisserin sei. Er hatte recht gehabt.

Er warf Witwe Peavy einen haßerfüllten Blick zu und schaute dann Miriam an. »Ich sehe, daß die Angelegenheit entschieden ist, ob ich nun zustimme oder nicht. Ich lasse Ihnen eine Stunde Zeit, Miss Sutcliffe. Ich nehme Sie mit, wenn Sie wollen. Wenn Sie nicht wollen, lassen Sie sich meinetwegen ins Gefängnis stecken.« Ohne ein weiteres Wort machte er auf dem Absatz kehrt und ging davon.

»Um Gottes willen!« stieß Lucy aus und schaute ihre Herrin mit weit aufgerissenen Augen an. »Miss, Sie wollen sich doch nicht wirklich diesem ... Wilden mit seinen unheimlichen Augen anvertrauen? Was würde nur Miss Eliza dazu sagen?«

»Sie würde in Ohnmacht fallen«, erwiderte Miriam kühl.

Aber sie vermutete, daß Tante Eliza damit durchaus einverstanden wäre. Sie hatte schon immer von diesen Kerlen geschwärmt, die sich besonders männlich gaben. Zweifellos würde Jordan Scott, dieser halbnackte, tumbe Wilde, ihr ebenso zusagen wie damals ihr Vater. »Wenn ich dich als Begleiterin um mich habe, Lucy, ist zumindest ein Minimum an Anstand gewahrt. Wir werden die Sache schon schaukeln.«

»Wir?« stieß Lucy aus.

»Selbstverständlich. Hast du denn erwartet, ich würde ohne dich gehen?«

Witwe Peavy runzelte bei Miriams letzten Worten die Stirn. »Ich denke nicht, daß wir Jordan überreden können, euch beide mitzunehmen. Es macht ihn schon fuchsteufelswild, daß er sich mit dir abgeben muß, Miriam.«

Miriam schob entschlossen das Kinn vor. »Ich bin für Lucy verantwortlich. Ich denke nicht daran, sie im Stich zu lassen. Was soll sie ohne mich anfangen?«

»O Miss!« mengte sich Lucy ein. »Ich glaube, daß ich eine Menge anfangen könnte.«

»Sie kann bei mir bleiben«, schlug Witwe Peavy vor. »Auf einer Farm kann man zwei Hände mehr gut gebrauchen. Vor allem, wenn diese Hände zupacken können.« Draußen vor dem Fenster schrie jemand freudig auf. »Ihr könnt wieder reinkommen, Mädchen!« rief Witwe Peavy schmunzelnd. »Aber glaubt nur nicht, ich hätte nich gesehen, daß ihr am Fenster gelauscht habt anstatt zu arbeiten.«

Gleich darauf wurde die Tür geöffnet, und die drei Mädchen stürmten mit schuldbewußten Gesichtern herein.

»Und daß ihr niemandem erzählt, was wir hier besprochen haben, hört ihr! Von euch ist keine zu alt oder zu jung, daß ich ihr nicht den Hintern versohlen würde, wenn etwas nach draußen sickert. Und jetzt marsch an die Arbeit!«

Nur Mary Beth ließ sich von der Drohung nicht einschüchtern. Sie blinzelte Miriam zu, bevor sie die Tür hinter ihren Schwestern und sich schloß.

Lucy schaute Miriam fragend an. Miriam meinte sogar in Lucys Augen ein aufsässiges Funkeln zu entdecken. Diese dreisten Amerikaner hatten ihre Zofe mit ihrem Gerede von

Unabhängigkeit und Demokratie offenbar den Kopf verdreht. So störrisch war sie noch nie gewesen. Trotzdem gab es keinen Grund, Lucy diesen Alptraum zuzumuten, nur weil ihre Herrin ihn über sich ergehen lassen mußte.

»Na schön, wenn Grace dich bei sich behalten will ...«

»O vielen Dank, Miss!« rief Lucy aus, eilte auf sie zu und schloß sie stürmisch in die Arme. »Ich werde es Mrs. Peavy zu danken wissen. Und ich werde die angefangenen Kleider fertignähen. Wenn Sie Mr. Hamilton aufgespürt haben, werden Sie dann gekleidet wie eine Herzogin nach London reisen können.«

Mit Lucys bereitwilliger Hilfe packte Miriam so wenige Kleidungsstücke wie möglich ein. Trotzdem schüttelte Witwe Peavy den Kopf, als sie das Kleiderbündel sah, das aus einem Wintermantel, drei Paar Schuhen, zwei Baumwollkleidern, drei wollenen Unterhosen, mehreren Unterkleidern, Beinkleidern, Wollstrümpfen und Halstüchern bestand.

»Die Indianer nehmen so viele Sachen mit, wie sie auf dem Rücken tragen können, mein Täubchen. Und wenn der Schnee sehr tief ist, packen sie die Kleiderbündel auf einen Hundeschlitten. Du hast mindestens dreimal so viele Sachen, wie eine Chippewa-Indianerin tragen könnte.«

»Wenn schon!« erwiderte Miriam abwehrend. »Ich bin keine Chippewa-Indianerin. Jordan hat selbst gesagt, daß es zum Wäschewaschen kaum warmes Wasser gibt. Wie soll ich da mit weniger Sachen auskommen?«

Witwe Peavy wiegte abermals den Kopf. Diesmal umspielte ihren Mund ein schalkhaftes Lächeln. »Ich denke, Jordan wird es dir schon beibringen.«

Witwe Peavy überließ es den beiden, sich darüber zu einigen, was man mitnehmen sollte oder nicht, und ging davon. Lucy nützte die Gelegenheit, außerhalb der Hörweite von Witwe Peavy ihre Befürchtungen zu äußern.

»Seien Sie ja vorsichtig mit diesem Mann, Miss! Mir machen seine Augen Angst, wenn er Sie anschaut. Mit so einem Kerl sollte sich eine gebildete Dame nicht einlassen.«

Miriam lächelte verächtlich. »Ich kann mir Mr. Scott schon vom Leibe halten, Lucy. Ich bin eine erwachsene Frau und kein dämliches Schulmädchen, das einen Mann unwiderstehlich findet. Wenn Mr. Scott sich nicht zu benehmen weiß, bekommt er mehr Schwierigkeiten, als er sich vorstellen kann.«

Aus ihrer Stimme klang Zuversicht heraus, die sie jedoch nicht empfand. Miriam mußte sich eingestehen, daß sie keine Ahnung hatte, wie sie auf Jordan Scotts ungehörige Annäherungen reagieren sollte. Er war zwar abscheulich, hatte aber eine gewisse animalische Ausstrahlung, die ihre niederen Instinkte weckte. Zudem war sie die Tochter ihres Vaters. Das erklärte vielleicht, warum ihr Herz schneller schlug, wenn Jordan Scott kam, um seine Tochter zu sehen, oder warum ihre Träume stets um ihre erste Begegnung kreisten. Es waren keine Alpträume, sondern eine befremdliche Abfolge von Bildern, die in ihr bislang unbekannte, erregende Empfindungen auslösten.

Lucy flüsterte weiter. »Eine Dame wie Sie weiß doch nicht, was so ein Kerl in seiner Geilheit mit einer Frau alles anstellt. Allen Männer ist nur das wichtig, was sich in ihren Hosen regt. Entschuldigen Sie meine Sprache, Miss!«

Miriam wurde puterrot und wollte schon ihre Zofe zurechtweisen, aber Lucy fuchtelte mit dem Zeigefinger und redete weiter.

»Man braucht sich diesen Mr. Scott nur anzusehen und weiß dann, daß er ein Schürzenjäger ist. Lassen Sie es sich gesagt sein, Miss! Er ist nicht wie die Gentlemen, die Sie bislang kennengelernt haben. Wenn Sie ihn nicht gleich beim ersten Mal in seine Schranken weisen, wird er sich den ganzen Winter aufführen wie ein Hengst, der eine Stute wittert.«

»Woher weißt du das alles?« fragte Miriam entgeistert.

»Ich bin auf einer Farm großgeworden, Miss. Die Menschen auf dem Lande reden – anders als die Herren und Damen in der Stadt –, wie ihnen der Schnabel gewachsen ist.«

»Ich danke dir, Lucy, daß du dir meinetwegen Gedanken machst. Aber zu alldem wird es nicht kommen. Du brauchst dich nicht zu ängstigen. Ich passe schon auf mich auf.«

Der ungläubige Ausdruck in Lucys Augen entsprach ihren eigenen Befürchtungen.

Abschiedsszenen hatte Miriam schon immer gehaßt. Aber so schwer war ihr eine Trennung noch nie gefallen. Witwe Peavy und Margaret schluchzten, die kleine Martha war bedrückt, und selbst die freche Mary Beth war beim Abschied maulfaul. Miriam traten Tränen in die Augen. Sie fragte sich, woran es lag, daß sie diese Menschen in so kurzer Zeit so sehr in ihr Herz geschlossen hatte. Dabei waren sie nicht wie die Leute, die bislang zu ihrem Bekanntenkreis gezählt hatten. In England hätte sie sich mit ihnen gewiß nicht abgegeben, hätte sie nicht als ihre Freunde betrachtet. Wie sehr hatte sich alles verändert!

Ihre bisherige Welt entschwand immer mehr. Sie war längst nicht mehr die überhebliche, junge Frau, die vor einiger Zeit England verlassen hatte. Würde sie sich, wenn der Winter zu Ende ging, noch wiedererkennen? Oder würde das Leben unter den Wilden Miriam Sutcliffe auslöschen und statt dessen einen neuen Menschen entstehen lassen? Es waren bedrückende Gedanken. Aber Miriam hatte keine Zeit, ihnen nachzuhängen, da Jordan Scott ungeduldig zum Aufbruch drängte.

Jordan Scott und Miriam gingen voran. Ihnen folgten Lucy, Witwe Peavy und ihre drei Töchter. Ihnen allen trippelte störrisch Petunia hinterher, die die kleine Jane mit Milch versorgen sollte. Die Ziege hatte bereitwillig ihren Stall verlassen und sich auch von Mary Beth ein Halsband umlegen lassen. Aber als sie nun den See und das Kanu erspähte, zeigte sie, daß sie von einer Abreise nicht viel hielt. Sie begann kläglich zu meckern und bockte.

»Komm schon, du dummes Vieh!« schimpfte Mary Beth und zerrte an dem Strick. Aber Petunia rührte sich nicht, sondern schaute das Mädchen nur gekränkt an.

»Gib ihr einen Fußtritt!« riet Jordan Scott. »Beeil dich doch! Ich möchte weg sein, bevor die englische Armee anrückt, um nach Miss Sutcliffe zu suchen.«

»Sie bewegt sich nicht von der Stelle«, klagte Mary Beth und versuchte die störrische Ziege vorwärtszuziehen. »Sie hat Angst vor Wasser und vor Booten.«

Jordan Scott holte tief Luft, stellte sich hinter Petunia und stemmte sich gegen ihr Hinterteil. »Wenn das verdammte

Vieh nicht bald pariert, brutzeln demnächst Ziegensteaks über dem Feuer!« drohte er. Petunias Erwiderung darauf war, daß sie den Schwanz hob und Jordan Scotts Mokassins mit Ziegenbeeren, wie Mary Beth es nannte, dekorierte. Mary Beth ließ vor lauter Lachen das Seil los, worauf Petunia nach rückwärts torkelte und Jordan Scott unter sich begrub.

Jordan Scott stieß ein paar Flüche aus, die Miriam die Schamröte ins Gesicht trieben. Selbst Witwe Peavy runzelte mißbilligend die Stirn. Noch immer schimpfend lud sich Jordan Scott die bockige Ziege auf die Schulter und trug sie so zum Ufer, wo er sie wie einen Sack Mehl ins Kanu fallen ließ.

»Fesseln Sie ihr die Beine!« sagte Jordan Scott und gab Miriam ein Seil. »Ich ziehe Sie nicht noch einmal aus dem Wasser, wenn mir das Vieh ein Loch in mein Kanu schlägt.«

Miriam hatte schon eine scharfe Erwiderung auf der Zunge, aber das Glitzern in Jordan Scotts Augen schreckte sie ab. Der Mann ist gereizt wie ein Grislybär, hätte Witwe Peavy gesagt. Miriam war sich bewußt, daß ihr Leben in den nächsten paar Monaten von seinem guten Willen abhing. Sofern er dessen überhaupt fähig war.

Die Sonne war ein dunkelrot glühender Ball am Horizont, als sie sich zum letztenmal zuwinkten und das Kanu sich immer weiter vom Strand entfernte. So allein hatte sich Miriam nicht einmal gefühlt, als das Schiff damals von London lossegelte. Das war der dunkelste Tag in ihrem bisherigen Leben gewesen. Aber jetzt wußte sie, daß sie noch schlimmere Erfahrungen erwarteten, bevor sich ihr Leben zum Besseren ändern würde.

Die Überfahrt ließ sich nicht eben gut an. Petunia begann kläglich zu meckern, zu zappeln und mit den Beinen zu strampeln. Die kleine Jane flößte Miriam Angst ein, weil sie so still war. Miriam beugte sich über das kleine Wesen, um sich zu vergewissern, daß es überhaupt noch atmete.

Jordan Scott sagte kein Wort. Selbst in dem allmählich erlöschenden Tageslicht konnte Miriam erkennen, daß sich seine Miene verfinsterte, als Petunias durchdringendes Mekkern immer lauter wurde. Wegen seiner dichten Augenbrauen konnte sie seine tiefliegenden Augen nicht sehen. Seine Gesichtsmuskeln waren angespannt. Sein Kinn wirkte noch kantiger. Der Gedanke schoß Miriam durch den Kopf, daß Jordan Scott nicht nur ein Abtrünniger war, nicht nur Verachtung verdiente, sondern ihr auch gefährlich werden konnte. Diese Überlegung machte sie stutzig. War es so, daß sie vor den Hetzhunden flüchtete und Zuflucht bei dem reißenden Wolf suchte? Dann wäre es besser gewesen, sie hätte sich auf Gedeih und Verderb Captain Michaels ausgeliefert.

Als ihr Kanu den Strand beim Chippewa-Lager erreichte, erwartete sie Wellenreiter. Seinen Gruß erwiderte Jordan Scott mit ein paar unverständlichen Worten. Keiner der beiden Männer machte Anstalten, sie durch das flache Wasser an Land zu tragen. Sie kümmerten sich nur um die Ziege und das Gepäck. Miriam blieb nichts anderes übrig, als an Land zu waten. Sie warf Jordan Scott einen zornigen Blick nach, hielt die kleine Jane in der Armbeuge fest und kletterte über die Bordwand. Das kalte Wasser reichte ihr bis zur Hüfte. Ihr weiter Rock bauschte sich schirmartig um sie, während sich ihre Strümpfe und ihre Unterhose vollsogen. Als sie den ersten Schritt an Land setzte, war auch ihr Kleid klatschnaß.

Während sie vor Wasser triefend weiterging, schaute sie Jordan Scott zum erstenmal voll an. Ihre Stimmung wurde nicht besser, als sie das amüsierte Zucken seiner Mundwinkel bemerkte.

»Wellenreiter haben Sie ja schon kennengelernt«, sagte er.

Wellenreiter nickte ihr höflich zu, was Miriam mit einem halbwegs freundlichen Lächeln quittierte.

»Und da kommen schon die anderen«, fügte Jordan Scott noch mit spöttischem Tonfall hinzu.

Gleich darauf versammelte sich um sie alles, was Beine hatte – Erwachsene, Kinder und schwänzelnde Hunde. Zwar hatte Miriam das Indianer-Lager schon öfter besucht, aber nie den Anschein erweckt, als würde sie für längere Zeit dableiben. Die Zuschauer schwatzten aufgeregt, als wüßten sie, daß es diesmal anders war. Selbst Petunia erregte allgemeine Aufmerksamkeit, zumal bei den Kindern und

Hunden. Sie begann verängstigt zu meckern, als ahnte sie Miriams Gefühle.

Die Menge verstummte, als eine würdig aussehende Indianerin mit grauem Haar Jordan Scott etwas fragte. Miriam erkannte in ihr die Frau, die sich in jener tragischen Nacht bei Seetänzerin aufgehalten hatte. Jordan Scott zögerte und murmelte dann etwas. Die Chippewa-Worte kamen ihm geläufig über die Lippen. Auf seine Antwort hin wurde die Stille noch tiefer. Als dann die Indianerin nickte, begannen alle freudig durcheinander zu reden. Manche sprachen Miriam freundlich an, klopften ihr auf die Schulter, streichelten ihr Gesicht. Da sie nicht wußte, was das alles zu bedeuten hatte, fiel ihr das Lächeln immer schwerer. Als Jordan Scott sie schließlich aus der Menge hinausführte, hätte sie sich am liebsten an seinem starken Arm festgehalten. Nur ihre Selbstbeherrschung hielt sie davon ab.

Jordan Scott geleitete Miriam zu einem Wigwam, der auf der anderen Seite des Indianer-Camps lag und ebenso aussah wie Seetänzerins Zelt. Er bestand aus einem Gerüst von miteinander verbundenen Ästen und war mit Binsenmatten abgedeckt. Den Boden bildete blankes Erdreich. In der Mitte brannte unter einem Rauchabzug ein niedriges Feuer. Die vertiefte Feuerstelle war von großen Steinen umgeben. An der Wand lagen zusammengerollte Matten und Pelze, die nachts zum Schlafen benützt wurden. Nahe dem Eingang befanden sich Ablagen und Haken für die diversen Kochutensilien. Im Vergleich dazu wirkte Witwe Peavys schlichtes Farmhaus wie ein Palast.

Miriam zeigte Wellenreiter, wo er ihr Gepäck abstellen sollte, und verabschiedete sich von ihm mit einem höflichen Lächeln. Wortlos entrollte sie eine der Felldecken und legte die kleine Jane darauf. Dann ging sie hinaus, um Petunia zu melken.

Als sie mit dem Milchgefäß zurückkehrte, saß Jordan Scott mit untergeschlagenen Beinen am Feuer und machte keinerlei Anstalten, ihr zu helfen, worauf sie ihm einen angewiderten Blick zuwarf. »Es wäre klüger, wenn Sie die Ziege mit ins Zelt nehmen«, sagte er.

Miriam schnaubte verächtlich. »Die Ziege im Zelt halten?

Das soll wohl ein Witz sein!« Sie füllte einen Holzbecher mit Milch und zog den Fingerling darüber.

»Im Winter muß sie ohnehin im Zelt gehalten werden«, erwiderte er gleichmütig, als sei diese Vorstellung nichts Außergewöhnliches.

Miriam setzte Jane auf ihren Schoß, steckte ihr den Fingerling in den Mund und musterte Jordan Scott mit unverhohlener Verachtung. »Da müssen Sie ihr eben einen Stall bauen. Oder sie in Ihrem Wigwam halten. Ich werde gewiß nicht mit einer Ziege im selben Zelt leben.«

Jordan Scott lächelte spöttisch. »Das ist mein Wigwam.«

Eine Weile schwieg Miriam verblüfft. Dann fragte sie: »Soll das heißen, daß wir hier in einem einzigen Raum zusammen leben werden?«

»Was haben Sie denn erwartet? Ich kann Sie doch nicht allein in einem Wigwam hausen lassen. Bei den Chippewa leben die jungen Frauen nicht allein. Sie leben bei ihren Eltern oder bei ihrem Mann.«

Miriam versuchte ihre aufkommende Wut zu zügeln. Schließlich war sie auf das Wohlwollen dieses Rüpels angewiesen. »Und was halten die Chippewa von unserem Arrangement?« fragte sie schnippisch. »Grace hat mir erzählt, daß die Indianer sehr sittsam seien. Meinen Sie nicht, daß sie daran Anstoß nehmen könnten, wenn Sie eine unverheiratete Frau hier in diesem kleinen Zelt unterbringen?«

»Das haben sie bereits getan«, antwortete er achselzuckend. »Aber ich habe sie beruhigt.«

»Und womit haben Sie sie beruhigt?«

Jordan Scott streckte die Beine, erhob sich und reckte die Glieder, als könne ihn nichts erschüttern. Ein Lächeln umspielte seine Lippen, als er mit wiegenden Schritten zum Zeltausgang ging. Kurz davor blickte er über die Schulter zurück.

»Übrigens, meine herzlichen Glückwünsche«, sagte er. »Für die Chippewa sind Sie soeben meine Frau geworden.«

8

Bevor Jordan Scott aus dem Zelt schlüpfen konnte, schoß Miriam auf ihn los wie eine Furie. Mit einem Arm drückte sie die kleine Jane an sich, mit dem anderen packte sie ihn bei der Schulter und riß ihn herum.

»Ihre Frau?« wiederholte sie fassungslos. »Sie spaßen wohl!« Als er sie nur überheblich anblickte, ließ sie ihn los. »Das soll wohl ein Scherz sein!« stieß sie aus.

»Über unangenehme Sachen würde ich nie scherzen.«

»Sie haben also den Indianern gesagt, daß wir verheiratet seien?«

»Wir sind verheiratet, Miss Sutcliffe. Wenn ein Mann und eine Frau gemeinsam in einen Wigwam ziehen, sind sie gemäß der Chippewa-Tradition verheiratet«, sagte er und verzog verächtlich den Mund. »Aber von einer zivilisierten Dame wie Ihnen kann man kaum erwarten, daß Ihnen die Sitten dieser Indianer etwas bedeuten.«

Was sich bislang an diesem Tag ereignet hatte, war zuviel für Miriam. Sie wandte sich stockend um, setzte die kleine Jane auf die Felldecken, massierte die Schläfen mit den Fingerspitzen und schloß ganz fest die Augen. Wenn sie sich nur Mühe gab, würde sich dieser schreckliche Tag als ein Alptraum erweisen. Wenn sie die Augen öffnete, wäre sie wieder in Witwe Peavys Haus. Die kleine Jane würde friedlich in ihrem Zimmer schlafen, Captain Michaels wäre wieder in England, und Jordan Scott ... und Jordan Scott wäre wer weiß wo, aber nicht in ihrer Nähe. Doch der Klang von Jordan Scotts Stimme erinnerte sie an die Wirklichkeit, der sie sich stellen mußte. Der Alptraum war Wirklichkeit.

»Ich hole jetzt die Ziege herein«, kündigte Jordan Scott gleichmütig an. »Eines der Indianerkinder könnte sie losbinden oder die Hunde könnten nachts über sie herfallen.«

Das Gesicht von Erschöpfung und hilflosem Zorn gezeichnet drehte sich Miriam ihm zu. »Wagen Sie bloß nicht, diese Ziege hereinzuholen! Es ist schon schlimm genug, daß ich in einer schäbigen Behausung aus Ästen und Binsenmatten leben, auf dem blanken Boden schlafen und ... mit einem halbnackten Barbaren denselben Raum teilen muß. Ich will nicht auch noch mit einer Ziege zusammenleben!« Ihre Stimme überschlug sich. Sie mußte die Hände zu Fäusten ballen, sonst hätte sie diesem überheblichen Menschen in sein arrogantes Gesicht geschlagen. »Wenn Sie die Ziege um sich haben wollen, schlafen Sie draußen mit ihr. Ich hoffe, es wird sie beide glücklich machen. Sie passen zueinander.«

»Dankbar sind Sie eben nicht. Vielleicht hätte ich Sie besser Ihrem Freund Captain Michaels überlassen sollen.«

»Das Ganze war nicht mein Einfall. Ich dulde nicht ...«

»Sie werden alles dulden, was ich von Ihnen verlange«, erklärte Jordan Scott. »Sie haben sich auf dieses irrwitzige Unternehmen eingelassen, und jetzt müssen Sie sich eben an die gebräuchlichen Regeln halten. An meine Regeln.«

»Ich werde nicht ...«

»Doch, Sie werden. Und jetzt möchte ich nichts mehr von Ihnen hören. Breiten Sie die Felldecken auseinander und legen Sie sich schlafen. Im allgemeinen prügeln die Chippewa ihre Frauen nicht. Aber es gibt Fälle wie diesen, wo sie dazu geneigt wären.« Nach dieser Drohung schlüpfte er durch die Zeltöffnung und ließ sie allein zurück.

Miriam wankte zu den Felldecken. All ihre Aufregung hatte sich plötzlich gelegt, nachdem Jordan Scott ihr klargemacht hatte, in welcher Situation sie sich befand. Sie verspürte nicht das geringste Verlangen, von Jordan Scott noch einmal hart angepackt zu werden. Und sollte sie um Hilfe schreien, würde sich in diesem erbärmlichen Indianer-Lager gewiß niemand um sie kümmern. Einen ganzen Winter lang mußte sie eben diesen Flegel erdulden.

Kaum hatte sie die Schnüre, die die Felldecken zusammenhielten, gelöst, zerrte Jordan Scott die widerstrebende Petunia in den Wigwam und pflockte sie gegenüber der Zeltöffnung an. Miriam legte sich mit schmerzendem Rücken und säuerlicher Miene nieder, ohne die beiden zu beachten.

Doch es war ihr unmöglich, Jordan Scott zu ignorieren, als er sich neben sie auf die Felldecke fallenließ.

»Was wollen Sie denn hier?« fuhr sie ihn an.

»Schlafen. Sie sollten es gleichfalls versuchen. Morgen früh gibt es eine Menge Arbeit für die Frauen, wenn das Lager abgebrochen wird. Und man erwartet von Ihnen, daß Sie mithelfen.«

Als er stockte, hatte Miriam das Gefühl, seine Augen würden sie eindringlich mustern. Jetzt ist es soweit, dachte sie. Lucy hatte recht gehabt. Die Männer können nur an das eine denken.

»Wie wollen Sie darin nur schlafen?« fragte er dann. »Das enge Kleid läßt Sie nicht atmen, selbst wenn Sie stehen würden.« Er begann an ihrem straffsitzenden Mieder zu nesteln.

»Rühren Sie mich nicht an!« zischelte Miriam und richtete sich mit einem Ruck auf. »Lassen Sie mich in Frieden! Hier können Sie nicht schlafen!« Ich muß es ihm zeigen, dachte sie. Ich muß ihm einbleuen, daß ich diese Art von Benehmen verabscheue. Das hat mir auch Lucy angeraten.

»Ich schlafe doch nicht auf dem blanken Boden. Und die kleine Jane strahlt nicht soviel Körperwärme aus wie Sie«, sagte er.

»Dann schlafe ich eben draußen!«

Jordan Scott packte Miriam am Arm, als sie aufstehen wollte. »Den Teufel werden Sie tun. Die Indianer da draußen denken, daß ich zu Ihnen gehöre. Sie halten Sie für meine Frau. Sie sollen nicht annehmen, daß sie mich in der Hochzeitsnacht abgewiesen haben, Miss Sutcliffe. Sie bleiben, wo Sie sind.«

»Das tue ich nicht!«

»Doch, das werden Sie, selbst wenn ich Sie an Händen und Füßen fesseln und mich auf Sie legen muß, um Sie niederzuhalten.« Er zog eine Braue hoch und schaute ihr amüsiert in die verängstigten Augen. »Außerdem denke ich nicht daran, mich auf eine fischblütige, dumme Zicke zu legen, auch wenn Sie es noch so sehr herausfordern.«

Miriam war so verblüfft, daß sie keine Worte fand. Wütend entwand sie sich seinem Griff, rutschte von ihm ab und

122

drehte ihm den Rücken zu. Als er daraufhin spöttisch auf-lachte und sich genüßlich in die Felldecke wickelte, wurde sie noch zorniger.

Sie hatte kaum ein paar Minuten so dagelegen, als sie am ganzen Körper zu zittern begann. Sich so steif zu halten, war schon anstrengend genug. Aber nun spürte sie auch noch die Kälte, die allmählich in den Wigwam kroch. Sie hatte es unterlassen, sich in die Decken und Felle zu hüllen. Trotz-dem wollte sie lieber an Kälte sterben, als unter die gleiche Felldecke zu diesem abscheulichen Kerl zu kriechen.

»Was sind Sie für eine Närrin!« sagte Jordan Scott leise. »Sie würden lieber erfrieren, als Ihren dümmlichen Stolz aufgeben.«

Miriam spürte, daß er die Felldecke leicht anhob. Dann umfaßte er ihre Taille, zog sie ganz nahe an sich heran und schlug die Felldecken über sie beide.

»Ist es so nicht besser?« fragte er und lachte leise vor sich hin.

Miriam würdigte ihn keiner Antwort. Sie überlegte, ob sie sich dagegen wehren sollte. Aber die Wärme, die von sei-nem Körper ausging, machte es ihr schwer, ihre Entrüstung aufrechtzuerhalten. Seine muskulösen Beine hielten sie fest. Seine Hand lag auf ihrem Rippenbogen, bedenklich nahe ih-rer Brust. Sein lebenswarmer Atem strich über ihr Haar. Mi-riam stellte zu ihrer Verblüffung fest, daß sie nicht länger Herrin ihrer Sinne war. Ihr Körper schmiegte sich allmählich an seinen, sog dessen Wärme in sich ein, und eine Regung, die sie am liebsten verleugnet hätte, machte ihr zu schaffen. Als ihr die Augen endlich zufielen, überlegte sie noch ver-schwommen, ob sie den ganzen Winter gegen diese Regung und gegen Jordan Scott ankämpfen würde können.

Eine heraufziehende Kälte weckte sie. Durch das Rauchab-zugsloch im Zelt sah sie, daß der schwarzsamtene Nacht-himmel allmählich dem morgendlichen Grau wich. Sämtli-che Muskeln taten ihr weh. Immerhin war sie nicht klamm vor Kälte. Trotzdem wollte sie erst dann aufstehen, wenn die Sonne aufgegangen war. Der Schlafplatz neben ihr war – Gott sei Dank – verlassen. Jordan Scott war höchstwahrscheinlich draußen. Die kleine Jane lag ruhig da. Es gab keinen Grund, warum sie sich nicht tiefer in die Felldecken kuscheln sollte, um noch einmal einzuschlafen.

Kaum hatte sie die Augen geschlossen, als etwas grob an ihrem Bein zerrte. Sie schaute auf und blickte geradewegs in Petunias braune, neugierige Ziegenaugen. Sie schleifte den Strick, mit dem Jordan Scott sie angepflockt hatte, hinter sich her.

»Geh weg!« rief Miriam unwirsch. »Friß draußen Gras oder spring in den See! Mach das, was Ziegen um diese Zeit tun!«

Aber Petunia bedeutete ihr eindringlich meckernd, daß Ziegen gewöhnlich um diese Zeit gemolken werden. Miriam stellte sich stur und kuschelte sich in die Felldecken. Die Ziege meckerte noch durchdringender. Erst als die Ziege einen ihrer Zehen anzuknabbern begann, gab sie es auf.

»Das wirst du noch bereuen«, sagte sie und kroch aus den warmen Felldecken. Die Morgen in England fielen ihr ein. Im Haus blieb es still, bis die Sonne schon am Himmel stand. Lucy brachte ihr dann eine Tasse heiße Schokolade und frischgebackene Krapfen. Danach erst mußte sie ihr Bett verlassen. Es war eine andere Welt gewesen, dachte Miriam bedauernd. Was sie hier erleben mußte, war ein Alptraum.

Fröstelnd schälte sie sich aus ihrem bodenlangen Gewand, aus ihrer Unterwäsche und durchwühlte ihr Bündel nach sauberen Kleidungsstücken. Jordan Scott hatte es vorhergesagt – hier gab es kein warmes Wasser, mit dem sie Gesicht und Hände waschen, keinen Spiegel, vor dem sie ihr schlafzerzaustes Haar frisieren konnte. Petunia meckerte weiter. Jetzt wurde auch noch die kleine Jane wach und erfüllte den Wigwam mit ihrem dünnen Geschrei.

»Warte doch, Petunia! Ich kümmere mich schon um dich, wenn ich … O nein! Nicht das auch noch!«

Petunia sprenkelte den Boden mit ihren Ziegenbeeren und schaute Miriam höchst zufrieden an.

»Verdammt nochmal! Dumme Ziege!« fluchte Miriam.

Sie zerrte Petunia aus dem Zelt, wartete, bis sie sich draußen endgültig erleichtert hatte, und zog sie wieder hinein, um sie zu melken. Jordan Scott hatte recht gehabt. Die

Morgenluft war zu kühl, als daß man sich draußen lange aufhalten konnte. Sie hoffte nur, daß ihre Finger eiskalt waren. Das würde Petunia guttun.

Miriam dachte, ihre morgendliche Arbeit sei getan, wenn sie die Ziege gemolken, sie draußen zum Fressen angepflockt, die kleine Jane gefüttert, den Wigwam-Boden gekehrt, die Felldecken zusammengerollt und das glimmende Feuer neu entfacht hatte. Sie mußte zugeben, daß ihr eine harte Zeit bevorstand, aber sie würde schon lernen, unter diesen Umständen zu überleben, selbst wenn sie nur diesem arroganten Mannsbild beweisen konnte, daß er sich in ihr getäuscht hatte. Hoffentlich würde sie unter den Utensilien auf den Borden an der Wand einen Wasserkessel finden. Für eine Tasse Tee würde sie jetzt wer weiß was geben, auch wenn es das scheußliche Gebräu aus Kirschenzweigen war, das Seetänzerin immer zubereitet hatte.

Aber sie fand keinen Wasserkessel. Es gab nichts zum Frühstück außer Ziegenmilch. Sie wickelte die kleine Jane in eine Decke, hüllte sich in das hübsche Cape, da sie selbst genäht hatte, und verließ den Wigwam, um sich draußen umzusehen.

Graue Wolkenbänke verschleierten die Sonne. Sie hatte das Gefühl, es sei schon Winter und nicht noch Herbst. Es roch nach Holzfeuer und nassem Gras. Windstöße wirbelten abgefallene Blätter empor. Inmitten des Kreises von Wigwams brannte ein großes Feuer. Rund um das Feuer waren Stangen in den Boden getrieben, an denen Wasserkessel und Töpfe hingen.

Kaum hatte Miriam den Wigwam verlassen, als eine hochgewachsene Indianerin mit eisengrauem Haar, hoch angesetzten Wangenknochen und einer geraden Nase auf sie zuging. Trotz ihrer Kleidung aus Hirschleder machte sie einen Ehrfurcht gebietenden Eindruck. Ihre bräunliche Haut war noch glatt. Nur ihr graues Haar und die feinen Fältchen um die Augen und den Mund zeigten an, daß sie nicht mehr jung war.

»Ich bin Lächelt-bei-Sonnenaufgang«, stellte sie sich mit wohlklingender Stimme vor.

Miriam lächelte zögernd. Es war die Indianerin, die Jordan Scott bei ihrer gestrigen Ankunft so eindringlich befragt hatte. Miriam hatte zudem bemerkt, daß sie unter den übrigen Indianerinnen eine achtunggebietende Stellung einnehmen mußte. Sie hatte plötzlich das Gefühl, sie würde es an nötigem Respekt fehlen lassen, wenn sie nicht knickste, mochte es auch noch so fehl am Platz wirken.

»Ich bin die Mutter von Wellenreiter«, fuhr die Indianerin fort, »und die Frau von Rauchbändiger. Geisterauge, mein adoptierter Sohn, war unhöflich, als er uns einander nicht vorstellte. Ich bin die Mutter deines Mannes.«

Das konnte doch nicht wahr sein! Jetzt hatte sie nicht nur einen sogenannten Ehemann, sondern obendrein noch eine Schwiegermutter. »Es freut mich ... Es ist mir eine Ehre, Sie kennengelernt zu haben«, stammelte sie.

Lächelt-bei-Sonnenaufgang schaute auf die kleine Jane herab, die in Miriams Armen schlummerte. Der Ausdruck ihrer Augen wurde weicher. »Du brauchst ein Tragebrett für Lichter Geist, damit du mit den übrigen Frauen arbeiten kannst, ohne das Kind im Schlaf zu stören.«

»Arbeiten?« entfuhr es Miriam.

»Ich habe ein Tragebrett für Seetänzerin angefertigt, als sie mir sagte, daß sie ein Kind haben würde. Komm mit mir! Ich möchte es dir geben.«

Die kleine Jane wurde an das Tragebrett geschnallt. Am unteren Ende befand sich eine Fußstütze. Zwei Bänder hielten das Kind fest. Lächelt-Bei-Sonnenaufgang hatte unwirsch den Kopf geschüttelt, als sie sah, daß die kleine Jane ein Hemdchen trug. Sie umgab die Kleine mit trockenen, würzig duftenden Moospolstern, die bei Bedarf ausgetauscht werden konnten. Ein korbähnliches Gebilde schützte den Kopf der kleinen Jane. An ihm wurde eine Decke befestigt, die das Kind warmhielt. Die kleine Jane schien mit sich und der Welt völlig zufrieden zu sein, als sie mit ihrem Tragebrett an einen Baumast gehängt wurde, wo sie weder die umhertollenden Kinder noch die streunenden Hunde belästigen konnten.

Als nun das kleine Kind sicher verstaut war, erfuhr Miriam, daß ihre morgendliche Arbeit noch keineswegs getan war, wie sie ursprünglich gemeint hatte. Lächelt-bei Sonnenaufgang führte sie zu dem großen Feuer, wo sie ihr zunächst ein Frühstück vorsetzte – Fischsuppe, mit Ahornzucker gewürzten Reis, harte Brotfladen und Tannenspitzentee. Während Miriam ihren Hunger stillte, erklärte ihr Lächelt-bei-Sonnenaufgang, wie man ein Wassergefäß aus frischer Birkenrinde herstellt. Denn solche Gefäße seien viel brauchbarer als die gußeisernen Kessel, die man in den Läden der Weißen kaufen konnte.

Nach dem Frühstück ging Lächelt-bei-Sonnenaufgang mit Miriam zu dem Wigwam, wo sie zusammen mit Jordan Scott die Nacht verbracht hatte. Dort instruierte sie Lächelt-bei-Sonnenaufgang, wie man die Felle und sonstigen Gerätschaften so zu einem Bündel schnürt, daß man sie in einem Kanu verstauen, auf einem Hundeschlitten festzurren oder auf dem Rücken tragen kann. Nach diesen Anweisungen nahmen sie abermals einen Imbiß ein, der aus Fischsuppe und getrockneten Beeren vermengt mit Hirschtalg bestand. Kaum hatten sie gegessen, folgten neue Unterweisungen – wie man einen Wigwam abbaut und wie man die Binsenmatten so zusammenrollt, daß man sie von Lager zu Lager transportieren kann. Im Laufe des Nachmittags erfuhr Miriam noch, daß die Lebensmittel außerhalb des Wigwams gelagert werden oder in einem zentral gelegenen Speicher, aus dem sich alle bedienten. Sie hörte, daß sie über einem offenen Feuer kochen müsse und solch widerwärtige Zutaten wie Tiertalg, ausgegrabene Wurzeln, die Eingeweide von Tieren, unappetitlich aussehende, getrocknete Fische und Wildbretstreifen verwenden sollte. Die unermüdliche Chippewa-Matrone half Miriam noch beim Zubereiten einer Abendmahlzeit für Jordan Scott. Sie führte ihr vor, wie man in einem Birkenrindengefäß aus Wildbret, Wildkartoffeln, Binsenwurzeln und verschiedenen Kräutern einen kräftigen, würzig duftenden Eintopf zubereitet.

Als Lächelt-bei-Sonnenaufgang endlich das Zelt verließ, war Miriam so erschöpft, daß ihr der Geruch des Eintopfs über dem offenen Feuer Übelkeit bereitete. Den ganzen Tag hatte sie Dinge gelernt, die sie überhaupt nicht beherrschen wollte. Was sie alles hatte essen müssen, hätte Witwe Peavy nicht einmal ihren Schweinen gegeben. Sie hatte zudem eine Frau erduldet, die sie für unwissend und ungeschickt hielt. Sie hatte nicht einmal Zeit gehabt, darüber nachzudenken, wo sich Jordan Scott in all den Stunden herumtreiben mochte. Im Grunde war es ihr auch egal. Sollte ihn der Teufel geholt haben, hätte es sie höchstens gefreut.

Miriam schleppte sich zu einem Fellbündel, ließ sich fallen und lehnte sich müde gegen die Binsenmatten an der Wand. Wie schön wäre es, wenn sie jetzt die Augen schließen und durchschlafen könnte, bis es Frühling war. Aber sie mußte die Ziege melken, die kleine Jane säubern und füttern und auf den Eintopf achtgeben. Ob sie auf diese Weise den Winter durchstehen würde?

Jordan Scott verzog angewidert das Gesicht, als seine vier Saufkumpane die leere Flasche wegwarfen und einander zum Aufstehen aufstachelten. Die vier jungen Männer – Chippewa-Krieger aus einer Indianersiedlung nahe Sault Ste. Marie – kamen sich ungemein lustig vor, als sie sich zu erheben versuchten. Ihre Beine waren wie aus Gummi. Es half auch nicht, wenn sie die Arme schwenkten wie Hühner ihre Flügel. Einer der Krieger torkelte den Strand entlang, bis er sich mit den Beinen irgendwo verfing und bäuchlings auf die glatten Kiesel fiel. Ein anderer richtete sich mit einem Ruck auf und stand schwankend da, bis ihn die Schwerkraft wieder nach unten zog und er auf seinen Hintern plumpste. Die übrigen beiden blieben an einen Baum gelehnt sitzen und kotzten.

Jordan Scott blieb, wo er war. Das Aufstehen war ihm zu riskant. Auch wenn er sich über seine Saufkumpane lustig machte, mußte er sich eingestehen, daß er selbst sich in keiner besseren Verfassung befand. Mit den vier Chippewa-Kriegern gab er sich sonst nicht allzu oft ab. Aber heute hatten sie sich im Ladengeschäft der Northwest Company zufällig getroffen. Als sie ihn dann einluden, mit ihnen ein paar Flaschen Rum zu trinken, hatte er eingewilligt. Sie hatten diese abgelegene Bucht aufgesucht und den ganzen Tag miteinander gezecht. Jordan Scott hatte geprahlt, wieviel Rum er vertragen könnte. Doch jetzt hatte er allen Grund, diese Tatsache zu bereuen. Mit Alkohol löst man keine Probleme, dachte er dumpf.

»Noch einen Schluck?« lallte einer der Indianer und schwenkte eine weitere Flasche.

»Mir reicht's«, stieß Jordan Scott aus.

Ihm war übel. Er hatte die Kontrolle über sich verloren. Er war betrunken. Ihm war schwindlig. In seinem Kopf kreisten wirre Gedanken. Bilder kamen ihm in den Sinn, die der Alkohol freigelegt hatte. Er sah wieder diese Engländerin. Sie war nackt, sie zitterte, ihr klatschnasses Haar hing ihr bis zu Taille herab. Gleich darauf erschien sie ihm wieder. Ihre Augen funkelten empört, während sie ihm vorwarf, daß er keine Moral habe, nicht wisse, wie sich ein Weißer in der Welt der Wilden benehmen müsse. Aber es kam ihm noch etwas anderes in den Sinn – wie sie sich anfühlte, warm, weich, wie sie sich an ihn schmiegte, als gehörte sie zu ihm. Er spürte wieder ihr lockiges, seidiges, duftiges Haar, das ihn an der Nase und am Mund kitzelte. Ihr runder kleiner Hintern hatte sich an ihn gepreßt, während sie schlief. Ihr war nicht bewußt gewesen, daß es ihn verlockt hatte, sie auf den Rücken zu drehen, um ihr zu zeigen, wie wild, wie zügellos ein Jordan Scott wirklich war. Großer Gott! Wollten diese trunkenen Vorstellungen nie aufhören?

Was für ein Ungeheuer war er, daß er eine andere Frau begehrte, während Seetänzerin kaum drei Monate unter der Erde lag? Sie hätte in ihm solche Vorstellungen hervorlokken sollen und nicht diese altjüngferliche Engländerin, die ständig etwas an ihm auszusetzen hatte. Dieses zickige Weibsbild gehörte der Welt an, der er vor zehn Jahren entflohen war – all den Heuchlern, die unentwegt die Nase rümpften und in Wirklichkeit im Dreck wateten. Was an ihr nicht züchtig und gesittet wirkte, war einzig ihr dichtes, kastanienrotes Haar. Wie gern hätte er mit den Fingern in ihrem seidigen Haar gewühlt! Schon damals hatte es ihn dazu gedrängt, als es bei jedem ihrer Schritte auf und ab wippte.

Fast hätte er es gestern nacht getan, aber die kleine Hexe hätte ihm wahrscheinlich das Gesicht zerkratzt.

Jordan Scott streckte sich auf dem Kiesstrand aus, schloß die Augen und versuchte, sich Seetänzerin vorzustellen. Da war sie – lächelte, nein, sie lachte. Sie wandte sich um, und da war plötzlich die Engländerin neben ihr. Auch sie lachte. Es war ein melodisches Lachen, das er bisher nur wenige Male gehört hatte. Die beiden machten sich über etwas lustig, vermutlich über ihn.

Wie sollte er nur den Winter in Miriam Sutcliffes Gesellschaft durchstehen? Wie konnte er sich nur davon abhalten, diese verdammte Besserwisserin an ihrem kastanienroten Schopf zu packen, sie niederzuringen, um ihr zu zeigen, was es bedeutete, eine Frau zu sein? Würde er nicht, wenn er seine Begierde gestillt hatte, sie wegen ihrer Überheblichkeit erwürgen? Jordan Scott kniff die Augen zusammen. Ihm kam ein Gedanke, der ihm behagte. Vielleicht sollte er das in ihr wecken, was er selbst empfand. Mehr konnten die Götter von einem Mann nicht verlangen.

Die Sonne versank am Horizont, als Jordan Scott an Land watete und schwankend auf das Indianer-Lager zuging. Er hatte gehofft, daß die Kanufahrt ihn ernüchtern würde. Das schien der Fall zu sein. Er fühlte sich wieder seiner sicher. Er war wieder stark, mächtig, geradezu unwiderstehlich. Jetzt konnte ihn keine milchgesichtige, rotlockige Hexe zum Narren halten. Er würde ihr schon zeigen, daß sie sich ihm beugen, sich fügen mußte, wann immer ihm der Sinn danach stand. Doch was er wirklich wollte, war ihm nicht ganz klar. Sein Verstand schien noch immer benebelt zu sein.

Nachdem er mehrere Male durch das stille Indianer-Lager geirrt war, sichtete er endlich seinen Wigwam. Mit Mühe schlug er die Decke vorm Eingang zurück und trat in das halbdunkle Zeltinnere. Der Geruch von gekochtem Wildbret schlug ihm entgegen. Er mochte sonst Wildbret, aber in diesem Augenblick wurde ihm beinahe übel. Vielleicht war er doch nicht so nüchtern, wie er gemeint hatte.

»Wo sind Sie denn gewesen?«

Zuerst dachte Jordan, die Ziege hätte diese schrille Frage

ausgestoßen. Doch dann erblickte er die Engländerin – seinen Quälgeist. Sie sah aus, als würde sie gleich losfluchen. Aber so etwas würde sie ja nie tun. Damen der Gesellschaft würden sich nie gestatten, daß ihnen ein Schimpfwort oder ein Fluch über die Lippen kam.

Er griente, mußte aber gleich darauf rülpsen.

»Sie sind ja betrunken!« Ihre Stimme klang noch schriller. Aber daß sie darüber empört war, erheiterte Jordan. »Sie widerliches, stinkendes Mannsbild!« stieß sie aus. »Wie können Sie es wagen, mich den ganzen Tag allein zu lassen und dann in diesem Zustand heimzukehren!«

Das arme Ding, dachte er. Sie hat mich vermißt. Wer hätte vermutet, daß diese zimperliche Zicke sich einsam fühlen könnte? Vielleicht war es jetzt an der Zeit, diese fauchende Katze in ein schnurrendes Kätzchen zu verwandeln. Sie hat sich doch einsam gefühlt, oder?

Jordan näherte sich ihr schwankend. Als er ihr entsetztes Gesicht sah, sagte er besänftigend, als habe er ein verängstigtes Kind vor sich: »Du bist nicht mehr allein. Ich bin ja da.«

Als er abermals einen Schritt auf sie zuging, trat er in die Feuergrube.

Erst als ihm der Geruch von brennendem Leder in die Nase drang, registrierte er, daß die kleine Hexe die Feuergrube dort angelegt hatte, wo er, wenn er nicht achtgab, hineintreten mußte. Ein Biest war sie! Er zuckte zurück und hüpfte auf einem Fuß schwerfällig wie ein Bär zurück. Von einem seiner Mokassins stieg Rauch auf, und dieses Weib lachte noch. Dem würde er ein Ende bereiten. Schließlich war er der Herr im Haus. Und dieses Biest mußte endlich lernen, daß man einen Mann in seinem Haus nicht auslachen durfte!

Jordan betastete seinen schmerzenden Fuß. Nur das Leder war versengt. Als er seine Aufmerksamkeit wieder der kichernden Engländerin zuwandte, änderte sich ihre Miene. Die kleine Hexe wußte, daß jetzt sie an der Reihe war.

Mit der Geschmeidigkeit eines betrunkenen Panthers begann Jordan seine Beute zu umkreisen. Er griff mit den Armen nach ihr, aber sie wich seinen ungelenken Attacken aus. Er versuchte es weiter, bis er beinahe gegen die Zeltwand rumpelte. Als er sich umdrehte, lachte das Biest abermals.

»Sie wilder weißer Indianer!« sagte sie höhnisch. »Es ist nur gut, daß Sie nicht in diesem Zustand auf Bärenjagd gegangen sind. Die Bären wüßten sonst nicht, ob sie vor Lachen oder wegen Ihrer brennenden Mokassins tot umfallen sollten.«

Das gab ihm den Rest. Dieses Weib mußte zur Raison gebracht werden, und er war der Mann, der das bewerkstelligen konnte. Er spannte, so gut es ging, jeden Muskel und setzte zum Sprung an.

Diesmal war sich die Engländerin ihrer Sache allzu sicher. Er machte einen Scheinangriff nach links, worauf sie rechts auswich. Aber noch bevor sie spöttisch losprusten konnte, hatte Jordan sie gepackt. Er hielt ihre Arme fest und zog sie ganz nah heran. Du wirst sehen, es wird dir gefallen, dachte er. Obwohl sie sich nach Kräften wehrte, drückte er seine Lippen auf ihren Mund und küßte sie mit rüder Wildheit.

Sie versetzte ihm einen Tritt, daß er seine Beute beinahe losließ. Sein vom Rum benebeltes Hirn registrierte es erst Sekundenbruchteile später. Er gab den Mund der Engländerin frei und schaute in ihre großen, blauen Augen. Sie drückten Verstörtheit aus, Verwunderung und Ekel. Aber keine Heiterkeit mehr.

Miriam hätte nicht überraschter sein können, als sie auf Jordans Finte hereinfiel und sich von ihm packen ließ. Aber sein Kuß erstaunte sie noch mehr. Dieser Halunke war rüde, wild, roch nach Schweiß und Rum. Doch all das schien irgendwelchen Instinkten in ihr, die sie beunruhigten, nichts auszumachen. Das eigenartige Gefühl, das sie gepeinigt hatte, wenn Jordan sie berührte, wallte in ihr hoch.

Sie merkte es kaum, daß er sie losgelassen hatte. Sie fühlte sich so trunken wie Jordan. Seine silbergrauen Augen wirkten kristallen klar, während ihre – von irgendeiner ihr nicht geheuren Regung ausgelöst – verschwammen. Was ging in ihr vor? Sie hätte losschreien, kratzen, sich wehren müssen. Statt dessen stand sie erstarrt da wie ein Kaninchen vor einer Schlange.

Sie wehrte sich nicht, als sie Jordans Mund abermals spürte. Seine Lippen umschmeichelten sie zärtlich. Seine Zunge zog die Konturen ihres Mundes nach, bis sie ihn schließlich öffnete. Als seine Zunge lustvoll ihren Mund zu erkunden begann, durchzuckte sie ein ungeahnter Schauer. Seine Hände hielten sanft ihren Kopf fest, damit sie seine Zärtlichkeit nicht abweise. Unwillkürlich umklammerte sie mit den Armen seine schlanke Hüfte und drückte sich fest an ihn. Sie schien ihn überall zu spüren, diesen sehnigen Körper – an ihrem Busen, ihren Hüften, ihren Schenkeln. Miriam wurde es heiß vor ungestümem Verlangen. Dieses Gefühl durchzog ihre Beine, spannte ihr Hinterteil, brannte in ihren Brüsten, durchrieselte ihre Arme bis zu den Fingerspitzen, die sich in seine eisenharten Rückenmuskeln krallten.

So jäh Jordan sie an sich gerissen hatte, stieß er sie auch von sich. Sie schwankte und suchte nach einem Halt. Aber Jordan war zurückgewichen. Er stieß heiser ein paar Worte in Chippewa aus, die sich nicht wie Schmeicheleien anhörten. Allmählich sah sie wieder klar. Ihr Blick schweifte im Wigwam umher, über das glimmende Feuer, über die kleine Jane, die friedlich unter der Felldecke schlief. Alles war wie sonst auch. Und doch hatte sich alles geändert.

»Das nicht«, hauchte sie, auch wenn sie dumpf ahnte, daß sie damit ihre Gefühle, ihr Verlangen nach seinen Zärtlichkeiten verleugnete. Mit einem Mal sehnte sie sich nach frischer Luft. Sie wollte nur weg von diesem Barbaren, der sie in seine verlotterte Welt ziehen wollte. Ohne zu überlegen, wohin sie entfliehen könnte, zwängte sie sich durch die Wigwamöffnung und rannte in die Nacht hinaus.

Die kalte Luft draußen ernüchterte sie ein wenig. Aber sie fühlte sich noch immer benommen, verstört. Sie zitterte – das war die Kälte, redete sie sich ein – und schlang die Arme um sich.

Ziellos entfernte sie sich immer weiter von dem Wigwam. Es würde eine bitterkalte Nacht werden, dachte sie gleichgültig. Das Herbstlaub raschelte unter ihren Füßen. Ihr Atem dampfte. Sie hatte keine Ahnung, wo sie sich aufwärmen könnte. In ihrer Hast, Jordan zu entfliehen, hatte sie vergessen, ihr Umschlagtuch mitzunehmen. Jetzt konnte sie nicht mehr zurück. Jetzt nicht, selbst wenn sie die ganze Nacht frieren müßte. Kehrte sie in den Wigwam zurück, würde Jordan sie mit seinen silbergrauen Augen anzüglich mustern, sie mit seinen großen, kräftigen Händen betatschen. Und bevor die Nacht zu Ende ging, würde er ihr das antun, was Männer einer Frau eben antaten. Und sie würde ihn gewähren lassen, weil ihre niederen Instinkte geweckt waren und sich über Anstand und Vernunft hinwegsetzten.

Sie stieß gegen einen Baum und sprang entsetzt zurück. Sie befand sich außerhalb der Siedlung. Hinter ihr legten sich die Chippewa zur Ruhe, wickelten sich in ihre warmen Felle und schlummerten ein, die Füße dem wärmenden Feuer zugewandt. Selbst die Hunde waren still. Jordan schlief bestimmt seinen Rausch aus oder lag schmunzelnd auf den Fuchsfellen, weil es ihm gelungen war, sie aus der Fassung zu bringen. Und sie irrte draußen in Kälte und Dunkelheit umher, mutterseelenallein, während ein Mann im Fort Michilimackinac auf sie lauerte und ein anderer in dem Wigwam, aus dem sie geflohen war. Sie lehnte sich gegen den rauhborkigen Baum und brach in Tränen des Selbstmitleids aus. Nach einer Weile verebbte ihr Schluchzen.

»Was tust du hier, meine Tochter?« ertönte eine Stimme aus der Dunkelheit.

Miriam richtete sich hastig auf und fuhr sich mit dem Handrücken über die feuchten Augen. »Bist du es, Lächelt-bei-Sonnenaufgang?« fragte sie.

»Ja, ich bin es. Ich bin dir gefolgt, um zu erfahren, was dir Tränen entlockt hat.«

»Wieso wußtest du, daß ich es bin?«

»Wer sonst würde sich nachts an einen Baum lehnen und in Tränen ausbrechen? Wir Chippewa-Frauen haben da mehr Verstand.«

Miriam spürte, daß ihr abermals Tränen über die Wangen rannen.

»Du hast dich wohl mit meinem Sohn Geisterauge gestritten, nicht wahr? Manchmal ist er störrisch wie alle Männer.«

»Nicht nur das«, erwiderte Miriam.

»Aber du magst ihn, sonst wärst du ja nicht sein Weib.«

Miriam schwieg. Was sollte sie darauf erwidern? Jordan hatte sie, zweifellos vorsätzlich, in eine unmögliche Lage gebracht.

»Du solltest zu deinem Wigwam zurückkehren, meine Tochter. Viele Streitigkeiten zwischen Mann und Weib finden auf einem warmen Fell ihr Ende.«

Doch genau davor schreckte Miriam zurück.

»Ich kann heute nacht nicht zurückkehren«, sagte sie. »Jordan ... Geisterauge ... ist unausstehlich. Man müßte es ihm heimzahlen.«

Lächelt-vor-Sonnenaufgang schmunzelte. »Du willst also auf dem kalten Boden die Nacht verbringen?« Die Indianerin wiegte den Kopf. »Na gut. Ich bringe dir Decken und Felle. Morgen wird sich mein Sohn schämen, wenn er erkennt, daß du wegen seines Verhaltens soviel Unbequemlichkeit hast erdulden müssen. So behandeln die Chippewa-Männer ihre Frauen nicht.«

Den Teufel wird er tun, dachte Miriam. Er wird sich schieflachen.

Miriam konnte nicht schlafen, auch wenn die Felle, die Lächelt-bei-Sonnenaufgang ihr gebracht hatte, die Kälte abhielten. Ihr ging der Vorfall mit Jordan nicht aus dem Sinn. Sie zerbrach sich den Kopf, konnte aber keine Erklärung für ihr Verhalten finden. In ihr mußte ein ungezügelter Trieb schlummern. Es würde schwer werden, ihn während des Winters in Zaum zu halten.

Vor Sonnenaufgang stand sie auf, schlich leise in den Wigwam, molk Petunia, fütterte das Baby und verließ das Zelt wieder, um draußen am großen Feuer mit Lächelt-bei-Sonnenaufgang zu frühstücken, bevor Jordan aufwachte. Und während des Vormittags ging sie den anderen Indianerinnen zur Hand. Danach half ihr Lächelt-bei-Sonnenaufgang, den Wigwam abzubrechen, die Binsenmatten zusammenzurollen und Jordans und ihre Habseligkeiten zu einem Bündel zu schnüren, das man im Kanu befördern konnte.

Schadenfroh bemerkte Miriam, daß Jordans Gesicht einen fahlgrünen Schimmer hatte, als er mit den Indianern die

135

schwereren Arbeiten verrichtete, die die Frauen nicht leisten konnten. Sie sprachen nicht miteinander, sahen sich nicht einmal an. Jordan redete auch kaum mit den Indianern. Als Wellenreiter sich über seine träge Ungeschicklichkeit lustig machte, brummelte er gereizt etwas Unverständliches. Miriam wünschte, daß dem Kerl hundeelend war. Um die Mittagszeit waren alle zum Aufbruch gerüstet. Die Kanus waren beladen. Die Familien und Sippen waren bereit, die lange Reise anzutreten, die zu den jeweiligen winterlichen Jagdgründen führen würde. Die kleine Jane steckte geborgen in ihrem Tragebrett. Wenn sie dann das sanft schwankende Kanu unter sich spürte, würde sie schon zu greinen aufhören. Als Petunia das Boot erblickte, begann sie augenblicklich zu bocken. Aber ihr Widerstreben half ihr nicht. Jordan war nicht in der Laune, Nachsicht mit dem widerspenstigen Vieh zu haben. Er band der armen Petunia die Beine zusammen und quetschte sie unnachsichtig zwischen die Bündel.

Miriam schürzte graziös die Röcke und watete zu dem Kanu, ohne darauf zu warten, daß Jordan ihr beim Einsteigen half. Sie wollte nicht, daß es ihr so erging wie der Ziege. Am liebsten wäre sie mit Rauchbändiger und Lächelt-bei-Sonnenaufgang gereist. Ja, sogar mit Wellenreiter. Daß sie mit einem quäkenden Baby und einer meckernden Ziege in einem engen Kanu Platz nehmen mußte, machte ihr nichts aus. Etwas anderes war es jedoch, die körperliche Nähe eines finster dreinblickenden Jordan Scott erdulden zu müssen.

Die Kanus setzten sich westwärts in Bewegung. Der Tag war grau und düster wie Miriams Stimmung. So einsam und verängstigt hatte sie sich noch nie gefühlt. Das Indianer-Lager hatte ihr Geborgenheit geboten. Was vor ihr lag, wußte sie nicht.

9

»Madam, ich weiß, daß sich Miss Sutcliffe auf Ihrer Farm aufgehalten hat. Ich bin überzeugt, daß Ihnen bekannt ist, wo sich diese Dame zur Zeit aufhält. Sie würden uns allen viel Mühe ersparen, wenn Sie mir ihren Aufenthaltsort verrieten«, sagte Captain Michaels. Seitdem er das kleine Farmhaus betreten hatte – Lieutenant Renquist folgte ihm auf den Fersen wie ein gehorsamer Hund –, schien seinen scharfen Augen nichts zu entgehen. Witwe Peavy und Margaret musterten die beiden feindselig.

»Sie haben kein Recht, in mein Haus einzudringen«, erwiderte Witwe Peavy. »Außerdem können Sie mich mit Ihrem britischen Gehabe nicht schrecken. Was bilden Sie sich denn ein?«

»Sie wissen recht gut, wer ich bin, Witwe Peavy. Ich versichere Ihnen, daß die britische Armee niemanden bedroht. Aber wir können etwas versprechen. Und ich verspreche Ihnen, Madam, daß wir Ihnen eine Menge Schwierigkeiten bereiten werden, sofern Sie sich gegen uns nicht hilfsbereiter erweisen.«

»Ich bin eine Bürgerin der Vereinigten Staaten«, erklärte Witwe Peavy stolz und zog Margaret zu sich heran, als würden ihre Worte so einen größeren Eindruck machen. »Ich lasse mir von einem britischen Zinnsoldaten nichts gefallen.«

Während Captain Michaels' Gesicht ausdruckslos blieb, verzog Lieutenant Renquist den Mund zu einem tückischen Lächeln. »Ich möchte Sie daran erinnern«, sagte er mit spöttischem Tonfall, »daß sich Ihr Land gegenwärtig im Krieg mit Großbritannien befindet. Zur Zeit steht diese kleine, gottverlassene Insel unter der Kontrolle der britischen Armee. Wenn ich Sie wäre, Madam, würde ich mir jeden Schritt gut überlegen.«

»Schlangen erkenne ich auf den ersten Blick, Lieutenant«, erwiderte Witwe Peavy mit so viel Hochmut, wie sie nur aufbringen konnte.

Bevor Lieutenant Renquist sich von seinem Zorn zu einer

weiteren Äußerung hinreißen lassen konnte, mengte sich Captain Michaels ein. »Wollen Sie wirklich behaupten, daß sich Miss Sutcliffe nicht bei Ihnen aufgehalten hat?«

»Ich behaupte gar nichts, Captain«, sagte Witwe Peavy und verschränkte die Arme vor ihrem üppigen Busen. »Ich kann nur nicht begreifen, wie ein Gentleman wie Sie es für richtig und ehrenwert erachten kann, einer armen, unschuldigen Frau wie Miss Sutcliffe nachzustellen.«

»Da hören Sie es!« stieß Lieutenant Renquist erregt aus. »Sie kennt diese Miss. Ich habe Ihnen ja gesagt, daß sie sich hier aufgehalten hat. Mich würde es nicht überraschen, wenn diese verlogene *Amerikanerin*«, bei dem Wort verzog er angeekelt die Lippen, »sie nicht irgendwo versteckt hat, um uns Briten lächerlich zu machen.«

»Das mag schon stimmen, Lieutenant.«

Der rot uniformierte Captain durchsuchte abermals das Haus. In der Wohnstube musterte er neugierig das kleine Ölbild, das den verstorbenen Mann von Witwe Peavy darstellte, warf einen Blick in die Schlafzimmer, stieg zu den Dachkammern empor, wo Witwe Peavys Töchter schliefen, und beendete seinen Rundgang in der Küche.

»Ich bin gleichfalls auf einer Farm aufgewachsen«, sagte er und sog genüßlich den Geruch von frisch gebackenem Brot ein. »Ich kenne diesen Duft. Auch wir hatten solche Dachkammern und eine Wohnstube, die sich an eine geräumige Küche anschloß. Sie haben eine hübsche kleine Farm, Witwe Peavy. Es ist nur schade, daß sie mitten im Kriegsgebiet liegt. Vielleicht kann Ihnen ein gutes Verhältnis zur britischen Armee von Nutzen sein.«

»Ich schätze das freundschaftliche Verhältnis zu Miss Sutcliffe weitaus mehr«, entgegnete Witwe Peavy.

»Na ja, wenn's so ist ...«

In diesem Augenblick flog die Haustür auf, und Mary Beth, Martha und Lucy drängten sich herein. Captain Michaels richtete die Augen auf Lucy. Das Mädchen lief rot an und öffnete überrascht den Mund.

»Aha, da ist ja Miss Sutcliffes Zofe«, sagte Captain Michaels. »Ich habe sie in London gesehen.«

Lucy versuchte entsetzt zu fliehen, wurde aber von Lieutenant Renquist festgehalten, der sie zu Captain Michaels zerren wollte. Witwe Peavy wollte schon entrüstet protestieren, und selbst Captain Michaels blickte ungehalten drein, als ein kleiner Irrwisch mit blonden Zöpfen sich auf Lieutenant Renquists Beine stürzte und ihn umwarf.

»Lauf weg!« schrie Mary Beth Lucy zu. »Lauf und hol Vaters Flinte!«

Ihre Stimme brach ab, als Lieutenant Renquist sich von ihr befreite und das kleine Mädchen am Genick packte. Er erhob sich mit krebsrotem Gesicht, schleifte sie ein paar Schritte hinter sich her und schüttelte sie dann wie eine Stoffpuppe.

Witwe Peavy stürzte sich auf ihn wie eine Bärin, die ihr Junges verteidigt. Aber erst ein scharfer Befehl von Captain Michaels brachte Lieutenant Renquist dazu, Mary Beth loszulassen.

»Darüber reden wir noch. Haben Sie mich verstanden?« sagte Captain Michaels zornig.

»Zu Befehl, Sir«, antwortete Lieutenant Renquist. Man merkte es seinem verzerrten Gesicht an, daß er diese Demütigung nicht vergessen würde.

Mary Beth war zu Witwe Peavy gelaufen und vergrub ihr Gesicht im Rock ihrer Mutter. Martha stand daneben. Als beide zu schluchzen begannen, versuchte Witwe Peavy, sie zu beruhigen. Aber Captain Michaels entging nicht, daß Mary Beth neugierig mit einem Auge zu ihm hinaufschielte.

»Ich bitte um Entschuldigung, Madam«, sagte Captain Michaels in militärischem Tonfall. »Britische Soldaten mißhandeln keine Kinder, selbst«, er schaute Mary Beth an, die entrüstet einen Schmollmund zog, »selbst wenn sie von ihnen bedrängt werden. Ich habe auch nichts mit Miss Sutcliffes Zofe zu schaffen. Aber ihre Anwesenheit bestätigt unsere Vermutung, daß Sie Miss Sutcliffe in Ihrem Haus beherbergt haben, oder?«

Witwe Peavy schwieg und drückte ihre Töchter enger an sich.

»Vielleicht könnten Sie mir nun verraten, wohin sich Miss Sutcliffe begeben hat.«

Witwe Peavys Miene war noch immer abweisend. Doch

dann entspannte sich ihr Gesicht. »Sie ist nach Montreal abgereist«, sagte sie.

Captain Michaels runzelte die Stirn.

»Ihr Vater«, redete Witwe Peavy weiter, »war einer der Teilhaber der Northwest Company. Nach einem Gespräch mit den zuständigen Leuten hat man sie in einem Kanu, das nach Osten fuhr, hinausgeschmuggelt.«

Captain Michaels lächelte undurchdringlich. »Na schön«, sagte er abschließend. »Lieutenant Renquist, Sie kehren zum Fort zurück und entsenden ein paar Männer, die das nachprüfen sollen. Sollte Miss Sutcliffe ergriffen werden, darf sie nicht befragt werden. Man hat sie rücksichtsvoll zu behandeln, bis sie mir vorgeführt wird. Verstanden?«

Wortlos ging Lieutenant Renquist davon. Als die Tür ins Schloß fiel, löste sich Mary Beth aus der Umarmung ihrer Mutter und rannte zum Küchenfenster. Sie schaute Lieutenant Renquist nach und streckte die Zunge heraus.

»Aber Mary Beth!« schalt Witwe Peavy. »Benimm dich, du Frechdachs! Du suchst jetzt zusammen mit Martha Lucy! Und du, Margaret, gehst mit ihnen.«

Die Mädchen gingen vorsichtig um Captain Michaels herum und eilten davon. Captain Michaels schaute ihnen nach und wandte sich dann ihrer Mutter zu. Seine Miene war nicht mehr so streng.

»Es tut mir leid, daß wir uns unter solchen widrigen Umständen kennenlernen, Witwe Peavy. Dabei hatte ich gehofft, zu den Menschen auf dieser Insel eine freundschaftliche Beziehung herzustellen.«

»Das ist wohl kaum eine freundschaftliche Beziehung, wenn Sie in das Haus unbescholtener Leute eindringen, sie bedrohen und einem braven Mädchen nachstellen, das so unschuldig ist wie ein neugeborenes Lämmchen.«

Captain Michaels zog skeptisch die Augenbrauen hoch. »Aber, aber, Madam. Seien Sie doch vernünftig! Nachdem Sie Miss Sutcliffe wochenlang Unterschlupf gewährt haben, muß Ihnen doch klar sein, daß jede Amtsperson, die – aus welchen Gründen auch immer – hinter Miss Sutcliffe her ist, so reagiert, wie man sie empfängt.«

Als sich Witwe Peavys Miene verfinsterte, seufzte er auf. »Ich versichere Ihnen, daß Miss Sutcliffe, sollte man ihrer habhaft werden, mit ausgesuchter Höflichkeit behandelt wird. Ich führe nichts Böses im Schilde.«

Witwe Peavy erwiderte nichts darauf. Da Captain Michaels Miriam ohnehin nicht aufspüren würde, war es ihr einerlei, welche Behandlung er ihr angedeihen lassen wollte. Aber sie gewann den Eindruck, daß Captain Michaels nicht der Bösewicht war, als den ihn Miriam geschildert hatte. Er sah im Gegenteil geradezu menschlich aus. Er hatte gepflegtes, eisengraues Haar und muntere, haselnußbraune Augen. Und er hatte verhindert, daß dieser abscheuliche Lieutenant Mary Beth wehtat.

»Ich glaube, ich schulde Ihnen Dank, Captain. Mary Beth war sehr ungezogen. Für ihr Verhalten gibt es keine Entschuldigung.«

»Für das Benehmen von Lieutenant Renquist auch nicht, Madam. Ich entschuldige mich für ihn. Was er tat, verstößt gegen den Ehrenkodes eines Gentlemans.«

Witwe Peavy rieb sich unschlüssig die Hände. Captain Michaels schaute sich schmunzelnd in der Küche um. Urplötzlich tat er Witwe Peavy leid. So ein Offizier war immerfort seiner Ehre und seinen Aufgaben verpflichtet. Durfte er die Zügel nie lockerlassen?

Sie wischte ihre Hände an der Schürze ab. »Ich … ich habe da einen frischgebackenen Heidelbeerkuchen, Captain. Wenn Sie länger bleiben können, bekommen Sie ein Stück ab. Und auch eine Tasse Kaffee – aber nein, Ihr Briten seid ja Teetrinker, nicht wahr? Ich bin sicher, daß ich auch Tee im Hause habe.«

»Jetzt eine Tasse Kaffee, das wäre köstlich«, sagte Captain Michaels, nahm seine Offiziersmütze ab und setzte sich an den Küchentisch.

Miriam hockte auf dem kalten Boden, schaute in das lodernde Feuer und aß lustlos. Die Indianer ringsum schwatzten in ihrer unverständlichen Sprache. Der zurückliegende Tag war schrecklich gewesen. Die Nacht würde kaum besser werden. Am Nachmittag hatte sie stundenlang in dem dahingleitenden Kanu sitzen müssen, während Jordan schwieg und vor sich hinbrütete. Die Vorahnung einer sich nähernden Katastrophe hatte sie bedrückt. Zudem beängstigte sie das Gefühl, daß sie nicht mehr Herrin ihrer Sinne sei. Immer wieder hatte sie, als wäre sie willenlos, das Spiel von Jordans Muskeln unter der bronzenen Haut betrachtet. Jordan blickte kein einziges Mal auf, sondern paddelte mit stoischem Gleichmut dahin. Sein Anblick beunruhigte sie und weckte in ihr die Erinnerung an seinen Kuß.

Miriam war schon vorher geküßt worden. Verehrer, die auf ihre sittsame Feinfühligkeit Rücksicht nahmen, hatten verstohlen ihre Wange mit den Lippen gestreift. Aber so wie Jordan hatte sie noch niemand geküßt. Er hatte sie schlichtweg in Besitz genommen, hatte sie seinen unverhohlenen Zorn, sein herrisches Wesen, seine Leidenschaftlichkeit spüren lassen. Es war ekelhaft, beängstigend und abscheulich gewesen.

Warum hatte sie dann dieser Kuß so aufgewühlt? Wieso war es dazu gekommen, daß ein Teil ihres Ichs vor Abscheu zurückgezuckt, ein anderer dahingeschmolzen war wie das Wachs einer brennenden Kerze? Gott möge mir beistehen, dachte sie. Je länger sie sich in dieser Wildnis aufhalten mußte, desto mächtiger würden diese niederen Regungen hervordrängen. Sie war froh, daß sie gestern aus Angst vor ihrem verachtenswerten Ich, das sie der Umarmung des brutalen Menschen ausgeliefert hätte, den Wigwam verlassen hatte. Der Himmel wußte, was sonst geschehen wäre!

Der Nachmittag war ihr endlos lang vorgekommen. Das Wetter hatte sich gebessert, aber die Sonne wärmte nicht mehr. Ihr Wollkleid und das Schultertuch taugten nicht für die herbstliche Kühle. Aber noch unangenehmer war ihr Jordans Nähe gewesen. Sein dumpfes Schweigen hatte sie bedrückt. Was mochte wohl hinter der undurchdringlichen Stirn dieses Mannes vorgehen?

Mit dem Ende des Tages hatte ihre Tortur nicht aufgehört. Als die Sonne über der unendlich scheinenden Wasserfläche im Westen untergegangen war, hatten die drei Kanus eine sandige Landzunge, an deren Hang ein großes Indianerdorf lag, angelaufen. Die Bewohner waren in Scharen zum Strand geeilt, um die Neuankömmlinge freudestrahlend willkommen zu heißen.

»Wo sind wir denn?« hatte Miriam Lächelt-bei-Sonnenaufgang gefragt, als beide an Land wateten.

»Das ist L'Arbre Croche«, hatte die Chippewa-Indianerin erklärt. »Wir befinden uns am nordöstlichen Ufer des Sees, den Leute deiner Zunge Michigansee nennen. Die Bewohner sind Ottawa-Indianer. Wir sind mit ihnen befreundet. Hier werden wir die Nacht verbringen.«

»Gott sei Dank. Ich dachte schon, die Fahrt würde nie ein Ende nehmen.«

Aber Miriam hatte vergeblich gehofft, daß sie ihren steifen und schmerzenden Gliedern etwas Ruhe gönnen könnte. Da die Ottawa dem Anschein nach alle Jordan gut kannten, waren sie begierig darauf, alles mögliche über die Weiße zu erfahren, die er ihnen als seine neue Frau vorstellte.

Sobald Miriam und Jordan ihre Habseligkeiten in einer Vorratshütte aus Kiefernrinde verstaut hatten, hatte Lächelt-bei-Sonnenaufgang Miriam in Beschlag genommen. Ohne Widerspruch zu dulden, hatte Jordans Adoptivmutter die kleine Jane einer großmütterlich dreinblickenden Ottawa-Indianerin anvertraut, die darüber hocherfreut war. Dann hatte sie die widerstrebende Miriam den Dorfbewohnern vorgeführt und ihnen in ihrem unverständlichen Idiom Auskünfte gegeben, die sie nur hin und wieder Miriam zuliebe übersetzte. Die Ottawa hatten geseufzt und geklagt, als sie von Seetänzerins Tod hörten und bei dem Bericht von Jordans Wiederverheiratung beifällig genickt. Miriam hatte gelächelt und versucht, einen möglichst freundlichen Eindruck zu erwecken, auch wenn sie nicht die geringste Ahnung davon hatte, was die Indianer ihr sagten, wenn sie sie lächelnd und nickend mit ihren dunklen, unergründlichen Augen anschauten. Jordan hatte sie in dem Gewühl nur zweimal erblicken können – einmal, als er in ihrem Kanu noch etwas suchte, und das zweite Mal, als er sich mit einer hübschen, jungen Indianerin angeregt unterhielt. Aber nicht ein einziges Mal hatte er versucht, ihr die Neugier der Ottawa zu ersparen. Als sich schließlich die Scharen zerstreuten, war sie am Ende ihrer Geduld angelangt.

Aber zur Ruhe kam sie selbst dann noch nicht. Nach dem Austausch der Neuigkeiten eilten die Indianer zum zentral gelegenen Dorfplatz, wo zu Ehren der Gäste ein Fest gefeiert wurde. Lächelt-bei-Sonnenaufgang holte die kleine Jane von der alten Indianerin, die sie die ganze Zeit über gehütet hatte, und führte Miriam zu Jordan, der ihr mit einer Handbewegung bedeutete, sich neben ihn zu setzen. Lächelt-bei-Sonnenaufgang ließ sachte die kleine Jane auf Miriams Schoß nieder und schmunzelte zustimmend. Wortlos ging sie dann davon, um sich neben Rauchbändiger niederzulassen. Ihre Augen funkelten spitzbübisch, als sie sich noch einmal umdrehte und Miriams verdrossene Miene sah.

Jetzt saß Miriam also da, stocherte in dem Essen herum, fühlte sich völlig erschöpft und sehnte sich nach der Wärme und Geborgenheit eines Bettes. Jordan musterte sie mit seinen silbergrauen Augen, als wollte er ihre Stimmung ergründen. Aber er sagte kein Wort.

Miriam schaute den Indianern zu, die sich das Festessen schmecken ließen. Großer Gott, wenn sie sich doch jetzt in den Wigwam zurückziehen und schlafen könnte! Statt dessen mußte sie mit untergeschlagenen Beinen auf dem kalten Boden hocken und zusehen, wie ringsum die Indianer schmausten. Ihr war der Appetit vergangen.

Sie rührte das Essen – frisch gefangenen Fisch, geröstete Maiskörner, Wildkartoffeln und mit Ahornsirup gekochte Waldbeeren – kaum an. Aber es gelang ihr immerhin, ihre Verdrossenheit hinter einer fröhlichen Miene zu verbergen. Jordan sollte nur nicht denken, daß sie schmollte, weil er mit ihr unzufrieden war. Schließlich hatte er sich gestern nacht ungehörig benommen. Sie hoffte, daß ihm von dem vielen Rum noch immer übel war.

Nachdem sich alle ausgiebig gesättigt hatten, erhoben sich die Dorfältesten der Reihe nach und hielten eine Rede. Miriam nahm an, daß die langen Tiraden Begrüßungsworte waren. Doch es fiel ihr schwer, höfliche Aufmerksamkeit zu heucheln, weil sie nicht ein einziges Wort verstand.

Als alle gesprochen hatten, waren die Sterne am Himmel ein gutes Stück weiter gewandert. Miriam betete insgeheim, daß das Palaver sich damit seinem Ende zuneigte. Aber ihre Hoffnungen wurden zunichte gemacht, als ein paar Indianer mit sonderbaren, ungefügen Instrumenten den von den Herumsitzenden gebildeten Kreis betraten. Einer der Indianer spielte auf einer Flöte, die entweder aus Holz oder einem langen Röhrenknochen angefertigt war, eine unheimlich klingende Melodie.

Rhythmische, dumpfe Trommelklänge, die allmählich auch Miriam mitrissen, begleiteten diese Melodie. Selbst ihr Herz schien in diesem sonderbaren Rhythmus zu pochen, der sie geradezu in Trance versetzte. Wenn das noch länger so weitergehen sollte, würde sie auf der Stelle in einen tiefen Schlaf sinken. Die kleine Jane war auf ihrem Schoß längst entschlummert. Miriam wäre ihr darin gern gefolgt. Aber trotz ihrer Ermüdung übte das dumpfe Dröhnen der Trommeln eine hypnotische Wirkung auf sie aus.

Doch mit einem Mal wurde sie hellwach. Das Trommelgedröhn hatte sich geändert. Miriam riß die Augen auf, und was sie sah, bannte sie ebenso wie die übrigen Zuschauer. Eine junge Indianerin hatte den Kreis betreten und begann zu tanzen.

Der Rhythmus war so hinreißend, daß auch ein paar Indianer zu tanzen anfingen. Ihre Bewegungen waren ungeschlacht, was hin und wieder Gelächter auslöste. Aber niemand lachte über die junge Indianerin. Sie tanzte hingebungsvoll, sinnlich und offensichtlich nur für einen einzigen – für Jordan Scott. Die übrigen Tänzer setzten sich wieder. Selbst der Flötenspieler verstummte und sah der Tanzenden zu.

Die Zuschauer schwatzten nicht mehr. Die einzigen Geräusche, die man hörte, waren das Knistern des Feuers, das dumpfe Trommelgedröhn und das leise Dahingleiten von Mokassins auf dem kahlen Boden. Die Indianerin bewegte sich überaus geschmeidig. Sie hatte dicke, schwarze Zöpfe, die ihr bis zur schmalen Taille reichten. Sie wiegte sich in den Hüften und schob ihre kleinen, festen Brüste vor. Sie war, das mußte Miriam einräumen, der Inbegriff von natürlicher weiblicher Sinnlichkeit. Sie war aber auch das durchtriebenste Biest, das sie je erblickt hatte. Miriam kannte diesen Schlag von Frauen. Überdies war sie die Indianerin, die sich am Nachmittag allzu angeregt mit Jordan unterhalten hatte.

Miriam schaute verstohlen Jordan an, der keinerlei Anstalten machte, dieser peinlichen Vorführung ein Ende zu setzen. Im Gegenteil, er verlor die kleine Schlampe nicht aus den Augen. Und die Indianerin hielt trotz all ihrer Verrenkungen den Blick unentwegt auf ihre Beute gerichtet. Es war, als würden sich die beiden inmitten all der Leute gleich einander hingeben.

Nein, Eifersucht verspürte sie nicht. Jordan Scott oder Geisterauge, dieser Bastard, der so tief gesunken war, konnte einen Narren aus sich machen oder sich mit einer Indianerin einlassen, wann immer es ihn dazu trieb. Aber die Indianer ringsum hielten ihn für ihren Man. Sie saß neben ihm und hielt sein Kind auf ihrem Schoß. Etwas Rücksicht müßte er darauf schon nehmen. Auch sie hatte ihren Stolz. Die Ottawa-Indianer warfen ihr bereits mitleidige Blicke zu.

Und jetzt packte die Indianerin noch Jordan und zog ihn an sich heran, damit er bei ihrem anstößigen Tanz mitmachte. Jordan lächelte sogar, dieser Schuft. Er würde doch nicht ... doch, er tat es. Er stand auf und begann sich gleichfalls im Rhythmus der Trommel zu wiegen. Als die Indianerin die Hände auf seine breiten Schultern legte, reichte es Miriam. Sie legte die kleine Jane in die Ellenbeuge, ergriff die Schüssel mit den Waldbeeren, von denen sie kaum etwas gekostet hatte, und richtete sich auf. Jordan blickte sie erstaunt an. Das glaubte sie zumindest. Jetzt wußte er immerhin, daß es sie noch gab. Ohne lange zu überlegen, entleerte sie die Schüssel über seinem Kopf. Mit Schadenfreude stellte sie fest, daß die Indianerin auch noch etwas abbekam. Das Trommelgedröhn verstummte. Selbst das Feuer schien leiser zu knistern, als Jordan sie verblüfft anstarrte. Bevor seine Überraschung in Wut umschlagen konnte, hatte sie den Kreis der Zuschauer verlassen und war in der dunklen Nacht verschwunden.

Der Schuppen aus Kiefernrinde war gewiß nicht behaglich, aber etwas Besseres stand ihr nicht zur Verfügung. In der Feuergrube glomm noch etwas Holz. Zumindest konnte sie sich daran die Hände wärmen. Aber es bot nicht so viel Licht, daß sie sogleich die Bettfelle ausmachen konnte, die zusammengerollt an der Rückwand lagen. Zudem wäre sie beinahe über Petunia gestolpert, die hinter der Schuppentür angebunden war. Das klägliche Meckern der Ziege kam ihr wie ein Echo auf ihre Gefühle vor.

Miriam bettete die kleine Jane in flauschige Felle und kroch dann unter ihre eigene Felldecke. So gern hatte sie sich noch nie hingelegt. Noch nie hatte sie den Schlaf so herbeigesehnt.

Aber der Schlaf wollte nicht kommen. Die kleine Jane wälzte sich unruhig hin und her. Petunia zerrte an ihrem Strick. Und noch schlimmer war, daß ihr alle möglichen beunruhigenden Gedanken durch den Kopf schossen.

Jordan wird wütend sein, dachte sie bedrückt. Es war ohnehin erstaunlich, daß er nicht längst da war und sie windelweich prügelte.

Aber er hat diese Behandlung verdient, dachte sie weiter und wünschte, ihr Gewissen würde endlich Ruhe geben. Er hat es verdient. Vor ein paar Wochen hatte sie Zuneigung zu dem Kerl gefaßt, nachdem sie beobachtet hatte, wie sanft er mit der kleinen Jane umging und wie getreulich er den Peavys geholfen hatte. Sie hatte sich eben getäuscht, wenn sie geglaubt hatte, er hätte auch liebenswerte Züge. Er war eben durch und durch ein unmoralischer Mensch.

Aber er hatte sie bedenkenlos vor Captain Michaels geschützt, meldete sich ihr Gewissen.

Witwe Peavy hatte ihn dazu gezwungen, dachte sie trotzig. Jordan Scott hätte sie, ohne einen Gedanken an sie zu verschwenden, im Gefängnis schmoren lassen.

Witwe Peavy hat ihn gezwungen, fragte ihr Gewissen beharrlich nach. Glaubst du denn wirklich, jemand könnte Jordan Scott zu etwas zwingen? Sei doch ehrlich!

Er braucht mich ebenso wie ich ihn. Was sollte sonst aus Jane werden?

Das hätte man auch anders lösen können. Mach dir doch nichts vor! Benimm dich nicht so zickig gegen einen Mann, der dir nicht nur das Leben gerettet, sondern dich auch noch vor dem Gefängnis bewahrt hat.

Mußte er aber vor mir und all den Indianern mit diesem Flittchen flirten? Er ist zwar nicht mein Mann, aber die anderen denken das. Haben meine Gefühle keine Bedeutung?

Gefühle spielen jetzt keine Rolle. Wichtig ist allein, daß du den Winter überlebst.

Was sollen diese Gewissensbisse, dachte Miriam störrisch. Sie versteckte ihr Gesicht in den Pelzen, als könne sie so vor sich selbst fliehen. Ihr Gewissen machte ihr in letzter Zeit zu schaffen.

In diesem Augenblick schlüpfte Jordan in den Schuppen und unterbrach ihr Selbstgespräch. Er hatte eine flackernde Öllampe dabei, die einen stechenden Geruch nach irgendeinem tierischen Fett verbreitete. In ihrem Licht konnte Miriam sehen, daß sein Gesicht noch verbissener als sonst wirkte. An seiner Wange klebte eine zerdrückte Waldbeere. Sie tat so, als würde sie fest schlafen. Aber er schreckte sie mit einem rüden Fußtritt auf.

»Verschwinden Sie!« stieß sie aus und wandte ihm den Rücken zu.

»Den Teufel werde ich tun!« erwiderte er und versetzte ihr abermals einen Fußtritt. »Steh auf, du Miststück, und erklär mir, was dein Verhalten am Feuer bedeuten sollte! Es hat mich verdammt viel Mühe gekostet, Lied-in-der-Weide zu besänftigen, nachdem du dich so blödsinnig aufgeführt hast. Dafür hättest du eine Tracht Prügel verdient.«

»Wie reden Sie mit mir!« schrie Miriam, stieß die Felle von sich und stand mit einem Ruck auf. In Jordans Gegenwart fühlte sie sich sicherer, wenn sie auf ihren Beinen stand und nicht rücklings dalag.

»Ich rede, wie's mir paßt.«

»Sie tun ohnehin nur das, was Ihnen gefällt! Lied-in-der-Weide, so heißt das Flittchen also! Es muß Ihnen ja gutgetan haben, sie zu besänftigen, nachdem Sie sie den ganzen Abend angeglotzt haben. Gott verdamme Sie, Jordan Scott!

Sie behandeln mich wie eine Sklavin, Sie betrinken sich, Sie behandeln mich wie eine Hure, Sie nörgeln an mir herum, und jetzt haben Sie mich noch vor all den Indianern mit dieser indianischen Schlampe gedemütigt.«

Jordan schnaubte verächtlich. »Seit wann bekümmert dich, was die Wilden da draußen denken? Außerdem geht es dich nichts an, wen ich anglotze.«

»Und ob mich das was angeht!« schrie Miriam und drohte ihm mit dem Zeigefinger, was ihr angesichts seiner breiten, muskulösen Brust und seinem wütenden Gesichtsausdruck ziemlich hilflos vorkommen mußte. »Solange die Indianer da draußen denken, ich sei Ihre Frau, schulden Sie mir etwas Respekt. Das heißt, Sie sollten sich zumindest zeitweise wie ein loyaler Ehemann benehmen, sofern Sie überhaupt wissen, was Loyalität bedeutet.«

Jordan blickte sie finster an und lächelte dann. Sein Lächeln beängstigte sie mehr als seine grimmige Miene von vorhin. »Willst du auch die Rolle einer loyalen Ehefrau spielen?« fragte er.

»Was wollen Sie damit sagen?«

Er grinste breit. Ein ungutes Gefühl beschlich sie. »Ich will damit sagen, daß ein loyaler Mann auch eine loyale Frau verdient. Wenn ich eine muntere, anschmiegsame Engländerin in meinem Bett vorfände, würde ich anderen Frauen wohl kaum nachschauen.«

Miriam riß die Augen auf. Am liebsten hätte sie ihm in das arrogante Gesicht geschlagen, aber etwas in seinem Blick schreckte sie ab. »Sie sind wirklich ein Wilder! Die Indianer können zumindest eine Entschuldigung dafür vorbringen. Sie aber nicht. Sie sind ja verrückt!«

»Da hast du recht«, erwiderte er und schaute sie gelassen an. »Ich war verrückt, als ich auf Witwe Peavys Vorschlag einging, obwohl ich dachte, daß du mir nicht nur eine Menge Scherereien einbringen würdest.« Er schlug die Decke zurück, die den Eingang verschloß, und sah sich noch einmal kurz um. »Du solltest dich von jetzt an anders benehmen, Miss Sutcliffe«, sagte er. »Noch so einen Unsinn, und ich werfe dich den Wölfen zum Fraß vor.«

Die Decke fiel herab, und in dem Schuppen wurde es wieder dunkel. Miriam empfand in sich eine Leere, die sie sich nicht erklären konnte. Sie ließ sich auf die Pelze fallen und spürte, daß ihr Tränen der Wut über die Wangen liefen. Jetzt suchte er zweifellos diese Indianerin auf. Wie hieß sie doch gleich? Ach ja, Lied-in-der-Weide. Ihr war es einerlei, wohin dieser Kerl ging. Sie wäre entzückt, wenn er zur Hölle fahren würde. Wenn er schon eine Frau, die sich ihm so an den Hals warf, begehrte, zeigte das nur, wie tief er gesunken war.

Sie zog die Felldecke über den Kopf und schloß die Augen. Ihr war das einerlei, das bekümmerte sie nicht. Was sie allein störte, war, daß das alles so abstoßend war. Daß sich dieses Weib und Jordan Scott wie brünstige Tiere auf dem schmutzigen Boden in einem Wigwam wälzen würden. Wie konnte nur so ein ordinäres Verhalten Vergnügen bereiten? Sie stellte sich vor, wie sich Lied-in-der-Weide mit ihrem gelenkigen, braunhäutigen Körper wie eine Katze an seinen muskulösen Leib schmiegte. Und dann küßte er die Indianerin, wie er auch sie geküßt hatte, während er sie mit seinen sehnigen Beinen festhielt. Doch plötzlich war die Frau, die sie so deutlich vor sich sah, nicht mehr Lied-in-der-Weide. Es war sie selbst.

Sie vergrub ihr Gesicht in den Händen und stöhnte. Schamröte schien ihren ganzen Körper zu überziehen. Sie verfluchte all die niederen Instinkte, die sie offenbar von ihrem Vater geerbt hatte. Solch unkeusche Gedanken hatte ihre Mutter gewiß nie gehegt. Sie verfluchte ihren Vater, Lied-in-der-Weide, Jordan Scott und schließlich sich selbst. Warum nur hatte sie nicht das Gefängnis vorgezogen!

Jordan streifte mit der Rückseite seiner Hand einen Baum, als er in der Finsternis dahinstolperte. Als er sich die Fingerknöchel an der rauhen Borke aufschürfte, spürte er keinen Schmerz. So sehr beherrschte ihn noch eine hilflose Wut.

»Was für ein Teufel läßt dich nicht schlafen, Bruder?« fragte ihn Wellenreiter, der von irgendwoher aus der Dunkelheit auftauchte und Jordan aus seinen Gedanken riß.

Jordan verlangsamte seine Schritte, bis sein Freund ihn eingeholt hatte. »Ich könnte dieses Weib umbringen«, murmelte er. »Ich sollte dieses Biest den Briten ausliefern.«

»Frauen sind oft schwer zu ertragen«, entgegnete Wellenreiter schmunzelnd. »Aber was würden wir ohne sie tun?«

»Ach Scheiße!« erwiderte Jordan auf Englisch, weil ihm die Chippewa-Sprache in dieser Hinsicht unzulänglich vorkam. »Diese kleine Wölfin ist nicht meine Frau, das weißt du doch.«

»Und jetzt hast du es auch noch Lied-in-der-Weide verraten. Ich habe es heute nachmittag nach unserer Ankunft gehört. Das war nicht weise von dir, Geisterauge. Ich habe dir doch gesagt, daß Lied-in-der-Weide schon seit langem Seetänzerins Platz auf deinem Lager einnehmen wollte. Sie hätte dich in Ruhe gelassen, wenn sie gewußt hätte, daß du dich gebunden hast. Aber jetzt wird sie dir nachstellen wie eine Wölfin einem Kaninchen.«

Jordan fluchte. In den letzten Monaten hatte er dazu öfters Anlaß gehabt. »Es war doch nur ein harmloses Gespräch. Ich habe mich nur an Lied-in-der-Weide gewandt, weil ich von ihr erfahren wollte, ob Miriams Vetter im letzten Frühjahr hier durchkam.«

»Und was hast du erfahren?«

»Sie konnte sich noch gut an ihn erinnern. Er mußte sie ungeheuer beeindruckt haben, weil sie die ganze Zeit von ihm schwatzte. Nach einer Weile kamen wir auch auf Miriam Sutcliffe zu sprechen. Da ich ihr schon von Miriams Vetter erzählt hatte, breitete ich schließlich die ganze Geschichte aus. Verdammt nochmal! Woher sollte ich wissen, daß Lied-in-der-Weide ihren Mann verlassen möchte? Oder daß sie annimmt, ich bräuchte eine weitere Frau auf meinem Lager? Dieser Tanz hatte doch nichts zu bedeuten. Das war nur ein Spiel von ihr. Seitdem ich bei euch lebe, war Lied-in-der-Weide mir so etwas wie eine Spielgefährtin, wie eine Schwester.«

Wellenreiter lachte leise und wiegte den Kopf. »Du bist blind, mein Bruder, aber diese Engländerin ist es nicht. Deine kleine Frau hat Lied-in-der-Weides Verhalten ganz anders gesehen.«

»Diese Wildkatze ist nicht meine Frau und daß es ihr nicht gefallen hat, habe auch ich gesehen.«

Wellenreiter zuckte mit den Schultern. »Gemäß unserer Tradition ist sie deine Frau. Du würdest dich besser fühlen, wenn du ihr einen Platz auf deinem Lager einräumen würdest. Jede Frau, die allein schläft, wird böse. Mach ihr ein Kind, und sie wird sich beruhigen.«

Auf einer sternenhellen Lichtung blieben sie stehen. Jordan lehnte sich gegen eine Kiefer. »Ich bin nicht in der Stimmung, mir deine Weisheiten anzuhören«, sagte er.

Wellenreiter ließ sich nicht abweisen. Er kannte seinen Blutsbruder zu gut, als daß er sich von dessen verdrießlicher Stimmung einschüchtern ließe. »Du haderst mit dir, mein Bruder«, erwiderte er. »Deine Seele ist voll Galle.«

Jordan fröstelte es, als ein eisiger Windstoß über die hohen Kiefern fegte. Eine Wolkenbank verdunkelte die Sterne. Die Luft fühlte sich feucht an. Der lange, kalte Winter nahte.

10

Als Miriam am nächsten Morgen die Felldecke über dem Eingang zurückschlug, erblickte sie eine Landschaft, die mit blendendweißem Schnee bedeckt war. Das Wasser in dem Kübel neben dem Schuppen war mit einer Eisschicht überzogen. Ihr Atem dampfte.

Ein Lächeln überzog ihr Gesicht, obwohl ihr danach nicht zumute gewesen war, als sie aufwachte. Selbst in London hatte sie den ersten Schneefall mit Freude begrüßt. Doch hier war der Wintereinbruch noch zauberhafter. Im Wald hinter dem Indianer-Dorf waren jeder Baum, jeder Ast, jede Kiefernnadel weiß überpudert. Die hohen Kiefern hoben sich vom strahlend blauen Himmel ab und glichen erstarrten Schildwachen. Wohin sie auch blickte, wirkten die zarten Pastelltöne frisch und unverbraucht. Die kristallklare Luft ließ nichts mehr von der herbstlichen Hinfälligkeit ahnen.

Noch immer lächelnd schlüpfte Miriam zurück in den Schuppen, wo sie frische, wärmere Unterwäsche und ein sauberes Wollkleid anzog und sich an ihre morgendliche Arbeit machte. Und bald darauf verging ihr das Lächeln.

Seit Petunia die Farm von Witwe Peavy hatte verlassen müssen und in ein Kanu gezwängt worden war, schien sie ihre Lebensfreude eingebüßt zu haben. Die gestrige Kanufahrt hatte ihre Laune nicht gebessert. Als sie draußen den frisch gefallenen Schnee sichtete, weigerte sie sich, den Schuppen zu verlassen. Mochte ihr Miriam noch so gut zureden, sie blieb stur. Weder Schieben noch Zerren konnte sie veranlassen, die kalte Schneedecke da draußen zu betreten. Für sie war der Schuppen der geeignete Ort, um all das loszuwerden, was sie allmorgendlich bedrückte. Und zu Miriams großem Ärger befreite sie sich davon auch ausgiebig.

Das Melken verlief deswegen weder zu Miriams noch zu Petunias Freude. Und als die kleine Jane aufwachte, war Miriams Verdrossenheit noch gewachsen. Sie säuberte das

153

Kind, fütterte es und versuchte sein Wimmern mit soviel Geduld, wie sie noch aufbringen konnte, zu ertragen. Obwohl sie die kleine Jane liebte, sehnte sie sich danach, daß das Kind wenigstens einmal lächelte oder wie andere Kinder im gleichen Alter vor Empörung schrie. Das dünne, klägliche Wimmern zerrte an ihren Nerven.

Nachdem sie die kleine Jane versorgt und die Überbleibsel von Petunias Verdauung entfernt hatte, wusch sie ihr Gesicht in dem abschreckend eiskalten Wasser, das sie beinahe dazu veranlaßte, auf derartige Körperpflege zu verzichten. Danach rollte sie die Felldecken zusammen und packte ihre Kleidungsstücke zu einem Bündel, das sich gut in einem Kanu verstauen ließ. Jordans Kleiderbündel lag noch in der Ecke. Sie versetzte ihm einen Fußtritt, so daß es nach draußen in den Schnee flog und neben ihrem landete. Liebend gern hätte sie auch seinem Besitzer einen Tritt versetzt, ein Wunsch, der sie noch einmal lächeln ließ. Dieser Kerl verdiente noch weitaus mehr als einen Fußtritt.

Lächelt-bei-Sonnenaufgang kam vorbei, als Miriam Jordans Bündel so unsanft aus dem Schuppen beförderte. Sie schaute die jüngere Frau verständnisvoll an und sagte: »Geisterauge ist heute früh mit Rauchbändiger und Wellenreiter zur Jagd aufgebrochen. Heute abend gibt es Wildenten.«

»Wollten wir nicht unsere Fahrt heute morgen fortsetzen?«

»Das werden wir. Wir treffen die Männer um die Mittagszeit.«

»Wie ... sollen wir ...?« stammelte Miriam, als sie zum Strand hinüberblickte. Die entladenen Kanus waren noch dort, wo man sie auf den Sandstrand gezogen hatte. Ein kalter, blauer Himmel wölbte sich über dem See mit seiner glatten Wasserfläche. In Strandnähe schimmerte eine dünne Eisschicht.

»Die Winterkälte kommt dieses Jahr sehr früh«, sagte Lächelt-bei-Sonnenaufgang und zuckte mit den Achseln. »Wir müssen zu Fuß weiter.«

»Aber die Eisschicht ist noch dünn. Um die Mittagszeit wird sie geschmolzen sein.«

Lächelt-bei-Sonnenaufgang schüttelte den Kopf. »Auch die Haut unserer Kanus ist dünn, Himmelsauge. Außerdem können wir unseren Aufbruch nicht so lange hinauszögern.«

»Wie hast du mich genannt?« fragte Miriam und runzelte erstaunt die Stirn.

»Himmelsauge. Du bist eine gute Frau. Deswegen sollst du auch einen guten Namen haben.«

Miriams Erstaunen schlug in Verärgerung um. Jetzt hatten die Indianer auch ihr einen anderen Namen gegeben. Hätte Miriam Sutcliffe nicht genügt?

Lächelt-bei-Sonnenaufgang bedeutete Miriam, ihr zu folgen. Gemeinsam schnürten sie die Sachen zusammen, mit denen Jordans Kanu beladen werden sollte.

»Du mußt dich unserer Lebensart anpassen«, riet ihr Lächelt-bei-Sonnenaufgang, als sie Miriams verdrossene Miene sah. »Es ist nur ein Kosename, meine Tochter. Ich wollte dich damit nicht kränken. Er hat nichts zu bedeuten. Nur der Schutzgeistname besagt etwas.«

»Ich habe doch keinen Schutzgeistnamen.«

Lächelt-bei-Sonnenaufgang hob die Schultern. »Eines Tages wirst du schon einen bekommen. Wenn die Schutzgeister wissen, daß du dazu bereit bist.«

Miriam sagte nichts darauf, da die Indianerin offenbar von ihren abergläubischen Vorstellungen nicht abzubringen war. Schweigsam arbeiteten sie weiter. Als alle Bündel verschnürt waren, fragte sie: »Wie sollen wir all das transportieren?«

»Auf dem Rücken«, antwortete Lächelt-bei-Sonnenaufgang und zog belustigt eine Augenbraue hoch.

»Was? Soll ich all das schleppen?«

»Und das Tragebrett mit dem Kind, meine Tochter. Du mußt es eben lernen.«

»Und was ist mit dem starken Krieger, der mein Mann ist?« entgegnete Miriam entrüstet.

Lächelt-bei-Sonnenaufgang warf ihr einen kühlen Blick zu. »Er und die anderen Krieger beschützen uns, versorgen uns mit Nahrung. Die Last ist nicht so schwer, wenn du dich an sie gewöhnt hast. Und wenn die Schneedecke fester wird, können wir die schwersten Bündel auf Hundeschlitten laden.«

Als Miriam sich angewidert abwenden wollte, schüttelte die Indianerin den Kopf.

»Du bist über Geisterauge verärgert«, sagte sie in sachlichem Tonfall. »Gestern abend hast du dein Mißvergnügen offen gezeigt und ihn vor all seinen Freunden bloßgestellt. Das war nicht gut, Himmelsauge. Da du eine weiße Frau bist, hat man dir dein Verhalten nachgesehen. Aber du solltest lernen, wie eine Chippewa-Frau ihren Mann zu respektieren hat.«

Ihr neuer Name hatte ihre Mißstimmung noch gesteigert. »Mein Verhalten?« rief sie aus. »Wie hat er sich verhalten? Er hat mich gedemütigt. Ist es bei den Chippewa Sitte, daß ein Mann vor den Augen seiner Frau einer anderen nachstellt?«

»Wenn ein Mann einer anderen Frau nachstellt, gibt es zumeist einen Grund dafür, meine Tochter.«

»Den Grund werde ich ihm schon austreiben«, murmelte Miriam leise. Wie konnte sie dieser Indianerin erklären, daß sie nicht Jordans Frau war? Erführe Jordans Adoptivmutter, daß sie sich an ihren Sohn nicht gebunden fühlte, würde Lächelt-bei-Sonnenaufgang sie für ein Flittchen halten. Und eine andere Freundin als Lächelt-bei-Sonnenaufgang hatte sie bisher noch nicht gefunden.

»Ich werde mir Mühe geben«, versprach Miriam verdrossen. »Doch wenn ein Mann von mir Respekt verlangt, muß er sich ihn erst verdienen.«

»Auf einen Mann wie Geisterauge wäre jede Frau stolz.«

Miriam dachte darüber anders. Lächelt-bei-Sonnenaufgang schien, wenn die Rede auf Jordan Scotts Charakter kam, ebenso leichtgläubig zu sein wie die Witwe Peavy. Alle Mütter, auch Adoptivmütter, neigten wohl dazu, die Mängel ihrer Kinder zu übersehen.

Es war noch früh am Vormittag, als sich die Frauen von den Ottawa-Indianern verabschiedeten und sich auf den Weg machten. Lächelt-bei-Sonnenaufgang hatte vorher noch die Verschnürung von Miriams Bündel geprüft und ihr ge-

raten, ihr Wollkleid gegen einen Hirschlederkittel samt Beinkleidern und Mokassins einzutauschen, die einst Seetänzerin gehört hatten. Doch das hatte Miriam höflich abgelehnt.
Wenn sie schon auf dem Boden in einer ärmlichen Hütte
schlafen, in der Gesellschaft von Wilden durch die Wildnis
wandern und sich wie ein Packesel beladen mußte, so wollte
sie wenigstens ihre Kleidung aus einer zivilisierteren Welt
beibehalten. Sie ließ sich nur überreden, die Mokassins anzuziehen. Ihre Stiefel paßten nicht in die Bindung der
Schneeschuhe, die sie anlegen mußte.

Miriam rückte gerade die schwere Last auf ihrem Rücken
zurecht, als sie bemerkte, daß die geschmeidige, junge Indianerin von gestern abend – ähnlich beladen – sich zu ihnen
gesellte.

»Was will denn die?« fragte sie Lächelt-bei-Sonnenaufgang mit zusammengebissenen Zähnen.

»Das ist doch Lied-in-der-Weide. Sie kommt mit uns.«

Miriam öffnete vor Erstaunen den Mund. »Was? Aber sie
ist ... sie ist ...«

»Lied-in-der-Weide ist meine Tochter, die Schwester von
Wellenreiter und Seetänzerin. Sie hat einen Ottawa geheiratet, von dem sie sich jetzt getrennt hat. Mein Mann hat ihr
gestattet, bei uns den Winter zu verbringen.«

Auch das noch, dachte Miriam verbittert. Jordan würde es
gefallen. Jetzt konnte er sich wegen mangelnder Unterhal-
tung an den langen Winterabenden nicht beklagen.

»Ich grüße dich, Mutter«, sagte Lied-in-der-Weide, als sie
sich ihnen anschloß. Miriam bemerkte voll Neid, daß sie
trotz ihrer Last leichtfüßig dahinging.

»Ich grüße dich, Lied-in-der-Weide. Die Frau von Geisterauge kennst du ja. Ich nenne sie Himmelsauge.«

Lied-in-der-Weide wandte sich Miriam zu. »Du bist also
die Frau, die den Platz meiner Schwester eingenommen
hat.« Sie sagte es nicht feindselig, aber ihr Lächeln war so
herausfordernd, daß ein Streit hätte ausbrechen können,
wenn er nicht schon längst begonnen hätte.

»Ich bezweifle«, erwiderte Miriam ausdruckslos, »ob jemand den Platz deiner Schwester einnehmen kann. Es ist

157

schade, daß du deinen Mann verläßt. So ganz allein mußt du dich doch unglücklich fühlen.«

»Er wird allein sein, nicht ich. Mein Mann war schlecht. Ich suche mir einen anderen.« Das Lächeln, das um ihre Lippen zuckte, verriet, wen sie zu finden hoffte.

Miriam lächelte gleichermaßen tückisch. »Hoffentlich ist dein nächster Mann nicht auch so widerlich«, sagte sie. Mit Jordan wirst du noch dein blaues Wunder erleben, dachte sie selbstzufrieden. Als sie Lied-in-der-Weide genauer betrachtete, entdeckte sie die Ähnlichkeit mit Lächelt-bei-Sonnenaufgang und Seetänzerin. Aber ihr Mund hatte einen harten Zug, den sie an Seetänzerin nicht bemerkt hatte. Und ihre kalt glitzernden, dunklen Augen ließen sie älter erscheinen, als sie den Jahren nach sein konnte.

Der Vormittag ließ sich für Miriam während des Marsches nicht besser an. Ihre Last wog mindestens soviel wie sie selbst. Sie war dankbar, daß Lächelt-bei-Sonnenaufgang ihr angeboten hatte, die kleine Jane zu tragen. Sie nahm das Tragebrett auf den Rücken und hielt es mit einem breiten Band, das sie über die Stirn führte, fest. Miriam konnte nicht begreifen, wie die ältere Frau trotz dieses Gewichts so gut gelaunt sein konnte.

Ihr selbst ging es zunehmend schlechter, auch wenn sie weniger zu schleppen hatte als die beiden Indianerinnen. Ihr Rücken schmerzte. Die Trageriemen schnitten ihr in die Schultern. Sie schwitzte wenig damenhaft am ganzen Körper, während sich ihre Hände und Füße eiskalt anfühlten. Zudem waren die verflixten Schneeschuhe, die Lächelt-bei-Sonnenaufgang an ihren Füßen festgezurrt hatte, eher eine Behinderung denn eine Hilfe. Um das Maß an Widrigkeiten vollzumachen, mußte sie noch eine störrische Ziege, die immer wieder stehenbleiben oder ausbrechen wollte, hinter sich herziehen.

Nach einer guten Stunde war Miriam so erschöpft, daß sie nicht mehr klar sah und sich mit ihren Schneeschuhen verheddterte. In immer geringer werdenden Abständen fiel sie in den Schnee. Landete sie auf dem Rücken, was zumeist der Fall war, kam sie sich hilflos wie eine umgedrehte Riesen-

schildkröte vor, bis eine der beiden Indianerinnen zurück-
stapfte und ihr wieder auf die Beine half. Fiel sie bäuchlings
um, lag sie mit dem Gesicht im Schnee. Doch die beiden Indianerinnen sahen ihr alles nach. Sie hatte den Eindruck,
daß zumindest Lächelt-bei-Sonnenaufgang geduldig war.
Lied-in-der-Weide enthielt sich trotz ihrer Miene irgendeiner kränkenden Bemerkung, nachdem ihre Mutter ihr einen
drohenden Blick zugeworfen hatte.

Um die Mittagszeit stießen sie, wie Lächelt-bei Sonnenaufgang es vorhergesagt hatte, auf die drei Männer, die nahezu
geräuschlos aus dem verschneiten Wald auf sie zuglitten.

»Ihr habt lange gebraucht, Frau«, sagte Rauchbändiger
und schaute stirnrunzelnd Lächelt-bei-Sonnenaufgang an.
»Von der Stelle, wo wir euch treffen wollten, haben wir drei
Meilen zurücklaufen müssen.«

Lächelt-bei-Sonnenaufgang sah ihn gleichmütig an. »Sind
wir so in Eile, Mann? Der Winter ist noch lang.«

Miriam ließ sich auf einen Baumstamm am Weg fallen. Sie
verstand zwar nicht die Chippewa-Worte, die Lächelt-bei-
Sonnenaufgang und Rauchbändiger wechselten, aber es war
offensichtlich, daß die Indianerin wegen ihrer Saumseligkeit
getadelt wurde. Dabei war alles nur ihre Schuld. Sie war so
müde, daß sie hätte weinen können. So konnte der Marsch
nicht weitergehen. Entweder sie kehrten alle um oder man
verschaffte ihr einen Führer, der sie nach Michilimackinac
zurückbrachte. Sie war bereit, sich Captain Michaels zu stellen und die Wintermonate in einem behaglichen, mit den
Segnungen der Zivilisation bestückten Gefängnis zu verbringen. Selbst wenn man sie henkte, war das besser als diese Tortur.

»Na, hast du einen schönen Vormittag verbracht?« hörte
sie plötzlich Jordans Stimme. Ihr Herz begann schneller zu
pochen. Das machte die Wut, redete sie sich ein. Es gab keinen anderen Grund, warum ihr Pulsschlag sich hätte erhö-
hen können.

Da er ihre Antwort nicht abwartete, sagte sie auch nichts.
Der Mistkerl sah deutlich genug, wie es ihr ging. Ihre Kleidung war durchgeschwitzt. Sie saß mit gekrümmten Schul-

tern da. Ihr Gesicht war gewiß bläulich angelaufen. Die alles durchdringende Kälte weckte in ihr den Wunsch, ihre Beine wieder in Bewegung zu setzen, aber ihre steifen Muskeln verweigerten ihr den Dienst. Du meine Güte, hatte sie nicht irgendwann einmal vor diesem Menschen geprahlt, daß sie mit einer Chippewa-Indianerin ohne weiteres mithalten könnte?

Miriam hielt den Blick auf ihre Schneeschuhe gerichtet. Sie war schlichtweg zu müde, um den Kopf zu heben und dann noch den spöttischen Ausdruck in Jordans Augen zu ertragen. Deswegen zuckte sie zusammen, als ein paar leblose Enten vor ihre Füße fielen. Sie waren blutverschmiert und sahen so garstig aus, wie sie sich selbst fühlte.

Mühsam richtete sie sich auf. Ihr Blick wanderte Jordans dicke Lederbeinkleider hinauf, verweilte ganz kurz auf dem Bereich, den sie nicht abdeckten, strich über seinen Brustschutz aus Bisamrattenfell und blieb dann auf seinem scharf geschnittenen Gesicht haften. Es verwunderte sie, daß ein Mann mit einer Skalplocke auf sie so anziehend wirken konnte. Sie begann zu überlegen, seit wann sie ihn so sah. Manche Männer sehen nun mal gut aus, hatte Tante Eliza immer gesagt. Was würde sie von diesem Halunken halten?

»Was soll das bedeuten?« fragte sie und deutete auf die gefiederten Kadaver.

»Das sind Wildenten.«

»Ich weiß, daß es Wildenten sind, Mr. Scott. Warum liegen sie auf meinen Schneeschuhen?«

»Nimm sie aus!« befahl er. »Wir werden sie heute abend braten.«

Seine Worte brachten Miriam in Rage. Sie kümmerte sich nicht um die Last auf ihrem Rücken und um die störrische Ziege, die an ihrem Strick zog, sondern bückte sich, hob angeekelt die toten Vögel auf und schleuderte sie Jordan gegen die Brust. Sie war nicht in der Stimmung, eine willfährige Sklavin zu spielen, selbst wenn sie gewußt hätte, wie man Geflügel ausnimmt.

»Mach das selbst, großer Jäger!« stieß sie aus, gab Petunia mit der Leine einen Ruck und ging schwerfällig davon, um sich einen anderen Ruheplatz zu suchen.

Lächelt-bei-Sonnenaufgang eilte herbei und nahm Jordan die Wildenten ab, bevor er Miriam folgen konnte. »Überlaß mir die Enten, mein Sohn. Himmelsauge muß deine Tochter füttern.«

»Wie hast du sie genannt?«

»Es ist doch ein schöner Name, nicht wahr? Die Augen deiner Frau haben die Farbe des Himmels in einer klaren, mondhellen Nacht«, antwortete sie und lächelte besänftigend. »Manche Männer sehen so etwas nicht.«

Jordan blickte Miriam nach, die Petunia an einem Baum festband und dann das Tragebrett mit der kleinen Jane holte. Sein Gesichtsausdruck verriet der Indianerin, daß ihm nicht nur die Farbe von Miriams Augen aufgefallen war. Die Indianerin nickte zufrieden.

»Heute abend«, sagte sie, »zeige ich deiner Frau, wie man eine Ente mit Gemüse, dein Lieblingsgericht, zubereitet. Es wird dir schmecken.«

Lächelt-bei-Sonnenaufgang ließ sich von Jordans abweisender Miene nicht einschüchtern. Sie holte aus ihrem Bündel ein knöchernes Messer und begann die Enten auszunehmen und zu rupfen, wobei sie hin und wieder eine Handvoll geröstete Maiskörner und in Streifen geschnittenes Trockenfleisch – ihre Mittagsmahlzeit – zu sich nahm.

Nach einer Weile setzte sich Rauchbändiger neben sie und sah ihr gleichmütig bei der Arbeit zu.

»Geisterauge kommt mit seiner neuen Frau nicht zurecht«, sagte er dann. »Er möchte ihr unsere Lebensart beibringen, aber du mengst dich ein.« Er zeigte auf die Wildenten.

Lächelt-bei-Sonnenaufgang schüttelte den Kopf. »Himmelsauge ist keine Indianerin. Für sie ist es schwer. Aber sie ist eine gute Frau. Sie wird noch vieles lernen, wenn Geisterauge ihr Zeit dazu läßt.« Sie deutete mit einer Kopfbewegung zu den beiden hinüber. Jordan schnitt ein Stück Trockenfleisch in dünne Streifen und beobachtete mürrisch Miriams Hantierungen. Miriam hingegen bemühte sich, ihn nicht zu beachten. »Unser Sohn behandelt diese Frau nicht klug«, sagte Lächelt-bei-Sonnenaufgang. »Sie hat etwas, das ihn zu törichten Handlungen hinreißt.«

Rauchbändiger nickte. »Sie ist eine trotzige Frau«, erwiderte er und blickte schmunzelnd Lächelt-bei-Sonnenaufgang an. »Als wir uns kennenlernten, bekam eine Frau, die ihren Mann nicht mit Respekt behandelte, eine Tracht Prügel.«

Lächelt-bei-Sonnenaufgang schaute ihn spöttisch an. »War das wirklich so, Mann? Dein Gedächtnis gaukelt dir was vor. Wenn du mich jemals so behandelt hättest wie Geisterauge seine neue Frau, hättest du keinen Wigwam, um dich am Feuer aufzuwärmen, und deinen Hintern würde der Abdruck meines Fußes zieren.«

»Was du so sagst. Ich müßte unseren Sohn warnen, daß du seiner Frau Dinge beibringst, die sich nicht gehören.«

»Himmelsauge wird sich schon duchsetzen«, versicherte ihm Lächelt-bei-Sonnenaufgang mit zufriedenem Gesichtsausdruck. »Ich habe mich gefragt, warum er sich nach dem Tod von Seetänzerin so rasch an diese Frau gebunden hat. Doch wenn ich ihn beobachte, ist mir der Grund klar. Er kämpft noch immer gegen sein Herz an, das er ihr längst geschenkt hat. Noch handelt er wie ein Kind. Bald wird er wieder ein Mann sein.«

Rauchbändiger schnaufte verächtlich. »Ihr Frauen wißt immer, was im Herzen eines Menschen vorgeht. Ihr laßt die Männer nicht in Frieden leben. Meinetwegen nimmst du deiner neuen Tochter die Arbeit ab. Wir haben heute noch einen langen Weg vor uns.«

Die Chippewa-Indianerin lächelte nur, als sie seine schroffen Worte hörte. Sie hatte den zärtlichen Ausdruck in seinen Augen, der ihr schon seit dreißig Jahren vertraut war, gesehen.

Die Rast war so kurz, daß Miriam keine neuen Kräfte schöpfen konnte. Als sie aufbrachen, schmerzten sie sämtliche Glieder. Jeder Schritt mit den Schneeschuhen war eine Qual. Petunia bockte noch immer. Sie wankte unter der Last auf ihrem Rücken. Sie war erschöpft. Das Trockenfleisch und die gerösteten Maiskörner hatten ihren Hunger nicht gestillt. Jordan – möge er zur Hölle fahren! – hatte sich die Hälfte von Lächelt-bei-Sonnenaufgangs Bündel aufgeladen, ohne ihre Bürde zu erleichtern.

Seitdem die Männer zu ihnen gestoßen waren, schritten sie schneller aus. Nach einer Weile schmerzten Miriam die Beine so sehr, daß sich ihre Schneeschuhe wieder verhedderten und sie erneut in den Schnee fiel.

Jordan blickte zurück, machte aber keine Anstalten, ihr zu helfen. Miriam entging nicht das spöttische Glitzern seiner silbergrauen Augen. Sie verfluchte den Tag, an dem sie sich gebrüstet hatte, sie könne allein für sich sorgen. Vielleicht hätte sie Jordans Ritterlichkeit oder zumindest Rücksichtnahme wecken können, wenn sie mit den Wimpern geklimpert und das hilflose Weibchen gespielt hätte.

Sie richtete sich mühsam auf und warf Jordan einen wütenden Blick zu. Eines Tages, das schwor sie sich, würde sie es ihm heimzahlen.

Kurze Zeit darauf stürzte sie abermals. Dann noch einmal. Und noch einmal. Beim letzten Mal bemühte sie sich nicht, sich wieder aufzurichten. Tränen liefen ihr über die Wangen. Nein, wie wollte hier liegenbleiben, auch wenn sie erfrieren würde. Sie würde keinen Schritt mehr mit diesen vermaledeiten Schneeschuhen tun und die Last auf ihrem Rücken weiterschleppen. Da tauchten Jordans Mokassins vor ihren Augen auf.

»Du bist zu nichts zu gebrauchen. Du kannst nicht kochen, du kannst nicht nähen, du kannst nicht mit einem Kanu umgehen, du kannst nicht nachts einem Mann ein bißchen Wärme bieten. Und jetzt sieht es ganz so aus, als könntest du nicht einmal gehen.«

»Fahr zur Hölle, Jordan Scott!«

Er wiegte den Kopf. »Was ist das für eine Sprache! Wer hätte gedacht, daß sich eine sittsame Dame aus England in so eine mißliche Lage manövrieren würde?«

Am liebsten wäre Miriam vor Wut aufgesprungen, aber sie schaffte es nur bis zur Hocke.

»Wir haben noch einen langen Weg vor uns«, sagte er. »Wir können keine Rücksicht auf deine Ungeschicklichkeit nehmen. Lächelt-bei-Sonnenaufgang hat Beinkleider und einen Lederkittel, die einst Seetänzerin gehörten. Zieh die Sachen an! Du wirst sehen, daß man damit leichter geht als mit

163

diesen lächerlichen Röcken, die um deine Beine schlackern.«

»Das werde ich nicht tun«, erklärte sie mit bebender Stimme. »Ich bin keine Indianerin, die solch primitive Kleidungsstücke trägt! Ich bin eine zivilisierte Frau. Und zivilisierte Frauen nehmen keine toten Vögel aus, tragen keine Lasten, unter denen ein Maulesel zusammenbrechen würde, sie kochen nicht überm offenen Feuer und geben sich auch nicht mit bockigen Ziegen ab.«

»Dann taugen zivilisierte Frauen nicht viel, nicht wahr?«

Wut stieg in ihr hoch. »Das hängt davon ab, wie man sie behandelt. Ich bin kein Packesel, keine Dienerin, kein Flittchen, das nachts Ihre Lagerstatt teilt. Ich bin …«

»Eine zivilisierte Frau«, ergänzte er ironisch. »Du bist so zivilisiert, Miss Sutcliffe, daß dir jegliche Natürlichkeit abhanden gekommen ist.«

Miriams Blick wanderte von Jordans Knien zu seinem Gesicht. »So natürlich wie Sie, Mr. Scott, bin ich nicht.«

Jordan musterte die widerspenstige Engländerin eine Weile und lächelte dann. Sein Lächeln hätte einen Mann vorsichtig gestimmt. Er konnte diesem störrischen Frauenzimmer seine Achtung nicht versagen. Mochte ihr Aussehen noch so gelitten haben, mochte sie noch so erschöpft sein, sie wußte sich zu wehren. Trotzdem hatte er genug von ihrer mauleselartigen Sturheit.

Er drehte sich jählings um und ging zu den wartenden Indianern. Dort sagte er etwas zu Lächelt-bei-Sonnenaufgang. Sie nickte, legte ihr Bündel ab und zog die Kleidungsstücke heraus, die sie Miriam schon einmal angeboten hatte. Mit dem Gesichtsausdruck eines Mannes, der in die Schlacht zieht, kehrte Jordan zu Miriam zurück und warf ihr die Sachen vor die Füße.

»Zieh das an!«

»Das sollten Sie selbst anziehen!« erwiderte Miriam spitz. »Ich habe mir schon immer gedacht, daß Sie mehr anziehen sollten.«

Bevor Miriam sich wehren konnte, riß er ihr das Bündel von der Schulter, hob mit einer Hand die ledernen Kleidungsstücke auf und zog Miriam mit der anderen in die Höhe.

»Deine letzte Chance«, sagte er warnend und schwenkte die indianischen Kleidungsstücke vor ihrem Gesicht.

Statt einer Antwort schlüpfte Miriam mit einem Fuß aus dem Schneeschuh und versetzte ihm einen Tritt vors Schienbein.

»Du willst es nicht anders!« sagte er und riß Miriam an sich. Seetänzerins Kleidungsstücke unter einem Arm, die strampelnde, kreischende Miriam unter dem anderen, stapfte er auf ein Gebüsch zu. Rauchbändiger und Lächelt-bei-Sonnenaufgang schauten einander verständnisvoll an.

Dort ließ er sie unsanft auf den Boden fallen und hielt sie dadurch fest, daß er sich rittlings auf sie setzte. Sein Vergnügen darüber, daß sie sich vergeblich zu befreien suchte, sah Miriam seinem Gesicht an. Ihre Wut wich einer aufsteigenden Hilflosigkeit.

»Sie sind ein gefühlloser Mensch«, stieß sie hervor und schlug mit den Fäusten auf seine Hände, die geschickt an den vielen kleinen Knöpfen an ihrem Leibchen nestelten.

»Und du bist eine verzogene Göre«, erwiderte er grinsend. »Wenn du dich nicht zweckmäßiger anziehen willst, muß ich es eben tun.«

Nachdem er ihr das Leibchen und das Unterhemd ausgezogen hatte, versuchte sie sich mit den Händen zu bedecken.

»Gib dir keine Mühe!« sagte er. »Was du vorzuweisen hast, habe ich längst gesehen, sofern du dich daran noch erinnerst. Es hat mich damals nicht erregt und wird es sicherlich auch jetzt nicht.« Es war zwar eine bodenlose Lüge, wie er sich selbst eingestehen mußte, denn ihr hübsch geformter Busen, ihre rosigen Brustwarzen und ihre seidenweiche Haut hatten ihn damals sehr wohl erregt. Doch als er sah, welchen Gesichtsausdruck bei ihr seine unverschämten Worte auslösten, war er zufrieden.

Er streifte ihr den hirschledernen Kittel über den Kopf und zog ihr dann mit einem Ruck die Unterröcke mitsamt den lächerlichen, spitzengesäumten Leinen-Beinkleidern aus. Als seine Hände ihre wohlgeformten, nackten Schenkel berührten, wallte ein prickelndes Gefühl in ihm hoch.

Miriam schrie auf, als sie Jordans schwielige Hände auf ihrer bloßen Haut spürte. Sie schlüpfte mit den Armen in die Ärmel des Hirschlederkittels und versuchte dann Jordan das Gesicht zu zerkratzen.

Jordan wehrte diesen Angriff ab, indem er sich abermals auf sie setzte und ihre Schultern mit den Händen niederdrückte.

»Halt endlich still, oder ich verschaffe dir einen Grund für dein Geschrei!«

Miriam riß die Augen auf. Sie sah seinen Gesichtsausdruck. So hatte er sie in der Nacht angeschaut, als er sie küßte. Aber diesmal war er weder betrunken noch von Sinnen. Diesmal war es ihm ernst. Tränen traten ihr in die Augen. Aber plötzlich, sie konnte es sich nicht erklären, kam ihr der ganze schreckliche Tag ungemein komisch vor. Sie begann zu kichern und dann zu lachen. Sie konnte gar nicht aufhören. Sie lachte und weinte im selben Atemzug.

»Hör endlich auf, verdammt nochmal!« fuhr Jordan sie an und schüttelte sie. Aber sie lachte noch lauter. »Verdammt nochmal, hast du den Verstand verloren?«

Sie schüttelte den Kopf. Jordan wußte nicht, ob sie damit seine Frage verneinte oder mit einem hysterischen Anfall kämpfte. Da er das letztere vermutete, fiel ihm nichts Besseres ein, als sie am Kopf festzuhalten, um ihr einen Kuß zu geben.

Ihre Lippen waren heiß und schmeckten nach Tränen. Und sie waren samtig weich. Er spürte, wie sie sich an ihn drängte, spürte ihre Brüste, ihre Hüften. Er wußte nicht mehr, warum er sie geküßt hatte. Warum er in dem verschneiten Wald auf dieser Frau hockte. Er wußte nichts mehr. Als sie die Arme um seine Taille legte, streckte er sich aus, schob ihre nackten Beine mit seinen auseinander und schmiegte sich an sie, bis das aufsteigende Verlangen seines Körpers kaum noch auszuhalten war.

Erst als Miriam aufseufzte, kam er wieder zu sich. Er rollte sich zur Seite und rang nach Luft. Was er in den Augen der Engländerin sah, waren Verwunderung und Angst. Er konnte es nicht fassen. Die Frau wußte nicht, welche Macht sie ausüben konnte. Hinter dem gesetzten Äußeren war da ein verführerisches Wesen, das Freiheit suchte. Jordan wollte ihr helfen, ihre Ketten zu sprengen. Er streifte mit dem Mund ihre wild pochende Halsschlagader und wollte sie dann auf die Lippen küssen.

»Nein!« stieß sie aus.

Er sah ihrem Gesicht den inneren Kampf an. Die gesetzte, sittsame Miriam rang mit der liebebedürftigen Frau, die gleichfalls in ihr steckte. »Lassen Sie mich los! Bitte!«

Die unerwartete Sanftmut machte Jordan nachgiebig. Er richtete sich auf und zog ihr den Lederkittel über die Hüften. Miriam schloß dabei die Augen. Als sie sie wieder öffnete, war der sanfte, hingebungsvolle Ausdruck, den er vorher wahrgenommen hatte, verschwunden. Mit einer Schnelligkeit, die ihn verblüffte, holte sie mit der Hand aus und versetzte ihm eine schallende Ohrfeige.

Zorn wallte in ihm hoch und erstickte jeglichen Funken von Leidenschaft. Er fing ihre Hand ab, als sie ihn abermals schlagen wollte. »Wenn du das noch einmal tust, du Biest, zeige ich dir, wessen ein Mann fähig ist, wenn man ihn so behandelt. Hast du mich verstanden?«

Miriams Augen waren starr. Sie preßte die Lippen aufeinander. Er stand auf und zog sie zu sich empor.

»Jetzt zieh diese Beinkleider an, wenn du nicht willst, daß jeder deinen nackten Hintern erblickt«, sagte er.

Er wartete nicht ab, um zu sehen, ob sie wieder einen Wutanfall bekam. Für heute hatte er genug von Miriam Sutcliffe. Vielleicht für immer.

Captain Michaels trommelte ungehalten mit den Fingern auf die Schreibtischplatte, als er den Bericht der Männer las, die er ausgeschickt hatte, damit sie sich über den Verbleib von Miriam Sutcliffe erkundigten. Das Ergebnis war so, wie er es erwartet hatte. Niemand hatte eine junge Engländerin mit kastanienroten Haaren gesichtet, die auf der Handelsroute nach Montreal Richtung Ostküste reiste. Zwar konnten sich ein paar *Voyageure* an ihre Fahrt nach Westen zu Beginn des Sommers erinnern, und Indianer berichteten, daß eine Kanu-Flottille mit zwei weißen Frauen in ihren Dörfern Halt ge-

167

macht hatte, aber keiner von ihnen wußte etwas von einer weißen Frau, die ostwärts gefahren war. Tja, etwas anderes habe ich nicht erwartet, dachte Captain Michaels. Seine Männer hatten nur in dem Gebiet um die Nordroute Erkundigungen eingezogen. Auch wenn sie Montreal mit einschlossen, würden sie keine Spur von Miriam Sutcliffe finden.

Captain Michaels erhob sich und öffnete die Tür zum Vorzimmer. »Könnte ich Sie kurz sprechen, Lieutenant Renquist?«

»Zu Diensten, Sir.«

Captain Michaels setzte sich wieder an seinen Schreibtisch und musterte seinen Stellvertreter. Lieutenant Renquist war kein Offizier nach seinem Sinne. Er war unbeherrscht und neigte zu unüberlegten Handlungen. Aber er war der einzige Offizier, dem er den heiklen Auftrag anvertrauen konnte.

»Miriam Sutcliffe scheint uns auch diesmal entkommen zu sein, Lieutenant. Die Kanu-Flottille, die heute morgen eintraf, brachte den vorläufigen Bericht von Jones und Hawkins. Niemand hat sie gesehen oder von ihr gehört. Ich denke, unser Täubchen ist nicht zur Ostküste geflohen, wie man uns weisgemacht hatte.«

»Ich hätte Ihnen gleich sagen können, daß das Weib lügt, Sir.«

Captain Michaels fixierte den Lieutenant mit seinen grauen Augen. Ihm mißfielen sowohl der Tonfall wie auch der Ausdruck »das Weib«, den Lieutenant Renquist für Grace Peavy verwandt hatte.

»Hier geht es nicht um die Witwe Peavy, Lieutenant. Ich spreche von Miriam Sutcliffe, die mit der Angelegenheit etwas zu tun haben kann oder auch nicht. Sicher ist nur, daß wir durch sie diesen Hamilton Greer aufspüren könnten. Sie kann doch nur nach Amerika gekommen sein, um ihren Verlobten zu treffen. Wenn wir sie finden, können wir auch den Verräter dingfest machen.«

»Ja, Sir.«

»Ich habe mir die Sache überlegt und bin zu dem Schluß gekommen, daß sie sich nur bei Jordan Scott aufhalten kann, wenn sie nicht nach Montreal geflüchtet ist.«

»Bei Scott? Bei dem eingebildeten Kerl, der sich mit Rauchbändiger und seiner Bande herumtreibt?«

»Ja. Wie Sie ja selbst sagten, hielt sich diese Miriam Sutcliffe bei der Witwe Peavy auf, die offensichtlich von ihr überaus angetan ist. Mir ist berichtet worden, daß die Witwe große Stücke auf diesen weißen Indianer hält. Deswegen liegt es für mich auf der Hand, daß sie diesen Mann überredet haben könnte, Miss Sutcliffe seinen Schutz anzubieten. Ein Winterlager in den Jagdgründen der Chippewa wäre das ideale Versteck für einen Flüchtigen. Meinen Sie nicht auch?«

Lieutenant Renquist zog zweifelnd die Augenbrauen hoch. »Ich kann mir nicht vorstellen, daß dieses Dämchen in seiner Not so einfältig war, sich Jordan Scott anzuvertrauen, Sir. Schließlich ist sie eine Engländerin aus guter Familie.«

Captain Michaels war der verständnisvolle Tonfall nicht entgangen. »Miss Sutcliffe ist eine ungewöhnliche Vertreterin der englischen Weiblichkeit, Lieutenant. Ich halte es nicht für abwegig, daß diese Dame sich selbst mit dem Teufel verbünden würde, um meine Pläne zu durchkreuzen.«

»Da tun Sie Miss Sutcliffe unrecht, Sir.«

»Meinen Sie?« erwiderte Captain Michaels. Ihn interessierten nicht die Amouren des Lieutenants, sollte man aus seiner Bemerkung überhaupt auf so etwas schließen können. Er wollte nur seine Pflicht erfüllen, und die bestand darin, Hamilton Greer aufzuspüren. »Ich bin jedenfalls überzeugt, Lieutenant, daß sich Miss Sutcliffe bei den Chippewa aufhält.«

Er hatte bei Grace Peavy auf den Busch geklopft, als er wieder einmal die stattliche Witwe besuchte. Sonderbar, dachte er, daß Besuche auf der Peavy-Farm ihm mittlerweile zur Gewohnheit geworden waren. Selbstverständlich hatte Witwe Peavy angeblich keine Ahnung, aber sie war eine schlechte Lügnerin. Ihre Augen hatten ihm etwas anderes verraten.

»Nehmen Sie drei Soldaten«, sagte er zu Lieutenant Renquist, »und folgen Sie diesem Scott und seiner Bande bis zu deren Winterlager. Sie dürften etwa eine Woche Vorsprung haben. Aber da Sie mit Frauen unterwegs sind, müßten Sie

sie leicht einholen können. Nehmen Sie Miss Sutcliffe fest, ohne unsere indianischen Freunden vor den Kopf zu stoßen. Behandeln Sie Miss Sutcliffe auf dem Rückweg mit ausgesuchter Höflichkeit. Wie Sie ja selbst sagten, ist sie eine Engländerin aus guter Familie. Haben Sie mich verstanden?«

»Ja, Sir.«

»Und lassen Sie sich zu nichts hinreißen, Lieutenant! Dieser Scott ist gefährlich. Man hat mir berichtet, daß er schon seit über zehn Jahren bei den Wilden lebt. Selbst die Indianer achten ihn als kühnen Krieger. Unterschätzen Sie Ihren Gegner nicht, Lieutenant. Ich möchte, daß Sie diesen Auftrag rasch und ohne Aufsehen durchführen.«

»Ihr Auftrag ist so gut wie erfüllt, Sir«, sagte Lieutenant Renquist und ging.

Captain Michaels blickte dem Lieutenant zweifelnd nach. Am liebsten hätte er diese Aufgabe selbst erledigt.

Er hoffte, daß diese Angelegenheit binnen kurzem zu Ende war. Es widersprach seinem Ehrgefühl, einer Frau auf diese Weise nachzustellen. Aber dieser Hamilton Greer samt seiner Namensliste mußte aufgespürt werden. Und das ging nur über Miss Sutcliffe. Sein Pflichtgefühl und seine Ehre als englischer Offizier zwangen ihn, die Sache bis zum Ende durchzustehen.

Er fragte sich, wie er das alles Grace erklären sollte, wenn sich Miss Sutcliffe in seinem Gewahrsam befand. Die Witwe hing ja so sehr an diesem Dämchen. Wahrscheinlich wird es zu einem handfesten Streit kommen, dachte er aufseufzend. Er wußte genau, warum er nie geheiratet hatte. Wie konnte ein Soldat jemals einer Frau erklären, was militärische Pflicht bedeutete?

11

Wegen Miriam dauerte der Marsch zu den winterlichen Jagdgründen zehn Tage und nicht sieben wie sonst. Die Chippewa waren überaus geduldig mit Miriam. Tag für Tag sahen sie, wie sehr sie sich abmühte. Rauchbändiger und Wellenreiter achteten darauf, daß sie ihr notfalls helfen konnten. Lächelt-bei-Sonnenaufgang beobachtete Miriam mit wachsendem Respekt, Lied-in-der-Weide mit Mißmut und Groll. Aber keiner von ihnen behielt sie schärfer im Auge als Jordan.

Als Miriam am Nachmittag wieder einmal stürzte, half ihr Lied-in-der-Weide – mit einem Seitenblick auf Jordan – auf die Beine. »Ich nehme dir dein Bündel ab«, sagte die junge Chippewa-Indianerin. »Ich bin stark. Ich kann dein Bündel auch noch tragen. Dann kommen wir schneller voran.«

Miriam schob Lied-in-der-Weide beiseite. »Ich danke dir, aber das brauchst du nicht«, entgegnete sie abweisend. »Ich schaffe es schon.«

Lied-in-der-Weide wiegte mitleidig den Kopf und zuckte mit den Schultern. Trotz der Schneeschuhe schritt sie leicht-füßig davon, als wäre die Last auf ihrem Rücken federleicht, und schloß sich ihrem Bruder an.

»Na, Schwester, geht's dir jetzt besser?« fragte Wellenreiter.

Lied-in-der-Weide verzog das Gesicht. »Die Frau ist ein Schwächling. Außerdem weiß sie nicht, wie man einen Mann an sich fesselt. Bald wird Geisterauge sie zu ihren Leuten heimschicken und in meinen Wigwam ziehen.«

Wellenreiter lächelte nachsichtig. »Darauf würde ich nicht bauen, Schwester.« Er schaute zu Jordan hinüber und bemerkte, daß sein Blutsbruder nur Augen für die kleine Gestalt am Ende der Kolonne hatte. »Manchmal braucht eine Frau nicht zu wissen, wie sie einen Mann an sich bindet. Es gelingt ihr einfach. Unser Blutsbruder ist wie eine Forelle, die den Köder schon geschluckt hat und den verborgenen Haken noch nicht merkt. Aber bald wird er ihn spüren, Lied-in-der-Weide.«

Wellenreiter hatte mit seiner Vermutung nicht ganz unrecht. Jordan hatte den Köder zwar noch nicht geschluckt, aber er hatte ihn zumindest ins Auge gefaßt. Wortlos beobachtete er, wie Miriam die Zähne zusammenbiß und ihr Los ertrug. Schritt um Schritt mühte sie sich mit den Schneeschuhen ab und zwang sich trotz ihres schmerzenden Rückens und ihrer Bürde gerade zu gehen. Auch wenn sie am Ende des Tages völlig erschöpft war, half sie den Indianerinnen bei der Zubereitung der Abendmahlzeit, die aus dem bestand, was die Männer tagsüber erlegt hatten. Sie verzog angeekelt das Gesicht, als Lächelt-bei-Sonnenaufgang ihr erklärte, wie man einem Wildkaninchen das Fell abzieht, eine Wildente rupft, Fische ausnimmt und zwischen Rindenstreifen brät und wie man aus Zweigen und Ästen einen Unterschlupf errichtet, der sie und ihren »Mann« vor der nächtlichen Kälte schützt. Obwohl Lied-in-der-Weide des öfteren über ihre Ungeschicklichkeit lachte, gab Miriam niemals auf.

Zwischendurch schaffte sie es, der kleinen Jane die Fürsorge angedeihen zu lassen, die das Kind brauchte. Obgleich Lächelt-bei-Sonnenaufgang ihr während des Marsches das Kind samt seinem Tragebrett abnahm, sah es Miriam als ihre Aufgabe an, die kleine Jane zu säubern, zu füttern, warmzuhalten und zu liebkosen. Kein Kind hätte eine liebevollere Mutter haben können.

Wann immer Jordan ihr Gesicht sah, wenn sie seine Tochter fütterte, war ihm höchst unbehaglich zumute. Er mußte sich eingestehen, daß die Engländerin ihm allmählich Gewissensbisse bereitete. Miriam Sutcliffe entsprach nicht dem Bild, das er sich bislang von ihr gemacht hatte. Nach einer Woche mußte er zugeben, daß Seetänzerin recht gehabt hatte. Miriam war nicht nur eine zickige, prüde Engländerin. Mochte sie ihm mit ihrem Gerede von Sittsamkeit und Anstand auch noch so sehr auf die Nerven gehen, sie hatte zumindest Ausdauer und Mut. Außerdem hatte sie eine weibliche Ausstrahlung, der man sich nicht entziehen konnte.

Das waren die Köder, die ein Mann schluckt und an denen er schließlich zappelt.

Es verwirrte Jordan, daß Miriam sich nicht beklagte, wie er es vorausgesagt hatte, und kaum mit ihm sprach. Seit dem Tag, als er sie gezwungen hatte, Seetänzerins Sachen anzuziehen, war sie ihm gegenüber überaus wortkarg gewesen. Und wenn sie ihn mal, was selten vorkam, verstohlen anblickte, konnte er den Ausdruck ihrer Augen nicht deuten. Nachts lag sie steif am Rand ihres Lagers, die kleine Jane eng an ihren warmen Körper gedrückt, und wandte ihm den Rücken zu. Ihre wortlose Verweigerung kränkte ihn. Bislang hatte er es für sein Privileg gehalten, jemanden abzulehnen. Schließlich war sie ihm aufgedrängt worden. Sie war in sein Leben eingedrungen. Wie konnte sie sich dann als stille Dulderin aufspielen?

Jordan kam allerdings nicht auf den Gedanken, daß nicht er allein den Streit beilegen konnte. Als er am Abend seine Entschuldigung, die er im Verlauf des Tages eingeübt hatte, vorbrachte, stellte er fest, daß Miss Sutcliffe keineswegs in der Stimmung war, irgend jemands Freundschaft zu suchen, und seine schon gar nicht.

»Es ist zwar sehr männlich von Ihnen, wenn Sie zugeben, daß Sie sich wie ein Narr verhalten haben« erwiderte Miriam mit kühler Stimme auf Jordans überlegt formuliertes Friedensangebot, »denn das läßt sich nicht leugnen. Doch eine Freundschaft zwischen uns beiden ist unter den gegenwärtigen Umständen undenkbar.«

Der Widerschein des kleinen Feuers, das vor ihrem Unterschlupf brannte, hob Miriams Gesichtszüge hervor. Tiefe Schatten lagen unter ihren Augen. Erschöpfung hatte ihr Gesicht gezeichnet. Sie wirkte fast so kraftlos wie das Kind, das sie in den Armen hielt.

Jordan hatte sich geschworen, Geduld zu üben. Er setzte sich mit untergeschlagenen Beinen ans Feuer. »Ich habe nicht gesagt, ich hätte mich wie ein Narr benommen. Ich habe nur zugegeben, daß es ein Fehler war, dich so zu behandeln. Ich habe dich für etwas büßen lassen, das vor langer Zeit geschehen ist. Und das war ungerecht. Deswegen meine Entschuldigung.«

»Sie geben's immerhin zu«, erwiderte Miriam. »Sie haben sich flegelhaft, dümmlich, schlichtweg brutal benommen, wenn Sie's schon wissen wollen. Ich habe nie erwartet, daß Sie ein Gentleman seien, aber ich weiß jetzt, wie sich ein Flegel benimmt.«

Jordan holte tief Luft. »Für eine Frau, die solch großen Wert auf gute Manieren legt, bist du eine durchtriebene Heuchlerin, Miss Sutcliffe.« Zum Teufel mit diesem Weib! Wie konnte sich hinter diesem liebreizenden Madonnengesicht so viel Bosheit verbergen? »Wie hast du dich verhalten, wenn ich mich schlecht benommen habe?«

»An meinem Verhalten ist nichts auszusetzen«, wies sie ihn zurecht. »Ich habe mehr geleistet, als man von mir erwarten durfte.«

»Ja«, pflichtete er ihr mit ironischem Tonfall bei. »Und das alles mit der Miene einer Märtyrerin.«

Seine Entschuldigung hatte ihm nichts eingebracht. Sie konnten nicht freundschaftlich miteinander umgehen. Das Weib war unerträglich, mochte es auch noch so reizvoll sein. Jordan fühlte sich unbehaglich. Er spürte wieder das Verlangen in seinen Lenden, das sich stets einstellte, wenn er sie sah. Verdammt nochmal, selbst wenn sie sich wie eine Zicke benahm, weckte sie in ihm die Wollust.

Miriam warf ihm einen verächtlichen Blick zu, legte dann die kleine Jane auf das Lager und bedeckte sie mit flauschigen Fellen. »Ich glaube, ich habe bewiesen, daß ich etwas tauge«, sagte sie mit kühler Stimme. »Ich tue alles, was mir die Indianerinnen beibringen.«

Jordan verzog hämisch den Mund. »Aber ja! Und es gelingt dir auch so gut. Du kannst einen Fuß vor den anderen setzen, ohne zu stürzen. Zweimal ist die von dir errichtete Unterkunft mitten in der Nacht zusammengebrochen. Außerdem mußtest du erst lernen, daß Wildzwiebeln geschält werden müssen, bevor man sie zum Kochen verwenden kann. Was du vermutlich ohne weiteres könntest, Miss Sutcliffe, wäre, das Lager eines Mannes zu wärmen. Aber vielleicht schaffst du selbst das nicht.«

Miriam riß vor Empörung die Augen auf. Der habe ich's

heimgezahlt, dachte Jordan und verließ im strategisch günstigen Augenblick den Unterschlupf, solange Miriam vor Verblüffung noch keine Antwort fand. Doch die kalte Nachtluft kühlte seinen Zorn nicht ab. Er entfernte sich vom Lager, um im Wald wieder zu sich zu finden.

Dieses verdammte Weib! Er hatte sich bei ihr entschuldigt, ihr seine Freundschaft angeboten, und sie hatte ihn einen Narren und Flegel genannt. Er hätte ihr beweisen können, wie sich ein Flegel wirklich benahm. Vielleicht hätte er sich schon vor Jahren in Boston so benehmen sollen, gegen jenes ach so sittsame Dämchen, dessen keusche Avancen und zarte Liebkosungen ihn, den Bastard, dazu verleitet hatten, von einer Hochzeit und einem bürgerlichen Leben zu träumen. Aber in Wirklichkeit hatte jene Schöne ihn nur gegen einen Verehrer ausgespielt, an dessen Abstammung nichts auszusetzen gewesen war.

Jordan überkam das Verlangen, auf irgend etwas einzuschlagen, als er hinter sich Schritte hörte. Er blieb stehen, griff nach seinem Jagdmesser an der Hüfte und bereitete sich darauf vor, seinen Verfolger anzuspringen.

»Geisterauge!« hörte er eine melodische Stimme in der Dunkelheit. »Ich bin es. Lied-in-der-Weide.«

Auch das noch! Wonach er sich jetzt sehnte, war gewiß keine weitere Frau, mit der er sich auseinandersetzen mußte.

»Ich habe zufällig gesehen, wie du das Lager verlassen hast«, sagte Lied-in-der-Weide. »Du wirkst bedrückt, Bruder. Ich mache mir Sorgen um dich.«

»Geh zurück zum Lager, Lied-in-der-Weide!«

»Ja, dich bedrückt etwas«, wiederholte sie selbstzufrieden. »Die weiße Frau behandelt dich schlecht.«

»Sie behandelt mich nicht schlecht.«

Lied-in-der-Weide berührte zärtlich Jordans Arm. »Sie quält dich, Bruder. Sie ist ein Schwächling, sie versteht nichts vom Leben oder von den Männern. Warum plagst du dich mit ihr ab? Du mußt doch wissen, daß ich mit Freuden bei dir leben würde. In meinem Herzen habe ich dich von jeher über alle anderen Männer gestellt. Hast du das nicht gewußt?«

175

Jordan schob Lied-in-der-Weides Hand beiseite. »Du bist meine Blutsschwester«, erwiderte er gereizt. »Ich habe in dir stets die Schwester gesehen. Etwas anderes gibt es nicht. Kehr zum Lager zurück! Wir wollen nie mehr darüber reden.«

Doch die Chippewa-Indianerin ließ sich nicht abweisen. »Schick mich nicht weg! Du kannst nicht wissen, wie lange ich dich schon liebe. Ich habe geschwiegen, als deine Wahl auf meine Schwester gefallen ist. Aber jetzt mußt du mich anhören. Ich könnte dir eine gute Frau sein. Ich bin jung. Mein Körper ist reizvoll. Ich kann dir gesunde Kinder gebären, für dich nähen, für dich kochen, eine Unterkunft errichten, die dem Wind standhält. Und ich kann dir nachts Vergnügen bereiten. Du selbst hast mir verraten, daß diese weißgesichtige, scharfzüngige, schwächliche Person nicht deine Frau ist. Deine Wahl ist nicht auf sie gefallen. Wähle mich!«

Wenn Jordan in diesem Augenblick hätte wählen können, hätte er sämtliche Frauen – auch Lied-in-der-Weide und Miriam Sutcliffe – zur Hölle gewünscht. »Kehr zum Lager zurück, Lied-in-der-Weide«, sagte er verdrossen.

Er wandte sich von ihr ab und ging weiter. Er wollte allein sein.

»Nein!« Die Chippewa-Indianerin rannte ihm nach, stellte sich vor ihn und packte ihn bei der Schulter. »Du willst mich haben. Ich weiß es. Ich kann deine Wollust riechen, Geisterauge!« Sie begann mit kundigen Händen seine Brust und seinen Unterleib zu streicheln. Daß sie recht hatte, merkte sie an der Erregung seiner Lenden. »Bei ihr findest du keine Befriedigung. Ich kann dir das geben, was du brauchst.« Lied-in-der-Weide schmiegte sich ganz eng an ihn und glitt wie eine Schlange an ihm hinab, bis sich ihr Mund in Schritthöhe befand und ihre Finger sich in sein Gesäß krallten.

Ihre Atemzüge schürten das Feuer, das vorhin in dem Unterschlupf entfacht worden war. Aber Jordan begehrte nicht Lied-in-der-Weide. Mit einem unartikulierten Laut, in dem Ungeduld mitschwang, stieß er sie von sich.

»Tut mir leid, Lied-in-der-Weide. Ich begehre dich nicht.«

Lied-in-der-Weide, die noch immer kniete, versuchte ihn zurückzuhalten. Aber es gelang ihr nur, ihm das perlenbe-

176

setzte Band abzureißen, das seine Beinkleider über dem Knie festhielt. Während Jordan in der finsteren Nacht verschwand, drückte sie das Knieband an ihr Herz.

Miriam konnte lange Zeit nicht einschlafen, weil sie immer horchte, ob Jordan zurückkehrte. Die kleine Jane lag warm und geborgen in ihren Armen. Obwohl trockene Kiefernzweige die Bodenkälte abhielten und übereinandergelegte Wolldecken und Pelze die Lagerstatt bildeten, fror Miriam.

So müde war sie noch nie in ihrem Leben gewesen. Jeder Muskel schmerzte. Aber noch schlimmer war, daß sie schwarzgeränderte Fingernägel hatte, ihre Haut schmutzig war, ihr Teint bei dem eisigen Wind gelitten hatte und daß sie die Kopfhaut juckte, tatsächlich juckte, weil sie sich nicht die Haare waschen konnte.

Ohne Ruhe zu finden, wälzte sie sich auf ihrer Lagerstatt hin und her. Jordan würde diese Nacht nicht mehr zurückkehren. Warum sollte er auch? Er hatte sich entschuldigt und ihr seine Freundschaft angeboten. Doch sie hatte sich wie eine Idiotin aufgeführt, wie ein verwöhntes Weibchen, für das er sie auch hielt. Er hatte angedeutet, daß er rücksichtsvoller mit ihr umgehen möchte. Und das hatte sie so verstört, daß sie ihn von sich wies. Sie zog eine Gegnerschaft vor. Denn dann würde er hinter ihrer Mauer von Ablehnung nicht die Verletzlichkeit erblicken, die in ihr steckte.

Zweifellos hatte er Lied-in-der-Weide aufgesucht, die ihn mit ihrem geschmeidigen, bronzefarbenen Körper den Trost gewährte, nach dem er sich sehnte. Miriam stellte sich vor, wie er die Chippewa-Indianerin in seinen starken Armen hielt, wie er sie mit seinen hübsch geschwungenen Lippen leidenschaftlich küßte. Sei doch froh, redete sie sich sein. Wenn es Lied-in-der-Weide nicht gäbe, würde dieser zügellose Mensch seine Befriedigung bei einer anderen suchen. Es könnte sogar sie sein, die er mit seinem Gewicht niederdrückte, mit seinen großen Händen betätschelte, bis seine Berührungen auch ihre Lust entfachten. Sei doch froh, sagte sie sich immer wieder, als sei es eine Litanei. Sie froh, daß er bei Lied-in-der-Weide ist und nicht bei dir.

Doch sie glaubte ihren eigenen Worten nicht. Sie verbarg ihr Gesicht in der Felldecke und begann zu weinen.

Drei Tage lang wanderte die kleine Gruppe am Ostufer des Michigan Sees Richtung Süden. Bei den Sandhügeln an der Mündung des Aux-Sables-Flusses wandten sie sich landeinwärts. Nach einem eintägigen Marsch flußaufwärts schlugen sie ihr Winterlager auf. Die Frauen suchten junge Eichenbäume, fällten sie, trieben sie ins Erdreich und banden die Spitzen zusammen, so daß Gerüste für zwei Wigwams entstanden – das größere für Rauchbändiger und Lächelt-bei-Sonnenaufgang, das kleinere für Jordan und Miriam. Die Gerüste wurden mit einer doppelten Lage von Binsenmatten bedeckt, die Kuppeln mit Birkenrinde.

Als der Abend hereinbrach, standen auf der kleinen Lichtung unweit des Flusses zwei stabile Behausungen. In der Mitte der Lichtung wurde eine Feuergrube ausgehoben, die große Flußsteine säumten. Lächelt-bei-Sonnenaufgang und Miriam errichteten eine kleine Hütte, die als Vorratsspeicher dienen würde.

Miriam reckte sich und spannte ihre Rückenmuskeln. Sie war zwar müde, aber nicht so erschöpft wie am ersten Tag ihrer Wanderung. Ihre Muskeln hatten sich gekräftigt, und ihre Hände waren schwielig geworden. Sie war mittlerweile, was sich eigentlich für eine Dame nicht schickte, stolz auf ihre neugewonnene Geschmeidigkeit und Kraft. Sie konnte sich noch gut erinnern, daß Jordan ihr mal höhnisch vorgeworfen hatte, sie hätte keinen einzigen Muskel, der zu gebrauchen wäre. Das konnte er jetzt nicht mehr sagen. Allerdings kümmerte er sich kaum um die Veränderungen, die in ihr vorgegangen waren. Tagsüber trieb er sich als Späher irgendwo weit vor ihnen umher, und die Nächte verbrachte er Gott weiß wo. Jedenfalls nicht bei Miriam. Vermutlich bei Lied-in-der-Weide. Denn wann immer diese kleine Schlampe sie anblickte, setzte sie eine triumphierende Miene auf. Miriam versuchte sich zwar einzureden, daß ihr das gleichgültig war, aber das stimmte nicht.

Als die Nacht hereinbrach, waren alle Arbeiten getan. Miriam setzte sich zu Lächelt-bei-Sonnenaufgang ans Feuer.

Die Indianerin hatte in den vergangenen Tagen versucht, ihr die Chippewa-Sprache nahezubringen. Miriam lernte schnell. Sie konnte sich, wenn auch stockend, mit den Indianern unterhalten, sofern das Thema nicht allzu kompliziert war. Zudem konnte sie inzwischen weben, Mokassins und Kleidungsstücke mit Perlen besticken, und sie kannte viele nützliche Wildkräuter. Am Nachmittag hatte ihr Lächelt-bei-Sonnenaufgang beim Bau ihres Wigwams noch helfen müssen, aber den Wildkanincheneintopf, den es zu Abend gab, hatte Miriam gekocht, und er hatte allen geschmeckt.

Danach zog sich Miriam in ihre selbsterrichtete Behausung zurück. Sie war so zufrieden mit sich, als würde sie sich in einem Palast zur Ruhe betten. Müde molk sie noch Petunia, die nicht mehr so störrisch war, seitdem sie Jordan am zweiten Tag ihrer Wanderung durch den hohen Schnee auf seine Schultern geladen und sie getragen hatte. Die kleine Jane trank die Ziegenmilch, spuckte aber die Fischsuppe aus, die Lächelt-bei-Sonnenaufgang für sie zubereitet hatte. Miriam war zufrieden, daß das kleine Geschöpf überhaupt etwas zu sich nahm. An manchen Tagen hatte sie der kleinen Jane kaum etwas einflößen können.

Miriam wickelte das Kind in eine Decke und kroch mit ihm unter die wärmenden Felle. Die darunterliegenden Kiefernzweige rochen aromatisch. Miriam mußte mittlerweile zugeben, daß der Kittel und die Beinkleider aus Hirschleder warmhielten, ihre Bewegungen nicht behinderten und viel praktischer waren als die Wollkleider, die sie zu einem Bündel verschnürt hatte. Es war zwar eine undamenhafte Gewandung, aber höchst brauchbar.

Draußen war es tiefe Nacht geworden. Das kleine Feuer im Wigwam brannte nicht mehr, sondern glühte nur noch vor sich hin. Miriam überkam allmählich der Schlaf. Sie wollte nicht mehr daran denken, wo Jordan die Nacht verbringen mochte.

Lieutenant Renquist hatte seinen Auftrag mit Begeisterung entgegengenommen. Gemäß den Anweisungen von Captain Michaels hatte er zusammen mit drei Soldaten die kleine

Gruppe von Chippewa-Indianern, unter denen sich Jordan Scott befand, verfolgt, bis sie sie schließlich einen Tagesmarsch nördlich des Aux-Sables-Flusses zu Gesicht bekamen. Er hatte sie leicht aufspüren können, da die Indianer gemächlich dahinzogen und keinen Versuch machten, ihre Spur zu verwischen. Jordan Scott nahm zweifellos an, daß man das gesuchte Wild bei ihm nicht vermutete. Doch bald würde er feststellen, daß Offiziere der englischen Armee nicht so dumm waren, wie er annahm.

Nur widerstrebend hatte Lieutenant Renquist sich zu der Ansicht bekehren lassen, daß Miriam Sutcliffe sich zu diesem Fluchtweg herablassen würde. Für ihn war sie noch immer eine Dame, wie es sie hierzulande nicht gab. Auch wenn er damals vergrätzt gewesen war, als er sich ihr gegenüber so dümmlich benommen hatte, mußte er zugeben, daß sie etwas Besonderes war, nicht wie die zu Vermögen gekommenen Kolonisten hier, die sich Amerikaner nannten und in Wirklichkeit kaum besser waren als die Wilden, die vor ihnen diese gottverlassenen Landstriche bewohnt hatten. Ob Miriam Sutcliffe nun mit den hochverräterischen Handlungen etwas zu tun hatte oder nicht, sie war eine Botin aus einer kultivierten Welt.

Es hatte ihm einen Stich versetzt, als er sah, daß sie sich tatsächlich unter den Wilden befand. Jordan Scott war ihr anscheinend angenehmer als er, als George Renquist, der einmal den Titel eines Barons und ein beträchtliches Vermögen erben würde. Es war geradezu ein Verbrechen, eine unentschuldbare Ungerechtigkeit, daß ein ungeschlachter Bastard wie Jordan Scott eine veritable Dame aus England an sich binden und ihr sein verabscheuungswürdiges Leben aufzwingen konnte. Daß es so war, hatte er mit seinen eigenen Augen gesehen. Das diesem Jordan Scott heimzuzahlen, war für ihn eine Ehrensache, der er sich nicht entziehen konnte.

Lieutenant Renquist suchte in einem Tannendickicht Deckung und überprüfte die Schneide seines Jagdmessers mit der Daumenkuppe.

»Das dürfte reichen«, sagte er und stieß das Jagdmesser in die Scheide an seiner Hüfte.

»Eine Frage, Sir«, sagte einer der Soldaten. »Wollen Sie wirklich im Ernstfall nur Ihr Messer gebrauchen, Sir?«

»Ich werde nicht auf jemand schießen. Ich möchte nur eine hilflose Frau in unsere Gewalt bringen. Die Wilden werden es erst dann merken, wenn wir schon längst weg sind.«

»Aber was ist mit Scott? Wenn ich mich mit diesem Kerl einlasse, brauche ich zu meiner Verteidigung mehr als nur ein Messer.« Der Soldat schüttelte zweifelnd den Kopf. Er war schon über fünf Jahre in Fort Michilimackinac stationiert. Vor der Ankunft der Briten hatte er im amerikanischen Heer gedient. Später hatten ihn die zahlenmäßig unterlegenen Rotröcke in ihre Reihen gepreßt. Er wußte, daß Jordan Scott ein gefährlicher Gegner war, daß man mit ihm nicht so leichtfertig umgehen konnte.

»Ich werde heute nacht wohl kaum auf diesen Scott treffen. Ich weiß zwar nicht, wo er sich aufhält, aber ich bin sicher, daß er nicht bei Miss Sutcliffe weilt. In den zwei Tagen, in denen wir die Gruppe beobachtet haben, ist er nicht in ihre Nähe gekommen. Ich werde Miss Sutcliffe vor seinen Augen wegschnappen und später mit ihm abrechnen.«

Der Soldat zog die Schultern hoch. Was ging ihn es an, wenn dieser eingebildete britische Offizier einen Wolf nicht von einem Hund unterscheiden konnte. »Wie es Ihnen beliebt, Sir«, erwiderte er.

»Ihr Männer bleibt hier!« befahl Lieutenant Renquist. »Was ich vorhabe, ist heikel. Seid bereit aufzubrechen, wenn ich mit unserer Gefangenen zurückkehre.«

Lieutenant Renquist bewunderte sich selbst, als er geräuschlos auf das Indianerlager zuschlich. Er wünschte sich sehnsüchtig, daß Jordan Scott sich mit seiner Beute in dem Wigwam aufhalten möge. Dann könnte er diesem ungeschlachten Rüpel zeigen, wie ein richtiger Mann zu kämpfen verstand. Noch mehr Befriedigung würde es ihm verschaffen, wenn er dem Schurken sein Jagdmesser in den Leib stoßen könnte. Miriam Sutcliffe würde zusehen und endlich erkennen, daß sie, als sie Schutz suchte, die falsche Wahl getroffen hatte.

Im Indianer-Lager blieb alles ruhig, als Lieutenant Ren-

181

quist leise an Miriams Wigwam heranrobbte. Einen Augenblick blieb er bäuchlings im verharschten Schnee liegen und lauschte. Doch aus dem Inneren drang kein Laut. Den ganzen Abend hindurch hatte er das Treiben im Lager im Licht des Feuers, das nun nur noch glühte, gut beobachten können. Vor zwei Stunden hatte Miss Sutcliffe ihren Wigwam aufgesucht. Niemand war ihr gefolgt. Sie mußte mittlerweile tief schlafen.

Lieutenant Renquist zog sein Messer aus der Scheide, durchschnitt die doppelten Binsenmatten, die Miriam so sorgsam an dem Zeltgerüst befestigt hatte, und zwängte sich wie eine Schlange durch die Öffnung.

Halb draußen, halb in dem Wigwam liegend, orientierte sich Lieutenant Renquist am rotglimmenden Feuer. Neben dem Ausgang lag ein Tier, das offenbar schlief. Auf den Matten, die den Boden bedeckten, sah er verstreut irgendwelche Bündel – Hindernisse, die er leicht umgehen konnte. Gut drei Meter von ihm entfernt waren Felldecken. Von daher drang das Geräusch leiser, gleichmäßiger Atemzüge zu ihm herüber. Das mußte die Beute sein, hinter der er her war.

Es bereitete ihm keine Mühe, sich an die schlafende Gestalt heranzuschleichen, ohne sie zu wecken. Als Lieutenant Renquist ihr mit einer Hand den Mund zuhielt und den anderen Arm unter ihrem Kopf hindurchschob, so daß er ihre Kehle umklammerte, wachte Miriam nicht sogleich auf. Sie versuchte lediglich, sich tiefer in die Felldecken zu schmiegen und murmelte leise einen Namen, den er nicht verstand. Als sie schließlich aufwachte, war es zu spät. Sie befand sich in seiner Gewalt.

Miriam stieß einen unartikulierten Laut aus, den er sogleich mit seiner Hand erstickte.

»Seien Sie doch still!« wisperte ihr Lieutenant Renquist zu. »Machen Sie keine Schwierigkeiten, Miss Sutcliffe! Kommen Sie, ohne das ganze Lager aufzuwecken, mit mir, oder ich vergesse, daß ich ein Gentleman bin.«

Miriam wehrte sich wie ein wildes Tier, als er sie von ihrer Lagerstatt zog. Die nächtliche Stille in dem Wigwam war dahin. Die kleine Jane war aufgewacht und begann jämmerlich zu greinen. Petunia reagierte darauf mit einem anhaltenden Meckern.

»Hergott nochmal!« fluchte Lieutenant Renquist leise.

Miriam unterbrach ihn, indem sie ihn wild in die Hand biß, die ihren Mund bedeckte.

»Du verdammtes Biest!« stieß Lieutenant Renquist aus, ohne seinen Griff zu lockern. »Das wirst du mir büßen!«

Er versetzte ihr einen Schlag an den Kopf, der sie so weit betäubte, daß er seine Beute durch den Schlitz, den er vorher in die Binsenmatten geschnitten hatte, aus dem Wigwam zerren konnte. Jetzt hoffte er nur, daß sich niemand um das Greinen eines kleinen Kindes und das durchdringende Ziegengemecker kümmern würde. Er hielt Miriam, die sich nur noch schwach wehrte, fest und versuchte möglichst geräuschlos in der Dunkelheit unterzutauchen.

Doch da umklammerte ein Arm mit eisenharten Muskeln seinen Hals, und er spürte die eisigkalte Klinge eines Messers an seiner Kehle.

»Lassen Sie sie los!« zischelte eine Stimme in sein Ohr.

Lieutenant Renquist gehorchte und gab Miriam frei, die zu Boden stürzte.

»Und jetzt drehen Sie sich um, damit ich Ihr Gesicht sehen kann!« befahl die Stimme.

Lieutenant Renquist wandte sich um und stand Jordan Scott gegenüber. Selbst in dem schwachen Sternenlicht konnte er das bedrohliche Funkeln der silbergrauen Augen erkennen. Seine Hand tastete unwillkürlich nach dem Griff seines Jagdmessers.

»Das würde ich nicht machen«, sagte Jordan Scott warnend und verzog die Lippen zu einem verächtlichen Lächeln. Dann blitzte sein Messer auf und Lieutenant Renquist spürte, wie sein Ledergürtel durchschnitten wurde. Dieser fiel samt seinem Jagdmesser in den Schnee. Auch seine Hosen rutschten.

Lieutenant Renquist erstarrte, als Scott die Messerspitze auf sein Gesicht richtete.

»Übermitteln Sie Captain Michaels eine Nachricht von mir«, sagte Jordan Scott.

Der Lieutenant atmete auf, fixierte aber immer noch die Messerspitze.

»Sagen Sie ihm, daß Miss Sutcliffe das nicht besitzt, wonach er sucht. Sollte er weitere Soldaten nach ihr ausschikken, werde ich ihnen die Haut abziehen und daraus Mokassins anfertigen. Haben Sie mich verstanden?«

Die Messerspitze näherte sich Lieutenant Renquists Nase. »Ich habe verstanden«, erwiderte Lieutenant Renquist gepreßt.

Jordan Scott lächelte ihn abschätzig an. »Zweifeln Sie nicht an meinen Worten, Rotrock!«

»Ich zweifle nicht daran.«

Lieutenant Renquist wich vorsichtig zurück und streckte die Hände vom Körper, um anzuzeigen, daß er nicht bewaffnet war. Seine Hosen glitten weiter nach unten. Er sah, daß Miriam jede seiner Bewegungen mit den Augen verfolgte. Vermutlich lachte sie insgeheim über ihn. Lieutenant Renquist schwor sich, daß er ihr und Scott diese Demütigung heimzahlen würde. Er hatte diesen abtrünnigen Menschen unterschätzt. Beim nächsten Mal würde er es anders machen.

»Verschwinden Sie, bevor ich mich anders besinne!« zischelte Jordan Scott und schwenkte das Messer hin und her, so daß Lieutenant Renquist jedesmal zusammenzuckte.

Der Lieutenant rannte davon, so schnell es seine rutschenden Hosen erlaubten.

Miriam hockte noch immer auf dem Boden und versuchte sich darüber klarzuwerden, was geschehen war. Erst Jordans durchdringender Blick brachte sie wieder zu sich. Der Ausdruck seiner Augen war bedrohlicher als die Ereignisse dieser Nacht.

Sie zuckte zusammen, als Jordan Lieutenant Renquists Messer aufhob und es mit einem Ruck in seine Scheide steckte. »Was soll ich nur mit dir machen?« sagte er mit einer düster klingenden Stimme.

12

Als Jordan auf sie zutrat, wich sie zurück. Aber trotz dieser Geste nahm er sie in seine Arme und trug sie in den Wigwam.

»Dieser Kerl hat dich verletzt«, murmelte er und ließ sie auf der Lagerstatt nieder. Vorsichtig betastete er die Schürfwunde, die Lieutenant Renquist ihr zugefügt hatte.

Ein Schauer durchlief Miriam, als sie seine Berührung verspürte. Er wirkte noch immer bedrohlich. Das stieß sie ab und zog sie zugleich an, weckte in ihr eine dumpfe, urtümliche Regung, die sie erschauern ließ.

Sie entzog sich seinen Händen und versuchte klar zu denken. »Da hat er mir einen Faustschlag versetzt«, sagte sie.

»Ich sehe es«, sagte er begütigend, nachdem er festgestellt hatte, daß die Hautabschürfung nicht so schlimm war. »Dein Verehrer scheint dich nicht mehr zu mögen, Miss Sutcliffe.«

»Er ist nicht mein Verehrer, ist es nie gewesen.«

»Ach ja? Ich habe immer gedacht, du würdest zivilisierten Gentlemen den Vorzug geben.«

»Hören Sie doch auf!« erwiderte Miriam bittend und vergrub ihren schmerzenden Kopf in den Händen. »Ich möchte nicht mit Ihnen streiten.«

Jordan lächelte sie anzüglich an.

»Du willst nicht mit mir streiten? Das ist eine neue Erfahrung«, sagte er spöttisch. »Vielleicht sollte man dir öfters einen Faustschlag versetzen, dann wäre das Leben mit dir friedlicher.«

Miriam biß auf diesen Köder nicht an. Jordans Gesichtsausdruck fiel ihr ein, als er Lieutenant Renquist gestellt hatte. »Würden Sie wirklich einem Menschen bei lebendigem Leibe die Haut abziehen?« fragte sie.

Einen Augenblick lang fixierte sie Jordan mit seinen silbergrauen Augen. Dann lächelte er. »Ich glaube nicht, daß ich mir diese Mühe machen würde. Es wäre mir zu widerwärtig.«

»Was meinten Sie, als Sie sich fragten, was Sie mit mir tun sollten?«

Jordan wandte sich ab, als hätte er ihre Frage nicht gehört, und stocherte in dem Feuer, bis es aufflammte. Dann drehte er sich um und musterte sie mit seinen silbergrauen Augen.

»Tja, was soll ich mit dir machen?« fragte er. »Captain Michaels weiß jetzt, wo du dich aufhältst. Witwe Peavys Versteckspiel ist zu Ende. Im Winter bist du hier noch sicher. Aber wenn der Frühling kommt, braucht er nur auf Michilimackinac-Island auf dich zu warten. Wahrscheinlich wird er uns beiden auflauern.«

»Machen Sie sich da keine Sorgen, Mr. Scott«, erwiderte sie. »Ich habe Ihren Schutz während des Winters gesucht. Ich kann Ihnen versichern, daß mir bis zum Frühling schon ein Ausweg einfallen wird.«

»Ich kenne dich mittlerweile so gut, Miss Sutcliffe, daß ich das nicht bezweifle.«

Da die kleine Jane quäkend zu greinen begann, wandte sich Miriam von ihm ab.

»Ich gehe jetzt«, sagte Jordan, als sie sich ihm wieder zudrehte.

»Nein!« rief sie aus und versuchte ihn schüchtern festzuhalten. »Jordan ... Mr. Scott, ich habe noch immer Angst. Mir wäre es lieber, wenn Sie blieben.«

Bevor sie ihre Hand wieder zurückziehen konnte, hatte sie Jordan gepackt.

»Fürchtest du dich so sehr?« Seine Stimme klang heiser. Etwas schwang in ihr mit, das sie beunruhigte. Plötzlich ängstigte sie sich – vor Jordan, vor sich selbst, vor den sonderbaren Gefühlen, die in ihr aufstiegen. Lieutenant Renquist und Captain Michaels waren vergessen.

»Ich bleibe, wenn du mich darum bittest, Miss Sutcliffe.« Der Griff seiner Hand um ihren Arm wurde fester. »Aber ich warne dich. Wenn ich bleiben soll, schlafe ich neben dir auf dieser Lagerstatt da, und deine Zickigkeit wird mich heute nacht nicht von dir fernhalten. Du verlangst zuviel von einem Mann.«

Einen Augenblick verschlug es Miriam den Atem. Das

Blut pochte in ihren Schläfen, während die Stille ringsum unerträglich lange währte. Zwei Menschen schienen in ihr zu stecken – eine sittsame Dame, die animalische Regungen, die plötzlich geweckt worden waren, verabscheute, und eine lüsterne Frau, die sich nach Jordans Umarmung sehnte, die sich an ihn schmiegen, das feurige Funkeln seiner Augen, seinen verlockenden Mund, seinen angespannten Körper genießen wollte.

Die wollüstige Miriam hatte sämtliche, seit Generationen erprobte Instinkte auf ihrer Seite. Aber sie konnte dennoch die Ketten nicht sprengen, die sie ihr ganzes Leben zur Zurückhaltung gezwungen hatten. Sie konnte ihre Furcht vor den beängstigenden Regungen, die in ihr aufwallten, nicht unterdrücken. Die Ketten hielten. Ihre Furcht trug den Sieg davon.

Jordan sah, daß Miriam die Augen niederschlug. Er gab ihren Arm frei, machte auf dem Absatz kehrt und ging hinaus. Miriam blieb mit einer schmerzenden Leere in ihrem Herzen allein zurück.

Die Morgensonne konnte Miriams Gefühl, daß sie wie ein steuerloses Schiff dahintrieb, nicht aufhellen. All die Werte, die ihrem bisherigen Leben Festigkeit verliehen hatten, waren zweifelhaft geworden. Sie kannte sich selbst nicht mehr. Aber der neue Tag bürdete ihr Arbeiten auf, die ihr zum Grübeln keine Zeit ließen.

Jordan und Wellenreiter hatten vor Sonnenaufgang das Lager verlassen. Lächelt-bei-Sonnenaufgang sagte ihr, sie würden erst dann zurückkehren, wenn sie in ihren ausgelegten Fallen so viel Wild gefangen hatten, daß sie alle den ersten Teil des Winters überstehen konnten. Während ihrer Abwesenheit war es die Aufgabe der Frauen, das Lager weiter auszubauen. Sie mußten noch eine Blockhütte zur Aufbewahrung von Gerätschaften und Kleidungsstücken errichten und einen weiteren Vorratsspeicher. Zudem mußten sie noch die Wigwams winterfest machten, gegen die bald einsetzenden eisigen Stürme abdichten.

Es gab so viele Arbeiten, daß die drei Frauen vollauf beschäftigt waren. Sie errichteten ein Holzgestell, an dem man

Fleisch trocknen konnte, und setzten es über die große Feuergrube. Kleinere Gestelle wurden in den Wigwams errichtet. Lächelt-bei-Sonnenaufgang und Lied-in-der-Weide fertigten aus Zweigen Rahmen, mit deren Hilfe man neue Binsenmatten flechten konnte. Die alten Binsenmatten waren längst schmutzig und unansehnlich geworden. Miriam wurde ausgeschickt, um an bestimmten Sträuchern lange Dornen zu suchen, die sich als Nähnadeln verwenden ließen, sollten die Männer genügend Häute und Felle heimbringen, aus denen sie Kleidungsstücke für den Winter machen wollten.

Miriam mußte sich so viele neue Fertigkeiten aneignen, daß sie überhaupt nicht zum Denken kam, nicht einmal daran, warum sie Jordan ohne ein Abschiedswort verlassen hatte.

Jordan Scott hatte gleichfalls viel zu tun. Zusammen mit Wellenreiter suchte er die besten Jagdgründe auf, wo sie gemäß der Anzahl des Wildes ihre Fallen stellten. Es würde ein guter Winter werden. Die Biber, Bisamratten, Wildkaninchen, Nerze und Marder trugen bereits einen dichten Pelz, der, sollte das Wetter noch kälter werden, dichter werden würde. Die Elche, die Rothirsche, die Wapitis waren zahlreich und gut im Fleisch. Sie spürten auch zwei große Bären auf, erkundeten deren Revier und fanden ein paar Höhlen, in denen die zottigen Gesellen den Winter verbringen könnten.

Trotzdem fand Jordan Scott noch Zeit, an das Lager am Aux-Sables-Fluß zu denken und an die Engländerin, die ihm das Leben so schwer machte und mit der er den Winter verbringen mußte. Sie verfolgte ihn selbst auf seinen Streifzügen in den winterkalten, menschenleeren Wäldern, erschien ihm im Schlaf, als sei sie ein Alptraum oder eine Traumgestalt. Er wußte nicht, was sie war.

Wellenreiter bemerkte, daß Jordan hin und wieder seinen Gedanken nachhing, und ahnte auch den Grund.

»Nachts hast du dein Lager vor deinem Wigwam auf dem blanken Boden aufgeschlagen«, sagte der untersetzte Indianer eines Abends, als sie dasaßen und den schweigenden

Wald auf sich wirken ließen und die hellen Sterne am Himmel betrachteten. »Warum treibt dich diese weiße Frau aus deinem Wigwam?«

Die Stimme des Indianers klang gleichmütig, aber seine Augen glitzerten spöttisch. Jordan warf ihm einen mißtrauischen Blick zu.

»Ich verließ meinen Wigwam, um zur Ruhe zu kommen. Die Frau bringt mich sonst noch um den Verstand.«

Wellenreiter lächelte und nickte verständnisvoll. »Gewisse Frauen können einen schon um den Verstand bringen.«

»Sie gehört zu diesem Schlag«, sagte Jordan mißmutig. »Wenn ich in dem Wigwam bleibe, nehme ich sie mir, ob es ihr nun gefällt oder nicht. Und das wird sie mir übelnehmen, ebenso wie Witwe Peavy.«

Wellenreiter stocherte versonnen in der Glut. »Ich begreife nicht, warum es so kommen muß, Bruder. Jede Frau wünscht sich einen starken Mann, der sie schützt, der mit ihr Kinder zeugt, der ihre Lagerstatt wärmt. Ich habe einmal gesehen, wie Himmelsauge dich angeblickt hat. Was sie sich wünschte, konnte man in ihrem Gesicht lesen. Sie würde sich dir gern hingeben.«

Jordan schnaufte verächtlich. »Eine anständige weiße Frau denkt darüber anders.«

Zumal diese weiße Frau, dachte Jordan. Wie oft hatten ihn ihre mitternachtsblauen Augen abschätzend, empört gemustert? Wie oft hatte sie ihm von Moral, Verantwortlichkeit, von Anstand gepredigt, seitdem er unglücklicherweise ihren Lebensweg gekreuzt hatte? Diese Frau war ein Bündel von Widersprüchen. Ihr berückendes Lächeln kaschierte eine spitze Zunge; hinter ihrer jüngferlichen Zickigkeit verbargen sich Leidenschaften. Sollten diese Leidenschaften einmal ausbrechen, würde sie zweifellos vor Schrecken tot umfallen.

»Ja, weiße Frauen sind merkwürdige Wesen«, pflichtete Wellenreiter ihm bei. »Ein vernünftiger Mann würde dieser Frau aus dem Weg gehen.« Er lächelte Jordan wissend an. »Aber ich habe den Eindruck, daß du kein vernünftiger Mann mehr bist, Bruder.«

Jordan schüttelte den Kopf. »Sie ist eine sonderbare Frau, Wellenreiter. Sie ist sich so verdammt sicher, wie das Leben abzulaufen hat, und wenn man ihre Vorstellungen in Zweifel zieht, verwandelt sie sich in eine fauchende Katze. Manchmal tut sie mir beinahe leid.« Er lachte auf. »Aber nur beinahe. Mir tut jeder Mann leid, der sich mit dieser englischen Distel einläßt.«

Wellenreiter lächelte. »Es ist nicht klug, Geisterauge, wenn ein Mann sich selbst leid tut.«

Seine Worte lösten bei Jordan ein verkniffenes Lächeln aus. War es nicht eine Ironie des Schicksals, daß eine prüde, zickige Jungfer die Frau war, die seine Leidenschaft entflammte, sein bisheriges Leben bemäkelte, ihm ins Gedächtnis zurückrief, daß auch er trotz allem ein Weißer war? Wellenreiter hatte recht. Er, Jordan Scott, der Dummkopf, hatte auf diesen Köder angebissen, den ihm ein böses Geschick hingeworfen hatte. Er könnte sich ohrfeigen, daß Miriam Sutcliffe all das verkörperte, vor dem er geflohen war, was er verachtete. Aber es änderte nichts daran. Anscheinend hatte er, der Bastard aus Boston, nichts aus seinen Erfahrungen gelernt.

Er nickte Wellenreiter verdrossen zu und suchte sein Lager auf.

Der nächste Morgen zeigte, daß bald ein Sturm aufziehen würde. Die Sonne verbarg sich hinter einem dunstigen Schleier. Der Wind wehte mit winterlicher Kälte. Jordan stand auf, streckte sich und trottete zu dem kleinen Bach, wo Wellenreiter sich den Schlaf aus den Augen wusch. Als Jordan sich niederbeugte, um die Hände in das eiskalte Wasser zu tauchen, sah er sein Spiegelbild. Seine Haut war fast so braun wie die von Wellenreiter. Mit seinem aristokratischen, hageren Gesicht könnte man ihn ohne weiteres für einen Chippewa halten, wenn da seine Skalplocke nicht wäre. Sie schimmerte in einem sonnengebleichten Weizenblond.

Versonnen fuhr er sich mit der Hand über seinen kahlgeschorenen Kopf. Wie lange würde es wohl dauern, bis sein Haar wieder nachgewachsen war? Als er sich aufrichtete, blickte er in Wellenreiters wissende Augen.

»Ist die Zeit gekommen, daß du wieder zu einem weißen Mann wirst, Bruder?« fragte der Chippewa-Krieger.

Jordan schüttelte den Kopf und lächelte seinen Freund betroffen an.

Miriam saß im Schneidersitz auf einer Binsenmatte vor dem Wigwam. Die Sonne schien ihrem Haar rote Funken zu entlocken, während sie sich angespannt über den Mokassin beugte, an dem sie gerade nähte. Er war so groß, daß ihre beiden Füße darin Platz gefunden hätten, aber Jordan würde er perfekt passen. Sie brauchte nur noch das feste Elchleder innen mit Wildkaninchenfell zu füttern. Das würde die Winterkälte abhalten. Mit ihrer Nadel – einem Dorn von einem Stechapfelstrauch – durchstach sie geschickt das Leder und nähte es mit einer gespaltenen Elchsehne zusammen.

Lächelt-bei-Sonnenaufgang saß neben ihr und nähte gleichfalls an einem Mokassin. Hin und wieder versetzten die beiden Frauen dem Tragebrett mit der kleinen Jane, das über ihnen an einem Ast hing, einen Schubs. Rauchbändiger stapfte auf Schneeschuhen das Flußufer entlang zu seinem Fischrevier, das knapp einen Kilometer entfernt flußaufwärts lag.

»Ein Sturm zieht herauf«, sagte Lächelt-bei-Sonnenaufgang und schaute zum verschleierten Himmel empor. »Hoffentlich merken das meine Söhne und kehren heim.«

Miriam lächelte versonnen. »Rauchbändiger wird froh sein, wenn sie wieder da sind. Ich denke, ihm reicht es allmählich, daß er nur Frauen um sich hat.«

Als Miriam diese Worte stockend in der Chippewa-Sprache herausbrachte, nickte Lächelt-bei-Sonnenaufgang zustimmend. »Mein Mann weiß, daß er hier gebraucht wird, um dich vor den Männern zu schützen, die dich entführen wollen. Er wird auch froh sein, daß ein Sturm kommt, denn das wird die weißen Männer abhalten. Du bist also sicher.«

»Warum ist Jordan nicht selbst geblieben, wenn er meinte, daß ich Schutz brauche?«

»Geisterauge zog es weg von hier, Tochter«, erwiderte Lächelt-bei-Sonnenaufgang. Aus ihren Worten klangen weder

Tadel noch Verständnis heraus. Sie stellte schlichtweg eine Tatsache fest.

Miriam schlug die Augen nieder und widmete sich wieder ihrer Arbeit. Lächelt-bei-Sonnenaufgang hatte die Wahrheit gesagt. In den zehn Tagen, die sie unterwegs gewesen waren, hatten sich die Spannungen zwischen ihr und Jordan fast unerträglich gesteigert. Die anderen hatten es gemerkt.

Wie hätte sie sich verhalten, wenn Jordan am nächsten Morgen vor dem Wigwam auf sie gewartet hätte?

Doch der Gedanke, daß zwischen ihnen beiden eine feste Bindung entstehen könnte, war selbstverständlich abwegig. Miriam versuchte sich Jordan Scott in einem Londoner Salon vorzustellen. Das wäre, als würde man einen Adler in einen Käfig sperren oder einen Wolf in einer Falle fangen. Jordan würde alles tun – wie ein Wolf, der sich die Pfote abbeißt, damit er entkommen kann –, um wieder zu seinen Wäldern zurückzukehren. Ihr Vater hatte sich nicht anders verhalten. Miriam fragte sich, welche Wunden nun Jordan in seinem Freiheitsdrang schlagen würde. Ihr Vater hatte ihrer Mutter das Herz gebrochen. Dieser Gedanke erregte sie so sehr, daß sie sich mit der Dornennadel in den Finger stach.

»Au!« stieß sie aus. »Verflixt!«

Lächelt-bei-Sonnenaufgang schaute auf. »Du bist mit deinen Gedanken woanders, Tochter. Wie willst du unsere Fertigkeiten erlernen, wenn du nicht achtgibst?«

Miriam seufzte auf und saugte an ihrem blutenden Finger. Wie sollte sie sich auf etwas konzentrieren, wenn ihr Leben aus den Fugen geraten war? Sie glich ihrer Mutter. Auch sie fühlte sich zu einem ungebärdigen Wilden hingezogen. Jordan Scott würde auflachen, erführe er, was für eine Eroberung er da gemacht hatte. Doch sie konnte sich einfach nicht entscheiden. Ihre niederen Regungen schienen unbeherrschbar zu sein.

Sie grübelte noch immer über ihre mißliche Lage nach, als Lied-in-der-Weide, ein Bündel Feuerholz auf dem Rücken, sich zu ihnen gesellte. Sie blickte auf die Mokassins in Miriams Schoß herab und lächelte spöttisch. Miriam spürte, daß sich ihr die Nackenhaare sträubten.

»Ich sehe, daß dir das Nähen ebensowenig gelingt wie das Kochen«, sagte Lied-in-der-Weide. »Die Naht an der großen Zehe müßte dichter sein, Himmelsauge. Die Naht wird nicht mal eine Jagd halten. Dein Mann wird sich die Füße erfrieren.« In dem Wort *Mann* schwang ein spöttischer Unterton mit.

Miriam schwieg. In gewisser Weise tat ihr die junge Indianerin leid. Trotz all ihrer widerstreitenden Gefühle war sie zu der Erkenntnis gelangt, daß Jordan die Nächte nicht mit der allzu bereitwilligen Lied-in-der-Weide verbrachte. Woher käme sonst sein kaum verhohlenes Verlangen nach ihr, wenn er seine Wollust bei Lied-in-der-Weide stillte? Seitdem sie zu diesem Schluß gekommen war, war sie gegen Jordan nachsichtiger.

»Sie lernt ja noch«, warf Lächelt-bei-Sonnenaufgang ein. »Bald besitzt sie alle Fertigkeiten, die eine gute Frau benötigt.«

»Ja«, sagte Miriam mit herausforderndem Tonfall. »Bald ist es soweit.«

Lied-in-der-Weide blinzelte sie an. Dann verengten sich ihre Augen, als sie begriff, was Miriams Worte bedeuten könnten. Sie griff in den Beutel, der an ihrem Gürtel hing. »Wenn du dich im Nähen noch üben willst, Himmelsauge, könntest du das hier für mich ausbessern.« Sie hielt Miriam Jordans mit Holzperlen besticktes Knieband hin. »Männer sind ja so ungestüm, wenn sie sich ausziehen.«

Miriam erbleichte. Sie erkannte das Band wieder. Und sie konnte sich nur eine Möglichkeit vorstellen, wie es in den Besitz von Lied-in-der-Weide gelangt sein konnte. Sie hatte sich getäuscht. Das Verlangen, das sie in Jordans Augen gesehen hatte, war nur der Abglanz jener Leidenschaft gewesen, die er für Lied-in-der-Weide empfand. Sie nahm das Band und knüllte es in ihrer Hand zusammen.

»Entschuldige mich bitte«, sagte sie zu Lächelt-bei-Sonnenaufgang. »Ich habe noch etwas in meinem Wigwam zu tun.«

Lächelt-bei-Sonnenaufgang preßte die Lippen zusammen, als Miriam davonging. Dann wandte sie sich ihrer Tochter zu, die triumphierend lächelte.

»Hab' ich dich nicht gelehrt, höflich und freundlich zu sein? Wie konntest du nur so etwas tun?«

Lied-in-der-Weide ließ sich von diesem Tadel nicht beeindrucken. »Sie hätte mit den Engländern fortgehen sollen. Sie gehört nicht zu uns.«

»Sie ist die Frau von Geisterauge. Sie gehört zu ihm.«

»Sie gehört zu ihrem Volk. Sie gleicht ihrem Vetter – sie ist rücksichtslos und kümmert sich nicht darum, wenn sie andere Menschen, die besser sind, kränkt und belastet.«

Lächelt-bei-Sonnenaufgang blickte ihre Tochter erstaunt an. »Woher kennst du ihren Vetter?«

»Er ist im vergangenen Frühling nach L'Arbre Croche gekommen«, sagte Lied-in-der-Weide mit verschlossener Miene. »Geisterauge hat sich nach ihm erkundigt und mir gesagt, wer dieser Mann ist.«

»Warum hast du es Himmelsauge nicht erzählt? Sie würde sicher gern etwas über ihren Vetter erfahren.«

Lied-in-der-Weide rümpfte die Nase. »Sie hat mich nie gefragt«, sagte sie. Sie dachte kurz daran, ihrer Mutter zu verraten, warum die Engländerin hierher gereist war. Doch der Gedanke an Jordans Zorn hielt sie zurück. »Warum soll ich ihr helfen? Sie ist uns allen eine Last. Keiner mag sie. Diese Engländerin tut Geisterauge nicht gut. Sie macht ihn unglücklich. Bald wird er sie zu ihren Leuten zurückschicken.«

»Glaubst du denn, er wird mit dir glücklich sein, wenn du ihn mit Lügen in dein Bett lockst, Tochter?«

Lied-in-der-Weide setzte ein wissendes, lüsternes Lächeln auf. »Bei mir wird er glücklich sein«, sagte sie.

Als Miriam sich in ihrem Wigwam befand, ließ sie ihrer Wut freien Lauf. Sie hatte nur vermutet, daß Jordan die Nächte mit Lied-in-der-Weide verbrachte. Doch jetzt hatte ihr dieses Flittchen den Beweis dafür geliefert. Und sie hatte noch Verständnis für diesen Schuft gehabt. Als er sie vor Lieutenant Renquist gerettet hatte, hatte er schnurstracks in die Arme seiner Geliebten zurückkehren wollen. Das Verlangen, das ihr sein Körper vermittelt hatte, hatte nicht ihr gegolten, sondern dieser Dirne, die ihr das Beweisstück unter die Nase gehalten hatte, daß er sich die Kleider vom Leibe riß, wenn er sich bei ihr befand. Zum Teufel mit Jordan Scott, diesem Wüstling! Zum Teufel mit Lied-in-der-Weide, diesem liederlichen Weibsbild! Und zum Teufel mit Miriam Sutcliffe, der leichtgläubigen Närrin!

Miriam rannte in dem Wigwam hin und her und konnte nicht sagen, ob sie nun auf Jordan, Lied-in-der-Weide oder auf sich selbst wütend war. Der Gedanke, daß sie kein Recht zur Eifersucht hatte, steigerte nur noch ihren Zorn. Je mehr sie einsah, wie töricht sie sich verhalten hatte, desto wütender wurde sie.

Miriam ergriff eine Decke und rollte sie zusammen. Daß sie Captain Michaels entkommen war, war den Preis nicht wert, den sie zahlen mußte. Der Umgang mit diesen rothäutigen Wilden korrumpierte sie. Ihre Umwelt verwandelte sie unmerklich, aber unaufhaltsam in eine Barbarin. Sie mußte Felle zusammennähen, Wild über einem offenen Feuer garen, in einem Zelt auf dem Boden schlafen und sich mit so wenig damenhaften Gefühlen wie Eifersucht und Wollust herumschlagen. Und das alles wegen eines unmoralischen, verantwortungslosen Schufts, der nicht ein Quentchen Anstand besaß. Sie wollte verdammt sein, wenn sie noch einen Tag länger in diesem Lager blieb.

Lächelt-bei-Sonnenaufgang schüttelte ablehnend den Kopf, als Miriam ihr sagte, fortan müsse sie sich um die kleine Jane und Petunia kümmern.

»Du wirst die Ziege zweimal täglich melken«, wies sie die Indianerin mit gepreßter Stimme an. »Du hast gesehen, wie ich es gemacht habe. Und du darfst Heller Geist keine Milch geben, die älter ist als ein Tag. Andernfalls wird sie die Milch erbrechen.«

»Du bist eine Närrin, Himmelsauge. Meine Tochter ist es ebenfalls. Sie hat Geisterauge schon begehrt, bevor dieser Seetänzerin zur Frau nahm. Trotzdem hat er Lied-in-der-Weide nie aufgesucht. Das tut er auch jetzt nicht.«

Miriam schob das Kinn vor und setzte eine gleichmütige Miene auf. »Geisterauge kann aufsuchen, wen er möchte. Meinetwegen kann er auch zum Teufel gehen. Der paßt zu ihm.«

195

»Du kannst dich nicht allein auf den Weg machen, Tochter. Selbst einer Anishanabe-Indianerin würde es nicht einfallen, sich allein zu Michilimackinac-Island durchzuschlagen.«

Miriam hob ihr Bündel auf, schwang es geschmeidig über die Schulter und band es mit Lederriemen fest. »Du hast mir so viel beigebracht, daß ich es die wenigen Tage schon aushalten werde. Außerdem können die Engländer, die mich mitnehmen wollten, nicht allzuweit voraussein.«

»Aber es sind deine Feinde«, warf Lächelt-bei-Sonnenaufgang ein.

Miriams Miene verfinsterte sich. Sie schaute der alten Indianerin nicht in die Augen. »Ich bin mir ein größerer Feind als diese Leute.«

Lächelt-bei-Sonnenaufgang verschränkte entschlossen die Arme vor der Brust. »Rauchbändiger wird bald vom Fischen heimkehren. Ich werde ihn dir hinterherschicken.«

»Nein, das wirst du nicht«, sagte Miriam und strich mit der Hand zärtlich über den Arm der Indianerin. »Du bist doch eine Frau, bist mir eine Mutter gewesen. Überleg doch mal, wie es wäre, wenn man dich nach England brächte, wo du dich mit ganz anderen Menschen, mit einer ganz anderen Lebensart abfinden müßtest? Wie würdest du dich fühlen, wenn du allmählich deine Chippewa-Lebensweise vergißt, deine Vorstellungen vom Leben, deine Wurzeln? Und dann verliebst du dich noch in einen Mann, der dich verachtet, der dich nur benützen will und dich danach fallen läßt, der für das, was in dir steckt, nur Spott übrig hat. Wenn du darüber nachdenkst, Mutter, läßt du mich gehen.«

»Du bist eine Närrin, Tochter«, sagte die Indianerin schroff, aber ihre Augen hatten einen nachsichtigen Ausdruck.

Ohne etwas darauf zu erwidern, wandte sich Miriam um und verließ das Lager. Sie mußte sich dazu zwingen, nicht noch einmal umzuschauen, um sich von der kleinen Jane in ihrem Tragebrett und von Lächelt-bei-Sonnenaufgang zu verabschieden.

Die empfand eine tiefe Leere, als sie in westlicher Richtung dem Aux-Sables-Fluß folgte. Vor einigen Tagen noch waren ihr die Wälder wie ein Hort des Friedens und der Schönheit vorgekommen. Jetzt wirkten sie leblos, unheimlich, abweisend. Im Schatten der Kiefern schienen unbekannte Gefahren zu lauern. Die umgestürzten Bäume und knorrigen Stümpfe waren wie Spukgestalten, die mit bösen Augen ihren Weg verfolgten. Nur der Gedanke, daß Lied-in-der-Weide und Jordan Scott sie auslachen würden, hielt sie davon ab, auf ihrer eigenen Spur ins Chippewa-Lager zurückzukehren.

Am Spätnachmittag stieß sie auf die Fußabdrücke von Lieutenant Renquist und seinen Männern. Es kam ihr so vor, als hätte sie auf ihrem einsamen Marsch plötzlich Gesellschaft. In besserer Stimmung folgte sie den Spuren, bis die hereinbrechende Dunkelheit ihr Einhalt gebot.

Die Fertigkeiten, die sie von Lächelt-bei-Sonnenaufgang gelernt hatte, kamen ihr nun zugute. Sie entfachte ein kleines Feuer, erhitzte Wasser, um sich einen Tee zu machen, und aß mit Hirschtalg versetzten, zerstoßenen Mais. Erst als der Mond aufging, legte sie eine Kaninchenschlinge aus, wobei sie die Überreste ihrer Mahlzeit als Köder verwendete. Danach errichtete sie einen Unterschlupf aus Kiefernzweigen, wickelte sich in ihre Decken und schlief ein.

Am nächsten Morgen briet sie ein Kaninchen, das sich in der Schlinge gefangen hatte, an einem Holzspieß über dem Feuer. Es war erst wenige Tage her, daß sie sich überheblich geweigert hatte, die von Jordan geschossenen Wildenten auszunehmen. Was ein paar Tage doch für eine Veränderung bewirken konnten! Sie wurde allmählich zu einer Barbarin. Am zweiten Tag ihres Marsches erging es ihr besser als am erste. Die dräuenden Baumschatten waren nur Baumschatten. Baumstümpfe und umgestürzte Bäume waren das, was sie nun einmal waren. Es bereitete ihr keine Mühe, der Spur der langsam vorankommenden Engländer zu folgen. Da sie sich inzwischen an das Gehen mit Schneeschuhen gewöhnt hatte, kam sie schneller voran als die Männer und schätzte, daß sie den Trupp irgendwann am nächsten Vormittag erreichen würde. Dann würde sie wieder in die Rolle einer Engländerin aus guter Familie schlüpfen und alle groben Arbeiten den Herren der Schöpfung überlassen. Captain Michaels mochte mit ihr anfangen, was immer er wollte. Das war erträglicher als zuzusehen, wie Jordan um Lied-in-der-Weide balzte. Zuträglicher war es auch noch deshalb, weil sie nicht so tief in ein primitives Leben eintauchen würde, daß ihr der Rückweg in ihre frühere Existenz schließlich verschlossen blieb.

Die zweite Nacht ließ sich wie die erste an. Doch dann weckte sie ein starker Wind, der Schnee in ihren Unterschlupf stäubte. Den Rest der Nacht verbrachte Miriam trotz ihrer Decken fröstelnd. Sie lauschte den unheimlichen Geräuschen des immer stärker werdenden Sturmes. Daß es Tag wurde, sah sie am grauen Dämmerlicht. Der Wind heulte noch immer und trieb Schnee vor sich her, der die Sonne, den Himmel und den Wald verschleierte. Ihre Welt war auf den kleinen Fleck innerhalb ihres Unterschlupfes zusammengeschrumpft. Dazu gehörten noch die paar Bäume, die so nahe standen, daß man sie im alles verdunkelnden Blizzard gerade noch ausmachen konnte.

Miriams Fertigkeiten, im Wald überleben zu können, reichten nicht aus, einen Wintersturm mitten in der Wildnis durchzustehen. Sie versuchte ihren Unterschlupf abzudichten, flocht Kiefernzweige in das Gerüst und überdeckte sie mit den mitgenommenen Fellen, die sie mit Lindenbaststreifen, wie Lächelt-bei-Sonnenaufgang es ihr beigebracht hatte, festzurrte. Den Zugang legte sie auf der dem Wind abgekehrten Seite an. Es gelang ihr sogar, ein kleines Feuer zu entfachen. Aber die Flämmchen schützten sie nicht vor der beißenden Kälte. Zudem stand ihr nur wenig trockenes Holz zur Verfügung. Da sie es nicht wagte, den Unterschlupf zu verlassen, um trockenes Holz zu suchen, schlug sie die Decke enger um sich und sah zu, wie das Feuer allmählich erlosch. Während der Wind toste, fragte sie sich, ob man sie, wenn sie erfroren, wenn das Leben in ihr erloschen war, jemals auffinden, ob sie jemand vermissen würde.

Der Tag wurde zur Nacht und die Nacht wieder zum Tag. Das Schneetreiben hielt an. Miriam schätzte, als ihr Vorrat an zerstoßenem Mais und Trockenfleisch zu Ende ging, daß zwei Tage vergangen sein mußten. Aber sicher war sie nicht. Was machte es schon, wenn sie nichts mehr zu essen hatte? Der Hunger war nur ein weiteres Übel neben der Kälte, der Einsamkeit und dem sicheren Tod.

Zwei weitere Tage verbrachte sie zusammengekauert in ihrem Unterschlupf. Sie wagte sich nur hinaus in das sturmdurchtoste Schneetreiben, um ihre Notdurft zu verrichten und um in einem Becher Schnee zu holen, den sie mit ihrer Körperwärme auftaute. Sie nickte immer wieder ein. Jedesmal, wenn der Schlaf sie übermannte, dachte sie noch, daß sie wohl nie mehr aufwachen würde. Doch wenn sie wach wurde, war die Welt weiterhin ein schneedurchstäubter, von kreischendem Sturm geprägter Alptraum.

Irgendwann wachte sie auf und stellte fest, daß eine unverhoffte Stille sie aus dem Schlaf gerissen haben mußte. Sie kroch, in ihre Decke gehüllt, aus ihrem Unterschlupf. Helles Sonnenlicht blendete sie. Der Himmel war strahlend blau, die Welt ringsum in funkelndes Weiß gehüllt.

Eine gute Stunde überlegte sie, ob sie hier sterben oder den Rückweg zum Chippewa-Lager wagen sollte. An die Gewißheit des Todes hatte sie sich mittlerweile gewöhnt. Er war ihr in den letzten Tagen zum Gefährten geworden. Es war nicht so schwer, sich gehenzulassen und sich in sein Schicksal dreinzuschicken. Doch ihre Sturheit, ihr Eigensinn zwangen sie dazu, sich die Felle, die Decken, das Messer und den Kochtopf aufzuladen und auf Schneeschuhen in die Richtung zu stapfen, aus der sie gekommen war.

Sie kam nicht weit. Sie hatte es auch nicht angenommen. Aber irgend etwas in ihr zwang sie zu diesem Versuch. Der Schnee war weich und tief. Der Wind hatte auf dem Weg, den sie einschlagen mußte, schulterhohe Schneewehen aufgetürmt. Selbst wenn sie in den letzten paar Tagen nicht hätte hungern müssen, hätte sie wohl kaum die Kraft gehabt, sich entlang des Flusses eine Spur zu bahnen.

Als die Sonne am Horizont versank, gab Miriam schließlich auf. Sie wankte zu einem Baum, lehnte sich dagegen und hockte sich nieder. Die Kälte und der Hunger hatten ihr allzuviel abgefordert. Sie war psychisch und körperlich erschöpft. Mit letzter Energie öffnete sie ihr Bündel, holte eine Decke heraus und wickelte sich darin ein. Sie empfand sonderbarerweise nur tiefe Ruhe, als sie sich niedersetzte und zusah, wie die Welt ringsum allmählich verblaßte.

Obwohl sie geraume Zeit so dasaß, schien sich die Sonne kaum zu bewegen. Alles kam ihr irgendwie klarer vor. Die Bäume, die Felsen, die Schatten hoben sich mit kalter Deutlichkeit hervor. Sie verspürte die Kälte nicht mehr. Sie schien außerhalb ihres Körpers zu weilen. Es war ein sonderbares Gefühl, das ihr keine Furcht einflößte. Es war, als bräuchte sie nur zu warten, nur zu beobachten, um etwas Unbekanntes zu erfahren.

Sie war noch immer von diesem unnatürlichen Gleichmut durchdrungen, als sie sah, wie ein großer, grauer Wolf aus dem Wald heraustrat und zum Flußufer trottete. Der große Wolfsschädel hob und senkte sich, als würde das Tier eine Witterung aufnehmen. Am Flußufer blieb er stehen und trank an einer eisfreien Stelle. Dann hob er den Kopf – von den Lefzen tropfte Wasser – und erstarrte. Gleich darauf drehte er sich geschmeidig um. Seine Raubtieraugen fixierten Miriam, die noch immer, den Rücken gegen den Baum gelehnt, dasaß.

Gemächlich trottete der Wolf auf sie zu. Vier Meter von ihr entfernt blieb er wie eine Statue stehen. Miriam verspürte keinerlei Angst. Sie sah sich, wie sie aufstand und auf das Tier zuging. Es war wie in einem Traum.

Der Wolf lauerte reglos. Seine Augen waren von silbriggrauer Farbe, stellte sie gleichmütig fest. Zudem hatten sie einen klugen Ausdruck, der geradezu menschlich anmutete. Sie griff nach ihm, um ihn zu berühren, um durch sein dichtes, an den Haarspitzen schwärzlich gefärbtes graues Fell zu fahren, aber er wich ihr mißtrauisch aus. Plötzlich erschien es ihr wichtig, ihn zu streicheln, aber der Wolf beharrte auf dem gleichen Abstand. Mit stoischer Geduld wich er zurück, wenn sie nach ihm griff. Aber er floh nicht vor ihr. Ständig überprüfte er, ob ihm der Wind eine Witterung zutrug, und beobachtete die Wildnis ringsum mit argwöhnischer Wachsamkeit. Nach einer Weile gab Miriam auf und setzte sich wieder an den Baum. Der Wolf legte sich ein paar Schritte von ihr entfernt nieder, fuhr mit der Zunge über seine Lefzen und musterte sie mit seinen geisterhaften Augen, die sie beunruhigten, aber ihr auch vertraut vorkamen.

Die Zeit schien stillzustehen. Allmählich zog sich Miriam in sich selbst zurück. Sie verspürte wieder die Kälte. Tiefe Erschöpfung drückte sie nieder. Als sie noch einmal die Augen öffnete, sah sie, daß das Licht verblaßt war. Die Sonne war hinter dem Horizont verschwunden.

Und dort, wo der graue Wolf gelegen war, stand Jordan Scott.

13

Jordan war nicht so gelassen wie Miriams erträumter grauer Wolf. Als Rauchbändiger ihn und Wellenreiter einen Tagesmarsch vom Winterlager entfernt aufspürte und ihm die Nachricht überbrachte, war er in Wut geraten. Er hatte einen Weg eingeschlagen, auf dem er Miriam abfangen würde, bevor sie Lieutenant Renquist erreichen konnte.

Doch dann hatte der Schneesturm eingesetzt. Das Schneetreiben wollte nicht aufhören. Angst um Miriam verdrängte seine Wut. Vier lange Tage hockte Jordan in seinem Unterschlupf, gequält von der Vorstellung, daß diese eigensinnige, rotlockige Engländerin mittlerweile dem Hunger, der Kälte, der Erschöpfung erlegen sein könnte und allmählich vom Schnee begraben wurde. Er konnte den Gedanken nicht ertragen, daß ihre mitternachtsblauen Augen leblos auf den düsteren Himmel gerichtet, daß ihre hinreißend geformten Lippen zum Grinsen, wie es der Tod mit sich brachte, erstarrt waren, daß ihre kastanienroten Locken eine Eisschicht bedeckte. Mal fluchte er über Miriams Torheit, mal betete er, daß sich ein Wunder ereignen möge. Er betete zum Gott der Weißen und zu den Schutzgeistern der Chippewa. Er versprach ihnen alles mögliche, wenn sie nur sein Flehen erhörten. Er nahm sich vor, daß er diese sture Engländerin, sollte er sie finden, nie mehr gehen lassen würde.

Doch als er nun sah, daß Miriam den Schneesturm überlebt hatte, wallte abermals Wut in ihm hoch.

»Was hast du dir nur dabei gedacht?« fuhr er sie an. »Wolltest du dich umbringen? Hast du wirklich angenommen, ein dümmliches Salondämchen wie du könnte allein in dieser Wildnis überleben?«

Miriam antwortete ihm nicht. Sie brachte kein Wort hervor. Als sie versuchte, ihre Lippen zu bewegen, mußte sie feststellen, daß sie wie erstarrt waren.

»Antworte mir, du hirnloses Geschöpf! Weißt du überhaupt, was du uns allen zugemutet hast? Ich hätte krepieren können, wenn der Schneesturm länger gedauert hätte. Und du hättest den Tod gefunden. Lächelt-bei-Sonnenaufgang hat unsertwegen sicherlich schon längst die Totenklage angestimmt. Und das alles wegen deines dümmlichen Eigensinns!«

Miriam starrte ihn an. Ihre Augen tasteten verwundert sein Gesicht ab, als hätte sie ihn nie zuvor gesehen. Er war nicht wütend. Er war ihretwegen zutiefst besorgt, stellte sie mit weiblicher Intuition fest. Er mochte sie trotz allem.

»Verdammt nochmal, antworte endlich!«

Sie konnte nicht antworten. Sie konnte sich nicht bewegen. Ihr Körper war wie erstarrt. Der Gedanke schoß ihr durch den Kopf, daß sie vielleicht schon tot war und es nur nicht merkte.

Jordan trat auf sie zu, packte sie an der Schulter und schüttelte sie. »Antworte mir!« sagte er mit einer Stimme, in der Angst mitschwang. »Was hast du denn?«

Miriam versuchte etwas zu sagen, brachte aber nur ein heiseres Krächzen zustande. Sie schien also doch noch zu leben.

»Großer Gott! Du bist ja steifgefroren.«

Er zog seinen mit Biberfell gefütterten Parka aus, legte ihn um sie, zwängte ihre steifen Arme in die Ärmel und steckte ihre Hände in die warmen, gleichfalls pelzbesetzten Taschen.

»Bleib hier!« befahl er, als ob sie weglaufen könnte.

Binnen kurzem hatte er zwei lodernde Feuer entfacht. Behutsam hob er Miriam hoch und setzte sie auf einen Baumstamm dazwischen. Er holte aus seinem Packbeutel ein Stück mit Hirschtalg versetztes Trockenfleisch hervor. Er schnitt das Trockenfleisch in Streifen und befahl ihr davon zu essen, ohne sich um ihren mit kraftloser Stimme hervorgebrachten Protest, daß ihr Magen erstarrt sei wie ihr ganzer Körper, zu kümmern. Als sie schließlich auf dem Trockenfleisch zu kauen begann, eilte er davon. In Chippewa und Englisch vor sich hin fluchend, hackte er junge Bäume ab und sammelte abgebrochene Kiefernäste, um daraus einen Unterschlupf zu errichten.

Die prasselnden Feuer erfüllten ihren Zweck. Miriam kam sich vor, als würde sie auftauen. Aber es war kein angenehmes Gefühl. Es war, als würde sie jemand mit tausend Nadeln stechen. Beinahe wäre sie in Tränen ausgebrochen. Doch das wäre eine Schwäche gewesen, die Jordan ihr vorwerfen könnte. Hatte er nicht gesagt, sie sei ein dümmliches Salondämchen? Hatte sie den Schneesturm etwa nicht überlebt? Um sich von dem schmerzenden Prickeln abzulenken, schaute sie gebannt Jordan zu. Er schien sie tatsächlich in sein Herz geschlossen zu haben. Der Beweis dafür war allein schon seine Wut auf sie. Die Tatsache, daß er nach ihr gesucht hatte. Jordan erstickte eines der Feuer, bedeckte die Glut mit Erde, breitete darauf ein dickes Fell aus und errichtete über dem warmen Boden einen stabilen Unterschlupf.

»Ich dachte, nur Frauen würden eine Unterkunft errichten«, sagte Miriam mit heiserer Stimme.

Jordan hielt inne und schaute sie an. »Möchtest du, daß du das machst und ich am Feuer sitze?«

»Wenn ich den Unterschlupf errichtete, würde ihn der erste Windstoß davontragen, das weißt du doch.«

Jordan lächelte. Er schien heiterer Stimmung zu sein. »Wird es dir allmählich warm?«

»Es prickelt noch«, sagte sie.

»Das geschieht dir recht«, sagte er und befestigte das letzte Fell an dem Gerüst. Dann ging er zu Miriam und hob sie auf.

»Kannst du stehen?« fragte er.

Ihre Beine wollten sie nicht tragen. Es war, als würden sich Messer in sie bohren. Jordan setzte sie behutsam wieder ab.

»Nein«, brachte sie hervor. »Es geht nicht.«

»Du bist ja noch immer durchgefroren. Daß du überhaupt noch am Leben bist!«

»Der Wolf hat mich am Leben erhalten«, entfuhr es ihr.

»Was?«

»Ich ... ich habe von einem Wolf geträumt.«

»Was du nicht sagst!« Seine Stimme klang sanft, aber etwas schwang in ihr mit, das sie erschauern ließ. Hatte ihr nicht Seetänzerin einmal erzählt, daß Jordan dem Wolfsclan angehört? Könnte er es als Kränkung empfinden, daß sie so dreist gewesen war, von einem Wolf zu träumen?

»Ich friere noch immer«, sagte sie.

Er packte sie und ließ sie in dem Unterschlupf auf dem erwärmten Elchfell nieder. Dann hüllte er sie in eine Felldecke. Doch es fröstelte sie noch immer.

»Deine Kleidung ist feucht. Zieh dich aus! Ich hänge sie zum Trocknen ans Feuer.«

Verschämt schlug Miriam die Felldecke zurück und zog die nassen Beinkleider und den Lederkittel aus. Sofort wurde es ihr wärmer.

»Besser so?« fragte Jordan.

»Ja.«

Verblüfft riß sie die Augen auf, als Jordan sich gleichfalls entkleidete.

»Was machst du da?«

»Ich ziehe mich aus.«

Als er bis auf einen schmalen Lendenschurz nackt dastand, wandte Miriam den Blick ab, obwohl sie das geschmeidige Spiel seiner Muskeln, seine breite Brust, sein flacher Bauch, seine kräftigen, sehnigen Arme und Beine faszinierten. Prickelnd stieg ihr Blut in die Wangen. »Das sehe ich«, sagte sie. »Aber warum ziehst du dich aus?«

»Körperwärme vertreibt die Kälte am besten. Möchtest du heute nacht frieren?«

»Übernachten wir denn hier?«

»Meinst du denn, wir könnten in der Dunkelheit zum Lager zurückfinden?«

»Das nicht«, antwortete sie. Jordan hatte recht. Die Sonne war schon lange untergegangen. Ein düsteres Blau, das die Nacht ankündigte, hatte die Welt draußen überzogen.

»Rück ein wenig!« sagte er, hob die Felldecke an und glitt geschmeidig neben sie. Sie zuckte zusammen, als sie die Berührung seines Schenkels spürte. »Es ist, als würde ich neben einem Eiszapfen liegen«, murmelte er und ergriff ihre Hand, die er behutsam warmzureiben begann.

Miriam schloß die Augen. Sie war – Gott sei's geklagt – in

mehrerlei Hinsicht ein Eiszapfen. Davon abgesehen zweifelte sie nicht daran, daß Jordan sie nicht allein dadurch erwärmen wollte, indem er sich unter der Felldecke an sie kuschelte.

»Das hast du von Anfang an beabsichtigt«, sagte sie leise, während er sachte ihren Arm streichelte. »Deswegen hast du auch diesen Unterschlupf errichtet.«

»Ja«, erwiderte er. Er fragte nicht, was sie damit meinte. Seine Stimme klang nicht so, als hätte sie ihn ertappt. Warum sollte er sich auch so fühlen, dachte sie. Jordan Scott war doch stolz darauf, ein echter Mann zu sein. Er demonstrierte es mit jeder Bewegung, mit jedem Wort, das er sprach, mit jedem Blick. Als er nun von ihr Besitz ergriff, weckte er in ihr die gleichen bedrängenden Gefühle, die ihn bisher beherrscht hatten.

»Ich wußte es vom ersten Tag an, daß es dazu kommen würde«, sagte Jordan gelassen. »Wir wußten es beide. Ich kämpfe nicht mehr dagegen an. Irgendein spaßiger Gott hat dich, Miriam Sutcliffe, für mich bestimmt. Ich nehme sein Angebot an.«

Er begann ihre eiskalten Beine zu streicheln.

»Und wenn ich das Angebot ablehne?« fragte sie. »Dann würdest du mich mit Gewalt nehmen, nicht wahr?«

»Das würde ich nicht. Das brauche ich auch gar nicht.«

Seine Stimme klang zuversichtlich. Vielleicht hatte auch er eine Erscheinung gehabt, dachte Miriam. Ihr Widerstand erlahmte. Der Wolf hatte nicht geduldet, daß sie ihn anfaßte. Doch jetzt liebkoste er sie. Und seine zärtliche Berührung erwärmte nicht nur ihren fröstelnden Körper. Sie brach auch ihren Widerstand.

»Nein«, flüsterte sie. »Das brauchst du nicht.«

Seine Hände kneteten und streichelten ihre Wade.

»Wird es dir wärmer?«

»Ja«, sagte sie. Sie hatte das Gefühl, das Blut würde wie Lava ihren ganzen Körper durchströmen. Von ihrer Magengrube aus durchrieselte sie eine wohlige Wärme. Es waren unstatthafte Regungen. Eine Dame genoß nicht die Liebkosungen eines Mannes, sie duldete sie. Und eine unverheira-

tete Dame würde lieber sterben, als sich einem Mann hingeben. Aber Miriam vermutete mittlerweile, daß sie im Grunde keine Dame mehr sei, da sie willens war, sich einem
Mann hinzugeben.

Jordan legte sich wieder neben sie. Seine Hände wander-
ten ihre Wade hinauf zum Oberschenkel, streichelten ihre
Hüfte und kamen endlich auf dem weichen Hügel ihrer
Brust zur Ruhe. Miriam schreckte hoch. Ihr Herz pochte so
sehr, daß seine Hand es spüren mußte.

Und er spürte es auch. »Du brauchst keine Angst zu haben«, sagte er zärtlich.

Miriam rang nach Atem. »Für mich ... ist's das erste Mal«,
flüsterte sie.

»Ich weiß«, sagte er. Während seine Hände weiter ihren
Busen streichelten, senkte er den Kopf. Miriam hielt den
Atem an, als sie fühlte, wie seine warme, feuchte Zunge ihre
Brustwarze umschmeichelte.

»Ich will dir nicht weh tun, Kleines. Hab keine Angst.«

»Ich habe keine Angst.«

Das ist auch wahr, dachte Miriam erstaunt. Um nichts in
der Welt hätte sie zugelassen, daß er aufhörte. Gefühle wall-
ten in ihr hoch, von denen sie keine Ahnung gehabt hatte.
Mochten sie auch unzüchtig sein, sie waren überaus angenehm.

Seine Hände glitten ihren Brustkorb hinab, fächerten über
ihren straffen Bauch und wanden sich dann um ihre Hüften,
um ihren prallen, kleinen Hintern zu umfassen, während
seine Lippen weiterhin ihre Brüste liebkosten. Während eine
seiner Hände ihren Po streichelte, zwängte sich die andere
zwischen ihre Schenkel. Ein Lustgefühl stieg in ihr hoch, das
sie nach Atem ringen ließ.

»Nicht doch!« stieß sie keuchend hervor.

Er hob den Kopf. »Willst du, daß ich aufhöre?« fragte er.

»Das glaub' ich nicht.« Er strich mit den Fingerkuppen über
ihren Bauch, zog einen Kreis um ihren zierlichen Nabel,
wanderte dann hinauf zwischen ihre wohlgeformten Brüste
und berührte schließlich ihre Lippen. »Du bist schön, Miriam«, sagte er. »Weißt du das?«

»Nein«, antwortete sie und meinte es auch.

»Einen hübscheren Busen hab' ich nie gesehen«, sagte er und umfaßte eine Brust mit seiner Hand. »Oder schönere Beine. Sie sind schlank und straff. Und deine Haut fühlt sich wie Seide an. Du bist für die Liebe geschaffen.«

»Nicht doch!« erwiderte sie atemlos und lachte auf. »Du schmeichelst mir nur. Du bist ein Schuft, weißt du das? All das läßt sich mit nichts entschuldigen.«

Er lächelte zärtlich. »Dafür brauche wir keine Entschuldigung«, sagte er und drückte seinen Mund auf ihre Lippen. Zunächst war es nur ein behutsamer Kuß. Dann huschte seine Zunge zwischen ihren Lippen hin und her, bis sie schließlich zögernd ihren Mund öffnete und seiner Zunge Einlaß gewährte. Mit zärtlichen Liebkosungen zeigte er ihr, daß er ihre Gunst zu schätzen wußte. Ihr Herz begann immer rascher zu pochen. Zwischen ihren Schenkeln regte sich ein Gefühl, das ihren ganzen Körper durchrieselte. Ihre Hände begannen – anfangs zögerlich, dann immer fordernder – den Körper zu erkunden, der sich so besitzergreifend über sie beugte. Sie erkundeten seine Brustwarzen, seine Schultermuskeln, seinen flachen, harten Bauch. Sie spürte, wie sich seine Muskeln unter ihrer Berührung spannten und dann lockerten. Er seufzte tief.

»Ich begehre dich!« stieß er hervor. Sein Knie zwängte ihre Beine auseinander und ein muskelpraller Schenkel berührte ihren Venushügel. Sie hielt die Luft an, aber ihr unwillkürliches Widerstreben erstickte ein leidenschaftlicher Kuß. Zum erstenmal wollte sie sich ihm entwinden. Doch der anhaltende Druck seines Schenkels zwischen ihren Beinen führte dazu, daß sie sich nicht länger wehrte, sondern sich wollüstig wand. War es das, hörte sie in ihrem Inneren eine Stimme fragen. War das der brutale Vollzug einer Ehe, von dem verheiratete Frauen untereinander tuschelten?

Mit einer ungestümen Bewegung richtete er sich auf und löste den Lederriemen, mit dem sein Lendenschurz gegürtet war.

»Was machst du da?« fragte sie, halb ängstlich, halb neugierig.

Er stieß ein tiefes, sonores Lachen aus. »Er ist mir im Weg«, sagte er und ließ den Lendenschurz fallen. »Es ist an der Zeit, daß er gebändigt wird.«

Und was Miriam jetzt zu sehen bekam, war wahrlich beeindruckend. Sie hatte von den Besonderheiten eines Männerkörpers bisher nur eine vage Vorstellung. Darauf war sie nicht vorbereitet. Vom Licht des flackernden Feuers, das den Unterschlupf erhellte, geisterhaft beleuchtet, wirkte Jordan riesig, bedrohlich, unheimlich. Der unruhige Lichtschein huschte über seine hervortretenden Muskeln, hob die Breite seiner Schultern hervor, die sehnigen, kräftigen Beine und sein erigiertes Glied.

Von jäh aufsteigender Furcht übermannt, wandte sie den Blick ab.

»Du scheinst von sowas keine Ahnung zu haben, nicht wahr?« sagte er und lachte zärtlich auf. »Hat dich deine Mutter nicht aufgeklärt?«

»Über solche Dinge wurde nicht gesprochen«, erwiderte sie gepreßt.

Jordan schüttelte belustigt den Kopf. »Schau mich an, Liebling!« sagte er. Als sie es nicht tat, umfaßte er mit zwei Fingern ihr Kinn und drehte sanft ihren Kopf herum. »Es ist nichts an mir, das dir Angst machen könnte. Das, was du da siehst, paßt in deinen Körper, wird dir Vergnügen bereiten, uns beiden das Paradies öffnen.«

Solche Worte hatte sie noch nie gehört. Es war nicht verwunderlich, daß Mädchen darüber nicht aufgeklärt werden. Keine Frau würde sonst heiraten. Miriam betrachtete zweifelnd das, was sie noch nie gesehen hatte, und schloß dann die Augen. »Ich glaube nicht, daß das möglich ist«, flüsterte sie.

»Es ist möglich«, versicherte er ihr mit heiserer Stimme. »Die Natur hat es so eingerichtet.« Mit lüsternem Blick tastete er ihren nackten Körper ab. Sein Gesicht war angespannt, seine Lippen fest zusammengepreßt. »Faß mich doch an, Miriam!« sagte er.

»Ich kann es nicht.«

Er nahm ihre Hand und legte sie um sein Glied. Zu Miriams Überraschung fühlte es sich weich und zugleich fest an. Die Haut war wie Samt. Ein Schauer durchlief sie. Aber nicht aus Furcht.

»Beim ersten Mal tut es ein wenig weh. Später bereitet es nur Lust«, versicherte er.

Er legte sich neben sie und strich liebevoll eine kastanienrote Locke aus ihrer Stirn. »Ich will dir etwas sagen, Miss Sutcliffe«, flüsterte er ihr zu. Seine Hand strich über ihre Brust und glitt dann hinab zu ihrem Bauch. Ein Prickeln durchzuckte ihre Schenkel. »Ich habe noch nie eine Frau so begehrt wie dich.«

Miriam stöhnte auf. Sie nahm seine Stimme kaum wahr. Seine Liebkosungen ließen keinen klaren Gedanken zu. Dann begann sein Finger mit ihrem krausen Schamhaar zu spielen.

»Hab keine Angst, Liebes!« flüsterte er, während sein Finger behutsam in ihre feuchte Scheide eindrang. Ihr Körper strebte Jordan entgegen, ihre Psyche war dazu noch nicht bereit. »Schließ einfach die Augen«, sagte er. »Und vertrau dich mir an, Miriam.«

Sie spürte, daß er sich auf sie legte. Sein Brusthaar streifte ihre Brüste. Und dann fühlte sie, wie sich seine Hand zurückzog und sein Glied behutsam in sie eindrang.

»Öffne dich!« sagte er.

Ihre Psyche schien außerhalb ihres Körpers zu schweben. Seine großen, schwieligen Hände glitten über ihre Schenkel und drückten sie auseinander.

»Hab keine Angst, Liebling!«, sagte er zärtlich.

Miriam gab dem Druck seiner Hände nach, und er drang behutsam tiefer in sie ein. Als sie sich unwillkürlich verkrampfte, verhielt er. Dann spürte sie seine Lippen auf ihrem Mund. Er murmelte zärtlich Worte in der Chippewa-Sprache. Sie verstand sie nicht, aber sie nahmen ihr jegliche Angst.

Jordan mochte ein Rauhbein sein, ein Außenseiter, ein triebhafter Mensch, der nur sich selbst und seine irrigen Ansichten gelten ließ. Der Gedanke, daß sie ihn deswegen hassen müßte, schoß ihr durch den Kopf. Aber dann wurde ihr klar, daß es ihr nichts mehr ausmachte. Mochte Jordan der unkultivierteste, ungebärdigste Mann auf Erden sein, sie liebte ihn.

»Mach weiter!« flüsterte sie, ohne genau zu wissen, wonach sie sich sehnte. »Jetzt!«

Mit einem erlösenden Ruck begrub er sie unter sich.

Es tut gar nicht so weh, dachte Miriam. Vielleicht lag es daran, daß die unentwegten Schauer, die ihren Körper durchpulsten, nach Erfüllung verlangten, auch wenn es schmerzen sollte. Auffordernd drängte sie sich ihm entgegen.

»Du kannst es wohl nicht erwarten?« sagte er lächelnd.

Er umfaßte zärtlich ihre Pobacken und begann sie rhythmisch auf und nieder zu bewegen. Dabei küßte er ihre Augenlider, ihre Nase, ihren Mund, ihre Brüste. Nach wenigen Augenblicken bestand für Miriam die Welt nur aus ihnen beiden. Der Schmerz war verklungen, war einer sich steigernden Lust gewichen, die kaum noch zu ertragen war. Ihr zügelloses Ich, das sie immer wieder bekämpft hatte, durchbrach alle Barrieren. Sie schlang ihre Beine um Jordans Hüfte, wand sich verführerisch und verlockte ihn so zu immer tieferen und rascheren Stößen.

Ein gequältes Ächzen entrang sich Jordans Kehle, während er sich bemühte, ihr lustvolles Crescendo zu mildern. Er stieß ein paar Chippewa-Worte aus und fügte sich dann ihrem Rhythmus.

»Begehrst du mich?« fragte er heiser.

»Ich begehre dich«, erwiderte sie ohne zu zögern.

»Sag's nochmal!«

»Ich begehre dich«, sagte sie atemlos und drückte ihn fest an sich, um sich seinen immer ungestümer werdenden Stößen anzupassen. »Ich begehre dich, ich begehre dich, ich begehre dich«, stieß sie im Rhythmus seiner Bewegungen aus. »Ich begehre dich. Ich liebe dich, Jordan!«

Sie verschmolzen zu einem einzigen Wesen. Seine wilden Stöße lockten keinen Schmerz hervor, nur kaum noch erträgliche Spannung. Es kam Miriam so vor, als wirbelte sie in einem dunklen Strudel der Leidenschaften umher. Die wirbelnde Strömung schien sie auseinanderzureißen. Sie bekam keine Luft mehr. Das Blut pochte in ihren Schläfen. Gleich würde sie sterben.

Dann durchdrang ein wilder Siegesschrei die Dunkelheit. Jordans Hände umfaßten ihre Pobacken. In erlösender Ekstase preßte er Miriam an sich und ließ seinem Verlangen freien Lauf. Wie eine Stahlfeder, die man zu fest gespannt hatte und die sich nun freischnellt, gab sich Miriams Körper ihm hin, und eine Welle erschauernder Lust, die beinahe schmerzte, riß sie mit sich. Sie klammerte sich an den Mann, der über ihr lag und ihr einziger Halt in einer schwindelerregenden Welt der Sinne war. Jordans Arme umschlangen sie und drückten sie an seine Brust, während sie von lodernder Leidenschaft davongetragen wurden. Miriam fühlte sich geborgen, ließ sich treiben, schwebte in einem berauschenden Taumel dahin, bis sie in wohltuender Dunkelheit versank.

Das ungewohnte Gefühl, von einem Mann umschlungen zu sein, weckte Miriam. Doch dann ließ sie sich, erschöpft, zufrieden, von wohliger Wärme umfangen wieder in den Schlaf sinken, bis sie niesen mußte, weil sie jemand an der Nase kitzelte.

Sie öffnete die Augen. Jordan lächelte auf sie herab und schwenkte eine Feder vor ihrer Nase hin und her.

»Bist du endlich wach, du Faultier?«

»Nein«, sagte sie, schloß gleich wieder die Augen und kuschelte sich in seinen Arm. Die ersten Strahlen der aufgehenden Sonne streiften die Baumspitzen und blendeten sie. »Wie ist es so schnell Morgen geworden?« fragte sie verwirrt. Die vergangene Nacht erschien ihr verworren wie ein Traum. Sie war sich nicht sicher, ob sie sich der Realität stellen sollte.

»Wie fühlst du dich?« fragte Jordan.

»Hm. Wie eine Frau«, antwortete sie. Stolz und Befriedigung schwangen in ihrer Stimme. Doch als sie sich bewegte, stellte sie fest, daß sie ihr Gefühl trog. Jede Bewegung tat ihr weh. Sie war verschwitzt. Trotz des Feuers, das draußen brannte, kroch die Kälte in ihren Unterschlupf.

Jordan lachte, als sie ihr Gesicht verzog. »Du möchtest dich sicherlich waschen?« sagte er und zog spitzbübisch die Augenbrauen hoch.

Miriam bemerkte, daß er in seiner Hand einen Schneeball hielt, und riß erstaunt die Augen auf. »Wag es nur!« stieß sie aus.

»Mit etwas Besserem kann ich dir nicht dienen.«

Miriam verhedderte sich dermaßen in den Fellen, daß sie Jordan nicht entwischen konnte, als er sie überall mit Schnee abrieb, mochte sie auch kreischend noch so protestieren.

»Ist dir noch kalt?« erkundigte er sich mit gespielter Besorgtheit.

»Wie konnten Sie nur, Mr. Scott!« stieß sie, noch immer atemlos, hervor.

Er legte ihr einen Finger auf ihre bebenden Lippen. »Meinst du nicht, daß es nach der gestrigen Nacht angebracht wäre, mich Jordan zu nennen?«

Miriam hörte zum erstenmal, daß er nicht seinen Chippewa-Namen verwandte. Es fiel ihm schwer, seinen Taufnamen zu nennen, als hätte er ihn fast vergessen.

Miriam schloß die Augen. Die Welt schien ein Karussell zu sein, das sich immer schneller drehte.

»Wach doch endlich auf, Miriam!« forderte er sie auf. Seine Stimme klang eindringlich, nahezu leidenschaftlich.

»Was machst du nur mit mir, Jordan?« flüsterte sie.

Er lächelte sie auffordernd an. »Ich will dich lieben, Kleines, und dich wärmen!«

Geschmeidig schlüpfte er unter die Felle und drehte sie um, so daß ihre kalten Pobacken seinen nackten Bauch berührten.

»Was machst du nur mit mir?« wiederholte sie. Eine Antwort erübrigte sich, als Jordans straffer Schaft sich zwischen ihre Schenkel zwängte, um ihnen beiden wie gestern nacht Wollust zu bereiten. Aber das darf man doch nicht tun, schoß es Miriam durch den Kopf, während sie sich dem erneuten Taumel hingab. »Du kannst doch nicht ...!« flüsterte sie noch.

Aber Jordan bewies ihr, daß man es konnte.

Der Aufbruch verzögerte sich um eine Stunde.

Der Rückweg zum Chippewa-Lager dauerte auf Schneeschuhen zwei schweißtreibende Tage. Allmählich fand Miriam wieder in die Wirklichkeit zurück. In den zwei Tagen hatte sie zum Nachdenken reichlich Zeit. Einerseits fand sie ihr Verhalten durchaus entschuldbar. Andererseits quälte sie der Gedanke, daß es unverzeihlich gewesen war. Sie war also eine leichtfertige Frau, ein Flittchen, eine Dirne.

Als der erste Tag zu Ende ging, fühlte sie sich verwirrt und von ihren Gewissensbissen zermürbt. Sie war erschöpft. Sie war nicht mehr die Tochter aus gutem Hause, die vor Monaten London verlassen hatte. Sie war sich selbst eine Fremde geworden. Während des Marsches hatte sie immer wieder Jordan betrachtet und sich erinnert, wie er sie angelächelt, mit ihr gescherzt, wie er ihren nackten Körper liebkost hatte.

Sie war trotz allem in diesen Taugenichts verliebt, stellte sie fest. Ihr Verstand war nicht so getrübt, daß sie Liebe und Wollust nicht hätte unterscheiden können. Doch diese Erkenntnis erleichterte ihre Lage keineswegs. Das Schicksal hatte sie in diese Wildnis verschlagen. Britische Soldaten versuchten ihrer habhaft zu werden. Sie liebte Jordan, diesen rätselhaften, ungebärdigen Menschen, und brach seinetwegen mit jeder Konvention, die man ihr eingebleut hatte. Das Leben bot ihr nicht die Zukunft, die sie sich als gesittete junge Dame in London erträumt hatte.

Miriam bestand darauf, am Ende des ersten Tages beim Bau einer Unterkunft zu helfen. Das Wildkaninchen, das er mit einem geschickten Steinwurf erlegt hatte, enthäutete sie, weidete es aus und briet es an einem Holzspieß über dem Feuer. Sie führte ihm Fertigkeiten vor, deren Fehlen er einst bemängelt hatte. Als er ihr anerkennend zunickte, hatte sie das Gefühl, all die Mühe hätte sich fast gelohnt. Aber es gelang ihr nicht, wach zu bleiben, um diesen Sieg zu genießen. Sie brachte auch keinen Bissen von dem Wildkaninchen hinunter, das sie zubereitet hatte. Sie wußte nicht mehr, wann sie eingeschlafen war. Als sie noch das Wildkaninchen am Holzspieß drehte? Oder hatte sie Jordan in den Unterschlupf getragen? Im Morgengrauen erwachte sie und stellte fest, daß sie an Jordans nackten Leib geschmiegt dalag. Ihr Kopf ruhte an seiner Schulter, ihre Beine waren um seine geschlungen. Diese Lage kam ihr nun völlig natürlich vor. Sie fühlte sich geborgen, sicher, begehrt, beinahe geliebt. Sie seufzte zufrieden auf, schloß wieder die Augen und versank in Schlaf.

Als die beiden am Nachmittag im Chippewa-Lager anlangten, wurden sie mit Freudenrufen empfangen. Rauchbändiger pries lauthals die Schutzgeister. Lächelt-bei-Sonnenaufgang umarmte Miriam herzlich und wunderte sich, daß sie in den wenigen Tagen so rank und schlank geworden war. Wellenreiter schlug Jordan anerkennend auf die Schulter.

Miriam ließ sich von der allgemeinen Widersehensfreude anstecken, bis sie Lied-in-der-Weide bemerkte, die sie mit unverhohlener Feindseligkeit anstarrte. Ihr Blick war wie ein ernüchternder Guß eiskalten Wassers. Ihr fiel ein, warum sie überhaupt geflohen war. Ihre Hand tastete in die Tasche ihres Lederkittels und schloß sich um das perlenbesetzte Knieband, das die Indianerin ihr herausfordernd in den Schoß geworfen hatte. Hatte ihr Jordan auch gesagt, daß er sie begehrte, als er sich mit leidenschaftlichem Ungestüm entkleidet hatte? Fast hätte ich das vergessen, dachte Miriam verbittert. Die Visite in Jordans Paradies, wie er sich ausdrückte, war für ihn wohl etwas Vertrautes.

»Bist du noch immer erschöpft?« fragte Jordan, als sie sich wieder in ihrem Wigwam befanden. Alles war wie früher. Die kleine Jane schlief auf einer Felldecke neben der Feuergrube, und Petunia musterte sie neugierig mit ihren schrägen braunen Augen.

»Ich bin nicht müde«, schwindelte Miriam.

»Woher kommen dann die Falten auf deiner Stirn?« erwiderte er und zog sie mit einem Finger nach. »Warum ziehst du deine Mundwinkel so herab?«

Miriam entzog sich seiner Berührung. Doch er packte sie bei der Schulter und hielt sie fest.

»Was ist mit dir?« fragte er verärgert.

»Laß mich los.«

»Antworte mir!« beharrte er. »Dann lasse ich dich vielleicht los.«

Miriam preßte die Lippen zusammen. »Ich bin eine Närrin gewesen«, sagte sie niedergeschlagen. »Lied-in-der-Weide war über deine Rückkehr höchst erfreut.«

»Alle haben sich gefreut, uns wiederzusehen«, sagte er mit schroffer Ungeduld. »Worauf willst du hinaus, Miriam? Ich mag keine Andeutungen.«

Miriam griff in die Kitteltasche und holte das zerrissene Knieband hervor. »Du hast das hier verloren.«

»Ja«, erwiderte er ungehalten. »Ich weiß es.«

»Das kann ich mir denken. Es muß ein unvergeßliches Erlebnis gewesen sein. Lied-in-der-Weide hat mir ausführlich erzählt, wie es dazu gekommen ist.«

»Das bezweifle ich.«

»Willst du damit andeuten, daß ich lüge?«

»Ich will damit sagen, daß Lied-in-der-Weide gelogen hat. Hätte sie die Wahrheit berichtet, hätte es dich nicht berührt.«

»Du hast nicht mit ihr geschlafen?«

»Nein.«

Miriam löste sich von ihm und wandte sich ab. Tränen traten ihr in die Augen. Sie war erschöpfter, als sie angenommen hatte. Sie wollte ihm glauben – gern würde sie ihm glauben –, aber es gelang ihr nicht. Er war, was er selbst zugegeben hatte, ein Taugenichts. Lucy hatte sie gewarnt, daß die Moral eines Mannes zwischen seinen Beinen stecke.

»Du bist mir nicht verpflichtet, Jordan. Deswegen brauchst du es auch nicht zu leugnen. Du kannst schlafen, mit wem du willst. Aber erwarte nicht, daß ich mich in deinen Harem einreihen lasse. Ich habe mich wie ein Flittchen benommen. Rechne nicht mit einer Wiederholung meiner Dummheit.«

Jordan ließ seine Hand schwer auf ihre Schulter fallen. »Du hast dich nicht wie ein Flittchen benommen, sondern zur Abwechslung mal wie eine echte Frau. Wenn du das Wort noch einmal gebrauchst, werde ich mich so verhalten, daß du es bereust.« Seine Stimme wurde zärtlicher. »Du hast gesagt, du liebst mich, Miriam. Ziehe doch das Geschenk, das du mir gemacht hast, nicht in den Schmutz.«

»Ich habe nie gesagt, daß ich dich liebe«, leugnete sie beklommen.

»Doch, du hast es. Du weißt es ebensogut wie ich.«

»Ich hab' es nicht so gemeint«, log sie weiter. »Ich war … ich war verwirrt.«

Er lächelte breit und drehte sie zu sich. »Du hast es so gemeint. Ich könnte so etwas in leidenschaftlicher Erregung sagen, du aber nicht, Miriam. Ich habe in meinen Leben mehr als eine Frau gehabt, aber nie mehrere zur selben Zeit.«

»Und ich bin jetzt wohl die nächste?« erwiderte sie abweisend.

»Du bist die letzte, hoffe ich.« Er schaute ihr in die Augen. Sie fragte sich, wieso sie jemals seine Augen hatte abweisend finden können. Ihre Farbe glich geschmolzenem Silber. Sie spürte, wie ihr Widerstand entschwand. »Du hast erzählt, dir sei ein Wolf erschienen«, sagte Jordan.

»Ja«, sagte sie versonnen.

»Der Wolf hätte dich gerettet, dich am Leben erhalten.«

»Ja.«

»Ich bin dieser Wolf, Miriam. Ich habe dich errettet, dein Leben bewahrt, dich zu meiner Gefährtin gemacht. Ein Wolf behält seine Gefährtin ein Leben lang. Solange sie lebt, sieht er keine andere mehr an.«

Ihr Herz pochte zum Zerspringen. Seine Augen aus geschmolzenem Silber schienen tief in sie hineinzusehen. »Sind wir wirklich für immer Gefährten, Jordan?« fragte sie.

Als er sie jäh losließ, schien sie haltlos zu taumeln. »Das liegt ganz bei dir«, antwortete er und wandte sich von ihr ab.

14

Sie könne nicht mehr klar denken, warf Miriam sich vor. War es nicht genug, daß sie ihre Jungfräulichkeit, ihr Herz, ihren Anstand verloren hatte? Mußte sie auch noch ihren Verstand einbüßen?

Zögernd blieb sie vor dem Eingang zu dem größeren der beiden Wigwams stehen. Sie wollte eintreten, schreckte aber davor zurück. Der Traum konnte doch keine Bedeutung haben. Es war eine Halluzination gewesen, keine Vorahnung. Vorahnungen, das war Aberglaube, der Aberglaube von unwissenden Wilden.

Aber die Chippewa nahmen Träume ernst, sahen in ihnen den Quell aller Weisheit. Rauchbändiger hatte ihr mal erzählt, Fasten würde Körper und Geist reinigen, beide für die Botschaften des Manido empfänglich machen, beide den Geistern öffnen, die die Welt beherrschten. Das war selbstverständlich Unsinn. Es waren Wahnvorstellungen. Rauchbändiger hatte ihr von seinen Träumen berichtet, die ihn einst als jungen Mann heimgesucht hatten. Sie hatten ihm viele Ereignisse seines künftigen Lebens enthüllt. Lächelt-bei-Sonnenaufgang hatte seine Worte bestätigt.

Miriam war viel zu zivilisiert, um an solche Ammenmärchen zu glauben. Es muß einen anderen Grund dafür geben, daß ihr der Wolf in ihren Träumen immer wieder erschien, daß sie sich mit geradezu unheimlicher Klarheit der Erscheinung entsann, die sie in der Wildnis gehabt hatte: der mächtige, silbergraue Wolf hatte sie bewacht, sie mit seinen klugen Augen, die so wenig denen eines Wolfes glichen, fixiert, war aber argwöhnisch immer zurückgewichen, wenn sie ihn hatte berühren wollen. Doch in den Träumen, die sie seit zwei Wochen heimsuchten, war es nicht mehr der Wolf, der zurückwich. Sie scheute vor ihm zurück, als habe sie Angst, daß zu diesen silbergrauen Augen auch ein Wolfsfang gehörte.

Nein, diese Träume konnten nichts bedeuten, redete sie sich ein. Sie war nur neugierig, was der Midewiwin, der Weise Mann, dazu sagen würde. Deswegen stand sie vor seinem Wigwam und überlegte, ob sie um Einlaß bitten sollte.

»Warum trittst du nicht ein, Tochter?«

Miriam zögerte. Rauchbändiger schien ihr Kommen geahnt zu haben. Vielleicht hatte irgendein Geräusch sie verraten. Sie schlug die Felldecke zurück und betrat den halbdunklen Wigwam.

Der alte Schamane saß mit untergeschlagenen Beinen vor der Feuergrube. Sie mußte einräumen, daß er auch sie beeindruckte. Es war nicht verwunderlich, daß die ungebildeten Wilden an die Kraft seiner Magie glaubten. Als er der kleinen Jane einen neuen Namen verlieh und diese sich daraufhin erholte, hätte beinahe auch sie sich bekehren lassen. In den vergangenen drei Wochen hatte er zweimal mit Hilfe von Heilkräutern die hartnäckige Erkältung des Kindes zum Abklingen gebracht.

Aber die Heilkraft von Kräutern hatte nichts mit Magie zu tun. Janes Genesung mochte ein purer Zufall gewesen sein.

Und Vorahnungen und Träumen brauchte man keine Bedeutung zumessen.

»Was führt dich zu mir, Himmelsauge?«

Miriam setzte sich ihm gegenüber. »Ich habe eine Frage, Vater«, sagte sie stockend in Chippewa. Sie suchte nach den richtigen Worten, da sie das Gefühl hatte, das Gespräch dürfe nicht in Englisch, sondern müsse in der Sprache dieser Wilden geführt werden.

Der Schamane nickte ihr aufmunternd zu.

»Die Neugier führt mich zu dir«, sagte sie.

Er nickte abermals.

»Als ich mich allein im Wald befand, hatte ich einen Traum«, berichtete sie.

Rauchbändiger schwieg eine Weile. Seine Augen, die die Farbe von Obsidian hatten, musterten sie eindringlich. »Das ist gut«, sagte er dann, als hätte ihn das, was er gesehen hatte, befriedigt. »Damit ist dir eine Ehre widerfahren, Himmelsauge. Träume verleihen jenen Weisheit und Wissen, die es wert sind. Unsere jungen Krieger, manchmal auch unsere jungen Frauen, fasten tagelang, damit sie ein Traum überkommt.«

»Es war ein merkwürdiger Traum, Vater. Ich verstehe seine Bedeutung nicht.«

»Vielleicht hältst du deine Augen vor dem verschlossen, was dir dieser Traum mitteilen wollte.«

Miriam betrachtete das Gesicht des alten Mannes. Weisheit sprach aus seinen Zügen, Besonnenheit und innerer Frieden. Auch sie hätte gern ihren Frieden gefunden.

»Ich habe einen Wolf gesehen«, begann sie. Wieder überkam sie das befremdende Gefühl, daß sie sich außerhalb ihres Körpers befand, daß sie jeglichen Zeitsinn verloren hatte. Sie erzählte ausführlich ihre sonderbare Erfahrung und fügte noch hinzu, daß sie der Wolf alptraumhaft auch in ihren Träumen verfolgte.

Als Miriam zu Ende gesprochen hatte, schwieg der alte Mann eine Weile. Während ihres Berichts hatte der Schamane bedächtig ihren Worten gelauscht, den Blick auf ihr Gesicht gerichtet. Jetzt wandte er sich der Glut in der Feuergrube zu.

»Nur der Träumende weiß«, sagte er dann, »welche Bedeutung ein Traum hat, meine Tochter. Träume verleihen uns Wissen, Weisheit, manchmal sogar Macht. Dich hat ein Geisterwolf besucht. Vielleicht bedeutet es, daß du Macht über diesen Wolf hast. Oder der Wolf hat Macht über dich. Er könnte dein Feind oder dein Freund sein. Nur du kannst das deuten. Denn der Traum spricht allein zu dir.«

Das ist doch lächerlich, dachte Miriam. Doch so lächerlich klang es nicht. Irgendeine Aussage steckte in seinen Worten. »Der Traum besagt mir gar nichts, Vater«, erwiderte sie. »Er verleiht mir keine Weisheit, nur schlaflose Nächte.«

Verständnis sprach aus Rauchbändigers scharf geschnittenem Gesicht. »Selbst für die Kinder von Gitchimanido ist es manchmal schwer, die Botschaft der Geister zu verstehen. Du gehörst nicht den Anishanabe an, meine Tochter. Vielleicht hat dir diesen Traum nicht ein Manido geschickt. Vielleicht ist er die Erkenntnis deines Herzens. Auch sie mag dir Weisheit verleihen, wenn du sie richtig deutest.«

»Ich kann den Traum nicht deuten«, sagte Miriam und schlug die Augen nieder. Ihr war nicht klar, was sie bei dem Schamanen zu finden gehofft hatte. Was immer es gewesen sein mochte, sie hatte es nicht gefunden. Aber so wichtig konnte es nicht sein. Ihr Traum war ja bloß eine Halluzination. Der Gedanke, daß er mehr sein könnte, war töricht.

»Meine Tochter, du verläßt dich zu wenig auf deine Sinne«, sagte Rauchbändiger in tadelndem Tonfall. »Du bist eine Weiße. Die Weißen hören nur mit ihren Ohren, nicht mit ihrem Herzen. Die Weisheit spricht das Herz an, wirkt durch das Herz. Du mußt das Zuhören lernen, wenn du Frieden finden möchtest.«

Miriam ahnte, daß das Gespräch damit zu Ende war. Sie dankte Rauchbändiger und wandte sich zum Gehen. Als sie sich aus dem Wigwam zwängen wollte, rief er ihren Namen. Seine Miene war nachdenklich. »Himmelsauge, weißt du, wer der Wolf ist?«

»Ja, Vater«, antwortete sie. »Ich weiß, wer der Wolf ist.«

Die Winterwochen verstrichen auf vertraute Weise. Miriam paßte sich der Lebensart der Chippewa immer mehr an. Ihre Welt, das war die schneebedeckte Lichtung am Aux-Sables-Fluß und die weißen, froststarren Wälder, die ringsum lagen. London, Tante Eliza, Hamilton Greer und Captain Michaels waren nur noch Schemen. Sie gehörten einer anderen Welt an und hatten in der frostklirrenden Wildnis keine Bedeutung mehr. Was für sie allein noch zählte, waren die tagtägliche Mühsal des Überlebens, die freundliche Langmut von Lächelt-bei-Sonnenaufgang und Rauchbändiger, ihre Liebe zu der kleinen Jane und, was für sie an erster Stelle stand, ihre verwirrende Beziehung zu Jordan Scott.

Was Jordan anbelangte, hatte Miriam das Gefühl, daß sie ihr Leben noch nicht unter Kontrolle hatte. Ihre Streitigkeiten waren, so schien es zumindest, ausgetragen. Beider Feindschaft war in der Hitze ihrer jäh aufgeflammten Leidenschaft zu Asche geworden. Nachts, in der warmen Geborgenheit ihres Wigwams, stieß sie Jordan nicht von sich. Miriam versuchte es auch nicht, sich von ihm fernzuhalten. Sie konnte es schlichtweg nicht. Er hatte in ihrem Herzen ein Feuer entfacht, das bei jeder Umarmung heißer brannte. Er war wie eine Droge.

Ihr Gewissen schien eingeschlafen zu sein. Zumindest machte es ihr nach ihrem Fehltritt nicht zu schaffen. Die winterliche Umgebung wurde zu ihrem Garten Eden. Sie fand nichts Böses in Jordans Leidenschaft und auch nichts in ihrer Willfährigkeit. Die Vergangenheit hatte keine Bedeutung mehr. Über die Zukunft wollte sie sich nicht den Kopf zerbrechen. Was allein zählte, war die Gegenwart, die Freude, daß Jordan und sie zusammengehörten.

Doch Miriam vergaß, daß selbst ein Garten Eden so seine Tücken hat. Es kam der Tag, da sich eine Schlange in ihr Paradies einschlich und sie mit der harschen Wirklichkeit konfrontierte.

Ein friedlicher Nachmittag ging zu Ende. Die Sonne versank hinter den Baumwipfeln. Vor einer Stunde waren Jordan und Wellenreiter von einer zweitägigen Jagd heimgekehrt. Jetzt saßen sie zusammen mit Rauchbändiger vor dem großen Wigwam und unterhielten sich über den Wert der Biber-, Otter- und Marderfelle, die sie mitgebracht hatten. Während Lied-in-der-Weide und Lächelt-bei-Sonnenaufgang die Tiere enthäuteten und zerlegten, bereitete Miriam den abendlichen Eintopf aus Wildzwiebeln und Wildkartoffeln zu. Heute abend würde es noch frisches Wildbret geben. Den Großteil der Beute aber würden sie räuchern oder an der Luft trocknen, um für die kommenden Wochen einen Vorrat anzulegen.

Lied-in-der-Weide brachte Miriam ein Stück von einem Biberschwanz, damit sie es in dem Eintopf mitkoche.

»Nimm aber nicht wieder so viele Zwiebeln«, sagte die Indianerin schnippisch. »Dein letzter Eintopf war ungenießbar.«

Miriam zog eine Grimasse, als sich die Indianerin abwandte. Ihre Sticheleien gingen ihr nicht mehr nahe. Sie wußte mittlerweile, was Eifersucht bedeutete. Sie hatte sie selbst

222

empfunden, als sie annahm, Jordan suche Trost in den Armen der Chippewa-Indianerin. Aber manchmal wurden ihr die Sticheleien zuviel. Auch Mückenstiche werden von einer gewissen Anzahl an unerträglich. Miriam konnte inzwischen wie eine Indianerin Biber, Bisamratten, Otter, Marder und Hirsche, die die Männer von der Jagd heimbrachten, ausnehmen. Ebensogut wie Lied-in-der-Weide konnte sie die Felle von Fett freischaben und gerben, das Wildbret räuchern oder an der Luft trocknen und aus den gegerbten Häuten Kleidungsstücke und Mokassins für sich und Jordan anfertigen. Trotzdem gelang ihr keine Arbeit zu Lied-in-der-Weides Zufriedenheit. Je zärtlicher Jordan sich gegen sie verhielt, desto bösartiger wurden Lied-in-der-Weides Sticheleien.

Doch an diesem Nachmittag hatte Miriam keine Zeit, über Lied-in-der-Weides Eifersucht nachzudenken. Kaum hatte sich die Indianerin von ihr abgewandt, blieb sie wie angewurzelt stehen und schaute zum dichten Unterholz am Rand der Lichtung hinüber. Auch die Hunde starrten in dieselbe Richtung und sträubten das Nackenfell. Die Männer brachen ihr Gespräch ab und erhoben sich. Sie griffen nach ihren Waffen, die sie stets in ihrer Nähe niederlegten.

Miriam, das Messer in der Hand, stutzte ebenfalls, als eine Gestalt – sie war in Hirschleder gekleidet und trug eine Art Rucksack – am Saum der Lichtung auftauchte und stehenblieb. Rauchbändiger hob seine Flinte, während Jordan und Wellenreiter einen Pfeil auf die Bogensehne legten. Aber der Neuankömmling schien keine Angst zu haben. Er riß die Arme hoch und klatschte die Hände über dem Kopf zusammen.

»Hallo!« rief er herüber. »Rauchbändiger! Geisterauge, du Satansbraten!«

Die Männer senkten ihre Waffen.

»Gage Delacroix!« stieß Jordan aus und ging dem Fremden entgegen, den er mit einer herzlichen Umarmung begrüßte. »Wo hast du denn die ganze Zeit gesteckt?«

Delacroix ließ sein Bündel auf den schneebedeckten Boden fallen. »*Mon Dieu!* Es ist schön, endlich wieder einmal ein vertrautes Gesicht zu sehen.«

»Wir haben dich schon vor Wochen erwartet«, sagte Jordan, während der Waldläufer die Schneeschuhe auszog.

»*Oui!* Aber dieser verdammte Brite, den ich zum Mississippi führte, konnte nicht mit mir schritthalten. Als wir endlich ankamen, schossen mir deine amerikanischen Patrioten eine Bleikugel durch die Hose. Beinahe wäre meine Männlichkeit draufgegangen, *mon ami*. Zwei Monate mußte ich in Prairie du Chien bleiben und meinen geschwollenen Hodensack mit Eis kühlen.«

Jordan schlug ihm auf die Schulter. »Ich hoffe, daß er sich wieder sehen lassen kann. Wenn nicht, werden die Frauen der Ojibwa und Irokesen erleichtert aufatmen.«

»Das bestimmt nicht, *mon ami*. Sie hätten sich vor Kummer die Augen ausgeweint.«

Delacroix lächelte breit, so daß man seine kräftigen weißen Zähne sehen konnte. Dann fiel sein Blick auf Miriam.

»Wen haben wir denn da?« sagte er und musterte Jordan, der eine abweisende Miene aufsetzte. »Du alter Bastard! Wo hast du nur diese *petite fille de joie* aufgeschnappt? Ist das deine Gespielin?«

»Sie gehört zu mir.«

»Aha, die Zweitfrau also. Ich habe schon immer geahnt, daß Seetänzerin eine verständnisvolle Frau ist. Aber ich habe nicht gewußt, *mon ami*, daß du dir zwei Frauen zur gleichen Zeit zutraust. Wenn du mal Hilfe brauchst ...«

»Seetänzerin ist tot, Delacroix.«

Der Franzose blickte ernst drein und bekreuzigte sich. »Gott sei ihrer Seele gnädig«, sagte er. »Das tut mir leid, *mon ami*. Ich plappere mehr, als es mein Verstand erlaubt, *non?*«

Alle möglichen Gedanken schossen Miriam durch den Kopf. Den Namen dieses Waldläufers hatte sie schon mal gehört. Das bestätigte auch sein Bericht über den »verdammten Briten«. Er war der Scout, den Hamilton auf der Flucht vor den Briten angeworben hatte. Sie verließ die Feuerstelle und ging zu den beiden Männern.

»Sind Sie Gage Delacroix?« fragte sie gespannt.

Das kanadische Halbblut lächelte breit und zog höflich seinen Hut. Sein dichtes, kurz geschnittenes Haar glänzte im

224

Licht der untergehenden Sonne wie das Gefieder eines Raben. Der Mestize hatte ein markantes Gesicht. Die hoch angesetzten Wangenknochen, wohl das irokesische Erbteil, kontrastierten mit seinen Augen, die die tiefgrüne Farbe von sommerlichem Gras hatten. Diese Augen betrachteten Miriam mit unverhohlener Bewunderung.

»Stets zu Ihren Diensten, *Mademoiselle*. Ich sehe, daß meine Heldentaten sich selbst in diesem abgelegenen Teil der Wildnis herumgesprochen haben.«

Jordan trat neben Miriam und legte ihr besitzergreifend einen Arm auf die Schulter. »Da täuschst du dich«, sagte er. »Das britische Greenhorn, das du zum Mississippi geführt hast, war Miss Sutcliffes Vetter. Sie sucht nach ihm.«

»*Mon Dieu!*« stieß Delacroix unbeeindruckt aus. »Was der Mann doch für ein Glück hat! Wenn Sie nach mir suchten, *ma Petite*, würde ich schon dafür sorgen, daß Sie mich finden.«

»Wohin haben Sie Hamilton gebracht?« fragte Miriam und überging seine anzüglichen Worte.

»Hamilton? So hat sich der Mann nicht genannt, *Cherie*. Sein Name war Kenneth Shelby.«

»Sein richtiger Name ist Hamilton Greer. Sagen Sie mir bitte, wo er sich jetzt befindet.«

Delacroix zuckte mit den Achseln. »Selbstverständlich. Ich hab' ihn in Prairie du Chien gelassen. Dort beglückt er wahrscheinlich immer noch die Indianerstämme im Westen, denen er überhöhte Preise für ihre Felle zahlt. Ihr Cousin hat Geschmack an der Wildnis gefunden, aber wenn ich er wäre, *Mademoiselle*, würde ich unverzüglich kommen, wenn Sie mit dem kleinen Finger schnippen.«

»Das genügt, Delacroix«, unterbrach ihn Jordan. »Miriam fällt auf die Schmeicheleien eines Franzosen nicht herein.«

Delacroix verzog das Gesicht, als sei er gekränkt, aber ihm entging nicht der warnende Ausdruck von Jordans Augen. Beide begannen über das unerwartete Auftauchen von amerikanischen Truppen am nördlichen Oberlauf des Mississippi zu reden.

»Ich sag' es dir, *mon ami*. Eure Generäle werden da ein

Fort bauen und auch im Westen Krieg führen.« Beide gingen zum Feuer, das inmitten des Lagers brannte, und ließen Miriam stehen. »Das waren Soldaten, keine Händler. Warum hätten sie sonst auf so einen harmlosen Menschen wie mich geschossen?«

»Na, so harmlos bist du nicht«, erwiderte Jordan. »Aber du hast recht, den Briten wird's nicht gefallen, wenn sie das herausfinden.«

»Sie werden es erst dann herausfinden, wenn's zu spät ist. Ich mag die Bastarde von Rotröcken noch weniger als die amerikanischen Tölpel. Mein damaliger Begleiter …« Er hob vielsagend die Schultern. »Ich denke, daß ihm die Amerikaner zur Zeit lieber sind als seine Landsleute. Als der übereifrige Amerikaner mich mit einem Schuß verwundete, quatschte mein britischer Freund so lange, bis er sich das Vertrauen der Amerikaner erwarb. Sonst würden unsere Skalps jetzt an der Sonne trocknen.«

Miriam preßte entschlossen die Lippen zusammen und folgte den Männern zum Feuer. So leicht ließ sie sich nicht abwimmeln.

»Jordan!« sprach sie ihn an.

Die Männer wandten sich nach ihr um. Delacroix schaute sie erwartungsvoll an. Jordan runzelte die Stirn.

»Jordan, wirst du mit mir gehen, um Hamilton zu finden?«

»Darüber reden wir später«, wies er sie ab.

»Wir können aber nicht warten, Jordan. Er könnte abreisen oder …«

»Ich sagte, später.«

Sein Tonfall und das kalte Glitzern seiner Augen verstörten Miriam. Seit Wochen schon war sie solche Zurechtweisungen nicht mehr gewöhnt.

»Wie du willst«, erwiderte sie mit trügerischer Nachsichtigkeit. Sie kehrte zu ihren Wildzwiebeln zurück und schnitt sie, als wolle sie an ihnen ihre Wut auslassen.

Als Jordan am Abend den Wigwam betrat, stellte sie ihn entschlossen zur Rede. Sie war zum Streiten aufgelegt. Den ganzen Abend hatte ihr die kleine Jane nichts wie Ärger bereitet. Petunia hatte sich beim Melken ausgesprochen zickig verhalten. Zudem gab sie von Tag zu Tag immer weniger Milch. Und die kleine Jane verweigerte die Fischbrühe, die sie ihr anstatt der Milch einzuflößen versuchte.

»Warum willst du dich nicht mit mir auf die Suche nach Hamilton machen?« fragte sie.

»Weil es jetzt Winter ist.« Seine Stimme klang ruhig und empörend herablassend, als würde er mit einem unwissenden Kind reden. »Die Eisdecke schmilzt nicht, auch nicht an sonnigen Tagen. Der schneidende Wind ist wie ein Messer. Das ist tagsüber so und auch nachts. Noch bevor man die Kälte verspürt, können einem die Finger und Zehen erfrieren. Prairie du Chien liegt, selbst wenn das Wetter gut ist, einen Marsch von zwei Wochen entfernt. Solange der See eine Eisdecke trägt, ist die Reise unmöglich.«

»Aber du bist ja auch im Winter unterwegs«, wandte Miriam ein. »Es macht dir ebensowenig aus wie Wellenreiter oder dem Franzosen.«

»Ich bin abgehärteter als du, Miriam. Wenn wir gehen müssen, was der Fall wäre, würde Jane den Marsch nicht überleben.«

Er griff nach dem Kind, das auf Miriams Schoß saß, die dünnen Ärmchen nach ihm ausstreckte und einen dünnen Klageton ausstieß.

Miriam blickte schuldbewußt drein. In ihrer Aufregung über Delacroix' Neuigkeit hatte sie Jane vergessen. Selbstverständlich könnte das Kind die Reise nicht mitmachen. Zuweilen quälte Miriam sogar der Gedanke, daß es den Winter nicht überleben würde. Wie ein Zaunkönig, der Vogel, nach dem Rauchbändiger sie genannt hatte, würde sie vielleicht nur kurze Zeit bei ihnen weilen. Das Kind war zwar gewachsen, aber seine Arme und Beine waren nicht prall und rundlich. Und seine Haut hatte noch immer einen bläulichen Ton. Jordan setzte sich ans Feuer und drückte Jane an seine breite Brust. Verglichen mit seiner strotzenden Kraft wirkte seine kleine Tochter noch kränklicher. »Mach nicht so ein Gesicht, Miriam«, sagte Jordan gleichmütig »Im Frühling, nach unserer Rückkehr ins Dorf, bringe ich dich nach Prairie du Chien. Wir werden ihn schon aufspüren, wenn du ihn dann noch immer treffen willst.«

Miriam musterte ihn zweifelnd. Sie traute ihm nicht. »Selbstverständlich will ich ihn treffen.«

»Warum?« fragte Jordan. Seine silbergrauen Augen schauten sie durchdringend an. Vor seinem stechenden Blick wäre sie am liebsten geflüchtet. Eine Antwort fiel ihr schwer.

»Du weißt doch, warum ich ihn treffen muß, Jordan. Solang ich nicht weiß, wo sich diese verflixte Liste befindet, kann ich nicht nach London heimkehren.«

»Möchtest du denn zurückkehren?«

Miriam schlug die Augen nieder. Sie hatte die Zukunft in den vergangenen Wochen gänzlich verdrängt. Jetzt verlangte Jordan eine klare Antwort.

»Warum sollte ich nicht zurückkehren?« erwiderte sie trotzig.

»Vielleicht hast du hier etwas gefunden, das dich festhält.«

Miriam schwieg. Schön wär's, dachte sie. Sie wußte, daß sie nie dieser Welt angehören könnte, mochte sie hier auch aufrichtigere Freundschaft gefunden haben als in London. Etwa bei Grace und ihren Töchtern, bei Lächelt-bei-Sonnenaufgang, Rauchbändiger und Wellenreiter. Selbst Lied-in-der-Weide fand sie zuweilen sympathisch. Mochte ihr Herz für immer dem Mann gehören, der ihr gegenüber saß, sie paßte ebensowenig hierher wie Jordan in einen Londoner Salon.

»Du weißt doch, daß ich zurückkehren muß«, sagte sie ruhig. »Wie oft hast du mir vorgeworfen, daß ich höchstens als Zierde für den Salon eines Stutzers tauge.«

Jordan betrachtete sie schweigsam. Dann bettete er Jane auf die Felle neben dem Feuer und wandte Miriam seinen breiten Rücken zu. Als sie sich umdrehte, waren seine Augen ausdruckslos.

»Im Frühling werde ich mit dir diesen Hamilton aufspüren. Das verspreche ich dir. Ich werde es schon deshalb tun, damit ich dich nicht wegen dieser dummen Liste verliere.«

»Warum willst du mich behalten, Jordan?« fragte Miriam. Ihr kleiner Garten Eden war zunichte geworden, nachdem

Delacroix' Ankunft sie erinnert hatte, wer sie war und weswegen sie hier weilte. Jordan konnte ihr Paradies mit einem Wort retten. Wider alle Vernunft hoffte Miriam darauf.

»Jane braucht dich«, sagte er.

Jane braucht sie. Das war alles. Ihr Paradies war entschwunden und ließ sich nie mehr zurückholen.

Miriam verdrängte diese Kränkung. Was hatte sie denn erwartet? Jordan hatte gesagt, daß er sie begehrte, aber nicht, daß er sie liebte. Er begehrte sie leidenschaftlich. Daran konnte sie nicht zweifeln, weil er es ihr allnächtlich bewies. Aber männliche Begierde genügte nicht, damit sie der Vernunft trotzte und ihre Herkunft vergaß. Zumindest nicht für immer. Würde Jordan sie lieben, hätte sie wahrscheinlich so töricht gehandelt. Aber jetzt brauchte sie um diese Entscheidung nicht mehr zu ringen.

»Willst du nicht endlich schlafengehen, Miriam? Oder willst du die ganze Nacht am Feuer sitzen?«

Miriam löste sich von ihren düsteren Gedanken. Jordan hatte die Felldecken ausgebreitet und zog sich aus. Der Schein des Feuers umspielte seinen nackten Körper und hob die Muskelstränge hervor. Von der Taille abwärts stand er im Dunkeln, aber sie konnte sich den Rest – seine kräftigen Beine und das, was seine Männlichkeit ausmachte – sehr gut vorstellen. Ein wollüstiges Gefühl wallte in ihr hoch, eine Empfindung, die ihr mittlerweile so vertraut wie das Atmen war. Aber in ihrem Verlangen steckte ein Stachel. Die Wirklichkeit hatte sie eingeholt. Ihr Gewissen regte sich wieder.

»Ich komme schon«, murmelte sie und stand auf. Die Wirklichkeit hatte sie eingeholt, aber klar denken konnte sie noch nicht. Ob ihr das jemals wieder gelingen würde?

Die Felldecken waren warm. Jordans muskulöser Körper schmiegte sich an sie. Sie konnte seinen Herzschlag hören. Jordan streichelte geistesabwesend ihren Rücken, als hätte er noch nicht wahrgenommen, daß sie neben ihm lag. Er schien über etwas nachzudenken. Sie fragte sich, ob ihm Delacroix' Ankunft ebenso zu denken gab wie ihr. Das Feuer war inzwischen herabgebrannt. Aber beide hatten noch keinen Schlaf gefunden.

»Was hat dich in dieses Land verschlagen, Jordan?« fragte Miriam. Ihre Worte durchbrachen die dumpfe Stille. Die Dunkelheit verführte zur Vertrautheit, die Miriam auszuloten wagte. Sie wußte fast nichts von diesem Mann, nur das, was Witwe Peavy ihr erzählt hatte. Und jetzt war er der Halt ihres Lebens. Er hatte ihre Welt auf den Kopf gestellt und ihr Leben umgekrempelt. Sie fand es ungehörig, daß er all das hatte tun können und ihr noch immer ein Fremder war. »Der Grund kann doch nicht allein deine uneheliche Geburt sein«, redete sie weiter.

Jordan strich mit der Hand über ihren Rücken und drückte sie dann enger an sich. Als er schwieg, dachte Miriam schon, er wolle ihr diesen Teil seines Lebens nicht enthüllen. Dann atmete er tief aus und lächelte.

»Es ist schon so lange her«, sagte er versonnen. »Mir kommt es so vor, als läge das alles eine Ewigkeit zurück und sei gar nicht mehr wichtig.«

Miriam lehnte ihren Kopf an seine Schulter.

»Witwe Peavy sagte, da wäre noch eine Frau im Spiel gewesen«, redete sie weiter.

Miriam spürte, daß er lächelte. »Hat sie das gesagt? Dann glaub doch dieser naseweisen Witwe, daß sie meine Lebensgeschichte kennt, auch wenn es sie nichts angeht.«

Ging es sie etwas an, überlegte Miriam. Das war nun gleichgültig. Sie wollte es wissen. »Wer war sie?«

Jordan stützte sich auf einen Ellenbogen und blickte auf sie herab. »Du bist ein neugieriges, kleines Biest, nicht? Wie alle Frauen.«

»Ja.«

Er lachte vor sich hin. »Na schön, du wißbegieriges Biest. Sie hieß Elizabeth Bowles und entstammte einer der angesehensten Familien in Boston. Sie war ein wohlerzogenes, sittsames Dämchen. Sie ähnelte einer gewissen Miriam Sutcliffe, zumindest habe ich das mal angenommen.«

»Und du hast dich in sie verliebt?« fragte Miriam weiter.

Jordan legte sich nieder, verschränkte die Hände unter dem Kopf und schaute durch das Rauchabzugsloch zum dunklen Himmel empor. »Ich war damals ein junger, unerfahrener Mensch«, sagte er.»Ich wußte nicht, was Liebe bedeutet. Vielleicht weiß ich es auch heute noch nicht.«

Erinnerungen stiegen in ihm auf, die er lange Zeit verdrängt hatte. Sie schmerzten nicht mehr so sehr. Vielleicht begriff er erst jetzt, wie unerfahren und dümmlich er sich damals in Boston verhalten hatte.

»Hat sie dich wiedergeliebt?« fragte Miriam.

Jordan schnaufte verächtlich. »Elizabeth Bowles hat nur sich selbst geliebt. Sie war der Liebling der Bostoner Gesellschaft – sie war temperamentvoll, charmant, engagierte sich für caritative Anliegen, hatte standesgemäße Freunde. Es gab kein Mädchen, das damenhafter gewesen wäre als meine teure Elizabeth.«

Er verstummte und hing seinen Erinnerungen nach. Elizabeth Bowles – ein Mädchen mit grünen Augen und blonden Locken. Sie hatte über seinen ernst gemeinten Heiratsantrag gelacht. Hatte sie ihm das Herz gebrochen? Das wohl nicht. Aber sie hatte seinen Stolz verletzt. Sie hatte alles für einen Scherz gehalten.

Ihr Vater jedoch nicht. Er hatte ihn nicht nur aus dem Haus geworfen, sondern auch noch seine Bediensteten auf ihn angesetzt, damit sie ihn zusammenschlugen. Sie hatten mehr als nur seinen Stolz verletzt.

»Meine Mutter hat mir ein beträchtliches Vermögen hinterlassen«, erzählte er weiter und lächelte verkniffen. »Meine ach so moralischen Großeltern enterbten sie, als sie mit mir schwanger war. Ihr Liebhaber, ein Kapitän, hatte es leider unterlassen, sie zu heiraten, bevor er mit seinem Schiff unterging. Sie setzten meine Mutter auf die Straße. Sie brachte mich in einem verwahrlosten Hurenhaus im Hafen zur Welt. Doch meine Mutter ließ sich dadurch nicht kleinkriegen. Sie war in ihrem Gewerbe – die Bostoner geben vor, daß es nicht existiert – überaus geschäftstüchtig. Die Stützen der Bostoner Gesellschaft, standesgemäß gekleidete Herren mit standesgemäßen Manieren, sind ebenso geil wie die übrigen Männer.«

»Deine Mutter war also eine reiche Frau?«

»Ja. Ihr Geld eröffnete mir den Weg nach Harvard. Eine

Bank hat all die Jahre mein Vermögen verwaltet. Es muß mittlerweile beträchtlich angewachsen sein.«

»Warum wolltest du studieren?«

»Um ein angesehener Bürger zu werden«, antwortete er und lächelte vor sich hin. »Harvard ist eine angesehene Universität. Aber es brachte mir nicht viel. Ich war da ebenso ein Außenseiter wie sonstwo. Aber ein paar Studenten haben sich gegen mich anständig verhalten. Zu ihnen gehörte auch Elizabeths Vetter.«

»Und er hat dich ihr vorgestellt?«

»Ja. Aber er kannte ihren Charakter nicht. Andernfalls hätte er uns nie zusammengebracht. Sie mochte mich auf Anhieb. So schien es zumindest. Ich hatte bisher nur Huren kennengelernt. Deswegen hielt ich Elizabeth Bowles für ein höheres Wesen. Dabei spreizte sie die Beine bereitwilliger als die Frauen, mit denen ich mich bisher abgegeben hatte.«

»Aber Jordan! Das hat sie gewiß nicht getan! Eine unverheiratete Frau.« Moralische Entrüstung wallte in ihr hoch und ebbte sogleich ab. Ihr fiel ein, daß sie keineswegs das Recht hatte, über eine unverheiratete Frau herzuziehen, weil sie mit ihrem Geliebten ins Bett gegangen war, wenn sie sich das gleiche hatte zuschulden kommen lassen.

Jordan lachte über Miriams Aufwallung von Prüderie. »Da hast du recht. Sie hat's nicht getan. Elizabeth verteidigte bis zum Schluß ihre kostbare Jungfräulichkeit. Aber sie kannte andere Kniffe, wie sie dennoch auf ihre Kosten kommen konnte. Während sie um die Unversehrtheit ihres Jungfernhäutchens besorgt war, machte es ihr nichts aus, einen Mann aufzugeilen, bis er nicht mehr ein noch aus wußte.«

Miriam fand diese Haltung verwerflicher als die schlichte Preisgabe der Jungfräulichkeit. Ob sie vor ihrem Sündenfall auch so gedacht hätte?

»Wir waren nahezu unzertrennlich«, redete Jordan weiter. »Elizabeth trotzte ihrem Vater und lud mich zu Picknicks und Partys ein. Wir ritten im Park und tanzten in den besten Ballhäusern von Boston. Ich begann schon, mir eine respektable Existenz vorzustellen. Schließlich verbrachte sie mit mir so viel Zeit, daß in der feinen Gesellschaft über uns gemunkelt wurde. Zu guter Letzt erreichte ich den Tiefpunkt meiner Dummheit. Ich machte diesem Weib einen Heiratsantrag.«

»Und sie hat dich abgelehnt?« fragte Miriam fassungslos.

»Sie hat mir ins Gesicht gelacht. Die Vorstellung, daß sie einen Bastard heiraten könnte, den Sohn einer stadtbekannten Hure, war so lächerlich, daß sie über mein Ansinnen verblüfft war. Sie hatte mit mir nur herumgeschäkert und mich gleichzeitig benützt, um einen anderen Verehrer eifersüchtig zu machen. Das klappte denn auch. Er hielt eine Woche nach mir um ihre Hand an. Reginald Bartlett hieß er. Sein Stammbaum war so lang wie sein Arm, und Geld hatte er auch noch.«

Jordan schaute zum Nachthimmel empor. Wie hatte ihm dieses Flittchen nur so nahekommen können? Aber im Grunde hatte ihm Elizabeth Bowles einen Gefallen getan. Dadurch, daß er schließlich die gute Gesellschaft in Bausch und Bogen abgelehnt hatte, hatte er zu sich selbst gefunden.

»Wie ich schon sagte«, fuhr er fort. »Ich war ein unerfahrener, junger Mensch. Mit einem Freund, einem Schiffskapitän, der sein Glück im Pelzhandel versuchen wollte, schlug ich mich zur Indianergrenze im Nordwesten durch. Aber wir waren nicht so geschäftstüchtig, wie wir angenommen hatten. Silas fand den Tod – er ertrank, als unser Kanu in einer Stromschnelle umschlug. Und ich blieb hier hängen.«

»Bist du nach all den Jahren noch immer verbittert?«

»Nein, ich bin nicht verbittert.« Seiner Stimme hörte man es jedoch nicht an. »Ich hatte das Glück, schon sehr früh feststellen zu können, daß gesellschaftliche Konventionen und die Errungenschaften der Zivilisation nur etwas für kleine Geister sind. Ich werde den Fehler meiner Eltern nicht begehen. Keines meiner Kinder wird sich jemals als Bastard beschimpfen lassen müssen.«

»Und was wird aus Jane?« fragte Miriam.

»Jane wird bei den Chippewa leben. Nur die Weißen meinen, daß eine Zeremonie nötig sei, damit ein Kind einen richtigen Namen bekommt.«

Seine Worte brachten Miriam auf einen Gedanken. »Meinst du nicht, du hättest über das Problem einer unehelichen Geburt nachdenken sollen, bevor du eine Weiße zu deiner Geliebten gemacht hast?« fragte Miriam mit gepreßter Stimme.

»Ich hab' darüber nachgedacht«, erwiderte Jordan. »Warum? Bist du schwanger, Miriam?«

»Das nicht«, sagte sie. Als sie es sagte, fragte sie sich, ob sie es gern wäre.

Jordan stützte sich auf seinen Ellenbogen. »Uns wird kein Bastard geboren, Miriam Sutcliffe. Ich habe dir gesagt, daß ich mich für ein ganzes Leben binde. Die Entscheidung habe ich dir überlassen. Wenn du schwanger bist, mußt du mich heiraten. Denke daran!«

Miriam schwieg. Eine Heirat würde zwar das moralische Dilemma lösen, aber sie hatte sich geschworen, nicht den gleichen Fehler zu machen wie ihre Eltern. Ihre Mutter hatte sich in einen Abenteurer verliebt, in einen Mann, dessen Welt ihr fremd blieb. Obwohl er sie wiedergeliebt hatte, hatte er ihr Leben zerstört.

Großer Gott, auch sie liebte diesen Jordan Scott! Sie liebte ihn von Tag zu Tag mehr. Der Ausdruck seiner Augen verriet ihr, daß auch er sie lieben könnte, mochte er auch behaupten, er wisse nicht, was Liebe bedeutet. Sie konnte ihn nicht heiraten, hatte aber auch nicht die Kraft, sich von ihm fernzuhalten, komme, was da wolle. Vielleicht war sie ebenso triebhaft und leichtfertig wie damals Elizabeth Bowles.

»Willst du irgendwann in die Zivilisation zurückkehren?« fragte Miriam und fuhr mit dem Finger seine Wangenknochen entlang.

»Ich möchte nicht zurückkehren«, antwortete er lächelnd.

»Du möchtest nie mehr zurückkehren?« wiederholte sie.

»Nein«, sagte er, ergriff ihre Hand und küßte sie. Dann schlug er die Felldecke zurück, senkte den Kopf und berührte zärtlich ihre Brustwarze mit den Lippen. »Ich möchte nicht zurückkehren«, wiederholte er. »Und du auch nicht«, fügte er in zuversichtlicher Stimmung hinzu. »Du weißt es nur noch nicht.«

Miriam schloß die Augen und schmiegte sich an ihn, als er sachte mit dem Knie ihre Schenkel spreizte. Vielleicht hat er recht, dachte sie.

15

Gage Delacroix blieb drei Tage im Lager. Seine Anwesenheit erinnerte Miriam ständig daran, daß sie sich der Wirklichkeit noch immer nicht gestellt hatte. Sie hatte Jordans fadenscheinige Erklärung, warum er sie nicht jetzt zu Hamilton führen konnte, allzu bereitwillig gelten lassen. Das winterliche Wetter lasse es nicht zu! Ach was! Und dann noch Jane! Lächelt-bei-Sonnenaufgang könnte sich während ihrer Abwesenheit um das Kind kümmern.

Miriam machte sich Vorwürfe, daß sie sich so leicht von ihrer Pflicht hatte abbringen lassen. Jordan sprang mit ihr um, wie es ihm beliebte. Jetzt wollte er sie davon abhalten, der Welt zu beweisen, daß Miss Miriam Sutcliffe aus London am Leben war und um ihr Recht kämpfte.

Das konnte sie nicht dulden. Sie hatte das Gefühl, als stünde sie mit dem Rücken zur Wand. Es war ihre letzte Chance, zu beweisen, daß sie nicht vergessen hatte, wer und was sie war. Sie wollte sich nicht unterkriegen lassen. Es war am zweiten Nachmittag von Delacroix' Aufenthalt. Sie legte die Mokassins, die sie für Lächelt-bei-Sonnenaufgang mit Perlen verzierte, aus der Hand. Der Mestize hatte sich eben dem Lagerfeuer genähert, um sich zu wärmen.

»Mr. Delacroix«, sprach sie ihn stockend an, weil sie nicht wußte, wie sie ihr Anliegen vorbringen sollte.

»Ich bitte Sie, *Mademoiselle*. Für Sie bin ich Gage.«

»Na schön, Gage. Würden Sie mir einen Gefallen tun?«

»Für Sie, *ma Petite*, würde ich alles tun!«

»Ich möchte, daß Sie mich nach Prairie du Chien führen, wo ich meinen Vetter zu treffen hoffe.«

Der Mestize hob seine dunkel glänzenden Augenbrauen. »*Mon Dieu, Mademoiselle!* Verlangen Sie da nicht zuviel?«

»Ich werde Sie gut entlohnen, Mr. Delacroix. Ich werde mir von meiner Londoner Bank Geld schicken lassen. Ich verspreche Ihnen, Sie werden reichlich entschädigt werden.«

Er atmete tief aus und rieb sich die Hände über dem Feuer. »Ich bin überzeugt, daß Sie eine Menge Geld haben, *ma Petite*. Aber was nützt einem toten Mann schon Geld, eh?«

»Jetzt hören Sie aber auf!« erwiderte Miriam schroff. »Sie wollen mir doch nicht mit dem Wetter, dem Eis und der Winterkälte kommen, oder?«

»Das nicht, *Mademoiselle*. Aber Prairie du Chien ist ein heißes Pflaster. Ich habe schon mal das Ziel für eine Kugel abgegeben. Ich möchte nicht, daß mich wieder eine trifft. Abgesehen davon – wer setzt mich wieder zusammen, nachdem mich Ihr Mann in Stücke gerissen hat?«

»Mein Mann?«

»Ja, Geisterauge. Sie nennen ihn Jordan. Ich kenne ihn, *ma Petite*. Er läßt nicht mit sich spaßen.«

Miriam spürte, wie ihr das Blut in die Wangen stieg. Delacroix mußte selbstverständlich annehmen, daß sie Jordans Frau war. Sie schliefen im selben Wigwam. Außerdem hatte Jordan seit der Ankunft des Franko-Kanadiers gegen sie eine Haltung eingenommen, als sei sie sein Eigentum.

»Jordan ist nicht mein Mann«, erwiderte sie. Es kostete sie Überwindung, als sie damit zugab, daß es mit ihrer Tugendhaftigkeit nicht so weit her war. Aber wenn es um die Pflicht ging, mußte man seinen Stolz hintanstellen. Ihre Pflicht war es, Hamilton endlich aufzuspüren, ihm die Information, die sie von jeglicher Schuld freisprechen würde, zu entlocken und ihr gewohntes, geordnetes Leben wieder aufzunehmen.

Delacroix warf ihr einen prüfenden Blick zu. »Das mögen Sie meinen. Geisterauge denkt da vermutlich anders. Nein, *Mademoiselle*. Es schmerzt mich zwar zutiefst, den Herzenswunsch einer schönen Frau nicht erfüllen zu können, aber ich bringe Sie nicht nach Prairie du Chien.«

Und das war das Ende ihrer Rebellion.

Tags darauf beobachtete Miriam, wie der Mestize sein Bündel schnürte, in seine Schneeschuhe schlüpfte, den Chippewa zum Abschied zuwinkte und dann lostrottete. Als er hinter den Schneewehen entlang des Flußufers verschwand, kam sich Miriam irgendwie verlassen vor. Nicht die Wildnis löste das Gefühl aus, auch nicht Jordan Scott, sondern das

236

befremdende Wesen, das Himmelsauge genannt wurde, und langsam, aber unaufhaltsam die vertraute Miriam Sutcliffe in ihr verdrängte.

Miriam war nicht die einzige, der dieser Wandel auffiel. Selbst Lied-in-der-Weide mußte widerstrebend zugeben, daß die weiße Ehefrau von Geisterauge nicht mehr das nutzlose Wesen von früher war. Mochte Miriam, wie Geisterauge ihr in L'Arbre Croche verraten hatte, keineswegs seine Frau gewesen sein, so hatte sie zweifellos jetzt diesen Stand erreicht. Die Indianerin sah es an der Art, wie er die Weiße anblickte, wie er sie verstohlen zärtlich streichelte, wie seine Augen funkelten, mochten sich die beiden auch gelegentlich streiten. Lied-in-der-Weide erkannte, daß ihre langgehegten Träume zunichte wurden, was ihre Eifersucht jedoch steigerte.

Lied-in-der-Weide war an dem Tag, als das Kanu mit Geisterauge und seinem weißen Gefährten in den Stromschnellen umschlug, bei Seetänzerin gewesen. Sie hatte zusammen mit ihrer Schwester ihm das Leben gerettet und sich, wie ihre Schwester, in den Weißen verliebt, als er sich der Lebensart der Chippewa anpaßte und in den Familienclan aufgenommen wurde.

Aber Geisterauge hatte Seetänzerin den Vorzug gegeben. Daraufhin hatte sie ihre Zuneigung verdrängt. Sie wollte ihre Schwester nicht entehren, selbst wenn sich ihr die Gelegenheit dazu bieten sollte. Doch dazu kam es nie. Sie hätte sich sogar mit dem niederen Stand einer Zweitfrau abgefunden, aber Geisterauge hatte sie nie darum gebeten. Lied-in-der-Weide hatte dann einen anderen geheiratet. Zuerst einen Chippewa. Und als sie mit diesem nicht zufrieden war, hatte sie einen Ottawa-Krieger genommen. Auch er hatte sie nicht an sich binden können. Sie hatte die Männer stets mit Geisterauge verglichen. Dem Vergleich hatten sie nicht standgehalten.

Als Seetänzerin starb, hatte Lied-in-der-Weide aufrichtig getrauert. Sie hatte ihre Schwester geliebt. Doch solche Schicksalsschläge sind gang und gäbe, wenn eine Frau ihrem Mann ein Kind gebiert. Seetänzerin hatte ihr Leben ausgekostet. Lied-in-der-Weide war sicher, daß ihre Schwester es gern gesehen hätte, wenn Geisterauge und sie eine Verbindung eingegangen wären.

Doch dann war diese weiße Frau in ihr Leben eingedrungen. Sie ließ sich nicht vertreiben. Und jetzt belebte Geisterauge Nacht für Nacht ihren blassen, weißlichen Körper mit seiner Leidenschaft, seiner Wollust und seinem lebenspendenden Samen. All das stand eigentlich ihr zu. Wenn Lied-in-der-Weide nachts wach dalag, stellte sie sich vor, wie in dem Wigwam auf der anderen Seite der Lichtung sich Jordans muskelstrotzender Leib mit dem der weißen Frau verband. Sie hörte geradezu die Lustschreie, die keuchenden Atemzüge, die lustvollen Seufzer, die den Wigwam erfüllten. Es war nicht gerecht, daß sie zu einem keuschen Leben im Wigwam ihrer Eltern und ihres Bruders verdammt war.

In den letzten Wochen hatte sie sich dadurch gerächt, daß sie der Weißen das Leben, wann immer es ging, verleidete. Aber nachdem Geisterauge in ihr seine Frau sah, schien die Weiße gegen ihre Sticheleien gefeit zu sein. Die Indianerin beschloß, eine wirksamere Technik einzuschlagen. Wenn Geisterauge dieser Weißen überdrüssig wurde, dann ...

Ein Lächeln überzog ihr Gesicht, als sie ungestüm das frisch abgezogene Fell mit einem Schaber von seiner Fettschicht befreite. Sie ließ Miriam nicht aus den Augen, als diese ihren Wigwam verließ und von dem Gestell vor dem Zelt einen Streifen geräuchertes Wildbret und ein Bündel Würzkräuter holte. Was aus dieser milchgesichtigen Fremden doch für eine brave, fleißige Hausfrau geworden war! Lied-in-der-Weide hoffte, daß Jordan die Abendmahlzeit auch gut bekommen würde.

Jordan schmeckte denn auch der Eintopf, den Miriam zubereitet hatte. Er schmeckte ihm auch deswegen, weil er wußte, daß Miriam den von ihm erlegten Hirsch selbst enthäutet und zerlegt hatte. Aus der gegerbten Haut hatte sie Sohlen für seine Mokassins angefertigt, eine Decke für die kleine Jane und einen schmiegsamen Kittel samt Beinkleider für sich selbst. Das Fleisch – ein Stück hatte sie im Eintopf mitgekocht – hatte sie an einem Gestell aus Ästen über dem Feuer geräuchert. Auch die Knochen hatten eine Verwen-

238

dung gefunden. Aus Knochensplittern waren Nähnadeln geworden, während die langen Röhrenknochen Rauchbändiger für seine Schnitzarbeiten erhielt.

Auch Jordan wunderte sich von Tag zu Tag mehr über den Wandel, der in diesem einst so zickigen englischen Dämchen ablief. Es war schon einige Zeit her, daß er sie halb ertrunken und erfroren aus dem Huronsee gezogen hatte. Was er damals nicht geahnt hatte, war, daß tief in ihr eine Verführerin steckte, die ihn allmählich aus seiner gewohnten Lebensart lockte und aus ihm wieder einen Weißen zu formen begann. Mit einem begütigenden Lächeln hier, einem sanften Wort da durchbrach sie seine Abwehr. Vielleicht war es ihr gar nicht bewußt, daß sie ihm ebenso heimtückische Fallen stellte, wie er den Mardern und Bibern. Und er schluckte auch den Köder, obwohl er wußte, wozu es führen könnte. Es war ihm den Preis wert. Wenn er sich wieder als Weißer bekennen sollte, als der vaterlose Sohn einer Bostoner Hure, dann nur deswegen, weil er so Miriam Sutcliffe für immer an sich binden konnte.

Verlegen strich sich Jordan mit der Hand über seinen Schädel, auf dem mittlerweile kleinfingerlang dichtes, blondes Haar nachgewachsen war. Miriam bemerkte die Geste und lächelte verstohlen. Als sie ihn mal darauf angesprochen hatte, hatte er ihr gesagt, daß er im Winter sein Haar immer wachsen lasse. Geglaubt hatte sie es ihm nicht.

»Mit dichtem Haar siehst du viel besser aus«, sagte sie und legte die kleine Jane schlafen. Unter sich sprachen sie meistens Chippewa, auch wenn Miriam manchmal das treffende Wort nicht einfallen wollte. »Ich kann nicht verstehen, warum die anderen Männer es nicht ebenso machen. Außerdem hält es den Kopf warm.«

»Ich bin eben der einzige, der vernünftig ist«, erwiderte Jordan und wechselte rasch das Thema. »Dein Eintopf schmeckt gut.«

»Dein Eindruck hab' ich auch. Du hast bereits zwei Portionen gegessen«, sagte Miriam und füllte ihren Teller gleichfalls.

»Du mußt diesmal andere Würzkräuter verwendet haben«, sagte Jordan.

»Ich habe keine anderen genommen. Lächelt-bei-Sonnenaufgang kennt all die Würzkräuter, ich nicht.« Sie führte den Löffel zum Mund. »Doch, es schmeckt heute etwas anders.«

Jordan hatte sich satt gegessen und streifte den Rest mit dem Löffel in Petunias Trog. Die Ziege musterte ihn mißtrauisch, schnupperte an den Überbleibseln und wandte sich ab.

»Ziegen fressen doch kein Fleisch!« sagte Miriam.

»Es war kein Fleisch, nur etwas Gemüse und Kräuter.«

Miriam runzelte erstaunt die Stirn. »Das frißt sie doch sonst mit Vorliebe. Hoffentlich ist sie nicht krank.«

Petunia blickte sie gleichmütig an.

»Diese verdammte Ziege ist so kerngesund wie ich. Ihr fehlt nichts. Sie ist nur wählerisch.«

»Du siehst mir nicht gesund aus, Jordan. Fehlt dir was?«

»Mir geht's gut«, sagte er abweisend. »Es ist schon spät. Willst du nicht schlafen gehen?«

»Ich wasche nur noch das Geschirr.«

Der Wasserkessel hing über dem Feuer. Miriam goß das warme Wasser in den Holzkübel und säuberte die Holzschalen, die als Teller dienten. Jordan breitete mittlerweile die Felldecken aus und zog sich bis auf seinen Lendenschurz und die Beinkleider aus. Als sie sich zu ihm gesellte, sah sie in seinen Augen das Glitzern, das ihr inzwischen so vertraut war.

»Laß mich dich ausziehen!« sagte er, als sie an ihrem Lederkittel zu nesteln begann.

Im Nu hatte er Miriam bis auf ihre Mokassins ausgezogen. Behutsam legte er sie auf die Felldecke und schmiegte sich an sie. Zärtlich wühlte er in ihrem seidigen, dichten Haar, das ihr bis zur Schulter reichte, und drückte ihr dann einen Kuß auf die Augenlider und die Nasenspitze, während sich sein Bein verlockend zwischen ihre Schenkel drängte.

Doch dann hielt er jäh inne. Er richtete den Oberkörper auf, stützte sich auf einen Arm und schaute über ihre Schultern hinweg ins Leere. Sein Gesicht war verkniffen.

»Was ist denn los?« fragte sie.

Er zog eine Grimasse. »Was hast du nur in den Eintopf getan?«

Miriam musterte ihn besorgt. »Bist du krank?«

Sein jäh erbleichtes Gesicht genügte ihr als Antwort. Er kniff die Augen zusammen. Trotz der Kälte draußen waren seine Stirn und die Oberlippe mit Schweißtropfen bedeckt.

»Verdammt!« stieß er aus, erhob sich mühsam und schwankte, beide Hände auf seinen Bauch gedrückt, dem Zeltausgang entgegen.

Miriam runzelte angsterfüllt die Stirn, als sie hörte, wie er draußen sich würgend erbrach. Gleich darauf spürte auch sie, wie sich ihr Magen verkrampfte. Ein quälender Brechreiz überkam sie. Zudem verspürte sie, daß sich ihr Dickdarm gleich gewaltsam entleeren würde. Auch sie rannte daraufhin so schnell wie möglich hinaus.

Die Nacht wurde zu einem Alptraum. Selbst nachdem sich bei beiden Magen und Darm schubweise entleert hatten, hatten sie mit peinigenden Schweißausbrüchen zu kämpfen. Immer wieder mußten sie den warmen Wigwam verlassen, um sich draußen in der klirrenden Kälte zu erleichtern.

»Ich bin nicht daran schuld«, stieß Miriam verängstigt aus, als die krampfartigen Anfälle sich zeitweilig legten.

»Ich weiß«, erwiderte Jordan mit gepreßter Stimme.

Miriam drehte sich mühsam um und schaute ihn an. »Du glaubst mir?«

»Zuzutrauen wäre es dir«, sagte Jordan. »Vielleicht hätte ich so etwas auch mal verdient. Aber dann hättest du nicht das gleiche gegessen. So dumm bist du nicht.«

Sie konnten nicht weiterreden, weil sie ein erneut einsetzender Krampf wieder hinaustrieb.

Erst am nächsten Vormittag ließen die Krämpfe und der Brechreiz nach. Obwohl sich Miriam schlaff und erschöpft fühlte, hatte sie nun Zeit zum Nachdenken. Die Bewohner des Lagers kannten mehr oder weniger sämtliche Kräuter, die in der Wildnis wuchsen. Erfahrenster Kenner war Rauchbändiger. Schließlich war er ein Mitglied der Midewiwin-Kaste, bei der die Kräuterkunde einen wesentlichen Teil ihres Geheimwissens bildete. Auch Lächelt-bei-Sonnenaufgang kannte jede Heilpflanze und jedes Würzkraut. Sie wußte, welche Kräuter bei einer Erkältung halfen, Schmerzen bei der Geburt linderten oder ein Gericht schmackhafter machten.

Aber sie hatte keinen Grund, ihnen so einen heimtückischen Streich zu spielen. Auch Wellenreiter konnte nicht der Übeltäter sein. Übrig blieb allein Lied-in-der-Weide. Ihr Motiv ließ sich leicht erraten. Sie mußte gedacht haben, daß Jordan über Miriams Mißgriff in Wut geraten würde. Vielleicht würde er sogar annehmen, daß Miriam absichtlich ein abführendes und ein brechreizerregendes Kraut verwendet hatte. Lied-in-der-Weide hoffte wahrscheinlich, daß Jordan in seinem Zorn bei ihr Trost suchen würde. Diesen Streich wollte sie der kleinen Schlampe heimzahlen.

Erst nach einem Tag konnten Miriam und Jordan ihr Lager verlassen. Lächelt-bei-Sonnenaufgang hatte die kleine Jane in ihren großen Wigwam mitgenommen, die Ziege gemolken und das Kind versorgt. Alle zwei Stunden flößte sie Jordan und Miriam einen abscheulich schmeckenden Absud ein. Die Augen der alten Indianerin hatten einen bekümmerten Ausdruck. Miriam ahnte, daß sie wußte, was geschehen war. Wahrscheinlich hatte sie ihrer Tochter zunächst den Kopf gewaschen. Aber das war jetzt einerlei. Miriam wollte selbst mit diesem Biest abrechnen.

Erst nach einer Woche fühlte sich Miriam kräftig genug, die Sache zu bereinigen. Jordan hatte zusammen mit Wellenreiter am Tag zuvor das Lager verlassen, um die Fallen zu überprüfen und einen der Bären aufzuspüren, die sie im Herbst gesichtet hatten. Er würde längere Zeit fernbleiben. Es würden wohl zwei Wochen werden. Das lieferte Miriam die Gelegenheit, die Rechnung zu begleichen. Jordan hätte es ihr nie gestattet, ihren Plan auszuführen. Sie aber wollte die Sache ein für allemal zu Ende bringen.

»Was willst du?« fragte Lied-in-der-Weide, die eben eine Elchhaut zum Trocknen an der Sonne an einem Holzgestell festband, als Miriam auf sie zutrat.

»Ich möchte, daß wir uns besser verstehen, Lied-in-der-Weide.«

»Wir verstehen einander ganz gut.«

»Nicht ganz«, erwiderte Miriam. »Ich weiß, daß du das giftige Kraut unter die übrigen Wildkräuter gemischt hast. Ich werde deine Heimtücke von jetzt an nicht mehr dulden.«

Lied-in-der-Weide schaute sie feindselig an. »Wenn du eine echte Chippewa-Indianerin wärst, hättest du gemerkt, daß das Kraut mit den übrigen Würzpflanzen nichts zu tun hatte. Dann hättest du es nicht verwendet, und Geisterauge wäre nicht krank geworden. Es war deine Schuld, weiße Frau, nicht meine.«

»Ich will mich mit dir nicht streiten, wessen Schuld es war«, erwiderte Miriam ruhig. »Wir beide wissen Bescheid. Ich möchte nur herausfinden, ob du als Chippewa-Indianerin so tüchtig bist, wie du meinst.«

»Ob ich nun eine Chippewa oder eine Weiße bin, als Frau bin ich dir allemal über. Eines Tages wird Chippewa das erkennen und dich zu deinem Volk zurückschicken.« Sie drehte sich um und nahm wieder ihre Arbeit auf. Aber Miriam ließ sich nicht abwimmeln.

»Wenn du so tüchtig bist, Lied-in-der-Weide«, sagte Miriam, »könntest du es doch vor allen beweisen, daß du mir über bist. Wir könnten es durch ein Tragespiel entscheiden. Wie wär's mit heut' nachmittag am Flußufer?«

Lied-in-der-Weide wandte sich um. Ihr Gesicht war ausdruckslos, aber in ihren Augen blitzte Freude auf. »Du mußt töricht sein, wenn du so einen Wettkampf vorschlägst«, sagte sie. »Ich bin eine Anishanabe. Du«, sie verzog höhnisch die Lippen, »bist eine Weiße.«

»Dann sei unbesorgt. Es ist deine Chance, mich vor allen zu demütigen.«

Miriam deutete ein Lächeln an und ging davon.

Zum Flußufer führte ein gut hundert Meter langer Pfad, den die Lagerbewohner bei ihren täglichen Besorgungen mit ihren Mokassins in den Schnee getreten hatten. Er war der geeignete Austragungsort für das Spiel, das Miriam vorgeschlagen hatte. Rauchbändiger, erfreut über die bevorstehende Abwechslung, rammte an beiden Enden des Pfades einen Markierungspfahl in den Schnee. Lächelt-bei-Sonnenaufgang schalt zwar ihren Mann, weil er das Spiel zuließ, schnitt aber vier lange Stöcke zurecht, die die beiden Rivalinnen für das Spiel benötigten. Auch sie war neugierig, wie der Wettkampf ausgehen würde.

Miriam sah den Vorbereitungen lächelnd zu. Vor zwei Monaten wäre ihr so etwas nie eingefallen. Es wäre unter ihrer Würde gewesen. Zudem hätte es ihre Kraft und Geschicklichkeit überfordert. Inzwischen hatten sich jedoch ihre Arm- und Beinmuskeln gekräftigt. Wenn sie Lied-in-der- Weide bei diesem Wettkampf schlagen konnte, brauchte sie von der Indianerin nichts mehr zu befürchten. Sie wollte auf Biegen und Brechen gewinnen. Schließlich, dachte sie, habe ich das Recht auf meiner Seite.

Miriam mochte vielleicht im Recht sein, aber mit ihrer Gewandtheit war es nicht weit her. Sie hatte den Indianerinnen beim Tragespiel öfter zugesehen, als sie Seetänzerin besuchte. Es war ganz einfach.

Jede Spielerin hatte zwei lange Stöcke. Mit diesen mußte sie zwei, mit einer Bastschnur zusammenhängende kleine Bälle aufheben und zu den Markierungspfählen tragen. Wem das am häufigsten gelang, hatte gewonnen.

Doch so einfach war das Spiel nicht, wie Miriam bestürzt feststellen mußte. Man mußte die Bälle gut festhalten, sonst rutschten sie durch die Tragestöcke hindurch. Miriam tat sich im Gegensatz zu Lied-in-der-Weide schwer.

Verbissen hielt Miriam durch. Lied-in-der-Weide war ihr schon weit voraus, bevor es ihr endlich gelang, die Bälle festzuhalten, ohne daß sie gleich wieder zu Boden fielen. Die Indianerin, den Sieg vor Augen, lächelte selbstzufrieden und wurde überheblich. Von der Niederlage ihrer Rivalin überzeugt, bemerkte sie nicht, daß Miriam allmählich aufholte. Als das dritte Viertel des Spiels zu Ende ging und Rauchbändiger rief, daß beide die gleiche Punktezahl hätten, war sie bestürzt.

Zorn wallte in Lied-in-der-Weide hoch. Das Spiel verlief nicht so, wie sie es erwartet hatte. War das noch das milchgesichtige, kraftlose Dämchen, das mit einer Last auf dem Rücken kaum fünf Schritte weit gehen konnte, ohne in den Schnee zu fallen? Miriams Gesicht war schweißbedeckt. Ihre Hände zitterten, während sie die Stöcke zusammenpreßte. Aber sie gab nicht auf. Die Blicke, die sie Lied-in-der-Weide zuwarf, waren herausfordernd. Ihr verkniffener Mund drückte Entschlossenheit aus.

Lied-in-der-Weide stürzte sich wie eine Furie in das Spiel. Als Miriam die Bälle verlor, weil sie sie mit ihren Stöcken zu hoch geschleudert hatte, warfen sich beide auf sie. Lied-in-der-Weide richtete die Augen aber mehr auf Miriam als auf die Bälle. Beide prallten zusammen und stürzten zu Boden, während die Bälle im Schnee liegenblieben.

Miriam flimmerte es vor den Augen. Schnee war ihr unter den Hirschlederkittel gerutscht. Als sie wieder auf den Beinen war, sah sie, daß Lied-in-der-Weide, ein triumphierendes Lächeln auf den Lippen, längst dastand. Wenn du es so haben willst, dachte Miriam, halte ich mit.

Von da an richteten beide ihr Augenmerk kaum noch auf die Bälle und die Markierungspfähle. Beide waren nur noch darauf aus, die andere durch einen Rammstoß aus dem Gleichgewicht zu bringen, der anderen ein Bein zu stellen, ohne selbst zu stürzen, verbissen weiterzulaufen, selbst wenn die andere mit dem Stock zuschlug. Das war ein Spiel, das Miriam vertraut war. In ihrer in Kent verbrachten Zeit hatte sie sich zusammen mit Hamilton wie alle Kinder auf Balgereien eingelassen, insbesondere, wenn die Eltern nicht anwesend waren. Sie hatte sich mit Wonne mit anderen Kindern geprügelt, ein Talent, das sie unterdrücken hatte müssen, als man ihr Sittsamkeit einbleute. Da sie jetzt keine züchtige Dame mehr spielen mußte, ließ sie ihrem Hang zu Handgreiflichkeiten freien Lauf.

Rauchbändiger riß erstaunt die Augen auf, als das Spiel zu einem Schlagabtausch wurde. Er wollte schon eingreifen, aber Lächelt-bei-Sonnenaufgang hielt ihn zurück.

»Sie werden einander schon nicht umbringen«, sagte sie. »Die sicherste Art, ein Feuer zu löschen, ist, es zu Ende zu brennen lassen.«

Der alte Schamane schüttelte verständnislos den Kopf. Trotz all seiner Weisheit, die ihm die Geister seines Stammes verliehen hatten, würde er die Frauen nie verstehen.

Miriam und Lied-in-der-Weide hatten längst aufgehört, ihre Punkte oder die Schläge, die sie einander versetzten, zu zählen. Ihre Bewegungen waren langsamer geworden. Beide gaben nicht mehr vor, ein Spiel auszutragen. Die Tragestökke und Bälle lagen unbeachtet im Schnee. Lied-in-der-Weides Zöpfe hatten sich aufgelöst. Ihr glänzendes, schwarzes Haar war zerzaust. Ihre Lippen waren geschwollen. Die Haut um ein Auge verfärbte sich.

Miriam sah nicht besser aus. Ihr in der Nachmittagssonne kupferig schimmerndes Haar hing ihr in wirren Strähnen ins Gesicht. Die Knöchel einer Hand waren aufgeschürft und schwollen an. Ihre Unterlippe war geplatzt. Ihre Wange war blutverschmiert. Aber sie stand noch fest auf den Beinen, während Lied-in-der-Weide bereits wie ein Rohr im Wind schwankte.

Nach einer Weile gab die Chippewa-Indianerin auf und ließ sich in den Schnee fallen. Sie lächelte ihre Rivalin verlegen an.

»Du hast gewonnen, Himmelsauge«, sagte sie. »Meine Mutter hätte dich Kopf-aus-Stein nennen sollen. Es hätte besser zu dir gepaßt.«

Das Hochgefühl des Sieges durchrieselte Miriam, als hätte sie Wein getrunken. Alle Erschöpfung war vergessen. Sie hatte gewonnen. Da spielte es keine Rolle, daß sie sich wie eine Furie benommen hatte. Sie hätte sich nicht wohler fühlen können. Sie war drauf und dran, einen unartikulierten Siegesschrei auszustoßen, konnte sich aber gerade noch beherrschen. Gott im Himmel, was war nur aus ihr geworden!

Sie schaute auf die geschlagene, vom Kampf gezeichnete Indianerin herab. »Wenn du mir nochmal so einen heimtückischen Streich spielst oder Geisterauge nachstellst, gibt es wieder Prügel, Lied-in-der-Weide.«

Die Indianerin richtete sich mühsam auf. Trotz des blauen Auges und der geschwollenen Lippen drückte ihr Gesicht Stolz aus. »Auch ich habe meine Ehre. Du hast mich besiegt. In meinen Augen bist du fortan eine Anishanabe. Deine Ehre ist auch meine.«

»Sind wir jetzt Freunde?« fragte Miriam mißtrauisch.

»Freundinnen sind wir nicht«, erwiderte Lied-in-der-Weide abweisend. »Freundinnen werden wir nie sein, Himmelsauge. Aber wir sind jetzt Schwestern. Das bindet mehr als Freundschaft.«

Mit diesen Worten wandte sie sich um und ging leicht gebeugt und stakend zu ihrem Wigwam.

Der April war für die Chippewa der »Monat, in dem man die Schneeschuhe auszieht«. Es war der Monat, in dem sich die Natur wandelte. Es schneite zwar hin und wieder immer noch, aber nach Tagen bitterster Kälte schien die Sonne hell und warm. Im Wald hörte man das dumpfe Tropfen schmelzenden Schnees. Überall traten Rinnsale hervor und strömten den Bächen und Flüssen zu, die ihrerseits anschwollen und alles mitreißend dem Huronsee entgegenstrebten.

Als hier und da das blanke Erdreich hervortrat und Felsen aus der Schneedecke lugten, verkündete Rauchbändiger, daß es Zeit sei, das Winterlager abzubrechen. Es war ein ergiebiger Winter gewesen. Der Lagerschuppen quoll über vor zusammengerollten Fellen von bester Qualität. Den ganzen Winter hindurch hatten die Frauen das Fleisch der Rothirsche, Wapitis und Elche, die Geisterauge und Wellenreiter erlegt hatten, entweder an der Luft getrocknet oder über dem Feuer geräuchert. Auch ein feister Bär hatte daran glauben müssen. Er hatte ihnen so viel Frischfleisch eingebracht, daß es drei Frauen kaum hatten tragen können. Sein ausgelassenes Fett füllte sechs aus Stachelschweinhäuten zusammengenähte Beutel. Und Geisterauge schmückte sich seitdem mit einer imponierenden Halskette aus Bärenkrallen.

Rauchbändiger und seine Familie waren freudig gestimmt, als sie die Wigwams abbrachen und die Hundeschlitten beluden. Sie freuten sich schon auf die Wochen im »Zuckerwald«, einem Hain aus Zuckerahornen. Dort gewann seine Sippe schon seit Generationen ihren Ahornsirup, mit dem die Chippewa ihre Speisen und Getränke süßten. Aber noch mehr freuten sie sich auf einen Sommer, in dem sie in ihrem Zeltdorf an der Straße von Mackinac ihren Garten bestellen und im See fischen konnten.

Der Frühling brachte auch für Miriam Veränderungen. Als sie Lächelt-bei-Sonnenaufgang und Lied-in-der-Weide half, Unterstände zu errichten, die großen Kessel zu reinigen, die seit dem letzten Frühjahr unbenutzt in dem Ahornhain gela-

gert waren, mußte sie gegen eine ungewohnte Müdigkeit ankämpfen. Deswegen war sie froh gewesen, daß der Schnee,
als sie das Winterlager abbrachen, noch trug, so daß sie die
Hundeschlitten für den Transport des Hausrats verwenden
konnten. Vermutlich wäre sie trotz all ihrer neu erworbenen
Belastungsfähigkeit zusammengebrochen, hätte sie eine
schwere Last schleppen müssen. Jordan wäre das sicher aufgefallen, und dann hätte er gewußt, was mit ihr los war.

Ende April würde sie es sicher wissen, ob die kleine Jane
eine Schwester oder einen Bruder bekommen würde. Ende
März hatte ihre Periode ausgesetzt. Seitdem fühlte sie sich
irgendwie schlapp. Wenn sie morgens aufstand, fühlte sie
sich müde. Abends war sie froh, wenn sie unter die Felldek-
ke schlüpfen konnte. Ihre Brüste spannten. Sie litt an Appe-
titlosigkeit und an gelegentlicher Übelkeit.

Das war eine Entwicklung, die ihr nicht zupaß kam. Aber
trotz all dieser Unannehmlichkeiten, trotz des moralischen
Dilemmas und des Unwohlseins, das sie hin und wieder befiel, freute sie sich bei dem Gedanken, daß sie Jordan ein
Kind gebären würde.

Jetzt war nicht die Zeit, darüber nachzugrübeln, ob Jordan
sie wirklich liebte, ob sie ihn liebte, ob eine Ehe zwischen
zwei so unterschiedlichen Menschen gutgehen würde. Viel
wichtiger war jetzt, ihre Schwangerschaft so lange wie möglich vor Jordan zu verbergen. Denn wenn er es herausfand,
würde er alle Entscheidungen allein treffen.

Doch ihr Vorhaben ließ sich nicht so leicht durchführen.
Sie mußte bald feststellen, daß sich in einem Frühlingslager
der Chippewa, wo aus Ahornsirup Zucker bereitet wurde,
ihr Zustand nicht so leicht verbergen ließ. Die Kessel mit
Ahornsirup kochten Tag und Nacht. Der schwere, süßliche
Geruch von kochendem Ahornsaft durchzog das ganze Lager. Nachdem der Ahornsirup eingekocht, gefiltert und wieder erhitzt worden war, wurde er in Tröge gegossen, wo er
erstarrte und sodann zerkleinert werden mußte. Diese Aufgabe fiel Miriam und Lied-in-der-Weide zu.

Als sie am zweiten Nachmittag wieder vor dem Trog mit
süßlich riechendem, warmem Ahornsirup hockte, wurde ihr

klar, daß sie es nicht lange mehr durchstehen würde. Schon den ganzen Tag hatte ihr der erstickende Geruch einen Brechreiz verursacht. Jetzt wurde ihr übel. Sie entschuldigte sich stammelnd bei Lied-in-der-Weide und rannte zum Wald, wo sie in der frischen Luft tief durchatmete.

Lied-in-der-Weide ließ ihre Arbeit sein und folgte ihr neugierig. Sie sah, daß sich Miriam am Stamm einer hochgewachsenen Tanne festhielt und sich auf den mit Tannennadeln bedeckten Boden erbrach.

»Bist du krank?« fragte Lied-in-der-Weide.

Der beschämte Ausdruck von Miriams Gesicht sagte ihr genug.

»Du bist schwanger.«

Miriam nickte, weil es keinen Sinn hatte, es abzustreiten. Dann würgte es sie wieder, und sie mußte sich abermals erbrechen.

Lied-in-der-Weides Miene war undurchdringlich. »Das muß für dich ein Grund zur Freude sein. Auch für Geisterauge. Vielleicht schenkst du ihm das gesunde Kind, das meine Schwester ihm nicht gebären konnte.«

Miriam schüttelte abwehrend den Kopf. »Bitte, Lied-in-der-Weide. Jordan ... Geisterauge weiß es nicht.« Sie ließ sich schwerfällig auf einen Felsen nieder und verbarg das Gesicht in den Händen. Lied-in-der-Weide trat zu ihr.

»Was seid ihr weißen Frauen doch für Närrinnen! Warum verrätst du Geisterauge nicht, daß sein Samen in dir Leben gezeugt hat? Warum weinst du? Hast du Angst vor der Geburt, Himmelsauge? Ich habe nicht gedacht, daß du so feige bist.«

»Ich habe keine Angst«, erwiderte Miriam und zog die Nase hoch. Sie schlang die Arme um sich, als müßte sie das beginnende Leben in ihr schützen. »Ich möchte dieses Kind. Ich liebe es jetzt schon. Aber ... Das verstehst du nicht.«

Wie sollte sie Lied-in-der-Weide ihre Befürchtung erklären, daß Jordan, wenn er von ihrer Schwangerschaft erfuhr, alle Entscheidungen an sich reißen würde? Er hatte ihr ja gesagt, daß kein Kind von ihm je die Herabsetzung, ein uneheliches Balg zu sein, ertragen werde müssen. Und er hatte auch die Willensstärke und die schiere Körperkraft, seinen

Entschluß durchzusetzen. Sie hatte nie wirklich Angst vor ihm gehabt, mochte sie auch zwischen Ablehnung und Liebe, Verlangen und Unentschlossenheit schwanken, jetzt aber schon. Jetzt fürchtete sie sich vor seiner Macht über ihren Körper und ihr Herz. Nein, sie mußte entscheiden, was das Beste für ihr Kind war. Was Jordan sich wünschte und was sie selbst wollte, war zweitrangig.

Lied-in-der-Weide setzte sich neben sie und betrachtete sie verständnislos. »Du hast recht, Himmelsauge, ich verstehe das nicht. Dein Mann wird dir für das Kind dankbar sein. Es wird ihn für den Rest seiner Tage an dich binden. Wovor hast du dann Angst?«

»Ich habe keine Angst«, log Miriam. Ihre Tränen waren versiegt. »Ich werde es ihm schon rechtzeitig sagen. Außerdem bin ich mir noch nicht sicher. Seit meiner letzten Periode sind erst sechs Wochen vergangen.«

Lied-in-der-Weide wiegte den Kopf. »Du bist doch eine Frau wie ich. Ich würde es spüren, wenn ein Kind in mir heranwächst. Du doch auch. Außerdem kann ich es an deinen Augen sehen, Schwester.«

Miriam seufzte tief. »Halte dich bitte an meinen Wunsch, Lied-in-der-Weide. Ich möchte, daß Geisterauge die Neuigkeit von mir erfährt, wenn der Zeitpunkt günstig ist.«

Lied-in-der-Weide erhob sich und klopfte ein paar Sandkörner von dem Lederkittel, der sich über ihrem rundlichen Hintern spannte. Sie machte ein nachdenkliches Gesicht. »Ich werde deinen Wunsch erfüllen«, sagte sie. »Trotzdem denke ich, daß du eine Närrin bist, Schwester. Du sagst, du hast keine Angst, aber ich rieche es geradezu. Ich weiß nicht, warum, aber du hast Angst.«

Miriam blickte ihr nach, schlang dann die Arme um sich, als fände sie bei sich selbst Trost. So vieles war noch ungewiß. Sie mußte noch so vieles ins Lot bringen, bevor sie wieder Herrin über sich selbst sein konnte. Und jetzt das noch. Vielleicht würde sie nie mehr Herrin über sich selbst sein.

Aber eines war gewiß. Was immer sie sich und anderen einreden mochte, Lied-in-der-Weide hatte die Wahrheit gesagt.

Sie hatte Angst.

16

Der Juni war der Monat der Heimkehr. Der »Erdbeeren-mond«, wie die Chippewa ihn nannten, war eine Zeit, da sich das Sommerlager wieder mit Menschen füllte. Man traf Freunde, tauschte Neuigkeiten aus, teilte die im Winter angelegten Vorräte. Während die Männer die Felle begutachteten und für den Transport zum Händler bündelten, bereiteten die Indianerinnen den Boden für das Einsäen von Mais und Kürbissen vor oder besserten die Fischnetze aus, die ihnen demnächst einen Teil des Fischreichtums im Huronsee einbringen würden. Danach überprüften sie die Vorratsspeicher, wo Trockengemüse und Wildreis gelagert waren, hingen die winterliche Ausbeute an Trockenfleisch auf und richteten die Wigwams her. Die Indianer plauderten bei der Arbeit. Jedermann war glücklich, daß die winterliche Einsamkeit zu Ende war. Scharen von Kindern und mageren Indianerhunden rannten im Lager umher. Überall ertönten Lachen und Hundegebell. Der Sommer war endlich da.

Rauchbändigers Sippe war die letzte, die in dem zum Leben erwachten Dorf eintraf. Man empfing sie mit der Neuigkeit, die sich wie ein Lauffeuer unter den heimgekehrten Chippewa verbreitet hatte. Auf der Insel jenseits der Wasserstraße hatten die Briten einen neuen Kommandanten bekommen, und die Amerikaner marschierten heran, um das Gebiet zurückzuerobern.

Am Tag nach ihrer Ankunft wurden die Gerüchte von Margaret Peavy bestätigt. Miriam fiel ihr so stürmisch um den Hals, daß dem Mädchen beinahe die Luft wegblieb, und führte es sogleich in ihren Wigwam, den sie soeben mit der Hilfe von Lächelt-bei-Sonnenaufgang und Lied-in-der-Weide wohnlich eingerichtet hatte.

»Miriam!« stieß Margaret freudig aus und musterte sie, von ihrem Aussehen verblüfft, von Kopf bis Fuß. Die Sonne hatte Miriams Gesicht einen zarten Goldton verliehen. Sommersprossen sprenkelten ihre Nase. Ihr Haar, das ihr bis zur Schulter reichte, war zu zwei dicken Zöpfen geflochten. Sie trug einen Kittel aus dünnem Hirschleder, der ihr bis zu den Knien reichte und an den Seiten, damit sie sich unbehindert bewegen konnte, geschlitzt war. Mit Lederfransen besetzte Beinkleider, Mokassins und ein hübsch mit Perlen verziertes Stirnband vervollständigten ihre Kleidung.

»Hast ... du dich verändert!« rief Margaret aus.

Miriam lächelte. »Hast du denn erwartet, daß ich nach einem Winter bei den Chippewa dir im eleganten Kostüm, einen modischen Hut auf dem Kopf, mit gezupften Brauen und geschminktem Gesicht gegenübertrete?«

»Nein. Das nicht. Ich habe nur nicht gedacht ...«

»Was hast du dir nicht gedacht?« fragte Jordan, der eben den Wigwam betreten hatte.

Margaret drehte sich zu ihm um. Ein feines Rot überzog ihre Wangen. Bis auf seinen Lendenschurz und die Beinkleider war er nackt. Da er draußen gearbeitet hatte, schimmerten Schweißperlen auf seiner Haut. Das mittlerweile nachgewachsene dichte Haar war fast handbreit lang und umrahmte weizenblond sein Gesicht.

»Hallo, Jordan«, stammelte Margaret. Früher hatte ihr sein männliches, markantes Gesicht Angst eingeflößt. Die Gesichtszüge waren dieselben, aber die abweisende Strenge war verschwunden. Das muß wohl sein Haar ausmachen, dachte Margaret. Aber auch der Ausdruck seiner Augen hatte sich verändert. »Hallo Jordan! Bist du es wirklich?«

»Wer sollte ich denn sonst sein, Schäfchen?« Er strich zärtlich mit der Hand über ihr Kinn, worauf sie noch mehr errötete.

Arme Margaret, dachte Miriam lächelnd. Jordan hatte keine Ahnung, daß er mit seinem männlichen Aussehen sämtliche Frauen entzückte. Wie wollte ihm da ein Mädchen von Margarets Alter widerstehen können?

»Überlaß Margaret mir, Jordan!« sagte Miriam mit fröhlicher Stimme. »Ich möchte von ihr erfahren, was an den Gerüchten über die Amerikaner und dem neuen Kommandanten wahr ist.«

Margaret räusperte sich und verfolgte Jordan mit den Augen, als er sich im Schneidersitz neben Miriam niederließ. Für Miriams verändertes Aussehen hatte sie keinen Blick mehr. Sie beneidete sie, daß sie so selbstsicher an Jordans Seite sitzen konnte. Legte er ihr nicht sogar den Arm um die Hüfte? Doch, tatsächlich! Wenn das nicht aufregend war! Sie konnte es kaum erwarten, ihrer Mutter darüber ausführlich zu berichten.

»Na, Margaret!« forderte Miriam sie auf.

»Was? Ach ja.« Sie senkte die Stimme, als hätte sie ein Geheimnis mitzuteilen, das niemand sonst hören durfte. »Seit der Ankunft der Chippewa bin ich jeden Tag ins Lager gekommen, weil ich dich zu treffen hoffte. Es stimmt alles, Miriam. Captain Michaels ist durch einen anderen Offizier abgelöst worden. Er heißt McDouall und ist Colonel, glaube ich. Auf der Insel reden alle davon, daß die Amerikaner bald angreifen werden. Aber niemand weiß bis jetzt, wo sie sich befinden oder was sie beabsichtigen.«

»Captain Michaels ist nach England zurückgekehrt?« fragte Miriam gespannt.

»Er wird wohl bald heimkehren. Aber glücklich ist er darüber nicht. Mutter auch nicht.«

Miriam schaute sie verständnislos an. »Was hat deine Mutter mit Captain Michaels zu schaffen?«

»Das soll sie dir selbst erklären«, erwiderte Margaret kichernd.

»Captain Michaels ist also noch da?« mengte sich Jordan ungeduldig ein.

»Aber ja. Er ist der stellvertretende Kommandant. Aber die meiste Zeit hält er sich auf unserer Farm auf und redet stundenlang mit Mutter. Du solltest uns besser nicht besuchen, Miriam.«

Jordan murmelte einen Fluch. »Es ist immerhin gut, daß er uns nicht hier aufgelauert hat.«

Margaret zuckte mit den Achseln. »Die Briten interessiert nur, wann die Amerikaner kommen. Mutter meint, daß Captain Michaels keine Zeit mehr hat, dir nachzuspüren, Miriam. Aber um sicherzugehen, solltest du uns nicht besuchen, meint Mutter. Wenn er dich trifft, nimmt er dich fest.«

»Dann werde ich euch gewiß nicht besuchen«, versicherte ihr Miriam.

Margaret blieb nur kurze Zeit. Sie versprach, ihre Mutter und ihre Schwestern von Miriam zu grüßen und bald wieder vorbeizukommen. Nachdem sie gegangen war, gab Jordan Miriam einen Kuß und meinte gut gelaunt, daß man sie, so wie die Dinge standen, jetzt wohl nicht mehr aufhängen würde. Dann gesellte er sich zu Rauchbändiger, mit dem er neue Kanus anfertigte.

Mit einem zufriedenen Lächeln überließ sich Miriam ihren Gedanken. Vielleicht würde ihr Leben doch noch in geordneten Bahnen verlaufen. Sie war mittlerweile zu dem Schluß gekommen, daß Jordan ein Recht hatte, von dem Kind zu erfahren, das sie in sich trug. Und sie, Miriam Sutcliffe, Himmelsauge oder was immer sie inzwischen geworden war, hatte gleichfalls ein Recht auf ein glückliches Leben. Auch wenn sie Jordan ihren Entschluß noch nicht mitgeteilt hatte, konnte sie nicht mehr zu dem öden Gesellschaftsleben mit seinen Bällen, seinem dümmlichen Klatsch, seinen geruhsamen Ritten durch den Park zurückkehren, solange sie wußte, daß da jenseits des Meeres ein Mann mit weizenblondem Haar und silbergrauen Augen lebte, der ihr ganzes Wesen durchdrungen hatte.

Da war nur noch dieser Captain Michaels. Auch wenn sie gewillt war, die Suche nach Hamilton einzustellen, ihr Leben fortan in dieser weltabgeschiedenen Wildnis zu verbringen, würde Captain Michaels unerschütterlich sein Ziel verfolgen. Es herrschte Krieg. Hamilton hatte sein Vaterland auf schändliche Weise verraten. Captain Michaels wollte Hamilton dingfest machen, diese verflixte Liste sicherstellen. Und deswegen würde er ihr nachspüren, wo immer sie sich aufhalten mochte.

Es hatte zwar den Anschein, daß sich dieses Problem von selbst lösen würde. Kehrte Captain Michaels nach England zurück, konnte er sie nicht mehr verfolgen. Vielleicht war dieser dumme Krieg bald zu Ende. Captain Michaels wäre dann an ihr nicht mehr interessiert. Dann konnte sie zusammen mit Jordan ihr Leben ohne jegliche Angst gestalten. Und

Hamilton, dieser Narr, konnte in der kümmerlichen Handels-niederlassung am Mississippi ruhig seine Tage verdämmern. Aber sollte dieser Schuft jemals bei ihr auftauchen ...

Miriam wandte sich wieder ihrer Hausarbeit zu. Es sollte für sie und für Jordan ein schöner Abend werden. Mit Sorgfalt bereitete sie das Essen zu – Wildreis und Gemse, Wildbret, gebratenen Fisch und als Nachspeise Preiselbeeren mit Ahornzucker. Wenn Jordan satt und zufrieden war, würde sie ihm die Neuigkeit anvertrauen. Sie wollte es ihm nicht länger verschweigen.

Doch der Abend verlief nicht so, wie Miriam sich ihn vorgestellt hatte. Jordan betrat den Wigwam erst nach dem Dunkelwerden. Sein Gesicht war angespannt und wirkte erschöpft. Er setzte sich und begann zu essen, ohne zu bemerken, daß sie ihm seine Leibspeisen vorsetzte. Er lächelte sie nur einmal kurz an. Er war mit seinen Gedanken woanders. Sie vermißte seinen freundlichen Blick, die mittlerweile gewohnte Herzlichkeit. Er schaute an ihr vorbei, als wolle er ihr nicht in die Augen sehen. Miriam war verwirrt. Sollte er von Lied-in-der-Weide von ihrer Schwangerschaft erfahren haben und deswegen ungehalten sein?

Befangen setzte sich Miriam neben ihn. Nach einer Weile konnte sie das Schweigen nicht länger ertragen. »Wer waren die Männer, die heute nachmittag am See mit dir und Rauchbändiger geredet haben?« fragte sie.

Er blickte sie finster an.

»Das waren Soldaten«, antwortete er bedächtig, als müsse er sich jedes Wort überlegen. »Amerikaner.«

»Amerikanische Soldaten? Dann stimmt es also? Die Amerikaner wollen das Fort angreifen?«

»Ich weiß nicht, was sie vorhaben«, wich Jordan aus.

»Was wollten sie dann?« fragte Miriam, in der ein patriotisches Gefühl hochwallte. Diese großkotzigen Amerikaner wollten tatsächlich ihre Landsleute angreifen. Sie war noch immer eine treue Untertanin des Königs, mochte sie auch in den vergangenen Monaten jegliches Zusammentreffen mit den Vertretern Seiner Majestät vermieden haben. Jemand mußte die britische Garnison vor der Gefahr warnen.

»Die Männer waren bloß Späher«, sagte Jordan. »Aus ihnen war nicht viel herauszubringen. Sie waren nur auf Proviant aus.«

»Aha«, sagte sie. Ihre patriotische Aufwallung legte sich. So eine große Bedrohung konnten die amerikanischen Truppen nicht sein. Witwe Peavy und ihren Töchtern hätte sie das nie gesagt. Sie wußte ja, daß sie stramme Patrioten waren. Aber man konnte nicht erwarten, daß eine zusammengewürfelte Heerschar von Amerikanern ein Fort, das mit britischen Soldaten bemannt war, einnehmen würde können. Schließlich hatten die Briten, ohne einen Schuß abzufeuern, das Fort erobert.

Als er aufblickte, schaute sie Jordan durchdringend an. Hatte er doch von ihrer Schwangerschaft erfahren? Wenn er deswegen verärgert war, war es besser, ihm die Wahrheit zu sagen.

»Jordan, ich muß dir etwas mitteilen«, sagte sie.

»Auch ich hab' dir etwas zu sagen.«

Großer Gott, er wußte von ihrer Schwangerschaft! Seine Stimme klang ungehalten. »Was denn?« fragte sie und lächelte gepreßt.

»Ich werde dich für eine Weile verlassen müssen.«

Miriams Erleichterung währte nur kurz. Das gefiel ihr gar nicht. »Was hast du vor?«

»Ich werde den Truppen, die in unsere Gegend kommen, den Weg weisen. Darüber habe ich mit den amerikanischen Spähern gesprochen.«

»Den amerikanischen Truppen den Weg weisen?«

»Meinst du denn, ich würde britische Verstärkungen hierherführen?«

»Woher soll ich das wissen! Nein, das wohl nicht.«

Miriam erhob sich und tat so, als müsse sie nach der kleinen Jane sehen. Sie konnte seinem Blick nicht länger standhalten. Sie hatte nicht mehr daran gedacht, daß Jordan Amerikaner war. Die Indianer an den großen Seen waren zumeist probritisch eingestellt. Jordan hatte den Eindruck erweckt, als sei er eher ein Chippewa denn ein Weißer. Deswegen hatte sie angenommen, daß Jordan wie seine Chippewa-Freunde in dem bevorstehenden Krieg auf seiten der Briten stehen würde.

»Zu dem, was ich vorhabe, wirst du mir wohl kaum Glück wünschen«, sagte Jordan, der hinter sie getreten war und ihr die Hand auf die Schulter legte.

»Ich weiß nicht, was ich dir wünschen soll«, erwiderte sie ruhig. »Vielleicht wünschte ich, daß du deine Ansichten ändern könntest.«

Behutsam drehte er sie zu sich herum. »Hast du mir nicht immer einbleuen wollen, was Verantwortung und Pflicht bedeuten?«

»Und hast du nicht stets gesagt, daß du mit der Welt der Weißen nichts mehr zu tun haben möchtest?«

»Ich habe mittlerweile eine Frau kennengelernt, die mein Gewissen geweckt hat«, erwiderte er und lächelte schief. »Hast du wirklich geglaubt, ich könnte für die Briten Partei ergreifen?«

»Ich habe angenommen, du wirst für niemand Partei ergreifen. Ich dachte, du würdest auf meiner Seite stehen und dich nicht gegen mich wenden. Mein Vetter hat sein Land verraten, nicht ich. Ich bin eine Britin und bleibe es auch.«

»Aber so britisch warst du nicht, daß du dich Captain Michaels gestellt hättest.«

»Dieses kleine Mißverständnis hat nichts mit meiner patriotischen Einstellung zu tun. Ich bin eine Britin, und eine Britin will ich bleiben.« Halbherzig versuchte sie sich ihm zu entziehen. »Welche Antwort könnte ich dir sonst geben?«

Jordans Miene verdüsterte sich. Er hielt sie noch immer fest. »Ich dachte, du wirst mir sagen, daß du hier auf mich warten wirst.«

Miriam schaute ihn gleichfalls durchdringend an. Diese neue Wendung in ihrem Leben, das sie schon geordnet geglaubt hatte, mißfiel ihr zutiefst. »Ich kann dir nichts versprechen, Jordan. Ich muß darüber nachdenken.«

»Bleib hier, Miriam! Wenn du nicht hierbleibst, werde ich dich schon finden. Das verspreche ich dir.«

Miriam wollte schon etwas erwidern, als er sie jählings küßte. Seine Hände glitten ihre Hüften hinab. Seine Lippen umschmeichelten ihren widerstrebenden Mund, eine Geste, die sich als Drohung wie auch als Bitte deuten ließ.

Dann gab er sie frei. »Wir haben noch etwas zu erledigen, Miriam. Laß mich nicht im Stich.«

Miriam fielen ein paar spitze Bemerkungen ein, mit denen sie ihn sich vom Leibe hätte halten können. Aber Jordan küßte sie abermals, bevor sie ein Wort herausbringen konnte. Als er sie wieder freigab, hatte sein Ungestüm jeglichen Einwand in ihr erstickt.

»Du wirst mir fehlen«, sagte er zärtlich, während seine silbergrauen Augen ihr Gesicht musterten, als wollte er sich jede Einzelheit einprägen. »Deine Leidenschaft wird mir fehlen, deine Sturheit, selbst deine spitze Zunge.« Seine Stimme wurde zum beschwörenden Flüstern. »Und das wird mir am meisten fehlen.«

Seine Finger krallten sich in ihren rundlichen Hintern. Er drückte sie so leidenschaftlich an sich, daß sie seinen erregten Schaft spürte. Sie merkte, daß sie schwach wurde. Das lüsterne Verlangen, das jäh in ihr aufbrach, durchrieselte ihren ganzen Körper. Sie wehrte sich gegen ihn, aber er küßte sie so wild, daß ihr Aufbegehren erlosch.

»Das ist nicht fair!« stieß sie atemlos aus, als er sie hochhob und behutsam auf der Felldecke niederließ.

Er lächelte sie spöttisch an und nestelte an den Bändern ihres Hirschlederkittels. »Wann wäre ich jemals fair gewesen, Geliebte?« erwiderte er.

»Niemals«, hauchte sie.

Ihr Atem ging schneller. Ihr Herz begann stürmisch zu pochen, als Jordan sie genüßlich entkleidete und sich dann, ohne den Blick von ihrem nackten Körper abzuwenden, auszog. Er braucht mich nicht mal zu berühren, um meine Lust zu wecken, dachte Miriam ohne jegliches Schuldgefühl. Allein der Blick seiner Augen, die begehrlich und besitzergreifend auf sie gerichtet waren, erregte sie schon. Als er sich schließlich an sie schmiegte, umklammerte sie ihn leidenschaftlich. Sein krauses Brusthaar streifte ihre erhitzte Haut und schien sie zu versengen. Ihre Hände spürten geschmeidige Muskeln, die sich anspannten und wieder lockerten. Ihr

258

lustvolles Stöhnen vermengte sich mit seinen keuchenden Atemzügen, als er sie unter sich begrub.

»Je öfter ich mit dir schlafe, desto mehr begehre ich dich«, flüsterte er heiser. »Du hast in mir ein Feuer entfacht, das nicht erlischt.«

Das Feuer der Leidenschaft hatte sie beide erfaßt. Miriam wand sich unter ihm, wie es eine Dame nie getan hätte. Sie hatte das Gefühl, sie würde sterben, wenn er ihre Wollust nicht endlich mit seinem Körper stillte. Als er ihre Schenkel spreizte und mit wildem Ungestüm in sie eindrang, empfing sie ihn mit einem hingebungsvollen Aufseufzen. Sie schlang ihre schlanken Beine um seine Hüften und trieb ihn an. Noch nie hatte sie so sehr nach ihm verlangt, ihn so sehnsüchtig begehrt wie diesmal.

Ihre Umarmung war kurz, aber leidenschaftlich und gipfelte in einem Augenblick der Lust, der beinahe schmerzte. Miriam klammerte sich an Jordan, als wäre er ihr einziger Anker in einem reißenden Strom, der sie davontragen wollte. Einen Augenblick meinte sie, das Bewußtsein zu verlieren, so überwältigend war das Gefühl der trunkenen Entspannung. Jordans muskelstraffer Körper war das einzige, an dem sie sich in einer taumelnden Welt festhalten konnte.

Als ihre Ekstase allmählich einem Gefühl tiefer Zufriedenheit wich, öffnete sie die Augen. Jordan richtete sich über ihr auf. Seine Hände streiften ihr zärtlich die schweißfeuchten Locken aus der Stirn. Sie schloß wieder die Augen, spürte ihn noch immer genußvoll in sich und gab sich der Zärtlichkeit seiner Hände hin.

»Jetzt waren wir wieder in deinem Paradies«, sagte sie und strich liebevoll mit der Hand über seine Wange.

Er hielt ihre Hand fest. Ihre Finger verschränkten sich. »Du bist mein Paradies«, erwiderte er.

Sie spürte, daß sein Schaft in ihr wieder erstarkte, und schloß wollüstig die Augen.

»Versprich mir, daß du auf mich warten wirst!« stieß er aus und senkte den Kopf, bis sich ihre Lippen berührten. »Versprich es mir!« flüsterte er.

Seine Hand glitt ihren Rücken entlang und zog sie heran. Sein praller Schaft regte sich begierig.

»Du bist ein Teil von mir«, flüsterte er und lächelte sie herausfordernd an. »Und ich bin ein Teil von dir. Du wirst hier sein, wenn ich zurückkehre.«

»Ja«, flüsterte sie und schaute ihm in die Augen.

Er entzog sich ihr und drang gleich wieder in sie ein. »Schwöre es!« befahl er.

Miriam spürte, wie seine Arme vor Anstrengung zitterten, während er den Oberkörper aufrecht hielt und seine Begierde zügelte. Es war eine Qual für ihn und auch für sie. Sie schaute ihm ein wenig spöttisch in die Augen. Dann zuckte sie mit den Hüften und bemerkte mit Befriedigung, daß ihm der Schweiß auf die Stirn trat. »Geh schon zu deinen verdammten Amerikanern, Jordan Scott!« sagte sie. »Ich werde hier sein, wenn du heimkehrst.« Sie schloß die Augen, als sie seine Lippen spürte, und gewährte ihm die Lust, die sie selbst empfand.

Miriam schlief noch, als die ersten Sonnenstrahlen den Wigwam streiften. Erst Janes Schreien weckte sie. Noch immer müde vom nächtlichen Liebesspiel drehte sie sich ächzend auf die andere Seite, um sich an Jordan zu schmiegen, der da liegen mußte. Ihre tastende Hand griff ins Leere. Erstaunt riß sie die Augen auf und murmelte Worte, die Tante Eliza die Schamesröte ins Gesicht getrieben hätten.

Die kleine Jane schrie abermals. Auch Petunia begann klagend zu meckern. Miriam war bewußt, daß, wenn sie nicht sogleich aufstand, das Konzert ihrer beiden Schützlinge das ganze Lager aufwecken würde.

Während sie die Fischbrühe und den Maisbrei für die kleine Jane über dem Feuer erwärmte, wurde ihr zum erstenmal seit Wochen übel. Das erinnerte sie daran, daß sie ja schwanger war. Und verheiratet war sich auch nicht. Zudem mußte sie sich einer Entwicklung stellen, die sie nicht vorausgesehen hatte. Tiefsitzende Lebensanschauungen der Liebe wegen aufzugeben, war eine Sache. Was anderes war es, sich mit einem Mann abfinden zu müssen, der, wenn auch nur als Scout, am Krieg gegen ihren König und ihr Land beteiligt war. Überdies war sie Jordan gestern nacht auf den Leim gegangen. Geschickt und schamlos hatte er ihre Leidenschaft ausgenützt, um ihr das Versprechen, daß sie auf ihn warten würde, zu entlocken. Dann hatte er sie ohne ein Abschiedswort in aller Frühe verlassen. Wenn er ihr wenigstens noch gesagt hätte, daß er sie liebte! Sie hatte keine Gelegenheit gefunden, ihm von dem neuen Leben, das in ihr heranwuchs, zu erzählen. Im Grunde war sie jetzt, da sie gegen die morgendliche Übelkeit ankämpfen mußte und sich gekränkt fühlte, froh darüber. Als es Vormittag wurde, hatte sich ihre Stimmung noch mehr verdüstert. Sie mußte unbedingt mit jemandem sprechen, der ihre verworrene Lage verstand. Mit jemand wie Witwe Peavy. Lächelt-bei-Sonnenaufgang war zwar wie eine Mutter zu ihr, aber sie war trotz allem eine Chippewa-Indianerin. In ihren Augen war sie Jordans Frau. Was kümmerten eine Indianerin schon britische oder amerikanische Soldaten oder die uneheliche Geburt eines Kindes?

Miriam begann in ihrem Kleiderbündel zu wühlen und zog schließlich ein Musselinkleid hervor, daß sie den ganzen Winter hindurch nicht getragen hatte. Sie schüttelte die Falten aus, so gut es ging, schlüpfte aus dem Lederkittel, den Beinkleidern und Mokassins und zog Unterrock, Unterhosen und das hochtaillierte, schmalärmelige Kleid an, das im letzten Sommer in Montreal topmodisch gewesen war. Hatte sie im Winter zugenommen oder waren das Mieder und die schmalen Ärmel schon immer so unbequem gewesen? Um ihr Äußeres zu vervollständigen, löste sie noch ihre dicken Zöpfe und bändigte ihre Locken mit einem Stirnband.

Obwohl sie keinen Spiegel hatte, befürchtete sie, daß eine Dame von Welt gewiß nicht so ein sonnengebräuntes Gesicht und so viele Sommersprossen wie sie hatte. Aber damit mußte sie sich abfinden. Schließlich wollte sie nur Witwe Peavy besuchen und nicht einen Ball.

Als sie dann über die See-Enge paddelte, stellte sie selbstzufrieden fest, daß die Überfahrt, die sie noch im letzten Herbst völlig erschöpft hatte, ihr nun leichtfiel. Das war die

Folge der harten Arbeit und körperlichen Ertüchtigung in den Wintermonaten. Ihr Magen hatte sich mittlerweile beruhigt. Sie verspürte sogar Hunger. Der Duft von frisch gebackenem Brot fiel ihr ein, der immer Witwe Peavys Küche durchzog. Sie erinnerte sich auch der köstlichen Marmeladen und Pasteten, die Witwe Peavy auf Michilimackinac-Island den Ruf einer großartigen Köchin eingebracht hatten. Mit knurrendem Magen folgte sie dem Pfad, der vom Strand zu der Farm führte.

Das Haus sah aus, wie sie es in Erinnerung hatte. Nichts schien sich verändert zu haben. Sie hätte sich einbilden können, sie sei noch immer die unbedarfte Tochter aus guter englischer Familie, die hier im vergangenen Sommer gelernt hatte, wie man Ziegen melkt und sich seine eigenen Kleider näht. Damals hatte sie noch keine Ahnung gehabt, welche Freude, Bitterkeit, Leidenschaft und Verzweiflung eine Verbindung mit einem Mann mit sich bringt.

Witwe Peavys Töchter waren nirgendwo zu sehen, als Miriam auf das Haus zuging. Vermutlich saßen sie bei einem deftigen Essen in der Küche. Oder falls es Donnerstag war – wann hatte sie zum letztenmal die Wochentage beachtet? –, erledigten sie sicher ihre Einkäufe im Ort. Aber Witwe Peavy mußte zu Hause sein. Und sie allein konnte ihr helfen, sich in ihrer verworrenen Lage zurechtzufinden.

Witwe Peavy war tatsächlich daheim. Aber sie hatte Besuch. Als Miriam kurz anklopfte und die Tür zur Wohnküche aufriß, wandten sich ihr zwei Köpfe zu. Witwe Peavy und Captain Michaels musterten sie erstaunt. Zu spät fiel ihr Margarets Warnung ein. Einen Augenblick blieb sie wie erstarrt stehen. Sie war ebenso überrascht wie die beiden. Captain Michaels fand seine Fassung als erster wieder.

»Es freut mich, Sie wiederzusehen, Miss Sutcliffe«, sagte er. »Sie scheinen den Winter bei Ihren Chippewa-Freunden gut verbracht zu haben.«

Miriam stand da, ohne einen klaren Gedanken fassen zu können. Am liebsten wäre sie davongerannt.

Captain Michaels stellte seine Teetasse auf das kleine Tischchen neben dem Sofa und erhob sich. Sein Gesicht war ausdruckslos. »An Ihrer Stelle würde ich nicht weglaufen. Es würde mich betrüben, wenn ich eine Dame grob behandeln müßte. Aber ich versichere Ihnen, ich werde nicht zögern, meine Pflicht zu tun, wenn Sie davonlaufen.«

Verzweifelt schaute Miriam Witwe Peavy an.

»Jetzt komm mal wieder runter von deinem hohen Roß, Gerald«, mengte sich Witwe Peavy mit schroffer Stimme ein. »Du hast kein Recht, das Mädchen wie eine Verbrecherin zu behandeln. Du weißt ebensogut wie ich, daß sie unschuldig ist.«

»Ich bitte dich, Grace! Schenk doch lieber Miss Sutcliffe eine Tasse Tee ein. Und gib einen Schuß Rum dazu! Sie hat eine kleine Stärkung nötig, denke ich.«

Captain Michaels machte den Eindruck, als sei er hier daheim, dachte Miriam. Eine Stärkung hätte sie tatsächlich bitter nötig, aber in Gestalt einer geladenen Pistole.

Witwe Peavy eilte auf sie zu, tätschelte begütigend ihre Schulter und machte sich dann am Herd zu schaffen.

»Setzen Sie sich, Miss Sutcliffe!« sagte Captain Michaels.

Miriam ließ sich nieder und musterte ihn argwöhnisch.

»Ich will nicht hoffen, daß Sie Ihren wackeren Beschützer mitgebracht haben. Mit ihm habe ich noch ein Hühnchen zu rupfen.« Als Miriam nichts darauf erwiderte, sondern nur mit abweisender Miene schwieg, sagte er in freundlicherem Tonfall: »Lieutenant Renquist hat mir von seinen Abenteuern erzählt, die er Ihretwegen hatte ertragen müssen. Es hat ihn zutiefst bedrückt, daß er Sie in der Gewalt dieses weißhäutigen Wilden zurücklassen mußte. Aber wie ich sehe, scheint er Ihnen kein Leid angetan zu haben.«

Miriam verzog den Mund zu einem bitteren Lächeln. »Ihr Lieutenant Renquist war der einzige Mann, der im vergangenen Winter gegen mich gewalttätig geworden ist, Captain. Wenn Sie schon von Wilden sprechen, Captain, sollten Sie auch Ihre Offiziere miteinbeziehen.«

Captain Michaels atmete tief aus. »Was Sie da sagen, bedrückt mich. Er hat mir den Vorfall anders geschildert. Da keiner seiner Soldaten überlebt hat – sie sollen in ein gräßliches Unwetter geraten sein –, wurde sein Bericht nicht ange-

zweifelt. Nach seiner Rückkehr galt er allgemein als Held.«
Captain Michaels lächelte sie verständnisvoll an. »Ich kann
mir denken, daß Sie seinen Bericht, sollte es überhaupt dazu
kommen, mit Vergnügen zurechtrücken werden.«

Witwe Peavy gesellte sich zu ihnen und warf Captain Michaels einen strengen Blick zu. »Hier ist dein Tee, Miriam.
Trink ihn aus. Danach gibt es noch einen Teller Eintopf.«

»Miss Sutcliffe«, sagte Captain Michaels, »essen Sie ruhig.
Soviel Zeit haben wir noch. Schließlich habe ich auf Sie lange genug warten müssen.«

Witwe Peavy stellte sich zwischen Captain Michaels und
Miriam, als wolle sie ihre Freundin mit ihrem Körper schützen. »Komm mir nur nicht auf dumme Gedanken, Gerald!
Miriam ist mein Gast und ...«

»Und sie ist meine Gefangene«, fügte Captain Michaels
hinzu. »Soll ich dir zuliebe meine Pflichten vernachlässigen,
Grace? Das kann ich nicht.«

»Sie ist unschuldig wie ein neugeborenes Lämmchen.«

»Sie hat ihr Land verraten. Zumindest weiß sie, wo sich
der Verräter verborgen hält. Es fällt mir schwer, deinen
Wunsch nicht erfüllen zu können, meine Liebe, aber mein
Land und dieser verdammte Krieg haben nun mal Vorrang
vor persönlicher Rücksichtnahme.«

Witwe Peavy schnaufte empört. »Ihr Männer und euer
dümmlicher Krieg! Ich will dir was sagen, Gerald Michaels,
wenn du Miriam nicht unbehindert gehen läßt, brauchst du
dich in meinem Hause nie mehr sehen zu lassen!«

Captain Michaels setzte eine ausdruckslose Miene auf.
»Ich würde Miss Sutcliffe liebend gern gehen lassen, wohin
sie möchte, wenn sie mir vorher mitteilt, was sie vom Aufenthaltsort ihres Vetters oder dem Versteck der Liste mit
den Namen der Landesverräter weiß.«

Beide schauten Miriam an. »Das habe ich Ihnen schon in
London gesagt«, erwiderte sie und schob das Kinn vor. »Mir
ist es gleichgültig, ob man nun meinen Vetter aufhängt oder
Sie.«

Captain Michaels mußte einräumen, daß ihm Miriam, wie
damals in ihrem Londoner Salon, Bewunderung abnötigte.

264

Der Winter in der Wildnis hatte ihr gutgetan. Ihre Haut hatte einen goldbraunen Ton. Hie und da zierten sie Sommersprossen, die ihr einen mädchenhaften Reiz verliehen. Die Sonnenstrahlen fingen sich in ihrem dicken kastanienroten Haar. Schade, dachte Captain Michaels, daß all ihr Kampfgeist, ihr Temperament, ihre Schönheit von solcher Sturheit beeinträchtigt werden.

»Auch ich möchte Ihren Vetter hängen sehen«, erwiderte er gleichmütig. »Sie können nun entweder mir verraten, wo er sich aufhält, oder Colonel McDouall, der Sie höchstwahrscheinlich nach England verfrachten wird, wo Landesverräter ein schmachvolles Schicksal erwartet.«

Miriam versuchte, ihn ebenso selbstsicher anzublicken wie er sie. Wie auch immer sich die Sache verhielt, Hamilton Greer war ein Familienmitglied. Sie war durchaus willens, diese verflixte Liste für die zuständige Dienststelle ausfindig zu machen, aber sie würde nie ein Familienmitglied, den vertrautesten Spielgefährten ihrer Kindheit, dem Henker ausliefern.

Captain Michaels sah den Ausdruck ihrer Augen und seufzte auf. »Wie Sie wollen«, sagte er. »Der Colonel wird mit Ihrer Verstocktheit anders umspringen.«

Er warf der zornig dreinschauenden Witwe Peavy einen entschuldigenden Blick zu und schüttelte den Kopf, als könne er das zuweilen unerklärliche Verhalten der Frauen nicht fassen.

Colonel Robert McDouall schaute auf, als Captain Michaels Miriam in sein Arbeitszimmer führte. »Wer ist das?« fragte er bärbeißig. Zwischen seinen Lippen steckte eine Zigarre. Sein Schreibtisch war mit allerlei Akten und Berichten bedeckt. Auf einem Stapel thronte eine Tasse mit kaltem Kaffee.

»Das ist Miss Miriam Sutcliffe«, antwortete Captain Michaels verdrossen.

»Wer?«

»Miss Miriam Sutcliffe«, wiederholte Captain Michaels. »Ich hab' Ihnen von ihr berichtet. Sie ist die Cousine und Verlobte von Hamilton Greer.«

265

»Aha.« Der Colonel drückte den Zigarrenstummel im übervollen Aschenbecher aus. »Ach ja, ich erinnere mich. Sie haben das Vögelchen also endlich eingefangen.«

»Ja, aber es will nicht mit uns zusammenarbeiten.«

Colonel McDouall musterte Miriam abschätzig. Sie hatte das unangenehme Gefühl, daß mit diesem stämmigen Schotten nicht zu spaßen war, auch nicht, wenn man es mit weiblicher List versuchte. »Was können Sie uns von Ihrem Vetter erzählen?« fragte er ungehalten.

Miriam hob den Kopf. »Mein Vetter kam im vergangenen Jahr eines Abends zu mir, um unsere Verlobung aufzulösen. Am nächsten Morgen drang Captain Michaels in mein Haus und wollte wissen, wo sich mein Vetter aufhielt.« Sie warf Captain Michaels einen giftigen Blick zu. »Aber ich habe seit jenem Abend Hamilton nicht mehr gesehen.«

Colonel McDouall ließ sich nicht abspeisen. »Wissen Sie, wo er sich jetzt aufhält? Sie sollten es uns besser verraten.«

»Ich habe keine Ahnung, wo er sich jetzt befindet«, antwortete sie. Eine Lüge war es nicht, beruhigte Miriam ihr Gewissen. Sie hatte wirklich keine Ahnung, wo auf diesem unerforschten Kontinent Prairie du Chien lag, ob Hamilton sich nach dem langen Winter dort überhaupt noch aufhielt. Er könnte jetzt wer weiß wo sein.

»Wieso sind Sie dann nach Amerika gekommen?« fragte Captain Michaels ungeduldig. »Erzählen Sie uns nur nicht, Sie stünden mit diesem Verräter nicht in Verbindung!«

»Ich wollte meinen Vater besuchen«, erwiderte sie kühl. »Nachdem ich erfahren hatte, daß er gestorben war, blieb ich bei Mrs. Peavy. Wir haben uns angefreundet. Und wenn Sie mir keine Schwierigkeiten bereitet hätten, Sir, wäre ich im vergangenen Herbst schon längst nach London zurückgekehrt.«

»Aber an dem Tag, als ich bei Ihnen war, haben Sie aus purem Zufall beschlossen, nach Amerika zu verreisen«, entgegnete Captain Michaels ungerührt.

»Die Reise hatte ich schon im voraus geplant, Captain. Ich sah keinen Grund, sie wegen Ihrer lächerlichen Anschuldigungen zu verschieben.«

»Genug davon!« mengte sich Colonel McDouall ungehalten ein. »Meinen Sie denn, Captain Michaels, das sei der richtige Zeitpunkt für diese Vorwürfe, während von überallher Indianer herbeiströmen, die wir versorgen müssen, und den Gerüchten nach die Amerikaner heranziehen? Schaffen Sie mir diese Frau aus den Augen, Mann! Was Sie da vorbringen, sind doch nur ungewisse Annahmen. Selbst wenn ihr Vetter den Kronschatz gestohlen hätte, bereiten mir die Amerikaner mehr Sorgen als irgend so ein Vogel vom Foreign Office und seine dämliche Liste. Schicken Sie sie zu Witwe Peavy zurück!«

Captain Michaels' Gesicht wurde aschfahl. »Zu Befehl, Sir!«

Miriam konnte sich ein zufriedenes Lächeln nicht verkneifen, als sie zusammen das Zimmer des Kommandanten verließen.

»Bilden Sie sich nur nichts ein, Miss Sutcliffe!« warnte sie Captain Michaels. »Sie mögen eine Schlacht gewonnen haben, meine Liebe. Aber den Krieg gewinne ich. Das kann ich Ihnen versichern.«

17

»Was meinst du, Scott? Können wir sie von Norden her angreifen?«

Jordan verschränkte die Hände auf dem Tisch und versuchte mit den Beinen das Stampfen und Rollen der *Niagara* auszugleichen. Die ausgebreitete Landkarte zeigte Michilimackinac-Island. Der am gekrümmten Südufer gelegene Ort mit seiner Whiskybrennerei, den Kirchen und den Handelsniederlassungen war mit allen Einzelheiten dargestellt wie auch das Fort auf der Erhebung im Norden, das höher gelegene Tafelland in der Inselmitte und die beiden Farmen – die von Witwe Peavy westlich der Niederlassung und die Dousman-Farm auf der nördlichen Landzunge.

»Diese Einfahrt ist blockiert«, sagte Jordan. »Ich habe gehört, daß Captain Michaels gleich nach der Schneeschmelze da ein Blockhaus errichten ließ, damit ihr Amerikaner die erfolgreiche britische Taktik nicht wiederholen könnt.«

Jordan schaute zu dem Offizier auf, der auf der anderen Seite des Tisches stand. Dieser George Croghan, dachte Jordan, konnte höchstens zweiundzwanzig oder dreiundzwanzig Jahre alt sein. Aber trotz seiner Jugend war der Mann aus Kentucky bereits ein Kriegsheld, nachdem er sich bei der Verteidigung von Fort Stephenson in Ohio ausgezeichnet hatte. Das Oberkommando der Amerikaner hatte Croghan die Befehlsgewalt über gut 700 Soldaten anvertraut, die sich an Bord der Brigantinen *Niagara* und *Lawrence* und der Schoner *Tigress*, *Scorpion* und *Caledonia* befanden.

»Die Briten greifen immer dort an, wo es am leichtesten ist«, sagte Croghan und zog eine Grimasse. Er zeigte mit dem Finger auf das Tafelland in der Inselmitte, von wo aus die Briten 1812 mit ihrer Artillerie das Fort zur Aufgabe gezwungen hatten. »Trotzdem halte ich das hier für die beste Angriffsroute. Allerdings müssen wir noch einen Weg finden, wie wir die Kanonen, die sie auf dem hochliegenden

Gelände postiert haben, außer Gefecht setzen können. Ich werde mich bei Captain Sinclair erkundigen, welchen Schaden er ihnen vor der Landung mit seinen Geschützen zufügen kann.«

»Tun Sie das«, erwiderte Jordan. Er überließ Croghan seinen Angriffsvorbereitungen und ging an Deck, wo er sein Gesicht der frischen Brise entgegenreckte. Was hatte er noch hier zu suchen? Am 3. Juli, vier Tage nachdem sich Jordan der amerikanischen Truppe als Führer und Scout angeschlossen hatte, hatte die amerikanische Flottille unter dem Kommando von Captain Sinclair Detroit verlassen. Seitdem war nichts so verlaufen, wie man es geplant hatte. Jetzt erst, Ende Juli, befanden sie sich in der Lage, die Briten in Fort Michilimackinac, das den Zugang zum gesamten Nordwesten versperrte, anzugreifen. Captain Croghan schwankte zwischen Angriffslust und Besorgnis wegen der Überlegenheit der britischen Streitkräfte. Der junge Mann aus Kentucky schien die Lust, einen Sieg zu erringen, verloren zu haben. Und Jordan war der ganze Krieg gleichgültig geworden.

Er lehnte sich über die Reling und schaute hinüber zu dem dunklen Streifen am Horizont, der das bewaldete Seeufer war. Er war schon so lange ein Chippewa, daß er sich nur der Sippe, die ihn adoptiert hatte, den nahrungsspendenden Wäldern und Seen verpflichtet fühlte. Dieselbe Unterkunft mit einer Horde von übelriechenden Weißen teilen zu müssen, mißfiel ihm. Ihn widerten auch die nutzlosen taktischen Manöver von Sinclair und Croghan an. Er sehnte sich nach dem würzigen Geruch der Wälder. Ihm fehlte die verläßliche Freundschaft von Wellenreiter. Aber am meisten sehnte er sich nach Miriam.

»Sind Sie Jordan Scott?«

Die polternde Stimme riß ihn aus seinen Gedanken. Zwei Männer hatten sich ihm von hinten geräuschlos genähert. Er fragte sich, ob er bereits seine bei den Chippewa geschulte Wachsamkeit zu verlieren begann. Die beiden Männer trugen wie Jordan Stoffhosen und Hemden aus grobem Leinen. Der eine war hochgewachsen, mager und dunkelhaarig.

Bartstoppeln bedeckten sein längliches Gesicht. Der andere war von vierschrötiger, kräftiger, muskulöser Gestalt. Ihre Augen waren ebenso ausdruckslos wie ihre Gesichter.

»Ja, ich bin Scott«, erwiderte Jordan.

»Dachte ich mir«, sagte der Hochgewachsene. »Sie sind doch der, der seit Jahren bei den Chippewa lebt?«

»Kann schon sein.«

»Mein Name ist Keller. Der da ist Westin«, sagte er und deutete auf seinen stämmigen Gefährten. »Wir sind im Auftrag des amerikanischen Oberkommandos auf der Suche nach einem gewissen Hamilton Greer.«

»Ach ja?« entgegnete Jordan mit abweisender Miene.

»Uns ist in Montreal zu Ohren gekommen, daß ein britischer Offizier London darüber in Kenntnis gesetzt hat, daß sich Greers Cousine auf Michilimackinac-Island aufhält. Angeblich versteckt sie sich vor den Briten bei einem gewissen Jordan Scott. Als Captain Sinclair Ihren Namen erwähnte, dachte ich, Sie könnten dieser Mann sein.«

»Ich verstehe. Jetzt wollen Sie von mir erfahren, was ich von Greer weiß?«

»So ist es.«

»Hamilton Greer geht mich nichts an«, sagte Jordan gleichmütig. »Seine Cousine ist meine Frau. Sie weiß nichts von ihm. Mit mehr kann ich Ihnen nicht dienen.«

Keller stieß enttäuscht die Luft aus. »Dieser Greer hat Geld für Informationen bekommen, die er nicht geliefert hat. Sie würden der amerikanischen Sache helfen, wenn Sie uns mitteilen, was Sie sonst noch wissen oder wo wir Ihre Frau treffen können.«

Jordan verzog das Gesicht. »Gentlemen, diese Art von Krieg mag ich nicht. Wenn ich einen Mann töte, tue ich es mit einem Messer oder einem Gewehr, aber nicht mit irgendwelchen Dokumenten, die für Geld irgendeiner Seite zugespielt werden. Ich möchte mit dieser Sache nichts zu tun haben. Ich habe dazu nichts zu sagen. Meine Frau übrigens auch nicht.«

Als Jordan davonging, ließen ihn die beiden nicht aus den Augen.

»Ein sturer Hund, was?« meinte Westin.

»Mach dir nichts draus!« erwiderte Keller und strich sich nachdenklich über sein stoppeliges Kinn. »Ich habe so das Gefühl, daß seine Frau nicht so stur ist. Das sind Frauen äußerst selten.«

Ende Juli sichteten die britischen Wachtposten die amerikanische Flottille. Die Nachricht verbreitete sich wie ein Buschfeuer im gesamten Ort, auf der ganzen Insel und schließlich im Chippewa-Sommerlager jenseits der Wasserstraße auf dem Festland.

Als Miriam sie vernahm – sie nähte gerade mit Lächelt-bei-Sonnenaufgang und Lied-in-der-Weide vor ihrem Wigwam –, versetzte es ihr einen Stich ins Herz. Selbst das Kind in ihr schien hochzuschrecken. Vielleicht ahnte es, daß sein Vater bald daheim sein würde. Miriam legte ihre Hand auf ihren gerundeten Bauch und sprach leise auf ihr ungeborenes Kind ein. Bald wird dein Vater heimkommen, murmelte sie, und alles wird wieder gut.

Oder alles wird noch viel schlechter, dachte sie bedrückt. In den Sommerwochen war sie zwischen dem Chippewa-Lager und Witwe Peavys Farm gependelt. Witwe Peavy hatte ihr eindringlich geraten, wieder in ihrem Farmhaus zu wohnen, aber Miriam hatte das Chippewa-Dorf vorgezogen. Daß Witwe Peavy sie umsorgte wie eine Glucke und Lucy sie behandelte, als sei sie eine Puppe aus höchst zerbrechlichem Porzellan, störte sie. Den scharfen Augen der Witwe waren die Anzeichen ihrer Schwangerschaft nicht entgangen. Sie schimpfte denn auch über Jordan Scott und sein schuftiges Verhalten. Ihre arme Lucy war schlichtweg entsetzt. Miriam konnte die beiden nur mit Mühe überzeugen, daß Jordan ihr nichts angetan hatte, was nicht auch sie gewollt hatte. Außerdem bräuchte sich Witwe Peavy keine Vorwürfe für etwas zu machen, was sie sich selbst eingebrockt hatte.

Und jetzt würde Jordan bald den Strand heraufgehen und wieder in ihr Leben treten. Und sie hatte sich noch nicht entschieden. Mal war sie überzeugt, daß sie niemals von Jordan lassen würde, gewiß nicht, wenn er immer noch mit ihr zusammenleben wollte, wenn er sie im Grunde seines Herzens noch immer liebte. Ein andermal bildete sie sich ein, daß sie ihm seine Parteinahme für die Amerikaner gegen ihre Landsleute nie würde verzeihen können.

»Fühlst du dich nicht wohl, Himmelsauge?« erkundigte sich Lächelt-bei-Sonnenaufgang, senkte die Beinkleider, die sie gerade ausbesserte, und blickte Miriam besorgt an. »Läßt dich das Kind nachts nicht schlafen?«

Es war ihr unmöglich gewesen, ihre Schwangerschaft vor Lächelt-bei-Sonnenaufgangs klugen Augen zu verbergen. Sie konnte nur hoffen, daß Jordan nach seiner Heimkehr nicht so scharfäugig war. Sie mochte, obwohl sie schon im vierten Monat war, vielleicht nur etwas rundlicher wirken, aber der lose Lederkittel kaschierte diese Fülle.

»Mir geht es gut, Mutter«, erwiderte sie und strich über ihren Bauch. »Das Kind hat sich eben bewegt. Es überrascht mich immer wieder.«

Die alte Indianerin lächelte freundlich. »Geisterauge wird sich freuen.«

»Geisterauge weiß es noch nicht, Mutter«, mengte sich Lied-in-der-Weide in tadelndem Tonfall ein.

»Was weiß er noch nicht?«

Als Miriam die sonore Stimme hörte, setzte einen Augenblick ihr Herzschlag aus. Jordan stand da. Er wirkte noch größer, als sie ihn in Erinnerung hatte. Und sein Äußeres – eine Hose aus Hirschleder, ein Hemd aus grobem Leinen, eine Muskete am Riemen um die Schulter gehängt – paßte eher zu einem Weißen als zu einem Indianer. Sein lockiges Haar bedeckte den Nacken und die Ohren. Aber das Lächeln, das seine schön geschwungenen Lippen umspielte, war noch das gleiche. Als sie den liebevollen Ausdruck seiner Augen sah, wäre sie ihm am liebsten vor Freude um den Hals gefallen.

Sie atmete auf. Was immer ihr Herz empfand, zuerst mußten noch ein paar Dinge geregelt werden.

»Was weiß ich noch nicht?« wiederholte er.

»Du weißt nicht, welches Glück du hast, Himmelsauge zur Frau zu haben«, antwortete Lächelt-bei-Sonnenaufgang gelassen. Sie stand auf und musterte ihn prüfend, wie nur eine Mutter, selbst wenn sie nur eine Adoptivmutter ist, einen Sohn betrachten kann. »Willkommen daheim, Geisterauge«, sagte sie. »Du bist lange fort gewesen.«

»Viel zu lange«, stimmte Jordan ihr bei. »Und wenn du denkst, ich weiß nicht, was ich an meiner Frau habe, muß ich dir zeigen, wie sehr du dich irrst.«

Er zog Miriam zu sich heran und küßte sie. Lächelt-bei-Sonnenaufgang betrachtete die beiden mit zufriedener Miene. Lied-in-der-Weide preßte die Lippen zusammen. Sie senkte den Blick und beschaute ihre Hände.

Miriam dachte nicht mehr daran, was sie sich vorgenommen hatte. Den ganzen Sommer hatte sie sich nach Jordans Liebkosungen gesehnt. Sie hatte sich einsam gefühlt in dem Wigwam, den sie mit der kleinen Jane und Petunia teilen mußte. Wenn sie nachts unter der Felldecke lag, war sie sich verlassen vorgekommen. Jetzt lebte sie auf, als sie Jordans Lippen auf ihrem Mund fühlte. Sie schmiegte sich an ihn und spürte, daß auch er sie begehrte. Ein wohliger Schauer durchrieselte sie.

Als er sie jäh losließ, wäre sie beinahe, wenn er sie nicht festgehalten hätte, zu Boden gestürzt. Er lächelte sie spitzbübisch an.

»Lächelt-bei-Sonnenaufgang, Lied-in-der-Weide, erlaubt mir, daß ich meine Frau entführe«, sagte er. »Ich habe ihr ... so vieles zu erzählen.«

Lächelt-bei-Sonnenaufgang schmunzelte, als Jordan und Miriam zu ihrem Wigwam gingen. »Ich kann mir nicht vorstellen, daß die beiden nur miteinander reden werden«, sagte sie.

Lied-in-der-Weide schwieg.

Miriam betrat vor Jordan den Wigwam und nahm sich fest vor, von den Dingen zu reden, die sie seit seinem Weggang bedrückten. Wenn sie es jetzt nicht schaffte, würde sich so eine Gelegenheit vielleicht nie mehr ergeben. Jordan strahlte eine unbezähmbare Lüsternheit aus. Wenn sie sich davon überwältigen ließ ...

Sie wandte sich ihm zu. Sobald sie den Mund öffnen wollte, um von ihren Sorgen zu sprechen, verschloß ihn jedesmal ein Kuß, der sowohl ungestüm, wie auch zärtlich war. Jordans Hände glitten zu ihren Pobacken hinab und zogen sie heran. Sie spürte seinen erregten Schaft, der erwartungsvoll ihren Bauch antippte und die Hosennaht zu sprengen drohte.

Jordan gab ihren Mund frei und holte tief Luft. »Die Zeit ist mir so lange geworden«, stieß er aus. »Von diesem Augenblick habe ich immer geträumt. Es war, als hättest du ein Feuer in mir entfacht, das nie mehr erlöschen wird.«

Die Situation schien ihrer Kontrolle zu entgleiten. Sie versuchte es noch einmal und sträubte sich, als Jordan sie auf die Bodenmatten betten wollte. »Warte, Jordan!« versuchte sie ihn aufzuhalten. »Willst du nicht vorher die kleine Jane sehen oder ...?«

»Jane kann warten. Ich nicht.«

Ungestüm riß er ihr und sich die Kleider vom Leib. Seine Lippen streiften genüßlich ihren Mund, ihren Hals, ihre Brüste. Seine Hand zwängte sich zwischen ihre Schenkel und liebkoste ihre Scheide, die sich schon erwartungsvoll befeuchtete. Miriam dachte längst nicht mehr daran, daß sie ihm sagen wollte, er müsse vorsichtig sein, verständig, nicht so ungestüm.

»Später machen wir es ganz langsam und zärtlich«, flüsterte er ihr ins Ohr. »Aber nicht jetzt!« Sein heißer Atem streifte sie und löste einen lustvollen Seufzer aus, der ihren ganzen Körper erfaßte. Sie drängte sich ihm entgegen. »Bist du soweit, Miriam?« keuchte er.

»Ja, Jordan! Ja!«

Sie war verloren. Sie hatte gewußt, daß es dazu kommen würde, wenn sie seine Liebkosungen zuließ. Er legte sich genüßlich zwischen ihre Schenkel und begann ungestüm und leidenschaftlich in sie einzudringen. Seiner Brust entrang sich ein heiseres Stöhnen, während er stoßweise auf und nieder wippte und sie sich seinen Bewegungen anpaßte. Ihren ganzen Körper durchzuckte eine kaum noch erträgliche wollüstige Anspannung. Sie wand sich unter ihm, umklammerte ihn mit den Beinen und flüsterte immer wieder seinen

Namen, bis sich endlich ihre Erregung in einem Sinnestau-mel entlud, der beide mit sich riß. Jordan flüsterte ihr etwas zu, was sie kaum wahrnahm. Es kam ihr so vor, als befände sie sich im Schlund eines Vulkans. Die Erde schien zu beben und feurige Lavaströme ergossen sich in ihren Körper. Sie wollte, daß dieses lustvolle Gefühl nie mehr aufhörte, daß Jordan sie nie mehr losließ, daß sie nie mehr auf die kalte, gefühllose Erde zurückkehren müßte.

Doch die Welt fing sie wieder ein. Das lodernde Feuer war niedergebrannt. Einen Abglanz konnte sie noch in Jordans Augen entdecken.

»Willkommen zu Hause!« sagte sie leise und lächelte matt.

Er küßte sie zärtlicher als vorhin. Seine Leidenschaft war gestillt. Mit der Zunge fuhr er ihre feingeschwungenen Lippen nach, während seine Finger in ihrem dichten Haar wühlten. »Du mußt Zauberkräfte besitzen«, flüsterte er. »Ich bin heimgekommen, um mit dir zu reden. Ich wollte nicht gleich mit dir schlafen.« Seine Lippen berührten ihr Ohr. Ein wollüstiger Schauer durchrieselte sie. Gleich würde sie ihren Verstand abermals verlieren.

»Du hast recht, Jordan«, sagte sie und stemmte die Hände zärtlich gegen seine Brust. »Wir müssen miteinander reden.«

Widerstrebend rollte er zur Seite und setzte sich auf. »Bedecke dich«, erwiderte er, »oder ich kann dir nicht sagen, was du wissen mußt.«

Miriam zog die Felldecke, die er ihr zuwarf, bis zum Kinn hoch. »Was muß ich wissen?«

»Ich bin heimgekommen, um dir einzuschärfen, daß du in den nächsten Tagen Michilimackinac-Island nicht mehr besuchen darfst. Die Amerikaner planen einen Angriff, Miriam. Ich möchte nicht, daß du in Gefahr gerätst.«

»Einen Angriff!« rief sie bestürzt aus. »Wir haben die Kanonenschüsse von den Schiffen und vom Fort gehört, aber wir dachten, es handle sich nur um eine Beschießung vom See her.«

»Nein, die Amerikaner planen ein Landeunternehmen«, sagte Jordan und musterte ihr Mienenspiel. »Die Amerikaner können mit ihren Schiffsgeschützen das Fort nicht in

Stücke schießen, weil es zu hoch liegt. Deswegen wollen sie es von Land her einnehmen.«

»Und bei diesem Unternehmen machst du mit«, erwiderte Miriam leise, aber ihre Stimme hatte einen anklagenden Unterton.

»Du wolltest doch, daß ich wieder wie ein Weißer lebe«, entgegnete er und blickte sie weiterhin forschend an.

Miriam schwieg. Wie konnte sie ihm nur klarmachen, daß sich ihr Anpreisen der Zivilisation auf die britische und nicht auf die amerikanische Lebensweise bezogen hatte? Die Amerikaner führten doch kein zivilisiertes Leben.

»Ich möchte, daß du, solange die Kampfhandlungen andauern, hierbleibst«, sagte er und schlug mit der Faust auf den Boden des Wigwams. »Nach meiner Rückkehr können wir besprechen, was immer du willst.«

Sie schwieg beharrlich.

»Ich weiß, was du jetzt denkst«, sagte er.

»Wirklich?«

»Ja, Miriam.«

»Warum kämpfst du dann gegen meine Landsleute?« fragte sie geradezu flehentlich und musterte sein abweisendes Gesicht. »England ist meine Heimat. Die britischen Soldaten im Fort sind brave, anständige Menschen. Colonel McDouall könnte dir gefallen. Sogar Captain Michaels. Kannst du dir vorstellen, daß er Witwe Peavy umwirbt? Mary Beth und Martha schüttelten sich vor Lachen, als sie es mir erzählten.«

Er ließ sie ausreden. »Es tut mir leid, Miriam. Darüber können wir uns später unterhalten. Ich möchte, daß du mir versprichst, in den nächsten Tagen das Indianer-Dorf nicht zu verlassen.«

»Tu's bitte nicht, Jordan! Bleib bei mir, auch wenn die Amerikaner einen Angriff planen!«

Statt zu antworten, schwieg er.

»Wenn du gehst, wirst du mich bei deiner Rückkehr nicht mehr vorfinden«, sagte sie. »Ich will mit Feinden meines Landes nichts zu tun haben.«

Jordan griff nach ihr und zog sie zu sich. Als er sie

umarmte, schlangen sich ihre Arme wie von selbst um seine schlanke Hüfte. Da die Felldecke zu Boden gerutscht war, spürte sie, wie die Hitze, die seine Haut ausstrahlte, allmählich auf sie übergriff.

»Du wirst hier sein«, flüsterte er. »Da du mich liebst, wirst du hier sein, Miriam.«

»Ich habe nie gesagt, daß ich dich liebe«, log sie mit bebender Stimme.

»Ich spüre es an deinem Körper, ich sehe es in deinen Augen.«

»Sie lügen.«

»Nein, sie lügen nicht, Geliebte. Ich kenne die Anzeichen der Liebe, weil ich sie an mir selbst bemerke. Ich liebe dich, Miriam. Ich liebe dich so sehr.«

Miriam wagte kaum zu atmen. Auf diese Worte hatte sie so lange gewartet. Warum äußerte er sie gerade jetzt, da er sich von ihr abwandte?

»Unser Kind«, redete er weiter, »wurde in Liebe, aber auch in Wollust gezeugt, Miriam. Ich kenne mittlerweile den Unterschied.«

Miriam rückte von ihm ab. »Du weißt es?«

Jordan lachte leise auf. »Ich weiß es schon seit langem.«

»Das hat dir Lied-in-der-Weide verraten!« erwiderte sie in gekränktem Tonfall und kniff die Augen zusammen.

»Nein. Ich bin schon einmal Vater geworden. Ich kenne die Anzeichen. Und selbst wenn ich sie nicht kennen würde, wäre mir vor lauter Wollust nicht entgangen, daß dein Bauch einst flacher war.«

Miriam hüllte sich wieder in die Felldecke. »Trotzdem verläßt du mich?«

»Ich bin bald wieder zurück«, versprach er. »Und du wartest hier auf mich. Tust du es nicht, werde ich dich schon aufspüren.«

»Warum?«

»Weil wir zusammengehören.«

Als Miriam ihr Gesicht abwandte, strich Jordan zärtlich mit einem Finger über ihre Wange.

»Zum Streiten haben wir keine Zeit, Geliebte. Ich kann nur

ein paar Stunden bleiben. Wir könnten die Zeit viel angenehmer verbringen. Aber diesmal«, er lächelte sie aufreizend an, »können wir uns mehr Muße gönnen.« Sein Finger glitt von ihrer Wange zu ihrer Halsgrube hinab und ertastete dann unter der Felldecke ihre hübsch geformte Brust. »Komm schon, Miriam!« forderte er sie mit einschmeichelnder, heiserer Stimme auf.

Miriam ließ die Felldecke fallen und schmiegte sich an ihn.

Ein Donnerschlag weckte sie am nächsten Morgen. Zuerst dachte sie, ein Gewitter zöge vom See heran. Aber als sie die Augen schlaftrunken öffnete, blendete sie das Sonnenlicht, das durch das Rauchabzugsloch in den Wigwam drang. Der Himmel war wolkenlos. Das Lager neben ihr war leer. Jordan war nicht mehr da. Das Donnern war nicht das Grollen eines Gewitters. Das war Geschützfeuer.

Miriam sprang auf und zog rasch einen Lederkittel, Beinkleider und Mokassins an. Roboterhaft erledigte sie ihre morgendlichen Arbeiten. Während sie Petunias Euter eine halbe Tasse Milch entlockte, hinterher der kleinen Jane Fischbrühe mit Maisbrei einzuflößen versuchte, die Felldecken ausschüttelte und schließlich zum Frühstück etwas kalten, gebratenen Fisch und Wildreis zu sich nahm, verwünschte sie immer wieder Jordan Scott.

Wie konnte er ihr das nur antun? Wie konnte er es wagen, sie zu verführen, ihr seine Liebe zu gestehen, und sie dann verlassen, um ihre Landsleute umzubringen! Es war schon schlimm genug, daß er sich für die verdammten Amerikaner als Scout hergab. Aber noch verwerflicher war, daß er in ihren Reihen mitkämpfte. Wie konnte er ihr das antun, wenn er sie wirklich liebte, wenn er gewillt war, auf ihre Gefühle Rücksicht zu nehmen?

Einen Augenblick lang umspielte ein zufriedenes Lächeln ihre Lippen. Ihre finstere Miene heiterte sich auf. Er hatte ihr gestanden, daß er sie liebte. Endlich hatte sich Jordan zu der Erklärung herbeigelassen, daß ihre Beziehung nicht allein von Wollust geprägt war. Sie wußte, daß ihm dieses Zugeständnis hart angekommen war. Jordan hatte sich immer wie ein Wolf verhalten, der stets auf der Hut war und niemand an sich heranließ. Wie der Wolf in ihren Träumen. Endlich war sie an sein wahres Wesen herangekommen.

Plötzlich wich ihre Heiterkeit in aufsteigenden Argwohn. Hatte vielleicht das ungeborene Kind in ihr seine Worte ausgelöst? Galt seine Liebe dem ungeborenen Kind oder ihr, der werdenden Mutter? Er hatte einmal gesagt, daß keines seiner Kinder je die Bürde einer unehelichen Geburt würde tragen müssen. Wenn sie schwanger wurde, würden sie heiraten, hatte er gesagt. Wollte er mit dem Eingeständnis seiner Liebe sie davon abhalten, das Indianer-Lager zu verlassen?

Miriam versetzte der zusammengerollten Felldecke, die sie vom Lüften hereinbrachte, einen wütenden Fußtritt und wünschte, es wäre Jordan. Zum Teufel mit ihm! Zum Teufel mit allen Männern! Wie hatte Gott nur so sture, überhebliche, aufbrausende und vernunftlose Wesen erschaffen können, damit sie die Erde beherrschten? Jordan mochte sich einbilden, daß er an einem Krieg teilnahm. Bei seiner Rückkehr würde er viel Schlimmeres erleben.

Das Geschützfeuer dauerte an. Als Miriam nichts mehr zu tun hatte, gesellte sie sich zu den Indianern, die am Seeufer standen und zum Horizont spähten. Die amerikanische Flottille ankerte irgendwo westlich der Insel. Wo es genau war, konnte Miriam nicht erkennen. Zu sehen waren am äußersten Rand der nahezu spiegelglatten Wasserfläche die Flammenzungen der Schiffsgeschütze. Das Dröhnen wollte nicht aufhören. Was immer die Kanonen beschossen, dachte Miriam bedrückt, mußte doch längst zerstört sein. Angst beschlich sie, als ihr die Farm von Witwe Peavy einfiel. Waren Witwe Peavy und ihre Töchter etwa in Reichweite dieser Kanonade?

Als das Grollen endlich aufhörte, war es geradezu gespenstisch still. Miriam war zu weit entfernt, als daß sie die Boote hätte sehen können, die die amerikanischen Soldaten zum verwüsteten Ufer brachten. Aber sie konnte sich vorstellen, was jetzt dort geschah. Die Soldaten würden landen und die Insel im Sturm nehmen. Befand sich Jordan bei ihnen? Würde ihn eine britische Musketenkugel treffen, bevor sich der Tag seinem Ende zuneigte? Oder würde ihn ein Säbelhieb fällen?

Bei dem Gedanken wurde ihr übel. Sie würde es dem Schuft nie verzeihen, wenn er verwundet oder getötet werden sollte. Und wenn die amerikanischen Soldaten Witwe Peavy, ihren Töchtern und Lucy auch nur ein Haar krümmten, würde sie …

Tja, was würde sie dann tun? Jordan, diesem eigensinnigen Flegel, konnte sie nicht helfen. Aber sie konnte Witwe Peavy und ihre Töchter aus der Gefahrenzone bringen. Dieser Gedanke entwirrte den bedrückenden Knoten von Hilflosigkeit, den sie in sich spürte. Sie würde nicht tatenlos dastehen, während sich ihre Freunde in Gefahr befanden.

Die Amerikaner landeten an demselben Strandabschnitt, den Captain Roberts und seine britischen Soldaten vor zwei Jahren erobert hatten. Jordan befand sich im ersten Boot. Captain Croghan war bei ihm. Nachdem die Truppe gelandet war, ließ der Offizier aus Kentucky zwei Kompanien als Reserve zurück und gab den übrigen das Zeichen zum Vormarsch.

»Ich denke, wir sollten das offene Gelände, von dem Sie mir berichtet haben, so schnell wie möglich erreichen«, erklärte Captain Croghan. »Dort können wir uns notfalls auch eingraben.«

Jordan musterte die Soldaten am Strand. Keller und Westin schienen sich nicht unter ihnen zu befinden. Das machte ihn stutzig, aber jetzt war nicht die Zeit, lange zu überlegen, wo sich die beiden aufhalten mochten. Captain Croghan trieb zur Eile.

Die Amerikaner nutzten den dichten Wald als Deckung und rückten in südlicher Richtung auf derselben Route vor, die auch die Briten bei ihrem Überfall benutzt hatten. Jordan erreichte als erster das baumlose Gelände, das schon zu Michael Dousmans Farm gehörte. Die Truppe war dicht hinter ihm. Jordan gebot ihr Halt, da er das offene Gelände erst erkunden wollte. Aber plötzliches Geschützfeuer vom südlichen Rand der Lichtung machte das unnötig. Die Briten erwarteten sie bereits. Die amerikanischen Soldaten suchten eilends Deckung hinter den Bäumen.

»Verdammt!« stieß Captain Croghan aus. »Was haben die Rotröcke so weit vom Fort entfernt zu suchen?«

»Es scheint niemand verletzt zu sein«, erwiderte Jordan und spähte zu den Soldaten hinüber.

»Sie werden schon besser schießen, wenn wir uns sehen lassen«, meinte Captain Croghan. Da sie sich jetzt nicht mehr leise verhalten mußten, rief er lauthals: »Schafft die Sechspfünder herbei! Beeilt euch!«

Jordan musterte die südliche Begrenzung von Dousmans Farm. »Sie scheinen sich auf dem Hügelrücken hinter den Wirtschaftsgebäuden eingegraben zu haben. Ich erkenne eine Kanone. Sie sieht nach einem Dreipfünder aus. Aber dem Knall von vorhin nach müssen sie noch irgendwo in dem Unterholz da drüben einen Sechspfünder versteckt haben.«

»Wie stark können sie sein?« schrie Captain Croghan, da die amerikanischen Sechspfünder inzwischen das Feuer der Briten erwiderten.

»Selbst wenn er jeden Mann vom Fort abgezogen hat, können es kaum mehr als 150 Rotröcke sein«, erwiderte Jordan schreiend. »Aber ihm stehen noch viele Indianer als Verbündete zur Verfügung, die wahrscheinlich an den Flanken postierte sind.«

Das Geschützfeuer der Amerikaner hörte auf. Soviel Jordan erkennen konnte, hatte der Beschuß den britischen Stellungen keinen Schaden zugefügt.

»Scheiße!« stieß Captain Croghan aus und schaute zu dem Hügelrücken hinüber, wo die Briten lauerten. »Das wird schwerer, als ich angenommen habe.« Er schrie über die Schulter hinweg: »In zwei Reihen antreten zum Angriff! Geschütze schußbereit halten!«

Die Angriffsreihen der Amerikaner rückten trotz des britischen Kanonen- und Musketenfeuers vor, während die amerikanischen Artilleristen eine Bresche zu schießen versuchten. Eine Musketenkugel zischte so nahe an Jordans Kopf vorbei, daß er den Luftzug spürte. Während er weiterschritt, fiel ihm Miriam ein. Sie hatte sicher eine Stinkwut auf ihn. Wenn er mit Britenblut an den Händen heimkehrte, würde ihm das Gefecht im nachhinein wie ein Picknick vorkommen. Trotzdem war er entschlossen, letztlich auf der Gewinnerseite zu stehen. Aber von jetzt an durfte er nur noch daran denken, das Scharmützel möglichst unbeschadet zu überstehen.

Eine knappe Meile vom Kampfplatz entfernt im Südwesten lauschte Miriam dem Donner der britischen und amerikanischen Kanonen.

»Beeil dich doch!« trieb sie Mary Beth an. »Nein, Martha! Für Tiere ist kein Platz im Boot.«

Martha schaute sie mit verängstigten Augen flehentlich an und hielt ihr ein Ferkel entgegen.

»Na schön«, sagte Miriam und seufzte ungeduldig. »So ein kleines Ferkel braucht nicht viel Platz. Schließlich können wir doch nicht zulassen, daß die verflixten Amerikaner aus Daffodil Koteletts machen, nicht wahr?«

»Aber Miriam!« rief Witwe Peavy tadelnd. »Du vergißt, meine Liebe, daß auch wir Amerikaner sind!«

»Tut mir leid, Grace. Ich habe mich gehenlassen.«

»Ich kann mir immer noch nicht vorstellen, daß wir hier in Gefahr sind«, wandte Witwe Peavy ein, als sie zusammen mit Miriam und Lucy ihre drei Töchter den Pfad zum Strand hinuntertrieb. Dort lag das Kanu, das Miriam von Rauchbändiger erbettelt hatte und das sie alle über die Wasserstraße hinweg in Sicherheit bringen sollte. »Schließlich sind wir doch Amerikaner!« fügte Witwe Peavy noch hinzu.

»Seit wann erkundigen sich Soldatenhorden, wenn sie im Blutrausch sind, nach der Nationalität?« erwiderte Miriam.

Sie wies der kleinen Martha samt ihrem Ferkel einen Platz im Boot an. Dann schubste sie Margaret und Mary Beth hinein. Beide hatten unbedingt dableiben wollen, um zu sehen, wie die Amerikaner, so drückte sich Mary Beth aus, »den Briten 'ne Abreibung verpassen«! Sie hielt den älteren Mädchen ein Paddel hin.

»Ihr müßt mitrudern!« ordnete sie an. »Grace, du setzt dich in die Mitte zu Martha! Lucy, du kommst nach vorn zu mir!« Im Geschützdonner waren ihre Worte kaum zu hören.

»Ich komme nicht mit!« schrie Witwe Peavy.

»Was?«

»Ich komme nicht mit!«

Miriam packte sie bei der Hand und zog sie zum Kanu.

»Du kannst nicht dableiben! Gott weiß, was hier alles noch geschieht, wenn die Schlacht vorbei ist!«

Witwe Peavy blickte nach Nordosten, woher der Kanonendonner kam. Jetzt hörte man noch Musketenfeuer. »Gerald ist irgendwo da hinten«, sagte sie. »Ich kann nicht weggehen.«

Miriam schaute sie an, als hätte sie den Verstand verloren. »Nimm die Mädchen und Lucy mit! Ich hole sie wieder ab, wenn sich die Lage beruhigt hat.«

»Ich bleibe bei Ihnen!« mengte sich Lucy ein, stellte sich neben Witwe Peavy und legte den Arm um ihre Hüfte.

»Aber Lucy!« rief Miriam aus. »Was soll denn das?«

»Ich bleibe bei Witwe Peavy«, erwiderte ihre Zofe und schob trotzig das Kinn vor.

Witwe Peavy hatte dem Mädchen nicht nur Manieren und eine gesittetere Ausdrucksweise beigebracht, sondern auch mit dem verdammten Unabhängigkeitsgeist der Amerikaner angesteckt.

Miriam gab sich geschlagen. »Dann ladet wenigstens die alte Muskete, die im Wohnzimmer hängt! Und traut um Gottes willen keinem Soldaten, mögen es Briten oder Amerikaner sein!«

»Wir werden schon auf uns achtgeben«, versicherte ihr Witwe Peavy. »Benehmt euch brav, Mädchen!« sagte sie zu ihren Töchtern. »Und folgt Miriams Anordnungen!«

»Wenn du Jordan siehst ...«, begann Miriam, konnte aber nicht weiterreden, weil es ihr die Kehle zuschnürte.

»Mach dir um Jordan nur keine Sorgen, Liebes! Es gibt keinen Mann, der mit jeder Situation so gut zurechtkommt wie er.« Witwe Peavy tätschelte Miriams Arm. »Sollte ich ihn sehen, richte ich ihm Grüße von dir aus.«

Miriams Augen schimmerten feucht, als sie sich umdrehte, um zum Kanu zu waten.

Keller und Westin landeten mit ihrem Kanu am Strand unterhalb der Chippewa-Siedlung. »Bist du sicher, daß es hier ist?« fragte Westin seinen Begleiter.

»Es ist das einzige Indianer-Dorf, das in der Nähe liegt«, erwiderte Keller.

»Verdammt!« stieß Westin aus und wich zurück, als die Dorfköter auf sie zustürzten und sie bellend und heulend umkreisten. »Hoffentlich beißen sie nicht! Hoffentlich sind auch die Indianer friedlich.«

Die Indianer hatten sich wieder ihren Beschäftigungen zugewandt, nachdem sich die Aufregung über das Gefecht der Weißen gelegt hatte. Die Ankunft der beiden lockte Rauchbändiger herbei, der von einer Birke Rinde für ein Kanu geschält hatte.

»Seid gegrüßt!« sagte er zu den beiden.

»Wir grüßen dich auch!« erwiderte Keller. »Wir sind auf der Suche nach einer englischen Dame namens Miriam Sutcliffe. Sie könnte sich auch Miriam Scott nennen. Uns ist berichtet worden, daß sie bei euch lebt.« Er musterte verächtlich die Kinder und Hunde, die sie umringten, und die Ansammlung von Wigwams und Vorratshütten.

»Die Frau, nach der ihr sucht, heißt bei uns Himmelsauge. Sie ist die Frau von Geisterauge.«

»Meinetwegen«, erwiderte Keller. »Ist sie da?«

»Nein«, antwortete Rauchbändiger und betrachtete die beiden Männer. Sie gefielen ihm ebensowenig wie ihnen das Indianer-Dorf.

»Wo ist sie?«

»Ich weiß es nicht«, antwortete Rauchbändiger. Lügen war zwar unehrenhaft, aber bisweilen mußte man die Unwahrheit sagen.

»Schade«, mengte sich Westin ein. »Dürfen wir uns umsehen?«

»Macht, was ihr wollt«, erwiderte Rauchbändiger abweisend. »Ihr werdet sie nicht finden.«

Er begleitete die beiden, als sie in dem Indianer-Dorf umherschlenderten. Der argwöhnische Ausdruck seiner Augen führte dazu, daß die beiden Agenten auf ihre Fragen von keinem der Indianer eine Antwort bekamen. Die Chippewa taten so, als verstünden sie kein Englisch. Schließlich kamen sie zu Lächelt-bei-Sonnenaufgang, die eben liebevoll versuchte, die kleine Jane trotz ihres Sträubens mit Maisbrei zu füttern.

»Ein hübsches Baby hast du da«, sagte Keller. Aber insgeheim dachte er, daß er so ein kränklich wirkendes Kind noch nie gesehen hatte. »Ist es dein Kind?« fragte er.

»Meine Enkelin«, erwiderte sie abweisend.

Keller beugte sich über das Kind und tätschelte es mit seinem plumpen Zeigefinger am Kinn. Da fielen ihm die hellblauen Augen der kleinen Jane auf. Zufrieden lächelnd richtete er sich auf.

»Eine Squaw hat dieses Kind nicht geboren«, flüsterte er Westin zu. »Seine Augen sind blau wie der Himmel.« Er zögerte und schien nachzudenken. »Heißt dieses britische Dämchen bei den Indianern nicht Himmelsauge?«

Keller schoß der gleiche Gedanke durch den Kopf. Er zog die Pistole aus dem Gürtel und richtete sie auf Lächelt-bei-Sonnenaufgang. »Gib mir das Balg, Alte!« befahl er.

Rauchbändiger wollte die kleine Jane schützen, aber Westin schlug ihn zu Boden.

»Gib mir schon das Kind!«

Die Chippewa-Indianer umringten die beiden. Ihre Gesichter waren feindselig.

»Eine falsche Bewegung, und ich erschieße das Kind und die alte Hexe auch!« drohte er. Seine Oberlippe war schweißbedeckt.

Westin entriß der Indianerin die kleine Jane.

»Warum macht ihr das?« zischelte Lächelt-bei-Sonnenaufgang haßerfüllt.

»Das Dämchen heißt bei euch Himmelsauge. Das Balg hat blaue Augen. Man braucht nur zwei und zwei zusammenzählen.«

Die kleine Jane wimmerte kläglich, als die beiden Männer mit ihr zum Strand liefen.

»Sagt dieser Miriam Sutcliffe!« rief Keller den Indianern zu, »daß sie uns auf Bois Blanc Island trifft, wenn sie ihr Kind wiederhaben möchte! Wir warten nur drei Tage! Dann landet das Balg im See!«

In der darauffolgenden Stille war das dünne Greinen der kleinen Jane überdeutlich zu hören.

18

Miriam saß, den Kopf auf die Hände gestützt, mit untergeschlagenen Beinen vor ihrem Wigwam und unterdrückte die
aufsteigenden Tränen. Dafür war jetzt keine Zeit. Jetzt mußte sie sich mutig zeigen und klar denken können.

»Amerikaner?« fragte sie flüsternd. »Bist du sicher, daß es
Amerikaner waren?«

Rauchbändiger nickte. Seine Miene war ernst.

Margaret kniete sich neben sie und legte ihr die Arme um
die Schulter. »Amerikaner würden so etwas nie tun!« versuchte sie Miriam zu beschwichtigen. Sie wollte noch etwas
hinzufügen, aber Rauchbändigers abweisender Blick brachte
sie davon ab.

»Bois Blanc Island!« sagte Miriam leise, als spreche sie mit
sich selbst. »Da brauche ich ja den ganzen Tag, um hinzu-
kommen. Am besten, ich breche jetzt gleich auf.«

»Ich komme mit dir«, bot Mary Beth an und versuchte ihrem Mädchengesicht einen grimmigen Ausdruck zu verleihen. »Wir werden diesen Kinderräubern eine Lektion ertei-
len.«

»Ich komme auch mit«, mengte sich Margaret ein.

»Seid still!« wies Rauchbändiger sie zurecht. »Himmelsauge hat die Hilfe von Kindern nicht nötig. Jeder Krieger im
Dorf wird mit ihr gehen, um meine Enkelin zu retten.«

Miriam stand auf. »Ich fahre allein.«

Rauchbändiger runzelte die Stirn.

»Wenn diese Banditen bemerken, daß ihnen eine Schar Indianer auf der Spur ist, bringen sie Jane um. Ich weiß, was
sie von mir haben wollen, Vater. Ich werde es ihnen geben.«

Rauchbändiger schaute seine Frau an, die sich mit
stoischer Miene zu ihnen gesellt hatte. Ihr Gesicht war aschfahl. Seitdem die beiden ihr das Kind entrissen hatten, hatte
sie kein Wort mehr gesprochen.

Rauchbändigers Augen funkelten vor Zorn, als er sich

wieder Miriam zuwandte. »Wie du willst, Tochter«, sagte er. »Aber wenn meiner Enkelin ein Haar gekrümmt wird, sind die beiden Halunken schon so gut wie tot.«

»Wenn sie Jane töten, kannst du sie auch skalpieren«, erwiderte Miriam und preßte entschlossen die Lippen zusammen. »Margaret und du, Mary Beth, von euch erwarte ich, daß ihr auf Martha achtgebt, solange ich fort bin. Bleibt in der Nähe von Lächelt-bei-Sonnenaufgang und tut, was sie sagt.«

Die beiden Mädchen nickten gehorsam, als sie Miriams wilden Gesichtsausdruck sahen.

Miriam griff nach dem Beutel mit Proviant, den Lächelt-bei-Sonnenaufgang ihr gebracht hatte, und wollte zum Strand gehen. Da versperrten ihr Wellenreiter und Lied-in-der-Weide den Weg.

»Du darfst nicht allein fahren«, sagte Wellenreiter schroff. »Wenn ich paddele, kommen wir noch vor Anbruch der Dunkelheit zu Lichter Geist. Wenn du allein fährst, erreichst du die Insel erst spät nachts.«

Miriam schüttelte den Kopf. »Das wird die beiden Amerikaner gegen mich aufbringen. Dieses Risiko können wir nicht eingehen.«

»Ich bleibe im Kanu, während du das Kind meiner Schwester holst. Außerdem kann ich dir zu Hilfe eilen, wenn du mich brauchst.«

»Hör auf ihn, Himmelsauge!« riet ihr Lied-in-der-Weide mit eindringlicher Stimme. »Diese Männer sind wie reißende Wölfe. Ihre Augen sind wie aus Stein. Sie haben kein Ehrgefühl. Du darfst nicht allein fahren. Nimm meinen Bruder mit!«

Miriam sah beide unentschlossen an. Lied-in-der-Weides Gesicht drückte echte Besorgnis aus. In Wellenreiters Augen las sie das, was sie selbst empfand – hilflose Wut und grimmige Entschlossenheit. »Komm mit!« sagte sie tonlos. »Wir erledigen das gemeinsam, Wellenreiter.«

Sie eilte mit dem Indianer zum Kanu. Als Wellenreiter das Boot ins Wasser schob, drehte sich Miriam verzagt lächelnd Lied-in-der-Weide zu. »Ich danke dir, Schwester«, sagte sie.

»Gib gut acht auf dich, Schwester!« erwiderte die Indianerin.

Bois Blanc Island war dicht bewaldet und südlich der Insel Michilimackinac gelegen. An der gut zwanzig Meilen langen Küste gab es nur wenige Stellen, wo man gefahrlos landen konnte. Das verringerte die mögliche Anzahl von Verstecken, wohin die Kidnapper die kleine Jane geschafft haben könnten. Die Sonne ging schon unter, als Wellenreiter endlich ein Kanu auf einer schmalen, felsigen Landzunge erspähte. Rauch kringelte sich zwischen den Bäumen im Hintergrund empor. Die Amerikaner hatten es ihnen leicht gemacht, sie zu finden.

Als Miriam das Kanu verließ, löste sich aus dem Dunkel des Waldes ein in Hirschleder gekleideter, hochgewachsener Mann. Selbst auf diese Entfernung sah Miriam, daß sein von einem dunklen Bart umrandetes Gesicht eine finstere Miene hatte. »Man hat Ihnen doch gesagt, daß Sie allein kommen sollen, Miss Sutcliffe«, sagte er, als er ihr gegenüberstand.

»Meinen Sie denn, ich könnte die lange Strecke allein bewältigen?« erwiderte sie so arglos wie möglich.

»Wir haben ausdrücklich gesagt, daß wir nur Sie sehen wollen.«

Miriam schaute zu Wellenreiter hinüber, der mit stoischer Ruhe im Kanu hockte. »Der Indianer wird Ihnen nichts tun«, sagte sie. »Das verspreche ich. Wir wollen uns doch friedlich einigen. Geben Sie mir jetzt das Kind!«

»Zuerst haben wir noch was zu besprechen, Lady. Kommen Sie mit!«

Miriam hörte das Greinen der kleinen Jane, noch bevor sie das Kind sah. Das Lager der Amerikaner war auf einer gut hundert Meter vom Strand entfernten Lichtung. In einer nachlässig errichteten Schutzhütte saß ein vierschrötiger Mann mit untergeschlagenen Beinen auf dem Boden. Auf seinem Schoß lag die kleine Jane, die in eine dünne, schmutzige Decke gewickelt war.

Miriam wollte auf sie zustürzen, aber Keller hielt sie am Arm fest. »Nicht so hastig, Muttchen! Für das Kind ist ein Preis zu zahlen.«

»Du Schwein!«

»Wenn ich ein englisches Flittchen wäre, das für einen Indianerfreund die Beine spreizt, würde ich solche Worte nicht in den Mund nehmen, Ma'am«, sagte er mit hämisch verzogenem Mund.

»Geben Sie mir das Kind!«

»Zuerst sprechen wir über Hamilton Greer. Er ist Ihr Vetter?«

»Ja, ein entfernter Verwandter«, antwortete Miriam und schaute weiterhin zu der kleinen Jane hinüber. Die Halunken hatten sich mit dem Kind nicht die geringste Mühe gegeben. Das konnte sie selbst aus dieser Entfernung riechen. Höchstwahrscheinlich hatten sie es auch nicht gefüttert. »Was wollen Sie von ihm?« fragte sie tonlos.

»Er hat uns nicht das geliefert, wofür wir ihm Geld gegeben haben. Jetzt würden wir gern mit Ihnen darüber reden. Wenn Sie seine Cousine sind, ist doch sonnenklar, daß Sie in diese Schweinerei verwickelt sind.«

»Nein, damit habe ich nichts zu tun«, erwiderte sie heftig. Jetzt brauchte sie Hamilton nicht länger zu schützen. »Aber ich kenne seinen Aufenthaltsort. Geben Sie mir das Kind, und ich verrate ihn.«

Keller grinste. »Spucken Sie's aus, Miss Sutcliffe! Dann kriegen Sie das Kind.«

»Prairie du Chien«, sagte sie, ohne zu zögern. »Er ist in einem Ort namens Prairie du Chien, der an einem Fluß liegt, den die Indianer Mississippi nennen.«

»Sie scheinen es endlich begriffen zu haben. Hat er auch die Liste bei sich?«

»Ich weiß nichts von einer Liste. Geben Sie mir jetzt das Kind!«

Keller blickte fragend Westin an, der die Schultern hob. »Wenn Sie die Wahrheit gesagt hat, kommen wir vielleicht zu spät. General Clark hat Prairie du Chien im Frühjahr erobert. Höchstwahrscheinlich hat er sich auch Greer vorgeknöpft, wenn er von dessen Identität erfahren hat. Die Briten haben den Ort wieder eingenommen. Weiß der Teufel, wo sich der Kerl jetzt aufhält.«

»Ich habe Ihnen alles gesagt, was ich weiß. Glauben Sie's mir! Bitte!« sagte Miriam. Es fiel ihr schwer, zu bitten, aber für die kleine Jane wäre sie vor diesen Banditen auch auf die Knie gesunken.

»Gib ihr das Balg!« wies Keller seinen Kumpan an. »Wir haben noch einen langen Weg vor uns.«

Miriam beachtete die Amerikaner nicht, als sie abfuhren. Sie hatte nur Augen für die kleine Jane, deren Stille und Blässe ihr mehr Sorgen machten als die verdreckte und von Urin durchnäßte Decke, in die das Kind gewickelt war. Sie eilte mit der kleinen Jane zum Kanu und wickelte sie in mitgebrachte saubere Tücher. Während Wellenreiter heimwärts paddelte, versuchte Miriam dem Kind etwas von der Brühe einzuflößen, die Lächelt-bei-Sonnenaufgang ihr mitgegeben hatte. Aber das Kind verweigerte sie. Da halfen weder Küsse noch Koseworte. Die blauen Augen der kleinen Jane, die noch nie vor Leben gesprüht hatten, hatten jeglichen Glanz verloren. Als die Hälfte der Strecke zurückgelegt war, war das Kind so schwach, daß es zu greinen aufhörte. Miriam konnte es nur fest im Arm halten und schluchzen.

Jordans Heimkehr am nächsten Morgen verlief nicht so, wie er es erhofft hatte. Im Indianerdorf war es totenstill. Ohne das übliche Geplauder gingen die Indianerinnen ihren täglichen Beschäftigungen nach. Auch die Männer, die vor ihren Wigwams saßen und ihre Waffen auf Schäden untersuchten oder Pfeife rauchten, waren befremdlich wortkarg. Selbst die Horde von Kindern und Hunden lärmte nicht so laut wie sonst.

Die Decke, die den Zugang zu Miriams Wigwam schützte, war zurückgeschlagen. Als Jordan sich hineinzwängte, erblickte er Rauchbändiger, Lächelt-bei-Sonnenaufgang und Miriam. Alle machten ein bedrücktes Gesicht.

»Was ist denn los?« fragte er schroff, da ihn eine Vorahnung überkam.

Drei Augenpaare blickten zu ihm auf. Dann sah Miriam zu Boden. Sie konnte Jordans forschendem Blick nicht standhalten.

»Du bist also wieder zurückgekehrt«, sagte Rauchbändiger. »Aber unser Willkommensgruß ist von Sorge getrübt, mein Sohn. Lichter Geist ist sehr krank.

Jordan preßte die Lippen aufeinander. Er ging zum Lager der kleinen Jane. Das Kind gab keinen Laut von sich. Es lag reglos da, als sei es schon tot. Nur das zögerliche Heben und Senken der kleinen Brust zeigte, daß in ihm noch Leben war.

»Ich habe alles in meiner Macht Stehende getan, um die Leiden zu lindern und die Schutzgeister um Hilfe anzuflehen«, erklärte Rauchbändiger.

Mehr brauchte der Schamane auch nicht zu sagen. Jeder in dem Wigwam sah, daß das Leben der kleinen Jane nur noch an einem dünnen Faden hing.

Jordan kniete sich neben ihr Lager und ergriff behutsam die kleine Kinderhand. »Als ich fortging«, sagte er, »war sie wohlauf wie immer.«

Rauchbändiger stimmte im kopfnickend zu. »Deine Tochter ist ermordet worden, Geisterauge. Das kann nur mit Blutrache gesühnt werden. Ich würde dir gern erzählen, wie es dazu gekommen ist, aber Himmelsauge meint, daß nur sie es dir berichten darf.« Der alte Indianer nickte seiner Frau auffordernd zu. »Wir werden euch jetzt allein lassen.«

Als sie allein waren, musterte Jordan Miriam mit verkniffenen Augen. Sie hielt den Kopf gesenkt. »Was ist denn geschehen?«

Mit ruhiger, eintöniger Stimme berichtete sie ihm von dem Vorfall und sparte nichts aus. Nicht ein einziges Mal blickte sie hoch. Sie wußte, daß sie an Janes jetzigem Zustand schuld war. Wenn sie sich Jordan gefügt hätte und in der Indianer-Siedlung geblieben wäre, wäre all das nicht geschehen.

»Also Keller und Westin«, murmelte Jordan, als Miriam schwieg. »Rauchbändiger hat recht. Das kann nur mit Blut gesühnt werden.«

Miriam schaute auf, als hätte sie Jordans drohende Stimme dazu gezwungen. Sein Gesichtsausdruck und seine Wolfsaugen erinnerten sie an den Tag, als er Lieutenant Renquist im Würgegriff gehalten und ihm gedroht hatte, er würde ihm bei lebendigem Leibe die Haut abziehen. Vor Schreck brachte sie kein Wort mehr hervor.

Der Lebensfaden der kleinen Jane hielt noch bis zum Abend. Jordan und Miriam wichen nicht von ihrer Seite. Jordans eisiges Schweigen ängstigte Miriam. Sie wagte nicht, ihn anzureden. Während die Stunden vergingen, wurden seine Gesichtszüge immer starrer. Aber das bedrückte Miriam nicht. Trauer war etwas Natürliches. Aber vor dem blanken Haß, der sich in seinen Augen spiegelte, wäre sie am liebsten geflüchtet, hätte sich irgendwo versteckt. Sie konnte diese starren, fast silbrig funkelnden Augen nicht mehr ertragen.

Bei Tagesanbruch hoben sie in dem steinigen Boden ein kleines Grab aus. Lichter Geist wurde neben ihrer Mutter zur letzten Ruhe gebettet. Das ganze Dorf hatte sich eingefunden, um ihr auf ihrem letzten Weg alles Gute zu wünschen. Jordan stand da wie eine bedrohliche Statue, als man die kleine Gestalt in das mit Birkenrinde ausgekleidete Grab legte. Lächelt-bei-Sonnenaufgang, das Gesicht aschfahl, das Haar wirr und zerzaust, wie es bei trauernden Indianerinnen üblich ist, gab der kleinen Jane eine Holzperlenkette auf ihre letzte Reise mit. Sie hatte an Janes Tragebrett gebaumelt und war das einzige Spielzeug gewesen, das ihre Aufmerksamkeit geweckt hatte. Dann trat Miriam mit tränenfeuchtem Gesicht vor und stellte eine Schale mit Fischbrühe hinein. Lied-in-der-Weides Grabbeigabe war eine hübsch verzierte Decke. Auch die übrigen Indianerinnen legten Spielsachen in das Grab, mit denen sich das Kind auf seiner viertägigen Reise ins Jenseits beschäftigen konnte. Selbst Witwe Peavys Töchter steuerten etwas bei und eilten sogleich zu Miriam zurück, als suchten sie bei ihr Schutz.

Zum Schluß trat Rauchbändiger an das Grab und schaute mit melancholischen Augen auf das leblose Bündel, das einst seine Enkelin gewesen war. »Du hast deinem Namen Ehre gemacht, Lichter Geist«, sagte er leise. »Jetzt ist deine Seele befreit von allen Fesseln. Mögest du in dem Land, wo die Schutzgeister tanzen, Glück und Kraft finden. Und grüße von uns allen deine Mutter, die dir vorausgegangen ist.«

Die Indianerinnen brachen in schrilles Wehklagen aus, als der winzige Leichnam mit Birkenrinde abgedeckt und das Grab dann aufgefüllt wurde. Einzig Jordan schien ungerührt zu sein. Er stand da wie ein stummes Mahnmal und ließ sich von niemand trösten. Seine silbergrauen Augen schimmerten wie blankpolierter Stahl. Miriam blickte trotz ihres Kummers immer wieder verstohlen zu ihm hin. Sie hätte es vorgezogen, wenn er ihr Vorwürfe gemacht hätte, sie seinen Zorn hätte fühlen lassen, sie beschimpft hätte, weil sie wider seine Anweisung Jane allein gelassen hatte. Sie hätte es ertragen, wenn er vor Wut gerast, wenn er geweint oder sie geschlagen hätte, bis sie das Bewußtsein verlor und nicht länger das erdrückende Schuldgefühl aushalten mußte.

Aber er stand nur reglos da und beobachtete mit seinen eisig, glitzernden, silbergrauen Augen, wie man Erde auf sein totes Kind schaufelte. Trostworte erreichten ihn nicht. In ihm schwärte einzig der Haß auf die Männer, die mit ihrer dumpfen Gleichgültigkeit an Janes Tod schuld waren. Miriam war sicher, daß ein Teil dieses Hasses auch ihr galt. Wie hätte es nach ihrem Verhalten auch anders sein können?

Die zarten Bande, die sie an Jordan geknüpft hatten, waren nun gerissen. Sie hatte bei ihm Schutz vor Captian Michaels gesucht. Dieser war keine Bedrohung mehr. Jordan hatte sie gebraucht, weil sie sich um Jane kümmerte. Jane war nun tot, weil sie seiner Anordnung gedankenlos nicht gefolgt war. Sie brauchten einander nicht mehr. Das Gefühl der Liebe, das sie beide vereint hatte, würde im Morast von Schuld und Haß dahinsiechen. Wenn sie weiter ausharrte, würde sie nur erleben, wie Glut allmählich zu Asche wurde. Für das Kind, das sie in sich trug, war es besser, wenn es zur Welt kam, ohne einen Vater zu haben. Dann würde es nicht in bedrückender Freudlosigkeit aufwachsen.

»Können wir jetzt heim?« fragte sie schüchtern die kleine Martha. »Ich habe Sehnsucht nach Mutter und Lucy.«

»Ja, Martha«, antwortete Miriam. »Wir fahren jetzt heim, sobald ihr eure Sachen gepackt habt.«

Jordan hatte Wellenreiter berichtet, daß der Angriff der Amerikaner abgeschlagen worden war und zu einer wilden

Flucht geführt hatte. Es gab also keinen Grund mehr, die Mädchen noch länger dazubehalten. Es gab auch keinen Grund, warum sie hierbleiben sollte.

Sie setzte eine entschlossene Miene auf und machte sich auf die Suche nach Jordan.

»Er ist fortgegangen«, antwortete Lächelt-bei-Sonnenaufgang auf ihre Frage. Die alte Indianerinnen saß allein im Halbdunkel ihres Wigwams. Ihr einst gepflegtes, stattliches Aussehen, das Miriam bei ihrer ersten Begegnung so beeindruckt hatte, hatte sich verändert. Ihr langes Haar, das sie zum Zeichen der Trauer aufgelöst trug, hing glanzlos und wirr bis zum Boden hinab.

»Wohin ist er gegangen?«

»In den Wald, um allein mit seiner Trauer zu sein. Er wollte mit niemand sprechen.«

Miriam seufzte bekümmert, aber vielleicht war es besser so.

»Dann will ich mich von dir verabschieden, Mutter. Ich kehre mit den Mädchen auf die Insel zurück.«

Lächelt-bei-Sonnenschein schaute sie forschend an.

»Und du kommst nicht wieder?«

»Nein. Was soll ich hier?«

»Du bist seine Frau, Himmelsauge. Du mußt ihm Zeit geben, mit seinem Kummer fertigzuwerden. Auch wir müssen uns mit dem Verlust abfinden. Er kehrt zurück.«

»Wenn er zurückkommt, bin ich nicht mehr da. An Janes Tod bin ich schuld, Lächelt-bei-Sonnenaufgang. Ich bin nicht länger Geisterauges Frau.«

Die Indianerin wiegte den Kopf. Mit einem Mal wirkte sie um Jahre gealtert und verbraucht. »Du bist nicht schuld am Tod von Lichter Geist, Tochter. Sie war uns nur für eine kurze Zeitspanne anvertraut. Wir wußten alle, daß sie nie mit den anderen Kindern im Dorf würde umhertollen und spielen können.«

»Das mag ich nicht glauben«, erwiderte Miriam gedrückt. »Eines Tages wäre sie zu einem gesunden Kind herangewachsen.«

»Die Schuld an ihrem Tod tragen die bösen Männer, die sie entführt haben«, sagte die Indianerin. »Sie werden auch durch die Hand eines Chippewa sterben. Unsere Rache wird sie ereilen.«

»Die Rache wird mich nicht von meinen Schuldgefühlen befreien. Ich kann Jordan nicht in die Augen sehen, ohne daran zu denken, was ich getan habe.«

»Und was ist mit dem Kind, das du unter deinem Herzen trägst?«

»Es gehört mir«, sagte Miriam und stand auf. Sie wollte nicht weiterreden. »Mutter, sag Geisterauge ... sag ihm, daß es mir leid tut.«

Da sie wußte, daß sie Abschiednehmen von den übrigen Dorfbewohnern bedrücken würde, versuchte sie an die Zukunft zu denken. Sie war jetzt wieder ihre eigene Herrin. Aus den abenteuerlichen Erfahrungen ging sie vielleicht klüger hervor, wenn auch ihre einstige Unbekümmertheit geschwunden war. Wenn das Glück auf ihrer Seite stand, konnte sie Hamilton aufspüren – um ihrem Vaterland einen Dienst zu erweisen, nicht um sich reinzuwaschen – und sodann noch vor ihrer Niederkunft nach England zurückkehren. Dort würde sie erzählen, daß sie verwitwet sei, und mit ihrem Kind und Tante Eliza ein zurückgezogenes Leben führen. All die Liebe, die sie für Jordan empfand, würde sie seinem Kind schenken. Nach einer Weile würde sie Lächelt-bei-Sonnenaufgang, Lied-in-der-Weide und Rauchbändiger vergessen. Die Erinnerungen an Witwe Peavy, Mary Beth, Margaret und die kleine Martha, an Captain Michaels und selbst an die störrische Petunia würden verblassen. Aber nicht die an Jordan Scott. Er hatte sich ihrem Leben unauslöschlich eingeprägt.

»Weißt du, Miriam«, schimpfte Witwe Peavy, »ich habe schon immer gewußt, daß du zu übereilten Handlungen neigst. Du kannst auch stur sein wie ein Maulesel. Aber ich habe nie gedacht, daß du solch eine Närrin bist. Jetzt weiß ich es.«

In ihrer Entrüstung rollte Witwe Peavy den Kuchenteig aus, bis er nur noch hauchdünn war. Miriam, die am Küchentisch saß, schaute ihr nachdenklich zu.

»Meinst du nicht, daß der Teig reißt, wenn du ihn in die Kuchenform füllst?«

Witwe Peavy ließ den Teigroller sinken und warf Miriam einen mißbilligenden Blick zu. »Wechsle nicht das Thema, Miriam! Du solltest dir anhören, was ich dir zu sagen habe!«

»Ich höre dir schon seit drei Tagen zu, Grace. Das beweist doch meine Geduld. Außerdem bist du wohl kaum berechtigt, mir meine Torheit vorzuwerfen. Wer von uns wollte das Haus nicht verlassen, als eine Meile entfernt gekämpft wurde? Hast du da nicht steif und fest behauptet, daß du das nur deswegen tust, weil ein gewisser Gentleman im britischen Offiziersrock deine Hilfe brauchen könnte?«

Witwe Peavy erwiderte nichts darauf. Aber ihr Gesicht wurde puterrot.

»Wann begreifst du endlich, daß auch ich eine erwachsene Frau bin, die über ihr Leben selbst bestimmen kann?«

»Wenn du endlich anfängst, auch wie eine erwachsene Frau zu denken«, entgegnete Witwe Peavy und belegte geschickt die Kuchenform mit dem dünn ausgewalzten Teig. »Welche erwachsene Frau läuft schon dem Mann weg, von dem sie ein Kind empfangen hat? Welche Frau heuert schon einen Taugenichts wie Gage Delacroix an, damit er sie quer durch den halben Kontinent führt?«

»Prairie du Chien ist von hier nicht einen halben Kontinent weit entfernt. Gage Delacroix hat gesagt, daß wir es mit etwas Glück und gutem Wetter in drei Wochen schaffen könnten.«

»Ich kann's nicht fassen, daß du in diese verrufene Kneipe gegangen bist, um diesen Taugenichts anzuheuern. Als Lucy mir erzählte, daß ihr beide hineingegangen seid, wollte ich sie schon eine Lügnerin schimpfen. Miriam Sutcliffe ist doch eine Dame, wollte ich sagen. So etwas würde sie nie tun.«

»Alle haben mir gesagt, daß ich ihn in dieser Spelunke antreffen würde«, erwiderte Miriam achselzuckend. »Außerdem halte ich von Anstand nicht mehr soviel, Grace. Und warst du nicht mal selbst mit Gage Delacroix befreundet?«

»Er war mit meinem Mann befreundet. Dieser Taugenichts weiß doch nicht, was Freundschaft mit einer Frau bedeutet. Das kannst du mir glauben. Er ist jedenfalls kein anständiges Mannsbild, mit dem eine Dame wie du eine Reise unternehmen könnte. – Reich mir bitte die Schüssel mit den Blaubeeren rüber!«

Miriam gab sie ihr, nachdem sie ein paar Blaubeeren stibitzt und genüßlich in den Mund gesteckt hatte.

»Er ist der einzige wildniserfahrene Führer, den ich kenne.«

Witwe Peavy schnaubte verächtlich. »Wenn du schon unbedingt dorthin reisen willst, hättest du dich an Jordan wenden sollen.«

Miriam gab darauf keine Antwort. Sie wollte nicht über Jordan reden. Witwe Peavy wollte doch nur, daß sie in Tränen ausbrach und ihr unlängst gefaßter Entschluß ins Wanken geriet. Sie hatte ihr lediglich erzählt, daß Jordan das Indianer-Dorf verlassen hatte, um mit seinem Kummer allein fertig zu werden. Nach Janes Tod brauchte er sie nicht mehr. Witwe Peavy glaubte ihr zwar nicht, aber mehr war Miriam nicht zu entlocken.

Gage Delacroix hatte versprochen, daß er in vier Tagen die Ausrüstung auftreiben könnte. Mittlerweile waren drei Tage schon vergangen. Miriams Unruhe steigerte sich. Es würde ihr schwerfallen, sich von Witwe Peavy und ihren Töchtern zu verabschieden. Das Farmhaus barg zu viele angenehme Erinnerungen. Janes Tragebrett hing noch immer in Miriams Zimmer. Als Witwe Peavy es entfernen wollte, hatte Miriam ihr gesagt, daß es sie nicht störte. Wenn sie allein war, zog das nun leere Tragebrett immer wieder ihren Blick an. All die Nächte fielen ihr ein, als sie dem Kind Petunias Milch einzuflößen versucht hatte. Sie erinnerte sich, wie Jordan vor dem Tragebrett kniete und seine Tochter zuerst argwöhnisch und abweisend, dann liebevoll anblickte. All die Erinnerungen taten ihr weh, aber sie konnte sie nicht unterdrücken.

»Was soll ich Jordan sagen, wenn er zu mir kommt und sich nach dir erkundigt?« redete Witwe Peavy klagend weiter. »Wie soll ich ihm erklären, daß du mit diesem französischen Weiberhelden abgereist bist?«

»Sag ihm einfach gar nichts«, erwiderte Miriam gelassen. »Außerdem wird er nicht nach mir suchen.«

Witwe Peavy zog spöttisch die Augenbrauen hoch. »Wenn das deine ehrliche Meinung ist, Miriam Sutcliffe, bist du eine noch größere Närrin, als ich gedacht habe.«

Fünf Tage waren seit ihrem Aufbruch aus dem Chippewa-Dorf vergangen. Sie hatte es sich in Gage Delacroix' großem Kanu bequem gemacht. In so einem Boot war sie von Montreal nach Michilimackinac-Island gekommen. Es hatte eine Länge von gut zehn Metern und an der bauchigsten Stelle eine Breite von anderthalb Metern. Es war – bei ihrer ersten, so katastrophal verlaufenen Reise war es nicht anders gewesen – bis zum Bootsrand mit Handelsgütern beladen. Mitte August war eigentlich für eine Handelsfahrt schon etwas spät, aber Gage Delacroix war nicht der Mann, der eine Gelegenheit, Profit zu machen, ungenützt verstreichen ließ.

Die Ähnlichkeit betraf nur das Boot und die Handelswaren. Die Frau, die zwischen Töpfen und Kisten mit Messern, Jacken, Wolldecken, Glasperlen, Schießpulver und Branntwein hockte, glich kaum noch der jungen Engländerin aus guter Familie, die vor über einem Jahr den Ottawa-Fluß hinauf in die Wildnis gereist war. Miriam hatte ihre modische Garderobe bei Witwe Peavy gelassen und nun ihre hirschledernen Kleidungsstücke und Felldecken mitgenommen. An ihrer Hüfte hing ein Messer mit langer Klinge. Mitgenommen hatte sie noch ihren Bogen, dessen Gebrauch ihr Jordan beigebracht hatte. Zu ihren Füßen lag der Köcher mit Pfeilen. Griffbereit neben ihrer rechten Hand hatte sie eine von Witwe Peavys Musketen samt Pulverhorn und Bleikugeln verstaut. Auch wenn sie mit diesen Waffen noch nicht allzu geschickt umgehen konnte, vermittelten sie ihr immerhin ein Gefühl von Sicherheit.

»Gute Fahrt!« hatte ihr Witwe Peavy gewünscht, als sie am Strand voneinander Abschied nahmen. Dann hatte sie, die Hände in die Hüften gestemmt, die Lippen mißbilligend verzogen, ihnen nachgeblickt, während Gage Delacroix gleichmütig auf den See hinauspaddelte. Miriam hatte ihr noch lächelnd zugewinkt, aber Witwe Peavy hatte nur verständnislos den Kopf geschüttelt.

Die aufgehende Sonne streifte mit ihrem Licht die Baumwipfel und vertrieb die nächtlichen Schatten. Ein Sonnenstrahl blendete Jordan, der mit untergeschlagenen Beine vor seinem Unterschlupf aus Birkenrinde saß. Das fünftägige Fasten hatte Spuren hinterlassen. Sein Gesicht war eingefallen und blaß. Er glich einem mageren Wolf, den der Hunger nach Beute treibt. Fünf Tage war er dagesessen, hatte weder gegessen noch getrunken, sich kaum bewegt, hatte auf eine Erleuchtung gewartet, die ihn aus seiner düsteren Stimmung reißen würde. Aber diese Erleuchtung war nicht gekommen. Denn nicht Geisterauge saß vor der ungefügen Unterkunft, sondern Jordan Scott, der Weiße. Die Schutzgeister erschienen nicht den Weißen. Es blieb Jordan allein überlassen, seine gedrückte Seele wieder aufzurichten.

Aber jetzt mochte er nicht länger fasten und gegen seinen Kummer ankämpfen. Das Nachdenken und die Einsamkeit hatten ihm ein gewisses Maß an innerem Frieden verliehen. Seetänzerin und die kleine Jane hatten Abschied von ihm genommen. Die bohrende Trauer, die ihn befallen hatte, war einem dumpfem Schmerz gewichen. Der Haß, der in ihm aufgewallt war, hatte sich beinahe gelegt. Allmählich fand er sich mit der Wirklichkeit ab und dachte unter anderem auch daran, daß er Miriam mit ihrem Kummer allein gelassen hatte.

Ach ja, Miriam – sie hatte sein kränkelndes Kind geliebt, hatte sich ihm anheimgegeben und würde ihm bald neues Leben schenken. Er hatte kaum mit ihr gesprochen, als er an jenem Morgen nach dem verlorenen Kampf zurückkehrte und feststellen mußte, daß seine kleine Tochter dabei war, ihren Lebenskampf zu verlieren. Er hatte alles von sich gewiesen, was ihn von seinem Schuldgefühl und seinem Schmerz ablenken könnte, hatte sich selbstsüchtig in seinem Kummer gesuhlt und die Menschen, die ihn liebten, mißachtet.

Jordan erinnerte sich, wie Miriam an jenem Tag ausgesehen hatte. Aschfahl war ihr Gesicht gewesen, als man die kleine Jane in ihr Grab legte. Ihre Augen waren rotgeweint. Er sah sie vor sich – das Haar stumpf und zerzaust, die Wangen eingefallen und feucht vor Tränen. Sie hatte ein paarmal seinen Blick gesucht, aber er hatte sie in seinem selbstsüchtigen Schmerz nicht beachtet.

Da begriff er, daß ihm die angestrebte Erleuchtung doch noch gekommen war. Es war Miriam, seine Zukunft. Er mußte diese eigensinnige Britin überzeugen, daß sie zu ihm gehörte. Die Vergangenheit war endgültig begraben. Zusammen konnten sie sich eine Zukunft an einem Ort schaffen, der beiden zusagte. Beiden.

Jordan kehrte, einen erlegten feisten Rothirsch auf dem Rücken, ins Indianer-Lager zurück. Das war gleichsam sein Friedensangebot für die Menschen, die er gekränkt hatte. Die Kinder und Hunde umringten ihn lärmend. Die Indianerinnen gingen plaudernd und lachend ihrer täglichen Arbeit nach. Die alten Männer erzählten einander von lange zurückliegenden Kämpfen, rauchten ihre Pfeife oder dösten in der Sonne. So habe ich mich bei einer Heimkehr noch nie gefühlt, dachte er und ließ den Rothirsch neben dem Zugang zu seinem Wigwam zu Boden fallen.

»Miriam ist nicht mehr da.«

Jordan drehte sich um, als er die leise Stimme von Lied-in-der-Weide hörte. Sie schaute ihn aus einer Entfernung von gut vier Schritt an, als habe sie Angst, sich ihm zu nähern. »Am Tag, als Lichter Geist beerdigt wurde, ist sie mit den Töchtern und der Ziege der Witwe fortgegangen.«

Mit finsterer Miene zwängte sich Jordan in den Wigwam. Was er da sah, drückte ihn nieder wie eine Bleilast. Alles, was Miriam gehört hatte, war verschwunden – ihre hirschledernen Kleidungsstücke, der Wasserkessel aus Birkenrinde, auf den sie so stolz gewesen war, weil sie ihn selbst angefertigt hatte, das Bündel von Kleidern aus Baumwolle, Musselin und Wolle, Kleider, die sie nie mehr getragen hatte seit jenem Nachmittag, als er ihr die Sachen aus Hirschleder aufzwang. Auch ihre Felldecke war nicht mehr da.

Jordan verließ den Wigwam und schaute drein, als würde er gleich vor Wut bersten. »Wohin ist sie gegangen?«

Lied-in-der-Weide zuckte beim Klang seiner Stimme zusammen. »Ich weiß es nicht.«

»Wer weiß es dann?«

»Sie hat vor ihrem Fortgang mit meiner Mutter gesprochen.«

Jordan ging schnellen Schritts zum Wigwam von Lächelt-bei-Sonnenaufgang. Lied-in-der-Weide rannte ihm nach.

»Warte doch, Geisterauge!« rief die Indianerin und hielt ihn am Arm fest. »Der Winter ist vorbei. Himmelsauge ist nun vor ihren Verfolgern sicher. Sie hat es mir selbst gesagt. Sie kehrt jetzt zu ihrem Volk zurück.«

»Sie mag vor Captain Michaels sicher sein«, stieß Jordan aus, ohne seinen Schritt zu verlangsamen, so daß die Indianerin kaum mithalten konnte. »Aber vor mir ist sie nicht sicher!«

»Laß sie doch in Ruhe!« keuchte Lied-in-der-Weide, die ihn überholt hatte und sich vor ihn stellte.

»Geh mir aus dem Weg, Lied-in-der-Weide!«

»Laß' sie doch ziehen«, sagte sie. »Sie gehört der Welt der Weißen an. Du gehörst zu uns.«

»Sie trägt mein Kind unter ihrem Herzen.«

»Auch ich kann dir Kinder gebären.«

Ihre flehende Stimme ließ ihn stocken. Seine Qual in den letzten Tagen hatte ihn feinhörig gemacht. Er legte der Indianerin beide Hände auf die Schultern.

»Lied-in-der-Weide, ich liebe meine Frau. Ich bin kein Chippewa mehr. Ich gehöre jetzt wieder der Welt der Weißen an.«

»Das ist nicht wahr!«

»Ich werde dich immer lieben, da du meine Schwester bist. Ich werde mich freuen, wenn du einen Mann findest, der deiner wert ist.«

Lied-in-der-Weide hörte aus seiner Stimme heraus, daß sein Entschluß endgültig war. Sie reckte das Kinn und gab ihm so würdevoll, wie es ihr nur möglich war, den Weg frei.

Als Jordan am Wigwam von Lächelt-bei-Sonnenaufgang und Rauchbändiger ankam, klopfte sein Herz so heftig, als wäre er eine Meile weit gerannt. Lächelt-bei-Sonnenaufgang beantwortete seine schroffe Frage mit einem Kopfnicken und bestätigte somit seine schlimmsten Befürchtungen.

»Sie hat dich verlassen, Geisterauge«, sagte sie dann und betrachtete traurig den Mann, den sie seit elf Jahren als ihren Sohn angesehen hatte. Er trug jetzt wieder dasselbe Hemd aus grobem Leinen und die hirschledernen Hosen wie vor einigen Tagen beim Kampf gegen die Briten. Sein weizenblondes Haar fiel ihm unordentlich in die Stirn und ringelte sich im Nacken. Er glich eher einem Weißen als einem Chippewa-Indianer. »Diesmal kann ich es ihr nicht verdenken, mein Sohn«, fügte sie noch hinzu.

»Ich auch nicht«, pflichtete ihr Jordan bei. »Aber, bei Gott, ich werde sie zurückgewinnen.«

Er schaute über den See dort hin, wo Michilimackinac-Island lag. Sein Gesicht drückte grimmige Entschlossenheit aus. Wohin auch immer diese Närrin gegangen sein mochte, wie lange seine Suche auch währte, er würde Miriam Sutcliffe zurückgewinnen.

19

Es war ein strahlend schöner August. Tagsüber wölbte sich ein blauer Himmel über dem sonnenwarmen Land. Am Nachmittag zogen bisweilen hohe, wattige Wolken auf, die gemessen dahinglitten, ohne die Erde darunter mit Wind oder Regen zu behelligen. Der See war nahezu spiegelglatt. Ab und zu strich eine Brise über die Wasserfläche, so daß Gage Delacroix ein Segel setzen konnte und nicht mehr zu paddeln brauchte.

Das prächtige Wetter hob jedoch nicht Miriams Stimmung. Sie wußte mittlerweile, daß die Zeit irgendwann auch die Wunde, die Janes Tod ausgelöst hatte, heilen würde. Aber jetzt schmerzte sie noch, weckte in ihr Schuldgefühle und Vorwürfe. Und die Erinnerung an Jordans wortlose Ächtung schwärte weiter in ihr.

Jordan verfolgte sie, mochte sie sich noch so bemühen, nicht an ihn zu denken. Trotzdem quälte sie der Gedanke, daß sie bald nach England, wo das Leben gesitteter verlief, zurückkehren und dort ein Kind gebären würde, das vielleicht von Tag zu Tag mehr seinem Vater glich. Sie versuchte solche Vorstellungen zu verdrängen. Die jetzigen Widrigkeiten machten ihr genug zu schaffen.

Gage Delacroix hatte sich als umgänglicher Weggefährte erwiesen. Anfangs hatte er über Miriams Waffenarsenal und ihre Entschlossenheit, ihre Haut so teuer wie möglich zu verkaufen, gelacht. Aber als er dann begriff, daß es ihr ernst war, unterwies er sie geduldig im Gebrauch der alten Muskete und des Bogens, den Jordan eigens für sie angefertigt hatte. Es verblüffte Miriam, daß das Halbblut den Bogen ebenso treffsicher handhaben konnte wie die Muskete. Er wehrte ihre Komplimente lachend ab und meinte, daß er mit dem Bogen nicht so geschickt umgehen könne wie sein Vater vom Stamm der Irokesen und mit der Muskete nicht so gut wie seine Mutter, die eine Hure aus Frankreich gewesen war. Einen flüchtigen Augenblick nur verlor er seine übliche Unbekümmertheit und weckte eine Verbitterung auf, die er sonst hinter anzüglichen Worten und leichtfertiger Lustigkeit verbarg. Miriam wagte es nicht, ihn weiter auszufragen.

Ihre Beziehung war nicht immer ungetrübt. Gage Delacroix ärgerte sich über ihre Sturheit, als sie sich weigerte, die Gastfreundschaft der Bewohner von L'Arbre Croche zu genießen. Die Ansiedlung der Ottawa-Indianer erweckte zu viele quälende Erinnerungen – an Lied-in-der-Weides verführerischen Tanz, an Jordans wollüstige Begeisterung, an die kränkenden Worte, die danach gefallen waren. Und an Jane. Die Erinnerung an das Kind ließ sie nicht los. All das konnte sie ihrem Führer kaum erklären. Deswegen hielt sie ihm immer wieder vor, daß sie ihn angeheuert habe, und er sich ihr fügen müsse. Zwar fühlte er sich in seinem Stolz verletzt, aber sein Zorn war bald verraucht. Miriam hatte dann auch seine beleidigte Miene nicht allzu ernst genommen. Er war vollauf damit beschäftigt, sie mit seinem Charme zu betören, damit sie mit ihm schlief, daß er ihr nichts nachtrug. Erst nach knapp einer Woche wurde sein unermüdliches Werben zu einem Problem.

»Warum so schwermütig, ma Petite?« fragte Delacroix und lächelte sie verführerisch an, als sie gedankenversunken vor dem Lagerfeuer saß und in die Flammen schaute. »Trinken Sie doch einen Schluck mit mir, ma Belle! Das macht die Welt angenehmer und erträglicher.« Um sie anzuregen, setzte er die Rumflasche an den Mund und trank einen kräftigen Schluck.

»Nein, danke«, erwiderte Miriam abweisend. Was er unter angenehm verstand, war zweifellos ein lustvolles Herumbalgen auf seiner Felldecke. Sie sehnte sich zwar nach den Liebkosungen eines Mannes, aber dieser da reizte sie nicht. Er hatte keine silbergrauen Augen, kein weizenblondes Haar. Mit seinem Lächeln konnte er weder ihre Streitlust noch ihre Hingabe wecken. Gage Delacroix war zwar ein charmanter Schuft, aber Jordan Scott war er nicht.

»Sie lächeln so traurig, Cherie. Wissen Sie denn nicht, daß man im Leben jeglichen glücklichen Augenblick nützen muß?«

Miriam warf ihm einen Blick zu, der einen hungrigen Puma in die Flucht geschlagen hätte. Aber so leicht ließ sich Gage Delacroix nicht abschrecken. Er stellte die Rumflasche auf den Boden, ging um das Feuer herum und setzte sich neben seine vermeintliche Beute.

»Ich könnte dich glücklich machen, *ma Petite*. Eine Frau wie du sollte sich von einem Mann umwerben lassen, von einem Mann, der stark ist«, er richtete seinen muskulösen Oberkörper auf, »von einem Mann, der dir Lust und ein paar glückliche Erinnerungen beschert. Na, was hältst du davon?«

Miriam hätte fast aufgelacht. Waren alle Männer solche schmachtenden Angeber? Alle Männer außer Jordan? »Sie sollten sich schämen, Gage Delacroix«, sagte sie leichthin. »Wollen Sie denn wirklich eine Schwangere verführen?« Der Scout zog vielsagend die Schultern hoch. »Noch bist du nicht unförmig, *Cherie*. Und dem Kind wird mein Besuch schon nichts ausmachen, denke ich.«

Er schaute sie mit funkelnden Augen an, während Miriam angestrengt überlegte, wie sie sich verhalten sollte. Sie konnte es sich nicht leisten, den Mann zu kränken, der sie durch die Wildnis geleiten sollte. Dennoch mußte sie ihm den Kopf zurechtrücken.

»Du bist so schön, *ma Petite*«, schmeichelte ihr Delacroix mit heiserer Stimme. »So wunderschön. Als ich dich zum erstenmal sah, wußte ich, daß dir keine Frau gleichkommt.« Er umfaßte ihre Taille und zog sie, verführerisch, wie er meinte, an sich. Doch Miriam war die Berührung unangenehm. Der jäh aufsteigende Widerwille machte ihr Bestreben, ihn nicht zu beleidigen, zunichte.

»Lassen Sie das!«

»Bist du wirklich so spröde?« flüsterte Delacroix, ohne sie loszulassen. Seine Hand glitt ihre Hüfte hinab zu ihrer Scham, während er sie mit dem anderen Arm noch fester an sich drückte. »Du brauchst keine Angst zu haben, *Cherie!* Ich bin ein zärtlicher Mensch.«

»Ich aber nicht!«

Bevor Delacroix begriff, was sie vorhatte, spürte er die

Spitze von Miriams Messer an seiner Kehle. Als er die Augen weit aufriß, um ihr ins Gesicht, das ihm vorhin so verlockend vorgekommen war, zu sehen, erblickte er eine vor Wut verzerrte Fratze.

»Lassen Sie mich sofort los!« stieß Miriam drohend aus. Die Klinge bohrte sich in seine Haut. Ein Blutstropfen rann seinen Hals hinab.

»*Qui, Madame*«, stammelte er und gab sie sogleich frei. Aber das Messer war immer noch auf seine Kehle gerichtet. Er versuchte zu lachen, aber es gelang ihm nicht. »War es denn so schlimm?« fragte er.

Miriam zog argwöhnisch das Messer zurück. »Es wird noch viel schlimmer werden, wenn Sie das mit mir noch einmal versuchen. Haben wir uns verstanden?«

Gage Delacroix strich mit der Hand über seine Kehle, als wolle er sich vergewissern, daß sie nicht verletzt war. Er setzte ein schiefes Lächeln auf, als er sah, daß seine Hand blutverschmiert war. »Ich kann Ihnen versichern«, sagte er, »daß ich mich von diesem Tag an wie ein Gentleman verhalten werden. *Ma Petite*, ich habe nicht gewußt ...«

»Was haben Sie nicht gewußt?« fragte Miriam noch immer argwöhnisch.

»Ich habe nicht gewußt, daß Sie so ein wildes Biest sind«, erwiderte er und lächelte sie freundlich an, so daß man seine strahlend weißen Zähne sah. Aus seinem Tonfall schloß Miriam, daß er ihr soeben ein Kompliment gemacht hatte.

»Tja, so bin ich nun mal«, sagte sie aufseufzend.

Zum erstenmal wurde ihr bewußt, daß es die Dame aus guter englischer Familie nicht mehr gab, daß sie tot war wie die Seetänzerin und die kleine Jane.

Lied-in-der-Weide wartete im Vorzimmer des Fortkommandanten und ließ sich durch Lieutenant Renquists abschätzigen Blick nicht aus der Ruhe bringen. Ihre dunklen Augen waren auf die kahle Wand gerichtet. Aber ihr Gleichmut war nur vorgetäuscht. Insgeheim weidete sie sich an der Blamage, die diesem hochmütigen Weißen, wie Himmelsauge ihr erzählt hatte, zugefügt worden war. Wie unmännlich mußte er sich vorgekommen sein, als er vor Geisterauge floh, während seine lächerlichen Kniehosen ihn um die knochigen Beine schlotterten!

Ein Soldat, der einen verblichenen, roten Uniformrock und graue Hosen trug, öffnete die Tür. »Captain Michaels ist jetzt für Sie zu sprechen, Miss«, sagte er.

Lied-in-der-Weide stand auf, musterte spöttisch Lieutenant Renquists Knie, worauf der Offizier errötete, und folgte dem Soldaten.

Captain Michaels verfügte, seitdem er nicht mehr der Kommandant des Forts war, nur noch über ein kleines Zimmer. Sein Schreibtisch nahm nahezu die ganze Kammer ein. Da nirgendwo ein Stuhl für Besucher oder Bittsteller zu sehen war, blieb Lied-in-der-Weide stehen.

»Was kann ich für Sie tun, Miss ...?« fragte Captain Michaels.

»Ich bin Lied-in-der-Weide, die Tochter von Rauchbändiger und Lächelt-bei-Sonnenaufgang.«

»Aha«, sagte Captain Michaels und blickte die Indianerin forschend an. »Sie haben dem Wachtposten gesagt, daß Sie mich sprechen wollen, Lied-in-der-Weide.«

»Ich möchte Ihnen von Miriam Sutcliffe und ihrem Vetter, dessen Name Greer ist, berichten.«

Captain Michaels zog seine ergrauten Brauen hoch. Die Indianerin begann, ihn zu interessieren.

»Was können Sie mir von den beiden berichten?«

»Zuerst müssen Sie mir etwas versprechen.«

»Was denn?«

»Sie müssen mir Ihr Wort darauf geben, daß Sie Geisterauge nicht länger nachstellen. Bei den Weißen heißt er Jordan Scott. Sie sollen auch der Engländerin, Miriam Sutcliffe, die seine Frau ist, nicht länger nachstellen.«

Lied-in-der-Weide preßte entschlossen die Lippen zusammen. Drei Tage hatte sie sich mit ihrer Entscheidung gequält. Die beiden Amerikaner, die Lichter Geist entführt hatten, kannten keine Skrupel, hatten kein Ehrgefühl. Sie hatte Angst um Geisterauge, der sich, sobald er Himmelsauge gefunden hatte, sicherlich an ihnen rächen würde. Wie konnte ein einzelner Mann, selbst wenn er so kampferprobt wie Geisterauge war, gleichzeitig zwei Schurken zur Strecke bringen und seine Frau schützen?

Captain Michaels beäugte Lied-in-der-Weide neugierig. Zunächst hatte er angenommen, daß sie ihr Angebot aus Eifersucht machte. Zu solchen Gefühlsaufwallungen neigten die jungen, unverheirateten Chippewa-Indianerinnen. Offenbar hatte er sich getäuscht. Die Indianerin verlangte, daß er die Frau, über die sie ihm etwas berichten wollte, unbehelligt ließ. Oder war das eine Finte! Wollte die Indianerin einen leichtgläubigen Weißen in die Irre führen?

»Warum bieten Sie mir solche Informationen an?« fragte er.

»Geisterauge ist mein Bruder«, antwortete Lied-in-der-Weide errötend. Diese Aussage fiel ihr schwer. Aber sie hatte sich schließlich zu der Erkenntnis durchgerungen, daß es eine andere Beziehung zwischen ihnen beiden nicht geben würde. »Seine Frau ist meine Schwester. Ich fürchte, daß sich die beiden auf einen Kampf einlassen, den sie nicht gewinnen können.«

Captain Michaels holte tief Luft und verschränkte die Hände. Vielleicht sagte die Indianerin die Wahrheit. Vielleicht auch nicht. Er durfte jedenfalls ihr Angebot nicht zurückweisen.

»Ich kann Ihnen nicht versprechen, daß Jordan Scott nichts geschieht«, sagte er. »Er hat schließlich an dem Angriff der Amerikaner auf unsere Insel teilgenommen. Der Kommandant hat einen Preis auf seinen Kopf ausgesetzt. Aber ich gebe Ihnen mein Wort, daß ich mich für ihn verwenden werde. Was die Engländerin angeht, so versichere ich Ihnen, daß man sie, sobald ich ihren Vetter dingfest gemacht habe, unbehelligt läßt. Mehr kann ich Ihnen nicht versprechen, Miss.«

Lied-in-der-Weide zögerte. Das waren nicht die Worte, die sie hören wollte. Aber mehr konnte sie wahrscheinlich nicht aushandeln. Dieser Alte da war kein unmännlicher Narr wie der junge Offizier von vorhin. Sie schaute Captain Michaels in die Augen und nickte dann.

308

»Die Stammesältesten in meinem Dorf sagen, daß Captain Michaels ein Mann von Ehre ist, auch wenn er eine weiße Haut hat. Ich traue Ihnen.«

»Und ich fühle mich geehrt«, erwiderte Captain Michaels und deutete ein Lächeln an. Merkwürdigerweise fühlte er sich tatsächlich geschmeichelt.

Sodann berichtete ihm Lied-in-der-Weide, daß im vergangenen Frühling Gage Delacroix einen Engländer namens Shelby – erst später erfuhr sie, daß es Hamilton Greer war – nach L'Arbre Croche gebracht hatte, wo sie damals mit ihrem Mann vom Stamme der Ottawa lebte. Als sie sagte, daß die beiden nach Prairie du Chien unterwegs waren, begannen Captain Michaels' Augen zu funkeln.

Lied-in-der-Weide bedauerte diese Worte, als sie es bemerkte. Hamilton Greer, dieser hochgewachsene Engländer, hatte sich ihrem Gedächtnis eingeprägt, auch ihr Hochgefühl in jener Nacht, als er gegen die Regeln der Gastfreundschaft verstoßen und sie verführt hatte. Als er am nächsten Tag aufbrach, hatte sie ihm mit gemischten Gefühlen nachgeschaut. Im letzten Jahr hatte sie sich zuweilen gefragt, ob er nochmal zu ihr zurückfinden würde. Deswegen fühlte sie sich bedrückt, daß sie den Engländer seinen Feinden auslieferte. Aber wenn sie dadurch Geisterauge retten konnte, blieb ihr keine andere Wahl.

Lied-in-der-Weide schilderte, daß Miriam nach Gage Delacroix' Rückkehr ihrem Vetter nachreisen wollte. Doch Geisterauge hatte sie davon abgehalten. Und dann waren die beiden schurkischen Amerikaner gekommen, während ihre Brüder gegen die Briten auf der Insel kämpften. Miriam hatte ihnen, um Lichter Geist zu retten, den Aufenthaltsort ihres Vetters verraten.

»Und jetzt hat Miriam Sutcliffe Gage Delacroix angeheuert, damit er sie nach Prairie du Chien führt«, sagte Lied-in-der-Weide. »Und Geisterauge, mein Bruder, folgt ihnen. Wenn er sie aufgespürt hat, wird er sich an den beiden niederträchtigen Amerikanern zu rächen versuchen, die wiederum an dem Weißen namens Greer auf der Suche sind. Wenn man ihm nicht hilft, wird Geisterauge sterben. Und

Miriam Sutcliffe mit ihm. Die beiden Amerikaner sind mit dem Teufel im Bunde.«

Captain Michaels schaute befriedigt drein, als Lied-in-der-Weide ihren Bericht endete. »Ihrem Bruder kann geholfen werden«, versicherte er ihr. »Dafür sorge ich schon. Und Ihnen habe ich zu danken, Lied-in-der-Weide. Sie haben das Richtige getan.« Ein triumphierendes Lächeln glitt über sein Gesicht, das ihn um Jahre verjüngte.

»Und Sie halten Ihr Wort?« fragte Lied-in-der-Weide.

»Ich habe es Ihnen versprochen.«

Captain Michaels sah der Indianerin versonnen nach, als sie sein Zimmer verließ. Eine Weile blieb er reglos sitzen und genoß das Gefühl eines bevorstehenden Sieges. Dann ließ er Lieutenant Renquist kommen.

Eine ganze Woche brauchten Gage Delacroix und Miriam, bis sie entlang des nordöstlichen Ufers des Michigan-Sees Green Bay, eine schmale, längliche Bucht, erreichten. Dort suchte Delacroix eine Handelsniederlassung der Northwest Company auf und hinterließ da seine letzten Handelswaren, nachdem er vereinbart hatte, daß er deren Preis in Pelzen auf der Rückfahrt mitnehmen würde. Dann paddelten sie mit dem nun leichteren Kanu in den sumpfigen Fox River und hielten erst an, als das Wasser immer seichter wurde.

»*Cherie*, jetzt werden wir laufen müssen«, sagte Delacroix, als sie vor dem Lagerfeuer saßen, über dem drei aufgespießte Wildkaninchen brieten. »In ein paar Tagen haben wir den schönen Wisconsin erreicht. Der bringt uns dann zu unserem Ziel. Und da werden wir Ihren Vetter schon finden, nicht wahr?«

»Ja«, erwiderte Miriam mit mehr Zuversicht, als sie eigentlich empfand. Würde sich Hamilton nach der langen Zeit noch in Prairie du Chien aufhalten? Und wenn er nicht mehr da war, wo sollte sie ihn suchen? »Wie lange wird es noch dauern?«

»Das hängt davon ab, *ma Petite*, wie gut Sie zu Fuß sind. Wenn ich allein wäre, würde ich zwei Tage bis zum Wisconsin brauchen, und da müßte ich nur noch eine Woche paddeln.«

Miriam lächelte. »Ich werde schon mit Ihnen mithalten. Das sollten Sie mittlerweile wissen.«

Seitdem Miriam Gage Delacroix so drastisch demonstriert hatte, daß sie für ihn keineswegs eine leichte Beute war, hatte sich zwischen ihnen beiden eine kameradschaftliche Beziehung entwickelt. Daß sie ihn so handgreiflich zurechtgewiesen hatte, hatte ihm imponiert. Und als sie ihm noch bewies, daß sie in der Wildnis ganz gut zurechtkam, zollte er ihr unverhohlene Achtung. Während der tagelangen Fahrten hatten sie miteinander geplaudert und gescherzt, so daß Miriam kaum Zeit gefunden hatte, über Jordan und das kleine Grab am Huronsee nachzugrübeln.

Doch an diesem Abend war Gage Delacorix nicht zum Spaßen aufgelegt. »Vielleicht müssen wir eine kurze Rast einlegen, bevor wir mit dem Marsch beginnen«, sagte er.

Miriam schaute ihn verblüfft an. »Warum müssen wir eine Rast einlegen?«

»Wir werden seit einem Tag verfolgt«, erklärte Gage Delacroix und musterte Miriam forschend. »Wer immer uns verfolgt, macht es sehr geschickt. Ein anderer, der nicht so erfahren ist wie ich, hätte es nicht gemerkt.«

Miriam hielt den Atem an. »Indianer?«

»*Peut-être.* Oder auch nicht. Haben Sie eine Ahnung, wer es sonst sein könnte?« Seine Stimme klang vorwurfsvoll, und in seinen Augen blitzte Mißtrauen auf.

»Aber nein!« erwiderte sie abwehrend. Könnten es britische Soldaten sein? Hatte Captain Michaels von ihrem Vorhaben erfahren? Oder war es ... nein, diesen Gedanken brauchte sie nicht weiterzuspinnen. Jordan würde ihr nicht folgen. Er gab sich wahrscheinlich noch immer seinem Kummer hin. Es konnte nicht Jordan sein.

»Na schön, *ma Petite*«, sagte Delacroix. »Ich weiß nicht, welches Spielchen Sie da spielen. Aber denken Sie daran, Sie bezahlen mich, damit ich Sie fahre, nicht damit ich für Sie kämpfe.«

»Das hör' ich gern«, erklang da plötzlich Jordans Stimme. »Es hat mich genug Mühe gekostet, euch einzuholen. Da möchte ich nicht auch noch kämpfen müssen.«

Miriam verschlug es die Sprache, als Jordan gemächlich die Lichtung betrat. Mit seinem Leinenhemd und den hirschledernen Hosen sah er ebenso eindrucksvoll aus wie früher in indianischer Tracht.

Delacroix richtete sich auf und griff nach der Muskete, die neben ihm am Baum hing.

»Das ist nicht nötig, mein Freund«, beschwichtigte ihn Jordan. »Wie ich schon sagte, habe ich keine Lust, jetzt auch noch zu kämpfen.«

Der Scout zögerte, zuckte dann mit den Achseln und setzte sich wieder. Aber sein Blick war weiterhin mißtrauisch auf Jordan gerichtet.

»Sieht ganz danach aus, als hättet ihr ein Wildkaninchen für mich übrig«, sagte Jordan, ließ sich auf dem Baumstamm neben Miriam nieder, nahm eines der gebratenen Wildkaninchen vom Feuer und biß herzhaft hinein. »Schmeckt gut«, meinte er. »Und heiß ist es auch.«

Delacroix räusperte sich. »*Mon ami*, deine Frau hat mir erzählt, daß sie sich ohne deine Erlaubnis auf diese Reise begeben hat.«

Jordan musterte das Halbblut gleichmütig und biß in das Wildbret. Delacroix kannte diesen Blick. Ihm war unbehaglich zumute.

»Immerhin weißt du noch«, sagte Jordan kauend, »daß sie meine Frau ist.«

»Sie hat mich daran erinnert«, erwiderte der Scout und deutete ein Lächeln an. »Sie kann ganz gut mit einem Messer umgehen, auch wenn ich ihr keinen Grund dazu bot.«

»Da hast du noch Glück gehabt«, erwiderte Jordan leichthin. »Denn mit einem Messer kann ich viel besser umgehen.«

»Jetzt hört endlich mit diesem Gerede auf!« mengte sich Miriam ein. »Es geht dich nichts an, Jordan Scott, was ich tue! Du kannst dich wieder dorthinbegeben, woher du gekommen bist.«

Jordan überging ihre Worte. »Still deinen Hunger, Delacroix, und pack dann deine Sachen! Du kannst gehen. Meine Frau wird von jetzt an deine Dienste nicht mehr benötigen.«

»Sie bleiben hier, Gage!« rief Miriam aus. »*Ich* habe Sie angeheuert und ich ...«

»Und ich entlasse dich«, ergänzte Jordan. »Iß und verschwinde dann, mein Freund! Ich habe noch etwas mit meiner Frau unter vier Augen zu besprechen.«

»Verdammt nochmal! Ich bin nicht deine Frau!«

»Na, na!« wehrte Jordan ab und schüttelte tadelnd den Kopf, während sich sein fein geschwungener Mund zu einem Lächeln verzog. »Muß das Fluchen sein? Wie hast du dich verändert, Miriam Sutcliffe!«

»Gage, Sie bleiben hier!«

Delacroix zog vielsagend die Schultern hoch. »Es tut mir leid, *Cherie*. Ich habe Ihnen schon früher gesagt, daß ich Ihrem Mann nicht in die Quere kommen möchte.«

Der Scout rollte seine Felldecke zusammen und griff vorsichtig, so daß Jordan seine Bewegung nicht mißverstehen konnte, nach seiner Muskete. Er hatte sich zwar als Kämpfer einen Namen gemacht, aber er wollte sein Schicksal nicht herausfordern. Er hatte Jordan in den Kämpfen der Chippewa gegen die Sioux gesehen und war froh gewesen, daß sie beide auf derselben Seite fochten. »Ich werde mir zum Abendessen noch ein paar Fische fangen«, sagte er. »Irgendwann sehen wir uns wieder, *mon ami*.« Dann blickte er Miriam an und salutierte mit zwei Fingern. »Es war mir ein Vergnügen, *ma Belle*.«

Nachdem er verschwunden war, sprang Miriam von dem Baumstamm auf und nahm Delacroix' Platz am Feuer ein. »Was willst du hier, Jordan? Mit welchem Recht schickst du meinen Führer fort?«

Jordan lächelte sie an. »Du hast einen Führer. Mich.«

»Du bist wohl sehr von dir überzeugt, was?«

»Mir genügt es.«

»Ich möchte dich nicht als Führer haben. Deine ... deine Dienste kommen mich allzu teuer zu stehen«, stieß sie aus. Doch dann verlor sie ihre Selbstbeherrschung. »Warum bist du mir nur gefolgt, Jordan?« fragte sie leise.

»Warum bist du fortgelaufen?«

»Ich bin nicht fortgelaufen«, erwiderte sie verärgert. »Ich

313

habe dich verlassen. Wir brauchen einander nicht mehr. Captain Michaels ist keine Gefahr mehr für mich. Und ... Jane ist ...« Sie verstummte und holte tief Luft. Der Kummer, den sie beinahe verdrängt hatte, befiel sie wieder.

»Du bist geflohen«, sagte Jordan ruhig. »Ich möchte wissen, warum.«

»Du weißt ganz gut, warum ich fortgegangen bin. Ich konnte nicht länger bleiben, nachdem ich durch meine Unüberlegtheit Janes Tod herbeigeführt habe. Wie konnte ich dir da wieder unter die Augen treten? Ich wußte, daß du mich in diesem Augenblick gehaßt hast. Und dazu hast du auch allen Grund gehabt.«

Jordan schwieg eine Weile. Sein Gesicht war ausdruckslos. Dann griff er nach einem der Wildkaninchen, die am Holzspieß über dem Feuer brieten, und drückte es Miriam in die Hand. »Iß!« sagte er.

»Ich habe jetzt keinen Hunger.«

»Iß, du stures Weib. Dann ist dein Mund wenigstens beschäftigt, während du mir zuhörst.«

Von seinem Ton eingeschüchtert, begann Miriam an dem Wildbret zu knabbern.

»Du trägst keine Schuld an Janes Tod. Die Männer, die ihn verursacht haben, werden dafür mit ihrem Leben büßen. Es war nicht deine Schuld.«

»Aber ich ...«

»Iß und hör mir zu! Du gehörst zu mir, Miriam. Wir werden bald ein gemeinsames Kind haben. Vor Gott und für die Chippewa sind wir Mann und Frau. Selbst Witwe Peavy denkt so. Das solltest du endlich begreifen. Aber du bist die einzige, die diese Tatsache nicht anerkennen will.«

Miriam hatte sich beinahe verschluckt. »Hat Grace dir gesagt, was ich vorhatte?« stammelte sie.

»Selbstverständlich. Grace ist eine Frau mit Verstand. Den scheint manch andere Frau nicht zu haben.«

Miriam schwieg, aber sie preßte abweisend die Lippen zusammen. Jordan wollte seinen Standpunkt offenbar durchsetzen, ihr abermals versichern, daß er sie liebte. Zum erstenmal in seinem Leben kamen ihm solche Worte leicht über die Lippen. Aber er ahnte auch ihre widerstreitenden Gefühle. Sie war wie ein verschrecktes Reh, das den Jäger wittert und bereit ist, beim geringsten Anzeichen von Gefahr zu flüchten. Jordans Jagdinstinkt sagte ihm, daß er sich jeden Schritt gut überlegen müsse, wollte er dieses Wild erbeuten.

»Miriam«, redete er in ruhigem Tonfall weiter, »ich will dich nicht zu etwas zwingen, das dir unangenehm ist. Aber wir haben ein gemeinsames Ziel. Du möchtest deinen Vetter aufspüren, und ich will die Männer stellen, die Jane entführt haben. Sie sind höchstwahrscheinlich noch zusammen. Wenn all das vorüber ist, können wir über unsere Zukunft reden. Bist du damit einverstanden?«

Miriam zögerte. Im Grunde hatte sie geahnt, daß Jordan ihr nachspüren würde, schon wegen des Kindes, das sie unter ihrem Herzen trug. Aber nun war er nicht mehr der vor Wut rasende Jordan, den sie erwartet und gefürchtet hatte. Beim letzten Mal hatten seine Augen eisige Kälte ausgestrahlt. Jetzt hatten sie immer noch einen mißtrauischen Ausdruck, aber sie spiegelten keinen Haß, keine Wut mehr wider. Er machte sie für Janes Tod nicht verantwortlich, hatte er gesagt. Aber sie fühlte sich schuldig.

»Ich bin einverstanden«, erwiderte sie. Sie wollte über die Zukunft, die sie peinigte, nicht nachdenken. Und es war besser, die Vergangenheit ruhen zu lassen. Von heute an, nahm sie sich vor, wollte sie sich nur mit den Widrigkeiten auseinandersetzen, die ihr der jeweilige Tag brachte. Vielleicht würde sich das mit der Zukunft von selbst lösen.

Auf Miriams Drängen bereitete jeder seine eigene Lagerstatt. Sie war zwar erschöpft, aber es gingen ihr so viele Gedanken durch den Kopf, daß sie nicht einschlafen konnte. Das vergangene Jahr zog an ihr vorbei – die Angst, die Strapazen, die Freude, die Leidenschaft, all die bedrückenden Veränderungen, die sie ihr selbst entfremdet hatten. Die Menschen, die sie kennengelernt hatte, standen mittlerweile viel deutlicher vor ihrem inneren Auge als ihre Freunde und Bekannten in London. Seetänzerin, Lied-in-der-Weide, Lächelt-bei-Sonnenaufgang, Rauchbändiger, Witwe Peavy und ihre Töchterschar bildeten inzwischen einen viel festeren Bestandteil ihres Lebens als ihre gesellschaftlich höherstehenden, kultivierteren Bekannten in England. Und dann war da noch die arme kleine Jane. Ihre Gedankenlosigkeit hatte zum Tod des Kindes geführt. All die Stunden fielen ihr ein, da sie versucht hatte, ihr Essen einzuflößen. Wie sehr hatte sie gewünscht, daß die kleine Jane endlich mal lächeln und Laute wie ein normales, gesundes Kind von sich geben würde! Als sie das Kind Lächelt-bei-Sonnenaufgang in die Arme gelegt hatte – da hatte es zum letztenmal noch gesund ausgesehen –, hatte die kleine Jane die Arme nach ihr ausgestreckt, als wolle sie Miriam am Weggehen hindern.

Sie begann zu schluchzen. Sie drückte ihr Gesicht in die Felldecke und versuchte ihren Gefühlsausbruch zu erstikken. Seit dem Begräbnis hatte sie nicht mehr geweint, hatte all ihren Kummer und Zorn, als wolle sie sich für ihre Schuld bestrafen, in sich eingeschlossen. Und jetzt brach dieser Damm. Sie konnte gegen die aufsteigenden Tränen und ihr würgendes Schluchzen nicht mehr ankämpfen. Sie krümmte sich vor Seelenqual.

Erst als Jordan ihren Namen nannte, bemerkte sie, daß er neben ihr kniete. Seine Hand, die auf ihrer Schulter ruhte, zog sie von einem dunklen, beängstigenden Abgrund zurück. Als er sie in seine starken Arme nahm, wehrte sie sich nicht. Das konnte sie nicht mehr.

»Miriam, Liebes! Was hast du denn?«

Sie drückte ihr Gesicht an seine Brust. »Ich mußte an die kleine Jane denken!« stieß sie aus.

Jordan begann sie zu wiegen, als sei sie ein kleines Kind. »Ist schon gut«, redete er begütigend auf sie ein und schmiegte sein Gesicht in ihr Haar. »Die kleine Jane lebt jetzt glücklich bei Seetänzerin. Meinst du, sie würde dich gerne in diesem Zustand sehen?«

»Nein«, erwiderte sie schniefend.

Als ihr Schluchzen allmählich aufhörte, trocknete ihr Jordan mit seinem Hemd das Gesicht ab. Seine beruhigende Stimme dämpfte ihren Schmerz. Er versicherte ihr immer wieder, daß ihre Traurigkeit bald abklingen würde, und daß die kleine Jane in Seetänzerins Armen ebenso sicher sei wie sie in seinen.

»Geht's dir jetzt besser?« fragte er nach einer Weile.

»Ja«, flüsterte sie, rückte aber nicht von ihm weg. Es war so angenehm, sich an ihn zu kuscheln, die Wange an seine nackte Brust zu drücken, wieder einmal seinen betörenden Männergeruch zu riechen. »Warum? Möchtest du allein sein?«

Jordan lächelte, lehnte sich gegen die glattborkige Birke hinter sich und zog sie heran. »Was wäre dir lieber?« fragte er.

Als seine Hand an ihrer Schulter hinabglitt und zärtlich ihre Brust umfaßte, schloß Miriam vor Wonne die Augen. Und als er dann ihre pralle Brustwarze liebkoste, merkte Miriam, daß wieder das vertraute Kribbeln ihren Körper durchzog. Dabei hatte sie sich geschworen, daß sie Jordan solche Zärtlichkeiten nie mehr erlauben würde. Sie hatte sich getäuscht. Sie sehnte sich danach, daß er sie nahm, mit seinen Liebkosungen all ihren Kummer und ihre Schuld – wenn auch nur für kurze Zeit – erstickte.

Als sie sich auf seinem Schoß in den Hüften zu wiegen begann, merkte sie, wie sehr er sie begehrte. Sie sah, wie sein praller Schaft gegen die Beengung durch die Hose ankämpfte. Die Wölbung, die ihr da entgegendrängte, erfüllte sie mit dem Gefühl von Macht, die Frauen von jeher über Männer hatten. Als sie mit der Hand über seine krausen Brusthaare strich, spürte sie, wie er den Atem anhielt. Dann ließ sie ihre Hand tiefer gleiten, seine Hüfte hinab, dahin, wo die Wölbung das Leder zu sprengen drohte. Als ihre Finger auch sie streiften, schien er nicht mehr zu atmen.

»Ist dir klar, was du von mir verlangst?« fragte er mit heiserer Stimme.

»Aber ja«, antwortete sie. »Ich weiß, was ich will.« Sie liebkoste mit der Zunge seine Brustwarze, während ihre Hand weiterhin über die pralle Wölbung strich.

»Es gibt da Knöpfe«, stieß Jordan keuchend aus.

»Wirklich?« erwiderte Miriam mit gespieltem Erstaunen. Sie öffnete einen Knopf, dann noch einen. Als er aufstöhnte, öffnete sie auch die letzten beiden und befreite seinen erigierten Schaft. Noch bevor sie sich etwas anderes einfallen lassen konnte, packte er ihre Hand.

»Du bringst mich noch um den Verstand!« stieß er aus.

Miriam lächelte ihn verführerisch an. »Ich weiß.«

»Du bist wirklich ein Biest!«

»Auch das weiß ich«, sagte sie und schaute ihn an. »Trotzdem liebe ich dich, Jordan. Ich werde dich nie vergessen, was immer uns auch die Zukunft bringen mag.«

Er lachte auf, und seine Augen funkelten leidenschaftlich. »Ich werde nicht zulassen, daß du mich je vergißt.«

Er nahm ihren Kopf zwischen die Hände, neigte sich ihr entgegen und küßte sie. Miriam schloß die Augen und gab sich dem wollüstigen Gefühl hin, als sie seine Lippen auf den ihren spürte, seine Zunge ihren Mund zu erkunden begann und sein Glied sich an sie drängte.

»Komm!« stieß er atemlos hervor. Er lehnte sich gegen die Birke und zog sie mit sich. Da sie ihre Beinkleider schon vorher aufgeknöpft hatte, fand sein Schaft mühelos den feuchtwarmen Spalt, den er suchte, während sie sich zwischen seinen leicht angezogenen Oberschenkeln und seinem Oberkörper wie in einem bequemen Sattel niederließ.

Mit einer leichten Drehung ihrer Hüften versuchte Miriam sich gleichsam selbst zu pfählen, um das lodernde Verlangen, das ihren Körper durchzuckte, endlich zu stillen, aber Jordan umfaßte ihre schmale Taille und hielt sie zurück.

»Gedulde dich!« stieß er aus und beobachtete ihr Mienenspiel, bis er sie endlich mit wollüstiger Langsamkeit niederdrückte, so daß sein Glied in sie eindringen konnte. »Verstehst du jetzt, wie sehr ich dich liebe, Miriam!« stöhnte er. »Du wirst mich nie vergessen!«

Als er sie schließlich gewähren ließ, brachen sich ihre so lange aufgestauten Leidenschaften endlich Bahn. Mit immer schnelleren Hüftstößen drängte sich Jordan ihr entgegen, während Miriam hingebungsvoll den Rücken krümmte und sich seiner und ihrer Lust überließ. Als sie dann erschlafft und entrückt auf seiner Brust niedersank, durchzuckte auch ihn ein Orgasmus.

Als er wieder zu sich kam, war Miriam auf seiner Brust eingeschlafen. Behutsam hob er sie hoch, trug sie zu seiner Felldecke, wo er sie niederlegte und die Schlafende zärtlich betrachtete. Er mochte nicht daran denken, daß er sie jemals verlieren könnte. Sie liebte ihn, und er betete sie an. Weder ihr noch sein Stolz würden sie jemals trennen, schwor er sich.

Ein verschmitztes Lächeln glitt über seine Lippen, als er die zarte Wölbung ihres Bauches sah. Vorsichtig legte er seine Hand auf die Rundung, unter der sein Kind wohlgeborgen schlief. Dann spürte er, daß etwas kräftig gegen seine Hand stieß. Miriam bewegte sich, ohne aufzuwachen.

»Schlaf schön, mein Kleiner!« flüsterte er. »Du hast deinen Schlaf ebenso nötig wie deine Mutter.«

Seinen Worten folgte ein weiterer Stoß. Lächelnd beugte Jordan den Kopf und küßte die sanfte Rundung, die sein Kind barg.

»Du scheinst wie deine Mutter zu sein«, sagte er. »Stur und streitsüchtig und unvernünftig. Demnächst werde ich wohl zwei Maulesel bändigen müssen.«

Als ihm seine eigene Vergangenheit einfiel, verzog er das Gesicht zu einem schuldbewußten Lächeln.

»Du hast ja recht«, flüsterte er dem ungeborenen Kind zu. »Wir werden drei sture Maulesel sein. Aber deine Mutter wird schon noch erfahren, daß ich der sturste bin.«

20

In den nächsten Tagen durchströmte Miriam ein Gefühl wachsender Zufriedenheit. Es hatte den Anschein, daß der schlimme Teil ihres abenteuerlichen Lebens in der Wildnis hinter ihr lag, daß die Wunden, die ihr Schuldgefühle, Kummer und menschliche Verstrickungen geschlagen hatten, allmählich vernarbten. Während sie mit Jordan nach Südwesten zum Wisconsin River marschierte und von da auf dem Fluß Richtung Prairie du Chien und dem Ende ihrer langen Reise paddelte, schmiedete sie Pläne für eine Zukunft, die sie mit Jordan teilen und in der sie ihrem Kind das Beste aus beiden Welten vermitteln wollte.

Am achten Tag steuerten sie einen kleinen See an, der eine halbe Tagesreise von ihrem Ziel entfernt war. Während sich Miriam daranmachte, trockenes Holz für ein Feuer zu sammeln, schaute Jordan, regungslos wie ein jagender Wolf, der eine Beute gesichtet hat, über den See hinüber.

»Ist was nicht in Ordnung?« flüsterte Miriam, obwohl ihr nicht klar war, warum sie die Stimme senkte.

Mit einer Handbewegung bedeutete er ihr, daß sie schweigen solle. »Wir sind nicht die einzigen an diesem See«, sagte er leise.

Miriam trat neben ihn und schaute gleichfalls in dieselbe Richtung, konnte aber nichts ausmachen. Dann bemerkte sie, daß sich da drüben etwas bewegte.

»Jetzt kann ich sie auch sehen«, sagte sie. Am anderen Seeufer bewegten sich drei Männer zwischen den Bäumen.

»Sie schlagen da ein Lager auf. Ich glaube nicht, daß sie uns schon gesichtet haben«, sagte Jordan, packte sie am Arm und zog sie in den Baumschatten. »Versteck das Kanu im Unterholz und warte hier! Ich werde nachsehen, wer es ist.«

»Nein. Ich gehe mit dir.«

»Den Teufel wirst du tun! Du bleibst hier.«

Jordan, der die Sache damit für erledigt hielt, hing sich die Muskete um und verschwand lautlos im Unterholz.

Vor sich hinmaulend verbarg Miriam das Kanu, setzte sich dann auf einen Baumstumpf und schaute zu den Fremden hinüber. Konnten die Männer da drüben ihnen gefährlich werden? Wohl kaum, dachte sie. In den Sommermonaten zog es viele Händler nach Prairie du Chien und dann wieder zurück in die Wildnis. Vielleicht konnten ihr diese Männer Auskunft über Hamilton geben. Jordan wollte vor allem Keller und Westin aufspüren. Würde er sich bei den reisenden Händlern nach ihrem Vetter erkundigen?

»Darum muß ich mich selbst kümmern«, sagte sie leise, aber entschlossen.

Sie hängte sich Witwe Peavys alte Muskete um und folgte Jordan.

Jordan saß geduckt im dichten Unterholz und spähte hinüber. Die Instinkte, die das Leben bei den Chippewa geschärft hatte, gewannen wieder die Oberhand über sein kürzlich wieder entwickeltes Bewußtsein als Weißer. Er erkannte den gelbgesichtigen, stoppelbärtigen Keller und Westin, dessen vierschrötigen Gefährten. Der dritte Mann mußte Miriams berüchtigter Vetter sein. Er war hager, hochgewachsen und hatte ein weiches Gesicht. Seine Hände waren gefesselt. Seine geschwollene Lippe zeugte vom Unwillen seiner Häscher.

Die beiden Amerikaner werden nicht erfreut sein, mich hier zu sehen, dachte Jordan mit grimmiger Befriedigung. Und dazu hatten sie auch allen Grund. Er wollte ihnen heimzahlen, was sie seiner kleinen Tochter angetan hatten. Der Drang zur Blutrache, wie sie bei den Chippewa üblich war, war wieder in ihm erwacht.

Er schlich ein paar Schritte zurück in das Unterholz, wo er sich freier bewegen konnte. Er überprüfte, ob seine Muskete schußbereit war, und glitt mit der Hand geradezu liebevoll über das lange Messer an seiner Hüfte. Mit einem wölfischen Lächeln auf den Lippen ging er dann aufrecht auf das Lager der Amerikaner zu.

»Hallo, Gentlemen!« begrüßte er sie gelassen.

»Was gibt's?« stammelte Keller, der eben ein Feuer hatte anzünden wollen. Westin sprang von einem Baumstamm auf. Keiner der beiden hatte Jordan kommen hören.

»Wie ich sehe, haben Sie ihren Mann endlich gefaßt.«

Keller schaute kurz zu seiner Muskete hin, die an einem Baum lehnte. »So ist es«, erwiderte er vorsichtig.

»Die Auskunft, die Sie meiner Frau entlockt haben, muß Ihnen demnach geholfen haben.«

»Wir wollten ihr nicht weh tun«, sagte Westin und versuchte freundlich dreinzublicken. »Wir haben ja das Kind seiner Mutter zurückgegeben.«

»Es war nicht ihr Kind«, sagte Jordan höhnisch. »Es war mein Kind. Und jetzt ist meine Tochter tot. Und ihr seid schuld daran.« Er verzog das Gesicht zu einem tückischen Grinsen. »Ich gebe euch noch Zeit, darüber nachzudenken.«

Keller lächelte verächtlich. Zwei gegen einen – was könnte ihnen da schon passieren, selbst wenn ihm das Glitzern in Jordans Augen Angst einjagte! »Du nimmst den Mund ziemlich voll, Scott. Wir sind zu zweit.«

»Ja, zwei Feiglinge, die sich nur an Kinder und Frauen heranwagen.«

»Wir und Feiglinge!« mengte sich Westin ein, der nach seiner Pistole griff, die in seinem Gürtel steckte. Aber noch bevor er den Hahn spannen konnte, schlug ihm Jordan die Waffe mit einem Fußtritt aus der Hand. Dann versetzte ihm Jordan einen Fausthieb, so daß Westin wankte, zu Boden stürzte und regungslos liegen blieb.

Die Auseinandersetzung mit Westin hatte nur den Bruchteil einer Sekunde gedauert. Trotzdem hatte Keller inzwischen nach seiner Muskete greifen können. Als Jordan sich umwandte, schaute er in die todbringende Mündung der langläufigen Waffe. Ohne zu überlegen warf er sich auf Kellers Beine, so daß der hochgewachsene Mann das Gleichgewicht verlor. Er schlug schwer auf dem Boden auf. Jordan hockte sich auf ihn, packte sein Handgelenk und verdrehte Kellers Finger, bis sie die Muskete losließen. Mit einem Fußtritt schleuderte er die Waffe zur Seite und schlug den Mann bewußtlos.

Als die beiden Amerikaner wieder zu sich kamen, stellten sie fest, daß sie an einen Baum gefesselt waren. »Verdammt!« murmelte Westin noch ganz benommen. »Was war denn los?«

»Wir haben uns endlich so richtig kennengelernt«, antwortete Jordan.

Die Amerikaner hoben schwerfällig den Kopf und schauten Jordan an, der über ihnen thronte und gelassen mit dem Daumen die Schärfe seines Messers prüfte. Sie begriffen, was er vorhatte, und verzogen angstvoll das Gesicht.

»Na, was meint ihr, wieviel Schmerz ist das Leben eines Kindes wert?«

»Du kannst mich mal!« würgte Westin hervor und spuckte Blut.

Keller schwieg. Sein gelbliches Gesicht hatte einen grünlichen Schimmer.

»Jordan, tu's nicht!« schrie da plötzlich Miriam.

Jordan war so überrascht, daß er stutzte. Miriam eilte herbei, sah die Angst in den Augen der beiden Amerikaner und meinte: »Das reicht, Jordan.«

Jordan schnaubte verächtlich. »Soll ich die beiden so einfach laufen lassen?«

»Das nicht«, sagte sie und fiel ihm in den Arm. »Wir nehmen sie mit und übergeben sie den Briten. Dann bekommen sie, was sie verdienen.«

Jordan verzog die Lippen zu einem angewiderten Lächeln. »Und ich soll mich wohl gleich mit ihnen ausliefern, was?«

»Rede keinen Unsinn!« erwiderte sie und schaute erstmals zu dem dritten Mann hinüber, der sich angstvoll hinter einem Baumstamm duckte. »Hamilton!« rief sie aus, wagte es aber nicht, Jordan loszulassen.

»Miriam? Großer Gott, bist du's wirklich?« rief der Mann aus.

Jordan atmete tief durch. Vor Miriams Augen konnte er den Amerikanern nicht all das antun, was er vorgehabt hatte. Einerseits haßte er sie, weil sie sich einmischte, andererseits war er froh, daß er sich an den beiden nicht so rächen mußte, wie es die Ehre der Chippewa verlangte.

Miriam spürte, daß die Spannung in seinem Arm erschlaffte, ließ ihn los und eilte zu ihrem Vetter, der sie mit einem verängstigten und zugleich erstaunten Ausdruck anblickte. Er duckte sich, als sie plötzlich ihr Messer zog und seine Fesseln durchzuschneiden begann.

»Halt doch still, du Angsthase!« sagte sie, als er zusammenzuckte. »Soll ich dir ins Handgelenk schneiden?«

»Großer Gott, Miriam! Ich hätte dich fast nicht erkannt!« stieß er hervor, während sie die Fesseln an seinen Fußknöcheln durchschnitt. Die Miriam, die er in Erinnerung hatte, trug keine indianische Kleidung, bewegte sich nicht mit so wenig damenhafter Geschmeidigkeit und ging nicht so geschickt mit einem scharf geschliffenen Messer um. »Du siehst wie eine blutrünstige Wilde aus! Was ist nur mit dir geschehen? Was tust du hier überhaupt?«

Jordan löste sich von den Amerikanern und trat näher. Er schaute angewidert auf Hamilton hinab. »Es wäre besser«, sagte er, »wenn Sie uns ein paar Fragen beantworteten, statt uns welche zu stellen.«

»Jordan, bitte!« stieß Miriam aus und trat schützend vor ihren Vetter. »Laß mich mit ihm reden!« Sie griff sich an die Schläfen, als müsse sie zuerst ihre Gedanken ordnen. »Könnten wir nicht vorher unser Lager aufschlagen und etwas essen? Zum Reden bleibt uns noch Zeit genug.«

Hamilton und Jordan musterten einander noch immer wie zwei Duellanten, die auf die Schußfreigabe warten.

»Hol du ruhig unser Kanu!« schlug Miriam vor. »Wir können ebensogut hier lagern.« Als sie den argwöhnischen Blick sah, den er Hamilton zuwarf, sagte sie: »Mach dir um mich keine Sorgen. Ich rede inzwischen mit ihm.«

Jordan nickte widerwillig mit dem Kopf. Er überprüfte die Fesseln der beiden Amerikaner, sah nach, ob Miriams Muskete noch schußbereit war, und übergab ihr dann die Waffe. »Wenn er zu fliehen versucht, erschieß ihn!«

»Aber Jordan!« erwiderte Miriam mit tadelndem Unterton.

Jordan musterte Hamilton verächtlich. »Wenn Sie bei meiner Rückkehr nicht mehr da sind, werde ich Sie nicht einfach erschießen, wenn ich Sie aufgespürt habe. Und ich spüre Sie auf, verlassen Sie sich darauf.«

Nach diesen Worten drehte er sich um und verschwand im Wald, in dem es schon dunkel wurde.

»Du meine Güte, Miriam!« rief Hamilton aus, der sich mühsam aufrichtete und Arme und Beine schüttelte, um die Blutzirkulation zu beschleunigen. »Wo hast du den aufgetrieben?«

»Das war der Mann«, entgegnete Miriam scharf, »der mich vor den Häschern gerettet hat, die mir deinetwegen folgten, du Miststück! Und da wagst du es noch zu fragen, was ich hier tue!« Sie unterstrich jedes Wort mit einer ruckartigen Handbewegung, während Hamilton ängstlich auf das Messer schaute, das sie noch immer hielt. »Ich mußte aus London fliehen, damit ich nicht wegen deiner Missetaten ins Gefängnis gesteckt wurde. Seit über einem Jahr bin ich schon in Amerika und suche nach meinem mißratenen Vetter, der sein Land verraten hat und dann flüchtete. Deswegen bin ich hier!«

»Beruhige dich doch, liebe Miriam!« warf Hamilton ein. Er trat einen Schritt zurück und hob abwehrend die Hand.

»Nenne mich nicht liebe Miriam, du Schuft! Du kannst dir gar nicht vorstellen, was ich deinetwegen im letzten Jahr durchgemacht habe!«

Hamilton zog eine Braue hoch. »Das sehe ich.«

Er musterte mit einem angewiderten Blick ihre hirschlederne Chippewa-Tracht, ihre sonnengebräunte, sommersprossige Nase und die beiden Zöpfe, die sie statt einer modischen Frisur trug. Sie mußte lächeln, als ihr der Gedanke kam, daß ihr jetzt gänzlich gleichgültig war, was er von ihr denken mochte. Nun zählte allein, was Jordan von ihr hielt.

»Sieh mich nur ruhig an«, erwiderte sie gleichmütig und tippte ihn mit dem Zeigefinger an, was ihn einen weiteren Schritt zurücktrieb. »Und dann setzt du dich auf den Baumstamm da drüben und beantwortest mir ein paar Fragen. Ich denke, mir wirst du lieber erzählen, was du so getrieben hast. Oder willst du, daß Jordan die Fragen stellt?«

Hamilton seufzte auf. »Ist Jordan der hochgewachsene Lümmel, der eben weggegangen ist?«

»Ja«, antwortete Miriam mit einem zufriedenen Lächeln. »Wenn es so ist, füge ich mich. Ich möchte nicht, daß sich dieser ungeschlachte Bursche meinetwegen aufregt.«

Er setzte sich auf den Baumstamm und vergrub den Kopf in den Händen. Dann begann er zu reden. Sein Tonfall paßte eher zum Bekenntnis eines Dummenjungenstreichs als zum Eingeständnis von Landesverrat, den er im Foreign Office begannen haben sollte.

Ausgelöst hatte das alles nur sein Geldmangel, erzählte er ihr. Da er mit seinem väterlichen Erbe seine Spielsucht und seinen Lebensstil nicht weiter hatte aufrechterhalten können, war er auf den Gedanken gekommen, vertrauliche Informationen an Leute zu verkaufen, die ihm dafür das meiste Geld boten. Nach zwei erfolgreichen Jahren war man ihm leider auf die Schliche gekommen.

Miriam betrachtete ihren Vetter nachdenklich, während er weiterredete. Es war noch derselbe Hamilton, den sie im Gedächtnis hatte. Vielleicht sah er jetzt magerer und ungepflegter aus, aber er glich noch dem Mann, den sie einst hatte heiraten wollen. Wieso nur war er ihr damals so charmant, so begehrenswert vorgekommen? Für sie war Hamilton immer ein Beau gewesen, der Inbegriff eines eleganten Gentlemans. Jetzt wirkte er auf sie schlaff, nahezu weibisch. Sein ebenmäßiges Gesicht war nichtssagend, wenn man es mit Jordans Zügen verglich. Seine gepflegte Sprache und sein Gehabe störten sie. Hatte sie sich so sehr verändert, fragte sie sich, oder Hamilton?

Mit der Hilfe ihres Vaters hatte er in Amerika ein neues Leben beginnen wollen, erzählte Hamilton weiter. Aber als er in Michilimackinac-Island ankam, war David Sutcliffe schon tot. In seiner Verzweiflung heuerte er Gage Delacroix an und ließ sich von ihm in den Teil der Wildnis führen, wo man ihn wohl kaum aufspüren konnte. In Prairie du Chien hatte er sogar gute Geschäfte gemacht, nachdem die amerikanischen Truppen unter General Clark den Handelsposten erobert und dort ein Fort gebaut hatten. Selbst als die Briten die Niederlassung zurückeroberten, brachte keiner Kenneth Shelby mit Hamilton Greer, dem Verräter, in Verbindung. Er hatte sich sichergefühlt, bis plötzlich die beiden Amerikaner, die sich als Pelzhändler ausgaben, auftauchten und von ihm Informationen verlangten, für die er schon vor vielen Monaten von den Amerikanern Geld erhalten, aber nicht geliefert hatte.

»Und das bringt uns zu einer höchst interessanten Frage!« mengte sich Jordan ein.

Miriam und Hamilton sprangen erschreckt auf. In der Dunkelheit hatten sie ihn nicht kommen sehen.

»Wo ist nun diese verdammte Liste, nach der die ganze Welt zu suchen scheint?« fragte Jordan.

»Ich kann Ihnen nur das sagen, was ich den beiden Tölpeln da drüben auch schon gesagt habe«, antwortete Hamilton und deutete mit dem Kopf auf die beiden Amerikaner, die eifrig zuhörten. »Ich habe sie nicht.«

»Aber du weißt doch, wo sie sich befindet«, entgegnete Miriam.

Hamilton zögerte und setzte eine abweisende Miene auf. Als er Jordans Augen sah, räusperte er sich.

»Ich habe sie versteckt«, antwortete er. »Als ich an jenem Abend bei dir war und du Tante Eliza holen wolltest, habe ich die Liste im Schutzumschlag deiner Bibel versteckt. Sie lag auf dem Tischchen neben deinem Stuhl. Da du eine eifrige Bibelleserin bist, nahm ich an, du würdest sie finden und den zuständigen Leuten übergeben. Dann würden sie nicht mehr so hartnäckig nach mir suchen.«

»Das gibt's doch nicht!« rief Miriam aus. Hamilton schaute sie daraufhin nachsichtig an.

»Du hattest also wirklich keinen Grund, mir zu folgen. Captain Michaels hätte dir, was immer er dir androhte, nichts anhaben können. Er ist nicht der Mensch, der eine Frau wegen so eines Vergehens ins Gefängnis bringt.«

»Das habe ich nicht gemeint«, entgegnete Miriam und atmete erleichtert auf. »Deine kostbare Liste befindet sich an einem Ort, wo sie niemand mehr findet.«

»Was soll das heißen?« mischte sich Keller ein, der aber sogleich schwieg, als Jordan ihn anfunkelte.

»Meine Bibel liegt auf dem Grund des Huronsees. Ich hatte sie bei mir, als das Kanu umschlug.«

Im Lager war es totenstill. Dann lachte Hamilton lauthals auf. Ohne sich um die anderen zu kümmern, lachte er, bis ihm die Tränen über die Wangen rannen.

»Was ist daran so spaßig!« fragte Miriam.

»Ja verstehst du denn nicht, Miriam?« rief Hamilton aus. »Die verdammten Briten können mich doch nicht ohne ein einziges Beweisstück ins Gefängnis stecken!« Er drehte sich den beiden Amerikanern zu. »Ihr wolltet mir nicht glauben, als ich euch sagte, daß ihr diese verflixte Liste bestimmt nicht finden werdet. Jetzt schon gar nicht.«

»Nein, dann nicht mehr«, sagte Jordan zögernd, als würde er Hamilton nicht glauben.

Miriam schaute ihn kurz an. So, wie er Hamilton musterte, hatte er sie noch nie angeblickt. Sie drehte sich wieder ihrem Vetter zu, der sich durch Jordan seine Freude nicht trüben ließ.

»Hör endlich zu lachen auf, Hamilton!« fuhr Miriam ihn an. »Sonst schieße ich dich nieder, wenn's Jordan nicht macht.«

Hamilton schaute mit einem Mal verblüfft und zugleich gekränkt drein. Er hörte auf zu lachen, als würde ihm jemand die Kehle zudrücken.

Miriam stand auf und wandte ihrem Vetter den Rücken zu. »Ich mache jetzt ein Feuer«, sagte sie zu Jordan. »Und wenn du uns noch ein paar Fische fängst ...«

Jordan legte ihr begütigend den Arm um die Schulter.

»Die Reise ist zu Ende«, sagte sie, sichtlich um Fassung bemüht. »Wir brauchen nicht länger zu suchen.«

Jordan erwiderte nichts darauf, sondern blickte nur nachdenklich Hamilton Greer an.

Den Sonnenaufgang am nächsten Morgen dämpfte ein grauer Wolkenschleier. Eine Vorahnung von Herbst lag in der Luft, die Miriams Stimmung entgegenkam. Sie hatte in der Nacht getrennt von Jordan geschlafen. Sie hatte nicht gewollt, daß sich die beiden Amerikaner anzügliche Blicke zuwarfen, und Hamilton angewidert das Gesicht verzog. Trotzdem hatte sie nicht viel Schlaf gefunden. Und am frühen Morgen hatte sie noch gegen Übelkeit ankämpfen müs-

328

sen. Als es sie würgte, wurde Jordan von dem Geräusch wach. Am Horizont erschien ein lichter, grauer Schimmer. Jordan folgte ihr ins Unterholz, hielt ihr den Kopf und redete tröstend auf sie ein.

»Geht's dir wieder besser?« fragte er dann.

Miriam lehnte sich schutzsuchend an ihn. Ihr Gesicht war so grau wie der Morgenhimmel. »Es geht schon wieder«, sagte sie leise. »Ich verstehe nur nicht, warum man eine Schwangerschaft in besseren Kreisen als gesegnete Umstände bezeichnet. Was soll daran gesegnet sein, wenn man jeden Morgen kotzen muß?«

Jordan massierte ihre angespannten Nackenmuskeln. »Möchtest du einen Rasttag einlegen? Wir könnten auch erst morgen aufbrechen.«

Sie schüttelte den Kopf. »Ich werde mich viel wohler fühlen, wenn die ganze Geschichte endlich zu Ende ist, wenn wir diese erbärmlichen Kreaturen losgeworden sind und ... Für Hamilton werden wir wohl nicht viel tun können, nicht wahr? Ich werde Captain Michaels sagen, daß seine verdammte Liste unwiederbringlich auf dem Grund des Huronsees liegt. Hamilton hat sicher keine Lust, sich ihm zu stellen.«

»Na ja«, entgegnete Jordan. »Über deinen Vetter müssen wir noch reden, Miriam. Was er da gesagt hat, kommt mir nicht glaubhaft vor.«

Miriam lachte bitter auf. »An meinem Vetter ist vieles, das nicht glaubhaft ist. Und diesen Menschen hätte ich fast geheiratet!«

»Gibt unser Kind endlich Ruhe?«

»Im Augenblick schon«, antwortete Miriam lächelnd. »Die Sonne geht auf. Es ist Zeit, daß ich mich wieder zusammenreiße.«

Jordan schaute besorgt drein, als sich Miriam aus seiner Umarmung löste. »Wir reden über Hamilton heute abend«, sagte er abschließend.

Miriam briet zum Frühstück die restlichen Fische, die Jordan gestern abend gefangen hatte. Während sie am Lagerfeuer beschäftigt war, führte Jordan die gefesselten Amerikaner in den Wald, damit sie ihre Notdurft verrichteteten. Hamilton schlurfte ziellos im Lager umher und beobachtete Miriam bei der Arbeit.

»Hoffentlich bringt er sie wieder unbeschadet zurück«, sagte er, als Jordan mit den beiden Gefangenen im Wald verschwand.

»Was kümmert es dich?« entgegnete Miriam schroff. »Du bist doch in deinem ganzen Leben ausschließlich um dich besorgt gewesen.«

Hamilton zuckte mit den Schultern. »So übel sind sie nicht. Auch wenn man im Krieg ist, kann man doch den Gegner nicht als seinen persönlichen Feind ansehen, oder? Dein Freund scheint mir besonders streitsüchtig zu sein.«

»Die beiden, die so übel nicht sind, wie du sagst, haben den Tod seiner kleinen Tochter auf dem Gewissen. Sie haben das Kind entführt, und es ist daraufhin gestorben. Sie haben es verdient, daß er ihnen das Fell über die Ohren zieht.«

»Jetzt hör aber auf! Gut, es sind Schurken. Trotzdem macht mir das Glitzern in den Augen dieses Burschen Angst. Auf mich macht er den Eindruck, daß er einem Menschen sein Messer in den Bauch stoßen und darüber noch lachen könnte.«

»Dann würde ich an deiner Stelle vorsichtig sein. Jordan mag dich ebensowenig wie die beiden Amerikaner.«

»Ich werde es mir merken«, sagte er und sah ihr neugierig zu, wie sie die fünf Fische ausnahm und entgrätete, das zarte Fleisch zwischen grüne Baumrinde legte, das Ganze an einem Stock befestigte und diesen in den Boden rammte, so daß das andere Ende der Gluthitze des Feuers ausgesetzt war. »Hat er dir all diese Fertigkeiten beigebracht?« fragte Hamilton verblüfft.

»Lächelt-bei-Sonnenaufgang, seine Adoptivmutter, hat mir das Kochen auf Indianerart beigebracht.« Sie lächelte verschmitzt über seine Aufwallung von Eifersucht. »Jordan hat mich was anderes gelehrt.«

»Was du nicht sagst«, erwiderte er und zog die dunklen Brauen hoch. »Was findest du nur an diesem Kerl, Miriam? Er ist ja noch schlimmer als die Rothäute. Er hat ja überhaupt keine Manieren. Wenn er nicht diese sonderbaren hellen Augen und blondes Haar hätte, könnte man ihn für einen Indianer halten.«

Sein herablassender Tonfall kam ihr wie ein Echo ihrer einstigen Ansichten vor. »Jordan Scott ist kultivierter, als du jemals sein wirst, Hamilton Greer. Er weiß, was Ehre und Mitgefühl bedeuten. Er würde nie wie ein verängstigter Hase davonrennen und andere für seine Schurkereien büßen lassen.«

»Du lieber Himmel! Sind wir empfindlich!«

»Ja, das sind wir«, erwiderte Miriam patzig.

Als sie später flußaufwärts paddelten, mußte Miriam über ihre Worte nachdenken. Eigentlich hatte sie ihren Vetter kränken wollen. Doch jetzt kam es ihr so vor, als hätte sie unabsichtlich die Wahrheit gesagt. Wahrscheinlich hatte sie in ihrem bisherigen Leben eine falsche Vorstellung von Lebensart gehabt. Dazu hatten gute Manieren gehört, Benimmregeln und sonstige Konventionen. Wenn nun aber Kultur auch Ehre einschloß, Mut, Toleranz und Ehrlichkeit, drängte sich ihr die Frage auf, ob nun sie kultiviert war oder Jordan.

Sie dachte noch darüber nach, als Jordan die Hand hob, damit sie zu paddeln aufhörten. Es war später Nachmittag. Die tiefen, dunklen Wolken und Nebelfetzen dämpften das Sonnenlicht. Das Flußtal vor ihnen verengte sich zu einer steilen Schlucht. Das Tageslicht drang kaum durch das dichte Blätterdach der Bäume, die den Fluß säumten. Längs des Flusses gab es einen Trampelpfad, auf dem Indianer, Pelzhändler und sonstige Reisende ihre Kanus um die Stromschnellen herum tragen konnten.

Jordans Gesichtsausdruck machte Miriam stutzig. »Was gibt's?«

»Ich bilde mir ein, ich habe da etwas gesehen.«

»Vielleicht war's ein Hirsch oder ein Bär«, meinte sie. Zumeist vertraute sie Jordans sechstem Sinn. Aber diesmal sträubte sie sich gegen den Gedanken, daß ihnen auf dem Rückweg eine weitere Unannehmlichkeit bevorstehen könnte.

»Das kann es nicht gewesen sein«, erwiderte Jordan. Er

warf den beiden Amerikanern einen argwöhnischen Blick
zu. »He, ihr beiden, ziehen auf diesem Weg Truppenverstär-
kungen heran?«

Westin spuckte aus und erwiderte pampig: »Würden wir's
verraten, wenn wir's wüßten?«

»Würdet ihr schon, wenn euch klar ist, daß ihr bei einem
Gefecht zuerst draufgeht. – Ich werde mir die Gegend ein
wenig ansehen!« Er steuerte das Kanu zum schlammigen
Flußufer und bedeutete den beiden Amerikanern mit seiner
schußbereiten Muskete, daß sie aussteigen sollen. »Miriam,
du bleibst mit deinem Vetter hier.«

Jordan trieb die beiden Amerikaner in den Wald. Miriam
hörte, wie sie sich einen Weg durchs Unterholz bahnten.
Wäre Jordan allein gewesen, hätte sie keinen Laut vernommen. Dann wurde es still. Sie und Hamilton schienen in der
lautlosen grauen Wildnis die einzigen Lebewesen zu sein.

»Miriam, mir gefällt das alles nicht. Wenn Captain Michaels ...«

»Captain Michaels ist wahrscheinlich längst nach London
abkommandiert worden. Und sollte er sich noch immer auf
Michilimackinac-Island aufhalten, wird ihm Witwe Peavy
mein Vorhaben gewiß nicht verraten haben. Jordan hat ihm
todsicher auch nichts gesagt. Wer immer es ist, es können
keine Briten sein.«

Sie sprang aus dem Kanu und zog es auf das schlammige
Flußufer.

»Wenn's nicht die Briten sind, brauchst du dir keine Sorgen zu machen. Mit den Amerikanern komme ich schon zurecht.«

Miriam musterte ihn mißtrauisch. »Was brütest du da aus,
Hamilton?«

Er antwortete ihr nicht, weil in der Schlucht vor ihnen
Musketenschüsse knallten, denen der Aufschrei eines Mannes folgte.

»Gott im Himmel!« stieß Miriam aus, riß die Muskete von
der Schulter, spannte den Hahn und rannte in die Richtung,
aus der die Schüsse kamen. Nach wenigen Augenblicken
hatte Hamilton sie eingeholt und hielt sie fest.

»Dein großer Krieger hat gesagt, daß wir bleiben sollen, wo wir sind!«

»Laß mich los, du Narr!«

Abermals ertönten Schüsse, deren Echo in der Schlucht mehrmals widerhallte. Das lenkte Hamiltons Aufmerksamkeit dermaßen ab, daß Miriam sich losreißen konnte. Fluchend rannte er ihr hinterher.

Miriam zwängte sich durchs dichte Unterholz. Kiefernzweige peitschen ihr ins Gesicht, aber sie achtete nicht darauf. Hamilton versuchte ihr zu folgen, aber obwohl er größer war und längere Beine hatte, war Miriam schneller. Sie erreichte als erste den Eingang zur Schlucht.

Dort blieb sie, die Augen vor Entsetzen weit aufgerissen, jäh stehen. Auf dem Trampelpfad unterhalb ihres Ausgucks lagen in einer Blutlache Keller und Westin. Ihre Handgelenke waren noch immer gefesselt. Westin hatte mehrere Brustschüsse erhalten, während Kellers Gesicht nur noch eine blutende, unkenntliche Fleischmasse war. Miriam verspürte einen Brechreiz.

»Geh in Deckung, verdammt nochmal!« schrie von irgendwoher Jordan. Gleich darauf fielen Musketenschüsse in dem Unterholz auf der anderen Seite der engen Schlucht. Dann tauchte Jordan wie ein Schemen auf und riß sie zu Boden, während Kugeln ringsum einschlugen.

Von irgendwo kam Hamilton herbeigerannt, der sich neben ihnen in Deckung warf. »Ich hab' dir doch gesagt, du sollst bleiben, wo du bist!« stammelte er keuchend.

Miriam schmiegte sich an Jordans Schulter, als weitere Schüsse fielen. Als Jordan das Feuer erwiderte, hielt sie sich die Ohren zu.

»Wer schießt auf uns?« fragte sie dann. »Amerikaner?«

»Das haben die beiden auch gedacht«, antwortete Jordan und deutete mit einer Kopfbewegung auf die Leichen auf dem Trampelpfad. »Sie sind davongelaufen, haben geschrien, daß sie Amerikaner wären, und wurden niedergeschossen.«

Miriam versuchte, wieder ruhiger zu atmen. Ihr Herz pochte bis zum Hals. »Können wir nicht umkehren und uns einen anderen Weg suchen? Die würden uns doch nie aufspüren.«

»Es gibt keinen anderen Weg, jedenfalls keinen, den ich dir zumuten kann. Wir können es auch nicht wagen, mit dem Kanu die Stromschnellen hinabzufahren. Sie warten nur darauf, uns abzuknallen. Wir müssen sie irgendwie zurücktreiben.«

»Wie viele sind es denn?«

»Weiß ich nicht. Fünf, vielleicht sechs Mann.«

Eine halbe Stunde verstrich. Die Minuten kamen Miriam wie eine Ewigkeit vor. Hin und wieder schoß Jordan auf die Männer, die im Hinterhalt gelegen waren, als er – die beiden Amerikaner vor sich hertreibend – nichtsahnend den Trampelpfad erkundete. So wie es aussah, konnte keine Seite gewinnen. Doch dann löste einer von Jordans Schüssen auf der anderen Seite der Schlucht einen Schmerzensschrei aus. Aus dem Unterholz wankte ein Soldat, brach auf dem Pfad zusammen und griff sich an die Brust. Er trug eine rote Uniformjacke.

»Das ist ein englischer Soldat!« rief Miriam verblüfft. »Das kann nur Captain Michaels' Truppe sein! Woher kann er wissen ...«

Hamilton robbte aus seiner Deckung zu Miriam hinüber. »Wer sind die Leute, Miriam?«

»Ich gehe jede Wette ein, daß es Captain Michaels und seine Männer sind«, antwortete ihm Jordan. »Ich hätte es mir denken können, daß so ein Bluthund nicht so leicht aufgibt.«

»Captain Michaels? Dann müssen wir so schnell wie möglich von hier verschwinden!«

»Haben Sie nicht gesagt, daß Sie vor den Briten keine Angst mehr zu haben brauchen, Greer?« entgegnete Jordan und blickte ihn verächtlich an. »Das Beweisstück liegt doch auf dem Grund des Huronsees.«

Hamilton wand sich vor Jordans Blick. »Ja, meinen Sie denn, daß der Kerl da draußen sich so verhält, wie das Gesetz es vorschreibt? Er wird mir den Kopf abschlagen und im Triumpf auf einer Pike herumtragen. Ich kenne den Mann.«

Jordan belustigte Hamiltons Angst. »Wahrscheinlich werden Sie ihn gleich wiedersehen.«

»Ich nicht!« stieß Hamilton hervor. »Ich verschwinde von hier!«

»Tu's nicht, Hamilton!« warnte ihn Miriam. »Du gibst nur ein gutes Ziel ab.«

Hamilton kroch ein paar Meter in das Unterholz, erhob sich dann und wollte gebückt davonlaufen. Er war kaum zehn Schritte gerannt, als ihn eine Musketenkugel an der Schulter traf.

»Großer Gott, Hamilton!« rief Miriam aus und lief, ohne lange zu überlegen, zu ihm. Er war wieder der kleine Junge, mit dem sie in ihrer glücklichen Kindheit gespielt hatte. An die Schützen im Unterholz auf der anderen Seite dachte sie nicht mehr. Sie trieb allein der Gedanke, daß Hamilton verletzt war.

»Hinlegen, Miriam!« brüllte ihr Jordan nach.

Auf Jordans Warnung hin ertönte ein Schuß, der nahe an ihr vorbeistrich. Verwirrt blieb Miriam stehen. Als es abermals knallte, suchte sie Deckung. Fluchend rannte Jordan zu ihr. Doch da knallten abermals Schüsse, und Jordan blieb jählings stehen. Dann stürzte er wie eine Marionette, deren Fäden jemand durchschnitten hatte, zu Boden.

21

Während Lieutenant Renquist Miriam festhielt, schleifte ein englischer Soldat Jordan aus dem Unterholz und ließ ihn neben den beiden Amerikanern liegen. Hamilton, der, von einem weiteren rotuniformierten Soldaten bewacht, in der Nähe auf dem Boden hockte, griff sich nach der blutenden Schulterwunde und wiegte sich vor Schmerz. Doch Miriam konnte kein Mitgefühl für ihn aufbringen.

Der Soldat, der Jordan neben Keller und Westin geschleift hatte, warf einen prüfenden Blick auf die beiden Amerikaner. »Die beiden hier sind tot!« rief er Lieutenant Renquist zu. Dann musterte er noch kurz Jordan, dessen Brust und Kopf blutverschmiert waren, und verzog das Gesicht. »Der da auch«, fügte er hinzu.

Seine Worten trafen Miriam, die das ohnehin geahnt hatte, wie ein Keulenschlag.

Jordan war tot.

Das Wort grub sich tief in sie ein, zerriß das Gespinst von Träumen, an dem sie, seitdem sie Jordan besser kannte, gesponnen hatte. Es genügte nicht, daß Jordan ein grausames Geschick getroffen hatte. Jetzt hatte sie auch noch seinen Todeskampf miterleben müssen. Würde sie nicht Jordans Kind unter ihrem Herzen tragen, würde sie, um ihm nahe zu sein, Hand an sich legen, auch wenn Selbstmord eine Todsünde war. Der Schmerz, der sie überwältigte, war schlimmer als alle Qualen der Hölle.

»Soll ich sie begraben?« fragte der Soldat.

»Laß sie liegen!« befahl Lieutenant Renquist. »Den Geiern soll es auch einmal gutgehen. Amerikanische Agenten und Abtrünnige verdienen kein christliches Begräbnis.«

Miriam versuchte, sich ihm zu entwinden. »Sie Rohling!« schrie sie ihn an und schaute dann hilfesuchend zu Captain Michaels hinüber, den Jordan mit einem gut gezielten Schuß niedergestreckt hatte. Sein rechter Arm und die rechte Brustseite waren blutverschmiert. Um ihn kümmerte sich ein Mann, den sie für einen Freund gehalten hatte, mochte er auch jetzt auf der falschen Seite stehen. Aber Gage Delacroix ignorierte ihren flehentlichen Blick, selbst wenn ihm das, was sich ereignet hatte, offenbar zuwider war. Miriam wandte sich wieder Lieutenant Renquist zu. »Ich hoffe nur, daß Ihnen jemand all das eines Tages heimzahlt, Sie widerliches Subjekt!«

»Hüten Sie Ihre Zunge, Miss Sutcliffe!« zischelte Lieutenant Renquist. »Ihr verlotterter Geliebter kann Sie nicht mehr beschützen.«

Miriam versuchte, ihm ins Gesicht zu spucken. Er wich geschickt aus und schüttelte angewidert den Kopf. »Und ich habe Sie mal für eine kultivierte Lady gehalten!«

Man trieb Miriam und Hamilton, deren Handgelenke aneinander gefesselt waren, zum Flußufer, während Delacroix und ein Soldat namens Peters Captain Michaels zum Kanu trugen. Captain Michaels erlangte das Bewußtsein kurz wieder und ließ sich von Lieutenant Renquist Bericht erstatten. Miriam hörte, daß die beiden miteinander stritten. Sie verstand zwar die Worte nicht, aber als Lieutenant Renquist sich ihnen näherte, funkelten seine Augen vor Zorn.

Er ging zu Hamilton und riß ihn hoch. »Devlin, kommen Sie her!« befahl er. »Durchsuchen Sie diesen Mann!« Der Soldat eilte beflissen herbei. »Auch seine Ausrüstung!« ordnete Lieutenant Renquist an. »Und jedes Kleidungsstück, das er am Körper trägt!«

Dann wandte sich Lieutenant Renquist mit einem bösartigen Funkeln in seinen Augen Miriam zu.

»Lassen Sie Miss Sutcliffe in Ruhe!« ertönte Captain Michaels Stimme vom Kanu her. »Lassen Sie sie gehen, Renquist!« Der schwer verwundete Captain warf Miriam einen geradezu entschuldigenden Blick zu.

Lieutenant Renquist preßte seine dünnen Lippen zusammen. Einen Augenblick sah es so aus, als wolle er sie schlagen. Miriam war es einerlei. Ihr Inneres war wie abgestorben. Ihr war es gleichgültig, was mit ihrem Körper geschah. Solange das Kind in ihr keinen Schaden erlitt, konnte Lieutenant Renquist nach Belieben mit ihr verfahren. Einen größeren Schmerz, als sie ihn ohnehin schon empfand, konnte er ihr nicht zufügen.

Der Soldat, den sie Peters nannten, stellte sich neben Miriam. Er hatte Captain Michaels' Befehl gleichfalls vernommen. Es hatte noch immer den Anschein, als würde sich Lieutenant Renquist diesem Befehl nicht beugen.

»Überprüfen Sie ihre Fesseln!« befahl dann Lieutenant Renquist mit schroffer Stimme. »Achten Sie darauf, daß sie fest sitzen. Sollte sie flüchten, werde ich Sie persönlich zur Verantwortung ziehen.«

»Zu Befehl, Sir!« erwiderte Peters, während sich Lieutenant Renquist mit einem Ruck abwandte.

Da die drei Soldaten, die als Paddler zur Verfügung standen, ungeübt waren, dauerte die Fahrt den Wisconsin flußauf volle fünf Tage. Aber nicht nur das Hocken in dem überfüllten Kanu war eine Strapaze, auch der dreitägige Fußmarsch zum Fox River. Zwei der Soldaten schleppten das Kanu auf ihren Schultern, während der dritte den auf einer Bahre angegurteten Captain Michaels hinter sich her schleifte. Gage Delacroix hatte die Spitze übernommen. Er ging Lieutenant Renquist, dessen Laune sich immer mehr verschlechterte, möglichst aus dem Weg. Der Offizier ließ es jeden spüren, daß ihm die heißen Tage, die kalten Nächte, das Ungeziefer und das frugale Essen auf die Nerven gingen.

Miriam schleppte sich neben Hamilton her. Sie blieb stehen, wenn man es ihr sagte, und ging weiter, sobald sie dazu aufgefordert wurde. Sie nahm die wohltuende Sonnenwärme im späten August nicht wahr und auch nicht den würzigen Geruch der nebeldurchzogenen Wälder. Sie hörte Hamiltons aufmunternde Worte nicht, verschloß sich Delacroix' verstohlenen Blicken, überhörte Lieutenant Renquists Nörgelei. Während ihr Körper sich Schritt um Schritt auf dem Weg nach Green Bay dahinquälte, beschwor sie in sich all die Tage herauf, die sie mit Jordan durchlebt hatte, seitdem er sie halbtot aus dem sturmgepeitschten Huronsee an Land gezogen hatte. Sie konnte es nicht fassen, daß er tot war, daß sie seine Stärke, seinen Mut, seine Zärtlichkeit nie mehr erleben würde, daß es den feingeschwungenen Mund, der mit seinem Lächeln jede Frau betören konnte, nicht mehr gab, auch nicht die Augen, die mal vor Leidenschaft funkeln, mal stechend dreinblicken konnten. All das war nun Fraß für die Geier. Miriam konnte jetzt verstehen, warum sich die Chippewa-Indianererinnen beim Verlust eines geliebten Menschen schmerzende Wunden zufügten. Körperlicher Schmerz war leichter zu ertragen als der Kummer, der ihre Seele erstickte.

Am Abend des dritten Tages erreichten sie mit schmerzenden Gliedern den sumpfigen Fox River. Das Tempo, das Delacroix eingeschlagen hatte, hatte alle erschöpft. Peters und Devlin vertäuten das Kanu an einer sicheren Stelle am Ufer und kehrten zurück, um mit den anderen das Nachtlager aufzuschlagen.

Zwei Stunden später war das Kanu nicht mehr da. Die Soldaten schworen Stein und Bein, daß es sich nicht losgerissen haben könnte. Lieutenant Renquist reagierte auf ihre Unschuldsbeteuerungen mit zotigen Flüchen, die selbst den abgebrühten Gage Delacroix aufhorchen ließen.

Die ergebnislose Suche dauerte den ganzen nächsten Tag. Lieutenant Renquist und Devlin durchstreiften das nördliche Flußufer, während Gage Delacroix und ein Soldat namens Hayes das Südufer absuchten. Sergeant Peters bewachte inzwischen Miriam und Hamilton.

Sobald Lieutenant Renquist verschwunden war, band Sergeant Peters Miriams Hände los und ließ sie, nachdem sie ihm ehrenwörtlich versichert hatte, sie würde keinen Fluchtversuch unternehmen, im Lager frei herumlaufen. Hamilton gewährte er solche Erleichterungen nicht. Miriam nutzte ihre Freiheit, indem sie sich um Captain Michaels kümmerte. Er war trotz allem ein Mensch, der jetzt Fürsorge nötig hatte. Überdies schien Witwe Peavy an ihm einen Narren gefressen zu haben. Und ihr bot sich die Gelegenheit, von ihren trüben Gedanken wegzukommen.

Captain Michaels war während der Bootsfahrt den Wisconsin hinauf zumeist bei Bewußtsein gewesen. Erst während des dreitägigen Fußmarsches, als das Kanu getragen werden mußte, war er vor Erschöpfung in eine tiefe Ohnmacht gefallen. Das Holpern der Bahre hatte seinen Zustand verschlimmert. Als Miriam sich mit frischem Verbandszeug und einem Kessel mit heißem Wasser neben ihn kniete, war er mittlerweile wieder zu sich gekommen. Sein ausgezehrtes Gesicht war vom Fieber gerötet. Die tiefliegenden Augen glichen dunklen Löchern.

Er schaute ihr zweifelnd zu, als sie vorsichtig den blutdurchtränkten Verband löste.

»Haben Sie in irgendeiner Tasche Ihres Indianerkittels einen Dolch verborgen?« fragte er spöttisch.

»Leider nein«, erwiderte sie und betrachtete die zerfranste Schußwunde, die von Jordans Musketenkugel herrührte. »Sie werden Michilimackinac-Island wiedersehen, Captain Michaels. Ich muß Ihnen allerdings gestehen, daß mich das keineswegs erfreut.«

Captain Michaels holte tief Luft, als Miriam die Wunde mit warmem Wasser reinigte. Er schloß die Augen und biß die Zähne zusammen.

»Ich kann Ihnen deswegen keinen Vorwurf machen, Miss Sutcliffe«, erwiderte er dann leise. »All das habe ich nicht gewollt.«

Miriam zog fragend die Augenbrauen hoch. »Was haben Sie dann gewollt?«

»Ich wollte Ihren Vetter dingfest machen und die beiden amerikanischen Agenten. Das war alles. Ich schwöre es. Doch nachdem ich verwundet wurde, übernahm Lieutenant Renquist das Kommando.« Er rang nach Luft. Schweißperlen standen auf seiner Stirn. »Ich werde dafür sorgen, daß er nach unserer Rückkehr vor ein Kriegsgericht kommt. Ich verspreche es Ihnen bei meiner Ehre als Offizier.«

Miriam warf ihm einen abschätzigen Blick zu. »Ihre vermaledeite Offiziersehre kann Jordan Scott nicht wieder zum Leben erwecken, Captain Michaels.«

Er schloß die Augen, weil er ihre vorwurfsvolle Miene nicht länger ertragen konnte.

Die Suchtrupps kehrten noch vor Sonnenuntergang zum Lager zurück. Lieutenant Renquist befahl Sergeant Peters,

Miriam an einen Baum am Rand des Lagers anzubinden. Mit einem entschuldigenden Lächeln befolgte der Sergeant widerwillig die Anweisung.

»Wenn Captain Michaels bei Bewußtsein wäre, würde er das nicht zulassen, Miss«, sagte Sergeant Peters, als er abschließend die Festigkeit der Fesseln überprüfte. »Er ist ein ehrenwerter Mann. Und Mister Delacroix scheint Ihre Behandlung auch nicht zu gefallen.«

»Was Captain Michaels unter Ehre versteht, weiß ich mittlerweile«, erwiderte Miriam. »Und Gage Delacroix steht stets auf der Seite, die ihm den meisten Profit einbringt.«

Der Sergeant errötete. Miriam tat dieser junge Soldat leid. »Es ist nicht Ihre Schuld«, sagte sie. »Tun Sie, was man Ihnen befiehlt. Bringen Sie sich nicht in Schwierigkeiten!«

Er setzte ein jungenhaftes Lächeln auf. »Ich werde dafür sorgen, daß Sie etwas Gutes zum Essen bekommen. Und vor dem Schlafengehen schaue ich nochmal nach, ob die Fesseln so locker sind, daß Sie bequem liegen können.«

Für das Abendessen habe ich gesorgt, dachte Miriam verbittert. Sie hatte die Schlingen gelegt, in denen sich vier Wildkaninchen und zwei Eichhörnchen gefangen hatten. Von den Rotröcken – seit wann benützte auch sie diesen Spottnamen für ihre Landsleute? – wußte keiner, wie man in der Wildnis überleben kann. Wenn ihnen Delacroix nicht begegnet wäre, wenn sie ihn nicht als Scout verpflichtet hätten, wären sie nie so weit gekommen.

Miriam verbrachte eine unbehagliche Nacht. Die glatte Rinde der Birke, an der sie lehnte, fühlte sich kalt an und schien all ihre Körperwärme aufzusaugen. Am Morgen war sie so steif, daß sie sich nur mit Mühe bewegen konnte. Als Sergeant Peters kam, um ihre Fesseln zu lösen und ihr Lieutenant Renquists Anweisung zu übermitteln, daß sie ein Frühstück zu beschaffen habe, mußte ihr der Soldat auf die Beine helfen. Mit unsicheren Schritten verschwand sie im Unterholz, weil sie die morgendliche Übelkeit überfiel. Sergeant Peters wartete geduldig, wie Lieutenant Renquist es befohlen hatte. Aber er nahm sich vor, Captain Michaels über die unwürdige Behandlung Miriams zu informieren.

Als Lieutenant Renquist bemerkte, daß Miriam nicht zu sehen war, kam er mit zorniger Miene herüber.

»Wo ist die Gefangene?« fragte er schroff.

»Sie ist da drüben im Unterholz, Sir, Ihr ist ...«

Die Laute, die vom Unterholz herüberklangen, machten klar, was Miriam befallen hatte. Lieutenant Renquist verzog angewidert das Gesicht und wollte sich abwenden, als ihm noch etwas einfiel.

»Wo ist Corporal Hayes? Verdammt nochmal, er hätte doch längst ein Feuer machen sollen.«

»Ich glaube, Corporal Hayes schläft noch, Sir.«

»Na, das werde ich ihm austreiben!«

Corporal Hayes hatte seine Lagerstatt am Rand der Lichtung, wo ihn der Rauch des abendlichen Holzfeuers nicht erreichte, aufgeschlagen. Als das Lager erwachte, hatte er sich nicht gerührt. Dieser Schlafmützigkeit wollte Lieutenant Renquist ein Ende machen. Wütend ging er auf das Deckenbündel zu und versetzte ihm einen kräftigen Fußtritt.

»Aufstehen, Hayes!« rief er und zerrte an den Decken. Sie waren so gebauscht, daß man den Eindruck gewinnen konnte, darunter liege ein Mensch. Aber Corporal Hayes lag nicht darunter. Da war etwas, das jedermann auffallen mußte. Mit dem Bajonett des verschwundenen Corporals waren die Decken auf dem feuchten Boden festgeheftet. Und die Klinge wies einen schmutzigbraunen Fleck auf – angetrocknetes Blut.

Im Lager wurde es still, als würden alle den Atem anhalten.

Da kam Gage Delacroix von seinem Schlafplatz im Wald dahergeschlendert. Er stopfte sein Hemd in die Hose und blieb stehen, als er die Menschengruppe sah, die auf die Lagerstatt von Corporal Hayes starrte.

»Gibt es da was zu sehen?« fragte er und trat näher. Als er das Bajonett erblickte, wurde sein Gesicht ausdruckslos. Dann verzog er den Mund zu einem spöttischen Lächeln und warf Miriam einen wissenden Blick zu.

»Waren das etwa Indianer?« fragte Lieutenant Renquist. »Es müssen Indianer gewesen sein.« Er schaute Delacroix

342

an. »Wie konnten sich die Wilden unbemerkt in unser Lager schleichen? Sie sind doch als unser Scout und Indianerexperte angeheuert worden, Mann! Wir sind doch kein Freiwild für blutrünstige Rothäute, die ihre Skalpsammlung vergrößern wollen!«

Gage Delacroix zuckte mit den Schultern. »Sie hätten eben einen Wachtposten aufstellen sollen, Lieutenant.«

»Und Sie hätten mich warnen müssen, daß sich feindselige Wilde in dieser Gegend herumtreiben.«

»Indianer gibt es hier überall, *mon ami*. Die einen sind feindselig, die anderen nicht.«

Lächelnd und von dem Vorfall offensichtlich unbeeindruckt, schlenderte er davon.

Lieutenant Renquist musterte noch einmal das blutbeschmierte Bajonett und befahl dann den beiden noch übriggebliebenen Soldaten und Gage Delacroix, das Lager abzubrechen.

»Wohin wollen Sie denn, Lieutenant? Wir haben kein Boot mehr«, entgegnete Delacroix.

»Dann müssen wir eben marschieren!«

Der Scout zog belustigt die dunklen Brauen hoch. »Wie Sie meinen. Aber dann werden Sie das Fort erst bei Winteranbruch erreichen. Es ist ein langer Weg, *mon ami*.«

Lieutenant Renquist richtete sich zur vollen Größe auf. »Was schlagen Sie statt dessen vor?«

»Wir müssen ein Kanu anfertigen, das groß genug für sieben Menschen ist. Es dauert nur ein paar Tage.«

Lieutenant Renquist biß sich auf die Unterlippe. »Na schön«, sagte er dann. »Sie sind der Experte hier. Bauen Sie ein Boot!«

Er stellte Peters und Devlin als Wachtposten auf und half dann Delacroix. Sie entrindeten Birken, fällten geeignete Kiefern und sammelten zum Abdichten Kiefernharz, um ein Kanu anzufertigen, das sie alle den Fox River flußauf und dann das Gestade des Michigan Sees entlang bis zur Seenge von Mackinac tragen würde. Miriam hockte neben Hamilton, der an einen Baum gefesselt war, und sah den beiden zu. Sie und Hamilton belustigte das unverkennbare Unbeha-

343

gen von Lieutenant Renquist, dem Gage Delacroix die unangenehmsten und stumpfsinnigsten Aufgaben zuwies. In einem Chippewa-Dorf hätten Kinder diese Arbeiten verrichten müssen. Lieutenant Renquists Laune verschlechterte sich immer mehr. Er wußte, daß der Scout ihn absichtlich herabwürdigte, hatte aber keine andere Wahl, als gute Miene zum bösen Spiel zu machen. Denn Delacroix war der einzige, der sie vorm ersten Schneefall sicher an ihr Ziel bringen konnte.

Als die Abenddämmerung einsetzte, war das Bootsgerippe teilweise schon fertig. In zwei, äußerstenfalls in drei Tagen, sicherte ihnen Delacroix zu, konnten sie aufbrechen. Als er das sagte, blinzelte er Miriam zu, die eben das Lagerfeuer entfacht hatte. Sie erwiderte seine Vertraulichkeit mit einer eisigen Miene.

»Ist das Abendessen schon zubereitet?« fragte Lieutenant Renquist barsch.

»Nehmen Sie die Wildkaninchen doch selbst aus, wenn Sie so hungrig sind!« entgegnete Miriam.

»Können Sie sonst nichts kochen?«

»Wenn Sie was anderes haben wollen, schicken Sie doch Ihre Männer auf die Jagd! In einer Schlinge läßt sich Rotwild nicht fangen.«

»Das würde Ihnen so gefallen, was? Sie würden einen nach dem anderen auf die Jagd schicken, damit wir von den drekkigen Rothäuten umgelegt werden. Meinen Sie nicht ...«

Er stockte, als es im Unterholz knackte. Jemand schrie auf. Gleich darauf rannte Devlin auf die Lichtung. Immer wieder schaute er sich um.

»Was ist denn los?« fuhr ihn Lieutenant Renquist an und versperrte ihm den Weg. Delacroix und Peters packten ihre Muskete und richteten sie auf das Unterholz. »Was war denn los, Mann?«

Devlin wollte etwas sagen, brachte aber kein Wort hervor. Seine Augen waren angstgeweitet und sein Gesicht blutleer. Lieutenant Renquist schüttelte ihn an der Schulter.

»Antworten Sie!« befahl er.

»Es war ein ... Geist!« stammelte Devlin. »Gott schütze uns, da war ein Geist!«

Delacroix grinste und senkte seine Muskete. »Ein Geist?«
wiederholte er und schaute belustigt Miriam an.

Lieutenant Renquist schüttelte den verstörten Soldaten
abermals. »Reden Sie doch keinen Unsinn, Mann! Was haben Sie denn gesehen?«

Der Soldat schnappte nach Luft. »Einen Toten«, würgte er
dann hervor. »Diesen Jordan Scott.«

Als Miriam den Namen hörte, schöpfte sie ein Fünkchen
Hoffnung. Der Soldat hatte Jordan gesehen? Konnte Jordan
noch am Leben sein? Hatte er das Kanu entführt? All das
konnte doch nicht wahr sein.

Devlin atmete schwer. »Ich wusch mich gerade im See. Als
ich mich umdrehte, stand er hinter mir. Sein Gesicht war
blutverschmiert! Und er lachte. So ein Lachen habe ich noch
nie gehört! Gott steh mir bei, er wird uns alle umbringen!«

Lieutenant Renquist stieß den Soldaten verärgert von sich.
»Scott ist tot. Und Sie sehen schon Gespenster.«

»Es war aber sein Geist! Ich schwöre es!«

»Halt's Maul!«

Miriams Herz pochte schneller. »Verlier jetzt bloß nicht
den Kopf, zügelte sie sich. Der Verstand sagte ihr, daß ihre
Hoffnung haltlos war. Jordan konnte nicht am Leben sein
und den Leuten von Lieutenant Renquist auflauern. Er war
doch vor ihren Augen niedergeschossen worden. Sie hatte
sein Blut fließen sehen. Dennoch ... Sein Gesicht sei blutverschmiert gewesen, hatte Devlin berichtet. Jordan würde so
etwas einfallen, um den Rotröcken Angst einzujagen.

Delacroix brach das dumpfe Schweigen. »Jetzt werden wir
schon von Geistern heimgesucht«, sagte er kopfschüttelnd.
Seine Augen blickten belustigt drein. »Da werde ich mich
lieber verdrücken, Lieutenant.« Er winkte Lieutenant Renquist lässig zu und ging davon, um seine Sachen zu packen.

»Was soll das heißen?« fragte Lieutenant Renquist, der
ihm gefolgt war und ihn am Arm festhielt. »Oder wollen Sie
mir weismachen, daß Sie an Geister glauben?«

»Non, Monsieur! Aber ich weiß, wann der Karren im Dreck
steckt. Zuerst sichern Sie und Ihr Kommandeur«, er deutete
zu Captain Michaels hinüber, der am Spätnachmittag in eine

tiefe Bewußtlosigkeit gefallen war und allmählich wieder zu sich kam, »mir zu, daß bei der ganzen Geschichte niemand zu Schaden kommen wird, und dann schießen Sie, Lieutenant, Jordan Scott nieder. Offensichtlich ist es Ihnen nicht gelungen. Ich weiß, wie gefährlich Jordan Scott sein kann. Ich möchte nicht in Ihrer Haut stecken, *Monsieur*. Wer sich bei Ihnen befindet, ist seines Lebens nicht mehr sicher.«

»Aber wir kommen doch ohne ein Kanu nicht weiter! Nur Sie wissen, wie man das verdammte Ding zu Ende baut!«

Der Scout zog die Achseln hoch. »Dann müssen Sie eben marschieren«, erwiderte er. Er grinste alle zum Abschied an, blinzelte Miriam zu, schulterte sein Bündel und verschwand im Unterholz.

Lieutenant Renquist ballte die Hände zu Fäusten und schaute verkniffen Delacroix nach. Reglos stand er da, schien kaum zu atmen. Dann drehte er sich ganz langsam herum, musterte die Umstehenden, als wolle er jeden mit dem stechenden Blick seiner Augen festhalten. Zum Schluß schaute er Miriam an. Sie zuckte zusammen, als sie sein wutverzerrtes Gesicht sah. Aber bevor sie weglaufen konnte, hatte er sie gepackt und drückte sie an seine Brust.

»Jordan Scott!« rief er in die Nacht. »Zeige dich, du Bastard! Komm heraus, oder ich schneide deinem Flittchen die Kehle durch!«

Außer dem Wind, der die Baumwipfel streifte, war nichts zu hören.

»Ich weiß, daß du uns beobachtest!« schrie er. Seine Stimme überschlug sich fast. Er preßte Miriam mit einem Arm fest an sich, zog mit der anderen Hand sein Messer aus der Scheide und drückte die Klinge gegen ihre Kehle. »Ich schneide ihr die Kehle durch!«

Miriam unterließ jede Bewegung. Auch sie hatte das Gefühl, daß es da draußen im Wald ein Wesen gab, das sie beobachtete. Auch die anderen schauten stumm zum Wald hinüber. Da brach Hamiltons vor Zorn überschnappende Stimme die Stille.

»Lassen Sie sie los, Sie Rohling! Ich habe mir was zuschulden kommen lassen, nicht sie!« Er zerrte an seinen Fesseln, aber Lieutenant Renquist drehte sich nicht einmal nach ihm um.

»Lassen Sie sie los, Lieutenant!« mengte sich Captain Michaels ein. »Das ist ein Befehl.«

»Das werde ich nicht!« erwiderte Lieutenant Renquist und drehte sich mit Miriam herum. »Sie sind nicht zurechnungsfähig, Captain. Jetzt habe ich das Kommando.«

»Wer hier nicht zurechnungsfähig ist, sind Sie, Renquist! Lassen Sie sie los!«

»Scott!« brüllte Renquist in die Nacht hinaus. »Ich zähle bis zehn. Dann schneide ich deinem Flittchen die Kehle durch!«

»Nein!« schrie Hamilton auf und versuchte sich loszureißen.

Lieutenant Renquist begann mit lauter Stimme zu zählen. Miriam stand, das Messer an der Kehle, reglos da. Alle möglichen Gedanken schossen ihr durch den Kopf. Sie dachte an Jordan, an ihr ungeborenes Kind, spürte, wie sie zwischen Angst, Wut und Vorsicht hin und her gerissen wurde. Sie wußte nicht, worum sie Gott bitten sollte. Vielleicht war es besser, die Entscheidung ihm zu überlassen.

»Acht!« schrie Lieutenant Renquist.

Stille. Nur der Wind rauschte.

»Neun!« schrie Lieutenant Renquist und hielt das Messer so fest, daß seine Knöchel weiß anliefen.

Da mengte sich Captain Michaels mit ruhiger Stimme ein. »Denken Sie doch mal nach, Renquist! Nachdem Delacroix gegangen ist, ist Miss Sutcliffe die einzige, die über so viel Erfahrung in der Wildnis verfügt, daß sie uns sicher zum Fort geleiten kann. Es ist unser aller Tod, wenn Sie sie umbringen.«

Lieutenant Renquist verzog den Mund, als wolle er das Wort *zehn* aussprechen, schwieg dann aber.

»Wenn sich Scott da draußen aufhält, wird er sich nicht zeigen«, redete Captain Michaels weiter. »Dieser Mann handelt wie ein Indianer und nicht wie ein Weißer, Lieutenant. Er wird Sie Miss Sutcliffe umbringen lassen und sich später an Ihnen rächen. Auch wenn Sie Miss Sutcliffe foltern, wird er sich nicht von Ihnen unter Druck setzen lassen. Sie haben keinen zivilisierten Menschen vor sich!«

Captain Michaels' ruhige, eindringliche Stimme schien die Wut des jüngeren Offiziers zu besänftigen. Lieutenant Renquists starre Haltung lockerte sich, als hätte er einen Halt verloren. Miriam entschlüpfte seiner Umklammerung.

»Machen Sie uns was zu essen, Miss Sutcliffe«, bat Captain Michaels.

Miriam nahm die Wildkaninchen aus, die sie in den Schlingen gefangen hatte, und musterte immer wieder den dunklen Wall der Bäume. Doch sie sah keine Bewegung, hörte keinen Laut. Trotzdem konnte sie sich des Gefühls nicht erwehren, daß sie beobachtet wurde.

Als es Nacht wurde, wurde die Dunkelheit bedrückend. Miriam briet die Kaninchen, räumte nach dem Essen auf und versuchte, Lieutenant Renquists mißtrauischem Blick auszuweichen. Bevor sie sich niederlegte, kümmerte sie sich noch um Captain Michaels. Seine Wunde sah nicht mehr so schlimm aus. Captain Michaels schien sich allmählich zu erholen. Miriam hätte nie gedacht, daß sie mal um Captain Michaels' Genesung beten würde. Jetzt tat sie es.

Nachdem sie Captain Michaels einen neuen Verband angelegt hatte, brachte Sergeant Peters auf Lieutenant Renquists Befehl Miriams Felldecken zum Rand der Lichtung. Dann band er sie an einem Bein und einer Hand so an einen Baum, daß sie sich zwar bequem niederlegen, aber die Fesseln nicht abstreifen konnte. Devlin stand als Wachtposten in der Nähe.

»Jetzt werden wir sehen, ob der *Geist* den Köder schluckt«, sagte Lieutenant Renquist zu Devlin. »Wenn Sie etwas Verdächtiges hören«, er deutete auf Miriams Lagerstatt, »schießen Sie! Vielleicht erwischen Sie ein Stinktier oder gar zwei.«

Er warf Miriam einen spöttischen Blick zu und ging davon.

Miriam ließ sich von all dem nicht einschüchtern. Bald würde diese Tortur zu Ende sein. Jordan war am Leben. Sie fühlte es. Es gab keinen rachsüchtigen Geist, der um das Lager schlich, der das Kanu entwendet und Corporal Hayes ausgeschaltet hatte. Das konnte nur Jordan sein. Und Lieutenant Renquist war ihm kein ebenbürtiger Gegner. Nur die Erinnerung an Lieutenant Renquists Messer an ihrer Kehle zwang sie zur Vorsicht. Wenn Captain Michaels sich nicht eingemengt hätte, wäre es um sie geschehen gewesen. Hatte es Jordan beobachtet? Hätte er zugelassen, daß Lieutenant Renquist sie und das Kind in ihr umbrachte? Sie zwickte die Augen ganz fest zusammen und versuchte solche Gedanken zu verdrängen. Jordan liebte sie. Er hätte nie zugelassen, daß Lieutenant Renquist ihr ein Leid antat. Irgendwann würde er auftauchen, um sie zu retten. An diese Hoffnung mußte sie sich klammern, sonst brächte sie nicht den Mut auf, auch nur den nächsten Tag durchzustehen.

Sie versank allmählich in Schlaf und begann zu träumen. Jordan erschien ihr. Sie öffnete den Mund, um seinen Namen auszusprechen. Sie wollte nicht, daß Jordan wieder wie ein Spuk verschwand. Aber dann runzelte die Traumgestalt, die Jordan glich, die Stirn, und eine schwielige Hand drückte ihr den Mund zu.

»Keinen Laut!« flüsterte Jordan.

Miriam stellte verblüfft fest, daß ihre Augen geöffnet waren. Das Gesicht, das sich über sie neigte, war kein Schemen. Jordan, der nur seinen Lendenschurz und Mokassins trug, kniete neben ihr. Sein Gesicht war, als sei er auf dem Kriegspfad, mit rostroter Farbe bemalt, die wie Blut aussah und es auch zweifellos war. Blutverschmierte Stoffetzen, die von seinem groben Leinenhemd stammten, waren um seinen Brustkorb und seinen Kopf geschlungen.

Er bedeutete ihr mit einem warnenden Kopfschütteln, daß sie schweigen solle. Als Miriam daraufhin nickte, gab er sie frei.

»Pst!« zischte er, als sie sich in seine Arme schmiegen wollte. Die Fesseln machten es ihr unmöglich. Jordan versuchte nicht, sie zu lösen. Statt dessen legte er sich neben sie, zog ihre Felldecke über sich und drückte Miriam fest an sich. Dann spürte sie, wie er sie leidenschaftlich küßte. Einen Augenblick nur gab sie sich seinen Liebkosungen hin. Es kostete sie Überwindung, von ihm abzurücken.

349

»Der Wachtposten!« flüsterte sie.

»Der ist ausgeschaltet.«

Miriam wollte nicht wissen, wieso der arme Devlin ihnen nicht mehr gefährlich werden konnte. Sie hatte den jungen Soldaten gemocht. Er und Peters hatten sie stets gut behandelt. Viel wichtiger war, daß Jordan lebte und sie so fest an sich drückte, als wolle er sie nie wieder loslassen. Ihr Leben hatte wieder einen Sinn.

»Devlin und Corporal Hayes machen mit meinen rothäutigen Freunden einen kleinen Ausflug«, erklärte Jordan flüsternd. »Sie sind zwar nicht begeistert davon, aber es wird ihnen kein Haar gekrümmt.«

Miriam schmiegte sich lächelnd an seine Schulter und wisperte: »Danke!«

»Wofür?«

»Weil du sie nicht umgebracht hast.«

Er strich ihr eine Locke aus der Stirn und fuhr ihr liebkosend mit den Fingerspitzen übers Gesicht. »Sie sind nicht meine Feinde.«

Miriam spürte geradezu, daß er in diesem Augenblick an Lieutenant Renquist dachte, den ihre flüsternden Stimmen vielleicht schon geweckt hatten.

»Hol mich hier heraus, bevor jemand etwas merkt!« bat sie.

»Noch nicht, Liebes. Es gibt einen guten Grund, warum wir die Sache bis zum Ende durchziehen sollten.« Als er spürte, wie sich ihre Hand verkrampfte, flüsterte er: »Hab keine Angst!« Er streifte mit seinen Lippen zärtlich ihre Stirn und ihre Nasenspitze. »Sie werden dir nichts antun. Das lasse ich nicht zu.«

Miriam unterdrückte eine Antwort, obwohl ihr einfiel, wie Lieutenant Renquist ihr sein Messer gegen die Kehle gedrückt hatte. Als hätte Jordan ihre Gedanken erraten, hob er ihren Kopf, so daß sie ihm in die Augen sehen mußte.

»Bevor er dich mit seinem Messer hätte verletzen können, hätte ihn mein Pfeil durchbohrt, Miriam«, versicherte er ihr. »Ich hätte nicht zugelassen, daß er dir etwas antut. Glaubst du mir das?«

»Ja, ich glaube dir.«

»Ich lasse nicht zu, daß dir etwas Böses geschieht.«

»Das weiß ich.«

»Du bist ein tapferes Mädchen«, flüsterte er ihr ins Ohr. »Hast du Lust auf ein weiteres Abenteuer?«

»Was hast du vor, du Schurke?«

Er lächelte. »Nördlich von hier liegt ein Felsrücken, nicht weit von dem Weg, den du morgen gehen wirst. Die Indianer nennen ihn den Hasenfelsen. Die Felsen sehen tatsächlich wie Hasenohren aus. Bringe sie dorthin und führe sie durch diese Felsen. Am Fluß ist es sumpfig. Damit kannst du deinen Umweg begründen.«

»Und was geschieht dann?«

»Dann werden die verdammten Briten feststellen, daß Geister nicht dazu da sind, kleinen Kindern Angst einzujagen.«

»Gib acht auf dich!«

Jordan lachte lautlos. »Die Briten sollten sich in acht nehmen«, flüsterte er heiser. Dann küßte er sie noch einmal leidenschaftlich und verschwand so geräuschlos, wie er aufgetaucht war.

Miriam taten die Briten beinahe leid. Aber nur beinahe.

22

Der Hasenohren-Felsrücken sah so aus, wie Jordan ihn geschildert hatte. Zwei Felszacken ragten deutlich sichtbar vor ihnen empor. Miriam führte die kleine Schar die Anhöhe hinauf auf einem Weg, der zwischen diesen Felsen hindurchführte.

»Ich glaube, der Weg durch das sumpfige Gelände wäre einfacher gewesen«, nörgelte Lieutenant Renquist.

Sergeant Peters stimmte ihm keuchend zu. Da er als einziger Soldat noch zur Verfügung stand, mußte er Captain Michaels auf der Schleifbahre ziehen. Als am Morgen das Lager erwacht war, befand sich Devlin nicht mehr auf seinem Posten. Obwohl Lieutenant Renquist und Peters überall nach ihm gesucht hatten, hatten sie keinerlei Spuren gefunden, noch Hinweise, was ihm zugestoßen sein mochte. Die Briten waren mittlerweile völlig verwirrt. Miriam dachte sich, daß jetzt selbst Lieutenant Renquist die Vorstellung, sie könnten von Geistern verfolgt werden, gar nicht so abwegig vorkam. Sie empfand jedesmal Schadenfreude, wenn sie sah, wie ängstlich er den dichten Wald betrachtete, auf den sie zugingen.

»Machen Sie sich keine Sorgen, Lieutenant!« rief ihm Captain Michael von seiner Schleifbahre zu. »Miss Sutcliffe wird uns schon nicht in die Irre führen. Schließlich steckt sie in der Sache ebenso drin wie wir.«

Er weiß es, schoß es Miriam durch den Kopf, als sie seinen Blick auffing. Er mußte es ahnen. Als sie am Morgen das Flußufer, das tatsächlich sumpfiger wurde, verlassen hatten, hatte er sie immer wieder verständnisvoll betrachtet. War er mit ihrem Spielchen einverstanden? War er so begierig darauf, Jordan dingfest zu machen, daß er wissentlich in die Falle ging, um schließlich doch noch den Sieg davonzutragen, oder verachtete er Lieutenant Renquist so, daß er ihm eine Schlappe gönnte, auch wenn er selbst davon betroffen

352

war? Miriam tat Captain Michaels leid, auch Sergeant Peters. Aber mit Lieutenant Renquist hatte sie kein Mitleid.

Sie kletterten den beschwerlichen Weg hinauf. Vor ihnen ragten zwei Felssäulen empor. Miriam blieb stehen und musterte das Gelände. Vor ihnen lag ein kesselförmiges, grasbewachsenes Tal. Die niedrigen, felsigen Anhöhen trugen windzerzauste Kiefern. Jeder wäre jetzt umgekehrt. Aber Lieutenant Renquist und Sergeant Peters waren zu unerfahren, um diese naturgegebene Falle zu erkennen. Miriam, die einen Winter bei den durchtriebenen Chippewa verbracht hatte, war es nicht mehr. Captain Michaels war es wahrscheinlich auch nicht. Aber Captain Michael schwieg. Er warf ihr, als er auf seiner Schleifbahre an ihr vorbeigezogen wurde, nur einen wissenden Blick zu.

»Wird auch Zeit, daß es endlich bergab geht!« stieß Hamilton, der hinter Captain Michaels einhertrottete, keuchend aus.

Miriam schüttelte den Kopf. Da war noch einer, mit dem sie kein Mitgefühl hatte. Hamiltons Schulterwunde war eigentlich nicht mehr als ein Kratzer. Trotzdem verhielt er sich so, als hätte er eine tödliche Verletzung erlitten. Und diesen Menschen hatte sie einst heiraten wollen!

Sie schüttelte noch einmal verwundert den Kopf und beschleunigte ihren Schritt, um wieder an die Spitze zu gelangen. »Da unten muß es Wasser geben«, sagte sie. »Wir sollten eine Rast machen und alle etwas essen.«

»Ich sehe einen Bach!« rief Sergeant Peters aus. »Vielleicht fange ich ein paar Fische.«

»Stehenbleiben!« rief da jemand.

Es war Jordan. Er mußte sich hinter ihnen befinden. Miriam drehte sich mit einem Ruck um. Lieutenant Renquist zog seine Pistole und drehte sich gleichfalls um. Jordan war nirgendwo zu sehen. Er mußte sich irgendwo hinter den Bäumen längs des schmalen Pfades verbergen, auf dem sie hierher gelangt waren.

»Geben Sie auf, Renquist!« rief Jordan. »Sie haben keine Chance!«

»Den Teufel werde ich tun!« schrie Lieutenant Renquist und hob seine Pistole. Aber bevor er noch den Hahn spannen konnte, zischte ein Pfeil auf ihn zu und bohrte sich federnd einen Schritt von seinen Stiefeln entfernt in die Erde. Lieutenant Renquist schaute auf den Pfeil hinunter und lachte auf.

»Sie haben danebengeschossen, Scott!«

»Nein, das habe ich nicht. Ihr Schädel ist das nächste Ziel!«

Miriam schlich sich an Hamilton heran. Während die anderen wie gebannt auf die Baumgruppe starrten, versuchte sie hastig, Hamilton von seinen Handfesseln zu befreien.

»Geben Sie auf, Lieutenant!« rief Jordan abermals. »Sie können weder vorwärts noch zurück, während ich Sie nach Belieben erschießen kann!«

»Verhandeln Sie mit ihm!« befahl Captain Michaels mit ruhiger Stimme. »Wenn er uns Hamilton Greer überläßt, kann er Miss Sutcliffe haben.«

Lieutenant Renquist ignorierte den Befehl. Er hatte noch eine Trumpfkarte, die Captain Michaels nie ausspielen würde. Aber er hatte solche Hemmungen nicht. Er wandte sich nach Miriam um und verzog wütend das Gesicht, als er sah, daß sie Hamiltons Handfesseln zu lösen versuchte. »Was soll das?« schrie er, riß sie zurück und überprüfte die Fesseln. Sie saßen noch fest. »Sie haben uns in diese Falle gelockt. Jetzt müssen Sie uns da wieder herausbringen!« stieß er aus und schob Miriam vor sich her.

»Wenn Sie schießen, Scott!« schrie er, »treffen Sie sie und nicht mich!« Er drückte die Mündung seiner Pistole gegen Miriams Schläfe. »Kommen Sie heraus und ergeben Sie sich! Oder ich knalle sie ab!«

»Das werden Sie nicht!« rief Hamilton und warf sich auf Lieutenant Renquist. Aber seine gefesselten Hände behinderten seinen Rettungsversuch. Lieutenant Renquist versetzte ihm einen Stoß, so daß er stolpernd hinfiel.

»Denken Sie nur nicht, daß ich spaße, Scott! Geben Sie acht!«

Lieutenant Renquist richtete die Pistole auf Hamilton und drückte ab. Hamilton schrie auf, als sich die Kugel in seine Schulter bohrte. Diesmal war die Schußwunde kein Kratzer mehr, sondern ein tiefes Loch, aus dem Blut quoll.

Nachdem der Pistolenschuß verhallt war, wurde es totenstill. Dann ertönte wieder Jordans gleichmütige Stimme.

»Ich hätte es mir denken können, daß Sie sich hinter einer Frau verstecken und einen hilflosen Menschen niederschießen würden!«

Lieutenant Renquist preßte Miriam noch fester an sich und übergab die Pistole zum Nachladen Sergeant Peters. Er kümmerte sich nicht um Captains Michaels' Befehl, Miriam loszulassen.

»Sie sind ein Feigling, Renquist!« rief Jordan. »Sie haben Angst vor einem Kampf Mann gegen Mann!«

»Ich bin ein Gentleman, Scott! Ich mache Ihre ungehobelten Spielchen nicht mit!«

»Dann suchen Sie sich etwas anderes aus, Lieutenant! Sie werden gegen mich in jedem Fall verlieren!«

Lieutenant Renquist überlegte eine Weile. Dann überflog ein tückisches Lächeln seine schmalen Lippen. Er streckte seinen Arm aus. »Sergeant Peters, händigen Sie mir Captain Michaels' Degen aus!«

Sergeant Peters blinzelte verwirrt, befolgte aber den Befehl.

Lieutenant Renquist schwenkte den Degen über seinem Kopf. »Jetzt werden wir ja sehen, wie gut Sie mit der Waffe eines Gentleman umgehen können, Scott!«

Es blieb still. Miriam spürte, wie sich Lieutenant Renquists Finger in ihren Arm krallten.

»Gut, wir treffen uns auf halber Entfernung!« rief Jordan.

Lieutenant Renquist lachte auf und befahl Sergeant Peters, zurückzubleiben. »Mit dem werde ich allein fertig«, sagte er. Er schob Miriam als lebenden Schutzschild vor sich her und ging auf den Felseinschnitt zu. Am Fuß der hasenohrenförmigen Felsenzacken trat eine hochgewachsene Gestalt hinter einem Baum hervor und kam ihnen entgegen.

Es versetzte Miriam einen Stich ins Herz. Wußte Jordan, worauf er sich da einließ? Das Fechten mit einem Degen erforderte langjährige Ausbildung und Übung. Sie zweifelte nicht daran, daß ein englischer Aristokrat wie Lieutenant Renquist darin geübt war.

»Müssen Sie sich noch immer hinter einer Frau verstecken?« fragte Jordan verächtlich, als sie sich auf der grasbewachsenen Fläche unterhalb der Paßhöhe trafen.

Lieutenant Renquist stieß Miriam zur Seite. »Es wäre besser, wenn Sie sich verstecken würden, Scott. Ich werde Ihnen zeigen, wie ein Gentleman kämpft.« Er warf ihm Captain Michaels' Degen zu und zog seinen. Er stutzte, als er sah, wie geschickt Jordan den Degen auffing und die Klinge ein paarmal prüfend schwenkte.

»*En garde!*« rief Jordan und hob, wie es bei einem Duell üblich war, salutierend den Degen.

Lieutenant Renquist machte es ebenso.

Miriam hätte sich am liebsten an den Kopf gefaßt – ein rotuniformierter englischer Offizier, ein Aristokrat, duellierte sich in der abgelegenen Wildnis von Amerika mit einem halbnackten, blutbeschmierten Wilden. Aber der tödliche Zweikampf ließ ihr keine Zeit, über diese aberwitzige Situation weiter nachzudenken.

Jordan parierte Lieutenant Renquists ersten Ausfall und drängte sogleich nach. Lieutenant Renquist, der zurückweichen mußte, stieß vor Verblüffung einen Fluch aus.

»Auch in Boston gibt es Fechtmeister, wenn man sie sich leisten kann«, stieß Jordan aus. »Meine Mutter war eine schwerreiche Frau.«

Lieutenant Renquist griff ihn darauf wütend an, aber Jordan konnte jeden seiner Ausfälle mühelos parieren. Und dann bedrängte ihn Jordan ebenso heftig. Lieutenant Renquist preßte die Lippen zusammen. Erstmals wirkte seine Miene besorgt.

Der Zweikampf wogte hin und her und brachte die Duellanten zu der Stelle, wo Captain Michaels und Sergeant Peters sich befanden. Miriam folgte ihnen mit ängstlichen Augen. Jordan wußte sich zu behaupten, aber Lieutenant Renquists Gesichtszüge prägte wilder Haß. Sie befürchtete, daß dieser Haß schließlich den Ausschlag geben könnte. Schon einmal hatte sie gemeint, sich mit Jordans Tod abfinden zu müssen. Es hatte ihr fast das Herz gebrochen. Sie wollte ihn nicht noch einmal verlieren.

Sie wandte den Blick von den beiden Kämpfern ab und suchte verzweifelt nach einer Waffe, mit der sie Jordan beispringen könnte. Zum Teufel mit all dem Gerede von Fairness und Ehre! Sie wollte nur, daß dieser aberwitzige Zweikampf endlich aufhörte und Jordan unverletzt blieb. Sie erspähte die Pistole, die Lieutenant Renquist weggeworfen hatte, als er auf Jordan zuging. Sie lag unweit der Schleifbahre, was Captain Michaels anscheinend noch nicht bemerkt hatte. Sie näherte sich der Waffe so unbefangen wie nur möglich. Die Pistole war nahezu in ihrer Reichweite, als sie ein heiserer Schrei aufschreckte.

Lieutenant Renquist war auf dem unebenen Boden gestolpert und wäre fast gestürzt. Er hob eine Handvoll Kiesel auf und schleuderte sie Jordan ins Gesicht. Jordan konnte den Steinen zwar ausweichen, aber er verlor dabei die Balance, so daß Lieutenant Renquist ihn mit einem blitzschnellen Ausfall am Brustkorb verwunden konnte. Miriam stockte der Atem. Sie wollte ihm zu Hilfe eilen, doch Captain Michaels hielt sie fest. »Mischen Sie sich nicht ein, Miss Sutcliffe«, sagte er. »Wenn sie einander umbringen, sind wir beide besser dran.«

»Kämpft so ein Gentleman?« fragte Jordan verächtlich den Offizier, ohne sich um die Stichwunde zu kümmern.

Wie ein Raubtier, das Blut wittert, drang Lieutenant Renquist immer hitziger auf ihn ein. »Wenn man sich mit einem Köter einläßt, muß man auch wie ein Köter kämpfen«, erwiderte er.

Jordan ließ sich nicht aus der Reserve locken. Er wehrte Lieutenant Renquists Angriffe ab und wich Schritt um Schritt zurück, als dessen Ausfälle immer unberechenbarer wurden.

»Ich bin also ein Köter?« fragte er mit trügerischer Gelassenheit.

Lieutenant Renquist hieb wild auf ihn ein. Jordan wich aus, bis er seine Chance sah. Mit einer blitzschnellen Bewegung durchbrach er die mittlerweile nachlässig gewordene Deckung des Offiziers und verwundete ihn an der rechten Schulter. Lieutenant Renquist zuckte zusammen, während Jordan die Degenklinge aus der stark blutenden Wunde zog. Mit einem Schmerzensschrei griff Lieutenant Renquist nach seiner Schulter. Der Degen entglitt seinen Fingern.

»Jetzt kennen Sie den Unterschied zwischen einem Köter und einem Wolf«, sagte Jordan gelassen und berührte mit der Degenspitze die Kehle des Wehrlosen. »Wie soll's nun weitergehen, Sir? Wollen Sie sich ergeben oder lieber zur Hölle fahren?«

»Ich ergebe mich«, brachte Lieutenant Renquist gequält hervor.

»Dann entschuldigen Sie sich bei der Lady da drüben!« befahl Jordan. »Zeigen Sie, daß Sie ein Gentleman sind!«

Lieutenant Renquist ging schwankenden Schritts auf Miriam zu. »Ich bitte Sie um Entschuldigung!« würgte er hervor, den Blick auf den Boden zu ihren Füßen gerichtet.

»Ich glaube, das können Sie besser«, sagte Jordan und versetzte ihm mit der Degenspitze einen leichten Stoß.

Lieutenant Renquist stolperte einen Schritt vorwärts und kniete dann nieder. Diesmal hatten seine Augen einen flehentlichen Ausdruck. »Miss Sutcliffe, vergeben Sie mir mein abscheuliches Verhalten gegen Sie. Ich bedaure es zutiefst.«

»Ich möchte mir seine Entschuldigungen nicht anhören!« rief Miriam aus. Wie lange war es schon her, daß sie gemeint hatte, Lieutenant Renquist auf den Knien zu sehen, würde ihr Herz erfreuen? Jetzt verursachte ihr dieser Anblick nur Übelkeit. »Ich möchte ihn nicht mehr sehen, Jordan! Mach dem ein Ende! Bitte!«

»Ja, machen Sie dem ein Ende!« Captain Michaels' Ausruf überraschte sie. Captain Michaels richtete die Pistole, die er schließlich doch noch bemerkt hatte, auf Jordan. »Nehmen Sie Miss Sutcliffe und verschwinden Sie, Scott!« sagte er. »Ich habe mit Ihnen nichts mehr zu schaffen. Mir liegt nur an der Verhaftung von Mr. Greer.«

Als Hamilton auf diese Worte hin aufstöhnte, wurde Miriam wieder bewußt, daß ihr Vetter noch immer im Gestrüpp lag und mit der Hand die Schulterwunde abdeckte, die ihm Lieutenant Renquist mit seinem Pistolenschuß zugefügt hatte. Nur einen kurzen Augenblick war Captain Michaels' Wachsamkeit abgelenkt. Das genügte. Jordan schlug ihm mit einem blitzschnellen Fußtritt die Pistole aus der Hand. Sie fiel hinter dem Captain zu Boden. Sergeant Peters wollte auf sie zustürzen, hielt aber dann inne, als Jordan die blutige Degenspitze Captain Michaels an die Kehle setzte.

»Pfeifen Sie Ihren Mann zurück, Michaels!« sagte er. »Witwe Peavy zieht mir das Fell über die Ohren, wenn ich Sie nicht heil nach Hause bringe.«

Captain Michaels bedeutete dem Sergeanten mit einer Handbewegung, daß er zurücktreten solle, und lächelte versonnen. »Wir wollen doch Witwe Peavy keinen Kummer bereiten, nicht wahr?«

Während Jordan sich die Pistole holte und Sergeant Peters befahl, Lieutenant Renquists Wunde zu versorgen, lief Miriam zu Hamilton hinüber, dessen Stöhnen immer lauter wurde. Sie kniete sich neben ihn und zog sein blutverschmiertes Hemd nach oben, um seine Schulterwunde zu untersuchen.

»Au! Sei doch vorsichtig, Miriam«, stieß Hamilton aus.

»Hör auf zu jammern, Hamilton! So schlimm ist es nicht. In ein paar Wochen bist du wieder wohlauf«, sagte sie und begann, Streifen vom sauberen Teil seines Hemdes abzureißen.

»Au! Herrgott! Paß doch auf! Schließlich habe ich mir das eingebrockt, weil ich dir das Leben retten wollte.«

»Nachdem du alles getan hast, um es mir zu ruinieren«, erwiderte sie. Als er sie gekränkt ansah, mäßigte sie ihre Zunge. »Schon gut, ich bin dir dankbar. Das war sehr tapfer von dir.«

Seine Miene hellte sich auf, als sei er ein kleiner Junge, der eben ein dickes Lob eingeheimst hatte. »Weißt du, Miriam, ich liebe dich. Auf meine Art habe ich dich schon immer geliebt.«

»Dann hast du es mir auf eine höchst merkwürdige Art gezeigt, Hamilton.«

»Ich wollte dir nichts Böses antun. Aua, aua! Paß doch auf!«

»Und du kannst dankbar sein, daß ich keine Wut mehr auf dich habe. Denn dann hättest du zum Klagen wirklich allen Grund!«

Hamilton stöhnte schicksalergeben auf. »Du hast nie verstanden, daß manche Männer für ein wohlgeordnetes, tugendsames Leben nicht geschaffen sind. Du wolltest mich in eine Form zwängen, die ich nie ausfüllen konnte.«

»Ja, du magst recht haben«, erwiderte sie und blickte zu Jordan hinüber, der mittlerweile Lieutenant Renquist und Sergeant Peters gefesselt hatte. Da war ein Mann, an dessen Lebensweise sie nie mehr herummäkeln würde. Sie hatte es getan. Jetzt dachte sie anders darüber. Sie verstand nun, warum ihre Mutter David Sutcliffe geliebt, warum sie getrauert hatte, als sie ihn verlor. Ihr Mißgeschick war es nicht gewesen, daß sie sich in einen Mann verliebt hatte, dem das Leben in der Wildnis über alles ging. Ihr Fehler war es gewesen, daß sie diesen Mann in einen goldenen Käfig hatte sperren wollen. Und diesen Fehler wollte sie nicht begehen.

Jordan schaute auf, als hätte er geahnt, daß sie an ihn dachte. »Wird er am Leben bleiben?« fragte er mit verschlossenem Gesicht und stellte sich neben den daliegenden Hamilton.

»Die Wunde ist nicht so schlimm, wie sie aussieht«, antwortete Miriam. »Ihm wird es bald besser gehen.«

»Na gut«, erwiderte Jordan und hockte sich neben den Verwundeten. Er verzog die Lippen zu einem undeutbaren Lächeln, das Miriam beängstigte. Es machte auch Hamilton Angst. »Ich möchte nicht«, sagte Jordan, »daß Mr. Greer stirbt. Wenigstens jetzt noch nicht. Wir beide haben noch eine Rechnung offen.«

Miriam kannte diesen Tonfall und wußte nun, daß die Sache mit ihrem Vetter noch nicht abgeschlossen war. »Jordan, er ist noch immer mein Cousin«, sagte sie leise.

»Das ist unbestritten«, pflichtete ihr Jordan im gleichen bedrohlichen Tonfall bei. »Ich werde ihm auch kein Haar krümmen, Liebes, sofern er mir verrät, was ich erfahren möchte.«

Hamilton Greer gab jeglichen Widerstand auf. Wenn er das Glitzern in Jordans silbergrauen Augen sah, kam ihm ein Gefängnis in England wie ein heimeliger Zufluchtsort vor.

»Wo ist diese verdammte Liste, Greer?« fragte Jordan.

Miriam blickte verdutzt erst ihren Vetter und danach Jordan an. »Die Liste liegt doch auf dem Grund des Huronsees«, mengte sie sich ein.

»Ja, eine«, erwiderte Jordan. »Aber wo ist die andere, Greer?«

Hamilton Greer verzog gequält das Gesicht. »Sie war in die Sohle meines linken Stiefels eingenäht. Man fand sie, als ich durchsucht wurde. Lieutenant Renquists Leute waren da sehr gründlich.«

360

»Das habe ich mir gedacht«, sagte Jordan gleichmütig. »Sonst hätte ich mich auf all die Strapazen nicht eingelassen.« Er wandte sich an Lieutenant Renquist. »Wollen Sie mir jetzt verraten, wo sie sich befindet, Sir? Sie müssen es nicht. Ich finde sie schon, wenn ich Ihre Leiche durchsuche.«

Lieutenant Renquist erbleichte. »Sie steckt links im Futter meiner Uniformjacke.«

Jordan riß das Futter an der Uniformjacke auf. »Sie bleiben noch eine Weile am Leben, Renquist«, sagte er, als er die zerknitterte Liste hervorholte. Captain Michaels preßte die Lippen zusammen, als Jordan die Liste entfaltete, die Namen überflog und sie dann in dem Lederbeutel verstaute, der ihm um den Hals hing. Lieutenant Renquist atmete erleichtert auf.

»Woher wußtest du, daß er zwei haben könnte?« fragte Miriam.

»Ich kenne die Menschen, Liebes. Ein Mann, der sein Land für schnödes Geld verrät, hinterläßt doch nicht ein Stück Papier, das ihm ein Vermögen einbringen kann, in deiner Bibel. Ich denke mir, dein Vetter wollte, daß Captain Michaels sie dort findet und die Sache damit auf sich beruhen läßt. Aber dein hochwohlgeborener Vetter hätte den Handel dennoch mit den Amerikanern abgeschlossen, und die Briten hätten den kürzeren gezogen.«

»Aber Hamilton!« rief Miriam aus und warf ihrem Vetter einen verächtlichen Blick zu. »Du bist wirklich ein gewissenloser Halunke!«

Hamilton Greer hob verschämt die Schultern und verzog sogleich gepeinigt sein Gesicht, weil es schmerzte.

»Was wollen Sie mit der verflixten Liste nun anfangen?« fragte Captain Michaels.

Jordan lachte ihn freundlich an. »Lassen Sie mir Zeit! Mir wird schon etwas einfallen.«

Der Herbst, zumal auf Witwe Peavys Farm, war die schönste Jahreszeit, dachte Miriam. Die Zuckerahornbäume, Ulmen und Eichen hatten sich mit herbstlichen Rot- und Goldtönen geschmückt. Die Luft war angenehm kühl und roch ein wenig nach Holzfeuer.

Mary Beth rannte aus dem Haus und riß Miriam, die auf dem Schaukelstuhl auf der Veranda saß und den Blick über die Landschaft schweifen ließ, aus ihrer träumerischen Stimmung. »Mutter schimpft schon wieder auf den Captain!« berichtete sie atemlos und kicherte dann.

Miriam hörte Witwe Peavys ärgerliche Stimme. »Du steigst mir sogleich ins Bett, Gerald Michaels! Wenn du nicht das tust, was ich sage, liefere ich dich dem Schlächter aus, den ihr Feldscher nennt. Großer Gott im Himmel! Man könnte denken, daß ein Mann mit zwei Löchern in seinem Fell so viel Verstand im Kopf hat, daß er im Bett bleibt!«

Miriam mußte lächeln. Captain Michaels hatte sie aus dem kleinen Schlafzimmer mit Blick auf den Huronsee verdrängt. Sie war mit ihren Sachen zu Lucy in die Mansarde gezogen. Als Witwe Peavy nach ihrer Rückkehr auf die Insel erfuhr, daß Captain Michaels verwundet war, gab sie keine Minute Ruhe, bis der englische Haudegen endlich einwilligte, sich auf ihrer Farm von seinen Verletzungen zu erholen.

»Ich mag Captain Michaels«, sagte Mary Beth fröhlich. »Er ist ein umgänglicher Mensch, auch wenn er manchmal finster dreinschaut. Ich gehe jede Wette ein, daß er Mutter heiratet.«

Miriam belustigte der altkluge Ausdruck von Mary Beths Mädchengesicht. »Darauf würde ich auch wetten, Mary Beth«, sagte sie.

Das muß an dem Zimmer liegen, dachte Miriam. Als sie eines Tages darin aufwachte, mußte sie sich eingestehen, daß sie im Begriff war, eine Amerikanerin zu werden. Zu dieser Erkenntnis mußte nun auch der pflichtbewußte, so schrecklich englische Captain Michaels gelangt sein. Und das geschah ihm recht.

Sie achtete mittlerweile diesen Mann. Er hatte ihr und Jordan von seinem Versprechen Lied-in-der-Weide gegenüber erzählt. Und er hatte es, soweit es in seiner Macht lag, auch gehalten. Zudem würde Colonel McDouall von ihm nicht erfahren, wo sich Jordan aufhielt. Das war er ihnen schuldig. Sie hätten ihn ja auch in der Wildnis dem Tod überlassen können. Statt dessen hatten sie seine Wunde versorgt und ihn sicher nach Hause gebracht. Es gab eben Fälle, mußte Captain Michaels sich eingestehen, da persönliche Verpflichtungen höher einzustufen waren als Dienstvorschriften. Und das war so ein Fall.

»Fühlst du dich wohl, Miriam?« erkundigte sich Mary Beth. »Du bist so schweigsam. Ist das Baby daran schuld?«

»Aber nein!« erwiderte Miriam lächelnd. Mary Beth hörte sich so gern reden, daß sie nicht verstehen konnte, wie jemand mal seinen Gedanken nachhängen wollte. »Mir geht es gut, Mary Beth. So wohl habe ich mich schon lange nicht mehr gefühlt.«

»Na schön, wenn du nicht krank bist, kann ich ja Margaret im Garten helfen. Ich habe gestern in der Siedlung gesehen, wie sie mit Gavin MacFee geturtelt hat. Ich wette darauf, daß sie mir das alles brühwarm erzählen will.«

Miriam lehnte sich im Schaukelstuhl zurück und schaute Mary Beth nach, die zum Garten eilte, wo Margaret die letzten Kürbisse erntete. Die Farm mit dem Land ringsum war inzwischen fast ihre Heimat geworden. Jetzt hatte sie endlich Zeit und Muße, all das zu genießen. All ihre Widrigkeiten waren verschwunden. Sie war wieder eine unbescholtene Frau. Lieutenant Renquist, dieser abscheuliche Mensch, saß in einer Arrestzelle im Fort und wartete auf das Kriegsgerichtsverfahren, das Captain Michaels gegen ihn eingeleitet hatte. Und Vetter Hamilton hatte das bekommen, was er verdiente.

Miriam hätte fast laut aufgelacht bei dem Gedanken an Hamiltons Gesichtsausdruck, als ihn die Ottawa in L'Arbre Croche – vermutlich von Lied-in-der-Weide angeregt – einluden, bei ihnen eine Weile zu leben. Hamilton war vor der Wahl gestanden, sich entweder der englischen Justiz zu stellen oder bis zum Ende des Krieges bei den Indianern unterzuschlüpfen. Maulend hatte er sich für die Indianer entschieden. Miriam war das Glitzern in Lied-in-der-Weides Augen nicht entgangen. Sie zweifelte nicht daran, daß ihr Vetter Hamilton Greer – Landesverräter, Gentleman, Glücksspieler, gefallsüchtiger Stutzer – sich nicht mehr wiedererkennen würde, wenn ihn Lied-in-der-Weide mal in den Fängen hatte.

Alle Probleme waren gelöst bis auf eines. Und dieses näherte sich auf dem Trampelpfad vom Seeufer her dem Haus.

Als Jordan Miriam auf der Veranda sitzen sah, beschleunigte er seinen Schritt. In der Woche nach ihrer Rückkehr hatte er sie allein gelassen, weil er ahnte, daß sie mit sich ins reine kommen wollte. Es hatte mal eine Zeit gegeben, da er sie bedrängt hatte, bei ihm zu bleiben, da er überzeugt war, er könne sie glücklich machen, daß er sie dazu bewegen könne, ihn ebenso zu lieben wie ihr England und ihr Heim jenseits des Atlantiks. Mittlerweile hatte er erfahren, was Liebe bedeutet. Er wußte nun, daß man sie nicht, auch nicht in bester Absicht erzwingen konnte.

»Hallo, Fremder!« begrüßte ihn Miriam, als er die Verandastufen hinaufstieg. »Ich habe mir schon gedacht, daß ich dich für längere Zeit nicht mehr sehen würde.« Ihr Blick schweifte über die Chippewa-Tracht, die er wieder statt der Hemden aus grobem Leinen und der Hosen aus robustem Hirschleder trug. Was ihn noch als Weißen kennzeichnete, war sein dichtes, weizenblondes Haar, das sich um seine Ohren und im Nacken kräuselte.

»Du siehst mich bestimmt nicht zum letztenmal«, erwiderte Jordan, setzte sich auf die Verandabrüstung ihr gegenüber und versuchte, ihren Gesichtsausdruck zu ergründen. Was hatten ihre glänzenden Augen zu bedeuten? Freute sie sich, daß sie endlich als unbescholtener Mensch nach England zurückkehren konnte? Oder war sie glücklich, weil er wiedergekommen war? Zum erstenmal erlaubte er sich den Gedanken, daß ihre Liebe zu ihm vielleicht doch nicht so groß war, um sie von einer Heimkehr abzuhalten.

»Ich habe angenommen, du hast versucht, das amerikanische Heereskommando aufzuspüren, um ihm die Liste auszuliefern«, sagte sie.

»Die Liste habe ich verbrannt«, erwiderte er und betrachtete weiterhin ihr Gesicht. »Ich mag solche zwielichtigen Geschäfte nicht. Diese verdammte Liste mit ihren Namen hat schon genug Unheil angerichtet.«

Miriam senkte den Blick, schaute aber gleich mit ungewohnter Schüchternheit wieder auf. »Nicht nur Unheil, Jordan.«

»Nein, nicht nur Unheil«, stimmte er ihr zu. Seine Stimme war fast ein heiseres Flüstern. Aber ihre Worte und der Ausdruck ihrer Augen verliehen ihm Mut. »Es ist an der Zeit, daß wir alle umziehen, Miriam«, sagte er. »Ich gehe mit den Indianern ins Winterlager. Für meine Teilnahme am Angriff der Amerikaner haben die Briten noch immer einen Preis auf meinen Kopf ausgesetzt. Ich werde wohl bis Kriegsende bei den Chippewa bleiben müssen.«

»Und danach?« fragte sie ruhig.

»Danach will ich versuchen, wieder wie ein Weißer zu leben. In Boston wartet auf mich ein Vermögen. Mit all diesem Geld könnte ich mir eine hübsche Farm oder eine Ranch weiter im Westen kaufen. Es ist ein großes Land, Miriam. Wer arbeiten will, hat gute Chancen, selbst der Bastard einer vermögenden Hure.«

Miriam schwieg eine Weile. Dann lächelte sie versonnen.

»Jetzt bist du frei und unbescholten, Miriam«, redete er weiter. »Wenn du willst, kannst du heimkehren. Die letzte Flotille den Fluß hinauf startet in einer Woche. Du könntest vor deiner Niederkunft schon in Montreal sein.«

Da war es. Es war ausgesprochen. Die Entscheidung lag bei ihr.

»Versuchst du mich loszuwerden, Jordan Scott?« fragte sie. »Gott sei mir gnädig, es scheint, daß jeder Mann, an den ich mich binden möchte, mich verstößt, um auf Abenteuer auszuziehen.«

»Du weißt, daß es nicht wahr ist«, erwiderte er. Er konnte über ihren schnippischen Tonfall nicht lächeln. Die ganze Woche hatte er vor diesem Augenblick gebangt. Er hatte sich ihm gestellt, fand aber nichts Belustigendes daran, daß sie ihn zappeln ließ.

»Das alles klingt nicht übel«, sagte sie. »Wenn du willst, daß ich mich von dir trenne, brauchst du schon ein Brecheisen.«

Jordan schaute sie fassungslos an. Dann lächelte er zaghaft. »Ist das wahr?«

»Tja, ist das wahr?« ahmte sie ihn nach. Doch dann wurde ihre Miene ernst. »Selbst wenn es dir nur um dein Kind geht, Jordan, werde ich dich irgendwann so weit bringen, daß du auch mich liebst.«

Er begann schallend zu lachen. »Miriam Sutcliffe, glaubst du wirklich, ich würde dich, ein stures, überhebliches, dickköpfiges Weib, nur wegen eines Kindes erdulden? So groß ist meine väterliche Liebe nicht.«

Jetzt war Miriam verwirrt. Auf ihrer Stirn erschienen zwei strenge Falten. »Ein stures, überhebliches, dickköpfiges Weib?«

»Ja, das bist du. Aber ich liebe dich trotzdem. Mehr als mein eigenes Leben. Solltest du es dir in deinen Dickschädel setzen, mich nach diesem gottverdammten Krieg zu verlassen, werde ich dich suchen. Und wenn ich dich gefunden habe, werde ich dich so lange verfolgen, bis du mich endlich so liebst, daß du mit mir zurückkehrst.«

Sie zog zweifelnd eine Braue hoch. »Du hast einmal gesagt, wenn ich dein Kind unter meinem Herzen trüge, müßte ich mir dir gehen, ob ich nun will oder nicht.«

»Du meine Güte, Miriam! Damals war ich ein Narr. Nachdem ich mit dir zusammengelebt habe, würde ich lieber eine ausgewachsene Bärin aufscheuchen und mit ihr tanzen, als dich zu etwas zwingen, das dir nicht gefällt.«

Ihre Augen schauten sanft drein. Sie lehnte sich vor und streichelte seine Wange. »Ich möchte für immer mit dir leben, Jordan. Das Leben mit dir wird hart sein, aber ein Leben ohne dich kann ich mir nicht mehr vorstellen. Das ist mir bewußt geworden, als ich glaubte, dich für immer verloren zu haben.«

Ein losprustendes Kichern unterbrach ihr Schweigen. Während sie miteinander geredet hatten, waren Margaret und Mary Beth geräuschlos vom Garten herangeschlichen und hatten unterhalb der Veranda gelauscht. Jetzt hüpften sie begeistert hin und her und verkündeten lauthals, daß sich Miriam endlich verliebt hätte.

»Ihr verflixten Gören!« schimpfte Miriam, mußte aber zugleich lachen. »Was bildet ich euch ein?«

Margaret tat so, als sei sie beschämt. Nicht so Mary Beth. Sie sprang auf die Veranda und stürmte durch die offene

Tür, so daß ihre blonden Zöpfe auf und nieder hüpften. »Ma!« schrie sie. »Lucy! Ratet mal, was ich soeben gehört habe!«

Miriam atmete schicksalsergeben tief aus und warf sich in Jordans ausgestreckte Arme. Mit hochrotem Kopf eilte Margaret zurück in den Garten.

»Sollen wir Mary Beth zu Pfarrer Carroll schicken?« fragte Jordan. »Dann wären wir das Gör für eine Weile los.«

»Willst du denn heute noch heiraten?« erwiderte Miriam und lächelte.

»Morgen brechen wir ja auf.«

»Dann muß es eben heute sein.«

Jordan neigte sich zu ihr nieder und küßte sie so, als sei seine Leidenschaft noch mehr entflammt. Miriam kam es vor, als seien sie schon seit einer Ewigkeit nicht mehr allein gewesen. Sie schmiegte ihren Kopf in seine Halsbeuge. Aus der offenen Tür drangen Mary Beths Geplapper und Witwe Peavys verwunderte Ausrufe. Aber noch lauter hörte sie Jordans pochendes Herz, als er sie fest an sich drückte.

Sie konnte noch immer nicht glauben, daß der Mann, der sie liebevoll in seinen Armen hielt, derselbe unbezähmbare Wilde war, der sich mit seinem eigenen Blut beschmiert und Lieutenant Renquist mit seinen Soldaten so lange verfolgt hatte, bis einer nach dem anderen vor Todesangst aufgeben mußte. Aber auch sie ähnelte nicht mehr dem zickigen, engherzigen Dämchen, das vor über einem Jahr aus England gekommen war.

Aber im Grunde ändern sich die Menschen nicht allzusehr, dachte Miriam und drückte sich zufrieden an Jordans Brust. Tief in ihrem Inneren wandeln sie sich nicht. Seine Wildheit gab es noch, auch ihren Hang zum Hochmut. Es könnte eine abwechslungsreiche Ehe werden, dachte sie. Und währten solche Ehen nicht am längsten!

Romane für »SIE«

Romane um Liebe, Abenteuer, Leidenschaft und Verrat – vom großen historischen Liebesroman bis zum modernen Roman aus der Glitzerwelt des Jet-Set.

04/66

04/67

04/68

04/69

04/71

04/72

04/73

Wilhelm Heyne Verlag München